KB023300

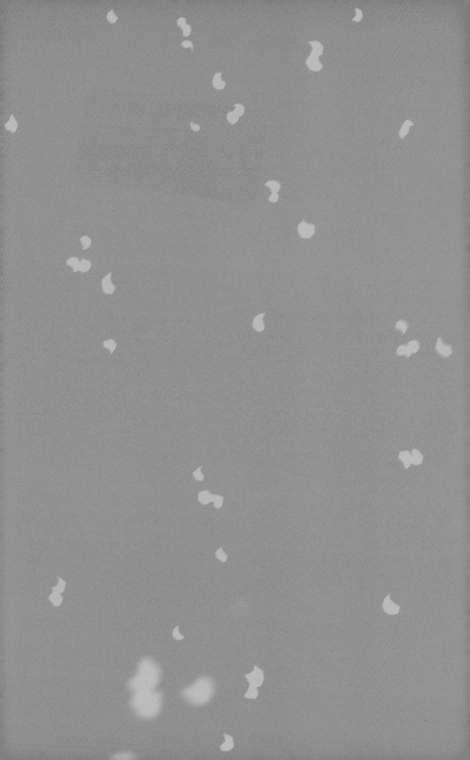

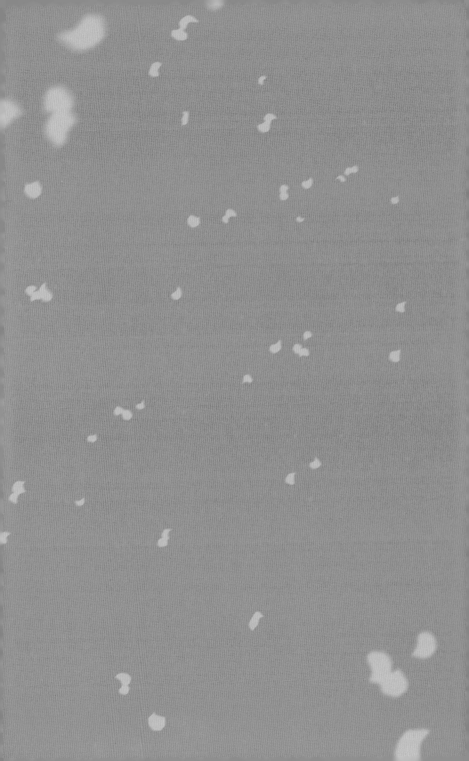

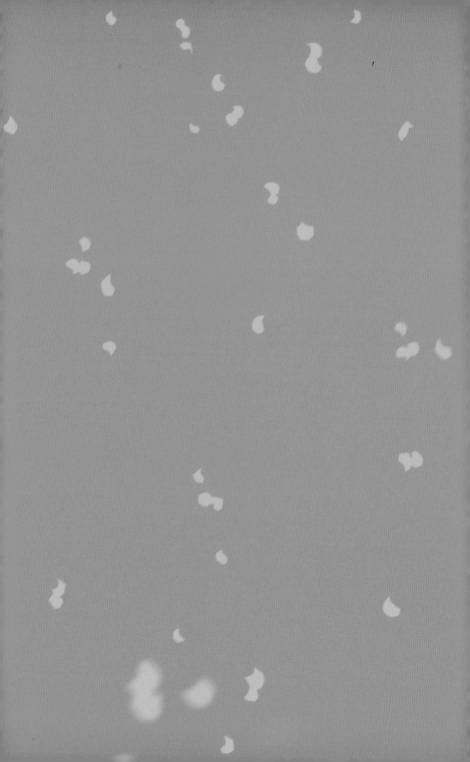

간택주의보 1

간택주의보 1

진숙 장편소설

Terrace Book

1권

2권

제 1 장

불경스러운 여인과 불손한 사내

"아씨, 이번 풍등제는 지난해보다 훨씬 더 볼거리가 많아졌어요. 그렇죠?"

오색 빛의 풍등들이 캄캄한 밤하늘을 갈랐다.

오늘은 일 년에 한 번 풍등제가 열리는 날. 밤은 깊어갔지만, 저잣거리로 쏟아져 나온 청춘 남녀들의 웃음소리는 끊이질 않았다.

소진 역시 자신의 몸종인 숙자와 함께 풍등제를 즐기다, 집으로 돌아가는 길이었다. 밤하늘을 수놓는 풍등을 올려다보던 소진은 저마다 짝지어 다니는 남녀를 돌아보며 멋쩍은 듯 웃었다.

"죄다 낭군님과 짝지어 풍등제 구경을 하는데 난 왜 너랑 이 좋은 걸 보고 있는지. 나도 내년 풍등제에는 낭군님하고 깨 볶으면서 노닐고 싶구나!"

"아가씨께는 보은군 대감마님이 있지 않습니까?"

'보은군'이라는 말에 소진이 숙자를 놀란 얼굴로 돌아보았다.

"보은군 대감과는 전혀 그런 사이가 아니라니까? 어린 시절부터 벗처럼 자라온 것을 너도 알면서."

"에이, 그래도 남녀 사이에 그런 것이 어디 있습니까? 또 알아요? 보은군 대감마님과 국혼이라도 치러서 군(郡)부인이 되실지?"

숙자의 말에 소진이 서둘러 그녀의 입을 틀어막았다.

"너 어디서 그런 소리 하면 혼쭐날 줄 알아!"

"그러니까 허구한 날 케케묵은 서책만 붙들고 있지 마시고 다른 규수들과 꽃놀이도 다니세요. 그래야 낭군님이든 뭐든 만날 것 아닙니까? 서책만 들여다보면 공자님께서 뭐 옛다, 하고 낭군님이라도 보내주신대요?"

숙자의 핀잔에 소진은 그녀를 밉지 않게 흘겨보며 피식 웃었다. 그러다 자신의 머리 위로 둥둥 떠오르는 풍등을 멍하니 올려다보았다.

정말 이렇게 손 놓은 채 운명만 기다리고 있다가는 가문에서 정해준 얼굴도 모르는 사내에게 시집을 갈지도 모를 일이었다. 딱히 사내에게 관심은 없었지만 처음 보는 이와 혼례를 올리는 것은 싫었다.

그녀는 우울한 얼굴로 무심코 정면을 바라보다, 이쪽을 향해 달려오는 한 사내를 발견했다.

"아……?"

삼삼오오 모여 와자지껄 떠들어대는 사람들 사이에서 홀로 굳은 얼굴로 돌진해 오고 있는 남자. 풍등제라 한껏 치장한 다른 이들과 달리, 단출하게 검은색의 무사복만 입은 사내는 많은 사람 중에서도 단연 돋보이는 차림새였다.

어쩐지 이 풍등제와는 어울리지 않는 사람인 듯했다.

점점 좁혀오는 그와의 거리, 그리고 선명해지는 사내의 얼굴. 고요하던 소진의 심장박동이 순간, 빨라지고 말았다. 또렷해져오는 그의 얼굴은 소진이 한양, 아니, 이 조선 땅에서는 한 번도 본 적 없는 미모였다. 검고 깊은 눈동자, 반듯하게 자리 잡은 콧대와 입술. 화려한 비단옷으로 치장하지 않았건만 사내의 풍채는 남달랐다. 또한, 그에게서 풍기는 묘하고 야릇한 분위기도 소진의 시선을 압도하기에 충분했다.

어느새 사내는 소진의 코앞까지 다가왔다. 사내는 무심하게 소진을 바라보다 왼쪽으로 비켜났다. 그러자 소진도 본의 아니게 왼쪽으로 걸음을 옮겼고, 두 사람은 또다시 마주하고 말았다.

"앗."

이내 사내는 조금은 붉어진 얼굴의 소진을 무표정하게 내려다보았다.

"잠시 비켜주시겠소."

사내는 멍하니 자신만 빤히 올려다보는 소진에게 정중하게 말했다. 그제야 소진은 화들짝 놀라며 그에게서 물러났다.

그런데 그녀를 지나치는 사내의 품에서 손수건 하나가 툭, 떨어졌다.

"어, 저기……!"

소진은 황급히 손수건을 주워 사내를 불렀지만, 애석하게도 그는 빠르게 멀어져갔다.

손수건을 내려다보니 어여쁜 연꽃과 한 쌍의 고운 잉어가 수놓아져 있었다. 아무래도 사연이 담긴 귀한 물건인 듯했다.

손수건을 떨어뜨린 줄도 모르고 어딘가를 향해 급히 뛰어가는 사내를 넋 놓고 바라보던 소진은 그를 뒤따라 달리기 시작했다.

'하필 내 앞에다 손수건을 흘리고 갈 건 뭐람.'

사내가 떨어뜨리고 간 손수건을 손에 꼭 쥔 채 소진은 사내가 사라진 곳을 향해 달렸다. 그 역시 누군가를 뒤따르고 있는 듯, 숨 돌릴 틈도 없이 서둘러 걸음을 옮기고 있었다.

"아…… 저, 저기, 선비님……!"

소진의 간절한 목소리는 사내에게까지 닿지 못했다. 그녀는 행여 사내를 놓칠까, 치맛자락을 바짝 움켜쥔 채 그와의 간격을 유지했다.

불경스러운 여인과 불손한 사내   9

사내를 따라 골목골목 돌아서 들어가다 보니, 어느새 골목 깊숙이까지 다다르고야 말았다.

"하…… 하아……."

소진은 차오르는 숨을 힘겹게 몰아쉬며 무릎을 짚었다. 갑자기 주위가 조용해지더니 으슥한 정적이 그녀를 덮쳐왔다. 풍등제가 열리는 저 잿거리와는 달리 싸늘하기만 한 골목 안 분위기에 소진은 저도 모르게 몸을 떨었다.

숨소리마저 내지 말아야 할 것 같은 으스스한 느낌에 소진은 최대한 몸을 웅크린 채, 사내가 돌아 들어간 골목 쪽으로 조심스럽게 걸음을 옮겼다.

그런데…….

"윽!"

사내가 사라진 쪽에서 외마디 비명이 들려왔다. 온몸에 털이 쭈뼛쭈뼛 서는 듯했다. 소진은 본능적으로 그 비명이 사내의 것이라는 걸 알아챘다.

소리가 나는 쪽으로 황급히 달려갔는데, 눈앞에 펼쳐진 처참한 광경에 그녀는 그만 주저앉고 말았다.

"선비님! 어떡해!"

사내는 머리에 피를 흘린 채 쓰러져 있었다.

소진은 의식을 잃어가는 그를 황급히 끌어안고 빠르게 멀어져가는 여자와 남자를 보았다. 그리고 사방으로 흩어지는 청색 복면을 쓴 무사들까지.

그 순간, 장옷을 뒤집어쓴 채 달아나던 한 여인이 이쪽을 돌아보았고, 소진과 눈이 마주쳤다.

자기 또래의 앳된 여자. 차림새를 보아하니 양반가의 규수인 듯싶었고, 그 곁의 남자 또한 양반가의 자제인 듯 비단옷을 입고 있었다.

"저…… 저 나쁜 놈들! 거기 서지 못할까?"

소진은 사내를 품에 안은 채 멀어지는 놈들을 향해 버럭 소리를 질렀다. 그때, 소진을 찾아 헤매다 여기까지 쫓아온 숙자는 웬 피를 흘리는 사내를 안고 있는 소진을 발견하고는 소스라치게 놀랐다.

"에구머니나, 피, 피? 퍽치기를 당한 것입니까요?"

"아무래도 몹쓸 놈들에게 습격을 받으신 것 같아……! 빨리 의원으로 가야겠어!"

그렇게 소진과 숙자는 의식을 잃은 사내를 힘겹게 부축해 골목을 나섰다.

소진은 행여 무사들에게 들킬까 봐 어둠 속에 몸을 꼭꼭 숨긴 채 피가 나는 사내의 머리를 손바닥으로 감쌌다. 사내는 희미하게 신음을 뱉으며 얼굴을 일그러뜨리고 있었다. 금방이라도 숨소리가 끊어질 것 같아 소진은 울상을 지었다.

그런데 머리만 다친 것이 아니었다. 칼에 베인 듯 사내의 오른쪽 팔에서도 피가 스며 나오고 있었다. 소진은 서둘러 의원으로 향했다.

"의원 영감! 계시오? 아무도 안 계시오?"

힘겹게 그를 부축해 의원에 도착했지만, 애석하게도 의원은 비어 있었다.

"외근을 나간 모양이에요. 어쩌죠?"

소진은 행여나 습격자들이 따라붙었을까, 의원 문을 꼭 걸어 잠근 후 사내를 마루에 눕혔다. 그러곤 그의 상태를 천천히 살폈는데 그는 미간을 찌푸린 채 식은땀까지 뻘뻘 흘리고 있었다. 우선 그녀는 의원 안에서 이것저것 치료할 만한 물건들을 가지고 왔다.

"아씨께서 직접 하시게요?"

"의원 영감을 마냥 기다리고 있을 수는 없잖아?"

소진은 사내의 이마에서 흐르는 피를 깨끗한 헝겊으로 닦아냈다. 그러곤 가만히 눈을 감고 기억을 더듬었다.

"동의보감…… 몇 쪽에 지혈 방법이 나와 있더라……. 생각해, 생각해내야 해, 한소진."

어릴 때부터 아버지의 호통에도 끊임없이 서책에 관심을 가진 탓에 소진은 왈가닥이긴 했지만, 박학다식한 여인이었다. 그러나 성격은 선머슴하고 다를 바 없었다.

단아하고 우아한 용모만 보면 천상 규수 같았다. 하지만 다혈질에 활동적인 성정에 걸맞게 서책과 말타기를 즐겨 하고 무술에도 관심이 많았으며, 이제는 부친 몰래 활쏘기까지 배우고 있었다. 그래서 그녀의 부친인 영의정 성준은 차라리 소진이 사내로 태어났으면 왜(倭)의 장군 목 몇 개는 땄을 거라며 혀를 내둘렀다.

더듬더듬 동의보감에서 읽은 지혈법을 기억해낸 그녀는 사내의 흐르는 피를 지혈하며 상처 유합에 탁월한 '자란(紫蘭)'을 곱게 빻아 상처 부위에 얇게 펴 바르기 시작했다. 그러고는 깨끗한 헝겊으로 사내의 머리를 감싸 반듯하게 눕힌 뒤, 이번에는 피로 물들어가는 사내의 오른팔을 내려다보았다.

"팔을 치료하려면…… 옷을 벗겨야 하는데……. 어떡하지."

소진은 사내의 옷을 슬머시 쥔 채 한참을 망설였다. 지체할수록 사내의 상태는 더 악화될 것이었다.

"송구합니다, 선비님⋯⋯!"

머뭇거리던 소진은 '에라, 모르겠다.' 하는 얼굴로 사내의 옷을 벗겨냈다. 피를 많이 흘린 탓에 온몸에 뜨겁게 열이 올라 있는 상태였다. 이내 소진의 손끝에서 사내의 앞섶이 툭, 벌어졌다. 그러자 잘 단련된 근육이 눈앞에 드러났다.

"아⋯⋯."

처음 보는 남자의 벗은 몸에 소진은 그만 얼어붙고 말았다. 한눈에 보아도 탄탄한 근육은 사내가 의식을 잃고 쓰러져 있었지만, 묘한 위압감마저 풍기고 있었다.

소진은 잘게 몸을 떨며 사내의 옷을 마저 벗겨냈다. 여실히 드러난 맨몸에 그녀의 눈앞이 아찔해지는 것 같았다. 딱 벌어진 어깨와 가슴, 성이 난 듯 부풀어 있는 근육과 여기저기 불거져 있는 힘줄까지. 현기증이 일 것만 같은 사내의 근사한 몸에 소진의 얼굴이 빨개지고 말았다. 하지만 소진은 정신을 차리고 열을 떨어뜨리기 위해 물수건으로 사내의 몸 곳곳을 닦아냈다.

반 시진 넘게 이어진 소진의 정성스러운 보살핌 덕에 곧 뜨겁게 달아올랐던 사내의 몸이 정상 체온을 유지하게 됐다. 또한, 사경을 헤매는 듯 가쁘던 호흡도 점점 잦아들고 있었다.

"휴우⋯⋯."

그제야 한숨을 돌린 소진이 털썩 벽에 기댄 채, 가만히 눈을 감고 있는 사내의 얼굴을 살펴보았다. 얼굴에서 광채가 나는 듯 참으로 잘생긴 용모였다.

그때 바깥의 동태를 살피던 숙자는 지체되는 시각에 초조해졌다.

"아씨, 너무 늦은 것 같아요. 이쯤 마무리하고 얼른 돌아가요."

"그래도 선비님 깨어나시는 건 보고 가야 할 것 같은데."

"안방마님하고 대감마님 노발대발하실 것 같은데. 저분 상태를 보아하니 내일은 돼야 깨어날 것 같아요. 우선 의원에 놔두고 내일 아침 일찍 와요. 이러다 정말 큰일 나요!"

숙자의 재촉에 소진은 아쉬운 마음을 감출 수 없었다. 아직 정신을 차리지 못한 사내의 핏자국을 모두 닦아내고 나서야 소진은 자리에서 일어났다. 그러곤 한참 동안 사내에게서 눈을 떼지 못했다. 소진은 그렇게 사내를 의원에 홀로 둔 채 떨어지지 않는 발걸음을 옮겨야만 했다.

하지만 애석하게도 그다음 날, 소진은 그 선비를 만날 수 없었다. 아침 해가 뜨자마자 부리나케 의원으로 달려가보았지만, 사내는 흔적도 없이 사라진 뒤였다.

"누구를 말씀하시는 겁니까요, 아씨? 머리를 다친 사내는 보지 못했는데."

"어제 분명히 제가 여기 마루에 눕히고 갔는데……."

아무래도 의원 영감이 돌아오기 전에 사내가 의식을 차리고 돌아간 모양이었다. 소진은 허탈한 얼굴로 의원의 빈 마루만 돌아보았다.

"아, 혹시……."

그때, 실망하는 소진을 향해 의원 영감이 무언가 떠오른 듯 눈을 동그랗게 떴다.

"아침 일찍 웬 사내가 와서는 어젯밤 머리를 다친 이를 부축해 온 자가 누구냐, 묻긴 했습니다만……. 소인은 아씨도 그리고 환자도 보지 못한 터라 잘 모르겠다고만 하고 돌려보냈는데."

"아, 혹 그분께서 무언가를 남기시진 않으셨나요? 연통이 닿을 만한……."

"아니요, 그런 것은 남기지 않으셨습니다."

소진은 밀려오는 허탈함에 채 돌려주지 못한 손수건을 다시금 품에 넣어두어야만 했다. 하늘로 솟은 건지, 땅으로 꺼진 건지.

그 이후로 사내는 소진의 눈앞에 코빼기도 나타나지 않았다. 소진은 그에게 미처 돌려주지 못한 손수건이 내내 마음에 걸렸다.

"소중한 것인 것 같은데……."

하지만 이젠 그 사내는 추억이 되어 마음 한편에 남아 있을 뿐 더는 마주할 수도, 또한 만날 수도 없었다.

"그 손수건 그냥 버리라니까, 왜 찝찝하게 아직 들고 계서요."

소진은 깊게 한숨을 내쉬며 손수건을 하염없이 바라보았다.

늘 동의보감에서만 읽던 치료법을 누군가에게 처음 해본 것이었다. 또한 사내의 옷을 벗긴 것도, 낯선 이를 보며 가슴이 뛰었던 것도, 소진에게는 모든 것이 처음이었다. 그랬기에 소진은 그 사내를 쉬이 잊지 못했다.

"살아는 계신 것이겠지? 그 몹쓸 놈들이 뒤따라와 선비님을 퍽, 처치해버린 건 아니겠지?"

소진은 자신의 목을 긋는 시늉을 해 보이며 호들갑을 떨었다. 그러자 숙자는 그건 아닐 것이라며 어이없다는 듯 고개를 저었다.

"내가 그날…… 선비님께서 무사히 깨어나실 때까지 자리를 지키고 있었어야 했는데……. 걱정이 되는구나."

그렇게 말하며 소진이 입술을 삐죽이자 숙자는 떨떠름한 얼굴로 몸을 부르르 떨었다.

"아마 그랬으면 아씨가 안방마님 손에 꽉, 처치되셨을걸요?"

소진은 돌려주지 못한 사내의 손수건만 내려다보며 한숨을 내쉬어야
했다.

그렇게 꼬박 일여 년이 흘렀을까. 소진의 기억 속에서도 그 사내는 연
기처럼 희미해져갔다.

그러던 어느 날, 소진의 벗인 봉희가 속상한 얼굴로 소진을 찾아왔다.

"어쩜 좋으니, 소진아? 이러다 나 소박맞는 거 아냐? 차라리 그 기녀
를 소실(小室)로 들여야 할까?"

소진에게 남편의 외도를 늘어놓다, 봉희는 그만 눈물을 글썽이고 말
았다. 벗의 눈물을 보자마자 소진의 가슴이 끓어대기 시작했다.

"뭐야? 너는 그걸 왜 이제 말하는 것이야! 이 답답아!"

"그렇게 가지 말라고 바짓가랑이 붙잡고 늘어졌는데도 아까는 내게
발길질까지 하고선 또 애월루로 가시었어."

이내 소진은 팔을 걷어붙이고 씩씩대며 한걸음에 애월루 앞으로 찾
아갔다.

"뭘 어찌하려고 그래!"

금방이라도 무슨 사달을 낼 것만 같은 소진의 모습에 봉희는 주섬주
섬 눈물을 닦았다.

"어쩌긴 뭘 어째. 들어가서 네 서방의 목덜미를 확 잡아와야지!"

"기방을 들어가겠다고……?"

"맹자께서도 부부유별(夫婦有別)을 강조하셨어. 아무리 막역한 부부 사이라 할지라도 서로 공경하고 지켜야 할 본분이 있거늘. 감히 기녀에게 눈이 멀어 조강지처에게 발길질해? 내가 알아서 할 테니, 너는 걱정하지 말고 기다리고 있거라."

소진은 어디서 구해 온 것인지 무거운 가체를 끙차, 머리에 올리며 목을 빳빳하게 치켜세웠다. 마치 대궐을 머리에 인 듯 그녀의 얼굴보다 몇 곱절이나 더 크고 풍성한 가체가 그녀의 머리 위에 부담스럽게 올라섰다. 그러곤 어울리지도 않는 화려하고 야한 저고리 고름을 야무지게 여미었다. 옷을 입은 건지, 만 건지 얇은 천으로 만들어진 저고리는 요즘 기녀들 사이에서 최고 유행하는 옷이란다.

"너, 정말 그러고 안으로 들어가려고?"

요사스러운 차림새의 소진을 바라보던 봉희가 미간을 찌푸렸다.

"이게 요즘 기녀 언니들 사이에서 유행이라는데 별수 있어? 하여튼…… 파격적인 여인들이야."

소진은 기녀처럼 도도하게 고개를 치켜들며 팔짱을 꼈다. 그녀의 검고 영롱한 눈동자가 닿은 곳은 한양에서 제일 크고 유명한 기방, °애월루'였다. 소진은 힘껏 애월루의 문을 열어젖혔다. 그 안에서는 화려하게 차려입은 사람들이 풍류에 취해 자유분방하게 노닐고 있었다. 여기저기서 악기 소리와 노랫소리가 들려왔고, 내로라하는 가체를 이고 봄날의 꽃보다 더 화려한 차림을 한 기녀들이 분내를 풍기면서 돌아다니고 있었다.

거나하게 취한 사내들 품에는 선녀 같은 기녀들이 하나씩 안겨 있었다. 아마 봉희의 서방도 여기 어딘가에서 저런 낯 뜨거운 꼴로 술잔을 기울이고 있을 것이 분명했다.

서둘러 봉희의 서방을 찾기 위해 기방 곳곳을 살피는 소진의 귓가에 익숙한 웃음소리가 날아와 꽂혔다.

"……저, 저!"

그곳에는 봉희의 남편이 기녀의 치마폭에 둘러싸여서는 좋다고 껄껄 대고 있었다. 봉희는 지금 저 지아비 때문에 눈물 콧물 다 흘리며 기방 앞에서 쩔쩔매고 있을 게 뻔한데.

소진은 그대로 달려가 봉희 남편의 손에 쥔 술잔을 냅다 뺏었다.

"어머나……!"

반쯤 옷고름이 풀린 채로 봉희 남편에게 술을 따르던 기녀가 화들짝 놀라며 자리에서 일어났다.

"뉘십니까?"

"뉘신지는 네가 알 것 없고."

소진은 자신을 가로막고 서는 기녀를 가뿐히 밀치며 봉희 남편을 세차게 노려보았다.

"아, 아니……! 소진아!"

그러자 그는 자신의 벗이기도 한 소진의 얼굴을 단번에 알아보고는 창백하게 질려 자리에서 일어났다.

"봉희는 지금 너 때문에 밥도 못 먹고 울기만 하는데 너는 여기서 무얼 하는 것이냐!"

소진은 씩씩대며 그의 머리채라도 잡을 요량으로 손을 뻗었다. 그러자 봉희 남편은 잽싸게 피하며 서둘러 정자 아래로 내려갔다.

"오, 오해다! 오해!"

"오해 같은 소리 하네. 이리 안 와?"

우당탕탕 술상을 뒤엎으며 달아나는 봉희 남편과 그를 잡기 위해 눈에 불을 켠 채 달려가는 소진. 잡을 새도 없이 멀리 달아나버리는 그의 모습에 소진은 술상 옆에 놓인 기생의 거문고를 집어 들었다. 그러곤 냅다 달리는 봉희 남편의 뒤를 황급히 좇았다.

금방이라도 거문고로 자신의 머리통을 날려버릴 것 같은 그녀의 기세에 그의 다리는 힘이 풀리고 말았다.

"내, 내가 잘못했어! 내가 잘못하였어!"

소진은 그 무거운 거문고를 한 손에 번쩍 들고서는 봉희 남편 앞에 섰다. 이곳, 기방의 여인들에게 거문고는 아름다운 악기였지만 그것이 소진의 손에 들어가면 이야기는 달라졌다. 그녀의 무술 실력을 아는 그는 거문고가 곧 어마어마한 무기가 되리라는 걸 잘 알았다.

그는 싸늘한 얼굴로 자신을 뚫어져라 바라보는 소진을 향해 손이 발이 되도록 빌기 시작했다.

"그, 그것 좀 내려놓아라. 응?"

"네 조강지처 눈에 한 번만 더 눈물 나게 하면 이 거문고가, 꼭 손으로만 연주를 하는 것이 아니라는 걸 알게 해줄 것이야."

그렇게 말하며 소진은 거문고를 내려놓았다. 봉희 남편은 아연실색해 자신의 머리를 손바닥으로 감쌌다.

소진이라면 자신의 머리통으로 저 거문고를 연주할 여인이었다. 그렇게 한바탕 난리를 피우고 있던 그때, 가까운 곳에서 날카로운 고함이 들려왔다.

"저하께 망나니라니! 아무리 저하께서 계시지 않는 자리라고 해도 참으로 무례한 발언이오!"

익숙한 듯한 고함에 소진의 다리가 멈춰 섰다. 그런데 그곳엔 거짓말 같이 자신의 친부인 영의정이 대신들에게 호통을 치고 있었다.

"한 대감, 내가 뭐 틀린 말 했소이까? 후계자 강습은 나 몰라라 하고 정사에는 도통 관심도 없고 그저 술, 여색만 즐기시니! 게다가 무슨 바람이 불어서인지 일 년 전부터는 이 애월루를 동궁 드나들 듯하지 않으셨습니까!"

"아무리 그래도 그렇지. 이 나라의 왕세자 저하시오! 체통을 지키시지요, 조 대감!"

"잠행은 핑계고 애월루에서 기생들과 놀다 보니 궐이 이젠 시시해진 것이겠지요. 하니, 주야장천 여기 애월루에 박혀 기생들과 술이나 퍼마시는 것이겠지."

"……어허, 저하께서 듣겠습니다. 목소리 낮추시라니까요?"

그곳에는 소진의 친부인 영의정이 대소 신료들과 함께 핏대를 세우고 있었다.

"아……버지?"

분명 오늘 숙부님과 사냥터로 가신다고 했는데, 아버지가 왜 저기 계시는 거지?

너무 놀라 굳어버린 소진의 다리는 애석하게도 움직이지 않았다. 빨리 여기를 벗어나야 하는데, 무거운 가체까지 쓴 탓에 몸이 마음대로 움직여지지 않았다.

그때, 무심결에 이쪽을 돌아본 영의정과 소진의 눈이 딱 마주치고 말았다.

소진을 발견한 영의정의 얼굴이 조금씩 일그러지기 시작했다. 황급히 고개를 돌린 소진은 비틀거리며 두 다리에 힘을 주었다. 그녀는 입술을 악문 채 숨이 턱 끝까지 찰 때까지 달리고 또 달렸다.

그러다 커다란 전각 하나를 빙그르르 돌아 굳게 닫힌 문을 열고 들어섰는데, 으리으리한 별관이 눈앞에 펼쳐졌다. 야외 온천장이 딸린 지체 높은 양반가들만 드나드는 극비의 별관.

"숨, 숨어야 하는데……!"

소진은 '에라, 모르겠다.' 하는 얼굴로 그대로 온천장으로 돌진했다. 소진의 몸이 물속으로 날아들자 사방으로 물줄기가 튀며 꽃잎이 아름답게 흩뿌려져 있던 온천수는 순식간에 엉망진창이 되었다.

'여기 숨어 있으면 찾지 못하겠지?'

소진은 코를 손으로 움켜쥐며 한껏 숨을 참았다.

그런데 자신의 팔에 무언가 미끄덩한 촉감이 느껴진다……?

온천수보다 더 따뜻하고 부드러운 감촉에 소진의 명치끝이 저릿저릿해졌다.

온몸의 솜털이 오소소 돋는 기분에 그녀는 물속에서 눈을 번쩍하고 떴다. 그런데 그녀의 눈앞에 잔뜩 성난 복근이 드러났다!

웬 사내의 벗은 몸인가 싶어 화들짝 놀란 소진은 코를 움켜쥐고 있던 손을 풀어 물속에서 허우적댔다. 그러자 누군가가 소진의 머리에 딱 달라붙어 있던 가체를 우악스럽게 잡아채 끌어 올리기 시작했다.

"아, 아아아……!"

머리카락이 몽땅 뽑히는 듯한 아픔이 느껴졌고, 동시에 소진은 밖으로 꺼내졌다.

"아, 아프오! 아프다니까요?"

소진은 꽥, 꽥 소리를 지르며 자신의 가체를 휘어잡고 있는 누군가의 커다란 손을 떼어냈다.

"거, 사람 한번 되게 정 없이 구해주네! 내가 무슨 미역이오? 누가 보면 미역 건지는 줄 알겠소!"

그녀가 버럭 소리를 지르며 아릿한 두피를 감싸 쥐었다. 그 순간, 웃음기 섞인 낮은 목소리 하나가 그녀의 귓바퀴를 뜨겁게 움켜쥐고 말았다.

"이건 또 무슨 수작일까."

나지막한 목소리에 소진은 화들짝 놀라 정면을 응시했다. 그녀의 눈앞에는 웬 사내 하나가 한쪽 눈썹이 일그러진 채, 자신을 빤히 내려다보고 있었다. 그것도 온전히 옷을 갖춰 입지 않고 바지만 입은 헐벗은 사내가!

"어, 어머나……!"

소진은 화들짝 놀라며 얼굴을 가렸다. 얼핏 스치듯 본 사내의 몸은 참으로 경이로웠다.

"오늘은 내가 혼자 있고 싶다고 분명 행수에게 일렀을 텐데, 전해 듣지 못한 것이냐."

놀랐을 법도 한데, 사내의 목소리는 의외로 차분했다. 소진은 조금 놀란 얼굴로 그를 슬그머니 올려다보았는데, 그의 얼굴은 조금 지친 듯 보였다.

"아니면 니와 함께 물에 젖고 싶어 날 찾은 것인가."

고저 없는 목소리로 야릇한 그 말을 아무렇지 않게 내뱉는 사내. 이내 소진은 빨개진 얼굴로 곤란하다는 듯 이마를 구겼다.

"아, 아니…… 소녀는 기녀가 아니라……."

어떻게 이 상황을 설명해야 할지, 소진은 말문이 막혀 그저 말끝만 흐렸다. 그런 그녀의 젖은 머리 위로 사내의 낮은 웃음소리가 떨어졌다.

"하면 네가 기녀가 아니면 양반집 규수라도 된단 말이더냐?"

그렇게 말하는 사내의 눈은 이미 젖어 속살이 훤히 드러난 소진의 저고리 위로 떨어졌다. 소진은 멋쩍은 듯 슬그머니 자신의 가슴팍을 팔로 가렸다.

"아, 이것은……."

"그렇다면 참으로 불경스러운 규수가 아닌가."

그의 말대로 양반집 규수라고 하기에는 차림새가 단정하지는 못했다. 사내의 뜨거운 눈길이 소진의 눈, 코, 입을 눅진하게 훑기 시작했다. 무어라 설명을 해야 하는데 자꾸만 자신을 빤히 바라보는 그의 눈길이 부담스러워 소진은 쉬이 말을 잇지 못했다.

사내는 온천수 안에서 몸을 일으키더니 슬금슬금 뒷걸음질 치는 소진의 손목을 굳게 움켜쥐었다.

"가만있거라. 허둥대다 미끄러진다."

나지막한 그의 목소리에 소진의 뺨이 화르륵 붉어졌다. 그녀는 용기를 내어 다시금 벗은 사내를 힐끔 바라보았다. 그런데 어쩐지 사내의 얼굴이 낯……익다?

소진은 눈을 동그랗게 뜨고 사내의 얼굴을 심각하게 들여다보았다.

"지난번에는 내가 탈의하는 것을 훔쳐보며 내 벗은 몸까지 그려선 기녀들끼리 돌려보더니……. 너도 혹 그쪽 무리인 것이냐?"

사내는 제게서 눈을 떼지 못하는 소진을 향해 조곤조곤하게 말했다. 소진은 휘휘 고개를 저으며 미간을 구겼다.

"아, 아니옵니다! 절대 그런 것이 아니라……!"

사내는 소진의 얼굴을 향해 허리를 굽혔다.

"혼을 내는 것은 아니니, 그리 겁먹을 것은 없다."

"아니, 그러니까 소녀는 기녀가 아니라 누군가를 찾기 위해……."

"이리 근사한 사내의 벗은 몸을 보고도 평정심을 유지할 여인은 세상에 없을 것이니."

"예?"

"보고 싶고 눈에 담고 싶고 오래오래 간직하고 싶은 마음, 이해는 한다만, 그래도 이리 불쑥불쑥 나타나 내 휴식을 방해하는 것은 조금 곤란한 듯싶은데."

그렇게 말하는 사내의 얼굴에는 희미한 웃음기가 서려 있었다. 어쩐지 소진을 어르고 달래는 듯한 말투였다.

그의 말대로라면 오늘은 기녀까지 물린 채 휴식을 취하고 있는데 소진이 뜬금없이 날아든 것이었다. 그렇다면 화가 날 법한 상황인데도 그의 감정은 조금도 동요하고 있지 않았다.

"오늘은 여기서 물러나주는 것이 어떻겠느냐, 신입. 나와 함께 있고 싶은 너의 마음은 알겠지만 내가 오늘은 몹시 피곤해서."

사내는 그 말을 툭, 뱉어내며 소진을 향해 왼쪽 눈을 찡긋 깜빡여 보였다. 이렇게 잘생긴 사내가 대놓고 끼를 부리고 있으니 소진은 금방이라도 까무러칠 것만 같았다. 그런데 이상하게 그런 그의 얼굴이 자꾸만 낯이 익은 것 같아, 그녀는 당황스러웠다.

그때, 사내의 잘생긴 얼굴을 뚫어지게 직시하던 소진은 불현듯 얼굴 하나를 떠올렸다.

"아?"

소진의 피가 몸속을 빠르게 돌기 시작했다. 동시에 사내 역시, 소진이 빠졌던 온천수 위로 둥둥 떠오르는 웬 손수건 하나를 발견했다.

약속이라도 한 것처럼 두 사람의 눈이 일제히 커졌다.

"서, 선비님?"

자신의 눈앞에서 헐벗은 사내는 바로 소진이 그토록 오매불망 찾아 헤맸던 그 풍등제 날 자신이 구해준 선비였다! 소진은 반가운 마음에 사내의 손목을 덥석 쥐며 환하게 웃었다.

그런데 손수건을 거칠게 움켜쥔 사내는 이내 소진의 손목이 아닌 멱살을 강하게 움켜쥐고 말았다.

"너."

"어, 어⋯⋯?"

다짜고짜 자신의 멱살을 움켜쥐는 선비를 향해 소진이 놀라 입을 떡 벌렸다. 좀 전과는 확연히 달라진 그의 태도에 그녀는 놀랄 수밖에 없었다.

그의 눈에서는 아까는 보이지 않던 살기마저 느껴지고 있었다.

무언가 잘못되었음을 느끼며 소진이 고개를 치켜들었는데 순간, 그와 시선이 얽혔다.

"이걸 왜 네가 가지고 있는 것이지⋯⋯?"

그렇게 말하는 사내의 손에는 소진이 일 년 전, 그에게 미처 돌려주지 못했던 그의 손수건이 들려져 있었다.

"아, 그것은 소녀가 선비님께 돌려드리려다가 못 드린 손, 손수건이온데⋯⋯."

소진이 주절주절 말을 이어가는 순간에도 사내의 눈빛은 조금도 누그러지지 않았다. 아무래도 그의 손수건을 소진이 훔쳤다고 생각하고 있는 모양이었다.

일의 과정을 말해주려 소진이 다시금 입을 열자, 사내는 소진의 멱살을 바짝 잡아당겼다.

"내가 지난날, 습격을 당했을 때 잃어버렸던 나의 물건을⋯⋯ 애월루의 기녀인 네가 들고 있다……?”

“예?”

찬찬히 소진의 얼굴을 뜯어보며 사내가 무지근하게 입술을 벌렸다.

사실, 사내는 일 년 동안 그날 자신을 습격한 무리를 찾고 있었다. 그 무리가 애월루로 뛰어드는 모습을 보았다는 호위 무사의 말에 사내는 일 년 내내 이곳 애월루를 드나들며 그들을 찾고 있었던 것이었다. 그런데 기녀 차림의 소진이 이 손수건을 들고 있으니, 그는 당연히 그날 자신을 죽이려 한 무리 중의 하나라고 오해할 수밖에 없었다.

“드디어 찾았군. 쥐새끼 같으니라고. 네 배후가 누구냐! 당장 고하지 못할까?”

좀 전과는 달리 사납게 얼굴을 일그러뜨린 사내의 호통에 어디선가 칼을 찬 호위 무사들까지 나타나고 말았다.

‘쥐새끼’라는 말에 소진의 눈이 커졌다.

“뭐? 쥐, 쥐새끼?”

그녀는 뒷머리가 뻐근해져오는 것 같았다. 하지만 사내는 더욱 무지근하게 압박하며 그녀를 거세게 흔들었다.

“네 배후를 당장 고하여라. 그렇지 않으면 이 자리에서 쥐도 새도 모르게 죽고 말 것이니.”

그중 단연 소진의 귓가에 콕 박히는 단어는 ‘쥐새끼’였다. 듣고도 믿기지 않는 그 말에 그녀는 입을 떡 벌리고 말았다. 눈치 없이 주르륵 흘러내리는 가체를 질끈 올리며 소진은 자신을 진심으로 죽일 듯이 내려다보고 있는 사내를 올려다보았다.

“지금 나한테 ‘쥐새끼’라고 하시었나요?”

소진은 억울한 듯 입을 떡 벌린 채 그를 직시했다.

"고하라고 하였다. 누구의 사주를 받고 날 죽이려 한 것인가."

하지만 사내는 가뿐히 소진의 말을 무시하며 그녀를 내려다보고 있었다. 사내의 차가운 음성에 소진의 심장은 산산조각이 나는 것 같았다. 소진은 그의 손을 거칠게 쳐내며 붉은 입술을 달싹였다.

"적반하장이군. 당신, 잘못 짚었어. 지금 실수하는 거라고."

그렇게 말하며 소진은 구겨진 저고리를 털어내며 등을 돌렸다. 은인인 자신에게 '쥐새끼'라 말하며 무례하게 구는 그와 더는 말을 섞고 싶지 않았다.

그러자 사내는 성큼성큼 소진에게 다가와 그녀의 등을 잡아 세웠다. 그러곤 그녀의 손목을 움켜쥐며 거칠게 그녀를 돌렸다.

"어딜 도망가."

그의 냉랭한 목소리에 소진이 흠칫 놀라며 고개를 올렸는데 그가 싸늘한 눈으로 자신을 빤히 내려다보고 있었다.

"이거 놓지? 나는 당신을 죽이려고 한 사람이 아니라 당신을 구해준 사람이거든?"

그 말에 순간, 사내의 미간이 찌푸려졌다.

"뭐라고?"

결국, 그의 손을 피하려고 뒷걸음질 치던 소진은 온천장 끝에 아슬아슬하게 서고 말았다. 하지만 사내가 소진의 손목을 단단히 움켜쥐고 있는 덕에 그녀는 온천장 끝에 겨우 발을 디디고 설 수 있었다. 이내 그녀의 얼굴을 빤히 훑던 그의 입술이 벌어졌다.

"구해준 사람이라니, 그게 무슨 말이더냐."

사내의 오해에 눈물까지 핑 도는 것 같아, 소진은 입술을 질끈 깨물었다. 가슴속이 뜨겁게 끓기 시작했다.

"내 왼손이 한 일을 오른손이 모르게 하라 하여, 내 입으로 당신에게 은혜를 베푼 일을 말하지 않으려 했소만!"

그녀가 빨개진 눈으로 말을 이어가자 사내는 굳은 얼굴로 그런 그녀를 빤히 바라보았다.

"내가 그날 밤 다친 당신을 의원에서 손수 치료했소. 그 손수건은 그날 그쪽이 내 앞에 떨어뜨리고 가는 바람에 내가 돌려주려 뒤따르다, 그쪽이 습격을 당해 급히 치료해주느라 경황이 없어 돌려주지 못한 것이고."

"기녀의 몸으로 민가에서……?"

헌이 미심쩍다는 얼굴로 소진의 손을 움켜쥐었다.

"소녀는 기녀가 아니라고 아까부터 계속 얘기했습니다만?"

"하면 어찌 그런 차림으로 여기에 있는 것이지?"

"그럴 사정이 있었습니다. 내 그거까지 소상히 그쪽에게 말해주어야 합니까? 한데 공자님의 가르침을 바탕으로 교양과 인격을 갖추셔야 할 선비님께서 어찌 그리 무례하고 불손하게 구시는지요? 그대는 은혜를 입은 사람에게 쥐새끼라고 하며 멱살잡이를 하시어요?"

그렇게 말하며 소진은 그의 손을 힘껏 잡아당겨 물속으로 함께 풍덩 빠졌다.

소진의 말에 당황한 선비는 속수무책으로 물속에 빠지고 말았다. 그는 정신이 번쩍 드는 것 같은 충격과 함께 물속에서 허우적대는 소진의 허리를 서둘러 움켜쥐었다.

"그럼 그때 날 구해주었던 은인이……."

소진은 자신의 허리를 잡아 자신을 부축하고 있는 사내의 손을 거칠게 쳐냈다. 그러곤 휘적휘적 홀로 온천장 안을 빠져나와 사내를 향해 자신의 가체를 냅다 던졌다.

툭―.

"아."

그녀가 던진 가체는 그의 이마에 정확히 명중했다.

"은혜도 모르는 이 배은망덕 같으니라고. 그런 줄도 모르고 나는 당신이 행여 잘못되었을까 봐 지난 일 년 내내 가슴 졸이며 그 손수건도 버리지 못하였는데……! 참으로 미련했습니다, 내가!"

소진은 그 말을 남긴 채 사내를 한참 노려보다, 황급히 등을 돌려 기방을 빠져나갔다.

굳은 얼굴로 이 모든 것을 지켜보고 있던 호위 무사가 서둘러 물속에 빠진 사내를 꺼내주었다.

"괜찮으시옵니까, 저하……!"

'저하'라는 말에 헌의 이맛살이 절로 구겨졌다. 사실 그는 이 나라의 왕세자 이헌(李憲)이었다. 헌은 사정이 있어 신분을 숨긴 채, 지난 일 년 동안 애월루를 드나들고 있었다.

세자 헌을 보필하는 호위 무사 윤현은 걱정스러운 얼굴로 헌을 바라보았다. 그러자 헌은 멀어져가는 소진의 뒷모습을 빤히 응시하며 입술을 질끈 악물었다.

―은혜도 모르는 이 배은망덕 같으니라고…….

소진의 분기 어린 목소리가 헌의 귓가에 쟁쟁 울렸다.

"애월루에서…… 일 년을 버틴 보람이 있다고 해야 하는 것인가."

굳은 얼굴로 소진이 남기고 간 한 덩어리의 미역 같은 가체를 내려다보았다.

"하지만 저 여인은 은인일 뿐…… 저하께서 그날 밤 미행하던 이가 아니지 않습니까."

윤현은 조금 아쉽다는 얼굴로 소진이 사라진 쪽을 바라보았다. 헌은 그런 윤현을 바라보며 느리게 고개를 저었다.

"하나, 은인도 아닐 수도 있지."

"아."

"손수건 하나만으로 어찌 믿어. 나를 죽이려다 얻은 것인지는 알 길이 없지 않은가."

그의 말에 윤현도 미심쩍은 눈으로 헌의 손수건을 내려다보았다.

"은인이든, 살수든. 어쨌든 그날의 일을 알고 있는 이가 나타났으니 이 기회를 반드시 잡아야 한다."

"아무래도 소신 역시 기녀 복장을 한 저 여인이 수상하긴 합니다. 저하를 해치려고 한 무리가 이 애월루에 숨어든 것을 소신이 똑똑히 보았사옵니다."

"대체 내게 그날 밤, 무슨 일이 있었던 것일까."

헌은 그렇게 말하며 지끈거리는 머리를 움켜쥐었다. 아무리 생각해도 그때의 기억만 없었다. 분명히 지난 그믐밤, 풍등제가 열리던 날 습격을 받은 것 같은데. 대체 자신이 어디로 향하고 있었던 것인지, 누구에게 왜 습격을 받은 것인지 도통 기억이 나지 않았다.

애석하게도 의문의 그날, 헌은 누군가의 습격을 받아 머리를 다친 뒤 눈을 떠보니 낯선 의원이었다. 앞뒤 상황이 생각이 나지 않았지만, 더 지체할 수 없었던 헌은 서둘러 환궁했던 것이었다.

─외부의 충격으로 인한 부분적인 기억 소실중인 것 같사옵니다. 응급 처치를 한 것을 보니 정식 의원의 손길이 닿은 것은 아닌 것 같고…… 민간요법으로나마 다행히 치료를 잘한 덕에 목숨을 구하실 수

있었습니다.

피를 잔뜩 흘리고 나니 기억이 몽땅 사라진 뒤였다. 눈을 떴을 때는 잠행을 나섰다가 환궁하러 길을 잡던 기억만 있을 뿐, 그 후의 기억은 모조리 사라져버린 것. 그 길로 동이 트자마자 윤현을 보내 자신을 구해준 은인을 찾으려 했지만, 의원 영감은 알지 못한다고 했다.

은인을 찾으면 일의 전말을 조금이나마 알 수 있을까 싶었는데 그마저도 쉽지 않았던 것이었다. 행여 머리를 심하게 다친 자신의 건강 상태로 인해 폐위 이야기가 나돌까, 헌은 자신이 머리를 다친 것을 극비에 부치며 한동안 잠행을 멈추었다.

헌의 얼굴이 답답함으로 일그러졌다.

"분명히 내가 누군가의 뒤를 쫓고 있었을 것이야……. 그렇지 않고서야 가만히 있는 나를 공격할 이는 아무도 없을 테지. 그렇다면 나는 왜 미행을 했던 것일까."

"눈 깜빡할 사이에 저하를 놓치고 황급히 저하의 뒤를 따랐으나…… 저하께서는 흔적도 없이 사라지고 난 후였습니다. 저잣거리가 어수선한 것을 보아하니 필시 무슨 일이 생긴 것 같았고…… 미친 듯이 저잣거리를 뒤지던 중 이곳 애월루로 수상쩍은 무리가 뛰어드는 것을 소신이 발견한 것이었습니다."

애월루는 한양에서 제일 큰 기방이자 실세들이 모두 드나드는 곳이었기에 그 어느 곳보다 소식이 빠르게 돌았다. 이곳 기녀들 역시 한양의 거물들만 상대했기에 나라님도 모르는 비밀과 비리를 모두 꿰뚫고 있었다.

그랬기에 헌은 지난 일 년 동안 기방을 드나드는 '망나니 세자'라는 오명까지 뒤집어쓴 채 이곳 애월루를 찾아 기녀들을 마주했다. 하지만 헌이 원하는 답을 얻을 수는 없었다. 일 년 내내 애월루를 찾았지만, 헌은 그날 잃어버린 기억의 조각을 조금도 얻지 못했다.

그런데…… 반드시 기억해내야 할 그날의 기억을 알고 있는 이가 나타났다니!

헌의 얼굴이 딱딱하게 굳어갔다.

"저하…… 기억을 찾는 것도 좋지만, 정체가 불확실한 저 여인에게 도움을 받는 것은……. 그러다 행여 저하께서 기억 소실증에 걸린 것이 소문이 난다면……."

윤현이 조심스럽게 말문을 열자 헌은 무감한 얼굴로 하늘을 올려다보았다.

"일 년이 지났습니다. 일 년 내내 저하께서 기방을 드나든 보상을 받을 수도 있을 텐데요……. 여기서 관두는 것은 너무 아쉬운 일일 듯싶습니다. 그들이 지금쯤이면 경계를 풀고 애월루에 얼굴을 나타낼 수도 있지 않습니까."

윤현이 조심스럽게 헌에게 의견을 올렸다.

"네 말대로 지난 일 년 내내 이곳 애월루에서 온갖 기녀들과 사람들을 마주했다. 하지만 그 누구도 나를 보고 동요하는 눈빛을 지닌 이는 없었다. 또한, 그날의 일을 언급하는 이도 찾지 못했지."

"하오나……."

"어차피 나는 그날의 기억조차 없는 기억 소실증에 걸린 천치가 아니더냐."

"저하."

"내가 목숨까지 걸고 미행하던 이를 앞에 두고도 알아보지도 못할 텐데……."

그렇게 말하는 헌의 얼굴이 딱딱하게 굳어져갔다. 윤현 역시 심란한 표정으로 그를 바라보았다.

"당장, 저 여인의 뒤를 따르거라."

"하오시면."

"무슨 일이 있어도 방금 그 규수를 찾아내야 한다. 은인인지, 은인인 척하는 살수인지. 저 여인에 대해 더 알아보아야겠다. 내 잃어버린 그날의 기억을 유일하게 알고 있으니."

그 말에 윤현은 굳은 얼굴로 고개를 조아렸다.

"저 여인을 찾아 어찌하실 생각입니까?"

"내 사람으로 만들 것이다. 행여나 나의 정체가 밝혀지더라도, 해서 내가 기억 소실증에 걸렸다는 약점을 알게 되더라도. 그래야 오롯이 나의 편에 서서 그것을 숨겨주지 않겠느냐."

헌은 의미심장한 표정을 지으며 정면을 응시했다.

"어쨌든 지금 나는 불리한 상황에 부닥쳐 있으니, 저 여인에게서 내가 손해 보지 않고 필요한 것을 얻어낼 방법은 그뿐이다. 완벽하게 나의 사람으로 만드는 것."

"저 여인을 유혹……이라도 하실 거란 말씀입니까?"

윤현의 물음에 헌이 가볍게 웃음을 터뜨렸다.

"그것이 필요하다면, 기꺼이 해야겠지."

제 2 장

세자, 영의정의 여식을 탐하다

다음 날, 소진은 책방에 가기 위해 숙자와 함께 저잣거리로 나섰다. 어제의 황당한 일이 아직 잊히지 않는다는 듯 소진은 고개를 절레절레 저었다.

"우리 아씨, 안방마님께 다리 부러질 뻔하면서까지 그 선비를 도왔는데…… 아주 쥐새끼 취급당하고. 억울해서 어쩐대요?"

숙자는 골이 난 소진을 돌아보며 물었다.

"응. 네 말대로 손수건 그냥 냅다 버릴 걸 그랬어. 쥐새끼라니. 나 원 참, 어이가 없어서."

"그러니까요. 원래 사람이 착한 일을 하고도 티를 내지 않으면 안 된 나니까요? 맨날 아씨는 왼손이 한 일을 오른손도 모르게 하라시는데, 요즘 세상에는 그런 게 안 통해요."

숙자가 입술을 삐죽이며 소진보다 더 화를 내자 소진은 피식 웃으며 숙자를 돌아보았다.

"하면 어찌해야 하는데?"

"아주 왼발까지 다 알도록 떠벌려야 하죠! 아씨께서 허구한 날 고리타분한 서책만 들여다보시니 세상 물정을 모르시는 것 아니에요."

숙자와 어제 있었던 일을 두런두런 이야기하다 보니 어느새 책방 앞에 다다랐다. 소진은 곁에서 꿍얼거리는 숙자를 재미있다는 듯 바라보며 책방 안으로 들어섰다.

"그래도 고리타분한 서책이 세상에서 제일 재미난 것을 어째?"

그런데 누군가가 황급히 그녀의 어깨를 두드렸다.

"아씨……! 잠시만요!"

다급한 사내의 목소리에 소진이 서둘러 고개를 돌렸는데 웬 무사복을 입은 사내가 가쁘게 숨을 몰아쉬고 있었다.

"누구십니까?"

소진이 조금 떨떠름한 얼굴로 사내를 올려다보자 그는 소진을 향해 정중하게 고개를 조아려 보였다.

"소인은 일 년 전, 아씨께 은혜를 입은 저희 도련님을 모시고 있는 무사이옵니다."

그 말에 소진의 얼굴이 딱딱하게 굳어졌다. 숙자 역시 팔짱을 낀 채, 사내를 험악하게 위아래로 훑었다.

"한데 무슨 일이십니까?"

"저희 도련님께서…… 어제의 무례함을 사과하고 싶으시다고. 그리고 일 년 전 입은 은혜에 대해 보답을 하고 싶으시다 하시어 아씨를 이리 찾아오게 되었사옵니다."

사내의 말에 소진은 콧방귀를 끼며 고개를 절레절레 저었다.

"아니, 되었어요. 받을 사과도, 보답도 없으니 돌아가시지요."

그렇게 말하며 소진이 책방 안으로 들어서기 위해 걸음을 옮기자 사내가 다시금 그녀의 앞을 가로막고 섰다. 그러곤 애원하듯 두 손을 모은 채 얼굴을 찌푸렸다.

"한 번만…… 저희 도련님을 만나주시면 안 되겠습니까?"

무사의 간청에 소진이 입술을 질끈 깨물었다.

"제가 왜 그래야 합니까? 지난날, 베풀었던 은혜를 도로 무르고 싶을 만큼 소녀는 어제 그쪽 도련님께 아주 크게 실망한 것을요? 하니, 일 년 전의 은혜도 어제의 무례도 모두 없던 일로 하자, 그리 전하여주시겠어요?"

소진은 그 말을 힘주어 말하며 다시 등을 돌리려 하는데 사내가 품 속에서 무언가를 꺼냈다. 소진의 시선이 자연스럽게 그의 손 위로 향했다. 서찰인 듯, 종이 하나가 곱게 말려져 있었다.

"하면 이거……. 저희 도련님께서 전해주시라 하였습니다. 혹, 마음이 풀리신다면 정자나무 언덕으로 나와주시겠습니까? 그곳에서 저희 도련님께서 기다리고 계실 것입니다. 부디 저희 도련님의 진심을 받아주십시오, 아씨."

머뭇거리는 소진의 손에 종이를 쥐여주고 사내는 사라졌다. 그 모습을 빤히 바라보던 숙자가 소진의 팔을 쥐었다.

"아씨, 얼른 펴보세요! 서찰인가……?"

종이를 펴자 자신의 얼굴이 담긴 용모화(容貌畵)가 나타났다.

"와아……!"

용모화를 보자마자 소진의 입이 떡 벌어졌다. 풍성한 가체를 올린 채, 물에 젖은 소진의 모습이 종이 위에 곱게 그려져 있었다. 어제 잠깐 마주한 자신의 모습을 기억하고 그린 듯 보였다.

"어머나! 이거 아씨 아니에요? 너무 예쁘다."

가슴을 콩닥콩닥 뛰게 할 만큼 정성스럽게 그린 용모화. 괜스레 소진의 뺨이 어제처럼 다시 붉어지는 듯했다.

그런데 채색을 하다 만 그림에 소진이 조금 의아하다는 얼굴로 종이를 빤히 내려다보았다.

"한데 왜 그리다가 말았대요?"

"글쎄······. 무슨 뜻이지?"

"어째 미완성인 채로 선물을 준답니까?"

그때, 용모화 한 귀퉁이에 작게 적힌 글귀가 눈에 들어왔다.

각골난망(刻骨難忘)한 낭자의 은혜에,
밤새 그대의 모습을 떠올리며 나의 마음에 새겨주려 하였으나
화를 내고 돌아서는 모습밖에 기억에 남아 있지 않아
낭자의 얼굴을 그리다 멈추고 말았소.
은인인 낭자의 고운 얼굴을 이 마음에 새기고 싶어
감히 미완성인 용모화를 보냅니다.
부디 어제의 무례를 사과할, 그리고 은인인 그대의 미소를
내 마음에 새길 기회를 주시겠습니까.

생각했던 것보다 영 개차반은 아닌 듯싶었다. 소진은 그가 그린 자신
의 아름다운 용모화에서 눈을 떼지 못했다.

비록 미완성인 그림이었지만 그 짧은 만남을 갖고도 자신의 얼굴을
기억해 이리 똑같이 그렸다는 것이 놀라웠고 가슴을 뛰게 만들기 충분
했다.

"뭐래요, 아씨?"

"기회를 달라는구나."

"기회요······?"

종이를 곱게 접어 품에 넣으며 소진은 미련 없다는 듯 책방으로 쏙
들어섰다.

"아씨? 이리 예쁜 선물을 받고도 선비님한테 안 가시려고요?"

숙자의 물음에 소진은 알 듯 말 듯 피식, 웃음을 터뜨렸다.

"글쎄. 이왕 마음에 새겨질 은혜, 어여쁜 모습으로 새겨지는 것도 나쁘지 않을 것도 같지만⋯⋯. 어째 난봉꾼 냄새가 나는 것 같기도 하구나."

윤현은 걱정스러운 얼굴로 정자나무 언덕으로 향하는 헌을 바라보았다. 마치 꽃잎이 휘날리는 듯 헌의 도포 자락이 바람결에 곱게 펄럭였다.

"그 규수께서 나올까요?"

자신 없다는 듯 윤현이 말끝을 흐리자 헌은 피식 웃으며 고개를 치켜들었다. 그러곤 부채를 소리 나게 탁, 펴 들고는 얼굴을 반쯤 가리었다.

"당연하지. 세상에서 내게 제일 쉬운 것이 여인네의 마음을 흔드는 것이다."

"보통내기는 아닌 것 같딘데⋯⋯."

"그래 봤자 별수 없는 여인이 아니겠느냐."

부채 너머로 눈만 내어놓은 헌은 자신만만한 얼굴로 언덕 위를 올려다보았다. 그런 헌을 향해 윤현이 조심스럽게 말문을 열었다.

"한데 정말 아무 탈 없이 그 여인에게서 그날의 단서를 찾아낼 수 있을까요? 소신은 아무리 생각해도 조금 위험한 접근인 것 같아⋯⋯."

그러자 헌은 무표정한 얼굴로 저 멀리 보이는 정자나무 언덕을 응시했다.

"내가 반드시 알아야 하고 다른 이는 절대 몰라야 할 비밀을 그 여인이 품고 있다. 하니, 내 것으로 만드는 수밖에. 내가 세자라는 것만 숨기면 될 것이니 걱정 말거라."

담담하게 그리 말한 헌은 정자나무 언덕을 향해 부지런히 걸었다.

그런데 정자나무 언덕에 다다르는 순간에도 소진은 보이지 않았다. 어쩐지 자신만만하던 헌의 얼굴이 조금 찌푸려졌다.

"오지 않으신 것 같은데요, 저하."

점점 정자나무와 가까워졌지만 여인의 모습은 그 어디에도 없었다.

"그럴 리가 없는데."

이상하게 자존심에 생채기가 난 것 같은 기분이 들었다. 토라진 여인네들의 마음을 돌리는 것에는 늘 용모화만큼 제격인 선물은 없었다.

"우선 조금 더 기다려……!"

그때, 뒷짐을 진 채 굳은 얼굴로 나무를 올려다보고 있는 헌의 뒤에 누군가가 성큼 다가와 섰다. 헌은 역시, 하는 얼굴로 고개를 돌렸다.

그런데 기다리던 소진이 아닌 뜻밖의 얼굴이 헌의 앞에 섰다.

"저하, 아니…… 형님을 뵈옵니다."

"넌."

왕위 계승 서열 2위, 민 소용(昭容)의 장자 보은군. 그는 밖에서는 '형님'이라 부르라던 그의 말이 생각나 황급히 말을 고쳤다.

무심한 눈으로 보은군을 내려다보던 헌은 심드렁하게 입을 열었다.

"그래, 오랜만이구나."

내심 그 여인이길 바랐던 헌은 실망감을 감추지 못한 채, 떨떠름한 표정을 지었다. 언제나 자신보다 작은 아이인 줄 알았는데, 어느덧 자신만큼 자란 보은군을 바라보는 헌의 눈초리는 차갑기만 했다. 그러자 보은군은 조아렸던 고개를 슬쩍 들어 헌을 바라보았다.

"한데, 여기에는 어쩐 일로……."

"기방에 술을 마시러 나왔다, 누구를 잠깐 만나려고."

"아, 하면 함께 내려가 소인이 한 잔 올려도 되겠사옵니까?"

보은군은 환하게 웃으며 조심스럽게 말을 건넸다. 그 악의(惡意) 없는 순수한 웃음을 말없이 바라보던 헌이 그에게 한 발짝 가까이 다가갔다. 어쩐지 보은군을 내려다보는 헌의 얼굴이 살벌하게 굳어져갔다.

헌은 허리를 슬쩍 굽혀 그의 귓가에 속삭였다.

"네놈이 주는 술잔을…… 어찌 내가 편히 마실 수 있겠나."

"예……?"

"독이라도 탔으면 어쩌려고."

싸늘한 그 말을 남기며 다시금 허리를 든 헌이 이내 다정한 얼굴로 그의 어깨를 따뜻하게 토닥였다.

"마음만 받겠네. 다음에 한잔함세."

"형님."

그렇게 등을 돌리는 헌을 감히, 보은군이 막아서고 말았다. 그 순간 반듯하던 헌의 눈썹이 확, 일그러졌다.

"뭐 하는 짓이지."

"소인은 형님과 친하게 지내고 싶습니다."

보은군은 진심 어린 눈빛으로 그를 올려다보았다. 그러자 헌의 비싯 솟은 한쪽 입꼬리가 파르르 떨렸다.

"나와…… 네가?"

"예. 저번에도 형님께 말씀드렸지만 소인은 절대 형님의 자리에는 관심이 없다고……."

주절주절 말을 이어가는 보은군의 말허리를 헌이 잔인하게 잘라냈다.

"잊었느냐. 무슨 수를 써서라도 나를 제거하려는 화론파가 바라보는 이는 너라는 것을."

"형님, 그것은 오해십니다. 소인은 그들과 같은 곳을 바라보고 있지 않습니다."

보은군은 그의 눈을 똑바로 직시하며 확고하게 제 뜻을 전했다. 하지만 어쩐지 그런 그를 내려다보는 헌의 미간이 일그러지고 있었다.

"그들은 중전마마의 배 속에 있는 용종(龍種)을 보고 있다는 걸, 형님께서도 잘 알고 있지 않사옵니까."

그 말에 헌은 재미있다는 듯 소리 내어 웃고야 말았다.

"그것은 중궁전이 아들을 낳았을 때의 일이고."

"……!"

"다 알고도 모르는 척하는 것이냐, 아니면 아직 그 정도의 머리가 되지 못하는 것이냐."

"형님."

헌은 왕위 계승 서열 1위의 왕세자였지만 언제나 그 자리를 위협받고 있었다. 어린 시절부터 총명하고 영특해 왕의 신임을 두둑이 받던 원자였지만 출신이 그의 발목을 잡은 것이었다. 무수리 출신 숙원 조 씨의 몸에서 태어난 세자 헌. 그것만으로도 헌은 몇 번이고 폐위 위기에 처하곤 했었다.

세자 헌을 몰아내려는 화론파와 그를 지켜내려는 수론파의 싸움은 이미 숙원 조 씨가 헌을 회임하면서부터 시작되었다. 적통을 중요시하는 조선에서 무수리의 배에서 나온 원자는 화론파들이 물어뜯기 좋은 먹잇감이었다.

하지만 보은군은 달랐다. 민 소용의 장자이자 번듯한 외가를 둔 왕의 아들. 그는 날 때부터 헌과는 다른 피가 흐르는 사람이었다.

그래서 헌은 머리가 굵어지고 아군과 적군을 철저하게 가려내는 눈이 생기자, 냉철하고 천재적인 면모를 숨기고 여색과 술을 밝히며 감히 기방까지 넘나드는 망나니 세자로 살게 된 것이었다.

날 때부터 타고난 용모에 능글맞고 뇌쇄적인 언변으로 온갖 여인을 홀리고 다니니 자연스레 헌은 화론파의 경계 대상에서 멀어져갔다. 하지만 헌은 그 점을 노린 것이었다. 적을 안심시킨 뒤, 적시를 노려 화론파의 머리를 치는 것.

"내 자리를 꿰차려면 조금 더 때가 묻어야 할 듯싶구나, 아우야."

헌은 다시금 입술을 일그러뜨리며 보은군을 돌아섰다. 그런데 헌의 등 뒤에서 예상치 못한 목소리가 들려왔다.

"보은군 대감, 여기서 다 만납니다. 여기는 어쩐 일이세요?"

보은군과 헌의 고개가 동시에 돌아갔다. 그곳에선 소진이 환하게 웃으며 보은군을 바라보고 있었다.

순간 헌의 얼굴이 굳어졌다.

"아, 소진 낭자. 이 뒷산에 사냥하러 갔다 오는 길인데. 안 그래도 낭자를 만나러 가려던 참이었습니다."

"아, 무슨 할 말이라도 있으셔요?"

소진은 특유의 밝고 명랑한 얼굴로 보은군의 앞에 섰다. 아직 그의 곁에 서 있는 헌을 발견하지 못한 듯했다.

"저번에 부탁한 서책을 찾았거든요. 여기."

"아, 그거라면 그리 급한 건 아니었는데. 고맙습니다, 대감."

"내가 낭자 성격을 아는데. 읽고 싶은 건 금세 읽어야 직성이 풀리지 않습니까?"

그렇게 말하는 보은군이 낮게 웃었다.

"안 그래도 혼자 힘으로 구해보려 했는데 역시 없더라고요."

소진이 생긋 웃으며 보은군을 올려다보았다. 제법 친해 보이는 두 사람의 모습에 왠지 헌의 얼굴이 더 딱딱하게 굳어가는 것 같았다.

사실 보은군과 소진은 어린 시절부터 함께 자라오다시피 한 절친한 벗 사이였다. 남들은 보은군이 왕의 아들이라 어려워할 때 소진은 달랐다. 꼭 동네 친구 대하듯 그를 편안하게 보았고, 그 덕에 왕의 아들이란 이유로 외로이 자란 보은군에게 소진은 둘도 없는 존재였다.

"한데 안색이 좋지 않습니다, 대감. 무슨 고민이라도 있으십니까?"

소진의 물음에 보은군은 느리게 고개를 저으며 피식, 웃었다.

"아닙니다. 낭자께서 걱정해주니 없던 고민도 녹는 기분입니다."

"걱정거리는 나눌수록 반이 된다 했습니다. 마음 쓰이는 일 있으면 주저 말고 말씀하세요, 대감."

고민거리도 나누는 사이라니, 헌은 흥미롭다는 듯 두 사람을 빤히 바라보았다.

"말씀만으로도 감사합니다. 그러도록 하지요, 낭자."

보은군은 그렇게 대답하며 밝게 웃어 보였다. 그러다 소진의 시선이 무심코 헌의 얼굴 위에 닿았다.

"아……. 선비님께서도 계셨군요."

소진은 헌을 보자마자 흠칫 놀라며 환히 지어 보였던 미소를 거두었다. 헌은 고개를 삐딱하게 틀어서는 자신의 시선을 슬며시 외면하는 소진을 내려다보았다.

"보은군, 내 이 낭자와 선약이 있어서."

"아, 형님께서도 소진 낭자를…… 아시옵니까?"

세자 헌이, 영의정의 여식인 소진과 아는 사이라니. 순간 보은군의 얼굴이 딱딱하게 굳어갔다. '형님'이라는 말에 소진이 호기심 어린 얼굴로 보은군과 헌을 번갈아 쳐다보았다.

"저와 호형호제(呼兄呼弟)하는 사이라."

변명처럼 그 말을 덧붙이며 보은군이 멋쩍게 소진을 바라보았다. 무슨 말을 하려 입술을 달싹이다, 헌의 싸늘한 눈빛에 소진과 인사만 나누었다.

"하면 말씀 나누세요, 형님. 소진 낭자, 그럼 먼저 가보겠습니다."

"예, 나리."

"대감과 부인께 안부 꼭 전해주시고요."

"물론입니다. 소용 마마님께도 안부 전해주셔요."

"알겠습니다, 낭자. 하면 다음에 또 뵙도록 하지요."

헌은 친해 보이는 두 사람의 모습이 조금 신경 쓰였다.

'민 소용과도 안부를 주고받는 사이라……? 대체 어느 가문의 여식인 것이지. 보은군과 혼담이라도 주고받는 사이일까.'

보은군 역시 소진을 지나쳐 몇 걸음 걸어가다 뒤를 돌아보았다. 그는 헌과 단둘이 남은 소진이 걱정되었다. 발걸음이 잘 떨어지지 않았지만, 자신을 차갑게 쏘아보고 있는 헌 때문에 억지로 걸음을 돌릴 수밖에 없었다.

"그럼 어제 나누던 이야기를 마저 나누어볼까요, 낭자."

헌은 보란 듯이 부드러운 미소를 지으며 다정히 소진의 어깨를 짚었다. 그 모습에 보은군은 저도 모르게 미간에 주름이 잡혔다. 하지만 그들의 모습을 더 보고 있는 것이 결례인 듯해 보은군은 속히 자리를 피했다. 돌아서면서도 보은군의 마음은 찝찝했다.

"보내주신 용모화는 잘 받았습니다."

소진은 용모화를 받고 크게 감명받았으면서 아닌 척 덤덤하게 말했다. 헌은 태연하게 미소를 머금고서 슬쩍 허리를 굽혔다. 부러 소진과 눈을 맞추며 은은한 눈웃음을 지어 보였다.

"어제의 결례는 용서하여주시지요. 낭자의 말씀대로 선비의 기품을 잃고 순간의 감정이 앞서 은인에게 큰 무례를 범하였습니다. 고작 그림 한 장으로 낭자에게 저지른 실수를 모두 무마할 수는 없겠지만 제 마음이니 기꺼이 받아주셨으면 좋겠습니다."

어제와는 다르게 정중하게 고개를 숙여 보이는 헌. 소진은 그런 그를 물끄러미 바라보며 입안에서 혀를 굴렸다.

'본색을 드러내시지?'

아무리 정중하게 사과를 한다 해도 어제 제 멱살을 쥐고 흔들며 쥐새끼라 하던 그의 살벌한 눈빛은 잊을 수가 없었다.

"잘못을 인정하고 사과를 할 수 있는 용기도 공자님의 제자로서 갖추어야 할 덕목이라 할 수 있지요."

사과를 받아주겠다, 받아주지 않겠다는 말없이 애매하게 대꾸하는 소진의 모습에 순간 헌의 말문이 턱, 막혔다. 아무래도 강력한 맞수를 만난 것 같았다.

"여인의 몸으로도 서책에 관심이 많으신가 봅니다. 보은군께서도 직접 서책을 이리 전하는 걸 보니."

헌이 슬쩍 웃으며 소진이 품에 안고 있는 서책을 턱짓으로 가리켜 보였다. 소진 역시 빙그레 미소를 띤 얼굴로 헌을 똑바로 바라보았다.

"여인이라고 하여 서책을 소홀히 할 수는 없지요. 무릇 배움에 있어 남과 여는 없다고 생각합니다. 아는 만큼 보이고 보이는 만큼 행동하는 것이라 생각하거든요."

"그렇지요. 낭자의 말씀이 옳습니다."

"해서 누구처럼 폭력을 행사하거나 폭언이 앞서는 무지(無智)한 행동을 하지 않기 위해 무던히 배우고 깨우치고 있는 중입니다."

담담하게 말하며 소진은 씩, 입가에 곡선을 그려 보였다. 그러니까 저 말은 지금 헌을 두고 하는 소리였다.

폭력을 행사하고 폭언을 앞세우는 무지한 인간.

웃는 얼굴에 침을 뱉을 수도 없고.

헌은 자신을 향해 생긋 미소만 짓고 있는 소진을 내려다보며 그녀를 따라 억지로 웃었다. 하지만 그 속은 부글부글 끓고 있었다.

"아쉽습니다. 참으로 박식하신 것 같은데 사내로 태어나셨으면 저와 함께 정사(政事) 이야기도 하며 조선의 안녕을 위해 힘써 볼 수 있었을 텐데요."

어떻게든 그녀의 환심을 사기 위해 헌은 다정함을 잃지 않았다.

"다 같은 사내라고 그런 중한 일을 함께 도모할 수야 있겠습니까. 자고로 이 마음이 통해야 그런 속 깊은 이야기를 나눌 수 있지 않겠습니까?"

하지만 그에게 있어 소진은 어쩐지 태산과도 같은 여인인 것 같았다.

"어쩐지 낭자와 함께 그런 속 깊은 이야기를 나눠보고 싶습니다."

"그렇습니까?"

"아, 그러려면 먼저 이 마음이 통하여야 하는가."

방심하고 있던 소진의 뺨에 헌의 달콤한 목소리가 내려앉았다. 헌은 그렇게 말하며 피식, 미소를 지었다. 어쩐지 소진의 심장이 콩, 콩, 콩 작게 뛰는 것 같았다.

"하면 이 마음이 통하려면 어찌해야 합니까?"

헌은 소진을 뚫어져라 응시했다. 그의 까만 눈동자에 조금은 상기된 소진의 얼굴이 폭, 담겼다. 그의 진득한 시선에 괜스레 소진의 뺨이 붉어졌다.

"마음이 뭐…… 사람의 힘으로 통하고 말고가 되겠습니까?"

소진은 괜스레 퉁명스러운 어투로 대꾸했다. 하지만 헌은 포기하지 않았다.

"실은 그 용모화에 저의 사심도 담겨 있을 것입니다."

"사심이라니요……?"

"밤새 낭자의 얼굴을 그리며 내일 꼭 낭자를 다시 보았으면 좋겠다, 내내 생각했거든요."

그렇게 말하며 헌이 소진을 향해 한 걸음 성큼 다가왔다. 어제 기방에서 자신의 멱살을 쥐고 흔들 때와는 정반대의 모습이었다. 한없이 부드럽고 자상하기만 한 헌의 태도에 소진의 눈동자가 혼란스러운 듯 흔들렸다. 어떤 것이 이 사내의 진짜 모습일까.

헌은 부끄러워하는 소진의 모습을 면밀히 살폈다.

'정녕 네가 내 은인이 맞는 것이냐.'

그의 눈빛이 불같이 타올랐다, 누그러졌다. 속내를 들키지 않고 소진에게서 그날의 일을 얻어내야만 했다.

"흠, 흠흠……!"

하지만 호락호락하게 틈을 보일 소진이 아니었다.

'누가 그딴 수작에 넘어갈 줄 알고?'

그녀는 한 걸음 물러나며 목소리를 가다듬었다.

"목숨을 구한 은인이 어디 보통 인연이겠냐만은 그래도 되었습니다. 대가를 바라고 한 일은 아니니 은인인 소녀를 밤새 고마워하시며 '각골난망' 하시었다면 그걸로 되었습니다."

그녀는 '각골난망(刻骨難忘)'이라는 말을 힘주어 말하며 고개를 들었다. 소진의 말에 헌이 피식, 웃음을 터뜨리며 고개를 비스듬히 꺾었다.

"그럼 소녀는 이만."

이내 소진은 서둘러 그에게 고개를 숙여 보이곤 등을 돌렸다. 그런데 헌이 그런 소진의 손목을 지그시 잡아 다시금 자신을 보게 했다.

"어……?"

놀란 소진이 눈을 동그랗게 뜨고 헌을 올려다보았다. 자신의 손목에 닿은 그의 뜨거운 손길에 그녀의 몸이 잘게 떨렸다.

"누가 은인으로 밤새 생각했대."

다짜고짜 그렇게 말하는 헌의 눈길이 어쩐지 뜨겁게 타오르고 있는 것 같았다.

"예……?"

소진은 떨리는 숨결을 애써 숨긴 채 그렇게 되물었다.

"밤새 내가 이 종이 위에 그린 것은 은인이었으나, 머릿속에 내내 떠올린 것은 결코 은인만이…… 다가 아닐 텐데."

그의 눅진한 숨결이 소진의 여린 살결 위에 닿았다.

"그것이 무슨 말씀입니까?"

갑작스러운 그의 말에 소진의 눈동자가 흔들리기 시작했다.

"나는 계속해서 낭자를 보았으면 합니다. 낭자의 생각은 어떻습니까?"

애매모호한 그 말에 소진이 목구멍에 힘을 주었다.

"계속해서 보자 하심은 은인인 저에게 은혜를 갚고 싶다는 말씀입니까, 아니면 혹…… 여인으로서 보고 싶으시다는…… 말씀입니까?"

소진의 떨리는 그 물음이 헌의 뺨에 아슬아슬하게 닿자, 연신 미소를 머금고 있던 그의 입술이 뜨겁게 벌어졌다.

"당연히."

그녀의 눈길이 뜨겁게 젖은 헌의 입술 위에 닿았다. 소진의 검은 눈동자가 옅게 흔들리고 있었다.

'그럼 그렇지.'

헌은 잔뜩 긴장해 얼어붙은 소진을 내려다보며 피식 웃었다.

"전자(前者)이지요."

"……!"

"아무리 낭자께서 괜찮다고 사양하시나 어찌 공자님의 가르침을 받고 배우는 자로서 은혜를 갚지 않겠습니까?"

소진은 순간 그의 허무맹랑한 대답에 힘이 쭉 빠지는 것 같았다.

'뭐야, 나 왜 긴장한 거야?'

그녀는 서둘러 그의 품에서 떨어지며 옷매무시를 가다듬었다.

"그건 되었다고 했잖습니까."

소진의 목소리가 퉁명스러웠다. 헌은 빙글빙글 웃으며 뒷짐을 지고는 슬며시 그녀를 내려다보았다.

"그저 그런 은혜가 아닌, 낭자께 목숨을 얻었습니다. 보은(報恩)할 수 있는 기회를 주시지요."

"사양을 거절하는 것 또한, 예(禮)는 아니지요. 부담스러우니 보은은 이것으로 받은 걸로 하겠습니다. 그럼."

그렇게 말하며 소진은 헌이 그린 용모화를 흔들어 보였다. 그러곤 서둘러 언덕을 내려섰다. 멀어지는 소진의 뒷모습을 바라보던 헌은 다시금 얼굴을 굳히고는 턱 끝을 쓸었다.

그때, 숨어 있던 윤현이 황급히 헌의 곁으로 다가왔다. 헌은 표정을 굳힌 채 턱짓으로 소진을 가리켜 보이며 입을 열었다.

"쫓아라. 오늘은 반드시 어느 가문의 여식인지 알아내야 할 것이다."

"예, 저하."

⚓

"뭐야……? 배은망덕으로도 모자라 난봉꾼이었단 말이야?"

소진은 소리 나게 술잔을 내려놓으며 어처구니없다는 듯 하늘을 올려다보았다.

"내가 사내 보기를 돌같이 하는 여인이라 그렇지, 너였으면 아마 홀라당 넘어갔을 게다. 아주 이 언변까지 수준급이었다니까? 난봉꾼이 따로 없었어!"

여전히 눈앞에 선한 헌의 잘난 얼굴에 소진은 기분 나쁘다는 듯 입술을 구겼다. 봉희는 그런 소진이 재미있다는 듯 바라보며 빈 잔에 술을 따라주었다.

"그래도 어째, 한소진. 책만 들여다보느라 사내에는 도통 관심 없는 줄 알았더니…… 용케 난봉꾼도 가려낼 줄 알고. 대단한데?"

"당연한 거 아니니? 이 언니를 뭘로 보고."

소진은 피식 웃으며 봉희와 술잔을 마주쳤다. '쨍그랑' 하는 맑은 소리가 봉희의 집 안채를 울렸다. 얼큰하게 취해가는 두 사람은 날이 저

무는지도 모르고 깔깔대며 담소를 나누었다.

그러다 무슨 비밀 이야기라도 생각난 듯 봉희는 주위를 살피며 은밀하게 목소리를 낮추었다.

"참, 너 그 소문 들었어?"

소진도 덩달아 몸을 웅크리며 봉희를 바라보았다.

"마을의 여인들이 점점 사라지고 있대……!"

해괴망측한 소리에 소진의 이맛살이 구겨졌다.

"그 무슨 허무맹랑한 소리야?"

"옆집 소희 있지? 걔도 지금 실종된 지 사흘이 넘었대. 하루아침에 소리 소문 없이 사라진 여인들이 한둘이 아니야."

심각한 얼굴로 말하는 봉희를 소진 역시 심각한 얼굴로 바라보았다.

"참이야……?"

"집안에 누군가가 악덕 고리 업체에 돈을 빌려 쓴 것 같은데. 더 희한한 건 여인들이 사라진 다음 날, 그 말도 안 되는 이자와 원금을 그 여인들이 간밤에 모두 갚고 사라졌다는 거야."

"에구머니나, 그럼 그 빚쟁이들이 잡아간 것이네!"

소진은 몸을 부르르 떨며 술잔을 쥐었다. 왠지 오싹함이 밀려드는 것 같았다.

"그건 아니야. 저들도 모르는 일이라고만 해. 관아에 가보았자 단순 가출로만 치부하고."

마을에 이리 심각한 일이 생기고 있었단 말이지. 소진은 당장 내일 날이 밝는 대로 관아로 쳐들어가 사또를 만나보아야겠다, 생각했다.

"먹고살기 힘들 때니…… 돈은 빌려야겠고 쉬이 빌려준다는 사람은 없고. 해서 덥석덥석 그들에게 빌리나 봐."

봉희는 대수롭지 않게 이야기하며 술잔을 기울였다.

"그런데 또 소문에 의하면 그 여인들이 깊은 밤에 궐로 들어가는 것을 보았대."

"……궐?"

"응. 그렇지만 백성들이 쉬이 출입할 수 없는 곳이니 들어가 확인할 수도 없고."

어느새 소진도 봉희의 이야기에 몰입하고 있었다.

"양반들에게 마을에서 사라진 여인들이 궐로 들어가는 것을 보았다고 도와달라 했다가 왕실을 기만하였다며 멍석말이를 당한 자들도 한둘이 아니야."

세상이 어쩜 더 흉흉해지고 있는 것일까. 소진은 몸을 부르르 떨며 술을 벌컥벌컥 마셨다.

"궐이라면 참으로 심각한 일인데……."

그러다 어둑해지는 바깥을 바라보며 소진은 얼굴을 굳혔다.

"한데 네 서방은 아직이라니? 이거 또 애월루에 기어간 거 아니야?"

해가 져도 귀가하지 않는 봉희의 남편을 찾으며 소진이 봉희를 홱 돌아보았다. 봉희는 조금 굳은 얼굴로 절레절레 고개를 저었다.

"아냐. 네가 애월루에서 내 서방 혼쭐내준 다음에는 애월루 근처에는 얼씬도 안 해."

하지만 그렇게 말하는 봉희의 표정은 어두웠다.

"표정이 왜 그래?"

눈치 백 단 소진은 그런 봉희를 걱정스럽게 바라보았다.

"실은……. 애월루 기녀가 문제가 아니었어."

봉희는 머뭇거리며 입술을 질끈 깨물었다. 아무래도 더 큰 고민이 있는 모양이었다.

"글쎄, 투전(投錢)에 손을 대고 있더라고."

"뭐? 투전? 투전이 얼마나 무서운 것인데! 그것 때문에 집문서까지 날린 백성들이 몇인데 투전이란 말이야!"

투전은 괴질(怪疾)만큼 무서운 것이었다.

처음에는 적은 돈으로, 소소하게 돈을 따내는 기쁨으로 시작한다고 했다. 하지만 나중에는 더 큰 돈을 얻고자 집문서까지 팔아넘기는 치명적인 중독 현상을 보이는 무시무시한 노름이었다.

"설마…… 투전에 손을 댄 것으로도 모자라 빚까지 진 것은 아니겠지?"

"아니야, 그런 것은. 그저 투전에 재미를 붙이고 있는 모양이더라고."

소진은 화들짝 놀라며 술잔을 상 위에 탁, 놓았다.

"이 썩을 놈의 자식을! 투전이 얼마나 무서운 것인데 너는 그걸 듣고 가만히 있었어?"

소진은 당장이라도 봉희의 남편을 잡으러 갈 기세로 자리를 박차고 일어났다. 봉희가 서둘러 그런 소진을 막았다.

"그 사람 잡아서 두드려 팬다고 한들 답이 나오겠니? 봉희야, 됐어. 앉아. 네 손만 아파."

"애! 다리몽둥이를 분질러 놔서라도 투전판 못 기웃거리게 방에 가둬 놓아야지! 너, 네 어머니 아버지께서 힘들게 농사일하며 마련한 이 집을 날리고 싶어서 그래?"

봉희는 소진과 다르게 양반가의 여식이 아니었다. 소진과 어린 시절부터 한 동네에서 나고 자란 평범한 농민의 여식이었다. 하지만 소진은 양반, 평민 가릴 것 없이 두루두루 친하게 지냈다. 그 때문에 평민이었던 봉희와 양반인 소진은 친한 친구 사이로 발전될 수 있었던 것이다.

"다행히 빚은 아직인 것 같더라고. 그리고 다신 투전판 안 가겠다고 빌었어."

"그 말을 믿니? 이 미련한 반편이!"

하지만 속으로는 이런 착하고 바보 같은 봉희가 안쓰러워 죽을 지경이었다.

"그럼 어떡해. 미워도 고와도 내 서방인 것을……."

그렇게 말하며 봉희는 사람 좋게 웃어 보였다. 소진은 그런 봉희에게 울컥 화가 나 자리를 박차고 일어나 소리를 질렀다.

"너 그러다 네 부모님이 가보로 물려주신 이 집, 홀라당 투전판에 넘어가면 어쩌려고 그래? 어휴……! 답답이, 이 답답이!"

소진은 봉희의 부름에도 뒤도 돌아보지 않고 씩씩대며 집을 나섰다. 봉희는 소진에게 둘도 없는 벗이었다. 그랬기에 그녀가 혼례를 치른 후, 남편 때문에 힘들어하며 전전긍긍 살아가는 모습이 보기 싫었다.

소진은 속상한 마음에 돌부리를 툭, 툭, 걷어차며 집으로 향했다. 하지만 집으로 돌아가는 길에도 봉희가 신경 쓰여 소진의 마음은 마냥 편치만은 않았다.

다음 날, 날이 밝자마자 헌은 중궁전으로 향했다.

뜻밖의 중궁전 호출이었다.

계비(繼妃)인 중전 신 씨는 정비(正妃)인 순렬왕후가 죽고 그 자리를 대신해 들어온 대제학 신 씨의 여식이었다. 기껏해야 세자, 헌과 네 살

정도 차이 나는 어린 여인이었으며 헌과는 척을 지는 사이였다.

"중전마마, 세자 저하 납시셨사옵니다."

헌은 저벅저벅 중궁전 안으로 들어섰다.

"이 어미가 태동 때문에 거동이 힘들어 이리 직접 세자를 불렀습니다."

중전 신 씨는 지금 회임 중이었다. 동그랗게 부른 배를 연신 쓰다듬던 중전이 가식적인 웃음을 띠었다. 그러자 그 맞은편에 앉아 있던 영의정이 슬그머니 자리에서 일어나며 헌을 향해 고개를 조아렸다.

"저하를 뵈옵니다."

오랜만에 마주하는 영의정이었다. 헌은 그의 얼굴을 보자 오늘 아침 윤현이 했던 말이 떠올랐다.

─어제 그 규수, 공교롭게도 영의정의 여식이었습니다.

─영의정의 여식이라……? 이것 참 일이 재미있게 돌아가겠군.

자신이 은인이라고 주장하던 그 여인이 바로 화론파의 우두머리인 영의정의 여식이라고 했다. 그렇다면 이야기는 더 복잡해질 것이었다.

자신과 척을 지고 있는 가문의 여식이라.

그 여인이 은인인지 아니면 정말 자신을 죽이기 위해 영의정과 편을 먹은 것인지, 더 불투명해지고 있었다. 게다가 화론파의 보루(堡壘)라 할 수 있는 보은군과 소진이 꽤 친해 보였으니, 어쩌면 영의정이 제 여식을 군부인에 앉힐 흑심을 품고 있을 수도 있었다.

영의정 같은 탐욕스러운 인간이 고작 서열 2위인 보은군에게 제 딸을 시집보낼 이유는 딱 하나뿐이었다.

'결국, 보은군을…… 왕세자 자리에 앉힐 요량인가.'

헌은 싸늘한 얼굴로 영의정과 중전을 한 번 훑어보곤 자리에 앉았다.

"영의정 대감도 들어 계셨군요."

"예, 막 입궐하여 중전마마와 이야기를 나누고 있었사옵니다."

영의정은 헌과 조금도 눈을 마주치지 않았다. 그를 가만히 보고 있자니 그의 여식인 소진의 얼굴이 눈앞에 그려졌다.

"아니 그래도 영의정 대감과 지금 이야기를 나누고 있던 중이었습니다."

중전은 헌을 뚫어지라 응시하며 찻잔을 쥐었다. 무엇을 감추고 있는지, 그녀의 입꼬리가 자꾸만 비식 솟으려 하고 있었다.

"우리 세자, 장성하여 혼기에 가까워지셨으니 좋은 배필을 이 어미가 맺어주어야지요."

그 말에 헌은 터지는 조소를 감추지 못했다. 저만한 사내에게 어린 여인이 자신을 '어미'라 칭하자, 웃음이 터졌다.

"세자빈…… 간택을 말씀하시는 겁니까, 중전마마."

헌이 냉소를 머금은 채 중전과 영의정을 번갈아 쳐다보았다.

"예, 대비마마와 의논하여 날짜를 정해 곧 세자빈 간택을 위한 국혼령을 내릴 것입니다. 이젠 세자도 왕실의 번영에 힘쓸 나이가 된 것이지요. 이 어미는 그저 우리 세자가 대견하고 자랑스러울 따름입니다."

중전은 제일 힘없고 볼품없는 가문의 규수를 그 곁에 앉혀 함께 몰락시킬 계획이었다. 불 보듯 뻔히 보이는 중전의 속마음에 헌은 피식, 웃었다.

"뭐 대견하고 자랑스러울 것까지야. 직접 낳아 키운 것도 아니면서."

헌의 나지막한 목소리에 영의정은 그제야 고개를 들어 헌을 올려다보았다.

"저하, 중전마마께 말씀이 좀 지나치신 것 같습니다."

순간, 영의정과 헌의 시선이 극렬하게 부딪쳤다.

"아니요, 대감. 틀린 말은 아니지요. 하지만 이 어미는 우리 세자를 마음으로 낳아 마음으로 키웠다, 그리 생각합니다."

"……"

"참, 내 정신 좀 봐. 이런 고리타분한 이야기를 하려고 부른 것이 아니었는데."

중전은 다시 자세를 고쳐 앉아 묵묵히 입을 다물고 있는 헌을 응시했다.

"잠행을 꽤 자주 나가는 편이라 들었습니다. 혹 정인이라도 있습니까? 있으면 편히 말해보세요. 적당한 가문의 규수면 내, 초간택 때 눈여겨볼 것이고 부족한 규수면 간택이 모두 끝난 후 후궁으로 들일 생각입니다."

비아냥 섞인 중전의 말에 헌이 빳빳하게 고개를 치켜들어 영의정을 바라보았다. 그러곤 자신의 앞에 놓인 차를 조심스럽게 들어 한 모금 마셨다.

이상하게 뜸을 들이는 듯한 헌의 태도에 중전의 눈이 동그래졌다.

"이리 뜸을 들이시는 것을 보니…… 정인이 있으신가 봅니다. 호호호."

중전은 재미있다는 듯 소리 내어 웃으며 배를 잡았다. 그러자 영의정 역시 그러면 그렇지, 하는 얼굴로 슬쩍 조소를 머금었다.

"정인은 아니옵고."

중전과 영의정은 동시에 헌을 바라보았다.

"흥미를 한번 가져볼까 하는 여인이 하나 있기는 한데. 이것 참, 말씀을 드려야 할지, 말아야 할지."

지체하는 꼴을 보니 세자빈 자리에는 어울리지 않을 법한 기녀라도 하나 품었나 싶어, 영의정은 조소했다. 그러곤 더 들을 것도 없다는 듯 조심스럽게 자리에서 일어나며 중전을 향해 고개를 조아렸다.

"소신 때문에 말씀 나누시기 어려운 것 같으니 소신이 자리를 비켜드리겠습니다."

이내 영의정이 두 손을 모은 채 뒷걸음을 걷기 시작했는데 헌의 입이 무지근하게 벌어졌다.

"영의정 대감. 내 대감의 여식이 몹시 궁금한데."

조금도 예상치 못한 그 말에 중전도, 그리고 영의정도 모두 경악한 채 헌을 바라보았다.

"대감의 여식 정도면 세자빈에 적격이겠습니까."

"아……!"

"아니면 후궁에 적합하겠습니까?"

그것은 정확히 영의정을 향한 도발이었다.

제 3 장

사라지는 여인들

"그러니까 아씨, 성질 좀 죽이세요. 봉희댁 같은 착한 벗이 또 어디 있다고."

"하니 지금 뇌물 갖고 가는 거 아니니. 속 그만 뒤집고 속히 가자."

소진은 아침 댓바람부터 봉희네로 향하고 있었다. 아무래도 어제 봉희에게 그렇게 화를 내고 온 것이 마음에 걸렸다.

봉희가 좋아하는 곶감을 잔뜩 들고서 소진은 봉희의 집으로 서둘러 발걸음을 옮겼다. 그런데 저 멀리서 봉희 남편의 울부짖는 소리가 들려왔다.

"무슨 일이야? 집안 꼴이 왜 이래?"

도둑이라도 든 것처럼 집 안이 풍비박산이 나 있었다. 봉희 남편은 마당에 주저앉아 발을 버둥대며 울고만 있었다.

"봉희는……?"

순간, 안 좋은 예감이 소진의 뇌리를 스쳤다.

"소진아…… 이를 어째? 이를 어쩌면 좋아? 봉희가…… 봉희가 없어 졌어……!"

봉희가 없어졌다는 말에 소진의 품에 안겨 있던 곶감 바구니가 바닥으로 툭, 떨어지고 말았다. 곁에 있던 숙자도 소스라치게 놀라며 소진을 바라보았다.

"어제까지 나랑 술 잘 마신 봉희가 왜 사라져!"

"……실은 어제 투전판에 갔다가 늦게 귀가했거든."

"근데."

"그거 때문에 봉희랑 한바탕 싸우고…… 홧김에 집을 나갔었어. 그런데 지금 돌아와보니 집안 꼴은 이렇게 되어 있고 봉희는 암만 찾아도 없어."

친정 식구도 없는 봉희가 이 아침 댓바람부터 갈 곳은 없었다. 봉희 남편의 말에 소진의 억장이 무너지는 것 같았다. 무뢰배들에게 보쌈이라도 당한 것일까, 소진은 파르르 떨며 집 안 곳곳을 살폈다.

"뭐 서찰 같은 걸 남겨놓지는 않았고?"

"응, 샅샅이 뒤져도 그런 것은 없어. 옷가지도 그대로고 몸만 사라진 것이야……. 이를 어쩌면 좋아."

그의 말에 정신 나간 사람처럼 집 안을 뒤지던 소진의 발걸음이 뚝, 멈추었다. 설마 하는 얼굴로 소진이 봉희 남편을 휙 돌아보았다. 그러곤 저벅저벅 다가가 그의 멱살을 잡아 일으켜 세웠다.

"너, 바른대로 말해."

"무엇을."

"무슨 돈으로 투전판을 기웃거렸어?"

"……어?"

"너, 일도 안 하잖아. 봉희를 도와 농사를 짓는 것도 아니고. 한량처럼 살면서 밥만 축내는 주제에 무슨 돈이 있어서 투전판을 기웃거려?"

그렇게 말하는 소진의 얼굴은 이미 화로 빨갛게 물들어 있었다. 그녀에게 멱살이 잡힌 봉희 남편은 차마 말을 잇지 못한 채 우물쭈물하고 있었다.

"그, 그것이 말이야……."

"바른대로 말하지 못해? 너, 혹시…… 빚을 졌니?"

'빚'이라는 말에 하얗게 질려가던 봉희 남편은 그대로 울음을 터뜨리고 말았다. 그러곤 자신의 주먹으로 머리를 쿵, 쿵 내려치며 울부짖었다.

"내가 몹쓸 놈이야, 내가 몹쓸 놈! 아주 나가 죽어야지, 내가!"

"뭐? 정말 빚을 졌어?"

"아니, 이자도 얼마 되지 않고…… 거액을 대뜸 빌려주겠다기에……. 딱 한 판만 이기면 충분히 갚을 수 있는 돈이니까……. 정말 자신이 있었거든! 해서…… 딱 한 번만 한다는 것이……."

소진은 그대로 봉희 남편의 등짝을 손바닥으로 내리쳤다.

"네가 사람이니? 인간이야? 호강시켜주겠다며! 내 친구 봉희 호강시켜주겠다며 시집 오게 해놓고……. 뭐, 빚? 사채를 써?"

어느새 소진의 눈에도 눈물이 그렁그렁 맺혀 있었다. 그러다 어젯밤, 봉희가 자신에게 했던 말이 생각나 두 다리에 힘이 풀리고 말았다.

─마을의 여인들이 점점 사라지고 있대……!

그녀의 말대로라면 봉희 역시 그 사라진 여인들과 마찬가지로 의문의 세력에 의해 끌려간 것이 틀림없었다. 빚을 지지는 않았다며 남편을 감싸고돌던 봉희의 모습이 생각나 소진의 마음이 미어졌다.

"당장 그 고리대금업자들의 거처가 어딘지 말해!"

이대로 손 놓고 있을 수는 없었다. 소진은 그대로 자리에서 일어나 봉희 남편이 가르쳐준 곳을 향해 거침없이 뛰어갔다.

그 순간에도 봉희가 했던 말이 머릿속에서 잊히지 않았다.

─그 여인들이 깊은 밤에 궐로 들어가는 것을 보았대.

소진의 가슴이 쿵쿵거리기 시작했다.

"거기가 호랑이 굴이든 나라님이 계신 궐이든, 내가 윤봉희 너, 꼭 찾아낼 거야."

어젯밤 그녀에게 실컷 화를 내며 돌아섰던 것이 자꾸만 가시처럼 마음에 걸렸다.

"나오라니까? 돈 빌리러 왔다고!"

소진은 봉희 남편이 가르쳐준 곳을 찾아가 문이 부서져라 두드리기 시작했다. 하지만 안에서는 아무런 기척도 들리지 않았다.

소진은 얼굴이 시뻘게진 채 이번엔 발길질을 해댔다.

"어이! 비겁한 자식들아! 양반은 돈 안 빌려준다 이거냐? 어? 문 안 열어?"

숙자는 그런 소진을 보며 안절부절못했다.

"아, 아씨……. 그만하고 차라리 관아로 가서요. 예? 이러다 뭔 사달이라도 날 것 같은데."

"비켜서. 관아에 가봤자 그놈이 그놈이야."

소진은 입술을 질끈 깨문 채 주위를 휘휘 훑었다. 그러다 커다란 돌덩이를 발견하고는 지체 없이 그것을 잡아 들었다.

"어쩌시려고요!"

"안 열면 부수고 들어가야지."

소진은 이를 악물고 돌덩이를 던지기 위해 손을 들었다. 그런데 누군가가 그녀의 손목을 거세게 움켜쥐었다.

"어허…… 성질머리 한번 고약한 규수로세."

낮은 목소리에 소진의 고개가 세차게 돌아갔다. 그러자 덥수룩하게 수염을 기른 장정 서너 명이 소진을 우르르 감싸기 시작했다.

"네놈들이 그 악덕 사채업자들인 것이냐?"

소진의 말에 장정들은 소리 내어 웃기 시작했다.

소진의 손목을 움켜쥔 사내가 그들의 대장인 듯 입꼬리를 씰룩이며 소진 앞에 성큼 다가섰다. 그러곤 그녀의 차림새를 빤히 살피며 입맛을 다셨다.

"보아하니…… 명문가의 규수 같은데 어찌 이런 누추한 곳까지 납시셨나이까? 돈을 빌리러 온 것은 아닐 테고."

"내 친구, 윤봉희 찾으러 왔네만."

"……누구?"

"여기 아랫마을 조명석. 너희들한테 사흘 전에 돈을 빌렸다고 하던데? 그자의 부인을 찾으러 왔다고."

보기만 해도 위압감을 풍기는 사내들이었지만 소진은 전혀 기죽지 않았다. 오히려 고개를 더 빳빳하게 치켜든 채 눈을 부라렸다. 그러자 장정들은 피식, 코웃음 치며 더욱이 소진을 압박해왔다.

"봉희인지 봉숙인지 우리는 그딴 거 모릅니다만?"

"모른다? 내가 이 문을 부수고 들어가 내 친구를 직접 찾을까? 아니면 내 아버지께 고해 네놈들의 추악한 실태를 세상에 낱낱이 밝힐까?"

소진이 버럭 소리를 지르자 대장이 다시금 소진의 손목을 아프게 거머쥐었다.

"거…… 듣자 듣자 하니 규수의 언사가 무례하기가 그지없소만?"

"뭐?"

"누가 악덕이야. 그리고 누구보고 추악하대? 우리는 그저 돈이 필요한 사람들에게 넓은 마음으로 기꺼이 거액을 빌려주는 백성들의 단비 같은 존재인데?"

"단비 같은 소리 하네. 네놈들에게 돈을 빌린 마을의 여인들이 하나둘씩 사라지고 있다는 걸 내 모를 줄 알고?"

"그것이라면 관아에 가서 사또께 고하라고. 우리는 모르는 일이라는데 왜 자꾸 귀찮게 하는 것이야, 짜증 나게!"

대장은 소진을 한 대 칠 기세로 손을 번쩍 들었다. 그러자 소진은 눈 하나 깜빡하지 않고 더욱이 고개를 치켜들며 입술을 악물었다.

"오호? 때리게? 그래. 어디 때려봐. 감히 양반의 여식을 때리고도 무사할 성싶으냐? 내가 양반, 상놈 편 가르는 거 죽기보다 싫어하지만, 조선의 법도가 그러하다는데 어째? 한 대 시원하게 맞고 내가 너 관아에 처넣어주마! 자, 때려!"

그녀의 고함에 사내들은 잠시 주춤하며 물러났다.

하지만 그런 소진을 바라보는 대장의 눈빛이 순간, 번뜩거렸다. 이내 그는 피식 웃으며 소진의 위아래를 진득하게 훑었다. 어쩐지 그 눈빛에 소진의 몸에 소름이 돋아나는 것 같았다.

"이리 어여쁜 규수를 때릴 곳이 어디에 있다고. 이왕 관아에 들어갈 거, 재미라도 보고 들어가야 덜 억울할 것 같은데."

"뭐야? 당장 이 손 놓지 못할까?"

그 말을 위협적으로 내뱉던 사내는 다짜고짜 소진의 손목을 잡아끌기 시작했다.

"아씨! 아씨……!"

그때였다. 사내의 우악스러운 힘에 무자비하게 끌려가던 소진 앞에 누군가가 나타났다. 그러곤 소진의 손목을 움켜쥔 사내의 시커먼 손을 턱, 잡아챘다.

"때릴 곳도 없는 어여쁜 규수에게 이리 함부로 대하다니…… 몹쓸 사람이군."

소진이 소스라치게 놀라며 곁을 돌아보았다. 뜻밖의 얼굴이 소진을 바라보고 있었다.

"……선비님?"

헌이 여유롭게 미소를 띤 채 그녀를 내려다보고 있었다. 생각지도 못한 그의 등장에 소진이 놀라 눈을 동그랗게 떴다. 어쩐지 심장이 콩닥콩닥 뛰어대는 것 같았다.

"웬 놈이냐!"

소진을 잡아끌고 가던 사내는 헌을 향해 소리치며 그의 손을 쳐냈다. 그러자 헌이 피식 웃으며 소진을 자신의 뒤로 숨겼다.

"여인을 소중히 다루어야지. 그리 함부로 다루면 쓰는가."

험악한 상황인데도 헌의 목소리에는 웃음기가 가득했다. 이내 그렇게 말하는 헌의 주위를 장정들이 순식간에 에워쌌다. 소진은 걱정스러운 얼굴로 헌의 뒷모습을 올려다보았다.

'술잔과 기녀들의 옷고름만 쥐던 손으로 이 도적 떼 같은 놈들을 어찌 처리할 것이라고.'

하지만 소진의 염려와는 다르게 헌은 조금의 흐트러짐도 없이 소진을 보호하며 사내들을 마주하고 있었다.

"어이, 샌님. 나서지 말고 비키시지."

"서책만 만지던 그 고운 손 다 부러지는 수가 있으니. 하하하!"

헌을 조롱하며 사내들은 저들끼리 재미있다는 듯 웃었다. 헌 역시 그들을 따라 피식 웃으며 이마를 어루만졌다.

"하면 내가 지금 실수를 하는 것인가."

그렇게 말하며 헌은 자신을 향해 다가오는 사내들을 지그시 응시했다.

"당연히 실수하는 것이지. 하지만 후회하기엔 이미 늦은 것 같은데?"

사내들은 위협적으로 헌의 코앞까지 다가왔다. 헌의 뒤에 선 소진은 슬그머니 그의 도포 자락을 잡아당기며 속닥거렸다.

"이보시오. 괜히 나서 곤욕을 치르지 마시고 지금이라도……! 으악!"

소진이 도망이라도 치자고 말하려던 그때, 헌은 주저 없이 자신을 향해 다가오는 사내들의 턱을 차례로 가격했다.

"윽!"

순식간에 나가떨어지는 장정들.

헌은 주먹을 가볍게 털며 소진의 손목을 잡아끌고 가던 대장의 멱살을 지그시 잡아 올렸다. 겨우 한 방이었지만 헌의 주먹이 얼마나 단단한지 사내들은 온몸으로 느끼고 있었다.

"누가 후회를 해. 나는 후회할 일 따위는 만들지 않는다."

그렇게 말하며 헌은 쥐고 있던 멱살을 거세게 놓았다. 소진은 어안이 벙벙한 얼굴로 헌을 올려다보았다.

곧이어 헌이 소진의 손목을 잡고서 그곳을 벗어나기 위해 발걸음을 옮기던 순간, 바닥에 널브러져 있던 대장이 헌의 어깨를 턱, 잡아챘다.

"어딜 가? 이제부터 시작인데!"

그러자 자존심을 구긴 사내들은 씩씩대며 자리에서 일어나 입가에 흐르는 피를 닦았다.

"뭣들 하느냐! 귀하신 분들 모시지 않고!"

그 말이 떨어지자마자 곳곳에서 숨어 있던 덩치 큰 장정들이 튀어나오기 시작했다. 모두 험악한 얼굴로 손에는 몽둥이를 든 채 슬금슬금 거리를 좁혀왔다.

소진은 사색이 되어 헌의 옷깃을 꾹 쥐었다.

"서, 선비님……."

헌은 피식 웃으며 겁에 질린 소진을 돌아보며 어깨를 으쓱해 보였다.

"겁먹을 거 없습니다. 내 뒤에 꼭 붙어 있으시지요, 낭자."

어차피 멀지 않은 곳에서 호위대들이 지켜보고 있을 것이었다. 헌을 향해 조금만 손을 뻗는다면 그들이 당장 달려와 헌을 호위할 터였다.

하지만 그런 헌의 사정을 모르는 소진은 다가오는 사내들을 한 번, 호언장담하는 그를 한 번 돌아보며 안절부절못했다.

대체 무기를 든 저들을 상대로 어찌 이기려 저러는 것일까. 소진은 입술을 꾹 깨물며 자신의 손목을 쥐고 있는 헌의 손을 꼭 움켜쥐었다. 갑작스럽게 손깍지를 끼는 그녀를 헌이 조금 놀란 얼굴로 바라보았다.

"나설 데, 안 나설 데 구분 못 하십니까?"

소진은 이를 악문 채 복화술로 중얼거렸다. 그러곤 자신을 향해 다가오는 사내들의 눈치를 살폈다.

"하나, 둘, 셋 하면 뛰는 겁니다."

"뛰자니요?"

다짜고짜 그렇게 말하는 소진을 헌이 조금 당황한 얼굴로 내려다보았다. 애써 무표정을 유지하던 소진은 다시금 입술을 앙다물고서는 헌만 들리게 작게 중얼거렸다.

"조용히 좀 하십시오. 다 들리겠습니다."

소진은 눈치 없이 고개를 갸웃거리는 헌의 손을 잡아당겼다. 그러곤 태연한 얼굴로 정면을 바라보며 셋을 세기 시작했다.

"하나…… 둘…… 셋! 뛰어!"

그녀는 다짜고짜 헌의 손을 잡아끌며 사내들을 헤집고 저잣거리를 향해 내달리기 시작했다. 이런 일에는 눈치가 빠른 숙자 역시 군소리 없이 소진을 따라 냅다 달렸다.

"거기 서지 못할까!"

턱을 맞은 사내들도 잔뜩 골이 나 헌과 소진의 뒤를 쫓았다.

"낭자, 낭자……!"

"입 다물고 뛰셔요! 얼른!"

소진은 죽을힘을 다해 헌의 손을 잡고 뛰었고, 그런 그녀의 뒷모습을 바라보며 영문도 모른 채 달리던 그는 피식, 웃음을 터뜨렸다. 아무래도 저 장정들에게 흠씬 두들겨 맞을까, 정면 돌파가 아닌 도망을 택한 모양이었다.

헌은 뛰는 건지 걷는 건지 모를 그녀의 손을 다시 고쳐 잡았다. 그러곤 얼굴이 시뻘게진 채 달리는 그녀를 앞질렀다.

"하면 손 꼭 잡으시오, 낭자."

이내 힘에 부쳐 속도가 느려지는 소진을 헌이 이끌었다. 그렇게 두 사람은 흙먼지를 일으키며 저잣거리를 가로질러 뛰기 시작했다.

"하아…… 하아……."

얼마나 뛰었을까. 주변을 살펴보니 저잣거리에서 꽤 떨어진 숲속이었다. 두 사람은 서둘러 바위 뒤에 몸을 웅크렸다.

"이 근처에 숨었을 것이다. 샅샅이 뒤져라⋯⋯!"

악착같이 둘을 따라온 장정들이 순식간에 흩어져 숲속을 뒤지기 시작했다.

소진은 힘겹게 숨을 몰아쉬며 행여 숨소리가 그들에게 들릴까 입을 틀어막았다. 주변을 의식하며 둘은 그들에게 들키지 않기 위해 바짝 붙어 앉았다.

제법 가까이 붙어 앉은 두 사람. 미묘하게 헌의 열기가 소진의 어깨에 고스란히 닿고 있었다. 슬쩍 맞닿은 팔 사이로 열이 올랐다. 괜스레 쿵쿵거리는 심장 소리가 그에게 들릴 것 같아 소진이 그에게서 조심스럽게 한 걸음 물러났다.

그때, 바스락거리는 풀 소리에 소진이 소스라치게 놀라며 몸을 웅크렸고, 헌은 주저 없이 그녀를 끌어안았다.

"⋯⋯!"

얼결에 헌의 품에 안기게 된 소진은 놀란 얼굴로 그를 올려다보다, 헌과 눈이 마주치고 말았다.

"불편해도 잠시 이러고 있어야 할 것 같은데."

나지막한 그의 말에 소진이 조금 상기된 얼굴로 고개를 끄덕였다. 왠지 뜨거운 것 같은 그의 시선을 회피하며 헛기침을 했다.

하지만 헌은 그런 소진을 뚫어지게 내려다보고 있었다.

'영의정의 여식이자 보은군과는 막역한 사이라⋯⋯.'

헌은 자신의 품에 가만히 안겨 있는 소진을 내려다보며 오늘 아침 영의정과의 설전을 떠올렸다.

─제 여식은 여러모로 부족함이 많은 아이입니다. 감히 세자 저하께

서 미천한 제 여식에게 관심을 두시니 소신, 몸 둘 바를 모르겠나이다.

파르르 떨며 노기(怒氣)를 삼켜대던 영의정의 모습은 꽤 볼 만했다.

―하면 이번에 간택령이 내려지면 대감의 여식도 사주단자를 올리겠지요?

―당연⋯⋯하지요, 저하. 그것이 조선의 법도⋯⋯ 아니겠습니까.

―기대해보지요, 대감의 여식.

그렇게 대답했던 헌은 지금 그 영의정의 여식인 소진을 품에 안고 있는 것이었다. 이상하게 기분이 묘해졌다.

'세자빈⋯⋯이라.'

어쩌면 헌은 정말 자신의 보위(寶位)를 위해 이 여인을 자신의 반려(伴侶)로 삼아야만 할 수도 있었다. 그렇게 되면 다시금 중궁전과 피 튀기는 신경전을 벌여야 할 것이었다.

헌의 얼굴이 미묘하게 굳어갔다.

그때, 슬쩍 그를 올려다보던 소진과 시선이 부딪쳤다.

"흠, 흠흠⋯⋯."

괜스레 민망해진 소진은 헛기침하며 그의 시선을 회피했다.

'난봉꾼이라 그런가⋯⋯ 눈빛도 예사롭지 않네.'

소진은 속으로 중얼거리며 무릎을 감쌌다. 그러면서도 자꾸만 자신의 어깨를 끌어안고 있는 헌의 커다란 손이 신경 쓰였다.

그렇게 얼마가 지났을까. 두 사람을 찾던 사내들의 목소리가 아예 들리지 않자, 그제야 둘은 서둘러 떨어지며 자리에서 일어났다.

소진이 서둘러 걸음을 옮기려는데 발목이 시큰거려 왔다.

"아⋯⋯!"

소진은 아릿한 발목을 감싸 쥐며 자리에 주저앉았다. 그러자 헌이 소진을 향해 성큼 다가가 허리를 굽혔다.

"발목을 다친 것입니까?"

"괜찮습니다. 어차피 제 몸종 아이가 사람들을 데리러 갔으니 선비님께서는 이만 가보시지요."

그렇게 말하며 바위 위에 걸터앉은 소진은 접질린 발목을 물끄러미 내려다보았다. 아무래도 이대로 걸어가기는 무리인 것 같았다. 헌은 그런 그녀를 지그시 내려다보다 무릎을 굽히고 앉아 소진의 발목을 잡아당겼다.

"잠시 실례하겠소, 낭자."

그러곤 버선을 벗겨 빨갛게 부어오른 발목을 바라보았다.

"아, 아니……! 이거 왜 이러십니까!"

소진은 화들짝 놀라며 그의 손을 제지했지만 헌은 제 무릎 위에 소진의 발을 올려놓고는 부은 발목을 살피기 시작했다. 아무리 소진이 개방적인 여인이라고 해도 남녀가 유별한데 외간 사내에게 발목을 훤히 드러내 보이는 것은 창피한 일이었다. 소진은 서둘러 헌의 어깨를 밀어냈다.

"어, 어찌 이러십니까! 괜찮대도!"

하지만 헌은 그런 소진의 손을 뜨겁게 움켜쥐며 그녀의 손을 제지했다. 다시금 맞닿은 손에 소진은 화들짝 놀라며 굳었다.

"어, 어찌 손을……!"

그러더니 헌은 소진에게 바짝 다가가 고개를 젖히곤 그녀의 손을 깍지 꼈다.

"한 번 잡은 손, 두 번이라고 못 잡겠습니까?"

헌의 나지막한 목소리에 소진의 눈빛이 흔들렸다.

'이 난봉꾼이…… 누구를 홀리려고?'

소진은 입술을 질끈 깨물며 그의 손을 밀어냈다.

"아까 그것은 곤경에 처한 선비님을 도와주기 위해 소녀가 피치 못하게 잡은 것이고……!"

"나 역시 발목을 다쳐 걷지 못해 곤경에 처한 낭자를 돕기 위한 것인데?"

어째 자꾸만 그에게 휘말려 드는 듯한 느낌에 소진은 고개를 절레절레 흔들며 자리에서 일어났다.

"누가 곤경에 처했다고요? 보세요. 아주 말짱합니다만?"

그렇게 말하며 소진이 어깨를 으쓱하며 한 걸음을 다시금 내디뎌보았지만, 무리였다.

"아!"

시큰거리는 통증에 소진은 털썩 주저앉았다. 그 모습을 가만히 내려다보고 있던 헌이 그녀를 부축해 바위에 앉히며 다시금 그녀의 발목을 쥐었다.

"잠자코 손길을 받든지, 아니면 확실히 거부하든지 하나만 하시지요, 낭자."

헌은 실소를 터뜨리며 퉁퉁 부은 발목을 조심스럽게 감싸 쥐었다. 하지만 소진은 떨떠름한 얼굴로 훤히 드러난 종아리를 가리기 위해 치맛단을 꾸역꾸역 내렸다.

"되었다는데도 자꾸 그러네. 나 원 참, 망측해서는…….'

"그대는 나의 상의를 벗기지 않았소? 그러니 그대 한 번, 나 한 번. 공평하게 벗기는 것이니 괘념치 마시지요."

민망해하는 소진을 올려다보며 헌이 말했다. 그러자 벗긴다는 말에 소진의 얼굴이 빨개졌다.

"그, 그것은……! 여인의 손으로 사내의 옷을 벗긴 것이 아니라 의원의 손길로……."

"나도 지금 그대를 여인이라 생각하고 만지고 있는 것이 아닌데."

"아."

"어찌 나의 손길이 사내의 것으로 느껴지나 봅니다."

"……!"

"이곳, 복숭아뼈에 혈이 뭉쳤습니다. 뭉친 혈을 제때 풀어주지 않으면 걷지도 못할 것입니다."

그렇게 말하는 헌의 붉은 입술에 호선이 걸렸다. 순간 그의 말에 소진의 얼굴이 빨개지고 말았다.

처음 보는 여인의 종아리를 스스럼없이 주물럭거리는 그의 손길이 꽤 능숙해 보였다.

소진은 그러면 그렇지, 하는 얼굴로 입술을 삐죽였다.

"그럴 리가 있겠습니까?"

"……."

"다만 한두 번 주물럭거린 솜씨가 아닌 것 같아서요. 낯선 여인의 종아리도 마다치 않고 만지작거리는 선비님의 모습을 보니 정녕 의원의 마음으로 소녀의 종아리를 만지는 것인가, 의문이 들기도 하여."

그녀의 말에 헌의 반듯한 고개가 젖혀졌다.

'이건 또 무슨 속 뒤집는 소리지.'

그의 한쪽 눈썹이 미세하게 일그러졌다.

"병자를 돌보는 의원이든 소를 돌보는 농부든, 그 손길보다는 마음가짐이 제일 중요한 것이 아니겠습니까? 그래야 그 손길을 받는 병자도 의원의 정성으로 병이 나을 수 있을 테니까요."

어쩐지 말에 뼈가 있는 것 같아, 소진의 종아리를 주무르던 헌의 손길이 멈추었다.

그가 피식, 바람 새는 웃음을 터뜨리더니 황당하다는 얼굴로 소진을 올려다보았다.

"하면 낭자의 말은…… 내가 흑심이라도 품고 낭자의 발목을 들여다보는 것이다?"

그러자 그녀는 고개를 절레절레 저으며 억지 눈웃음을 지어 보였다.

"설마요. 하도 다루는 손길이 능숙하여 그런 생각이 잠깐 들었다는 것입니다. 오해하지는 마십시오."

헌은 입술을 질끈 깨물며 어이없다는 듯 웃음을 터뜨렸다. 그러곤 곤란하다는 얼굴로 고개를 저었다.

"말을 참 예쁘게 하십니다, 낭자께서는."

"……?"

"치료하는 이가 정성을 아주, 듬뿍 쏟을 수 있도록 말입니다."

그렇게 대꾸하며 헌이 소진의 가녀린 발목을 전과 다르게 세게 움켜쥐었다.

"아!"

소진은 발목을 감싸며 헌을 세차게 노려보았다. 하지만 헌은 소진이 그랬던 것처럼 가식적인 눈웃음을 지어 보이며 어깨만 으쓱거렸다.

'이 난봉꾼 자식이……?'

소진은 그의 손을 거칠게 밀어내며 주섬주섬 버선을 신고 자리에서 일어났다. 그러곤 흙투성이가 된 치맛자락을 꼭 움켜쥐며 헌을 향해 고개를 대충 까닥였다.

"그때의 결초보은(結草報恩)은 이것으로 갚은 거로 하시지요. 오늘 여러모로 신세 많이 졌습니다. 그럼 살펴 가십시오, 선비님."

그녀의 말투는 잔뜩 딱딱해져 있었다.

그리 말하며 돌아서던 소진은 휘청거렸다. 혼자 힘으로 어떻게든 저 잣거리까지 걸어가야 했는데 어쩐지 땅에 닿는 발목이 아까보다는 나았지만, 여전히 시큰거리는 것 같았다.

"결초보은이 부족하다는 말을 돌려 하는 것인가."

홀로 중얼거리는 헌의 낮은 목소리에 소진의 고개가 돌아갔다. 이내 그는 몇 걸음 못 가 주저앉은 소진의 앞으로 성큼 다가가 그녀를 번쩍 안아 올렸다.

갑작스러운 그의 행동에 소진은 놀라 굳어버렸다. 자신의 허리에 닿는 그의 온기에 그녀의 심장이 쿵, 쿵 뛰기 시작했다.

"업히라고 하면 또 되었다고 내 등을 밀어낼 것이니, 실례 좀 하겠습니다."

"내, 내려주시지요……!"

"하면 이 산속을 그 다친 다리로 홀로 내려간단 말입니까? 그러다 아까 그 사내들과 다시 마주치기라도 한다면?"

"……제가 알아서 할 일입니다. 더는 선비님께 신세 지고 싶지 않습니다."

소진의 말에 헌은 무표정한 얼굴로 정면을 응시했다. 그러곤 그녀를 내려줄 생각이 없다는 듯 휘적휘적 걸어나갔다.

"선비님!"

소진이 곤란하다는 듯 헌의 어깨를 두드렸다. 그러자 그는 걸음을 멈추지 않은 채 지그시 소진을 내려다보며 입술을 달싹였다.

"이리 어여쁜 낭자를 산속에 홀로 둘 수는 없지요. 그러다 무슨 변고라도 생긴다면, 마음이 속상하지 않겠습니까?"

헌의 나지막한 목소리가 소진의 발그레 달아오른 뺨 위에 내려앉았다. 어찌 선비님께서 속상하냐 되묻고 싶었지만 어쩐지 소진의 입술이 떨어지지 않았다. 소진은 부자연스럽게 침을 삼키며 그의 시선을 외면했다.

그러자 이내, 그의 낮은 웃음소리가 떨어졌다.

"한데 어찌 그리 부끄러워하십니까, 낭자. 혹 사내의 품에 처음 안겨 보는 것입니까?"

그의 말에 소진은 금시초문이라는 얼굴로 목소리를 높였다.

"처음이라니요? 그럴 리가요?"

물론 처음이었지만 사실대로 말하기는 싫었다. 그녀의 말에 헌은 작게 웃으며 그녀를 다시금 바짝 끌어안았다.

"부들부들 떨어, 처음인 줄 알았습니다. 한데 조금 아쉽습니다. 내가 낭자의 첫 사내가 되고 싶었는데."

'첫 사내'라는 말에 소진의 뺨이 터질 듯 달아올랐다. 그녀는 토끼 눈을 뜨고서는 헌을 올려다보았다.

"아."

그러자 그녀와 눈이 마주친 그가 작게 탄성을 뱉어내며 말을 이었다.

"물론 품을 허락한 첫 사내 말입니다."

그러곤 잊지 않고 부드러운 미소를 흘렸다.

이러다 정말 이 호색한에게 꼼짝없이 넘어갈 것만 같았다. 소진은 이 난봉꾼의 품에서 벗어날 수 있게 빨리 저잣거리에 닿았으면 좋겠다는 생각밖에 들지 않았다.

헌과 헤어진 소진은 밑져야 본전이라는 마음으로 관아를 갔지만, 예상대로 퇴짜만 맞은 채 봉희의 집으로 돌아와야만 했다.

봉희 남편은 소진을 보자마자 엉엉 울며 그녀의 팔을 잡고 늘어졌다.

"……소진아, 그자들에게 갔더니 정말 그 많던 빚을 간밤에 봉희가 다 갚았대. 이게 말이 되니? 어쩜 좋으냐. 어떡하면 좋아, 이 일을."

그의 말에 소진의 얼굴이 딱딱하게 굳어졌다.

"소상히 물었어? 간밤에 홀로 나타났대? 그 많은 돈은 어디서 구했다 하고?"

"자기들은 죽어도 모른다고 관아로 가서 해결하라고만 해……. 결코 입을 열 자가 아니야."

그 말에 소진이 이를 악물며 주먹을 쥐었다.

"관아까지 꽁꽁 쥐고 있는 걸 보면 필시 거물(巨物)이 배후에서 저들을 움직이고 있을 테야."

그때 그녀의 곁에서 안절부절못하던 숙자가 슬그머니 입을 열었다.

"동네 사람들도 죄다 포기하라고 해요, 아씨. 그렇게 사라진 여인들이 한둘이 아니라고."

숙자의 말에 봉희 남편은 소진에게 무릎을 꿇으며 싹싹 빌었다.

"소진아! 너는 할 수 있잖아? 응? 너는 양반이니까…… 관아에 가면 네 말은 들어줄 거 아니야?"

"방금 관아에 갔다 오는 길이야……. 단순 가출이라 어쩔 수 없대. 저번에 사라진 여인들도 모두 다른 사내들과 눈이 맞아 야반도주하는 것을 보았다는 목격자들이 나타났다고…… 그것과 비슷한 일일 것이라며 돌아가라 하더라."

돌아온 소진의 대답은 그를 좌절하게 했다. 그러자 하나둘 모여들어 끌끌 혀만 차던 동네 사람들이 말을 보태기 시작했다.

"봉희댁도 당했나 보네, 쯧쯧. 어쩌면 좋아."

"아직 소문 못 들었수, 아씨? 실종된 여인들이 죄다 궐로 들어가 자취를 감춘다잖아요!"

'궐'이라는 말에 소진의 얼굴이 파리하게 질려갔다. 봉희 남편은 눈물만 뚝뚝 흘렸다.

"그렇다고 한들 우리가 무슨 수로 궐에 들어가겠습니까."

관아에서도 안 된다, 빚쟁이들도 나 몰라라 하니 소진 역시 정말 복장이 터져 죽을 노릇이었다.

"아씨, 쇤네도 방금 그런 소문을 듣긴 들었습니다만……. 한데 정녕 그 소문이 사실일까요?"

그 소문이 참이라면 봉희가 아예 자취를 감추기 전에 궐의 담을 넘어야만 했다.

"사실인지 아닌지는…… 확인해보면 알 일이지."

이내 대궐 쪽을 바라보는 소진의 눈빛은 사고라도 칠 기세로 번뜩거리고 있었다.

"아주 미친 것이지. 제 앞날도 모르는 망나니 세자인 주제에 감히 누구의 여식을 넘봐!"

"하면 어쩔 것입니까, 대감. 금혼령이 떨어지면 소진이도 꼼짝없이 사주단자를 올려야 할 것을요······."

영의정 사가(私家).

영의정 성준은 아직도 성이 풀리지 않는다는 얼굴로 냉수를 벌컥벌컥 들이켰다.

"중전마마와 상의해 금혼령을 내리기 전 소진이를 보은군에게 시집보내야지요."

"······전하께서 윤허하실까요?"

"윤허하고 말고가 어딨습니까! 이번 가례도감은 전적으로 중궁전에서 맡기로 하였으니 중궁전이 민 소용과 상의해 서둘러 날을 잡을 것입니다."

그는 우악스럽게 냉수 사발을 내려놓으며 수염을 닦았다.

"영 정사에는 관심도 없고 술과 여색만 찾는 망나니인 줄로만 알았는데······. 감히 이 영의정의 여식을 눈독 들이고 있었다? 곧 폐위당할지도 모를 세자의 빈궁으로 내 귀한 여식을 갖다 바치랴? 초간택은커녕 사주단자조차 올리는 일 없게 할 것이니, 부인께서는 걱정 붙들어 매시오!"

때마침 봉희의 실종으로 영의정에게 청이라도 넣어볼 참으로 안채에 들어서던 소진은 그의 말에 머릿속에 불이 켜지는 것 같았다.

'세자빈······? 초간택?'

그녀는 반색하며 서둘러 영의정의 앞으로 달려갔다.

"아버지······!"

갑작스러운 소진의 등장에 영의정은 흠칫 놀라며 그녀를 바라보았다. 영의정의 말대로라면 곧 세자빈 간택을 위한 금혼령과 함께 간택령이 내려질 것이었다. 그렇게 되면 소진은 어렵지 않게 초간택을 핑계

삼아 입궐할 수 있을 터였다.

 그러면 마을을 흉흉하게 떠도는 소문의 진상도, 흔적도 없이 사라진 봉희에 대한 단서도 찾을 수 있을 것이었다.

 소진은 영의정을 올려다보며 눈을 반짝였다.

 "그 세자빈 간택전(揀擇戰)."

 "……?"

 "소녀가 나가겠습니다! 제 사주단자를 올려주세요, 아버지!"

 "아니 될 소리다, 그건!"

 소진의 말에 영의정은 버럭 소리를 지르며 일어났다.

 "아버지……."

 "사주단자라니! 항간에 떠도는 세자에 관한 추문을 정녕 너는 듣지 못했단 말이더냐?"

 세자와 관련된 갖가지 소문이라면 그녀 역시 익히 들어 잘 알고 있었다. 왕세자가 온갖 궁녀를 홀리다 못해, 이제는 기방을 함부로 넘나들며 기녀까지 넘보는 호색한에 난봉꾼이라는 소문.

 하지만 소진은 그런 이야기들에는 관심 없었다. 그녀는 그런 왕세자의 빈(嬪)이 되고 싶어 사주단자를 올려달라 부친에게 청을 올리는 것이 아니었으니까.

 봉희, 벗의 행방을 알기 위해 입궐하려는 것일 뿐. 그것 외의 다른 뜻은 결코 없었다.

 소진은 다시금 눈빛을 반짝이며 얼굴을 들었다.

 "잘 아옵니다. 하지만 상관없습니다."

 상관없다는 소진의 대답에 영의정은 아연실색하고 말았다.

 "뭐……라?"

소진은 주먹을 말아쥐며 목구멍에 힘을 주었다.

"확인할 것이 있어 입궐하려는 것입니다."

"네가 궐에서 무엇을 확인하려고 그러느냐?"

순간 그녀의 눈빛이 흔들렸다.

부친인 영의정에게 모든 것을 고할까, 잠시 고민했지만 이내 소진은 입을 다물기로 하였다. 괜히 그에게 봉희의 이야기와 더불어 사라진 마을 여인들에 관한 소문을 알렸다가는 쓸데없는 일에 나서 가문에 먹칠한다, 혼쭐이 날 수도 있는 노릇이었다.

더군다나 초간택은 물론이고 외출 금지까지 당할 수도 있었다. 제 부친인 영의정은 자신과 달리 냉정하고 자기밖에 모르는 인물이었다. 또한, 양반과 노비를 철저하게 구분하는 그는 백성들과 늘 스스럼없이 지내는 소진을 못마땅하게 생각했다.

그런 영의정에게 이번 일을 말했다가는 되레 그 일을 그만두라는 면박을 받을 것이 뻔했다.

소진은 무어라 말하려 입술을 달싹이다, 굳게 다물었다.

"그냥…… 별것 아닙니다."

그러자 영의정은 좀 전보다 언성을 높이며 그녀를 외면했다.

"별것 아닌 일에 네 앞날을 걸어?"

"……아버지."

"사주단자를 올리는 것이 무얼 뜻하는 줄 알고 지금 하는 소리인 것이냐?"

불같이 화를 내는 부친의 모습에 소진은 가슴이 답답해졌다.

"압니다, 아버지."

"아는데 사주단자를 입에 올려? 그것이 너의 앞날이기만 한 줄 아느냐? 한 가(家)의 명운이 걸린 문제다. 사주단자를 올렸다, 덜컥 간택이라도 되면 어쩌려고? 떨어진다 한들 세자빈 간택에 사주단자를 올린 여인이 어디 좋은 가문에 시집갈 수 있다 하더냐?"

영의정의 말에 곁에서 잠자코 듣고 있던 모친, 정경부인 최씨는 어두운 얼굴로 소진을 바라보았다.

"그래, 소진아. 세자빈 간택은 네가 생각하는 것만큼 간단한 일이 아니란다."

소진은 걱정스럽게 자신을 돌아보는 모친을 향해 고개를 조금 조아렸다.

"소녀, 몰라 드리는 청이 아닙니다."

"한데 어찌 사주단자를 올려달라 하는 것이냐."

"단지 궐 구경이 하고 싶어 떼를 쓰는 것이 아닙니다. 그럴 만한 사정이 있어 사주단자를 올려달라 하는 것이에요."

제 처지를 좀 알아달라는 듯 소진이 간절히 손을 모았다. 하지만 영의정은 그런 그녀를 연신 외면했다.

"하면 그 사정이라는 것이 무엇인지 말해보아라. 내 들어보고 너의 입궐을 허락해줄 것이야."

그러나 소진은 조금도 입을 열 수 없었다. 저 멀리서 숙자 또한, 그녀를 향해 고개를 절레절레 젓고 있었다. 소진은 입술을 질끈 깨물며 치맛자락만 움켜쥐었다.

쉽사리 입을 열지 못하는 소진을 내려다보며 영의정이 혀를 찼다.

"무슨 바람이 불어 사주단자를 올려달라는 것인지 모르겠다만, 네가 입을 열지 않는다면 나 역시, 네 청을 들어줄 수 없음이다."

그렇게 돌아서는 영의정을 올려다보며 소진이 소리쳤다.

"초간택까지만!"

"……?"

"딱 초간택까지만 임하고 오겠습니다!"

어디서 나온 객기였을까. 소진은 제 입에서 튀어나온 소리에 저도 놀라 흠칫, 굳어버리고 말았다.

"뭐라?"

초간택까지만 임하고 오겠다는 그녀의 당찬 포부에 영의정은 헛웃음이 터질 듯했다.

"간택이 무슨 어린아이 소꿉장난인 줄 아느냐!"

그는 허무맹랑한 소리를 하는 소진을 향해 버럭, 소리를 질렀다. 그의 호통에 소진은 작게 몸을 떨었다.

"네가 사주단자를 올렸다는 것이 대비전 귀에 들어가게 되면 너는 꼼짝없이 삼간택까지 올라가야 할 것이다."

"삼간택까지요……?"

"영의정의 여식이 사주단자를 올렸다? 대비마마와 전하께 아주 좋은 먹잇감을 던져주는 것과 다름없는 일이지. 또한, 삼간택에 오른 규수는 까딱하면 세자의 후궁이 될 수도 있음인데…… 감히 그런 위험한 모험을 하겠다고?"

영의정은 한껏 이맛살을 구긴 채 대책 없이 사주단자를 올려달라는 소진을 응시했다. 그의 눈빛은 소진이 꼭 세자빈에 간택이라도 된 것처럼, 매섭게 타올랐다.

영의정은 이내 등을 돌리며 안채로 들어서려 했다. 소진은 그런 그를 향해 단단한 목소리로 입을 열었다.

"하오나 제아무리 욕심이 나고 탐이 나는 가문의 규수라 할지라도 자질이 부족하고 성에 차지 않는다면 떨어뜨리지 않겠습니까?"

그 말에 영의정의 고개가 다시금 돌아갔다.

"제 말에 책임을 지겠습니다."

"……뭐라?"

"초간택까지만. 반드시 초간택까지만 임하고 돌아오겠습니다."

"하면 네가 초간택에서 떨어지기라도 하겠다는 말이냐?"

"예. 세자 저하의 국혼이 결정되고 금혼령이 내려지면 어차피 조선 팔도 모든 여인이 사주단자를 올려야 하지 않습니까?"

영의정은 차분히 말을 이어가는 소진을 말없이 응시했다.

"어차피 올려야 할 사주단자라면 세자빈으로 간택될까 전전긍긍하다, 대비마마와 전하께 책(責) 잡히는 것보다 소녀가 나서서……."

이내 그는 소진의 말허리를 뚝 잘라냈다.

"네가 나서서 깽판이라도 쳐 간택에서 떨어지겠다, 이 말인 것이냐? 그게 더 가문에 먹칠하는 일임을 정녕 모르는 것이야?"

"아니, 깽판은 아니더라도…… 사소한 실수 몇 가지만 하면 알아서 상궁 마마님들이 저를 재간택 명단에서 제외하지 않겠어요?"

"오늘, 네 이야기는 못 들은 것으로 하마."

"아, 아버지……!"

그녀의 애원에도 영의정은 끝내 등을 돌리고야 말았다. 소진은 신을 벗고 마루 위로 폴짝 올라서며 안채로 사라져버린 영의정을 향해 소리쳤다.

"사주단자를 올린 그 많은 여인 중에서 저 하나 떨어져도 표시 하나 나지 않을 것이어요! 아버지께 흠이 될 것도, 해가 될 것도 없을 것입니다! 어차피 초간택에서 통과될 여인보다 떨어질 여인이 더 많을 간택 아니어요? 아버지⋯⋯!"

치맛자락을 꾹 움켜쥔 채 이미 닫혀버린 안채 문을 바라보며 소진이 발을 동동 굴렀다. 그러자 곁에서 그녀를 말없이 지켜보고 있던 최씨 부인은 소진을 향해 고개를 절레절레 저었다.

"너답지 않게 오늘따라 왜 이리 떼를 쓰는 것이야, 소진아."

차마 이유를 말해줄 수 없는 소진은 울상만 지을 뿐이었다. 그녀의 사정을 알 리 없는 최씨 부인은 그런 그녀를 바라보며 깊은 한숨만 내 쉬었다.

제 4 장

교태전의 비밀

다음 날, 날이 밝기만을 기다리고 있던 소진은 동이 트자마자 대궐 앞으로 향했다.

오늘은 궐에서 종친들이 모이는 날이라고 했다. 그래서 그런지 궐 앞이 평소와 달리 북적거렸다. 아무 제지 없이 궐 안으로 들어서는 종친들을 보며 그녀는 발만 동동 굴렀다.

"어디 가서 종친의 호패라도 구해 와야 하나."

그때, 한참 대궐 문을 바라보며 중얼거리던 소진은 슬금슬금 대궐 외곽 벽으로 다가갔다.

"어쩌시려고요, 아씨."

"궐도 사람 사는 곳인데…… 개구멍이라도 있지 않을까?"

"예? 그렇다고 이 벌건 대낮에 개구멍으로 들어가시려고요? 더군다나 오늘은 종친들이 죄다 궐에 모이는 날이라면서요?"

숙자는 대책 없이 궐 앞을 왔다 갔다 하는 소진을 바라보며 어깨를 축 늘어뜨렸다.

"그럼 손 놓고 있어?"

"초간택 작전은…… 아예 수포로 돌아간 것입니까?"

"너도 어제 보았잖니. 아버지가 학을 떼시며 방으로 들어가시는 것……."

"하면 인제 어쩌지요?"

"보은군 대감을 만났으면 좋겠는데……."

그렇게 중얼거리는 소진을 숙자가 환한 얼굴로 올려다보았다.

"하긴…… 보은군 대감마님이라면 주저 없이 아씨를 도와줄 건데 말이에요!"

"그러게. 대감이라면 두 손 걸고 도와주실 것인데."

"맞아요. 왜 그 생각을 못 했지? 보은군 대감마님만큼 믿을 수 있는 사람도 없잖아요. 아씨의 모든 비밀을 알고도 늘, 함구하여 주시고 안방마님이나 대감마님 몰래 아씨를 도와주기도 했고요."

"그래, 그만큼 막역한 사이니. 하지만 아마 국혼령이 내려진 시점이라 만나뵙기 어려울 것이야."

소진은 말끝을 흐리며 궐 담벼락을 힐끔거렸다. 아무리 보아도 궐 안으로 통하는 구멍은 없어 보였다. 그녀는 울상을 지으며 시무룩하게 주위를 살피다, 커다란 나무 한 그루를 발견했다.

"……아?"

크고 단단하게 뻗은 나뭇가지를 보며 소진이 눈을 반짝였다. 그녀의 의중을 파악했다는 듯, 숙자가 커다란 나무를 가로막고 서며 고개를 저었다.

"지금 아씨께서 무슨 상상을 하시는지 알겠는데요. 아니 되어요, 아씨. 그러다 다치면 쇤네만 혼쭐납니다?"

"지금으로선 이 방법밖에 없잖아. 궐 안에 사라진 동네 여인들이 있나, 없나만 확인하면 돼. 잠시만 보고 오면 될 거야."

"무술을 배우다 다쳐, 활 연습을 하다 손가락은 상처투성이야, 게다가 말을 타다 떨어져서는 발목까지 다치셨으면서, 이젠 하다 하다 나무 오르다 떨어져서 다리마저 부러뜨리시려고요?"

숙자의 잔소리에도 소진은 의지를 꺾지 않았다.

"다리 부러질 일 없어! 네 말대로 무술과 말타기로 연마된 탄탄한 몸이니 걱정하지 마."

"아이참! 하면 차라리 쉰네가 오르겠습니다."

"산도 못 올라 낑낑거리는 네가 이 나무를 오른다고……?"

어이없다는 듯 소진이 웃으며 나무를 가리켜 보였다.

"마음이라도 편하려고 그럽니다. 아가씨가 나무 오르는 것을 밑에서 지켜보는 것보다 차라리 내가 오르다 떨어져 몸이 아픈 게 훨씬 나을 것 같아서요."

그렇게 말하며 팔을 걷어붙이는 숙자를 소진이 가볍게 밀쳐냈다.

"비키거라, 괜히 떨어져서 몇 날 며칠 울지 말고. 대신 밑에서 나 좀 받쳐줘."

숙자가 말리기도 전에 소진은 폴짝 뛰어, 낮게 뻗은 나뭇가지 하나를 맨손으로 덥석 쥐었다. 그러고는 낑낑대며 나뭇가지에 대롱대롱 매달렸다.

"아, 아씨……!"

"나 발……! 발 좀 잡아줘!"

그때, 잠행을 나갔다 환궁하던 헌은 나무에 대롱대롱 매달린 사람을 발견하고는 걸음을 멈추었다.

"……저게 무슨."

한눈에 보아도 양반집 규수 차림의 웬 여인이 나무에 매달려 있는 희한한 광경. 헌은 눈살을 찌푸리며 팔짱을 꼈다.

"윤현."

그러다 곁에 있던 호위 무사를 불렀다.

"예, 저하."

"지금 저게 무엇을 하는 것처럼 보이는가."

그의 물음에 윤현의 고개가 소진을 향해 천천히 돌아갔다.

"……궐을 훔쳐보려는 자인 것 같습니다만."

윤현은 반사적으로 허리춤에 차고 있던 검을 쥐었다. 그러자 헌은 느리게 고개를 저으며 그의 손을 제지했다.

"그럴 것 없다."

"하오나."

"저러다 알아서 나무에 떨어질 것 같으니. 쯧쯧, 비가 오려나……. 별 정신 나간 자들이 궐 앞을 서성이는구나."

무심하게 대꾸하며 헌이 다시금 궐 안으로 들어서려 발걸음을 옮기는데.

"소진 아씨!"

저 멀리서 들려오는 '소진'이란 이름에 헌의 발이 멈추고 말았다.

"한 규수……?"

그가 눈을 크게 뜨고 나무에 매달려 있는 규수의 얼굴을 정확하게 바라보았는데, 정말 소진이었다.

소진은 나무에 오르려 끙끙대고 있었다. 기괴한 그녀의 모습에 헌은 그만 핏, 실소를 터뜨리고 말았다.

"가지가지…… 하는 여인이다."

"예?"

"참으로 놀라워."

홀로 그리 말을 내뱉던 헌은 절레절레 고개를 저으며 소진을 향해 다가갔다. 하지만 헌이 자신 쪽으로 다가오고 있음을 전혀 눈치채지 못한 소진은 나무 위에 올라서기 위해 발버둥 치고 있었다.

"좀만 더 나를 올려줘! 조금만 더……!"

이내 소진의 뒤에 바짝 다가선 헌은 무심한 얼굴로 소진을 올려다보았다.

그때, 낑낑거리며 그녀의 다리를 잡아주고 있던 숙자가 헌을 발견하고는 화들짝 놀라 소리를 질렀다. 그러다 쥐고 있던 소진의 다리를 저도 모르게 놓으며 뒷걸음질 쳤다.

"어, 어……?"

숙자가 다리를 놓자 손에 힘이 풀려버린 소진은 그대로 나무 아래로 떨어지고 말았다.

"아, 아씨!"

하지만 헌은 그런 소진을 놓치지 않았다. 나무 아래로 떨어지는 그녀를 가뿐히 품에 안아 든 헌은 무표정한 얼굴로 자신의 품에 쓰러지듯 안긴 소진을 내려다보았다. 탄탄한 헌의 팔이 그녀의 매끈한 허리를 감쌌다. 놀란 소진은 허둥대며 고개를 치켜들다, 헌과 시선이 마주쳤다. 소진의 동공이 자잘하게 떨렸다.

"선, 선비님……?"

그때, 놀란 그녀의 뺨 위로 웃음기 섞인 헌의 목소리가 나지막이 떨어졌다.

"이제 만날 때마다 내 품에 안기기로 했습니까?"

언짢은 속마음과 달리 한없이 부드럽기만 한 목소리였다. 갑작스러운 그의 말에 소진의 얼굴이 빨개졌다.

"어머, 그럴 리가 있겠습니까? 그때도 그랬고 지금도 그렇고. 다 선비님께서 저의 동의 없이 안으셨거든요?"

소진은 그리 말하며 입술을 질끈 깨물었다. 당황한 기색을 애써 지워 보려 했지만, 가빠지는 호흡 때문에 무리였다.

그러자 헌이 피식, 가볍게 웃음을 흘렸다. 이내 반듯하던 그의 붉은 입술이 벌어졌다.

"그런가. 하면 내가 낭자를 자꾸만…… 안고 싶었던 것인가."

그의 나지막한 목소리에 소진의 아득해지려는 정신에 번쩍, 불이 켜졌다. 그녀는 정신을 차리곤 그의 가슴팍을 세게 밀쳤다.

'와, 하마터면 이 난봉꾼한테 홀릴 뻔했어.'

그러고는 흐트러진 옷매무시를 가다듬으며 눈치 없이 붉어진 뺨을 감쌌다. 그런 그녀의 모습을 빤히 지켜보던 헌은 느리게 입을 열었다.

"또 빨개졌겠습니다."

헌의 말에 소진은 정색하며 손부채질을 했다.

"무슨 소리 하십니까? 날이 더워서 그런 것입니다."

그녀가 퉁명스럽게 대꾸하며 별꼴이라는 듯 눈을 희번덕거리자, 헌이 피식 웃었다.

"얼굴 말고."

"예?"

"발목, 말입니다."

소진은 짧은 탄식을 뱉으며 헌을 올려다보았다.

"아, 괜찮으니 제 발목은 신경 쓰지 마십시오."

주변 공기가 왜 이리 후끈한지, 소진은 손부채질하며 애써 헌을 외면했다. 그러자 헌은 소진이 오르려던 나무를 힐끔 올려다보다 주위를 살폈다.

"한데 양반집 규수께서 어찌 몸종을 두고 직접 나무 위를 오르셨습니까? 나무 위에 무엇이 걸리기라도 했습니까?"

느긋한 그의 목소리에는 어쩐지 웃음이 잔뜩 묻어 있는 듯했다. 꼭 무언가를 알고 묻는 사람처럼.

소진은 헛기침하며 흙이 묻은 치맛단을 손바닥으로 털어냈다.

"그런 선비님께서는 궐 앞에는 어쩐 일이십니까?"

그녀는 은근슬쩍 말을 돌리며 헌을 응시했다. 헌은 뒷짐을 지며 힐끔, 궐 안을 바라보았다.

"저 안에 볼일이 있어서."

그 말에 소진의 눈이 동그래졌다.

"궐 안에요?"

이미 그녀의 마음을 꿰뚫은 듯 헌은 느리게 이마를 쓸며 그녀를 내려다보았다. 순간, 소진의 까만 눈동자가 반짝였다.

"하면 용무가 급해 먼저 가보겠습니다. 볼일 보시고 귀가하시지요."

정중하게 그 말을 뱉어내며 헌이 소진을 향해 고개를 숙여 보였다. 한껏 예의를 갖춘 채 사라지는 그의 뒷모습을 넋 놓고 바라보던 소진은 서둘러 그를 불렀다.

"선비님……!"

돌아선 헌은 그럼 그렇지, 하는 얼굴로 걸음을 멈추었다.

톡, 톡, 톡.

머뭇거리며 자신을 향해 다가오는 그녀의 작은 발소리가 들렸다.

"혹 선비님…… 종친입니까?"

조심스럽게 묻는 소진의 목소리가 옅게 떨리고 있었다.

저번에 보은군도 그에게 스스럼없이 '형님'이라 불렀던 것이 생각났다. 또한, 오늘은 궐에 종친들이 모이는 날이라고 들었는데 입궐을 한다니 순간 그가 종친인가 싶었다. 헌을 올려다보는 소진의 얼굴에 묘한 기대감이 서렸다.

"그렇다면?"

어쨌든 세자도 임금의 아들이니 친족에 속하는 것. 헌은 터지려는 실소를 참아내며 소진을 바라보았다. 그의 대답에 그녀의 얼굴이 순식간에 밝아졌다.

"혹 그러면…… 선비님!"

무언가를 바라는 얼굴로 소진이 헌의 앞에 섰다. 그는 흥미롭다는 눈빛으로 허리를 굽혀 그녀와 눈을 맞추었다.

"말씀하시지요, 낭자."

느긋한 그의 목소리에 소진의 가슴이 다시금 떨려왔다.

"저…… 그러니까."

"편히 말씀하십시오."

"제가…… 선비님의 혈육이 되게 해주세요."

소진의 황당무계한 말에 순간, 여유 넘치던 헌의 얼굴이 딱딱하게 굳고 말았다.

"혈육이라니요?"

곁에 있던 윤현도, 숙자도 모두 당황한 얼굴로 소진을 바라보았다. 그러자 그녀는 주먹을 꼭 말아 쥐고서는 헌에게 바짝 다가갔다.

"오늘 궐에서 종친들의 모임이 있다고 들었습니다. 제가 지금 급히 궐에 들어가서 확인할 것이 있는데…… 아무래도 소녀는 종친도 아니고 정식으로 입궐 청을 넣은 것도 아니라서, 지금 당장 입궐하기에 무리가 있어서요."

다짜고짜 혈육이 되어달라고 말하던 것과 달리 소진은 차분하게 말을 이어갔다.

"해서 선비님의 혈육으로 함께 종친의 신분으로 입궐한다면…… 별다른 제지 없이 궐 안으로 들어갈 수 있을 것 같아서 말입니다."

그 말에 헌은 입술을 꽉 다문 채 그녀를 지그시 내려다보았다.

"거짓 종친 행색을 하는 데, 일조를 해달라?"

헌이 비스듬히 고개를 꺾으며 물었다. 그러자 소진은 미묘하게 미소를 띤 얼굴로 고개를 들었다.

"아니지요. 종친이신 선비님께서 저를 도와주시는 것이지요."

"그 말이 그리되는 것입니까? 한데 그러다 낭자께서 거짓 종친 행색을 한 것이 발각이라도 된다면?"

"그럴 일이 없게 만들어야지요."

"자신 있습니까?"

"자신도 없이 그런 청을 드렸겠습니까?"

그녀는 다부진 음성으로 말하며 생긋 웃었다. 그러자 헌은 가볍게 고개를 끄덕이며 입술을 열었다.

"왕족 사칭은 양반, 상민 할 것 없이 모두에게 중죄가 적용된다는 것은 알고 있지요?"

"압니다."

"하면 이유를 말해보시지요. 그런 위험까지 무릅쓰고서 저 궐 안에 들어가야 하는 연유."

이유를 말하란 그의 말에 소진은 벌렸던 입술을 다물었다. 입을 꾹 앙다무는 소진을 바라보며 헌이 낮게 한숨을 쉬었다.

"그 연유를 제게도 말씀해주셔야 그 위험한 동행을 함께할지 말지를 정할 것이 아닙니까?"

그의 말도 일리가 있었다.

하지만 소진은 차마 그에게 입궐의 이유를 말해줄 수가 없었다. 소진은 슬쩍 묻었던 고개를 들어 그의 눈을 똑바로 직시했다.

"그 이유를 쉽게 입 밖으로 꺼낼 수 있었더라면 굳이 선비님께 이리 부탁할 필요가 있었겠습니까?"

"……아."

"제 아버지께 청을 넣어 입궐하게 해달라 하면 간단하게 끝이 날 일이지요."

그녀의 말에 헌이 가볍게 웃었다.

"해서 내 몸을 빌려달라."

'몸'이라는 적나라한 단어에 소진의 눈이 동그래졌다.

"몸, 몸이 아니라……."

"한데 어쩝니까?"

느른하게 입가에 곡선을 그리던 헌이 굽혔던 허릴 곧추세웠다.

"내겐 누이가 없다는 것을 다른 종친들이 모두 알고 있어서. 혈육으로 들어가기에는 무리가 있을 것 같은데."

그렇게 말하며 헌은 느리게 아랫입술을 만지작거렸다. 그의 기다란 손끝을 따라 소진의 시선이 그의 붉은 입술 위에 닿았다. 헌은 찬찬히 소진의 표정을 살폈다.

"이왕 빌려줄 몸, 혈육 말고……."

가만히 소진을 내려다보던 헌이 입을 열었다.

두 사람의 시선이 찰나에 부딪쳤다. 그의 눈이 뜨겁게 빛나기 시작했다. 헌은 다시금 허리를 숙여 소진과 눈을 맞추었다. 이내 뜨겁게 달아오른 그의 입술이 느리게 벌어졌다.

"이렇게 하면 어떻겠습니까?"

소진의 눈이 동그래졌다.

"정인은 어떻습니까."

"네? 정인이라뇨?"

갑작스러운 그의 말에 소진은 얼어붙고 말았다. 멍한 얼굴로 그녀가 헌을 물끄러미 올려다보자, 그가 그다지 어려운 일이 아니라는 듯 대수롭지 않게 말을 이었다.

"나와 함께 궐 안으로 들어가려면 그 방법밖에는 없을 것 같은데."

소진은 '정인'이라는 단어를 곱씹으며 머뭇거렸다.

그러자 헌은 어깨를 으쓱하며 빙그르르 돌아섰다.

"싫으면 말고."

"아니……! 선비님!"

돌아서는 그의 옷깃을 소진이 서둘러 잡았다.

"정인이라고 하면…… 입궐할 수는 있습니까? 저, 그러니까 별다른 의심 없이 저 문을 통과할 수 있겠느냐는 말입니다."

어쩐지 그렇게 묻는 소진의 얼굴에 간절함이 가득해 보였다. 헌은 그런 그녀를 한 번, 대궐 문을 단단히 지키고 있는 문지기를 한 번 바라보았다.

"그건 낭자에게 달려 있겠지요."

"예?"

"얼마나 자연스럽게 내 정인인 척하느냐에 따라 결과가 달라지지 않겠습니까?"

소진은 깊게 한숨을 내쉬며 그의 옷깃을 슬쩍 놓았다.

"하지만 종친들만 모이는 자리에…… 뜬금없이 정인과 동행하였다고 하면 이상하게 생각하지 않을까요?"

그녀가 이맛살을 구기며 다시금 헌을 올려다보았는데, 그의 눈꼬리가 둥글게 휘어졌다.

"어차피 왕족이랍시고 뽐내고 싶어 정기적으로 저런 회동(會同)을 하는 것이지, 별다른 큰 취지가 있어서 모이는 것이 아니니 신경 쓸 것 없습니다."

"아……."

"우리는 일반 양반들과는 격이 다른 왕족이다, 이런 것에만 관심 있는 자들이라 누구라도 동행해 자기들을 봐주길 원하지요."

헌의 말에 소진이 작게 고개를 끄덕였다. 그렇게 말하는 그가 이런 모임에 제법 참석한 왕족 같아 보였다.

느리게 고갤 끄덕이는 소진을 바라보던 헌은 그녀를 향해 손을 뻗었다. 소진은 자신에게 손을 내미는 헌을 의아하다는 듯 올려다보았다. 그러자 헌이 고개를 까딱하며 그녀를 응시했다.

"할 겁니까, 말 겁니까?"

머뭇거리는 그녀의 가슴에 불을 지르듯 그가 물었다.

"내 정인, 말입니다."

그 말을 들은 소진의 목울대가 부자연스럽게 꿈틀거렸다. 그녀는 깊이 숨을 내쉬며 그의 커다란 손바닥 위에 자신의 손을 살며시 얹었다.

"잘 부탁드립니다, 선비님."

청을 한 것은 소진 쪽이었기에 어쩌면 주도권을 헌이 쥐고 있는 것은 당연했다. 하지만 두 사람 사이에는 단순히 청을 주고받은 사이에 흐르는 것과는 확연히 다른 긴장감이 흐르고 있었다.

그녀는 그의 손바닥 위에 얹힌 자신의 손이 신경 쓰였다. 괜스레 헛기침하며 그의 시선을 회피했다.

그때, 헌이 서먹하게 자신의 손바닥을 쥐고 있는 그녀의 작은 손을 꽉 잡았다. 훅, 들어온 온기에 소진이 놀라 그를 돌아보았다. 하지만 헌은 태연하게 손깍지를 끼며 그녀를 자신 쪽으로 휙, 잡아당겼다. 소진은 휘청이며 그의 가슴팍에 안겼다.

"가자, 소진아."

헌은 그렇게 말하며 씩, 웃었다. 오금을 저리게 하는 그의 꽃 미소에 소진의 눈앞이 다시금 아찔해졌다.

어쩜 사내가 이리도 곱게 미소를 지을 수 있단 말이던가. 그녀는 멋쩍은 듯 헛기침하며 앞서 걸었다.

"할 거면 제대로 해야지. 저자들이 보통내기가 아니거든."

그렇게 말하며 헌이 대궐 문 앞을 지키고 있는 문지기를 턱짓으로 가리켜 보였다. 소진의 시선도 그를 따라 움직였다.

"그럼 가지."

두 사람은 어색함을 지워내지 못한 채, 대궐 문 앞으로 다가갔다. 이내 헌은 자연스럽게 품 안에서 호패를 꺼내 문지기에게 보여주었다. 당연히 왕세자 호패가 아닌 미복잠행(微服潛行) 시에 종종 사용하던 다른 이의 호패였다.

그가 내민 호패를 살피던 문지기는 다시금 헌을 올려다보았다.

"오늘 종친 모임이 있어 들렀소."

그 말에 문지기들은 고개를 끄덕이며 헌을 안으로 들여보내려는데, 곁에 있던 소진이 시야에 걸렸다.

"이분은……?"

의심쩍은 눈으로 소진을 돌아보았다. 그러곤 그녀에게 위협적으로 바짝 다가갔는데, 헌이 그런 문지기를 막아섰다.

"내 정인이오."

'정인'이라는 말에 문지기들이 고개를 갸웃했다. 여전히 그들의 눈에는 미심쩍은 빛이 거둬지지 않았다. 소진은 헛기침을 뱉으며 슬그머니 헌의 곁으로 한 걸음 다가갔다. 정인이라고 하니 바짝 붙어 서야 할 것 같았기에.

하지만 시선은 아직도 서먹하게 허공을 맴돌고 있었다. 문지기 둘은 뚫어지라 소진과 헌의 모습을 관찰했다. 정인이라고 하기에는 어딘가 영 어색해 보이는 두 사람이었다.

그때, 문지기 둘은 무언가를 속닥거리더니 이내 고개를 절레절레 저었다.

"송구하지만 오늘은 종친들만 참석 가능한 자리입니다. 규수는 돌아가셔야 할 것 같습니다."

망했네, 망했어.

소진은 아랫입술을 꽉 깨물며 헌이 잡은 손을 뿌리치려 그를 올려다보았는데, 갑자기 헌이 그녀의 손을 먼저 놓더니 그녀의 어깨를 다정하게 감쌌다. 어깨 위로 퍼지는 그의 온기에 소진의 볼도 자연스레 달아오르기 시작했다.

이내 헌은 다정한 눈길로 그녀를 지그시 바라보며 입을 열었다.

"내 종친들에게 꼭 소개해주고 싶은 여인이라 그러네."

그 말에 문지기들이 다시금 소진을 바라보았다.

"종친들이 모인 김에 눈도장이라도 콱, 찍어두려고 그러는데……."

그녀의 어깨를 감싸고 있던 헌의 손이 천천히 소진의 팔을 쓸었다. 한없이 다정하지만, 치명적이리만큼 뜨거운 손길이었다. 그러더니 그는 다른 손을 뻗어 그녀의 슬쩍 삐져나온 머리카락 한 올을 자상하게 넘겨주었다.

갑작스러운 그의 애정 행각에 소진이 몸 둘 바를 몰라 하며 어색한 미소만 띠고 있는데, 헌은 쐐기를 박듯 입을 열었다.

"내 안사람이 될 여인이거든."

은밀한 목소리로 그리 말하며 헌이 소진을 뜨겁게 응시했다. 역시, 온몸에 난봉꾼의 피가 흐르는 사내다웠다.

그러면서 헌이 문지기들에게 무언가를 은밀히 건넸다. 그것을 받아든 문지기들은 주위를 살피며 저들끼리 무어라 속닥댔다. 그러다 그들은 헛기침하며 서둘러 헌에게 받은 것을 감추었다.

"드시지요."

절대 열리지 않을 것 같던 대궐 문이 열렸다.

헌은 다정하게 그녀를 이끌었다. 소진은 의아하다는 얼굴로 헌을 올려다보며 함께 안으로 들어섰다.

한 번도 본 적 없던 휘황찬란한 대궐이 그녀의 눈앞에 펼쳐졌다. 화려한 궐의 자태에 소진은 입을 다물지 못하다, 문지기들에게서 멀어지자 헌의 손을 슬쩍 놓았다.

"감사합니다. 한데 문지기들에게 무엇을 건넨 것입니까?"

그녀는 멋쩍게 인사를 올리며 그에게서 한 발 뒤로 물러났다.

"돈 몇 푼을 쥐여주었습니다. 돈 앞에 장사 없으니까요."

헌의 말에 소진은 조금 딱딱한 얼굴로 고개를 몇 번 끄덕였다.

"덕분에 궐 안에 무사히 들어왔으니 이제부터는 혼자 움직이겠습니다."

그 말에 헌이 턱 끝을 어루만지며 낮게 숨을 내쉬었다.

"궐은 처음 아닙니까? 궁인들도 이 궐 안에서는 길을 잃기 일쑤입니다. 워낙 궐이 넓고 복잡해서."

그때, 저 멀리서 정말 종친들의 한 무리가 두런두런 이야기하며 이쪽으로 다가오고 있었다. 그들은 당연히 세자인 헌의 얼굴을 알고 있었으니 헌은 그들을 피해야만 했다.

헌은 소진의 손을 잡아당겼다.

"우선 이쪽으로 오시지요, 낭자."

곤란해하는 그의 시선을 따라가 보니 한 무리의 사람이 몰려오고 있는 것이 보였다. 소진 역시 서둘러 얼굴을 가리며 그의 뒤를 따랐다.

"아무래도 사람들의 눈에 띄어 좋을 것은 없으니."

한참 그의 뒤를 쫓던 소진은 그에게 잡힌 손을 조심스레 빼냈다. 그러자 헌의 고개가 스르륵 돌아갔다.

"더는 선비님을 곤란케 하고 싶지 않습니다. 이미 정인과 동행하였다, 문지기에게 고하였으니 소문이 퍼지는 것은 시간문제일 것입니다. 그것만으로도 충분히 선비님께 신세를 진 것이 아니겠습니까?"

그렇게 말하며 소진이 반듯하게 고개를 조아리며 그에게서 물러났다.

"어디를 가려는 것입니까?"

돌아서는 그녀를 향해 헌이 물었다.

"무엇을 확인하러 들어와야 한다 하지 않았습니까? 하면 확인코자 하는 것의 목적지가 있지 않겠습니까."

딱히 목적지랄 것도 없었다. 궐 안 분위기를 살피며 사라진 동네 여인들이 있는지 살필 생각이었다. 소진은 고개를 조금 숙이며 절레절레 가로저었다.

"딱히 가고자 하는 곳은 없습니다. 누구를 찾으러 들어온 것이기 때문에. 그럼……."

그 말을 남기고서 소진은 등을 돌렸다. 멀어지는 그녀의 모습을 묵묵히 지켜보던 헌의 얼굴이 묘하게 굳어갔다.

"……누구를 찾으러 들어왔다?"

헌의 발걸음이 쉽사리 떨어지지 않았다. 그때, 그 모습을 지켜보던 윤현이 조심스럽게 헌의 곁으로 다가왔다.

"혹, 저하의 정체를 알고 있는 여인이 아닐는지요? 저하를 확인하려 입궐한 것은 아닐까요?"

그의 말에 헌이 느리게 고개를 저었다.

"그리 태연하게 마음을 숨기고 거짓을 고할 만큼 대범하고 영악한 여인은 아닌 것 같다."

"뒤를 따를까요?"

"너는 동궁으로 가거라. 동궁을 오래 비워두면 아니 될 것 같으니."

"하면 저하께서는……."

헌은 소진이 사라진 곳을 응시하며 가볍게 웃었다.

"정인을 홀로 두어서는 안 되지. 오늘만큼은 내 여인이 아니더냐."

그 말을 남긴 채 헌은 서둘러 소진이 사라진 곳으로 걸음을 옮겼다.

"일단 들어오긴 했는데, 대체 어딜 가야 봉희를 찾을 수 있는 건지."

다른 이들의 눈에 띄기 전에 봉희부터 찾아야만 했다. 소진은 손바닥으로 슬쩍슬쩍 얼굴을 가리며 궐 안을 살폈다.

정말 이곳에 사라진 여인들이 있는 게 맞을지. 그렇다면 이 넓은 궐에서 그 여인들이 머물 곳은 단 한 곳밖에 없을 터.

"궁녀……?"

그녀는 서둘러 제 곁을 무수히 스쳐 지나는 궁녀들의 얼굴을 살폈다. 하지만 죄다 같은 복장을 하고 고개를 숙인 채 종종걸음으로 바삐 움직이는 궁녀들 틈에서 봉희를 찾기란 어려운 일이었다.

"사라진 여인들이 한둘이 아니야. 그들도 백성인데, 아무 이유 없이 궐에 가둬놓을 리는 없을 거고. 그렇다면 허드렛일을 시키려 입궐시켰을 것인데."

치맛자락을 움켜쥔 소진의 손끝이 파르르 떨렸다. 소진은 담벼락에 기대서는 황급히 움직이는 궁녀들을 관찰했다.

어딘가로 급히 향하는 궁녀들의 발끝이 예민하게 곤두서 있는 것 같았다. 일렬로 맞춰 선 그들은 오직 땅바닥만 응시하고 있었다. 마치 고개를 들어서는 안 된다는 명을 받은 이들처럼 하나같이 어두운 얼굴로 땅만 바라보았다.

덩달아 소진 역시 그들을 자세히 살피며 숨죽였다.

그때, 등 뒤에서 날카로운 목소리 하나가 들려왔다.

"어허! 감히 누가 고개를 드는 것이야!"

날이 선 듯한 음성에 소진은 서둘러 나무 뒤에 몸을 숨겼다. 그러자 한 무리의 궁녀를 이끌고 상궁 하나가 나타났다.

상궁 뒤를 따르는 궁녀들은 한눈에 보아도 겁에 질린 이들처럼 몸을 잘게 떨고 있었다. 심상찮은 분위기를 느낀 소진은 어둠 속에서 몸을 웅크렸다.

"궐에서 보고 들은 이야기는 모두 이 가슴속에만 담아두어야 한다.

알겠느냐?"

"명심하겠나이다, 마마님."

"궐 안 일을 입 밖으로 내는 자, 궐 밖 생활을 입에 담는 자. 모두 엄벌에 다스릴 것이다."

저 말이 무슨 말일까.

소진은 이맛살을 구긴 채 상궁을 뚫어져라 응시했다. 그러자 상궁은 주위를 한 번 살피며 궁녀들을 이끌고 바로 근처 전각 안으로 들어섰다. 모래바람을 일으키며 사라지는 궁녀들을 소진은 무표정한 얼굴로 바라보았다. 무언가 사건의 단서를 찾을 수 있지 않을까, 싶어 그녀는 그들에게서 눈을 떼지 못했다.

"궐 밖 생활을 입에 담는 자라……."

그때, 행렬 맨 끝에 선 궁녀 하나가 겁에 질린 얼굴로 슬쩍 얼굴을 들었다.

순간, 그와 시선이 스친 소진은 화들짝 놀라 자리에 주저앉고 말았다.

"봉희……?"

봉희와 너무도 닮은 여인이 그들과 함께 있는 것이었다. 소진의 심장이 미친 듯이 뛰기 시작했다.

언뜻 스치듯 본 여인이었지만 소진은 확신할 수 있었다.

"저건 봉희야."

그녀는 서둘러 나무 뒤에서 나와 전각 안으로 들어가는 그들의 뒤를 빤히 응시했다. 그러곤 주위를 한 번 살피고는 뒤를 쫓기 위해 후다닥 뛰어갔다.

그들이 사라진 전각 담벼락 아래에 도착한 소진은 안을 살피기 위해 조심스럽게 몸을 낮추었다.

"여기가 어디야……?"

으리으리한 전각이 눈앞에 나타났다. 높은 분의 처소인 듯 어마어마한 숫자의 궁인들이 처소 안을 다니고 있었다.

봉희가 속한 무리는 전각 깊숙한 곳으로 사라지고 있었다. 당장 안으로 들어가 봉희를 닮은 궁녀를 잡아 세우고 싶었지만 처소 안에 궁인들의 숫자가 너무 많았다. 소진은 한숨을 길게 내쉬며 치맛자락만 움켜쥐고 있었다.

금방이라도 뛰어 들어갈 기세로 그녀가 전각 안을 살피고 있는데, 갑자기 웬 목소리 하나가 그녀의 발목을 움켜쥐었다.

"거기 누구요?"

모처럼 대비전에서 두런두런 말소리가 흘러나오고 있었다.

"세자의 국혼을 앞당기고 싶다는 중궁전의 연통을 받았습니다."

영의정이 오랜만에 대비의 부름을 받고 대비전으로 발걸음을 한 것이었다.

단연 부름의 이유는 세자의 국혼.

아무 말 없이 차만 들이켜던 영의정은 그녀의 말에 찻잔을 내려놓았다. 작금의 세자를 폐위하려는 화론파의 수장, 영의정과 세자를 지켜내려는 수론파의 우두머리, 대비의 불편한 만남이었다.

영의정은 고개를 조아리며 무겁게 입을 열었다.

"예, 곧 금혼령이 내려지고 조선팔도 여인들의 사주단자를 받을 것입니다."

"이번 국혼은 전적으로 중전께서 맡기로 했다지."

"예, 그리 알고 있사옵니다."

백 년은 족히 묵은 능구렁이 같은 대비였기에 시답잖은 이유로 영의정을 대비전까지 부를 이유는 없었다. 분명 이번 국혼에 영의정의 여식을 세자빈으로 염두에 두고 있음을 넌지시 알리기 위함이니.

하지만 그것 역시 영의정은 잘 알고 있었기에 쉽사리 감정을 내비치지 않았다.

"세자께서 그대의 여식에게 관심을 두고 있다는 소리를 들었습니다."

이미 그것은 대비에게 좋은 패를 쥐여준 것과 다름없었다. 영의정은 분노를 감추기 위해 더욱이 고개를 조아렸다.

"광명(光明)이옵니다."

그 말에 대비의 입꼬리가 비식, 일그러졌다.

"광명이다?"

"세자 저하께서 미천한 소신의 여식을 거론해주셨으니 이보다 더한 광명이 어디에 있겠습니까?"

대비는 그만 소리 내어 하하하, 웃고 말았다. 그러자 줄곧 고개만 조아리고 있던 영의정의 얼굴이 들렸다.

"이제는 솔직해집시다, 대감. 그대와 내가 다른 곳을 보고 있다는 것을. 그리고 내가 보고 있는 것이 곧, 그대의 발목을 꺾어놓으리라는 것을 모르는 이가 궐에 있습니까?"

늙었지만, 해서 기력과 명성이 과거보다 많이 쇠퇴하였다고는 하지만, 대비는 여전히 구중궁궐, 최고 어른이었다. 희끗희끗 센 머리가 그녀가 살아온 세월과 동시에 이 궐에서 살아남기 위해 얼마나 치열하게 살아와야 했는지를 말해주는 것 같았다.

영의정은 가만히 대비의 다음 말을 기다렸다.

"사주단자, 어떻게든 빼돌리기 위해 애썼겠지요."

"빼돌리다니요. 응당 국혼령이 내려지면 사주단자를 올려야 하는 것이 충신으로서 해야 할 도리가 아니겠습니까?"

"이번 세자의 국혼에 내 마지막 욕심을 부려볼까 합니다."

마지막 욕심이라는 말에 영의정의 눈빛이 번뜩였다.

"이 늙은이가 죽지도 않고 마지막 발악을 부린다, 대신들은 욕할지라도. 나는 끝까지 우리 세자와 주상을 지켜야겠습니다."

의미심장한 그 말에 영의정이 여유롭게 실소를 터뜨렸다.

"암요, 대비마마께서 군건히 자리 보존하셔야 세자 저하께서도 또한, 전하께서도 별다른 걱정 없이 국사(國事)를 돌볼 것이 아니겠습니까?"

"……"

"한데, 대비마마. 누가 들으면 저하와 전하를 해하려는 극악무도한 자들이 궐에 도사리고 있다, 생각하겠습니다. 저 역시 그 누구보다 저하와 전하의 안위와 조선의 앞날을 걱정하는 신하로서 두 분 마마를 지키기 위해 애쓰고 있는데 말입니다."

그렇게 말하는 영의정의 얼굴이 딱딱하게 굳었다. 대비는 웃음기를 머금은 얼굴로 허리를 조금 숙였다.

"그대의 여식을 어떻게 초간택에서 볼 수 있을까, 그것이 최대의 난제(難題)였는데 세자께서 고맙게도 이 할미의 숙제를 대신해서 풀어주어 이제는 마음 놓고 초간택장에서 그대의 여식을 볼 수 있겠습니다."

"대비마마."

"세자께서 언급한 이상…… 제아무리 그대들의 중궁전이라 할지라도 대감 여식의 사주단자를 빼돌릴 수는 없을 테니."

강경한 대비의 말에 영의정의 가슴이 뜨겁게 타올랐다. 이제는 정면 돌파, 그 방법밖에 없었다.

순간, 초간택까지만 임하고 오겠다며 약조를 꼭 지키겠다는 소진의 목소리가 떠올랐다. 영의정은 주먹을 꽉 쥐었다.

"초간택 때 기대하고 있겠습니다."

대비는 희미하게 웃으며 찻잔을 들었다.

"국구(國舅)가 되셔야지요."

그 말은 영의정의 여식을 세자빈으로 간택하겠다는 말이었다. 또한, 그것은 헌을 반드시 보위(寶位)를 잇게 하겠다는 포부이기도 했다.

이젠 물러설 수 없었다.

오로지 나아가는 것밖에는 방법이 없는 것이었다.

영의정은 대비를 따라 찻잔을 쥐었다.

"대비마마께서 그리 만들어만 주신다면…… 소신, 기꺼이 전하와 조선의 안녕을 위해 가문을 바칠 것입니다."

그렇게 말하며 고개를 조아리는 영의정의 입가에 잔 경련이 일었다.

'그래, 나의 목표는 왕의 장인(丈人)이지. 내 딸은 반드시 국모가 될 것이고. 하지만 상대가 틀렸다. 왕세자는 곧…… 바뀔 것이니.'

"앗……!"

자신을 부르는 목소리에 화들짝 놀란 소진이 그대로 굳고 말았다. 그 누군가는 금방이라도 소진을 잡아챌 기세로 손을 뻗어왔다.

어떡하지? 이를 어쩌면 좋아……!

소진은 제 등 뒤로 느껴지는 누군가의 의뭉스러운 시선에 두 눈을 질끈 감았다. 꼼짝없이 어깨를 잡혀 얼굴을 들키겠구나 하던 그때, 어디선가 갑자기 나타난 또 다른 사내 하나가 소진을 자신 쪽으로 끌어당겨 안았다.

촥—.

그러곤 소진의 눈앞에 커다란 부채 하나가 펼쳐졌다. 부채 덕에 그녀의 얼굴이 완전하게 가려졌다.

"예서 무엇 하는 것이냐. 한참을 찾았는데."

방금과는 다른 목소리가 들려왔고 소진의 고개가 젖혀졌다. 그러자 반듯하게 뻗은 어깨 위에 잘 자리 잡은 굵은 목울대가 눈에 들어왔다. 목울대를 따라 시선을 위로, 더 위로 올리니 뜻밖의 얼굴이 소진을 내려다보며 환하게 웃고 있었다.

"선비님……?"

헌이 환한 얼굴로 소진을 내려다보고 있었다. 한쪽 어깨를 단단히 쥐고 또 다른 손으로는 부채를 펴 그녀의 얼굴을 가리고서는.

소진이 커다란 눈을 깜빡이며 이게 어떻게 된 상황인가 부지런히 머리를 굴리고 있는데, 부채 너머에서 익숙한 목소리가 들려왔다.

"형님?"

보은군이 의문스럽게 부채를 펼치고 있는 헌을 올려다보았다. 소진은 입술을 말아 물며 부채 아래로 조금 드러난 발로 시선을 내렸다.

누구지? 목소리가 귀에 익은데.

그녀는 고개를 갸웃하며 부채 너머 사내의 정체에 귀를 기울였다.

보은군은 헌이 부채로 가리고 있는 소진에게 시선을 던졌다.

"한데…… 누구."

그제야 소진은 목소리의 주인공이 보은군임을 깨닫고 흠칫 놀랐다.

"앗!"

그에게 자초지종을 이야기하며 도움을 청한다면 손쉽게 해결할 수도 있을 것 같았지만, 지금은 좀 곤란할 것 같았다. 헌과 또 함께 있는 모습을 보였으니, 일이 복잡해질 것이었다.

소진은 헌의 손에 쥐어진 부채를 잽싸게 뺏어 들었다. 그러곤 부채로 자신의 얼굴은 단단히 가린 채 황급히 등을 돌렸다.

갑작스러운 그녀의 행동에 헌은 흠칫 놀랐다. 하지만 그가 잡을 새도 없이 그녀는 후다닥 도망치고 말았다.

"저……!"

순간, 당황한 헌이 손을 뻗어 그녀를 잡으려 했지만 이미 소진은 멀리 달아난 뒤였다.

"……누구입니까, 저하?"

헌은 어이없다는 얼굴로 자신의 부채를 가지고 냅다 도망친 소진의 뒷모습을 바라보았다.

"나 원 참. 가지가지."

"예……?"

"아, 알 것 없다."

보은군은 어쩐지 낯익은 소진의 뒷모습에 얼굴이 굳었다. 곧 그는 소진과 함께 있던 헌의 모습이 떠올라 눈빛을 반짝거렸다.

"저하, 그런데 그날 함께 있던 규수와는 어찌 아는 사이신지요?"

뜻밖의 물음에 헌의 미간이 구겨졌다.

"오다가다 알게 된 여인이다. 그러는 넌, 그 여인과 꽤 친해 보이더구나. 무슨 사이인가."

이번에는 보은군의 눈가에 잔 경련이 일고 말았다.

"그저 친한 벗입니다."

벗이라는 말에 헌의 입매가 비틀렸다.

"벗이라……. 남녀가 유별한데 벗이라니. 하긴, 영의정의 여식이니 친하게 지냈을 법도 하겠군."

헌은 벗이라는 말을 입안에서 몇 번이고 곱씹다, 이내 보은군을 뚫어져라 응시했다.

곧, 그의 입술이 다시금 열렸다.

"한데 이제는 그 규수와 거리를 두어야 할 것이다."

"그게 무슨 말씀이신지……."

보은군이 비스듬히 고개를 꺾으며 헌을 직시했다. 두 사람의 시선이 공중에서 날카롭게 교차했다.

"네 벗이라는 그 여인. 이번 간택에 사주단자를 올릴 것이니."

사주단자라는 말에 보은군의 동공이 크게 흔들렸다.

보은군은 말없이 주먹을 꽉 쥐었다. 늘, 헌의 앞에서 무표정을 유지하던 그의 얼굴에 처음으로 감정이 실릴 것만 같았다.

"혹시 아는가? 그 여인이 나의 세자빈이 될지."

헌의 목소리가 그의 귓가에 선연히 박혔다. 묘하게 둘 사이에 흐르는 공기가 심상치 않았다. 소진이 그의 세자빈이 된다고 생각하자, 보은군의 가슴이 바짝 타들어갔다.

곧, 헌은 딱딱한 얼굴을 풀어 종친들이 오가는 궐 안을 돌아보았다. 종친들은 헌과 함께 있는 보은군의 모습에 수군거리고 있었다.

"나의 국혼으로 궐 안팎이 떠들썩하며 궐에 이목이 집중되어 있다. 하니, 외출을 자제하여야 할 것이다. 종친들이 입궐하는 날일수록 네가 조심하여야지. 호시탐탐 너를 이용해 내 자리를 차지해보려는 종친들이 저리도 두 눈을 부릅뜨고 지켜보고 있는데."

헌은 그렇게 말하며 여전히 자신을 향해 수군거리는 종친들을 쏘아보았다. 헌과 눈이 마주친 그들은 황급히 고개를 조아리며 물러났다.

"명심……하겠나이다, 저하."

그렇게 대답하는 보은군의 안색이 어두웠다.

궐 뒤편, 한적한 연못가. 헌의 부채를 가지고 도망친 소진은 멍하니 바위에 앉았다.

좀 전에 보았던 봉희를 닮은 궁녀의 모습이 눈앞에 아른거려 집으로 돌아갈 수가 없었다. 자꾸만 아쉬운 마음이 들어 그녀는 중궁전 쪽을 돌아보았다.

그때, 소진을 찾아 이곳저곳을 돌아다니던 헌이 그녀를 발견했다. 홀로 사색에 잠겨 연못을 바라보는 소진의 곁으로 그가 다가갔다.

"고작 부채를 들고 도망친 곳이 여기였습니까?"

등 뒤로 들려오는 헌의 목소리에 소진이 자리에서 벌떡 일어났다. 그러곤 들고 있던 그의 부채를 조심스럽게 건넸다.

"아까는 놀라셨지요? 그게……."

"예, 보은군 대감 때문에 달아난 것이지요. 이해합니다."

헌은 고개를 끄덕이며 부드럽게 미소를 지어 보였다. 그러다 아까 소진이 전각 앞에서 기웃거리던 것이 생각나 그녀를 돌아보았다.

"한데 확인해야 한다는 것은 어찌 되었습니까?"

그의 물음에 소진이 표정을 굳혔다.

"확인은 했지만…… 확실히 보지는 못했습니다."

그렇게 말하는 그녀의 안색이 좋지 않았다. 소진은 아랫입술을 질끈 깨물며 헌을 올려다보았다. 조금 망설이던 그녀는 그를 똑바로 직시하며 입을 열었다.

"한데 아까 거기. 어느 분의 처소였습니까?"

그녀의 얼굴은 여전히 어둑했다. 그런 소진을 빤히 바라보던 헌은 그녀에게서 시선을 거두며 하늘을 올려다보았다.

"말해주면."

나지막한 목소리가 굵은 목울대에서 흘러나왔다. 그의 깊은 음성에 소진의 가슴이 철렁 내려앉았다.

"감당할 수는 있습니까?"

그의 물음에 그녀의 슬쩍 벌어졌던 입술이 맞물리고 말았다.

"쉬이 감당할 수 있는 곳이 아닙니다."

"예……? 어찌."

"그리 불안한 표정 하나 숨기지 못할 거면 차라리 모르는 게 나을 것이란 말이지요."

그 말에 소진이 얼굴을 묻었다.

"감당해야만 합니다."

그러곤 그렇게 대답하며 주먹을 꼭 쥐었다.

"소중한 사람과 엮인 일입니다."

제법 진지해 보이는 소진의 얼굴에 헌이 나지막이 한숨을 내쉬었다.

"교태전."

그리고 짧은 그 말을 뱉으며 헌이 소진을 돌아보았다.

"중전마마가 계신 곳입니다."

'중전'이라는 말에 그녀의 가슴이 철렁하는 것 같았다.

곧 만삭인 중전마마의 수발을 위해 동네 여인들을 죄다 데려온 것일까? 아까 봉희를 닮은 궁녀가 사라진 곳이 교태전이라는 말에 소진의 머릿속이 복잡해졌다.

"중전마마께서…… 계신 곳이라니."

"한데 확인해야 할 것이라는 게 사람이었습니까?"

아무래도 중전과 관련된 일인 것 같아 헌은 조심스럽게 물었다.

"예. 오랜 벗입니다."

"……벗이 어찌 중궁전에?"

헌이 의아하다는 듯 이맛살을 구기며 소진을 응시했다.

"그러게요. 어찌 그곳에 있는지…….."

아리송하게 대답하며 소진이 등을 돌렸다. 그러자 헌이 그녀의 손을 잡았다.

"도움이 필요하다면 말하십시오. 낭자보다는 내가 더 쉬이 교태전에 닿을 수 있으니."

그 말에 소진은 잠시 고민하는 얼굴로 그를 돌아보며 멈추어 섰다. 무슨 생각을 하는 건지 그녀의 눈동자가 점점 깊어지고 있었다.

헌은 햇볕이 곱게 내려앉은 소진의 동그란 이마를 응시했다.

"하면 선비님께서는 감당할 수 있으십니까?"

그가 했던 말을 그대로 뱉어내는 소진이었다. 무감각한 얼굴로 그녀의 이마를 내려다보고 있던 헌의 시선이 그녀의 눈동자로 향했다.

"소녀의 무얼 보고 쉬이 감당할 수 없다는 그곳을 가신다고 합니까?"

소진의 검은 눈동자에 빛이 돌았다.

그녀와 시선을 맞춘 채 침묵만 유지하던 헌이 이내 입을 열었다.

"중궁전을 감당할 수 있느냔 물음입니까, 아니면, 그대를 감당할 수 있느냔 말입니까?"

헌이 그렇게 말하며 소진에게 한 걸음 다가섰다. 외면할 수 없는 위압감이 그에게서 풍겼다. 소진은 어깨를 잘게 떨며 그에게서 시선을 놓지 못했다.

"당연히 중궁전을……"

"둘 다, 가능합니다."

그녀의 대답이 채 끝나기도 전에 그의 붉은 입술이 벌어졌다.

"중궁전도 그대도. 모두 다."

"선비님."

"한데 이왕이면 그쪽을 좀 더 감당하고 싶긴 합니다만."

그의 진득한 시선이 소진의 눈, 코, 입을 차례로 훑고 있었다.

어쩐지 소진은 쉽사리 그의 시야 밖으로 벗어날 수 없었다.

"아씨! 괜찮으서요?"

대궐 앞에서 소진을 기다리고 있던 숙자는 그녀의 모습이 나타나자 황급히 다가갔다. 소진이 반쯤 넋이 나간 얼굴로 터덜터덜 궐 밖을 나서고 있었다.

"어째 혼이 쏙 나갔대요? 봉희댁은 찾았어요?"

소진이 아랫입술을 지그시 깨물며 숙자를 바라보았다.

"본 것 같아."

"봤다고요?"

"아무래도 헛소문은 아닌 것 같아."

"에구머니나……! 그러면 이제 어찌합니까? 대감마님께라도 알려서 데리고 와야 하는 것 아니어요?"

숙자의 말대로 그리 쉽게 해결할 수 있는 일이면 좋을 것 같았다. 하지만 현실은 호락호락하지 않았다.

─교태전. 중전마마가 계신 곳입니다.

낮고도 무거웠던 헌의 목소리가 다시금 들려오는 것 같았다. 굳게 닫힌 대궐 문을 한참 동안 바라보는 소진의 얼굴이 어두워졌다. 그러다 헌이 돌아서는 자신을 향해 남겼던 마지막 말도 떠올렸다.

─도움이 필요하면 나흘 뒤, 미시까지 그 정자나무 언덕에 나오십시오. 기다리고 있겠습니다.

소진은 깊이 한숨을 내쉬며 등을 돌렸다.

이제 다시 궐에 들어갈 기회는 없을 것이었다. 영의정이 사주단자를 절대 올리지 않겠다, 엄포까지 놓았으니 봉희를 구하려면 헌의 도움을 받는 수밖에 없었다.

하지만 소진은 쉽사리 그에게 도움을 청할 수 없었다.

고작 몇 번 마주친 것이 다인 그에게 벗의 생사를 걸 수는 없었다.

"내가 그쪽을 감당할 수 없을 것 같소만."

그렇게 중얼거리며 소진은 집을 향해 서둘러 걸음을 옮겼다.

제 5 장

초간택 작전

밤이 깊어지자 영의정의 사가에도 모든 빛이 거두어졌다. 하지만 안
채의 불은 꺼질 줄 몰랐다.

"하면 우리 소진이를 꼼짝없이 간택장에 내보내야 한답니까?"

최씨 부인은 지끈거리는 머리를 감싸며 우는 소리를 냈다. 앞에 앉은
영의정 역시 잔뜩 얼굴을 구긴 채 고심에 빠져 있었다.

"피할 수는 없을 것 같소."

"어찌합니까? 그러다 덜컥 간택이라도 된다면……. 우리 소진이가 세
자빈이라도 되면 어찌하냐고요."

그때, 안채 밖에서 소진의 목소리가 들려왔다.

"아버지, 찾으셨습니까?"

두 눈을 지그시 감고서 턱 끝을 만지작거리던 영의정이 눈을 떴다.

"들어오너라."

곧 문이 열리고 소진이 조금은 굳은 얼굴로 들어섰다.

"앉아라."

소진은 다소곳하게 자리를 잡고 앉아 두 사람의 눈치를 살폈다. 어쩐
지 둘 모두 표정이 좋지 않았다.

"내일부터 간택 수업을 듣도록 하라."

"……예?"

갑작스러운 영의정의 말에 소진의 입이 떡 벌어지고 말았다. 두 눈에 흙이 들어가도 영의정이 절대 궐에 올리지 않을 것 같던 자신의 사주단자였다.

그런데 당장 내일부터 간택 수업을 들으라니. 소진은 자신이 잘못 들은 건가 싶어 두 눈만 끔뻑이고 있었다.

"하지만 소진이 너는 간택에서 떨어지기 위한 수업을 받을 것이다."

그 말에 소진의 가슴이 쿵, 쿵, 쿵 요란스럽게 울리기 시작했다. 초간택까지만 임하고 오겠으니 자신의 사주단자를 올려달라 했던 청이 통한 것일까.

그녀는 입술을 굳게 맞다물고서는 제 부친을 빤히 응시했다.

"일전에 네가 말했던 대로 너의 사주단자를 올려 줄 것이니 너는 초간택까지만, 반드시 초간택까지만 임하고 돌아오거라."

"아버지……."

"네가 궐에 들어가야만 하는 이유는 묻지 않겠다. 그러니 너는 최선을 다해 간택에서 떨어져야 할 것이다."

"……."

"약조할 수 있겠느냐."

그렇게 묻는 영의정의 안색이 어두웠다. 소진은 그와 달리 밝은 얼굴로 고개를 끄덕였다.

"예, 아버지. 딱 초간택까지만 임하고 돌아오겠습니다."

이제 봉희를 찾는 건 시간문제였다. 한시름 놓았다는 듯 그녀는 안도의 한숨을 내쉬며 주먹을 꽉 쥐었다.

순간, 교태전 안으로 들어서던 봉희를 닮은 궁녀의 얼굴이 소진의 눈앞을 스쳤다.

나흘 뒤.

소진의 초간택 참가가 정해진 뒤부터 그녀는 하루도 빠짐없이 간택 수업을 받고 있었다.

"허리를 구부정하게 하시고 어깨는 둥그렇게 웅크리고 있어야 합니다."

하지만 조금은 특별한 간택 수업.

"차는 후르륵, 소리를 내어 마시십시오."

후르륵.

상궁이 일러주는 대로 소진은 경망스럽게 소리 내어 차를 마셨다.

"조금 더 크게."

후르르륵.

"예, 그 소리를 기억하십시오."

소진은 조선 최초로 간택에서 떨어지는, 일명 '간택 불통(不通)' 수업을 듣고 있는 것이었다.

반드시 간택에서 떨어져야 했기에 그녀는 오랫동안 간택 심사를 맡아온 상궁에게서 초간택에서 떨어지는 비법을 전수 받고 있었다. 가르치는 상궁에게나 배우는 소진에게나 모두 희한한 경험이었다.

"다음, 과자를 집어 먹을 때는 입을 가리지 말고 드시며 부스러기를 흘리십시오."

소진은 자신만만한 얼굴로 과자를 집어 우걱우걱 씹어 먹었다. 상궁의 주문대로 입을 쩍쩍 벌린 채 과자를 씹자 그녀의 치마 위로 하얀 부스러기가 후두둑 떨어졌다. 곁에서 그 모습을 지켜보던 숙자가 미간을 찌푸렸다.

"아씨, 뭐 더 배울 것도 없겠는데요? 지금도 완벽하셔요."

하지만 소진은 뭐든지 열심히 하는 여인! 그녀는 불만족스러운 얼굴로 다시금 과자를 씹어 먹었다.

"상궁 마마님, 너무 부자연스럽지 않습니까?"

"예, 아가씨. 최대한 자연스럽게, 정말 실수를 하는 것처럼 보여야 합니다."

"역시 배움에는 끝이 없군요. 예, 명심하겠습니다."

소진은 다부진 얼굴로 대답하며 다시 조심스럽게 과자를 집었다. 그러곤 좀 전보다 입을 작게 벌리며 과자를 씹다가 자연스럽게 부스러기를 흘렸다.

"예, 잘하셨습니다."

다음 수업은 반듯하게 걷는 연습이었다. 숙자가 낑낑대며 도자기를 꺼내오자 상궁이 도자기 하나를 소진의 정수리 위에 올렸다. 그러곤 양어깨에 사기그릇을 놓았다.

"갈지(之)자로 걸으실 필요는 없습니다. 세 걸음 정도 걸었을 때, 도자기가 머리 위에서 떨어지도록 하십시오."

"아, 예."

"하나 어깨에 놓인 그릇은 떨어지지 않도록 주의하십시오. 머리만 흔들리게 걷기, 유념하십시오."

소진이 작게 고개를 끄덕이며 조심스럽게 한 발을 내디뎠다. 그리고 상궁의 가르침대로 세 걸음 나아갔을 때……

쨍그랑—.

그녀의 머리 위에서 도자기가 툭, 떨어졌다.

"사소하고도 미묘한 실수로 상궁들의 눈을 속여야 합니다."

"예, 마마님. 이건 좀 난이도가 있어, 열심히 연습해야 할 것 같아요."

도자기 깨지는 소리가 영의정 사가를 쩌렁쩌렁 울렸다.

다소 해괴한 수업을 받는 소진을 멀리서 지켜보던 영의정과 최씨 부인은 깊게 한숨을 내쉬었다.

"꼭 이렇게까지 해야만 하는 것입니까?"

"어쩌겠소. 대비 눈 밖에 나려면 철저하게 준비하는 수밖에요."

"소문이 새어나가지는 않겠죠? 소진이 혼자 집에서 간택 수업을 받겠다고 했으니 여간 신경 쓰이는 것이 아닙니다. 영의정의 여식이 간택에서 떨어지기 위한 수업을 받는다는 말이 새어나가기라도 한다면……."

부인은 초조한 얼굴로 영의정을 돌아보았다. 하지만 그는 어쩐지 믿는 구석이라도 있는 듯, 단호하게 고개를 저었다.

"그런 거라면 염려 마시오, 부인. 우상 댁 여식도 이번에는 집에서 단독으로 개인 수업을 받는다고 하니."

다행히 소진은 그 해괴한 수업을 잘 따르고 있었다.

"마마님, 혹 하품이 나오면 가끔 입을 벌리고 하품을 해도 될까요?"

그녀가 수업에 참여율이 높아질수록 두 사람의 근심도 늘어났다.

"녀석, 열심히도 합니다."

그때, 하인 하나가 조금은 놀란 얼굴로 헐레벌떡 뛰어왔다.

"대, 대감마님……!"

영의정은 딱딱하게 굳은 채 하인을 돌아보았다.

"손님이 오셨습니다."

"누군데."

'손님'이라는 말에 두 사람은 대수롭지 않게 몸을 돌렸다. 그런데 하인의 입에서 흘러나온 다음 말에 둘은 경직되고 말았다.

"궐에서……."

"궐?"

"세, 세자 저하께서…… 납시셨나이다……!"

동시에 도자기를 머리에 이고 있던 소진의 고개도 돌아갔다.

"저하…… 어찌 이리 누추한 곳까지……!"

영의정은 헐레벌떡 대문 앞으로 뛰쳐나갔다. 최씨 부인 역시 파리하게 질린 얼굴로 그의 곁에 섰다. 대문 밖에는 헌이 너울을 길게 늘어뜨린 채 윤현과 환관 몇을 거느리고 서 있었다.

"저하, 납시셨나이까."

예의를 갖추어 고개를 조아리는 영의정의 안색이 어두웠다. 왕세자가 영의정의 사가에 직접 행차하는 것은 매우 이례적인 일이었다. 그랬기에 영의정은 세자의 발걸음이 달갑지만은 않았다.

하필, 세자의 국혼이 정해진 이런 민감한 시기에 신하의 집을 방문하다니. 꿍꿍이가 있는 것이 분명했다.

"어찌 귀신이라도 본 것처럼 혼비백산들입니다."

헌은 여유 있게 웃으며 뒷짐을 지었다. 처음 마주하는 왕세자의 모습에 영의정 사가의 하인들은 모두 입을 떡 벌린 채 바닥에 납작 엎드렸다. 최씨 부인 역시, 소문대로 휘칠하다 못해 빛이 흐르는 듯한 잘난 세자의 용모에 눈이 휘둥그레졌다.

"귀, 귀신이라니요, 저하. 어서 안으로 드시지요."

헌은 영의정의 안내를 받으며 집 안으로 들어섰다. 그의 뒤를 따르던 윤현과 환관도 황급히 걸음을 옮겼다.

헌은 미소를 머금은 얼굴로 집 안을 휘, 둘러보았다. 대궐만큼이나 화려하고 웅장한 그의 사가에 헌은 피식 실소를 터뜨렸다.

"영의정의 사가가 또 다른 궐이라는 소문이 있던데, 참이었습니다?"

헌의 말에 영의정은 얼굴을 붉히며 어찌할 바를 몰라 했다.

"한데 어인 일이십니까? 궐에서 따로 저하께서 납신다는 연통을 받지 못하였는데요."

영의정은 찝찝함을 숨기지 못했다. 그런 영의정을 헌이 지그시 내려다보았다.

"내가 못 올 곳이라도 왔다는 듯 말씀하십니다."

"예?"

"조선 팔도에 왕세자인 내가 가지 못할 곳도 있었던가."

헌은 그렇게 중얼거리며 아랫입술을 검지로 쓸었다. 음성 끝에는 낮은 조소가 걸려 있었다.

그러다 휘적휘적 마당을 가로질러 걷다, 우뚝 멈춰 서서는 한 곳을 응시했다. 그곳은 소진이 간택 수업을 받는 별채였다.

저 멀리서 소진의 모습이 보였다. 헌의 시선이 자연스럽게 그녀를 좇고 있었다.

─저하, 나오지 않은 것 같습니다.

사실 헌은 정자나무 언덕에서 소진을 기다리다, 오는 길이었다. 자신의 도움을 받으러 그녀가 나타날 줄 알았는데 그의 예상이 보기 좋게 빗나간 것이었다.

꼭 그것이 아니라도 그간의 우연으로 자신에게 조금이라도 마음의 문을 열었다고 생각했는데. 그 역시 헌의 착각인 것이었다.

어쩐지 자존심에 금이 간 것 같았다.

─그럴 줄 알고 그 여인을 보러 갈 구실을 내가 만들어 왔다.

─예……?

─속히 영의정의 사가로 길을 잡거라.

만에 하나 그녀가 나오지 않는다면 소진을 보러 갈 핑계가 있어야 했기에 그는 어명을 이용해 영의정의 사가를 가려는 것이었다.

간택전(揀擇戰)이 시작되면 잠행도 일시적으로 중단해야 했다. 그 전에 소진을 반드시 제 사람으로 만들어 기억을 되찾아야만 했기에 그에게는 시간이 없었다. 다시금 우연을 가장한 만남으로 그녀에게 환심을 사려는 것이었다.

그 때문에 최근 들어 건강이 악화해 정사를 제대로 돌보지 못하는 왕을 대신해, 헌이 나서기로 한 것.

그는 자처해 대신들의 해이해진 기강을 바로잡고 또한, 도적 떼들에게 피해를 본 그들의 사가를 직접 살피겠다며 왕에게 윤허를 구한 것이었다.

물론 간택을 준비하는 여인의 집으로 잠행을 나가는 것은, 매우 이례적인 일이었다. 하지만 임금은 헌이 영의정의 사가만 둘러보는 것이 아닌, 모든 대소 신료를 살피는 것이니 괜찮을 거라 생각하였다.

또한, 임금은 요 며칠 사이 기력이 쇠하여 상참도 종종 빠지고는 하였다. 그 때문에 대신들이 제멋대로 상소문을 올리는가 하면 왕의 고질병이 근래에 심각해져 살날이 얼마 남지 않았다는 소문까지 궐 안팎을 나돌고 있는 지경이었다.

해서 국혼이라는 중요한 궐의 행사를 앞두고 임금은 흐트러진 대신들의 정신과 궐의 기강을 위해 세자인 헌이 나서서 직접 대신들의 사가를 시찰(視察)하는 것도 나쁘지 않을 거로 생각하였던 것이었다.

영의정은 황급히 헌의 앞을 가로막아 서며 고개를 조아렸다. 초간택이 치러지기도 전에 여식의 얼굴을 보일 수는 없는 노릇이었다.

"그럴 리가 있겠습니까? 다만 너무 갑작스러운 방문이시라 소신이 당황하여……."

"혜민서에 들렀다가 아바마마의 명을 받잡고 들른 것입니다. 그리 당황할 것 없습니다, 대감."

어명이라는 말에 영의정의 얼굴이 노골적으로 굳었다. 헌은 어렴풋이 보이는 소진에게서 시선을 거두고는 영의정을 돌아보았다.

"어명이라니요?"

오늘 아침 회의 때만 해도 별다른 언급이 없었는데 갑작스러운 어명에 영의정은 냉가슴이 되고 말았다.

"요즘 도적 떼들이 대신들의 집만 골라 금품을 갈취해 간다고 들었습니다."

"아…… 그것이라면."

"해서 아버님께서 직접 대신들의 사가에 들러 피해 규모가 어떤지 알아보라 하셨습니다."

"그런 번거로운 일을 굳이…… 저하께 말입니까?"

영의정이 미심쩍은 듯 헌의 안색을 살폈다. 하지만 헌은 그와 달리 여유가 넘쳤다.

"원래 아바마마께서 대신들을 아끼고 생각하는 마음이 유별나시지 않습니까? 하니 그대들의 사가를 직접 방문해 가까이에서 이야기를 듣고 오라, 제게 명령을 내리신 것이지요."

영의정은 헌의 눈치를 살피며 그를 화원 전각으로 모셨다. 헌은 그가 안내하는 곳으로 걸음을 옮기다 다시금 소진이 있는 쪽을 바라보았다. 영의정은 자꾸만 소진에게로 향하는 헌의 시선에 언짢아졌다.

"제 여식입니다. 속히 나와 저하께 인사를 올리는 것이 예(禮)인 줄은 아오나 간택이 끝나기 전까지는 얼굴을 보이지 않는 것이 좋을 듯하여……. 행여 구설에 오를까 하는 노파심 때문이니 통촉하여주시옵소서, 저하."

영의정의 말에 헌이 느리게 고개를 끄덕이며 마련된 자리에 앉았다. 그곳에서는 건너편에서 수업을 받고 있는 소진의 얼굴이 적나라하게 보였다.

소진은 수업에 한창이라 이쪽에서 헌이 바라보고 있다는 것은 꿈에도 모르고 있었다.

"소저(小姐)께서 간택 준비로 한창인가 봅니다."

"……아, 그것이."

영의정은 소진을 뚫어지게 응시하고 있는 헌의 시선이 불편했다. 슬쩍 헛기침을 흘리며 그가 불편한 기색을 드러내자 헌은 무감한 얼굴로 영의정을 돌아보았다.

"그리 경계할 것 없습니다. 방금 좌상 댁을 다녀오던 길이거든요. 좌상 대감의 소저 또한 간택 수업을 받고 있어 드리는 질문이었습니다."

헌이 느리게 찻잔을 쥐며 말했다. 대수롭지 않다는 듯이 그는 무감하게 굴었다.

헌은 뜨거운 차를 기품 있게 한 모금 마신 뒤, 영의정을 직시했다.

"도적에게 피해를 본 대신들이 한둘이 아니던데 영의정께서는 무고(無故)하십니까?"

그리 묻는 헌의 눈빛이 평소와 달리 진득하게 가라앉아 있었다.

"예, 아직 제 사가는 무고합니다."

"기근(飢饉)으로 살림살이가 어려워지니 농민들이 도적 떼가 되어 양반들의 곳간을 넘나든다 들었습니다."

"전하께서 국사(國事)를 돌봄에 있어, 어려움이 없도록 저희가 열심히 해야지요. 하면 백성들의 삶이 좀 더 나아지지 않겠습니까?"

영의정의 말에 헌이 고개를 끄덕이며 웃는 얼굴을 했다.

"역시 백성을 생각하는 건 대감뿐이십니다."

두 사람은 이후로 시시콜콜한 국사 이야기를 한참 주고받았다. 그러다 건너편에 앉아 있던 소진이 간택 수업이 끝이 난 듯 자리에서 일어나자 헌의 시선이 자연스럽게 그녀에게로 향했다. 소진은 상궁과 인사를 나누고는 별채 화원으로 걸음을 옮기고 있었다.

"한데 전하께서는 좀 나아지셨습니까? 오늘 상참에서 힘들어하시는 모습을 보여 소신들이 걱정하던 찰나였습니다."

"근래 이번 사건 때문에 신경을 많이 쓰신 탓에 피로가 누적되신 모양입니다. 잠행을 나오기 전 뵈었을 때는 많이 쾌차하신 모습이셨습니다."

미소를 머금은 채 대답하며 헌은 자리에서 일어났다. 그러자 영의정도 서둘러 일어섰다.

"측간을 가려 하는데……."

그 말에 영의정이 앞서 걸었다.

"따르시지요."

"아니, 대감께서 내 볼일까지 수발들 필요는 없을 것 같은데. 하인 하나를 붙여주면 따르겠소만."

"예, 저하."

헌의 말에 영의정은 별다른 의심 없이 한 걸음 물러났다. 그러곤 대기하고 있던 하인 한 명을 헌의 곁에 서게 했다.

"측간까지 모시거라."

"예, 대감마님."

윤현과 환관들도 차례로 헌의 뒤를 따랐다.

"너희는 여기서 기다리고 있거라. 서둘러 측간만 다녀올 것이니."

그렇게 헌은 영의정의 하인과 단둘이 걸음을 옮겼다.

"여기가 측간이옵니다, 저하."

측간 앞에 도착한 하인은 헌을 향해 고개를 조아렸다. 헌은 슬쩍 그의 눈치를 살피며 입을 열었다.

"길을 알았으니 물러나 있어도 좋다."

"하오나…… 저하."

"불편해서 그런다."

하인은 하는 수 없이 뒷걸음으로 헌에게서 물러났다. 이내 헌은 휘휘, 주변을 둘러보다가 소진이 사라지던 별채 화원으로 향했다. 그는 조심스럽게 화원 안으로 발을 디디며 분위기를 살폈다.

그때, 소진이 화살 하나를 들고는 살금살금 별채 밖으로 나오고 있었다. 헌은 담벼락에 몸을 숨기며 그녀를 바라보았다.

소진은 까치발을 들어 영의정이 앉아 있는 뒷마당 전각을 살피더니 혼자 중얼거리고 있었다.

"아휴……. 망나니 세자가 웬일로 기방을 안 가고 제대로 된 잠행을 한대? 내일은 해가 서쪽에서 뜨려나?"

그 말에 구석에 숨어 있던 헌은 피식, 실소를 터뜨리고 말았다.

소진은 혼자 활시위를 잡아당기는 연습을 하며 화살을 손에 익히고 있었다. 아무래도 새 화살인 듯 보였다.

"망나니 세자 때문에 꼼짝없이 별채에 갇혀 있게 생겼네. 원래라면 아버지께서 지금 딱 출타하실 시간인데……. 간만에 들에 나가 활이라도 쏘려 했건만. 하여튼 도움이 안 되는 세자야."

그리 중얼거리던 소진은 헌을 등지고 서서 등허리를 곧게 폈다. 그녀는 반듯하게 활을 잡아서는 활 쏘는 자세를 취했다. 제법 화살을 잡아본 듯 그녀의 모습이 그럴싸했다.

활을 쏘는 양반집 규수라, 꽤 흥미로운 여인이었다.

헌은 활쏘기에 심취한 소진의 뒤로 조심스럽게 다가갔다. 등 뒤로 길게 땋아 내려진 그녀의 댕기가 햇빛을 받아 은은히 빛나고 있었다.

그는 다정하게 눈빛을 바꾸며 입술을 달싹였다.

"활을 그리 쥐면 팔에 알이 배길 것인데."

"앗……!"

갑작스러운 헌의 목소리에 소진은 화들짝 놀라, 뒤를 돌았다. 그런데 너울을 길게 늘어뜨린 웬 사내가 허리를 숙여 자신과 눈을 맞추고 있는 것이었다.

소진은 그가 헌이라는 사실은 꿈에도 모른 채, 멍한 얼굴로 한참이나 바라보다, 경직된 채로 말문을 열었다.

"뉘……십니까?"

그러자 헌은 허리를 굽힌 채로 말을 이었다.

"망나니…… 세자?"

'망나니 세자'란 말에 소진이 잠시 멍하니 헌을 응시하다, 소스라치게 놀라며 고개를 조아렸다. 그러곤 죽을죄라도 지은 듯 얼굴을 구기며 몇 번이고 허리를 굽혔다.

"세, 세자 저하……! 송구하옵니다! 그러니까 그것이……!"

"내일 해가 서쪽에서 뜨면 어찌해야 하나."

그렇게 말하며 헌은 피식, 웃음을 흘렸다. 소진의 얼굴이 빨개지고 말았다. 어딘가 익숙한 음성이기는 했지만, 소진은 감히 왕세자의 목소리를 의심할 수는 없었다.

그녀는 다급하게 고개를 조아리며 파르르 떨었다. 감히 왕세자 앞에서 그의 험담을 늘어놓았으니 쉽게 넘어갈 일은 아닐 것이었다.

"그건 소녀가 실언한 것입니다. 죽여주시옵소서……!"

소진은 헌을 향해 넙죽 절을 하며 고개를 몇 번이고 조아렸다. 그러자 그 모습을 바라보던 헌은 터지려는 웃음을 참으며 무릎을 굽혔다.

"죽이면 어찌합니까. 소저께서 나의 빈이 될 수도 있음인데."

그 말에 한껏 조아리고 있던 소진의 고개가 스르륵 들렸다.

나의 빈……? 그것은 아니 될 일인데? 나는 초간택까지만 참가했다가 똑, 떨어져야 하는데?

소진은 다시 한번 넙죽 절을 하며 소리쳤다.

"통촉하여주시옵소서, 저하!"

그것만은 통촉해 주셔야 하옵니다……!

그때, 별채 밖에서 최씨 부인의 목소리가 들려왔다.

"소진아, 잠깐 우상 대감 댁에 다녀와야겠구나."

순간 헌은 소진을 일으켜 세워서는 화원 풀숲으로 잡아당겼다. 커다란 감나무 뒤에 몸을 숨긴 헌은 소진을 향해 조용히 하라는 시늉을 해 보였다.

나는 여기가 우리 집인데 왜 숨어야 하지…….

소진은 자신이 몸을 숨겨야 하는 이 상황이 이해가 되지 않았지만,

곁에는 세자가 있었으니, 토를 달 수는 없었다. 그녀는 헌이 하라는 대로 입을 꾹 다물고는 숨죽였다.

이내 최씨 부인이 별채 안으로 들어섰고 둘은 바짝 붙은 채로 나란히 섰다. 그 순간에도 소진은 제 곁에 왕세자가 있다는 사실에 눈앞이 아득해졌다.

헌은 당황한 기색을 숨기지 못한 채 어찌할 바를 모르는 그녀를 지그시 내려다보았다.

"오늘. 왜 나오지 않은 것입니까?"

다짜고짜 그 말이 머리 위로 떨어지자 소진은 저도 모르게 홱, 얼굴을 들었다. 그러다 너울 뒤의 헌과 시선이 마주치자 다시금 황급히 고개를 조아렸다. 감히 왕세자의 얼굴을 함부로 볼 수는 없는 법이었다.

"예……? 그것이 무슨 말씀이신지."

소진의 목소리가 가늘게 떨리고 있었다.

"난 낭자께서 나올 줄 알고 기다리고 있었는데."

저 말에 담긴 뜻이 무엇일까, 잠시 고민하던 소진은 불현듯 눈앞에 그려지는 얼굴 하나에 고개를 치켜들었다.

―나흘 뒤, 미시까지 그 정자나무 언덕에 나오십시오. 기다리고 있겠습니다.

난봉꾼……?

소진은 서둘러 손을 뻗어 그의 얼굴을 가리고 있는 너울을 치웠다. 세자라던 그는 다름 아닌 배은망덕에 난봉꾼인 그 선비였다!

"그쪽은……?"

그때, 별채로 들어섰던 최씨 부인이 빈방을 확인하고는 대수롭지 않게 화원을 나서고 있었다.

헌은 손을 뻗어 황급히 소진의 입을 틀어막았다. 소진은 그대로 굳어 서는 자신을 지그시 내려다보고 있는 헌에게서 눈을 떼지 못했다. 점점 동공이 커지는 소진을 바라보던 헌은 고개를 숙여 그녀의 귓가에 속삭였다.

"내가 세자라면 내게 시집오겠습니까? 간택에 뽑히려 열심이던데."

그리 말하며 헌이 그녀의 입을 막고 있던 손을 치웠다. 소진은 아직도 이 상황이 이해가 되지 않는다는 듯 눈동자만 데구루루 굴렸다.

"그러니까 선비님이…… 아니, 그러니까 세자 저하께서……!"

혼란스러워하는 그녀를 위해 헌이 너울을 갓 위로 치우며 자신의 얼굴을 완전하게 드러냈다.

"아."

헌은 까맣게 빛나는 소진의 눈동자를 빤히 직시하며 다시금 입을 열었다. 그의 손은 여전히 소진의 손목을 지그시 쥔 상태였다.

"내가 왕세자라니 달라 보입니까?"

말문이 막혀 아무 말도 나오지 않았다. 소진은 휘청이며 그에게 잡힌 손목을 바라보았다.

"정녕…… 선비님이 세자 저하십니까?"

그간 그에게 무례하게 굴었던 것이 주마등처럼 스쳤다.

이제 나는…… 죽었구나.

초조해하는 그녀와 달리 헌의 얼굴은 평온하기만 했다. 빨리 무어라 그가 대답해주길 바랐지만, 야속하게도 헌은 입술만 꾹 다물고 있을 뿐이었다. 소진이 다시금 그의 눈과 코와 입을 찬찬히 살피며 입술을 달싹였다.

"세자 저하가 맞으시냐, 묻고 있질 않습니까."

그때, 여우비가 후두둑 쏟아지기 시작했다. 말간 햇살 아래로 굵은 빗방울이 사정없이 떨어지고 있었다.

헌과 소진의 머리와 옷이 점점 젖어갔다. 뜨겁게 달아오른 그녀의 얼굴 위로도 차가운 빗방울이 떨어졌다. 빗방울이 열기를 식혀줄 것 같았다. 어쩌면 다행일지도 모른다는 생각이 들었다. 헌에게도 적나라하게 느껴질 만큼 몸이 달아올랐으니까.

재차 묻는 그녀를 내려다보던 헌은 쥐고 있던 그녀의 손목을 놓았다. 그는 무표정한 얼굴을 하고 있었다. 그러곤 손을 들어 무심하게 그녀의 머리 위를 가려주었다.

소진의 뺨 위로, 눈꺼풀 위로 사정없이 떨어지던 빗방울이 헌의 손바닥 덕분에 가려졌다. 이내 한참 소진을 응시하던 헌이 드디어 젖은 입술을 벌렸다.

"그럴 리가 있겠습니까?"

그렇게 대답하며 헌은 언제나처럼 고운 미소를 생긋 지었다. 아니라는 말에 소진은 순간 할 말을 잃고 말았다.

"아니⋯⋯란 말씀입니까?"

어쩐지 허탈함도 밀려오는 것 같았다. 헌은 다정한 눈빛으로 소진을 내려다보며 고개를 끄덕였다.

"종친이라 하지 않았습니까? 오늘은 그저 세자 저하의 잠행에 동행한 것일 뿐입니다."

그러면 그렇지. 아무리 세자가 망나니라 소문이 났지만 이런 호색한에 난봉꾼일 리는 없었다.

소진은 정색하며 그를 노려보았다. 그러곤 자신의 이마 위를 가리고 있는 그의 손을 쳐냈다.

"어찌 세자 저하이신 척한 겁니까? 놀라지 않았습니까?"

그녀의 말에 헌이 빙그레 웃으며 어깨를 으쓱해 보였다.

"재밌으니까."

헌의 대답에 소진은 억지 눈웃음을 지으며 그가 했던 것처럼 어깨를 들썩였다.

"선비님께서는 무슨 재미를 목숨 걸고 보십니까?"

"그게 무슨 말입니까?"

"나보고 왕족 사칭 어쩌고저쩌고하시더니……. 왕세자 사칭은 목숨을 걸어야 한다는 것 아시지요?"

"하면 지금 밖으로 나가 세자 저하께 고하기라도 할 참입니까? 종친 나부랭이가 감히 왕세자 저하를 사칭한다고."

"글쎄요. 못할 것도 없지요?"

"사람이 이리 정이 없을 수가. 불과 나흘 전인 줄로 아는데, 내가 낭자를 도운 것이."

그는 피식 웃으며 옷에 묻은 물기를 털어냈다. 다행히 빗방울은 점점 잦아들고 있었다.

"어디 가서 그런 장난 하지 마십시오. 나니까 그냥 넘어가는 것입니다."

"한데 깜빡 속은 것 같은데."

"하면 안 속습니까? 대놓고 내가 왕세자다, 하는데?"

"그럼 성공입니다."

소진이 입술을 삐죽이며 어이없다는 듯 그를 흘겨보았다. 어쩐지 비는 그쳤건만 헌의 눈빛이 촉촉하게 젖어가는 듯했다.

"진심으로 궁금해서 물을 게 있는데, 진심을 담아 대답해줄 것입니까?"

그의 말에 소진이 퉁명스레 대답했다.

"무엇을 말입니까?"

"내가 정말 왕세자라면. 달라지는 것이 있습니까?"

이 난봉꾼이 아직도 세자 놀이를 안 끝냈네? 소진은 작게 한숨을 내쉬며 비구름이 걷힌 하늘을 올려다보았다.

"달라질 게 무엇 있습니까? 우리가 무슨 사이라도 되어요?"

그녀의 말이 맞았다. 달라질 관계라는 것은 애초에 무슨 사이라도 될 때 가능한 이야기였다. 소진은 그렇게 대답하며 헌을 바라보았다.

그런데 헌은 이미 그녀를 응시하고 있었다.

"그럼 무슨 사이라면 달라질 게 있단 말이군."

"그렇지 않겠습니까? 경악이든 경탄(驚歎)이든."

소진은 생긋, 억지웃음을 지으며 그를 향해 고개를 까딱였다.

"하면 저하와 함께 살펴 가십시오, 종친 선비님."

그러자 헌의 웃음기 섞인 목소리가 들려왔다.

"세자 저하께 말씀이라도 드릴까요?"

"뭘 말입니까?"

"낭자를 세자빈으로 간택해달라고."

그 말에 소진이 화들짝 놀라 그에게 다가가 입을 손바닥으로 거칠게 막았다. 갑작스러운 그녀의 행동에 헌의 미간이 순간, 홱 구겨졌다.

"이 사람이 지금 누구 앞길을 막으려고!"

행여 세자가 들었을까, 소진은 황급히 까치발을 들어 주위를 살폈다. 그러곤 그의 입을 틀어막고 있던 손을 치우며 목소리를 낮추었다.

"나의 일은 내가 알아서 합니다, 종친 선비님. 이만 관심 끄시고 나가

주시지요."

소진이 똑 부러지게 선을 긋고서는 발걸음을 옮기는데 헌이 휘적휘적 소진을 앞질러 가, 등을 보인 채 멈춰 섰다.

"또 압니까? 우리가 식구가 될지?"

의미심장한 그 말에 소진의 동공이 다시금 커졌다.

"식구는 무슨 식구입니까! 경거망동 마시고 속히 사라져주시라니까요?"

그러자 헌이 빙그르르 돌아 소진과 눈을 맞추었다. 그는 다시 너울을 늘어뜨리며 뒷짐을 지었다.

"그러니까 내 말은."

소진을 뚫어져라 응시하던 헌의 입매가 곱게 휘었다.

"사람 일이라는 것이 한 치 앞도 모르는 것이니, 친하게 지내잔 말입니다."

"선비님과 제가 친해질 이유는 개미 눈곱만큼도 없습니다. 또한, 다시 볼 일도 없을 거고요. 하니 시답잖은 농담이나 주고받을 사람이 필요하신 거면 다른 이를 알아보시지요."

소진은 다시 한번 더 확고하게 이야기하며 별채 안으로 들어섰다. 헌은 그런 그녀의 뒷모습을 물끄러미 바라보며 이마를 쓸었다.

"글쎄, 과연 그럴까?"

그렇게 말하는 헌의 목소리는 그 어느 때보다 낮게 가라앉아 있었다.

초간택이 열리기 하루 전날. 소진은 초조한 얼굴로 정자나무 언덕에

서서 보은군을 기다리고 있었다.

숙자가 내내 궐 앞을 지키고 있다, 겨우 만난 보은군에게 소진의 서찰을 건넨 것이었다.

그녀는 언덕 아래만 하염없이 바라보며 그가 나타나길 기다렸다.

"아……!"

저 멀리서, 보은군의 모습이 보였다.

"대감, 여기입니다……!"

그가 반가운 얼굴로 성큼성큼 소진의 앞으로 다가왔다.

"급한 일이 있다 하여, 바로 달려오는 길입니다. 무슨 일 있습니까?"

그는 걱정스러운 얼굴로 소진을 내려다보았다. 정말 여기까지 달려온 듯, 그의 이마에는 땀이 송골송골 맺혀 있었다. 소진은 깊게 한숨을 내쉬며 잠시 머뭇거리다 입술을 달싹였다.

"제 벗이…… 사라졌습니다."

갑작스러운 그녀의 말에 보은군의 눈이 커졌다.

"그것이 무슨 말입니까? 소상히 말씀해 보시지요."

걱정스러운 얼굴로 그가 소진의 어깨를 다정히 짚었다. 그러곤 허리를 굽혀 갈피를 잡지 못한 채 이리저리 흔들리는 그녀의 눈동자를 응시했다. 그의 따뜻한 눈길이 닿자 무슨 말부터 꺼내야 할지 몰라, 뒤죽박죽이던 그녀의 머릿속이 조금 정리가 되는 것 같았다.

"벗이 사라졌거든요. 근데 며칠 전에 사라진 제 벗을…… 궐 안에서 보았습니다."

"궐 안에서요?"

"……그것도 교태전에서 말입니다."

교태전이라는 말에 보은군의 얼굴도 이내 딱딱하게 굳었다.

"실은 제 벗처럼 궐 안으로 사라진 여인들이 한둘이 아니라고 합니다."

"한둘이 아니라니요. 그럼 강제로 궁인이 되기라도 했단 말입니까?"

"자세한 내막은 모르나…… 빚을 지고 갚지 못한 집의 여인들이……간밤에 실종이 된다고 합니다."

"……!"

"그렇게 사라진 여인들은…… 죄다, 하룻밤 만에 그 많은 빚을……갚았다고 해요. 제 벗도 그렇게 사라진 것이고요."

말을 하면서도 소진은 그 상황이 믿기지 않아 말문이 턱턱 막혔다. 그런 그녀를 이해한다는 듯 보은군은 그녀의 어깨를 연신 따뜻하게 어루만져주었다.

"그런데, 그 벗이 교태전에서 궁녀로 있는 것을 제가 보았습니다."

소진은 고개를 들어 보은군을 올려다보았다. 이미 그는 그녀를 바라보고 있었다. 그녀의 뺨에 닿는 보은군의 눈길은 더할 나위 없이 다정했다.

"확실히 교태전 궁녀로 있었습니까?"

나지막한 그의 물음에 곧 소진의 눈시울이 붉어졌다.

"얼핏 보기는 했지만…… 제 벗이 확실했습니다……!"

그녀는 울지 않으려 입매에 힘을 주어 말을 이어나갔다.

"저도 벗을 찾기 위해 애쓰겠지만…… 대감께서 저를 좀 도와주시면 안 되겠습니까?"

소진의 간절한 애원에 말없이 그녀를 바라보던 보은군은 피식 느리게 미소를 지었다.

"왜 안 되겠습니까, 낭자."

"대감……!"

"당연히 돕겠습니다. 낭자의 소중한 사람이 아닙니까?"

그의 대답에 소진은 다행이라는 안도감이 밀려와, 그만 털썩 주저앉고 말았다. 그러자 보은군은 걱정하지 말라는 듯 그녀의 등을 다독이며 입술을 달싹였다.

"그것이 무슨 어려운 청이라고 그리 어렵사리 말을 꺼냅니까? 우리가 겨우 그런 사이였습니까? 어려운 일도 마땅히 나서서 도와야지요."

그 덕에 널을 뛰던 소진의 마음은 점점 차분히 가라앉고 있었다.

"대감께서 없었으면 어쩔 뻔했을까요?"

소진은 그렇게 말하며 좀 전에 울먹였던 것이 창피해, 작게 웃음을 터뜨렸다. 그러자 보은군이 지그시 그녀를 내려다보았다.

곧, 두 사람의 시선이 마주쳤고 소진이 무어라 말을 더하기도 전에 그의 손이 불쑥, 다가왔다. 보은군은 살갑게 소진의 머리카락을 쓰다듬어주었다.

"나 역시 같은 마음입니다. 낭자가 내 곁에 없으면 나는 무슨 낙으로 살았을까……, 종종 생각하곤 하거든요."

그렇게 말하며 그도 소진을 따라 미소 지었다.

"아……! 맞다."

그러다 소진은 무언가 생각난 듯 자리에서 일어났다.

"그때 그 난봉꾼…… 아, 아니. 여기서 함께 마주쳤던 그 선비님과는 친합니까?"

보은군이 형님이라 부르던 사람. 아무래도 종친이니 보은군과는 안면이 있을 것 같았다.

소진의 물음에 보은군은 순간, 무어라 대답해야 할지 몰라 입술을 다물었다.

"그때 종친이라고…… 하셨던 것 같은데. 어떤 사람입니까?"

그녀가 호기심 어린 얼굴로 고개를 젖혔다. 그러자 보은군이 조금 뜸을 들이다, 대답했다.

"그건 내가 묻고 싶은 말입니다. 낭자께서 형님을 어찌 압니까? 그날 보니 꽤 친해 보이기도 하던데요."

씁쓸함을 애써 지워낸 그의 얼굴에는 멋쩍은 미소만 남았다.

"아……. 그냥 뭐, 오다가다 알게 된 사이예요."

그렇게 대답하며 소진 역시, 겸연쩍게 웃었다.

—오다가다 알게 된 여인이다.

보은군은 헌과 똑같은 대답을 하는 그녀가 신경 쓰이기 시작했다.

"한데…… 좋은 사람입니까?"

헌에 대해 궁금한 것이 많은 듯, 소진은 눈을 반짝이며 재차 물었다. 어쩐지 그녀의 물음에 보은군은 아무런 대답도 해주기 싫었다.

"좋으신 분입니다."

하지만 마음과 달리 그렇게 대답하며 보은군은 먼 곳으로 시선을 돌렸다. 그 대답에 소진이 느리게 고개를 끄덕였다.

좋은 사람이라…….

보은군의 대답을 곱씹으며 소진은 그날, 손바닥으로 비를 가려주던 그의 모습을 떠올렸다. 호색한에다 난봉꾼 같기는 했지만 나쁜 사람은 아닌 것 같았다.

소진이 생각에 잠긴 얼굴로 가만히 땅을 바라보고 있자, 보은군이 그녀를 향해 몸을 돌렸다. 무심하게 그녀를 바라보려 해도, 이상하게 그녀를 응시하는 시선에 감정이 스미는 것 같았다.

"낭자."

어쩌면 남녀 사이에 벗이 있을 수 있느냐는 헌의 물음처럼 보은군은 오래도록 소진에게 연모의 마음을 품고 있는 걸지도 몰랐다. 그녀의 잇새에서 흐른 다른 사내의 이야기에 이토록 기분이 가라앉는 것을 보면.

"예, 대감?"

자신을 부르는 그의 목소리에 소진이 멍한 얼굴로 그를 올려다보았다.

"그런데 가까이는 하지 말았으면 합니다."

뜻밖의 말에 소진의 입이 작게 벌어졌다.

"좋으신 분이긴 하지만…… 그 이상, 깊은 사이가 되지는 않았으면 해서요."

그게 무슨 말일까, 그녀는 느리게 눈을 깜빡였다.

"이유를 물어도 되겠습니까?"

의아하다는 듯이 소진이 고개를 갸웃했다. 그러자 보은군의 입가에 달갑지 않은 미소가 걸렸다.

"그냥. 내 마음이 그렇습니다."

의미심장한 그 말에 소진은 더 묻지 못했다.

제 6 장

종친 선비의 정체

초간택이 열리는 날.

다행히 내내 쏟아붓던 비가 그치고 모처럼 날이 개었다.

소진은 노란색 저고리와 다홍색 치마를 곱게 차려입고 별채를 나섰다. 영의정과 최씨 부인은 땅이 꺼져라, 한숨만 푹푹 내쉬며 소진을 바라보고 있었다.

"염려하지 마셔요. 어머니, 아버지."

소진은 굳어버린 두 사람의 손을 따뜻하게 맞잡으며 환하게 웃어 보였다. 지난 시간 동안 초간택에서 떨어지기 위한 수업을 착실하게 받았으니 배운 대로 행한다면 반드시 초간택에서 떨어질 것이었다.

"떨어질 자신 있어요. 만약 붙으면 재간택에서 또 떨어지면 되지요!"

소진이 씩씩하게 말하자 영의정은 절레절레 고개를 저었다.

"재간택까지 가서는 안 된다. 반드시 초간택에서 떨어져야만 해."

"명심하겠습니다. 걱정하지 마세요."

이내 소진은 대궐로 향하는 가마에 올랐다. 가마가 집에서 멀어질 때까지 걱정하지 말라는 듯 그녀는 두 사람을 향해 손을 흔들어 보였다.

하지만 이내 눈앞에서 두 사람이 완전히 사라지자 소진은 그제야 한숨을 푹 내쉬었다.

"많이 떨리시지요, 아씨?"

숙자가 그렇게 물으며 소진을 돌아보았다. 소진은 힘없이 고개를 끄덕이며 어깨를 축 늘어뜨렸다.

"떨어지는 것이 더 어려울 간택일 것이다."

"그 첫 관문이 솥뚜껑 손잡이를 밟고 문턱을 넘는 것이지요? 쇤네가 슬쩍 아씨를 밀치겠습니다."

자신만 믿으라는 듯 숙자가 코를 찡긋해 보였다. 그런 그녀를 믿어야 할지, 소진은 다시금 한숨만 푹 내쉬며 가마 창을 닫았다. 그러곤 미리 챙겨 온 작은 보따리 속에 든 궁녀 옷을 펼쳐 보였다.

초간택 중간에 휴식 시간이 있다고 들었다. 그때, 잽싸게 궁녀 옷으로 갈아입고 교태전 안으로 들어갈 생각이었다.

"아마 오늘은 초간택 때문에 사가에서 규수들이 입궐하니 동네에서 사라진 여인들을 쉬이 밖에 돌아다니지 않게 할 것이야."

"알아보는 이들이 있을까 봐요?"

"그래. 그러니 서둘러 대궐에 가 초간택이 열리는 틈을 타, 살펴보아야겠다."

교태전. 그곳으로 봉희가 들어가는 것을 보았으니 반드시 그 안을 확인해야만 했다. 궁녀 옷을 다시 곱게 접어 보따리로 감싸는 소진의 손끝이 자잘하게 떨렸다.

⁂

"그래, 영의정의 여식도 참여했다?"

대비는 모처럼 밝은 얼굴로 뜰로 나섰다. 갖가지 피어난 화초들을 바라보며 대비는 만족스러운 웃음을 띠었다.

"예. 지금 한창 초간택을 치르고 있을 것입니다."

"반드시 초간택에 통과시켜야 할 것이다."

그때, 헌이 대비의 곁에 서며 고개를 조아렸다.

"할마마마, 소손 찾아 계시옵니까?"

헌의 음성에 대비는 좀 전보다 더 환한 얼굴로 헌의 손을 잡았다.

"세자, 기다리고 있었습니다."

"수업이 늦게 끝나 조금 지체되었습니다. 안에서 기다리고 계시지, 왜 밖에 나와 계시옵니까?"

그는 다정하게 웃으며 대비의 손등을 따스하게 어루만졌다.

"볕이 좋아, 바람이라도 좀 쐴까 하여 나와 있었지요. 참, 소식 들었지요? 세자께서 영의정에게 언급한 덕에 꼼짝없이 영의정의 여식이 초간택에 참여했다는 것을."

대비는 그렇게 말하며 흡족한 듯 소리 내어 웃어 보였다. 그녀의 웃음에 헌 역시, 입가에 미소를 매달며 고개를 끄덕였다.

"예, 할마마마."

"한데 우리 세자께서 영의정의 여식은 언제 보았습니까? 언제 보았길래 눈도장을 콱, 찍어둔 것입니까?"

대비의 물음에 헌은 말없이 미소만 짓고 있었다.

"할미한테 말하기 쑥스러워 그러시는 게지요?"

헌이 수줍어 그러는 모양이다 싶어 대비는 그를 따라 빙그레 미소를 지었다. 헌은 맑게 갠 하늘을 올려다보며 소진의 얼굴을 떠올렸다.

"흥미로운 여인입니다."

"……흥미롭다라."

"여러모로 제게 도움과 득을 줄 여인이지요."

"그건 그렇습니다. 영의정만 손아귀에 쥔다면 세자의 앞날은 탄탄대로일 것이니."

대비가 고개를 끄덕이며 생각에 잠긴 헌의 얼굴을 올려다보았다.

"세자빈으로 제격인 규수입니다."

그날의 내 은밀한 기억을 알고 있는 유일한 이니.

헌은 그 말을 삼키며 간택이 열리고 있는 쪽을 향해 천천히 고개를 돌렸다. 어쩐지 그곳을 바라보는 그의 눈동자가 깊어지고 있었다.

"잠깐 휴식 시간을 갖도록 하겠습니다."

초간택은 무난하게 진행되었다. 소진은 당연히 배운 대로 소소하지만 강력한 실수를 연이어 터뜨리며 상궁들의 눈 밖에 나기 시작했다.

유력한 세자빈 후보 1순위였던 소진이 실수를 연발하자 간택에 함께 참여한 규수들은 저마다 수군거렸다.

"오늘따라 왜 저러는 거야?"

"그러게……. 똑똑하고 실수 없기로 소문난 한 규수가?"

하지만 소진은 저를 두고 속닥이는 소리에는 관심 없었다. 살벌하게 감시하고 있는 상궁들의 눈이 속히 사라지기만 기다렸다.

그때, 간택장을 지키고 있던 상궁들이 하나둘 자리를 비우자 소진 역시 치마 위에 떨어진 과자 부스러기를 털어내며 자리에서 일어났다. 소진의 움직임에 전각 아래에서 대기하고 있던 숙자가 조심스럽게 그녀의 곁으로 다가왔다.

"아씨…… 여기요."

숙자는 소진이 준비한 궁녀 옷이 든 보따리를 은밀히 건넸다.

지금부터 딱 반 시진. 유례없이 참가자 수가 더 많아 1차 시험이 꽤 오래 치러져 휴식 시간이 다른 때보다 더 길었다. 하지만 소진에게 반 시진은 턱없이 부족한 시간이었다.

소진은 숙자와 함께 서둘러 측간으로 향했다. 그러곤 숙자가 망을 보는 동안 빠르게 궁녀 옷으로 갈아입고 소진이 빼꼼 고개를 내밀었다.

"나가도 되겠느냐?"

"예, 아씨. 서둘러 나오세요!"

숙자의 말에 소진이 폴짝 측간에서 뛰어나왔다. 그러곤 황급히 옷매무시를 가다듬으며 숙자의 손을 잡았다.

"너는 여기서 꼼짝없이 기다리고 있거라. 속히 확인하고 이곳으로 돌아올 것이니."

"보은군 대감마님께서도 오신다고 하셨지요?"

"응, 교태전 앞에서 만나기로 했어."

"아씨, 늦으시면 큰일납니다. 아무리 간택에서 떨어져야 하지만 눈에 띄는 행동은 하지 말아야 한다고 대감마님께서 누누이 말씀하셨어요."

"알겠어. 조금 이따 보자……!"

소진은 입술을 질끈 악물고는 치맛자락을 쥐었다. 어렵사리 구한 궁녀복은 다행히 소진의 몸에 딱 맞았다. 머리까지 곱게 올리니 영락없는 궁녀였다.

하지만 궁녀들 틈에서도 돋보이는 미색은 가릴 수 없었다.

소진은 제 곁을 스쳐 지나는 다른 궁녀들처럼 손을 다소곳하게 모은 채 고개를 숙였다. 그러곤 보폭은 작게 하되 종종걸음으로 교태전으로 길을 잡았다.

"이쪽에서…… 이리로 향하면……. 아, 저기 있구나."

그녀는 다행히 어렵지 않게 교태전에 닿을 수 있었다. 막상 으리으리한 교태전 앞에 다시 서니, 심장이 쿵쿵 뛰어왔다.

"아직 오시지 않은 모양이네."

아직 보은군은 도착하지 않은 듯, 교태전 앞에는 아무도 없었다. 하지만 지체할 시간이 없었다. 지금이 아니라면 봉희를 찾을 기회는 영영 사라지고 말 것이니까.

소진은 크게 심호흡을 하며 교태전 가까이 다가갔다. 알 수 없는 싸늘한 냉기가 그녀의 몸을 휘감는 것 같았다.

그때, 이쪽으로 다가오던 보은군은 소진을 발견하곤 황급히 그녀의 곁으로 다가왔다.

"낭자, 내가 좀 늦었지요?"

"아, 대감! 이제 오셨습니까?"

그는 궁녀 차림의 소진을 내려다보며 눈을 반짝였다. 궁녀 옷을 입어도 소진의 미모는 가려지지 않았다.

"간택은 어떻게 되었습니까?"

"휴식 시간이라 서둘러 왔습니다. 아직 조금 더 남았어요. 반 시진 후에 다시 시작한다고 하니 서둘러 돌아가야 할 것 같습니다."

소진은 보은군을 향해 은밀히 속닥였다. 그러자 보은군 역시 주위를 경계하며 그녀를 향해 낮게 읊조렸다.

"중전마마께서도 지금 대비 전으로 가셨으니 지금이 절호의 기회입니다."

곧 두 사람은 황급히 교태전 안으로 들어서려 몸을 기울였다. 그런데 저 멀리서 누군가가 무리를 이끌고 이쪽으로 오는 것이 보였다.

"중, 중전마마……! 고정하시옵소서!"

"곧 죽어 묻힐 뒷방 늙은이 주제에 뭐라? 아들을 낳지 못하면 내 신세도 저와 다를 바 없을 거라고? 지금 그 늙은이가 내게 저주를 퍼부었는데, 고정하게 생겼느냐?"

중전마마……?

날카로운 목소리가 날아와 소진의 귓가에 꽂혔다. 속히 돌아보니 중전이 궁인들을 이끌고 이쪽으로 오고 있었다. 이대로라면 꼼짝없이 중전에게 들키고 말 것이었다.

소진과 보은군은 속히 풀숲에 몸을 숨겼다.

"……쉿!"

간발의 차로 두 사람 앞으로 중전이 스쳐 지났다. 멀어지는 중전의 모습을 보며 소진은 안도의 한숨을 내쉬었다. 보은군은 어두운 얼굴로 교태전 안으로 사라지는 중전의 뒷모습을 응시했다.

"아무래도 지금은 위험할 것 같습니다."

"하면 어쩌지요……? 곧 간택이 시작될 것인데."

"간택을 마무리하고 이곳에서 다시 만나는 것으로 하지요."

그의 말에 소진은 아쉬운 발길을 돌릴 수밖에 없었다. 그녀는 속상한 듯 한숨만 내쉬며 교태전 안을 연신 돌아보았다.

조금만 더 가면 봉희가 있을 것인데…….

머뭇거리는 그녀를 내려다보던 보은군 역시, 마음이 편치 않았다.

"한데 이것 때문에 사주단자를 올려달라 한 것이었습니까?"

보은군의 물음에 소진이 어깨를 축 늘어뜨렸다.

"예, 그런 것도 있고 아버지의 명도 있었고……."

보은군이 조금 의아하다는 듯 고개를 갸웃거렸다.

"영의정…… 대감께서요?"

영의정이 자신의 딸을 세자의 빈으로 만들 이유는 없었다. 오히려 자신과 혼담을 주고받았으면 받았지, 세자빈은 가당치 않은 일이었다.

의외라는 듯이 소진을 빤히 쳐다보는 보은군. 소진은 어색하게 웃으며 그의 시선을 회피했다.

"예. 뭐……."

"무슨 일이라도 있습니까? 영의정 대감께서 그런 명을 내리실 이유가……."

그렇게 말하며 보은군이 소진의 눈치를 보았다. 소진은 머뭇거리다가 그를 물끄러미 올려다보았다. 지금까지 그와 자신 사이에 아무런 비밀도 없었는데 무언가 말하지 못하는 사정을 만드는 것 같아 찜찜해졌다.

"낭자, 나에게 뭐 숨기는 것 있으시지요?"

보은군이 희미한 웃음을 매단 채 소진을 바라보았다.

"그것이……."

하긴 그와 자신 사이에는 비밀이 없었다. 간택은 중요한 사안이긴 하지만 보은군은 철저히 자신의 편이니, 이해해주리라 싶었다.

"실은 초간택까지만 임하는 조건으로 올린 것입니다."

그녀의 고백에 보은군의 눈이 커졌다. 그러곤 더 놀란 듯 소진의 앞을 막아서는 목소리를 낮추었다.

"초간택까지만 임한다니요?"

"초간택에서 떨어지는 조건으로 사주단자를 올려달라 한 것입니다. 거기에 아버지께서도 동의하셨고요."

"아······. 그런데 대비마마께서 과연 그렇게 하도록 내버려두실까요?"

"반드시 떨어져야만 합니다."

소진은 그렇게 말하며 주먹을 꼭 쥐었다. 그녀의 눈빛이 어쩐지 이글이글 타는 듯했다.

"재간택은······ 없을 것이어요."

그때, 소진의 곁에 누군가가 와서 섰다.

"난 낭자의 뜻대로 해줄 생각이 없습니다만."

놀란 소진은 고개를 홱, 올려 세웠다. 갑자기 날아든 목소리에 소진도 보은군도 모두 놀란 얼굴로 뒤를 돌았다. 하지만 강렬한 햇살 때문에 그녀는 뒤에 서 있는 사내의 얼굴을 잘 보지 못했다.

키가 훤칠하고 푸른색의 옷을 입은 것 같은데, 얼굴은 명확하게 보이지 않고 햇볕만 세차게 내리쬐어 그녀는 눈살만 잔뜩 찌푸렸다.

"누구······."

그러자 그 사내가 걸음을 옮겨 그녀의 얼굴 위로 쏟아지는 해를 자신의 몸으로 가려주었다. 그제야 그늘이 생기며 그녀가 제대로 눈을 뜰 수 있게 됐다.

소진의 눈앞에 서 있는 사람은 다름 아닌, 난봉꾼 선비였다!

하지만 그 차림새가······ 매우 해괴하다?

소진은 놀란 얼굴로 입을 조금 벌린 채, 헌의 차림새를 살폈다. 그는 푸른색 곤룡포에 익선관을 쓰고서는 뒷짐을 진 채 자신을 뚫어지게 내려다보고 있었다.

'이건 세자······ 세자 저하?'

그의 복색을 한참 살피며 그를 위아래로 빤히 훑던 소진은 순간, 미간을 획 구겼다. 소진의 곁에 서 있던 보은군은 이미 창백한 얼굴로 고개를 조아리고 있었지만, 그녀는 미처 보은군을 발견하지 못했다.

"종친 선비님?"

"초간택이 한창인 것으로 아는데…… 예서 무엇 하는 것입니까? 게다가 그 괴상한 궁녀 복장은 또 무엇이고."

헌은 묵직하게 입을 열며 궁녀 차림을 한 소진을 내려다보았다. 그의 표정은 그 차림새만큼이나 근엄하고 위엄 있었다. 이제 자신이 세자라는 것을 알았으니 소진은 소스라치게 놀라며 살려달라, 그간의 무례를 용서하여달라, 빌 것이었다. 헌의 한쪽 눈썹이 흥미롭게 솟았다.

그때, 그의 예상대로 소진이 경악하며 손으로 입을 틀어막았다. 그런데 그녀는 어처구니없다는 얼굴로 그의 팔을 잡아끌었다.

"아니, 지금 그쪽이 내 차림을 지적할 때입니까? 세상에, 이게 다 무엇입니까? 이거는 세자 저하의 곤룡포가 아닙니까?"

"아니, 낭자."

"아휴, 이런 건 또 어디서 구했대. 어머, 이 생생한 용 무늬 좀 봐. 진짜 곤룡포 같네?"

그 때문에 당황한 것은 소진이 아니라, 헌이었다. 헌은 상상도 못 한 그녀의 반응에 말문을 잃고 말았다. 언제나 자신의 예상을 벗어나는 소진이었다.

곧 그녀는 한심하다는 얼굴로 그의 얼굴을 획, 올려다보았다.

"아직도 세자 놀이가 덜 끝난 것입니까? 아니, 선비님께서는 무슨 장난을 이리 위험하게 하시어요? 예가 어딘 줄 알고 이런 차림으로…… 아니, 이러다가 진짜 세자 저하라도 마주치면 어쩌시려고."

"……뭐라?"

"하여튼…… 나보다 더합니다. 나는 그래도 궁녀 차림이지만 그쪽은 이 나라의 국본(國本)이신 저하 행색을 했으니, 아무리 종친이라지만 참변을 면하기 힘드실 겁니다. 아니 그렇습니까, 보은군 대감?"

그렇게 말하며 보은군의 동의를 구하려 소진이 옆에 서 있는 보은군을 돌아보았다. 그런데 그는 이미 한껏 고개를 조아리고 있었다. 순간, 소진의 눈동자가 동그래졌다.

헌은 터지려는 웃음을 꾹 참고서는 소진을 물끄러미 내려다보았다. 일전에 사가에서도 헌이 세자라는 거짓말을 한 번 했던 터라, 소진은 당연히 이번에도 헌이 장난을 치는 건 줄 알았다.

"아니, 보은군 대감. 어찌……."

보은군은 자신을 보며 당황해하는 소진의 옷깃을 슬쩍 잡아끌었다. 그러곤 나지막이 그녀가 들을 수 있도록 속삭였다.

"저하……십니다, 낭자."

"예?"

그렇게 말하곤 보은군은 여전히 뒷짐을 진 채 소진의 앞에 우두커니 서 있는 헌을 향해 입술을 뗐다.

"저하를 뵈옵니다."

동시에 소진의 눈동자가 커지고 말았다.

세자…… 저하라고?

이 호색한 난봉꾼이 이 나라의 왕세자라고?

믿을 수 없다는 듯 그녀는 경악하며 슬금슬금 뒷걸음질 쳤다. 그러다 황급히 두 손을 모으고는 허리가 부러지도록 구부렸다.

"저하……! 죽여 주시옵소서! 소, 소녀는…… 저하인 줄 꿈에도 모르고……! 그때, 사가에서도 그런 적이 있었던지라! 죽여주시옵소서, 저하!"

얼굴이 새빨개진 채, 소진은 헌을 향해 몇 번이고 고개를 조아렸다. 덩달아 보은군도 난감하다는 얼굴로 어찌할 바를 몰라 하며 헌을 바라보았다.

그때, 그 모습을 묵묵히 내려다보고 있던 헌이 소진에게 한 걸음 다가갔다.

'어떡하지……? 어떻게 해야 하지, 이제?'

소진은 그대로 두 눈을 질끈 감고야 말았다.

"왜 자꾸 나에게 죽여달라 하십니까, 낭자?"

"……예, 예?"

"나는 내 기분이 언짢다 하여, 누구를 죽이는 그런 무자비한 사람이 아닙니다."

예상과 달리 그의 목소리에는 웃음기가 그득했다. 성을 내며 벌을 내릴 것이다, 분노할 줄 알았는데 그의 반응은 뜻밖이었다. 소진이 슬금슬금 고개를 들었다.

"그대를 속일 생각은 없었는데, 어쩌다 보니 이렇게 되었습니다. 어떻게 보면 내가 낭자에게 거짓말을 한 것인데, 서운하지는 않으신지요?"

그의 목소리는 더할 나위 없이 부드러웠다. 낯선 그의 모습에 보은군이 딱딱하게 굳은 얼굴로 헌을 돌아보았다.

어째서, 왜. 소진에게 평소와 다른 모습을 보이는 건지 보은군의 가슴이 착잡해졌다.

"서운하다니요……! 천부당만부당하신 말씀입니다!"

"한데…… 간택장에 있어야 할 낭자께서 어찌 이런 차림으로 교태전 앞에 있는지요."

"그, 그것이……."

"그것도 보은군과 함께 말입니다."

그러면서 헌이 고개를 비스듬히 꺾어, 보은군을 내려다보았다. 순간 헌과 눈이 마주친 보은군은 서둘러 눈길을 거두며 말문을 열었다.

"사정이 있어, 잠깐 그리한 것입니다. 괘념치 마시옵소서, 저하."

"괘념치 말아라……?"

되묻는 헌의 목소리가 꽤 날카로웠다.

"말씀드렸다시피 소진 낭자와 저는 오랜 벗 사이입니다. 그럴 만한 일이……."

무어라 대답하는 보은군의 말허리를 헌이 잘라냈다.

"어찌 괘념치 않을 수가 있는가!"

언성을 높이는 그의 입매가 핏, 비틀렸다. 그의 호통에 소진은 얼어붙고 말았다.

"이제 이 규수는 너의 벗이 아니라…… 나의 사람이다. 사주단자를 올려 간택에 참여한 여인을 왕족인 네가 벗이라는 이유로 사사로이 만나는 것이 있을 수 없는 일. 너답지 않게 경거망동을 하는구나."

싸늘한 헌의 말에 잠자코 고개만 조아리고 있던 소진이 황급히 손사래를 쳤다. 그러곤 속히 보은군을 자신 쪽으로 잡아당기며 헌의 세찬 시선에서 벗어나게 했다. 헌의 눈길이 자연스럽게 소진에게 닿았다. 정확하게 이야기하면 보은군의 옷깃을 잡은 그녀의 손 위로.

"아니옵니다, 저하! 실은…… 소인이 보은군 대감께 청을 드린 것입니다! 그때도 저하께 말씀드렸지만, 이곳에 제 벗이 있기에…… 저의 힘만으로는 찾을 수 없을 것 같아 보은군 대감께 부탁을 드렸던 것입니다. 하오니 보은군 대감을 나무라지 마세요."

어쩐지 보은군을 감싸는 소진의 모습이 마음에 들지 않았다. 헌은 색깔 없는 얼굴로 그녀를 빤히 내려다보았다.

"해서 사주단자를 올린 것이고, 해서 초간택까지만 임하고 떨어질 것이고?"

"아, 저하. 그것은……"

"한데 나 역시, 아까도 이야기했지만, 낭자의 뜻대로 해줄 생각이 없습니다."

웃음기를 지워내고 싸늘한 목소리로 그렇게 말하는 헌에게서는 감히 다가갈 수 없는 위압감이 풍기고 있었다. 가히 이 조선의 왕세자다운 위엄이었다.

처음 보는 난봉꾼 선비의 차가운 모습에 소진은 몸을 파르르 떨었지만, 보은군은 그것이 헌의 본 모습이라는 것을 알고 있었다. 헌은 성큼 그녀에게 다가가, 보은군의 옷자락을 쥔 그녀의 손을 자신 쪽으로 잡아당겼다.

"그리고 그쪽이 아니라 나를 잡아야지. 보은군을 위한다면. 아니 그렇습니까?"

그렇게 말하는 눈빛이 너무 뜨거운 것 같아, 소진은 슬쩍 피할 수밖에 없었다. 그 한마디는 소진은 자신의 사람이라고 확실히 선을 긋는 것이었다.

그때, 헌을 쫓던 궁인 무리가 황급히 이쪽으로 달려왔다.

"저하! 한참을 찾지 않았습니까. 왜 소신에게 말도 없이……"

그의 뒤로 우르르 몰려드는 많은 궁인을 보고서야 소진은 실감이 났다.

정말 난봉꾼 선비가…… 왕세자였구나.

다시금 온몸에 소름이 오소소 돋는 것 같았다. 낭떠러지 앞에 간신히 서 있는 듯 눈앞이 아찔해졌다. 감히 세자 앞에서 초간택만 임하고 떨어질 것이라는 망언을 하고 말았으니, 이 사실이 영의정 귀에 들어가면 아마 노발대발할 것이었다.

"교태전이 아닌, 간택장으로 향할 것이다."

그 말을 하는 헌의 시선은 소진을 집요하게 훑었다. 순간 보은군도, 그리고 소진도 모두 소스라치게 놀라며 고개를 치켜들었다. 헌의 뒤에 서서 고개를 조아리고 있던 궁인들도 갑작스러운 그의 결정에 수군거리고 있었다.

"가, 갑자기 간택장은 어찌……."

강 내관이 불안한 얼굴로 그에게 물었다. 그러자 헌은 소진을 빤히 내려다보며 뒷짐을 지었다.

"간택장에서 부정행위가 나돈다는 제보를 받았다."

"아, 아니! 부정행위요……?"

"신성한 간택장에서 감히 부정행위라니."

그 말에 소진의 얼굴이 창백하게 질려갔다. 떨어지기 위해 꼼수를 부리는 것도 부정행위라면 부정행위라고 할 수 있으니 그의 말이 영 틀린 것은 아니었다.

"거동이 불편한 대비마마를 대신해, 내가 직접 초간택을 참관할 것이니 앞장서거라."

부정행위라는 말에 강 내관은 더 묻지 않고 속히 길을 잡았다. 보은군은 아뿔싸, 큰일 났다는 얼굴로 소진을 돌아보았다.

"낭자…… 어찌합니까?"

그러자 소진은 깊이 한숨을 내쉬며 고개를 절레절레 저었다.

"저, 아무래도 세자 저하께 찍힌 것 같습니다. 그렇지요?"

그때, 앞서가던 헌이 걸음을 멈추고는 휙 뒤를 돌아 소진을 응시했다. 그와 시선이 마주치자 오금이 저렸다.

"뭐 하느냐. 속히 따라오지 않고."

무미건조한 그의 음성에 소진의 어깨가 크게 들썩였다. 궁인 복장을 한 소진을 이젠 대놓고 궁녀 취급하는 그였다.

소진은 저도 모르게 치맛자락을 꾹 쥐고는 후다닥 그의 뒤를 따랐다. 그러자 그녀의 모습을 빤히 바라보던 강 내관이 고개를 갸웃하며 입을 열었다.

"저하…… 웬 궁녀입니까?"

"간택장에서 벌어지는 부정행위를 내게 제보한 궁인이다."

헌은 소진에게 속히 오라는 듯 고갯짓을 해 보였다. 그녀의 한숨으로 기라성 같은 궐 담벼락이 한순간에 무너질 것만 같았다.

'저 난봉꾼 자식이 세자라니. 반드시 이 간택에서 떨어지고 말 거야. 절대 저 자식의 빈이 될 수는 없어.'

그렇게 다짐하는 소진의 눈빛이 불같이 타올랐다. 그리고 그런 그녀를 뒤에서 물끄러미 바라보는 보은군의 눈길도 뜨겁게 탔다.

그의 가슴은 이미 다 타, 재가 되어 버린 것 같았다.

"아씨……! 왜 이렇게 늦게 오셨어요."

측간 앞에서 소진을 기다리고 있던 숙자는 터덜터덜 걸어오는 그녀를 발견하고는 서둘러 간택복을 건넸다.

"만났어요? 어찌 되었습니까? 하도 늦어서 무슨 변이라도 생긴 줄 알았습니다."

어두운 낯빛의 소진을 물끄러미 바라보던 숙자가 주위를 휘휘 둘러보았다.

"한데 무슨 일 있으셨어요?"

"그 난봉꾼 선비가 글쎄……."

소진은 무슨 말을 하려다 포기하고 고개를 휘휘 저었다.

"아무튼, 일이 어렵게 됐어. 초간택에서 꼭 떨어져야만 하는데."

"지금까지 잘하셨어요. 아까 걸으실 때도 너무 자연스럽게 도자기도 잘 깨뜨리셨고요. 그걸 지켜보던 상궁 마마님들의 표정을 아씨께서도 보았어야 했는데……! 한 상궁 마마님은 쯧, 혀까지 차셨다니까요?"

"……."

"이제 다과상 받는 것만 남았으니 잘 해내실 수 있을 것이어요. 그게 아가씨 주특기였잖아요. 알죠? 언제 흘렸는지도 모르게 부스러기 흘리기, 손은 눈보다 빠르다!"

소진은 아무것도 모른 채 그저 자신에게 힘을 실어주려는 듯 주먹을 쥐고 으쌰, 흔들어 보이는 숙자를 물끄러미 바라보았다.

"에휴……."

그녀는 그저 깊이 한숨만 내쉰 채 규수들이 속속히 모여들고 있는 간택장을 바라보았다.

곧 저곳에 세자가 들이닥쳐 간택 현장을 지켜볼 것이었다. 지금까지 최대한 자연스럽게 실수를 연발해 감점 요소를 많이 만들었지만 남은 과제가 문제였다. 의외로 실수한 여인들이 많아, 소진의 실수는 그다지 눈에 띄지도 않았을 터였다.

마지막 다과상 먹기에서 통과 여부가 갈릴 것 같은데······. 헌의 눈에 띄지 않고 잘, 탈락할 수 있을까?

소진의 머릿속이 뒤죽박죽 복잡해지고 있었다.

"간택을 재개하겠습니다! 규수들은 속히 모여주시옵소서!"

간택이 시작됨을 알리는 상궁의 목소리가 들리고 소진은 긴장한 얼굴로 간택장에 들어섰다.

"아직······ 안 온 모양이네."

세자의 모습은 아직 보이지 않았다. 그가 오기 전에 서둘러 간택이 진행되었으면 싶었다.

그녀가 자리에 앉자 준비해두었던 다과상이 하나둘, 들어오기 시작했다. 초간택에 임한 규수들 앞에 차례대로 놓이는 다과상. 모두 긴장한 얼굴로 잘 차려진 다과상을 내려다보았다.

"자, 드십시오."

상궁의 목소리가 떨어지고 간택장 안의 규수들은 조심스럽게 손을 움직이기 시작했다. 소진은 주위를 휘휘 살피며, 아직 헌이 도착하지 않은 걸 알고는 서둘러 젓가락을 들었다. 그리고 경망스럽게 속히 경단을 집어 입에 넣으려던 찰나······.

"세자 저하 납시오······!"

간택장을 뒤흔드는 강 내관의 목소리.

간택장 안의 모든 규수와 상궁들이 자리에서 황급히 일어났다. 갑작스러운 그의 등장에 규수들이 모두 놀란 얼굴을 했다.

"아니······ 세자 저하께서 왜?"

"무슨 일이야?"

간택장 안이 술렁이기 시작했고, 소진은 '올 것이 왔구나.' 하는 얼굴로 치맛자락을 꾹 쥐었다. 상궁들 역시 초간택 현장에 세자가 직접 행차하는 것은 드문 일이었기에 모두 놀란 얼굴로 고개를 조아렸다. 그중 이번 간택의 책임을 맡은 최고 상궁이 헌의 앞으로 조심스레 다가왔다.

"저하…… 어인 발걸음이십니까."

그러자 대비전에 들렀다, 간택장에 당도한 헌은 발 너머의 규수들을 둘러보며 느리게 입을 열었다.

"내 직접 초간택을 참관하려 하네."

"하오나…… 저하께서 직접 간택에 가담하는 것은 전례에 없던 일이기도 하고…… 많은 규수와 그 가문들이 반발할 수도……."

"대비마마의 명이 있었네."

"예?"

그 말이 떨어지자마자 강 내관이 최고 상궁에게 다가가 은밀하게 말했다. 부정행위가 벌어지고 있어, 대비 전에서 세자를 보내 부정행위를 벌이는 자를 색출하고자 한다는 명을 전했다. 그러자 최고 상궁의 얼굴이 구겨졌다.

"부정행위라니……. 규수들을 더욱 꼼꼼히 살펴야 했는데, 제 불찰입니다. 우선 제일 걱정하시었던 대리 참석자는 없었사옵니다."

"지금까지의 과제는 놔두고 마지막 과제라도 면밀히 살필 요량이니, 나는 신경 쓰지 말고 간택을 진행토록."

그렇게 말하며 헌이 발 뒤에 자리를 잡고 앉았다. 그때, 초조한 얼굴로 그를 바라보고 있던 소진은 헌과 눈이 마주치고 말았다.

자신에게 대할 때와는 달리 냉정하고 근엄한 모습이었다. 능청스럽던 난봉꾼의 모습은 온데간데없었다. 오히려 애월루에서 자신의 멱살을 쥐고 흔들던 모습과 비슷했다.

뜨끔 놀라며 그녀는 서둘러 그에게서 눈길을 거두었다. 하지만 단번에 그녀를 알아본 헌은 먹잇감을 발견한 맹수처럼 그녀에게서 눈을 떼지 않고 있었다.

'아⋯⋯. 이를 어쩌면 좋아.'

소진은 초조한 얼굴로 자리에 앉았다. 규수들 역시 모두 자리에 앉으며 발 뒤에 앉은 헌을 힐끔거렸다.

"⋯⋯발로도 가려지지 않는 미모로세."

"그러니까. 얼굴 하나는 끝내주게 잘생겼다던데, 참이야."

상궁은 숙덕거리는 규수들을 조용히 시켰다.

그리고 재개된 간택. 소진을 포함한 규수들은 찻잔을 쥐었다. 소진 역시, 손을 뻗어 뜨겁게 데워진 잔을 들었다.

'날⋯⋯ 보고 있겠지? 떨려 죽겠네.'

시선은 찻잔 위에 고정되어 있지만, 온 정신은 발 너머의 헌에게 쏠려 있었다.

소진은 깊이 한숨을 내쉬며 연습한 대로 후루룩 소리를 내기 위해 입술을 쭉 내밀었다. 그러곤 조심스럽게 찻잔에 입술을 갖다 댔는데, 그만 입술을 데고 말았다.

"앗, 뜨거워⋯⋯!"

그대로 잔을 놓치는 바람에, 의도치 않게 다과상 위에 차를 엎질러 소진의 치맛자락도 모두 차로 엉망이 되고 말았다. 당황한 소진은 그대로 자리에서 일어났다.

간택장 안의 모든 시선이 그녀에게 향했다. 상궁들은 오늘 유독 실수를 연발하는 소진을 보며 고개를 갸웃거렸다.

"영의정 대감 댁 규수께서 오늘 실수가 잦으십니다."

"그러게나 말입니다. 세자빈 후보감 1순위라, 기대를 많이 하였더니."

저들끼리 숙덕대던 상궁들은 소진에게 감점하기 위해 붓을 들었는데, 별안간 헌의 목소리가 날아들었다.

"다시."

짧고 굵은 그 한마디에 간택장 안의 모든 사람이 손을 멈추었다. 놀라 젖은 치맛자락을 털어내던 소진도 멈칫, 굳어버리고 말았다.

"예…… 저하?"

상궁이 목소리를 잔뜩 낮추고서는 세자를 향해 고개를 조아렸다. 그러자 헌은 소진을 물끄러미 바라보며 묵직하게 입술을 떼었다.

"방금 저 규수에게 다시 기회를 주게."

"예? 그것은 형평성에 어긋나는……."

"저 여인이 설령 부러 그리하였겠는가. 내가 있어 긴장을 한 모양인데, 다시 실력 발휘를 할 수 있도록 차를 다시 내어주도록 하게. 그리고 지금부터 실수를 하는 규수들에게 모두 한 번씩, 기회를 부여할 수 있도록 하면 형평성에는 문제가 없지 않겠는가."

헌의 말에 상궁들이 잠시 술렁이다, 이내 소진에게 다시 차를 내어주었다.

자신의 앞에 새로 놓이는 찻잔을 보며 그녀는 이를 악물었다. 저도 모르게 헌을 향해 눈을 흘기다, 그가 자신을 빤히 쳐다보고 있다는 것을 알고는 서둘러 고개를 돌렸다.

'이번 거는 진짜 실수긴 하지만…… 호락호락하지가 않네.'

소진은 한숨을 푹 내쉬며 이번에는 젓가락을 들었다.

'자연스럽게…… 자연스럽게.'

주문을 외우듯 속으로 읊조리며 젓가락을 쥔 오른손에 힘을 주었다.

그러자 다소곳하게 경단을 집고 있던 젓가락이 휙, 어긋나고 말았다.

툭, 데구루루.

경단은 경망스럽게 간택장 바닥을 굴러가기 시작했다.

상궁들도, 그리고 간택에 참여한 규수들도 모두 놀란 얼굴로 소진을 바라보았다. 헌 역시, 발 너머에서 그녀를 주시하고 있었다.

"에구머니나!"

난처하다는 듯 소진은 상궁들의 눈치를 보며 굴러가는 경단을 손으로 잡았다.

'이래도 네가 날 간택하려고……?'

그렇게 생각하며 그녀는 흐뭇한 얼굴로 헌을 슬쩍 돌아보았다. 그러자 상궁들은 이맛살을 찌푸리며 그녀에게 감점을 매겼다. 더 볼 것도 없었다. 차를 엎지른 것도 모자라 경단까지 떨어뜨렸으니 재간택 참가 자격을 박탈당할 것이었다.

그녀는 그 뒤로 마음 편히, 다과를 즐겼다. 나머지 규수 중에서도 몇, 실수하는 이도 있었지만 모두 최선을 다해 과제에 임했다.

"여기까지 하도록 하겠습니다. 모두 수고하셨습니다."

간택 종료를 알리는 상궁의 목소리가 들려오고 상궁들은 최종적으로 초간택에 관한 결과를 의논하고 있었다.

규수들은 간택장을 빠져나갔다. 사람들이 거의 다 나가고 소진은 보은군을 다시 만나러 가기 위해 뭉그적거리며 걸음을 옮겼다.생각보다 간택이 조금 일찍 끝나 시간을 벌어야 했다.

맨 뒤에 선 소진이 홀가분한 마음으로 간택장을 벗어나려는데, 뜻밖의 목소리가 등 뒤에서 들려왔다.

"잠깐."

그 짧은 두 글자가 그녀를 멈춰 세웠고 소진은 고개를 들어 뒤를 바라보았다. 헌이 굳은 얼굴로 발을 걷고 이쪽으로 성큼성큼 걸어오고 있었다.

"……저하?"

놀란 얼굴로 그녀가 헌을 올려다보다, 황급히 고개를 조아렸다. 이제는 그녀가 함부로 시선을 맞출 수 있는 사람이 아니었다. 소진은 굳은 얼굴로 고개를 숙였다.

그녀가 볼 수 있는 건 오직, 헌의 발끝뿐이었다.

궁인들도 모두 얼음이 되어 그와 소진을 번갈아 쳐다보고 있었다.

"낭자, 잠시 실례하겠소."

그 말을 툭, 던진 헌은 갑자기 소진의 오른쪽 손목을 지그시 잡아 올렸다.

그녀는 헌이 왜 이러나 싶어, 잡힌 손목을 놀란 눈으로 바라보았다. 곧 소진의 눈만 집요하게 응시하던 헌의 입술이 벌어졌다.

"어허! 이러니 젓가락질에 서툴렀던 게지요."

"……예?"

"이리 손이 부었는데도 통증을 참고 끝까지 간택에 임하셨던 겁니까? 어쩐지 이상하다 했습니다."

알 수 없는 헌의 말에 소진과 상궁들은 고개만 갸웃했다. 대체 무슨 꿍꿍이인지, 그녀는 헌에게 손목을 잡힌 채 불안한 눈으로 그를 바라보고 있었다.

"젓가락질이 서툴러 그런 실수를 하지는 않았을 텐데 말입니다."

"무슨 말씀이시온지."

"화상을 입었는데도 자리를 지키고 있었다니, 그대의 투혼 정신을 높

164

이 사고 싶소."

"……화상이요?"

그제야 소진은 빨갛게 부은 손등을 바라보았다. 언제 부었는지도 모를 정도로 아무런 통증도 없었는데. 그저 잠깐 뜨거운 것에 데어 피부겉이 놀라 빨갛게 부은 것 같았다.

소진은 그에게 잡힌 손을 슬그머니 등 뒤로 감추며 멋쩍은 듯 웃어 보였다.

"화상까지는 아닌 것 같은데…… 이 정도는 아무렇지도 않사옵니다. 아프지도 않은 것을요."

그렇게 말하며 그녀는 슬그머니 그의 뜨거운 시선을 회피했다. 심사하던 상궁들은 그런 소진의 손등을 유심히 살폈다.

'어디서 피 같은 내 감점을 무효화하려고 수작이야? 아무튼 내 인생에 도움이 하나도 안 되는 세자라니까?'

그녀는 속으로 꿍얼거리며 어색하게 헛기침했다. 그러자 그의 반듯하던 입매가 픽, 일그러졌다.

"아프지 않다? 아무렇지도 않다……?"

그녀의 말을 되씹던 그의 눈빛이 순식간에 굳었다.

"그럼 부러 간택에서 떨어지려 그리하였단 말이오? 허, 간택에서 떨어지려 일부러 실수를 연발하는 규수들이 있다는 말을 듣고 간택장으로 걸음을 하였건만. 그대였소?"

그의 말에 소진은 아연실색하고 말았다. 심사를 보던 상궁들이 술렁거리며 소진을 빤히 바라보고 있었다.

그녀가 당황해 아무 말도 하지 못하자, 헌은 근엄하게 얼굴을 굳히고는 상궁들을 돌아보았다.

"최고 상궁, 오늘 간택 심사 채점표를 가지고 오게."

"예, 저하."

"아무래도 부러 실수한다는 소문이 영, 뜬소문은 아닌 듯싶으니."

난감해진 그녀는 황급히 고개를 조아리며 그를 향해 대답했다.

"그럴 리가 있겠사옵니까. 소인, 최선을 다해 간택에 임하였습니다."

"한데 그것이 최선이었습니까?"

"긴장도 하였고…… 사실 손도 아, 아프기도 하였고……. 예, 손이 무지하게 아파 젓가락을 쥘 수가 없었사옵니다……!"

하는 수 없이 헌의 말을 인정할 수밖에 없었다. 상궁들을 바라보던 헌이, 다시금 소진을 내려다보았다.

아무래도 이번 초간택은 헌 때문에 망한 듯싶었다. 그녀는 입술을 꽉 깨문 채 행여 헌이 자신을 부정행위자로 지목해 엄벌을 내릴까, 파르르 떨었다.

그때, 상궁 한 명이 헌에게 다가와 채점표를 건넸다. 순간 소진의 눈앞이 아찔해지는 것만 같았다. 분명 자신이 실수한 것들을 보면 헌이 호통칠 것이 뻔했다.

'이를 어쩐담…….'

그녀는 자포자기한 얼굴로 곧 떨어질 그의 호통을 기다리고 있었다.

그런데 한참이나 그녀를 바라보던 헌은 어쩐 일인지 상궁에게서 건네받은 채점표를 다시금 상궁에게 돌려주었다.

"퇴궐하는 길에 내의원에 들러 치료를 받으십시오."

"예?"

"어찌하였든 나 때문에 긴장한 그대가 실수를 해, 이 사달이 난 것이니. 흉터가 남으면 안 되니, 꼭 내의원을 들르도록 하시지요."

그러고는 아무 말 없이 돌아서서 가버린다?

뜻밖의 전개에 소진이 놀란 얼굴로 그의 뒷모습을 바라보았다. 상궁들 역시 고개를 조아리며 그의 뒤를 따르고 있었다.

"왜…… 그냥 가?"

실컷 사람 혼을 다 빼놓고는 왜 그냥 가버리는 것인지. 소진은 그저 얼떨떨한 얼굴로 멀어지는 그의 모습만 바라보았다.

한편, 뒤돌아선 헌은 의미심장한 미소를 지은 채 최고 상궁을 향해 은밀하게 입을 열었다.

"공정하게 채점을 해야 할 것이다."

"여부가 있겠나이까, 저하."

"나라면 저 여인에게 감점이 아닌 가산점을 부여할 것 같은데."

"……그 말씀은."

"똑같이 실수를 하고 똑같은 감점자가 나온다면, 저 여인을 간택하도록 하라. 저리 화상을 입고도 아프다는 내색 없이 끝까지 간택에 임하는 자세, 대비마마께서도 아마 보시었다면 그 점을 높이 샀을 테니."

그 말을 끝으로 헌은 허위허위 간택장을 빠져나갔다.

곧 상궁들은 동요하기 시작했다. 사실 그리 큰 화상도 아니었고 조금 빨갛게 부은 정도였다.

'낭자의 뜻대로 해줄 생각 없다고 하지 않았습니까, 내가.'

헌은 피식, 나지막이 웃음을 터뜨리며 걸음을 재촉했다.

"하……. 간택도 봉희도 모두 틀렸어. 다 세자 그 자식 때문이야."

소진은 얼굴을 찌푸린 채, 교태전 근처를 연신 배회했다.

그녀는 숙자를 내보내고 다시 궁녀 옷으로 갈아입었다.

하지만 아무리 기다려도 보은군의 모습은 보이지 않았다. 아무래도 헌에게 그 모든 상황을 들키고 말았으니 처소에서 나오기 곤란한 모양이었다.

그때, 저 멀리서 보은군이 보낸 사람인 듯 환관 하나가 서찰을 들고 그녀 앞으로 다가왔다.

"혹…… 한 규수님……?"

"예?"

"보은군 대감마님께서 보내신 것입니다. 하면……."

환관은 속히 사라졌고 소진은 그 서찰을 품에 안은 채 교태전을 돌아보았다.

장소를 옮겼다는 전갈일까.

그녀는 주위를 살폈다. 혼자 힘으로 저 안에 들어가볼까, 몇 번이고 고민했지만 그건 무리일 것 같았다.

교태전 지리도 모르고 무턱대고 안으로 들어갔다, 중전이라도 마주친다면 일은 커질 게 분명했으니까.

그녀는 아쉬운 마음으로 교태전을 돌아보며 그 서찰을 품에 안고서 발걸음을 옮겼다.

소진은 궐 안에서 유일하게 아는 곳인 연못가로 터덜터덜 향하고 있었다.

행여 누가 볼세라 궁인처럼 한껏 고개를 숙인 채로.

얼마쯤 걸었을까, 인적이 드문 연못가에 당도한 소진은 서둘러 서찰을 꺼냈다.

세자 저하께서 안 이상 당분간 눈에 띄는 행동을 해선 안 될 것 같습니다.
우선은 낭자는 낭자대로, 나는 나대로 벗을 찾기에 힘써보도록 합시다.
기회를 포착해 교태전으로 가, 낭자의 벗을 살필 테니
혹 무언가 알게 되면 바로 서찰을 보내도록 하겠습니다.

"휴……. 그럼 그냥 돌아가야 하는 거네."

어느새 해는 뉘엿뉘엿 지고 있었다.

오늘은 봉희를 만날 수 있을 거라고 생각했는데. 허탈함은 헌을 향한 원망으로 번져갔다. 갑자기 나타나 모든 것을 망쳐버린 것 같아, 그가 원망스럽기만 했다.

소진은 한숨을 푹 내쉬며 서찰을 곱게 접어 품에 넣었다.

"오늘이 기회였는데……. 봉희를 만날 유일한 기회였다고."

게다가 계획했던 대로 초간택에서도 아무 문제 없이 탈락할 수도 있었을 터였다.

그만 나타나지 않았더라면.

세자만…… 나타나 방해하지 않았더라면.

아직 초간택의 결과가 나오지 않았지만, 소진은 불안했다.

―낭자의 뜻대로 해줄 생각이 없습니다만.

헌의 차갑던 목소리가 그녀의 귓가를 연신 울렸기 때문에. 그러면 정말 제 뜻대로 되도록 가만히 내버려두지 않을 것 같았다. 자꾸만 한숨이 밀려오고 얼굴은 절로 구겨졌다.

그러다 문득 아까 차를 쏟아 빨갛게 부었던 손등을 내려다보았다. 살짝 빨개졌던 손등에는 흐릿한 열기만 조금 남아 있을 뿐, 붓기도 점점 가라앉고 있었다.

"괜찮기만 하고만……. 하여튼 사내자식이 호들갑 떨기는."

소진은 입술을 삐죽이며 손등 위에 남은 열기를 지워내려는 듯 후, 작게 바람을 불었다.

순간 그녀의 머리 위로 커다란 그림자가 드리웠다.

"호들갑 떠는 사내자식, 불렀습니까?"

갑작스러운 그 말에 소진은 고개를 홱 돌렸다.

"헉……! 저하!"

그가 무표정한 얼굴로 그녀를 내려다보고 있었다. 그토록 원망하던 헌이 나타난 것이었다.

그녀는 화들짝 놀라 자리에서 일어났다.

방금 내뱉은 말을 주워 담을 수 있다면 얼마나 좋을까. 소진의 얼굴이 당혹스러움으로 창백해졌다.

"……송구하옵니다, 저하. 제가 좀 혼잣말을 험악하게 하는 편이라."

"괜찮습니다. 망나니 세자보다 훨씬 나은 것 같은데."

그 말에 소진은 깊은 한숨을 내뱉을 수밖에 없었다.

"한데 내의원에 들렀다, 약을 받고 가라 분명 일렀던 것 같은데. 조선에서 이토록 말 안 듣는 여인이 또 있을까."

그가 그녀의 손등을 물끄러미 내려다보며 말을 이어갔다.

"작은 부기라도 제때 치료를 하지 않으면 흉이 지는 법. 혹 그것도 간택에서 떨어지려는 방법의 하나입니까? 세자빈이 되기 위해서는 몸에 흉터 하나 없어야 한다, 이것을 노리고?"

"설마…… 제가 그렇게까지 하겠습니까?"

대꾸하는 그녀의 목소리가 자잘하게 떨려왔다.

"제 몸을 혹사해가면서까지 간택에서 떨어지려 애쓰고 싶지 않습니다. 그럴 거면 애초에 사주단자를 올리지 않았겠지요."

그 말에 헌이 가볍게 웃음을 터뜨렸다.

"교태전에서 보은군을 기다리겠다는 말이 생각나, 그곳으로 갔다가 없길래 혹시나 해서 이쪽으로 와보았더니 역시입니다."

그러면서 그는 소진의 차림새를 물끄러미 살폈다. 또 간택 복장을 벗어 던지고 궁녀 옷으로 갈아입은 그녀였다.

"한데 세자빈이 아니라 궁녀가 되기로 했습니까? 궁녀 복장도 제법 잘 어울리긴 합니다만."

좀 전에 자신을 내려다보며 싸늘한 눈빛을 뿜어내던 때와는 또 다른 모습이었다. 어느 모습이 이 사내의 진짜 모습일까.

소진은 굳은 얼굴로 그를 물끄러미 올려다보았다. 둘이니, 둘만 있는 것이니 그래도 그를 한껏 올려 보아도 되지 않을까 싶었다.

"어찌 그러셨습니까?"

어쩐지 그녀의 목소리에 원망이 그득 묻어 있는 것 같았다. 그녀의 빛나는 눈동자를 내려다보며 헌이 피식, 낮은 웃음을 터뜨렸다.

"간택 말입니까."

헌은 단번에 그녀의 말을 알아차렸다.

"······어차피 저하께는 간택의 권한이 없지 않습니까?"

"해서 떨어지기 위해 초간택에 임해 부정행위를 하는 것을 지켜만 보고 있으라?"

"소인이 꼭 간택되어야만 하는 이유라도 있습니까?"

아무리 왕세자라 할지라도 할 말은 해야 직성이 풀릴 것 같았다. 소진은 그의 눈을 똑바로 응시한 채, 말을 이어갔다.

"입지도 않은 화상을 이야기하시며 저의 점수에 의문을 제기하셨습니다. 해서 제가 가산점이라도 얻게 된다면 이것이야말로 다른 규수들과의 형평성에 어긋나는 것이 아니겠습니까?"

"의문을 제기한 것이 아니지."

"예?"

"그대가 그대의 입으로 초간택에서 떨어질 것이라 하지 않았습니까?"

"……"

"이미 거기에서부터 이 간택을 부정행위로 임하겠다는 낭자의 마음이 드러났는데."

헌은 그렇게 말하며 그녀를 향해 성큼, 다가갔다. 그러곤 허리를 굽혀 그녀의 눈을 똑바로 응시했다.

훅, 다가온 헌의 근사한 얼굴에 소진은 순간 저도 모르게 숨을 멈추고 말았다.

"의심이 아니라, 확신을 갖고 그대를 제지하러 간 것이었습니다."

그의 말에 소진은 그에게서 한 걸음 물러나며 표정을 더 딱딱하게 굳혔다. 이대로 물러날 그녀가 아니었다.

"아무리 그래도 저 하나 때문에 저하께서 직접 간택장을 납시셨다는 것이 이해가 가지 않습니다. 그리고 초간택에 임한 여인 중, 떨어지기 위해 애쓴 여인이 비단 저 하나뿐이겠습니까? 정말 부정행위를 잡고자 하셨다면 아까 차를 마실 때도, 그리고 경단을 먹을 때도 실수한 여인들이 몇 있었는데, 왜 그 여인들은 가만히 두고 보셨습니까? 이것은 차별이 아닙니까?"

소진은 그렇게 되물으며 새초롬하게 눈을 깜빡였다. 아무리 생각해도 우스운 광경이었다. 한낱 궁녀가 감히 조선의 왕세자를 향해 똑바로 눈을 치켜뜬 채 제 할 말을 모조리 하는 모습이라니. 누가 보았더라면 혀를 내두르고도 남았을 것이었다.

하지만 헌은 그녀에게 무례하다, 경을 치는 것이 아닌, 나지막이 미소 짓는 것으로 대신했다. 말없이 핏, 웃음을 터뜨리던 그는 그녀가 물러난 만큼 그녀에게 다가갔다.

"차별이라……."

가만히 그녀의 말을 입안에서 굴리던 그가 별안간 무심한 얼굴로 대답했다.

"맞습니다, 차별."

"……예? 차별이 맞다니요?"

소진은 황당하다는 얼굴로 입술을 질끈 깨물었다.

"낭자만 차별하는 것이 맞단 말입니다."

"어째서……."

"그 이유, 아직 모르겠습니까?"

그러고는 오직 그녀만 들을 수 있도록 낮게 속삭였다.

"이유랄 것이 있사옵니까?"

설명할 수 없는 긴장감이 흘렀다. 소진은 마른침을 꼴깍 삼키며 자신을 뚫어지라 내려다보는 그를 응시했다. 그의 눈동자에 비친 자신의 모습이 적나라하게 보였다.

단숨에 그녀를 집어삼킬 기세로 헌은 그녀에게 바짝 다가가 그 붉게 부푼 입술을 벌렸다.

"낭자가 내 반려가 되었으면 하니까."

"……예에?"

그 말에 소진이 소스라치게 놀라며 입을 틀어막고 말았다. 낯 뜨거운 말을 뱉고도 그의 얼굴은 오히려 무심했다.

"생판 얼굴도 모르는 규수가 빈이 되는 것보다, 그대가 나의 반려가 되는 것이 더 낫지 않겠습니까? 반가의 규수들도 얼굴 모르는 이와 혼인하기 꺼려져, 부러 정인을 만들기 위해 연을 쌓는다 들었습니다."

"한데요?"

"우리는 부러 쌓을 필요도 없고 이미 닿은 연이니 이제 쌓기만 하면 되지 않겠습니까?"

헌의 말에 소진은 저도 모르게 울컥해, 버럭 소리를 지르고 말았다.

"하면 소인의 의사는요? 저의 뜻은 안중에도 없사옵니까?"

그녀가 눈을 동그랗게 뜨고 물었다. 그러자 헌이 다시금 허리를 숙여 소진과 시선을 맞추었다.

"낭자는 내가 싫습니까?"

그 물음이 떨어지자마자 소진은 헛기침하며 그에게서 물러났다. 그러고는 슬쩍 말꼬리를 돌리며 빙빙, 먼 산을 바라보았다.

"시각이 너무 지체되었습니다. 소인은 이만 물러나보겠나이다."

헌을 향해 정중하게 고개를 숙여 보이며 그녀가 등을 돌렸는데 그가 그녀의 손목을 잡았다. 그러고는 그녀를 빙그르르 돌려, 자신을 바라보게 했다.

"아……?"

놀란 소진의 눈가가 파르르 떨려왔다.

"왜 대답을 못 하는 것입니까?"

그의 물음이 닿자 그녀의 몸이 홧홧하게 타오르는 것 같았다. 이내 뜨거워진 몸으로 소진은 고개를 저었다.

"못 하는 것이 아니라 안 하는 것입니다."

"왜지?"

"이 나라의 왕세자이신 저하께 싫다고 했다가 무슨 봉변을 당하려고 요?"

그녀의 말에 헌이 피식, 웃어버렸다. 그는 고개를 절레절레 저으며 흥미롭다는 듯 그녀를 빤히 훑어보았다.

"역시 어렵습니다."

"무엇이요?"

"낭자의 마음을 얻는 것 말입니다."

그렇게 말하며 헌은 쥐고 있던 그녀의 손목을 슬쩍 돌려 손바닥이 보이게 했다.

무엇을 하려는 걸까, 소진은 가만히 그를 바라보기만 했다.

곧 헌은 그녀의 손바닥에 작은 주머니를 쥐여주었다. 만져보니 안에 딱딱한 무언가가 들어 있는 것 같았다.

"이게 무엇입니까?"

소진은 눈을 동그랗게 뜨고는 손바닥에 놓인 것을 한 번, 헌을 한 번 바라보았다. 그러자 그는 여전히 희미한 웃음기를 머금은 얼굴로 입술을 달싹였다.

"낭자의 그 어려운 마음을 얻기 위한 나의 최선?"

"……예?"

그의 대답에 소진이 멍한 얼굴로 비단 주머니를 바라보았다. 헌은 그녀의 작은 손을 감싸, 주머니를 꼭 쥐게 했다.

"자운고입니다. 손등에 흉이 지지 않도록 잘 바르십시오. 이걸 전해 주려 낭자를 찾았던 것입니다."

"고맙습니다, 저하."

병 주고 약 주고인가 싶어, 약간 떨떠름한 얼굴로 대답했다. 그리고 소진이 물러났는데 그가 다시금 그녀를 불렀다.

"나흘 후, 오시(五時) 정자나무 언덕에서 기다리고 있겠습니다."

다음을 기약하는 그의 말에 소진의 발걸음이 멈추고 말았다.

"간택 때라 잠행이 어렵지만, 그날은 정기적으로 혜민서를 들르는 날이라 외출이 가능한 날이거든요."

"……."

"이번에는 꼭, 나오실 거라 믿고 기다리겠습니다."

이젠 세자라는 것을 알았으니 마냥 그의 말을 거역할 수는 없었다. 하지만 그렇다고 알겠다는 대답 또한 선뜻 할 수 없었다.

그녀의 머뭇거림이 길어지자 헌의 입매가 느른하게 휘었다.

"이번에도 대답을 못 하는 것이 아니라 안 하는 것입니까? 내 말이 너무 어려웠나."

어쩐지 그의 뺨이 딱딱하게 굳는 것도 같았다. 소진은 용기 내 그를 올려다보았다.

"이러시는 이유를 물어도 되겠습니까? 참으로 저를 세자빈으로 간택하고자 이러시는 것입니까?"

"간택은 간택이고. 이건 별개였는데."

그 목소리가 조금은 차가운 것도 같았다.

"내가 세자라니, 나오기가 꺼려지는 겁니까?"

그렇게 묻다, 헌은 피식 냉소를 흘렸다.

"아…… 하긴, 내가 세자가 아니었을 때도 낭자께서는 발걸음하지 않으셨지."

"그건."

"다신 안 보겠다, 볼 일 없을 거라 하셨습니까? 한데 어쩝니까. 우리가 이리 또 마주하고 있는데."

그 말은 아무리 소진이 발버둥을 쳐도 헌의 손바닥 안에 있다는 걸 말해주는 것 같았다. 소진은 묵묵히 그를 올려다보다, 천천히 눈을 아래로 내리떴다.

"저하를 봐야 할…… 이유를 말씀해주십시오. 괜한 구설에 오르기도, 또한 괜한 연을 만들고 싶지도 않습니다."

그녀는 그녀 나름대로 선을 긋고 있었다. 하지만 그것이 헌에게 통할 리 만무했다.

"괜한 연이라……. 무엇이 겁이 나 이러는 건지."

"저하."

"나는 단지 잠행을 나간 김에 낭자를 한 번 더 보고 싶어 뵙자고 하는 것입니다만. 하긴 이 이유가 그대를 그곳까지 이끌기에는 영, 부족하지요?"

소진은 굳은 얼굴로 그의 입술만 뚫어져라 응시했다. 저 붉고 탐스러운 잇새에서 무슨 말이 흘러나올까, 그녀는 저도 모르게 긴장했다.

그때, 그의 입술이 여유 있게 벌어졌다.

"그렇다면 왕세자의 명. 이것이라면 이유가 되겠습니까?"

헌은 소진이 그어놓은 선을 가볍게 넘나들고 있었다.

"그건 이유가 아니라 협박이지 않습니까?"

불공평하다는 듯 그녀가 입술을 삐죽이며 자운고를 소맷자락 안에 집어넣었다. 그러곤 씩씩대며 불만 가득한 얼굴로 그를 올려다보았다.

헌은 그런 그녀가 귀여워 저도 모르게 풉, 웃음이 터질 것만 같아 부러 더 근엄하게 얼굴을 굳히고는 헛기침하며 말문을 열었다.

"하면 오지 않으려는 그대의 이유를 들어봅시다."

"말하기 싫습니다."

"아, 이유를 말하기 곤란한 거라면……."

그녀의 철벽에도 헌은 포기하지 않고 그녀와 눈을 맞추었다.

"혼인하셨습니까?"

허무맹랑한 그 질문을 하는 그의 얼굴은 무감각했다.

"예? 그럴 리가요?"

"하면 혼인할 이가 따로 있습니까?"

"따로 있는데 제가 오늘 간택장에 왔겠습니까?"

"그것도 아니면……. 아, 정인이 있습니까?"

정인이라는 말에 순간 소진이 멈칫했지만, 있을 리가 없었다. 차라리 있다고 거짓말을 할까, 순간 그녀의 눈동자가 흔들렸다. 하지만 그녀가 무어라 입술을 달싹이기도 전에 그의 입술이 먼저 벌어졌다.

"당연히, 없겠고."

"……왜 당연히 없습니까?"

"없는 얼굴인데?"

"제 얼굴이 뭐가 어때서요?"

어이없다는 듯 소진이 코웃음을 쳤다. 어디 가서 못났다는 소리를 들어본 적은 단 한 번도 없었다. 성격이 선머슴 같아서 그렇지, 얼굴은 꽤 예쁜 축에 속했다.

황당하다는 그녀의 반응에 그도 피식, 웃음을 터뜨리며 곤란하다는 듯이 이마를 쓸었다.

"내가 뭐라고 했습니까? 없다는 듯한 표정이라 그리 말한 것인데?"

"그러니까요. 내, 내가 언제 그런 없, 없다는 표정을 지었다고요……? 참나."

괜히 제 발 저린 것 같은 기분이 들어 소진은 서둘러 그렇게 대답했다. 하지만 헌의 입꼬리는 좀처럼 내려올 생각이 없었다.

"지었는데? 없는데 왜 그런 질문을 하느냐는…… 황당한 얼굴?"

"아닙니다. 저하께서 잘못 보신 것 같습니다."

"하면 있습니까, 정인?"

그가 다시 묻자, 그녀는 난감하다는 듯 그의 시선을 슬그머니 피했다. 그러곤 아주 작은 목소리로 중얼거렸다.

"있으면 여기서 이러고 있겠습니까. 흠, 흠흠……!"

그러자 헌이 웃음을 꾹 참기 위해 아랫입술을 슬쩍 깨물었다.

"되었습니다, 그럼."

"……뭘 말씀입니까?"

"오지 못할 이유 없는 것 같으니 나오십시오."

소진은 깊이 한숨을 내쉬며 그렇게 말하는 헌을 힐끔 올려다보았다. 그 목소리는 어느 때보다 굳건했다.

"비가 와도 기다리고 있겠습니다."

"저하!"

"설마 왕세자를…… 바람맞히는 것으로도 모자라, 비까지 맞게 할 것은 아니겠지……."

헌은 그렇게 중얼거리며 슬그머니 곁눈질로 그녀를 바라보았다. 그녀는 당황한 듯 턱끝을 조금 내린 채, 생각에 잠겨 있었다.

"그럼 그날 보지요. 나오리라 믿고 가겠습니다."

그 말을 남기고 헌이 돌아섰다.

오랜 시간 발길이 끊겨 어두침침하기만 한 어느 한 전각.

대전에서 멀리 떨어진 처소에 멈춰 선 보은군의 얼굴이 점점 가라앉고 있었다.

"보은군 마마……! 어찌……."

그를 발견한 상궁이 조금 놀란 얼굴로 고개를 조아렸다.

"어머니 들어 계시는가."

"……예, 한데. 마마께서 연통을 넣지 않으셨는데 어찌 발걸음을."

그때였다. 처소 안에서 낮은 목소리 하나가 들려왔다.

"뫼시어라."

그러자 굳게 닫혔던 문이 열리고 방, 한가운데에 앉아 서책을 읽고 있던 민 소용(昭容)이 책을 덮었다.

보은군 외에는 누구도 찾지 않는 전각의 주인은 다름 아닌 그의 생모(生母) 민 소용이었다.

"연통을 넣기 전까지는 발걸음 하지 말라 하지 않았습니까?"

"어머니."

"저하의 국혼으로 궐이 예민해져 있습니다. 하니 말 한마디, 행동 하나도 조심해야 한다 이르지 않았습니까?"

"압니다. 아는데…… 급히 여쭈어볼 것이 있어, 들른 것이옵니다."

그 말에 민 소용의 얼굴이 급격히 굳어졌다. 그러곤 상궁에게 눈짓을 해 보이자 상궁은 곧 처소 안의 모든 창문을 굳게 걸어 잠갔다. 행여 보은군과의 대화가 밖으로 새어나갈까 싶어, 철두철미하게 단속하는 것이었다.

"말해보세요."

"소진 낭자의 청이 있었습니다."

"……소진 규수?"

소진은 민 소용이 재기할 수 있는 유일한 희망이자, 제 아들을 살릴 마지막 보루 같은 존재였다. 소진의 이름에 그녀는 굳게 주먹을 말아 쥐었다.

"교태전……. 그 안에 강제로 궁인이 된 벗이 있다고 합니다."

그 말이 떨어지자마자 민 소용은 두 눈을 지그시 감았다.

"안 됩니다."

더 들어보기도 전에 딱 잘라, 안 된다고 말하는 그녀. 보은군은 조금 놀란 얼굴로 눈을 감은 그녀를 빤히 살폈다. 무엇을 알고 이러시는 걸까, 그의 심장이 거세게 뛰기 시작했다.

"교태전은 아니 됩니다. 절대 넘어서도, 또한 엿보아서도 아니 되는 곳입니다."

"소진 낭자가 힘들어 하고 있습니다. 소자가 중전마마께 안부 인사를 드리러 가며 궁인들을 조금 살펴볼까 하는데……."

그 말에 민 소용은 감았던 눈을 떴다. 어쩐지 그녀의 눈시울이 붉어져 있는 것 같았다.

"살고 싶지 않은 것입니까?"

"어째서……."

"중전마마께서 아들이라도 덜컥 낳으시면…… 우리는 죽은 목숨이라는 걸 모르십니까?"

"저희에게는 영의정 대감이 있지 않습니까?"

민 소용은 느리게 고개를 저었다. 모든 것이 다 부질없어졌다는 듯이 그녀는 이맛살을 찌푸렸다.

"중전마마께서 아들을 낳으시면 영의정은 우리의 손을 놓을 것입니다."

"……예?"

"적통인 중전의 후사를 버리고 우리의 손을 잡는다……? 그건 입에 발린 소리였지요. 행여 중전마마께서 아들을 낳지 못할까, 만일을 대비해 우리를 쥐고 있었던 것일 뿐. 그쪽이 아들을 낳게 되면 영의정은 그 아들을 세자로 세울 것입니다. 그렇게 되면 굳이 금지옥엽으로 키운 제 딸을 이 궐에 들이겠습니까? 언감생심, 군부인으로 만들려 하겠습니까? 게다가 지금 세자의 국혼에 사주단자까지 내, 초간택까지 임했습니다. 까딱하면 세자의 빈이 될 수도 있고 그렇게 되면 최악의 상황으로 영의정은 중전마마와 우리를 이 궐에서 몰아내겠지요."

민 소용의 말에 보은군은 깊은 한숨만 내쉴 뿐이었다.

소진이 정치적으로 이용될 수도 있으리란 생각에 가슴이 답답해졌다. 자신이 어떻게 되는 것은 상관없지만, 그녀가 입게 될 상처가 걱정되었다.

"살아서 나가려면 교태전을 내버려두어야 합니다. 우리의 편으로 돌려세울 수만 있다면 기꺼이 그리해야지요. 그래야 가문과 우리는 목숨은 부지할 수 있을 겁니다. 하니, 교태전에서 무슨 일이 벌어지든 잠자코 있으세요. 나서도 소진 규수가 알아서 할 일입니다."

"해서 매번 그렇게 천대를 당하시면서도 잠자코 계셨던 것입니까, 어머니."

"보은군."

"이렇게 깊숙하고 어두운 곳에서…… 그 누구 하나 찾지 않는 이

182

곳에서……. 어머니보다 한참이나 어린 중전에게 천대까지 당하시면서…… 사셨던 것입니까?"

그 말을 하는 보은군의 목소리가 파르르 떨렸다.

그는 말없이 자리에서 일어났다. 그러곤 두 주먹을 굳게 움켜쥐며 입술을 악물었다.

"이건 사는 것이 아닙니다, 어머니. 연명(延命)하는 것이지요."

싸늘한 그 말만을 남긴 채, 그는 민 소용의 처소를 나서고 말았다.

제 7 장

서로에게 한 걸음씩

초간택 전이 열리고 여러 날이 지났다.

"알아보라는 것은."

혜민서에 들렀다, 소진을 만나러 정자나무 언덕으로 향하는 길. 헌은 윤현을 돌아보며 묵직하게 입을 열었다.

"근래 교태전에 궁인들이 여럿 들어오기는 했습니다만……. 딱히 이상한 것은 없었사옵니다."

"정식 절차를 밟고 뽑은 궁인들이라던가."

"예, 강제는 있을 수가 없는 구조입니다. 이번 궁인은 지원을 받아 꼼꼼하게 심사를 거친 후, 뽑은 자들이라고 합니다."

그의 말에 헌은 느리게 입술을 쓸었다. 대체 그런 교태전에 왜 소진의 벗이 있었다고 하는 것일까.

보은군까지 나서서 교태전을 살필 요량이니 자칫하다가는 중전이 이일을 알게 될 수도 있었다. 그렇게 되면 설령 교태전에서 무언가를 꾸미고 있다고 해도, 진실을 밝혀내기가 어려울 것이었다.

그는 짐짓 어두운 얼굴로 뒷짐을 진 채, 서둘러 발걸음을 옮겼다. 저멀리 정자나무 언덕이 보이고 멀찌감치서 바라보니, 언덕 위가 휑했다.

순간 헌의 얼굴이 비식 구겨졌다.

"또……?"

소진의 모습이 보이지 않아, 그가 걸음을 우뚝 멈췄는데 갑자기 그의 앞에 가마 하나가 멈춰 섰다. 웬 가마인가 싶어, 헌이 조금 경계하며 물러났다. 윤현 역시, 그를 호위하며 가마를 뚫어지게 바라보았다.

이내 가마꾼들이 가마를 내려놓자 누군가가 가마 안에서 내렸다. 곧 소진이 뾰로통한 얼굴로 헌의 앞에 우두커니 섰다.

그 어느 때보다 해사하고 어여쁜 차림새의 그녀였다. 오기 싫다고 하더니 예쁘게 꾸미고 온 그녀의 모습에 헌은 절로 웃음이 나왔다.

"가마까지 타고 오시었습니까, 낭자."

그러자 하는 수 없다는 얼굴로 그를 향해 고개를 까딱 숙여 보이고는 가마꾼들을 돌아보았다.

"두 시진 정도 후에 이쪽에서 다시 탈 것이오. 그때 뵙도록 하지요."

"예, 아씨."

가마꾼들이 물러났다.

잠자코 그녀를 바라보던 헌은 낮게 미소를 그리며 슬그머니 그녀에게 다가갔다. 그러곤 허리를 굽혀 그녀에게 속삭였다.

"두 시진 동안 나랑 같이 있으려고요? 나랑 어디서 무얼 할지, 계획까지 다 짜온 모양입니다."

그러자 소진은 눈을 동그랗게 뜨고서 그를 올려다보다 피식, 콧방귀를 꼈다.

"그럴 리가요?"

그녀는 치렁치렁한 장신구들이 거슬린다는 듯 자신의 옷을 내려다보며 한숨을 내쉬었다.

"외출 금지를 당해 하마터면 못 나올 뻔했습니다. 그래서 규수들과 다과 모임이 있다고 둘러대고 나오는 길이라."

"아."

"해서 옷차림도 이렇고…… 약속이 두 시진 뒤에 끝이 난다고 일러 가마꾼들을 그때 부른 것입니다만?"

괜히 그가 자신을 만나러 나올 생각에 한껏 치장하고 온 것이라 오 해할까 싶어 서둘러 둘러댔다. 그런 그녀를 물끄러미 내려다보던 헌은 '외출 금지'라는 말에 흥미로운 듯 눈을 반짝였다.

"외출 금지라니요?"

"그럴 일이 있었습니다."

"혹, 세자에게 찍혔다는 사실을 영의정 대감께서도 아신 것입니까?"

그의 말에 소진이 그 동그란 눈을 연신 깜빡이며 그를 올려다보았다.

"소인이 저하께 찍혔사옵니까?"

"여러 의미에서 찍혔지요?"

"아…… 예. 뭐, 그런데 아버지께서는 아직 모르십니다. 초간택 때 있 었던 일을……."

그녀는 말끝을 흐리며 슬쩍 헌의 눈치를 살폈다. 그러곤 소진은 심란 한 얼굴로 한숨을 내쉬었다.

"뭐 제가 찍힌 이유를 알 것도 같습니다. 하지만 이리 거짓을 고하면 서까지 저하와의 약속을 지키기 위해 나왔으니 그간의 무례함을 좀 봐 주십시오."

그녀는 새초롬하게 눈을 아래로 내리깔며 그를 향해 중얼거렸다. 그 러곤 고운 치맛자락을 질끈 움켜쥐며 앞서 걸었다. 헌은 윤현에게 물러 나 있으라는 듯 고갯짓을 해 보이고는 그녀의 뒤를 따랐다.

이내 둘은 어깨를 나란히 하고 걸었다. 불어오는 산들바람이 두 사람의 서먹서먹하게 벌어진 사이로 보드랍게 지나갔다.

헌은 부지런히 걷는 그녀를 말없이 내려다보았다. 어쩌다 외출 금지를 당한 것일까, 궁금함은 가시지를 않았다.

"어쩌다 외출 금지를 당한 것인지 물어도 됩니까?"

"간택이 한창 진행 중이라 그런 것도 있고. 또 제가…… 번번이 밖으로 나가 말타기를 하고 활도 쏘니 아버지께서 걱정이 되셔서 그리하였습니다."

그녀는 대체 그것이 뭐가 잘못된 일인지 모르겠다는 얼굴로 어깨를 으쓱해 보였다.

"아……. 그렇군요."

"해서 오늘 규수들과의 다과 모임이 있는 날이라 거짓으로 둘러대고 이렇게 어머니가 골라주신 비단옷으로 얌전한 요조숙녀처럼 차려입고 나서야 나올 수 있었지요."

"그 때문에 가마까지 대동한 것이고."

"예."

어쩐지 이야기를 나눌수록 그녀에 대한 호기심은 커져만 갔다. 소진은 늘 보던 다른 여인들과 확연히 달랐다. 그래서 아마 그녀의 마음을 얻는 것이 더 힘든 걸지도 몰랐다. 다른 여인이었더라면 벌써 그가 그려준 용모화(容貌畵)에 홀딱 마음을 주었을 터.

그는 소진에게서 눈을 떼지 못했다.

어찌해야 이 여인의 마음을 얻을 수 있을까, 헌은 그녀와 나란히 걷는 와중에도 생각이 많아졌다.

"그런데 다과 모임을 이리 입고 하십니까?"

"예. 뭐…… 그래서 일 년에 한 번 참석할까 말까, 합니다. 여간 불편한 게 아니거든요."

"다과 모임이…… 불편합니까?"

"말이 다과 모임이지. 그냥 시답잖은 수다 모임이라고 생각하시면 되어요."

"여인네들은 수다로 피로와 우울감을 떨친다고 들었습니다. 한데 어찌, 불편하다 하시는지요?"

지피지기면 백전백승이라 하였다. 오늘 그녀를 만나자고 한 것은 소진이 어떤 사람인지, 무엇을 좋아하고 싫어하는지, 그녀에 관한 모든 것을 파악하기 위함이었다.

소진은 꼬치꼬치 묻는 헌을 의아하다는 듯이 올려다보았다. 그러다 대수롭지 않게 시선을 돌리며 두런두런 말을 이어나갔다.

"어제 아버지가 청국에서 사 온 저고리가 어떻다, 비단은 어떻다. 탄신일에 선물 받은 노리개와 가락지 좀 보아라, 한양에 몇 안 되는 문양이다……. 비단옷과 장신구들을 한가득 치장해 와서 자랑을 벌이는 것으로 다과 모임이 시작된답니다."

"……아."

"그러다 자랑 놀이가 끝나면 옆 동네 누구 도령 보았느냐, 요즘 따라 부쩍 그 도령의 얼굴에 꽃이 피었다. 한양의 사내들 이야기로 분주해지지요."

그녀의 말에 헌은 물끄러미 그녀를 내려다보았다. 상상만 해도 따분하다는 듯 소진의 이맛살이 슬쩍 찌푸려져 있었다.

"그러면 곧, 정인들과의 연애 상담으로 판은 무르익는답니다."

"그것이 보통 여인들의 수다 주제가 아닐는지요?"

"해서 그런 보통 여인들과의 모임을 꺼리는 것입니다."

"하면…… 낭자는 보통 여인이 아닙니까?"

소진은 그의 물음에 가만히 걷던 걸음을 멈추고 먼 곳을 바라보았다. 그러다 평소와 달리 화려한 제 차림새를 내려다보며 피식, 헛웃음을 뱉어냈다.

"보통 여인이지요, 뭐. 저라고 다를 게 있겠습니까? 다만, 수를 놓는 것보다 활을 쏘는 것이 더 좋고, 수다를 떠는 것보다 서책을 읽으며 나 자신과 끊임없이 이야기하는 것이 좋습니다."

"……."

"또한, 이리 화려한 옷을 입고 치장품과 장신구 이야기를 하며 가만히 차를 마시는 것보다 편안한 옷을 입고 말을 타고 무술을 배우는 것이 더 재미있습니다."

헌은 그녀의 말을 경청했다. 가만가만 느리게 말을 하던 소진이 멋쩍은 듯 웃으며 그를 올려다보았다.

두 사람의 시선이 곱게 포개졌다.

"각자 흥미를 느끼는 바가 다르니 그럴 수밖에요. 괜히 흥미에도 없는 모임에 부모님 눈치 본다고 끼어, 분위기만 망치느니 차라리 저는 제가 좋아하는 것을 몰래라도 하는 것이 훨씬 좋습니다."

"그러다 영의정 대감에게 혼쭐이 나고?"

"어쩔 수 없지요."

소진이 나지막이 웃자 그녀를 가만히 바라보던 헌도 그녀를 따라 생긋, 웃었다. 도통 속을 가늠할 수 없는 여인이었지만 알면 알수록 흥미가 생겼다.

장신구보다 활을 더 좋아하는 여인이라. 그는 그제야 자신이 건넨 용모화에 그녀가 꼼짝달싹하지 않았던 이유를 알 수 있을 것 같았다.

"차라리 그때, 잘 만든 활을 선물했더라면…… 낭자가 내게 마음을 열었을까."

"예?"

"하면 오늘의 만남도 거짓말 없이도 수월하게 이루어질 수 있었겠지요?"

헌의 말에 소진은 그가 제게 주었던 용모화를 떠올려보았다. 아무렇지 않은 척했지만, 소진은 내심 그 용모화가 꽤 마음에 들었다. 지금도 고이 접어 방에 가지런히 놓아두고는 한 번씩 생각날 때마다 꺼내 들여다보고는 했다.

그녀는 피식 웃으며 고개를 절레절레 저었다.

"아닙니다. 그 용모화는 좋습니다. 꽤 마음에 들었거든요. 공들여 그리신 것 같아 기분도 좋았습니다."

"그럴 줄 알았으면 화난 얼굴이라도 완성해 보내드릴 걸 그랬습니다."

"보은(報恩)을 위한 성의였으니 그것으로도 충분합니다."

이야기를 더 나누어보니 왈가닥일 것 같던 그녀는 생각보다 차분하고 학식이 깊은 것 같았다. 헌은 소진이 이상하게 생각하지 않도록 자연스럽게 이런저런 이야기를 건넸다. 돌아오는 그녀의 대답에 홀로 감탄하기도 하고 마음에 새겨두기도 하며 조금씩 그녀에 대해 알아갔다.

"한데 지금 어디를 가고 있는 것입니까?"

두 사람이 꽤 저잣거리까지 나왔을 때, 소진이 헌을 향해 물었다. 그러자 그가 의미심장한 얼굴로 그녀를 지그시 내려다보았다. 그 얼굴이 무언가 재미난 일을 숨기고 있는 것 같아 보였다.

"따라와보시면 압니다."

사실 그녀가 활을 쏘는 것을 좋아한다는 걸 알고 왕실 전용 사냥터에 그녀를 데려갈 요량이었다.

오늘은 사냥터가 비는 날이었기 때문에 무리 없이 소진과 활을 쏠수 있었다. 그녀가 좋아하는 것을 함께 하다 보면 아무래도 조금 더 친해질 수도 있고 그녀의 마음을 사로잡을 수도 있을 것 같았기에.

부지런히 걸음을 움직이는 헌을 따라, 소진은 어디로 향하는지 영문도 모른 채 뒤를 따랐다. 두 사람은 한창 저잣거리를 지나, 한적한 숲길로 들어섰다.

고즈넉한 숲속이 펼쳐지자 소진이 머뭇거리며 걸음을 멈추었다.

"……어디로 가시는 겁니까?"

숲길을 살피는 그녀의 동공이 슬쩍 의아함으로 물들어갔다.

"가보시면 압니다."

"아무리 세자 저하시지만 지금 가는 곳이 어디인지 정도는 알고 따라가야겠습니다."

소진의 말에 헌이 낮은 웃음을 터뜨리며 재미있다는 듯 그녀를 빤히 바라보았다. 그의 웃음에 소진은 괜스레 코끝을 만지작거리며 슬쩍 물러났다.

"내가 어디 으슥한 곳이라도 데려가 나쁜 짓이라도 할까 봐?"

웃음기가 어린 목소리였지만 긴장하게 되는 말이었다. 아니라는 걸알고 있었지만, 그녀는 괜히 입술을 삐죽이며 새침하게 시선을 돌렸다.

"어찌 압니까? 기방 문턱이 닳고 닳도록 넘나든 세자 저하이신데?"

"어허……. 내가 고작 그대에게 그것밖에 안 되는 세자입니까?"

"사실이지 않습니까? 자고로 기방, 노름방 앞 기웃거리는 사내와는 상종도 하지 말라 하였습니다."

"그렇습니까? 하면 난 반은 상종해도 괜찮은 사내겠군."

그렇게 말하며 헌이 소진을 지그시 내려다보다, 다시금 그 입술을 달싹였다.

"변명 아닌 변명을 해보자면, 기방은 사정이 있어 그리한 것이지, 여인네들과 술잔이나 기울여보려 그리한 것이 아닙니다."

"뭐 상관없지 않습니까? 내 서방도 아닌 것을요."

헌의 변명에 소진이 생긋 웃으며 그렇게 말하더니, 홀로 앞서 걸었다.

또 당했다, 하는 얼굴로 그는 빙그레 미소를 지으며 그녀의 뒤를 따랐다.

"서방이…… 될 수도 있지?"

뒷짐을 지고서 그녀의 뒤를 따르던 그가 장난기 가득한 얼굴로 그녀에게 말했다. 하지만 소진은 뒤도 돌아보지 않고는 줄곧 정면만 바라보며 걸었다. 철저하게 그의 말을 무시한 것이었다.

"참, 왕세자의 말을 무시하는 여인이라……."

그의 중얼거림에 그녀가 그제야 그를 휙 돌아보며 말했다.

"이럴 때만 꼭, 왕세자 저하이시지요?"

퉁명스러운 얼굴이었지만 희미한 미소가 어려 있었다.

헌은 자신이 세자라는 것을 알고도 전과 다름없이 자신을 대하고, 하고 싶은 말을 참지 않고 모두 내뱉는 소진이 신기하면서도 마음에 들었다. 대부분 제게 잘 보이기 위해 내숭을 떨기에 급급한데.

아마도 그래서 보은군이 그녀를 벗으로 삼고 곁에 두는 모양이었다.

숲속 안으로 들어서자 큰 못이 나타났다. 한 쌍의 오리가 못 위를 유유히 헤엄치고 있었다. 소진의 눈길이 절로 멈추었다. 그녀의 말간 뺨 위에 눈부신 햇살이 곱게 내려앉았다.

그는 그녀를 지그시 바라보다 살며시 입술을 뗐다.

"교태전의 궁인들이 최근에 대폭 바뀌었다고 합니다."

헌의 말에 소진은 크게 놀라며 그를 돌아보았다.

"예? 방금 그 말은……."

그가 물끄러미 그녀를 응시하고 있던 시선을 거두어 못가를 바라보았다.

"하지만 강제로 들어와 궁녀가 된 이는 없다고 합니다."

"알아……보신 것입니까?"

"예. 하니 낭자께서 뭘 잘못 알고 있는 것은 아닙니까?"

"아닙니다. 봉희는 궁녀가 될 이유가 없습니다. 아녀자가 어찌 궁인이 된답니까? 또한, 그때 본 궁녀는 제 벗이 확실했습니다."

그녀의 목소리는 확신에 찼다. 하지만 그건 있을 수가 없는 일이니 헌도 답답한 것은 마찬가지였다.

"확실하다고 하니…… 더 알아는 보겠지만, 정식으로 절차를 밟고 들어온 궁인들이라 문제를 제기하기는 어려울 것 같습니다."

"중전마마께서 만삭이시니, 곁에서 보필해야 할 아녀자들이 필요했던 걸까요?"

"하지만 그렇다고 해서 강제로 마을의 여인들을 데리고 오는 것은 있을 수가 없는 일입니다."

"……하긴, 그렇지요."

소진은 길게 한숨을 내쉬며 속상하다는 듯이 입술을 꽉 악물었다.

"대체…… 어디서 뭘 하는 거니, 넌."

벌써 봉희가 사라진 지도 보름이 훌쩍 넘었으니 이러다 그녀를 영영 잃게 되는 것은 아닐까, 소진은 밤마다 눈물이 찔끔찔끔 났다.

"교태전은…… 쉬이 넘볼 곳이 아닙니다."

"중전마마께서 태교에 전념하시느라 많이 예민하시겠지요?"

"그걸 떠나서. 아무튼, 그렇습니다."

"……예."

"해서 벗을 정녕 찾고 싶은 거라면 보은군에게 했던 청은 거두는 게 좋을 듯싶습니다."

낮은 목소리로 말하는 그를 소진이 올려다보았다.

"어찌 그러십니까?"

"행여 중전마마께서 알게 된다면 벗을 찾기는 더 어려울 것입니다. 아시겠지만 보은군은 교태전과 교류가 없었습니다. 또한, 민 소용이 나서서 교태전을 들락날락할 만큼 두 분의 사이 또한 좋은 건 아니니. 괜히 보은군이 이번 일에 나섰다가 눈치 빠른 중전마마께서 무언가를 감추시려 한다면, 일은 복잡해질 것입니다."

듣고 보니 그의 말도 맞았다. 자신이 섣불리 보은군에게 도움을 청해 행여 그를 난처하게 만든 것은 아닐까, 또 자신에게 도움을 주려다 일을 더 그르치는 것은 아닐까, 소진은 생각이 많아졌다.

그녀는 깊이 한숨만 내쉬며 괴로운 듯 뺨을 쓸어내렸다.

"벗은 꼭 찾을 수 있을 겁니다. 낭자가 이리 고군분투하고 있질 않습니까?"

"벗이 사라지기 전날, 모질게 말을 했어요. 참 착하고 성정이 곧은 벗이었는데. 제 신경질에도 그저 맑게 웃기만 했거든요. 그래서 그게 내내 마음에 걸려, 잠도 제대로 못 자고 있습니다."

소진은 희미한 웃음을 입가에 매단 채 힘없이 그를 올려다보았다. 그러곤 씁쓸한 얼굴로 고개를 주억거렸다.

"예…… 반드시 찾을 겁니다. 우리 봉희…… 제가 반드시 찾아요."

그리고 그때, 소진의 말이 끝남과 동시에 저 멀리서 동네 꼬마들이 왁자지껄 떠들며 몰려오고 있었다. 두 사람의 시선이 자연스럽게 아이들에게로 향했다. 다섯 정도 되어 보이는 작은 아이들이 이쪽을 향해 우르르 달려왔다.

"술래잡기라도 하는 모양입니다. 방해가 될 듯싶으니, 속히 자리를 비켜주지요."

헌의 말에 소진도 가볍게 웃으며 고개를 끄덕였다. 그러곤 앞서가는 그를 따라 걸음을 옮겼는데, 어느샌가 소진의 곁에까지 달려온 아이들은 서로 대장을 하겠다며 나뭇가지 하나를 두고 싸우고 있었다.

"내가 할 거라니까?"

"내가 할 거야! 아까 네가 했잖아!"

"이거 놔! 이번에는 내 차례야!"

못가 근처에 서서 아이들이 줄다리기하듯 나뭇가지를 사이에 두고 팽팽하게 잡아당기고 있었다. 그 모습이 위험해 보여 소진이 서둘러 아이들의 곁으로 다가갔다.

"얘들아, 여기는 너무 위험 하…… 어?"

그때였다. 아이 하나가 나뭇가지를 놓치며 뒤로 휘청, 넘어지며 그만 못가에 풍덩 빠지고 말았다. 동시에 뒤에서 아이들을 말리던 소진 역시, 아이와 함께 떠밀려 물속으로 빨려 들어갔다.

헌이 미처 소진을 잡을 새도 없이.

"……낭자!"

"어푸……! 어푸!"

물에 빠진 아이는 위태로워 보였다. 하지만 소진의 모습은 보이지 않았다. 물속에서 허둥대던 아이는 점점 물속으로 가라앉고 있었다.

"낭자! 낭자!"

헌은 보이지 않는 그녀를 애타게 불렀다. 하지만 그녀의 모습은 온데 간데없었다.

헌은 에라 모르겠다, 하는 얼굴로 갓과 겉옷을 풀어 던지고는 물속으로 풍덩, 몸을 던졌다. 그러곤 아이가 있는 쪽으로 가기 위해 헤엄을 치기 시작하던 그때.

"⋯⋯!"

아이와 조금 떨어진 곳에서 소진이 마치 민화(民話)에서나 나올 법한 인어처럼 물 밖으로 솟아올랐다.

물방울을 사방으로 흩뿌리며 모습을 드러낸 그녀는 아이가 있는 곳을 서둘러 확인하고는 다시 잽싸게 잠수하기 시작하는데.

"⋯⋯낭자?"

헌은 소진이 대체 무슨 일을 벌이는 것인지 알 수가 없어 멍한 얼굴로 잠깐 그녀가 사라진 곳을 바라보다가 위태로운 아이를 향해 헤엄치기 시작했다.

"푸하!"

다시 물 밖으로 솟아오른 소진은 단숨에 물속으로 가라앉던 아이를 품에 안아 유유히 헤엄치기 시작했다.

"뭐야. 헤엄을 칠 줄 알아⋯⋯?"

별 어려운 일도 아니라는 듯, 그녀는 한 손으로 아이를 보듬고 나머지 한 손으로는 물살을 가르며 뭍 밖으로 나오고 있었다.

"끙차⋯⋯! 봐, 괜찮은 것이야?"

금세 밖으로 나온 소진은 잔뜩 겁에 질린 아이를 바닥에 반듯하게 눕히고는 뺨을 감싸 쥐었다. 다행히도 아이는 무사했다.

"예…… 예, 아씨."

아이가 얼떨떨한 얼굴로 슬금슬금 자리에서 일어나자 그제야 소진은 안도의 한숨을 내쉬며 따라 일어났다. 그러고는 화난 얼굴로 아이들을 향해 소리치기 시작했다.

"너희! 다시는 못가 근처에서 장난을 치지 말아야 한다. 알겠느냐?"

"예, 아씨. 고맙습니다."

아이들은 소진을 향해 꾸벅, 고개를 숙여 보이고는 서둘러 흩어졌다.

그런데 그녀의 차림이…… 요상하다?

분명 풍성하고 어여쁜 비단 치마를 입고 있었는데 어쩐 일인지 얇은 속치마만 덩그러니 입고 있었다. 물에 빠지면서 벗겨진 것일까. 헌은 물속에서 물끄러미 그녀를 올려다보며 이맛살을 찌푸렸다.

젖은 머리카락을 손으로 쭉쭉 짜던 소진이 빙그르르 돌아 헌을 바라보았다.

순간, 두 사람의 시선이 '쿵' 부딪쳤다.

그러자 소진은 조금 놀란 얼굴로 성큼성큼 다가갔다.

"저하……. 거기서 무엇 하십니까?"

차마 소진과 아이를 구하러 뛰어들었다는 말을 하지는 못하고 그는 그저 물 위에 둥둥 떠, 물살만 가르고 있었다.

"헤엄을…… 잘 치십니다?"

"어릴 때 동네 벗들하고 개울가에서 많이 놀았거든요."

"아……."

반가의 규수가 어린 시절부터 개울가에서 헤엄을 치면서 놀았다니. 알면 알수록 더욱 모를 여인이다. 헌은 픗, 헛웃음이 터지는 것 같다.

"속히 나오십시오. 고뿔에 걸리시겠습니다."

이미 자신의 몸도 다 젖었으면서, 그건 개의치 않다는 듯 오히려 소진은 헌을 걱정하고 있었다. 멋쩍어진 그는 다시 못 밖으로 나오기 위해 방향을 틀었는데, 돌아서던 소진이 다시금 그를 내려다보았다.

"아, 저하. 물속에 들어가신 김에 저기······. 제 치마 좀 건져주시겠습니까?"

소진이 손가락으로 어딘가를 가리켜 보였고 헌의 고개가 스르륵 돌아갔다. 그곳에는 소진의 치마가 물 위에 둥둥 떠 있었다. 헌은 기가 찬다는 얼굴로 다시금 그녀를 돌아보았다.

"대체 치마는 왜 저렇게 된 겁니까?"

그렇게 말하며 헌이 그녀의 치마를 잡기 위해 손을 뻗었다. 소진은 대수롭지 않게 핏, 웃으며 흠뻑 젖은 윗옷을 비틀어 물기를 짜냈다.

"벗었습니다."

벗었다는 말에 치마를 들고 물 밖으로 나오던 헌은 놀라, 흠칫했다.

"벗겨졌단 말입니까?"

잘못 들었나 싶어 그가 재차 물었는데 소진은 헌을 똑바로 직시하며 고개를 저었다.

"아니요. 소인이 직접 벗었습니다."

"왜요?"

"헤엄을 치기에는 치마가 여간 거슬리는 것이 아니거든요. 해서 아까 물에 빠지자마자 벗었지요."

그렇게 말하며 소진이 빙긋 웃어 보였다. 그 웃음은 또 얼마나 순진하고 차분해 보이는지.

그래서 아까 물에 빠지자마자 그녀를 찾았지만, 보이지 않던 것이었다. 헌이 애타게 그녀를 부르고 있었을 때, 소진은 이미 물속에서 헤엄치기 위해 치마를 벗고 있었던 모양이었다.

"허……. 대단한 여인이야."

어찌 저리 예쁜 얼굴의 규수가 하는 행동은 웬만한 사내보다 더 대담한지 헌은 혀를 내두를 수밖에 없었다.

곧, 그도 물 밖으로 빠져나오고 두 사람은 예상치도 못하게 물에 젖은 생쥐 꼴이 되고야 말았다.

"부끄럽지 않습니까? 그래도 외간 남자 앞에서 속치마는……."

그는 어색한 듯 헛기침을 뱉어내며 소진에게 젖은 치맛자락을 슬쩍 건넸다.

"감사합니다."

치마를 받아 든 소진은 탈탈 털어대기 시작했다. 물방울이 빛을 받아 반짝이며 공중으로 흩어졌다.

헌은 그런 그녀의 모습을 신기하다는 듯, 물끄러미 바라보았다. 그의 시선은 좀처럼 소진을 놓을 줄 몰랐다.

힘껏 치마를 털어낸 소진이 그제야 조심스럽게 등을 돌려 가슴 위의 치마끈을 꽁꽁 동여매었다.

"어찌 안 부끄럽겠습니까? 하지만 이건 생존을 위한 탈의인 것을요?"

그렇게 말하며 소진이 웃으며 헌을 돌아보았다. 그녀는 머리부터 발끝까지 젖어, 아까 가마에서 내리던 때의 고운 모습을 찾을 수 없었지만 어쩐지 헌은 그녀가 예뻐 보였다.

젖어서 볼품없는 모습이 된 여인이 예쁘게 느껴질 줄이야. 그 곱다고 입소문 난 애월루 명기(名妓)들의 유혹에도 무감각하던 그였는데. 단지 꽃이 예쁘다, 나비가 곱다, 이런 것들과 같은 느낌일까.

그는 한참이나 젖은 채로 반짝이는 소진을 바라보았다. 그러다 고개를 절레절레 저으며 어이없다는 듯 실소를 터뜨렸다.

"어처구니가 없군."

그는 낮게 중얼거리며 그녀에게서 등을 돌렸다. 그러자 곧, 소진의 의아하다는 듯한 목소리가 들려왔다.

"한데 저하께서도 헤엄을 칠 줄 아십니까?"

이 나라의 왕세자가 물에 빠져본 적도 없을 텐데. 고작 물이라고 해봤자 허리춤까지밖에 오지 않는 온천수에 몸을 담가본 것이 다였을 것인데, 그는 꽤 헤엄을 잘 치는 것 같았다.

"어린 시절, 어머니께서 알려주셨습니다."

'어머니'라는 말에 소진의 눈이 커졌다. 그의 생모는 무수리 출신의 후궁으로, 몇 해 전 세상을 떠났다.

"왕세자이지만 언제 어느 때, 위협을 받을 줄 모른다고."

"……아."

"해서 어린 시절 행궁을 가서 어머니께 몰래몰래 헤엄치는 법을 배웠지요. 덕분에 물에 빠져 죽을 일은 없을 겁니다."

"아, 그렇군요……."

어쩐지 이 나라의 왕세자가 생존을 위해 헤엄치는 법을 배웠다는 것이 쓸쓸하게 느껴졌다. 소진은 조금 굳은 얼굴로 헌을 물끄러미 바라보다, 말없이 고개만 끄덕였다. 그러자 곧 헌이 그녀와 자신의 젖은 옷을 번갈아 쳐다보며 입술을 뗐다.

"한데 인제 어쩌지요? 이리 다 젖었으니."

소진도 그의 곁에 성큼 다가가 젖은 헌을 물끄러미 올려다보았다.

"그러게나 말이어요. 저하의 계획이 무엇인지는 모르겠지만…… 아무래도 틀려먹은 것 같네요."

"우선 옷부터 말려야 할 것 같습니다."

"예? 환궁하시지 않고요?"

"그러고 집으로 돌아갔다가, 무슨 잔소리를 들으려고."

"아…… 그렇네."

다과 모임을 간다고 했는데 홀딱 젖어서 집으로 돌아가면 분명 영의 정이 경을 칠 터였다. 난감해진 그녀의 미간이 구겨졌다.

"일단 따라오시지요."

혼자 곰곰이 생각하던 헌은 무언가 좋은 수가 생각이라도 난 듯, 그녀를 이끌었다.

두 사람은 온몸이 젖은 채로 산길을 가로질러 걸었다.

"여기는……?"

조금 더 걷다 보니, 황실 사냥터가 눈앞에 펼쳐졌다.

소진은 조금 의아하다는 얼굴로 사냥터를 둘러보다가 헌을 올려다보았다. 그 역시 느리게 웃으며 텅 빈 사냥터를 돌아보았다.

"실은 오늘 낭자와 이곳에서 활쏘기할 참이었습니다."

그의 말에 그녀의 눈이 초롱초롱 빛나기 시작했다.

'활이라니……! 설마 나를 위해서?'

헌과 마주하고 처음으로 그녀의 심장이 '설렘'이라는 확실한 감정으로 뛰기 시작한 것이었다. 낯빛이 확연히 달라지는 그녀의 모습에 헌도 그만, 웃음을 터뜨리고 말았다.

"이리 좋아하실 줄 알고. 나름 준비한 것인데."

"……아."

"우리가 이렇게 젖어버릴 줄은 몰랐습니다."

그의 말에 소진이 겸연쩍게 뺨을 쓸며, 웅장한 정자 위로 올라갔다. 그러자 사냥터가 한눈에 들어왔다. 그리고 바로 정면에는 활 연습을 하기 좋게 과녁판도 놓여 있었다.

소진에게 이곳은 바로 새로운 세상이자, 늘 바라던 낙원과도 같았다.

정식으로 활을 쏘는 법을 배워본 적은 없었다. 늘 영의정이 활을 쏘는 모습을 뒤에서 몰래 숨어 보고, 또 서책을 통해 익힌 것이었다.

"부러…… 저를 위해 이곳으로 오시려 한 것입니까?"

소진은 곁에 갖춰져 있는 활과 살을 만지작거리며 헌을 돌아보았다. 그 목소리가 지금까지와는 달리 차분하게 누그러져 있었다. 아무래도 이곳이 소진의 마음에 쏙 든 모양이었다.

그 역시, 성큼 그녀의 곁에 다가와 서며 뒷짐을 지었다.

"그때 활을 쥐는 모습을 보고 조금 가르쳐주고 싶다는 생각이 들어서."

"아."

"물론 지금도 훌륭한 명사수(名射手)의 자태이긴 했습니다만."

나지막이 그렇게 말하던 그가 별안간 소진을 내려다보며 따뜻하게 웃어 보였다. 그의 미소가 그녀에게 닿자 어쩐지 소진의 얼굴이 붉어지는 것도 같았다.

"명사수는 아니어요. 배움의 길은 끝이 없는 것을요."

그렇게 말하며 소진은 아쉬운 듯, 활 끝만 만지작만지작했다. 활을 내려다보는 그녀의 눈빛에서 아쉬움이 그득했다.

"이리 젖은 채 활을 만지면 활도 눅눅히 젖어 제대로 나아가지 못할 것이고. 다음을 기약할까요?"

헌의 물음에 소진은 멈칫하고 말았다. 그와의 다음이라……. 언제나 그녀를 머뭇거리게 하는 말이었다.

하지만 활쏘기는 영, 아쉬웠다.

"본의 아니게 이번에는 협박이 아니라, 회유로 낭자와의 다음을 얻어 내는 꼴이 되었습니다."

그 말에 소진은 그만 웃음을 터뜨릴 수밖에 없었다.

"누가 들으면 저하의 애를 태우는 모진 여인이라 손가락질하겠습니다."

그녀는 젖은 치맛자락을 살며시 들어 의자에 앉았다. 의자 옆으로 커다란 발이 드리워져, 쏟아지는 빛을 가려주고 있었다.

저 발을 걷으면 햇살이 밀려와 젖은 옷을 잘 말려줄 것만 같은데. 소진은 그렇게 생각하며 발을 한창 올려다보고 있는데, 헌이 그녀 앞으로 성큼 다가왔다. 그러곤 허리를 구부려 그녀의 옆에 우뚝 솟아 있는 팔걸이를 짚으며 그녀와 얼굴을 가까이 마주했다.

"앗……!"

갑작스럽게 다가온 그를 피하려고 그녀가 슬금 비켜났지만, 이번에는 헌의 다른 손이 다른 쪽 팔걸이를 짚었다.

그의 품 아래에서 옴짝달싹 못 하게 된 소진은 자신의 얼굴을 뚫을 기세로 빤히 바라보는 그의 시선을 슬쩍 피했다.

"어찌 이러시는지……."

그러자 곧, 헌의 젖은 입술이 반듯하게 벌어졌다.

"애태우는 거, 맞는데."

"예?"

"낭자가 내 애를 태우고 있는 거, 맞습니다만."

"……아, 저하."

"만남을 위해 협박을 하는 것도, 회유를 해보는 것도 모두 낭자가 처음이니까."

그 말을 하는 헌을 저도 모르게 올려다보는 소진. 두 사람의 입술이 아슬아슬하게 닿을 것만 같았다. 그는 기회를 놓치지 않고 그녀의 눈동자를 빤히 응시하다, 스르륵 눈길을 그녀의 입술 위로 떨어뜨렸다.

그러곤 소진의 붉은 입술을 노골적으로 바라보며 말했다.

"한데 떼는 쓰지 않겠습니다. 낭자 마음 가는 대로 하시지요. 조르는 건, 멋없지 않겠습니까?"

그렇게 말하며 헌은 낮게 미소를 흘렸다. 그러다 한껏 굳어버린 소진의 의자 바로 뒤편에 있는 끈을 풀어 발을 걸었다.

'아…… 발을 걸으려고……?'

자신을 홀리려고 갑자기 성큼 다가온 줄 알았는데 발을 걸기 위함인 듯했다. 멋쩍어진 소진은 흠, 흠 소리 나게 헛기침을 뱉어내며 곁눈질로 그를 살폈다. 그는 언제 그렇게 뜨거운 시선으로 그녀를 바라보았냐는 듯, 발을 걸기에 여념이 없었다.

"여기가 볕이 잘 듭니다. 해서 활을 쏠 때는 발을 걸고는 하는데 오늘은 아무래도 걸어야 할 것 같아서."

"예에……."

"좀 앉아 있다 보면 옷이 금방 마를 겁니다."

그렇게 말하며 헌이 옆에 앉아 가지런히 놓여 있는 서책 몇 권을 집었다. 그러곤 어쩐지 말수가 부쩍 없어진 그녀를 향해 내밀었다.

"여기서 종종 서책을 읽기도 하거든요. 낭자가 이미 읽은 것도 있을수 있지만, 적적한 시간을 보내기에 독서만 한 것이 없지 않겠습니까?"

그가 싱그러운 미소를 머금고서는 서책을 내려다보았다. 소진은 그런그를 한 번, 가지런히 정돈된 활과 살을 한 번 바라보고는 그와 마찬가지로 서책을 펼쳤다. 그러곤 무심하게 입술을 벌렸다.

"하면 다음번에는 활쏘기를 가르쳐주실 것이지요?"

돌아보니 소진은 서책만 내려다보고 있었다. 헌은 그런 그녀를 물끄러미 바라보다, 웃음기 가득한 얼굴로 그녀를 따라 서책을 응시했다.

"기꺼이 그러지요."

"하면 약속 지키셔야 합니다."

"여부가 있겠습니까?"

서로 말을 주고받는 두 사람은 환한 얼굴을 한 채, 서책만 내려다보고 있었다.

"해서 다음을 또 기약하신 것입니까?"

윤현의 물음에 헌은 말없이 고개를 끄덕였다.

"그러다 영의정 대감이나…… 전하의 귀에 들어가기라도 한다면."

"어쩔 것이냐? 남녀 사이에 정을 나누어보겠다는데, 그것을 어찌 막으려고."

"하오나."

"아직은 내가 이 조선의 왕세자다. 영의정이라도 함부로 날 막을 수없을 것이다."

그때, 사나운 목소리가 동궁에 막 발을 디딘 헌의 귓가에 쩌렁쩌렁 울렸다.

"또 혜민서를 핑계로 기방에 가 술을 퍼마시고 온 것이냐?"

헌의 고개가 저절로 숙여졌다.

헌의 아비이자 조선의 왕, 이성(李成)이 어처구니없다는 듯 실소를 터뜨리며 동궁에 아무렇게나 널브러진 서책들을 주웠다. 그러곤 동궁 안으로 들어서는 헌을 향해 냅다 던졌다. 서책이 헌의 벌어진 어깨를 툭, 치고 바닥 위로 처박혔다.

그러자 윤현이 서둘러 무릎을 꿇으며 왕을 향해 고개를 조아렸다.

"오늘은 저하께서 혜민서에 들렀다가 곧바로 입궐하시는 길이옵니다, 전하!"

"듣기 싫다! 너를 두고 떠도는 소문들이 무성한데, 겨우 오늘 하루 곧바로 입궐한 것으로 그간의 소문을 무마시킬 수 있다고 생각하느냐? 대체 언제까지 이리 정신을 못 차리고 흥청망청 살 것이냐! 대신들 보기 부끄럽지도 않으냐! 너는 이 나라의 왕세자다! 나를 대신해 이 나라의 보위를 이을 왕세자란 말이다!"

속이 타들어가는 듯한 분노가 왕의 가슴에 차올랐다. 하지만 헌은 그 마음을 아는지 모르는지, 묵묵히 입을 다문 채 자리를 지키고 서 있을 뿐이었다.

아무런 말도 잇지 않는 그를 응시하던 왕은 대체 무슨 생각으로 이리 망나니처럼 사는 것인지 억장이 무너져 말이 나오지 않았다.

헌은 무겁게 조아리고 있던 고개를 천천히 들어 붉어진 용안을 바라보았다. 어제보다 조금 더 수척해진 왕의 눈에서는 생기를 찾을 수가 없었다.

"알고 있습니다……. 아바마마."

하지만 그 얼굴에는 그 자리에 대한 책임감이 전혀 없었다.

"호색한에, 주정뱅이에. 이제는 하다못해 기방까지 드나드는 왕세자라. 그것이 어찌 세자가 하는 짓거리란 말인가!"

왕의 호통이 절정에 다다랐을 때, 동궁 밖에서 차가운 목소리가 휙날아들었다.

"전하, 중전마마 납시었사옵니다."

그 목소리가 들리자마자 헌은 입술을 질끈 깨물며 고개를 치켜들었다. 동시에 '중전'이라는 말이 귓가에 닿자마자 헌을 근엄하게 혼내던 왕의 얼굴이 묘하게 변하고 있었다.

"모시어라."

굳게 닫혔던 동궁의 문이 열리고 배가 제법 부른 중전 신 씨가 뒤뚱거리며 안으로 들어섰다.

"아니, 괜찮습니까. 세자? 오늘도 기방을 다녀온 것입니까. 여인과 술이 생각이 나거든 이 어미에게 말하라 하지 않았어요, 세자. 하면 한양 최고의 여인들과 술을 이 동궁에 은밀히 대령하겠다고요."

"……."

"젊은 패기에 끓는 열정은 알겠다만 왕실의 체통은 지켜주셔야지요, 아드님. 전하께서 얼마나 속이 상하시겠습니까."

간드러진 목소리로 헌을 다독이는 중전 신 씨는 헌과 기껏해야 네 살 정도 차이 나는 어린 여인이었다. 정비(正妃) 순렬왕후가 죽고 그 자리를 대신해 들어온 대제학 신 씨의 여식.

헌은 자신을 살갑게 내려다보고 있는 중전을 물끄러미 올려다보았다. 그러다 그녀의 당의 위로 봉긋 솟은 배를 바라보며 자신의 팔을 다독이는 중전의 손을 차갑게 쳐냈다.

"……치우십시오."

헌의 계모이자 작금의 교태전 안주인이 된, 그녀의 뱃속에는 왕의 또 다른 핏줄이 자라고 있었다.

자신에게 쌀쌀맞게 구는 헌의 시선이 자신의 배에 닿아 있는 것을 안 중전은 피식, 입꼬리를 비틀었다. 그러곤 보란 듯이 그 배를 살살 어루만지며 끙, 앓는 소리를 냈다.

"곧 아우도 태어날 텐데, 아우에게 좋은 본보기가 되어주셔야지요, 세자."

그 말에 헌은 붉은 입술을 질끈 악물었다.

그때 중전을 물끄러미 바라보던 왕의 총명하던 눈빛이 죽고 말았다. 그는 초점 잃은 눈으로 중전 신 씨를 향해 어린아이처럼 달려들었다.

"부인! 어디 갔다, 이제 오셨소……!"

왕은 아이처럼 입술을 삐죽이며 중전을 품에 안았다. 곁에 있던 상선이 고개를 조아리며 시선을 회피했다. 참으로 해괴하고 망측한 광경이었지만 익숙한 일이라는 듯 그들은 태연히 눈길을 거둘 뿐이었다.

동시에 헌의 반듯한 이마가 종잇장처럼 구겨졌다. 몇 번을 보고 또 보아도 받아들이기 힘든 현실이었다.

"전하, 우리 아드님께서 아직 젊으셔서 이리 방황하는 것입니다. 하니, 용서하여주셔요."

중전은 헌을 뚫어져라 응시하며 조소했다. 그 순간에도 왕은 중전이 마치 제 어머니의 품인 양, 고개를 묻으며 칭얼거렸다.

"누가 우리 아들이라는 것입니까, 부인? 우리 원자(元子)는 여기 이 배속에 있는 것을요?"

꼭 다른 사람이 그 속에 들어가 있는 듯, 왕은 한껏 흐트러진 모습으로 중전의 배를 연신 어루만졌다.

허탈한 얼굴로 그 모습을 물끄러미 보던 헌은 실소를 터뜨리며 고개를 돌렸다.

"서운해하지 마세요, 세자. 전하께서 옥체 미령하시지 않습니까."

그렇게 말하며 중전은 왕을 품에 보듬어 토닥였다. 그러자 더는 못 봐주겠다는 듯 헌은 왕을 향해 소리쳤다.

"아바마마! 대체 왜 이러시는 겁니까! 강건하시던 모습은 어디로 가고 이리 나약한 아바마마의 모습만 남은 것입니까, 왜!"

그것은 울분이었다. 피를 토하듯 끓는 속을 뱉어낸 헌의 눈시울은 뜨겁게 젖어갔다. 왕은 처음 보는 사람을 바라보듯 생경한 눈으로 헌을 노려보았다.

"네놈은 누군데 내게 아바마마라 하는 것이야! 썩 물러가지 못할까! 부인, 뭐 하는 것이오! 당장 이놈을 끌어내세요!"

호통치는 왕을 끌어안는 중전의 입매가 묘하게 솟아오르고 있었다.

"전하, 누구냐니요. 우리 세자이지 않습니까. 참, 이를 어쩌면 좋아."

중전의 음성이 교태스럽게 휘어졌다. 하지만 왕은 그저 초점 없는 눈으로 언성을 높일 뿐이었다.

"세자는 누가 세자야! 우리 세자는 여기 이 부인 배 속에 있는데!"

올해 오십을 넘긴 왕은 노망(老妄)이 들었다.

일여 년 전부터 정신이 오락가락하더니 이젠 저렇게 어린아이처럼 칭얼거리고 떼를 쓰며, 온전치 못한 정신으로 패악을 부리는 횟수가 잦아졌다. 그리고 정신이 탁해지는 간격도 짧아지고 있었다.

어의의 말에 의하면 왕이 큰 충격을 받아서라고 했다.

그해, 세자 헌의 생모였던 숙원 조씨가 의문사로 왕의 곁을 떠났다.

숙원 조씨는 무수리 출신의 후궁으로 순렬왕후가 자식을 생산하지 못해 궐 안에 걱정이 늘어갈 때, 단비처럼 원자(元子)를 출산했다. 그 아이가 바로, 헌.

그녀를 무척이나 아꼈던 왕은 단번에 조씨를 숙원에 봉하였고 아들 헌을 세자로 책봉하였다.

하지만 기쁨도 잠시, 숙원 조씨와 헌을 살뜰히 아꼈던 착한 왕비가 죽고 새로운 국모로 대제학의 여식이 입궐하였다.

그러고 얼마 지나지 않아 숙원 조씨마저 의문의 죽음을 맞이해 왕과 헌의 곁을 떠나게 되었고 왕은 그 충격으로 속되게 말해 노망에 걸려 헛소리를 해댔다.

더군다나 그렇게 싫어하던 어린 중전 신씨를 조 숙원이라 부르고 그녀의 배 속에 있는 아이를 원자라고 생각하며 세자 헌의 존재를 까마득하게 잊은 것이었다.

치유 방법도, 또한 병세를 늦출 방법도 없다고 했다.

그렇게 몸도 마음도 쇠약해져가는 왕의 숨통이 끊길 때까지 지켜보아야만 할 뿐이었다.

헌은 파르르 떨며 정신이 반쯤 나간 왕을 처연한 눈으로 응시했다.

"소자는 아바마마를 결코, 포기하지 않을 것입니다."

그러자 왕을 부축해 동궁을 나서려던 중전은 코웃음을 치며 헌을 돌아보았다. 그러곤 그만 들리게 은밀히 목소리를 낮추며 붉은 입술을 짓이겨 물었다.

"전하께선 나를 조 숙원이라 알고 계시지. 내가 네 어미인 줄 알아."

"내 어머니를 그 입에 담지 마십시오."

"너를 폐하고 배 속에 있는 네 아우에게…… 세자의 자리를 줄 것이라고 한단다. 멀쩡히 국본이 살아 계시니 폐위를 건의하는 것은 반역죄요, 그렇다고 해서 멀쩡하지 못한 전하께서 내리는 결정이라고 하여 어지(御旨)가 아닌 것도 아니니. 어찌겠느냐."

"……."

"세자께서 잘 지켜내셔야지요."

그런 뒤 중전이 왕과 함께 동궁을 나서는 순간, 헌이 소리 내어 웃었다.

"하, 하하하!"

그러곤 저벅저벅 중전에게 다가가 싸늘한 얼굴로 둥근 배를 내려다보았다.

"아니 그래도 잘, 지켜내려 합니다. 한데 배 속에 있는 내 아우는 무사히 소자와 만날 수 있을까요."

무서운 그 말에 중전은 크게 호통을 쳤다.

"그것이 지금 무슨 망발입니까, 세자!"

"아니, 왜 화를 내십니까, 중전마마. 소자, 깜짝 놀라지 않았습니까?"

헌은 능청스럽게 피식, 웃으며 어깨를 으쓱해 보였다.

"황당무계한 말은 삼가세요."

"이게 어찌 황당무계한 말이라 하십니까."

"뭐요?"

"그저 중전마마께서 순산하시길 바라며 드리는 걱정인 것을요."

"세자!"

헌은 위협적으로 그녀에게 다가서며 거칠게 자신의 품속에서 사조룡(四爪龍) 패를 꺼냈다. 그러고는 중전의 눈앞에 그것을 흔들어 보이며 잔인한 웃음을 지었다.

"혹, 이것이 갖고 싶으십니까?"

"세자……!"

"그럼 가지고 가시지요."

그러면서 헌은 그 사조룡 패를 중전의 발아래에 툭, 집어 던졌다. 무례한 그의 행동에 중전은 핏발 선 눈으로 그를 세차게 노려보았다.

"세자, 지금 이 어미에게 무슨 불효를……!"

"나의 어미가 될 것인지, 이 아이의 어미가 될 것인지 잘 판단하셔야 할 겁니다."

"뭐…… 뭐라?"

"이 아이의 어미가 되겠다고 마음먹은 그 순간부터는 돌이킬 수 없는 강을 건너게 될 것이니."

그러곤 예의는 조금도 차리지 않은 채 뻬딱하게 서서 직접 동궁 문을 열어주는 헌이었다.

"하면 살펴 가십시오."

중전은 모욕감을 삼키며 돌아설 수밖에 없었다.

제 8 장

저하의 투기

"아씨, 아씨······!"

날이 밝자마자 숙자가 부리나케 별채로 달려왔다. 옷을 갈아입던 소진
이 그녀의 부름에 고개를 치켜들었다. 숙자는 손에 무언가를 쥐고 숨이
넘어갈 듯 헉헉대며 안으로 들어왔다.

"무슨 일인데 그리 소란이야?"

소진이 눈을 동그랗게 뜨고는 자리에서 일어났다. 그러자 숙자가 소
진에게 서찰 하나를 급히 전하며 문을 꼭 닫았다. 그 모습이 어딘가 쫓
기는 사람 같아 소진은 덩달아 가슴이 뛰었다.

"속히 읽어보시어요. 보은군 대감마님께서 보내신 것이라 하였습니다!"

그녀의 말에 소진의 눈동자가 커졌다. 서찰을 펼치는 소진의 손도 빨
라졌다.

오늘 오시(午時), 저잣거리.
낭자와 내가 자주 가던 다방(茶房)에서 만나도록 합시다.

아무래도 봉희와 관련된 일 때문에 보자는 것 같았다. 소진은 서둘
러 서찰을 찢어버리고는 옷고름을 단단히 여미었다. 그러자 숙자가 호

기심 어린 눈으로 그녀의 곁에 바짝 붙어 섰다.

"보은군 대감마님께서 뭐래요?"

"오늘 보자시는구나. 아무래도 봉희와 관련된 일 때문에 그러신 것 같아."

"봉희댁을 찾았대요?"

"그건 아닌데……. 숙자야, 어머니는?"

소진은 창을 활짝 열고 바깥의 동태를 살폈다. 하인들이 분주히 오갈 뿐, 영의정과 최씨 부인의 모습은 보이지 않았다.

숙자가 슬그머니 창을 닫으며 소진에게 은밀히 말했다.

"지금 안채에서 다른 마님들과 담소 나누고 계셔요."

"……아버지는?"

"출타하신 지 꽤 되시었죠. 오늘 뭐라더라……? 왕실 사람들하고 사냥을 나가신다고 하시었습니다."

"사냥이라면…… 시간이 조금 걸리시겠구나."

소진의 의중을 파악한 숙자가 서둘러 그녀의 손을 움켜쥐고는 별채의 문을 열었다.

"가셔요, 아씨……!"

"어?"

큰 결심을 한 듯, 숙자가 소진을 떠밀었다. 이내 그녀는 두 주먹을 굳게 움켜쥐며 입술을 앙다물었다. 소진은 그런 그녀를 의아하다는 듯이 바라보았다.

"무슨 일이 있어도 아씨가 어디로 갔는지, 절대로 말하지 않을 거예요!"

그렇게 말하는 숙자를 소진이 재미있다는 듯 피식거리며 바라보았다.

"멍석말이를 당하는 한이 있더라도 절대, 절대 입을 열지……!"

"그냥 봉희를 만나러 갔다고 해."

"……예?"

"멍석말이까지 당하면서 함구할 필요는 없잖아. 안 그래?"

소진은 마치 전장의 장군처럼 비장하게 이야기하는 숙자를 올려다보며 웃었다. 그러자 숙자가 입술을 굳게 말아 물다, 고개를 갸웃거렸다.

"하지만 아씨, 간택 기간이기도 하고……."

"다 생각이 있지."

어깨를 으쓱해 보이며 서랍에서 무언가를 꺼내, 숙자에게 내밀어 보였다.

"이것이 무엇이어요?"

"밤새 필사한 것이다."

"……필사요?"

"혹시나 재간택을 보게 된다면 받게 될 예상 질문."

"아?"

"지피지기면 백전백승이라 하였지. 적을 알아야 승률을 높이는 법. 예상 질문 모두를 필사해 머릿속에 입력했다. 또한, 그에 따른 적절한 오답을 거기에 함께 적어놓았으니, 혹 어머니나 출타하신 아버지께서 나를 찾으시거든 이것을 보여드리거라."

"아……. 예, 아씨."

"응당 해야 할 일을 모두 끝내고 봉희를 만나러 갔다고 하면 이해해주실 것이야."

언제 이런 것을 또 준비해놓았는지.

꽤 많은 종이에 빽빽이 쓰인 글자들. 이 모든 것을 밤새 준비했을 소진의 치밀함에 숙자는 혀를 내둘렀다.

"대단하셔요, 아씨. 밤새 한숨도 못 주무신 것입니까?"

"아니. 조금 눈 붙였어. 그럼, 얼른 다녀올게."

"조심하셔요, 아씨!"

그러곤 대문을 빠르게 빠져나가는 소진은 봉희와 관련된 기쁜 소식을 보은군이 가지고 왔기를 간절히 바랐다.

"아…….. 그러셨군요."

보은군과 만난 소진은 어두운 얼굴로 고개만 끄덕였다. 그녀의 낯빛은 그 어느 때보다 밝지 못했다.

그런 그녀를 바라보는 보은군의 마음이 괜스레 착잡해졌다. 소진을 웃게 해주고 싶었는데 그러지 못해, 속상하기만 했다.

"해서 궐에서는 제가 더 알아볼 수 있는 게 없을 것 같고, 대신 낭자와 밖에서 그 사건의 전말에 대해 함께 조사해 볼 수는 있을 것 같습니다."

보은군이 미안하다는 얼굴로 소진을 응시했다. 두 사람의 시선이 부딪혔고 그녀는 애써 미소를 지어 보였다.

"아닙니다, 대감. 이미 충분히 애쓰셨습니다."

"낭자의 벗을 찾지 못해 미안합니다. 하지만 꼭 찾을 수 있도록 제가 돕겠습니다."

그렇게 말하는 보은군의 얼굴을 물끄러미 바라보는데, 순간 헌이 했던 말이 떠올랐다. 보은군까지 나서서 일을 크게 벌였다가는 모든 것을 그르칠 수도 있다는.

소진은 가만히 아랫입술을 깨물며 생각을 정리했다.

냉철하게 본다면 차라리 세자인 헌이 봉희를 찾는 데 제게 큰 도움을 줄 수 있을 터였다.

하지만 세자의 무엇을 믿고? 그러다 중궁전에 가, 영의정의 여식이 이러한 일로 교태전을 노리고 있다고 모두 다 발설하면 큰일일 터였다.

보은군과 자신은 막역한 사이이기도 했고 어린 시절부터 워낙 비밀 없이 지내온 관계이기 때문에 오히려 신뢰가 가는 쪽은 보은군이었다.

그렇다고 해서 보은군에게 무작정 매달릴 수는 없는 노릇이었다.

소진의 머릿속에서 두 생각이 치열하게 대립했다.

"낭자?"

그때, 자신을 작게 부르는 보은군의 목소리에 그제야 소진이 얼굴을 들었다.

"무슨 고민이라도 있습니까?"

"아닙니다……. 한데 대감, 이제 더는 제 벗을 찾는 것에 도움을 주지 않으셔도 될 것 같습니다."

그 말에 보은군은 잠시 쥐고 있던 찻잔을 내려놓았다. 어쩐지 소진을 응시하는 눈빛이 굳어가는 듯도 했다.

잠시 후, 보은군은 조심스럽게 말문을 열었다.

"혹…… 저하 때문에 그러십니까?"

소진의 동그란 눈이 더욱 커다래졌다. 보은군은 그녀의 의중을 정확하게 파악하고 있었다.

"예?"

그녀의 눈동자가 검게 빛났고, 보은군은 말없이 피식, 입가에 곡선을 그랬다.

"저하께서…… 내 도움을 받지 말라, 그리하셨습니까?"

"아……."

"이해합니다. 혹여 그러다가 중전마마와 좋지 않은 사이, 더 척을 질까 걱정돼 하신 말씀이겠지요."

보은군의 말에 소진이 슬쩍 찻잔을 쥐며 차를 한 모금 들이켰다. 향긋한 차의 향이 그녀의 입안을 부드럽게 감돌았다.

"교태전은 담이 꽤 높은 곳이라 들었습니다."

소진은 그렇게 대답하며 보은군의 시선을 회피했다.

"굳이 그리 위험한 곳으로 대감의 등을 떠밀고 싶지는 않습니다."

이어 말하는 그녀의 반듯한 입술이 차로 촉촉하게 젖어 들었다. 보은군의 눈길이 자연스럽게 그녀의 입술 위에 닿았다.

"낭자께서 등을 떠밀어, 그 담을 넘으려는 것이 아닙니다."

"대감."

"내가 하고 싶어 그러는 겁니다. 지금까지 늘, 그래왔습니다."

어느새 보은군의 시선은 소진의 맑고 영롱한 눈동자를 향하고 있었다. 그녀도 이번에는 보은군을 똑바로 직시했다.

"내가 그러고 싶어 낭자와 이어온 관계이고…… 내가 하고 싶어 늘, 낭자를 도운 것이었습니다."

보은군은 언제나 다정하고 자상한 사람이었다. 지금도 자신을 바라보는 눈빛이 한없이 따뜻하기만 했다.

"저 역시 대감을 돕고 싶어 도운 것이고 머무르고 싶어 함께한 것이었습니다. 그렇기 때문에 저로 인해 대감께서 곤경에 처하는 것은 싫습니다."

소진은 보은군을 똑바로 바라보며, 입매에 힘을 주었다. 그러자 보은군의 입술도 곧 찬찬히 떨어졌다.

"낭자 때문이 아닙니다."

그렇게 말하는 보은군의 목소리에는 힘이 실렸다. 소진의 눈길이 저절로 그에게 향했다.

"내가 하고 싶어 그러는 겁니다. 늘 그랬듯이 말입니다."

보은군의 선한 눈동자에 소진의 얼굴이 가득 담겼다. 느리게 입을 여는 그의 목소리에는 웃음기가 묻어났다.

"그러니 곤란해하지 마십시오. 내가 하고 싶어 하는 일이니."

"대감, 하지만……."

"염려하는 일은 없을 것입니다. 위험하지 않게 제가 잘할 테니 낭자께서는 저를 이용해 어떻게 해서든 벗을 찾는 데만 주력하시지요."

그 말을 하는 보은군의 얼굴에 미소가 선명하게 그려졌다. 자신을 이용하라는 말을 저리 아무렇지도 않게 하다니 그가 고마우면서도 한편으로는 늘 받기만 하는 것 같아 소진은 그에게 미안했다.

"그래도 될는지요."

"당연합니다. 우선 사라졌다는 벗의 남편을 만나러 가봅시다."

"안 그래도 오늘 봉희의 집으로 가려던 참이었습니다."

"그렇습니까? 하면 잘 되었네요. 제가 동행해드리지요. 거기서 함께 이야기를 듣고 단서가 될 만한 것을 추려, 그 돈을 빌려주었다는 자들에게도 가봅시다."

"아……."

"대궐에서 할 수 있는 일은 없겠지만 이렇게 밖에서는 낭자를 도울 수 있을 것입니다."

동행해주겠다는 보은군을 물끄러미 올려다보던 소진은 고개를 힘차게 끄덕이며 웃었다. 그녀의 미소에 보은군의 마음이 덩달아 환해지는 것 같았다.

"고맙습니다. 하나 짐을 나눠 지는 것 같아 마음이 쓰이는 것은 여전합니다."

소진은 미안하다는 듯 얼굴을 구겨 보였다.

"괜찮습니다. 마음 쓰는 것이 오히려 저를 더 섭섭하게 하는 것이래도요."

보은군이 은은하게 웃어 보였다. 그 말에 마음이 놓이는 듯 소진이 멋쩍은 듯 미소를 그리며 한숨을 내쉬었다.

"한데 낭자."

말없이 차를 들이켜는 소진을 가만히 부르는 보은군. 소진의 눈동자가 그에게 향했다.

"손등에 차를 쏟았다는 이야기를 들었습니다. 괜찮은 것입니까?"

그가 걱정스러운 얼굴로 소진을 내려다보았다. 그러자 소진은 환하게 웃으며 제 손등을 그에게 들어 보였다.

"보시다시피 말짱합니다. 그 난봉꾼 세자…… 아, 아니, 저하께서 괜히 그러신 것입니다."

"아, 다행입니다. 그 이야기를 듣고 어찌나 걱정했던지."

그러면서 보은군이 주섬주섬 무언가를 꺼내 소진에게 내밀었다. 작은 비단 주머니를 건네는 그의 얼굴이 조금 상기된 것도 같았다. 소진은 빙그레 웃으며 주머니를 받아 들었다.

"무엇인지요?"

"손등의 붉은 기를 가라앉히는 약을 챙겨 왔습니다. 한데…… 생각보다 자국이 남아 있지 않아 필요가 없겠습니다."

그의 말에 소진은 환한 얼굴로 주머니를 챙겨 들었다. 그 순간 자신에게 자운고를 건넸던 헌의 모습이 눈앞에 그려졌다.

소진이 주머니를 내려다보며 말없이 생각에 잠기자 보은군이 살며시 그녀의 팔을 톡톡 두드렸다.

"낭자?"

"아…… 감사합니다. 이리 챙겨주셔서."

애써 눈앞에 그려졌던 헌의 얼굴을 지워내며 소진은 비단 주머니를 품에 넣었다.

"초간택은 어찌 되셨습니까?"

보은군이 조심스럽게 소진을 향해 물었다.

"나름 떨어지기 위해 애를 쓰긴 하였는데…… 어찌 될지는 모르겠습니다."

"저하께서 직접 간택장에 납시지 않았습니까……?"

"예, 그리하였습니다. 해서 아무래도 초간택에서 떨어지겠다는 제 계획에 변수가 생길 수도 있을 것 같구요."

두 사람은 목소리를 은밀하게 낮추어 말을 이어갔다. 행여 누가 들을까, 주위도 부지런히 살폈다.

"변수가 생긴다면……."

어쩐지 보은군의 가슴이 뜨거워지는 것 같았다.

"재간택에 철썩 붙을 수도 있지요."

"하면 어쩝니까?"

소진보다 더 걱정하는 듯이 이맛살을 구기며 그가 소진을 바라보았다. 하지만 소진은 자신만만한 얼굴로 고개를 치켜들고 있었다.

"저는 반드시 떨어질 것입니다."

"……낭자."

"절대, 그런 망나니 세자의 신부가 될 수는 없습니다."

그렇게 말하는 그녀의 눈동자가 불같이 타오르고 있었다. 작은 주먹까지 꼭 말아 쥔 채 찻잔을 뚫어져라 노려보는 소진의 모습에 보은군은 그만 핏, 마음을 놓고 웃어버리고 말았다.

"예, 꼭 그리하셔야 합니다."

그의 따뜻한 목소리에 소진의 고개가 돌아갔다.

"난 낭자가 간택되지 않았으면 합니다."

소진을 바라보는 보은군의 눈이 평소와 달랐다. 그와 시선을 마주한 소진의 심장이 쿵, 내려앉았다.

"대감……?"

"형님의 부인이 되지 마세요, 낭자."

말없이 그녀를 응시하던 보은군은 희미한 미소를 입가에 머금었다. 그러고는 조금 놀란 듯한 그녀의 시선을 회피했다.

"그것이…… 무슨."

이상하게 형님의 부인이 되지 말라는 말이 소진의 귓바퀴를 움켜쥐는 것 같았다.

알 수 없는 긴장감이 둘 사이에 흐르고, 쉽사리 말을 잇지 못하던 보은군은 피식, 웃음을 뱉어냈다.

"하면 이리 편안하게 마주 보고 앉아…… 담소도 나누지 못할 거 아닙니까?"

아무렇지 않은 얼굴로 별거 아니라는 듯이 말했지만, 실은 그것이 아니었다. 온 마음을 다해 소진을 바라볼 수 없을 테니 가슴에 슬픔이 사무칠 것 같았다.

소진은 그 마음도 모른 채, 그저 편안히 웃어 보였다.

"예. 절대 그리될 일 없을 것이어요."

"이곳입니까?"

두 사람은 봉희 남편에게 돈을 빌려준 자들의 거처지를 찾아갔다. 하지만 문은 굳게 잠겨 있었고 꽤 오래 자리를 비운 듯, 사람의 흔적은 보이지 않았다.

"아무도 없습니다. 아무래도 눈치채고 자취를 감춘 것 같은데……."

"마을 사람들의 말로는 사람들이 자꾸 찾아와 실종된 여인들의 행방을 물으니 거처지를 옮긴 것 같다고 하더라구요."

소진의 말에 보은군도 심각한 얼굴로 고개를 주억거렸다. 소진에게 전해 들었던 것보다 사태는 더욱 심각한 것 같았다.

이곳까지 오면서 마을 사람들에게 들었던 이야기들은 두 귀로 듣고도 믿지 못할 말들이었다. 마을 안에서 사라진 여인들은 한둘이 아니었고, 실종된 여인들에게는 명확한 공통점이 있었다. 하지만 관아에서는 마치 무언가를 알고 숨기는 사람처럼 쉬쉬거리기에 바빴고 그 누구도 백성들의 말에 귀 기울여 주지 않았다.

보은군은 심각한 얼굴로 굳게 잠긴 문만 바라보았다. 그때, 하염없이 문을 바라보던 두 사람의 등 뒤로 걸걸한 목소리 하나가 들려왔다.

"그래서! 아직도 우릴 찾으러 다니고 있다는 말이야?"

성이 난 듯한 웬 사내의 높은 언성에 순간, 보은군과 소진의 시선이 부딪혔다. 둘은 약속이라도 한 것처럼, 동시에 서둘러 몸을 숨겼다.

"옮긴 거처지는 모르겠지?"

"네. 거기까지는 아직 모르는 듯합니다."

남자 둘이 어디선가 나타나 주위를 삼엄하게 경계하며 굳게 잠긴 자물쇠를 열기 시작했다.

구석에 숨어 두 남자를 바라보던 소진과 보은군은 그들이 돈을 빌려준 자들임을 직감했다. 잔뜩 긴장한 얼굴로 그들을 바라보던 소진은 당장이라도 두 남자를 뒤따를 기세로 치맛단을 움켜쥐었다.

그때, 다시 문을 걸어 잠그던 두 남자가 황급히 어딘가로 향하기 시작했다.

"서두릅시다, 대감. 지체할 시간이 없어요."

그녀는 이미 마음의 준비를 끝낸 듯, 달릴 자세를 취하고 있었다. 몰래 궐을 빠져나온 것이라 보은군은 호위 무사들을 데리고 오지 못한 상태였다. 둘이서 움직이는 것이 마음에 걸리긴 했지만, 은밀히 뒤만 따를 것이니 괜찮을 것도 같았다.

"하면 속히 따릅시다."

보은군은 서둘러 소진의 곁을 따랐다.

"새로운 거처지로 가는 모양이에요."

소진이 심각한 얼굴로 속닥거렸다. 보은군 역시, 어딘가로 급하게 사라지는 사내 둘을 바라보며 발걸음을 바삐 움직였다.

"뭐라……? 보은군이?"

활을 다듬던 헌의 얼굴이 차갑게 굳었다. 순식간에 무감각하던 그의 눈빛에 소용돌이가 휘몰아치는 것 같았다.

윤현이 고개를 조아리며 이어 말했다.

"아무래도 둘이서 사건을 해결하려는 듯 보였습니다. 사라진 벗의 집에 두 사람이 함께 있는 것을 소인이 지금 보고 오는 길입니다."

"궐 내에서 조용히 있으라 하니…… 이젠 밖으로 나가 한 규수를 만난다?"

세차게 활을 움켜쥐는 그의 손등에 힘줄이 선연하게 불거졌다. 이상하게 그 속은 점점 뜨거워졌다. 소진이 아직 자신의 빈으로 간택이 된 것도 아니었지만 꼭, 자신의 사람을 빼앗긴 것만 같아 기분이 유쾌하지 않았다. 말없이 숲속을 훑던 헌은 묵직하게 입술을 뗐다.

"해서 어디로 가더냐."

"돈을 빌려준 자들의 새 거처지를 찾겠다고, 뒤를 따랐습니다."

"재간택일은 결정이 됐다던가."

재간택일을 묻는 헌의 얼굴은 복잡 미묘하게 굳어갔다.

"아직 날이 정해지지 않은 것 같사옵니다."

어젯밤, 동궁에서 한바탕 소란이 일어났으니 더는 잠행도 어려울 것이었다. 재간택에서 그녀를 보지 못한다면 이대로 소진을 영영 못 만날 수도 있을 터였다.

생각이 거기까지 미치자 헌의 가슴이 들끓었다.

"재간택일이 정해지는 대로 나에게 고하거라."

그때, 헌을 찾는 대신들의 목소리에 그는 심각하게 구겼던 얼굴을 풀고 등을 돌렸다. 곧 헌은 능청스러운 얼굴로 활을 만지작거리며 대신들에게 다가갔다.

"오늘은 그대들의 화살이 나의 것보다 더 날카로운 모양입니다. 나는 아직 쥐새끼 한 마리도 잡지 못했는데."

저 멀리서 영의정이 사냥한 사슴을 어깨에 둘러업고 이쪽으로 오고 있었다. 그와 눈이 마주친 헌은 피식, 여유 있는 웃음을 그리며 그에게 다가갔다.

"영의정 대감께서는 벌써 사슴 한 마리를 잡으셨습니다?"

"그러게나 말입니다. 참 재수 없는 사슴이지 않습니까? 제 눈에 띄어 잡히었으니."

영의정 역시 느긋한 웃음을 입가에 그리며 헌을 직시했다. 가만히 영의정의 말을 듣던 헌은 재미있다는 듯이 그가 잡은 사슴을 물끄러미 바라보았다. 화살이 두 개나 박힌 채 피를 흘리고 죽은 사슴이었다. 그것을 훑는 헌의 눈길이 선연하게 번뜩였다.

"하하, 저는 보고도 잡지 못한 사슴이 두세 마리는 되는 것 같은 데…… 어찌 대감께서는 단번에 보자마자 잡으십니까?"

그렇게 말하는 헌의 목소리에 묻은 웃음기가 조금 서늘했다. 영의정도 눈빛을 단단히 하며 대답했다.

"원래 한 번 본 것은 놓치지 않는 편입니다."

의미심장한 그 말에 헌의 한쪽 입꼬리가 비식, 일그러졌다.

"그렇습니까? 한데 대감의 활 솜씨가 영 퇴보한 모양입니다."

"예……?"

"사슴 한 마리 잡자고 화살을 두 발이나 쏘다니. 호랑이도 아닌 것을……."

헌은 피식 웃으며 말끝을 흐렸다. 순간 영의정의 미간이 적나라하게 구겨지고 말았다.

"백발백중(百發百中)의 명성이 자자하던 대감께서도 이제 나이를 먹으셨나 봅니다."

자존심을 긁는 헌의 말에 영의정은 표정 관리가 되지 않았다. 헌은 자신의 활을 들어 허공에다 쏘는 시늉을 하며 능청스럽게 웃어 보였다. 잠시 후 잠자코 얼굴만 구기고 있던 영의정이 입을 열었다.

"세월 앞에 장사가 없다 하니……. 활시위를 당기는 이 감각도 이제는 둔해진 것이겠지요."

"해도 나보다는 대감께서 활 실력이 한 수 위인 듯합니다. 사슴은커녕 토끼 한 마리조차 잡지 못한 나인 것을요."

"하하, 혈기 왕성하신 저하와 어찌 견주오리까? 다만 감히 저하께 조언 하나 해드리자면, 백발백중의 정확함도 중요하지만, 눈에 띈 것은 몇 발이고 쏘아서라도 반드시 손아귀에 넣고 마는 근성 또한, 사냥에 있어 중요하다 생각합니다. 사냥감을 발견하고도 활시위조차 당기지 못하면 아니 될 일이 아니겠습니까?"

"……."

"소신의 활 실력이 세월 앞에 쇠퇴하였다 하여도 이 근성만큼은 아직 빛을 잃지 않았으니 한 방에 숨통을 끊어놓지는 못했어도…… 어찌하였든 이리 사슴을 잡은 것이 아니겠습니까? 사냥감을 죽어도 놓지 않겠다는 의지와 집념, 그것만 있으면 세상에 못 잡을 것은 없지요."

영의정의 말에 이번에는 헌의 얼굴이 구겨졌다. 그 말이 한 번 문 사냥감은 결단코 놓치지 않겠다는 말 같아서, 그리고 그 사냥감이 꼭 자신을 두고 하는 소리인 것 같아 기분이 언짢아졌다.

"의지와 집념이라."

하지만 헌은 이내 표정을 풀고는 특유의 천연덕스러운 미소를 터뜨리며 고개를 저었다.

"그렇군요. 역시…… 대감을 따라가려면 멀었습니다."

"과찬이시옵니다, 저하."

"한데 말입니다."

헌은 웃음기 어린 얼굴을 들어 영의정을 직시했다.

"의지와 집념도 좋지만 한 방에 끝내지 않으면…… 영특한 사냥감은 달아나고 말겠습니다."

"……?"

"때로는 의지만으로도 잡을 수 없는 것들이 있더이다. 한 방. 그것만큼 강력하고 확실한 것도 없으니 저는 사냥을 할 때, 한 번의 화살로 사냥감의 숨통을 끊어놓는 것을 중요시 생각한답니다."

그렇게 말하며 헌은 빙그르르 돌아섰다. 제아무리 영의정이 자신의 목덜미를 쥐고 흔든다 할지라도 그 손에 죽어주지 않겠다는 뜻이었다.

또한, 한 방. 자신은 그 한 번의 휘두름으로 반드시 사냥감의 목을 노리겠다는 말이었으니.

돌아서는 헌의 뒷모습을 바라보는 영의정의 얼굴이 딱딱해졌다.

"왜 숲으로 가는 것일까요……?"

소진은 한껏 몸을 낮춘 채 숲속으로 성큼성큼 들어서는 사내들을 바라보았다. 보은군 역시 굳은 얼굴로 그들을 응시하고 있었다.

"거처지를 숲으로 옮긴 모양입니다."

"돈으로 장난질을 하며 재물을 부풀리는 이들이…… 인적 드문 산속에 거처지를 둔다라……. 이상한 것을요?"

말끝을 흐리는 소진의 안색이 어둑해졌다. 그녀는 치맛자락을 질끈 움켜쥐며 멀어지는 사내들을 시선에서 떼지 않았다. 보은군은 그들의 발길이 향하는 곳이 심상치 않은 곳임을 직감했다.

"오늘 이곳에 대신들과 저하께서 사냥하러 나오신 것으로 압니다."

보은군의 말에 소진이 눈을 동그랗게 떴다.

"산속이 워낙 깊으니 설마 저들이 향하는 곳이 그곳이겠냐마는……."

"왕실 사냥터가 따로 있지 않습니까? 한데 어찌 이곳에서?"

소진은 그때 헌과 함께 갔었던 왕실 사냥터를 떠올렸다. 그곳은 이 숲과는 반대편에 있었다.

"종종 여기서도 사냥을 즐기고는 하십니다."

"아…… 오늘 아버지께서 사냥하러 가신다고 하였는데. 그렇다면……."

"예. 눈에 띄지 않게 조심하여야 할 것 같습니다. 까딱하다간 영의정 대감께 발각이 될 수도 있으니."

보은군의 말에 소진은 심각한 얼굴로 고개를 끄덕였다. 바스락, 바스락 나뭇잎 밟히는 소리가 숲속을 메웠다. 긴장감에 금방이라도 숨이 넘어갈 것 같았지만, 소진은 두 다리에 힘을 주었다.

꼬리가 길면 언젠가는 밟히는 법. 직접 중궁전을 헤집을 수 없다면 저들의 꼬리를 밟아가는 것이 일의 순서일 터였다.

두 사람은 천천히 사내들의 뒤를 밟기 시작했다.

그런데 그때, 갑자기 잘 걷던 사내 둘이 우뚝 걸음을 멈춰 서더니 소진과 보은군 쪽을 홱 돌아보았다. 순간 보은군은 소진을 등 뒤로 감추었다.

사내 둘은 저벅저벅 이쪽으로 오고 있었다.

"함정이었던 모양입니다……!"

소진의 얼굴이 파리하게 질리고 말았다. 순식간에 보은군과 소진 주위로 숲에 숨어 있던 장정들이 몰려들기 시작했다. 보은군은 난처하다는 듯 표정을 구기며 소진을 꽉 움켜쥐었다.

"뒤에 꼭 붙어 있으십시오, 낭자."

"……어쩌지요? 이를 어째."

"내가 어떻게든 저들과 맞서고 있을 테니 낭자는 속히 내려가 사람들을 불러오십시오."

점점 거리를 좁혀오는 사내들의 수는 둘이서 감당해내기에는 역부족이었다.

소진은 황급히 흙바닥 위에 널브러져 있는 나무 막대기를 주워 들었다. 그러곤 자신에게 달려들면 금방이라도 막대기를 휘두를 기세로 사내들을 노려보았다.

"대감 혼자서는 무리입니다. 족히 다섯은 넘어 보이는데 어찌 상대하시려고……. 이 산의 지리에 대해 잘 아십니까?"

"조금요……?"

"하면 저하와 대신들이 사냥하는 곳이 어디인지 아시겠습니까?"

보은군은 그런 그녀를 자신의 뒤에 꼭 가둔 채, 목소리를 낮추었다.

"압니다. 여기서 멀지 않은 곳에 있을 것입니다."

"하면…… 이렇게 하지요. 신호를 줄 테니, 반대로 갈라집시다. 저는 저잣거리를 향해 달리겠습니다. 대감께서는 대신들이 있는 곳으로 가십시오. 해서 저희 집 앞에서 다시 만나는 것으로요."

막대기를 꽉 움켜쥔 소진의 작은 손에 힘이 잔뜩 들어갔다.

"혼자서 가능하시겠습니까?"

"네. 가능합니다."

사실, 어린 시절부터 무술과 검술에 관심이 많았던 소진에게 직접 칼 쥐는 법을 알려준 사람은 다름 아닌 보은군이었다. 소진은 매번 그가 궐에서 배운 검술을 가르쳐달라 조르고는 했었다. 여인의 몸으로 쉽사리 무술 따위를 배울 수 없었으니 보은군이 그녀의 유일한 검술 스승이 되어주었다.

해서 그녀의 검술 실력을 익히 알고 있어 소진이 사내 두 명쯤은 거뜬히 제압하리라는 것을 알고는 있었지만 그래도 걱정이 되었다.

그때, 두런두런 말을 이어가던 소진과 보은군의 곁으로 장정들이 에워쌌다.

"역시. 그때 그 아씨구려? 아이고, 오늘은 그 막대기로 후려치시려고? 한데 어쩌나. 내 오늘은 아씨를 그리 호락호락하게 보내줄 마음이 없는데."

저번에 헌과 맞닥뜨린 적 있는 사내였다. 그들의 손에는 칼이 들려 있었다. 소진은 동요하는 기색 없이 비아냥거리는 그를 노려보았다. 그러다 굳은 얼굴로 막대기를 고쳐 잡으며 사내를 향해 입을 열었다.

"오늘도 내 벗의 행방을 모른다고 말할 참이냐."

사내를 향해 쏘아붙이는 소진의 목소리에는 분기가 가득했다.

"모른다지 않았습니까? 이런 식으로 저희 뒤를 미행하시는 건 엄연히 영업 방해입니다, 아씨?"

그렇게 말하며 사내는 소진을 향해 성큼 다가섰다. 그러자 보은군은 더욱이 그녀를 막아서며 자신과 소진을 에워싼 사내들을 돌아보았다.

"조용히 길을 터주면 지금의 무례는 없던 일로 해줄 것이다. 썩 물러

가거라."

그 말에 사내들은 피식피식, 조소를 터뜨렸다.

"누가 먼저 건드렸는데. 무례? 한데 보니, 저번과는 다른 호위 무사네. 아씨는 호위 무사를 얼굴만 보고 뽑는 모양입니다? 뭔 하나같이 칼 한 번 안 잡아본 기생오라비처럼 생겼소? 하하하!"

"하하하!"

재미있다는 듯 깔깔거리는 사내들을 바라보던 소진은 보은군의 옆구리를 툭툭 쳤다. 지금이라는 듯, 소진이 눈을 한 번 깜빡거리자 보은군은 걱정스러운 얼굴로 한숨을 내쉬었다.

"그래. 얼굴 보고 뽑는다. 왜 그런 줄 아느냐?"

그녀는 괜찮다는 듯 고개를 끄덕이며 반대편으로 달릴 준비를 하였다. 그러곤 깔깔거리는 사내들을 돌아보며 여유 있게 몸을 풀었다.

"나는 호위 무사 따위가 필요 없거든. 죽기 싫으면 다 비켜라, 이것들아!"

소진은 그렇게 소리 지르며 막대기를 휘둘렀다. 그 순간, 보은군도 놀라 흠칫하는 사내들에게 발길질을 했다.

순식간에 아수라장이 되어버린 숲속.

소진은 열심히 막대기를 휘두르며 제게 달려드는 사내들을 처치해냈다. 사내들이 소진을 향해 칼을 휘둘렀지만, 그녀는 동요하지 않고 그 칼을 막대기로 쳐냈다.

동시에 두 사람은 약속한 대로 서로 반대편으로 달렸다. 그러자 열심히 칼을 휘두르던 사내들은 우왕좌왕하기 시작했다.

"뭐, 뭐야……! 잡아!"

"둘 다, 잡아 와. 빨리!"

사내들도 반으로 갈려 보은군과 소진의 뒤를 따랐다. 그런 사내들을 따돌리기에는 역부족이었다. 그녀는 뛰다 말고, 흙바닥 위의 돌을 집어 그들을 향해 냅다 던졌다.

"악……!"

돌멩이에 정통으로 이마를 맞은 사내 하나가 그대로 넘어졌고, 그 틈을 타 소진은 잽싸게 산 아래로 내려갔다.

그런데, 그러다 그만 치맛단에 발이 걸려 넘어지고 말았는데.

"으악!"

무언가를 잡을 새도 없이 그녀의 몸은 점점 더 아래로 굴러떨어지고 있었다. 그녀의 뒤를 따르던 사내도 갑자기 눈앞에서 사라진 소진의 모습에 당황해 그 자리에 멈춰 섰다.

"뭐야? 어디 갔어!"

애석하게도 사내의 목소리는 점점 멀어졌다. 하지만 그 순간에도 소진은 아래로 더 아래로, 빨려들어 가고 있었다. 이러다 정말 큰일이 나겠다 싶어, 소진은 정신을 차리고 손에 걸리는 무언가를 잽싸게 움켜쥐었다.

질끈 감았던 눈을 떠보니, 나무뿌리 같은 것을 쥐고 있었다.

"어, 어떡해……!"

그런데 발이…… 바닥에 닿지를 않는다?

허공에 떠 있는 듯한 느낌에 소진의 심장이 쿵, 내려앉는 것만 같았다. 그녀의 두 다리가 달달 떨려왔다. 숨소리는 점점 거칠어졌다. 설마하는 마음으로 실눈을 떠, 아래를 내려다보았는데 까마득한 낭떠러지에 아슬아슬하게 걸려 있었다.

발아래에는 커다란 호숫가가 펼쳐져 있었다.

"어, 엄마야! 사람 살려요! 여기 사, 사람 있어요!"

소진은 죽을힘을 다해 허공에 소리쳤다. 자신을 쫓던 그 사내들이라도 제발 나타나 구해주기를 바랐다.

하지만 어쩐 일인지, 주위는 고요하기만 했다. 폭포 소리만 잔인하게 들려올 뿐 그 누구도 소진의 애타는 부름에 대답해주지 않았다.

어떻게든 절벽의 바위를 딛고 올라서려 했지만, 극도로 긴장한 탓에 자꾸 헛발질을 했다. 나무뿌리를 간신히 움켜쥔 손도 점점 힘이 풀려가고 있었다. 이러다 추락하는 것은 시간문제일 것 같아 소진은 눈물을 펑펑 쏟았다.

"보은군 대감! 대감……! 없습니까? 여기 사람 있습니다! 누가 좀 도와주시어요……!"

엉엉 울며 절규하는 소진의 목소리 뒤로 갑자기 '악!' 하는 기분 나쁜 비명이 들려왔다. 하지만 이 순간 비명이든 뭐든, 사람의 목소리가 들렸다는 것이 마냥 반갑기만 한 소진이었다.

"여기 사람 있어요! 제발 도와주시어요! 사람 살려요!"

귀신이든 사람이든 제발 누구라도 나타나 자신을 도와주길 바랐다. 소진의 애절한 울음만이 메아리가 되어 울려 퍼졌다.

이대로 죽는구나 싶어, 소진의 눈앞이 아득해졌다.

"어머니, 아버지……! 불효녀 먼저 눈감사옵니다……. 흐윽."

소진은 엉엉 소리 내어 울기 시작했다.

"부디 어머니, 아버지보다 먼저 눈감는 소녀의 불효를…… 용서치 마시옵소서……! 숙자야! 좋은 주인 만나서…… 흐윽, 내 몫까지 잘 살아야 한다."

아무리 발버둥 쳐도 가망이 없어 보였다. 간신히 움켜쥔 나무뿌리도 두두둑, 불길한 소리를 내며 느슨해지고 있었으니.

소진은 두 눈을 꼭 감은 채, 통곡했다.

"시집도 못 가보고오……! 으어어엉. 이대로 죽다니……! 이럴 줄 알았으면…… 작년에 혼담이 오가던 대사헌 댁 장자한테 시집가는 거였는데……. 으어엉."

아무리 생각해도 이리 허망하게 죽는 것은 억울했다. 하염없이 눈물이 줄줄 흘러내렸다.

그때, 미끄덩거리며 나무뿌리를 쥐고 있던 소진의 손에 힘이 풀리며 아래로 쑤욱, 내려갔다.

"으아아악!"

놀란 소진이 허둥대며 소리를 꽥 질렀는데.

"그렇게는 안 됩니다."

"……?"

갑자기 누군가가 소진의 팔을 황급히 움켜쥐며 위로 잡아당겼다. 놀란 소진이 위를 올려다보니, 보은군이 얼굴을 일그러뜨린 채 자신의 손을 잡고 있었다.

"대감……!"

보은군의 얼굴을 보자마자 소진은 또다시 눈물이 터지고 말았다.

"죽다니요. 그렇게는 안 되지요."

보은군은 그녀의 손을 꼭 잡으며 이제는 괜찮으니 안심하라는 듯이 미소를 지어 보였다.

"예. 제가 왔습니다. 하니, 울음을 그치세요. 낭자."

그 목소리가 너무도 따뜻해 소진은 더욱 울컥했다.

"흑……."

"많이 무서우셨지요?"

"이대로 죽는 건가, 싶었습니다."

눈물 콧물을 줄줄 흘리며 마지막 유언을 남기고 있던 소진은 갑작스러운 그의 등장에 놀라기도 잠시, 그의 손이 동아줄이라도 되는 것처럼 놓치지 않기 위해 안간힘을 썼다.

울먹이며 자신의 손을 꼭 쥐는 소진을 말없이 내려다보던 보은군은 그녀의 손을 더욱 바짝 잡아 올렸다. 보은군은 바닥에 엎드린 채, 그녀가 더 떨어지지 않게 단단히 붙잡았다.

소진도 서둘러 놓쳤던 나무뿌리를 다시금 움켜쥐며 부들거리는 손에 힘을 주었다. 끝이라 생각하니, 온몸에 힘이 쭉 빠지더니만 이렇게 살 수 있다는 희망이 생기자 없던 힘이 솟고 있었다. 그녀는 엉엉 울며 그의 손을 놓치지 않기 위해 안간힘을 썼다.

"이제 끌어 올리겠습니다. 하나, 둘, 셋……!"

울음을 그치지 못하는 그녀를 바라보던 보은군은 소진을 위로 당겨 올렸다. 금방이라도 절벽 아래로 떨어질 것만 같던 소진의 몸이 절벽 위로 올라오고 있었다.

보은군은 거칠게 숨을 내쉬며 다른 한 손으로 그녀를 보듬었다. 그러자 소진은 무사히 땅 위에 몸을 디딜 수 있었다.

"어머니, 아버지……! 소녀, 살아 돌아왔습니다! 감사합니다, 대감. 참으로 감사하옵니다……!"

살았다는 안도감에 그녀는 더 크게 울음을 터뜨리고 말았다.

긴장이 풀리자마자 눈물이 쉴 새 없이 쏟아졌다.

"괜찮습니까, 낭자?"

"예……. 괜찮습니다. 흐윽……."

소진은 닭똥 같은 눈물을 뚝뚝 흘리며 보은군의 옷깃을 움켜쥐었다.

"다행입니다. 정말 다행이에요……."

몇 번이고 소진의 등을 쓸어내리며 보은군은 가쁜 숨을 몰아쉬었다. 그녀는 손등으로 눈물을 훔치며 그를 올려다보았다.

"한데 어찌 된 것입니까? 산 위로 올라간 것이 아니었습니까?"

그녀의 물음에 보은군이 낮은 미소를 지었다.

"그리하였지요. 한데 걱정이 되어서 되돌아왔습니다. 설마 했는데……. 아무튼 다행이지 않습니까?"

그의 말에 소진이 느리게 고개를 끄덕였다.

"대감께도 송구하여요. 저의 무모함 때문에 이리 고생을 하게 하는 것 같아……."

"무모함이라니요. 벗을 구하기 위한 갸륵하고 애달픈 마음 아니겠습니까?"

"죽음의 문턱을 밟고 나서야 깨달았어요."

그녀가 흐트러진 숨결을 고르며 힘겹게 입을 열었다. 얼마나 소리를 질렀던지, 목소리는 쉬어 있었다.

"내가 지금 얼마나 무모한 짓을 하고 있는지 말입니다."

"낭자."

소진은 눈물을 닦으며 자신이 떨어져 죽을 뻔하였던 낭떠러지를 응시했다. 처음 봉희를 잃고 궐을 바라보던 때와 같은 눈빛이었다.

"어려운 일일수록 더욱이 신중하고 꼼꼼히 움직여야 한다는 것을 잘 알면서. 벗의 일이라 순간, 마음이 앞서 판단이 흐려졌나 봅니다."

그렇게 읊조리는 소진의 목소리는 낮게 가라앉아 있었다. 흙바닥 위를 구르느라 소진의 얼굴은 엉망이었다.

그녀를 바라보는 보은군의 눈이 깊어졌다. 그래도 다행히, 상처 입은 곳은 없어 보였다. 소진의 머리카락과 옷가지에 묻은 낙엽을 그가 털어 냈다.

"저라도 그리하였을 것입니다."

"대감……."

"한데 매번 낭자께 큰 도움이 되어주지 못하는 것 같아 오히려 내가 더 미안합니다."

"그런 말씀 마세요. 방금도 대감께서 없으셨으면 그대로 죽었을 테니까요."

그녀는 깊은 한숨을 내쉬며 멀지 않은 곳에 쓰러져 있는 사내들을 바라보았다. 좀 전에 자신을 뒤따르던 그 사내 같았다. 소진이 의아하다는 얼굴로 쓰러진 사내를 바라보자 보은군이 멋쩍게 입을 열었다.

"낭자를 구하려다 어쩔 수 없이……. 잠시 기절한 것입니다. 서둘러 내려가지요."

아무래도 아까 절벽에서 들었던 비명의 출처가 이들인 듯싶었다.

보은군은 여전히 다리에 힘이 풀려 휘청이는 소진의 어깨를 단단히 부축했다. 두 사람은 어깨를 나란히 한 채, 산을 내려왔다.

동궁으로 돌아오자마자 헌은 신경질적으로 앞섶을 풀어 헤쳤다. 윤현에게 소진과 보은군의 소식을 전해 들은 그는 어쩐지 심기가 흐트러진 듯했다.

언뜻 보이는 그의 근육은 성이 난 듯 잘게 쪼개져 있었다. 거친 날숨을 따라 그의 상체도 거세게 들썩였다.

"……뭐? 절벽에 떨어질 뻔한 한 규수를 보은군이 구해내?"

짜증이 솟구쳤다. 헌은 아랫입술을 지그시 말아 물었다.

"다친 곳은."

울컥, 화도 치밀었지만 가장 중요한 것은 소진의 안위였다. 헌의 날카로운 눈빛이 윤현에게로 향했다.

"다행히 크게 다친 곳은 없어 보였습니다. 나서서 도와드리려 하였으나 한 규수께서 먼저 나무 막대기를 휘두르고 달아나는 바람에."

"뭘 휘둘러?"

"검술에도 능한 것 같았습니다."

"검술도 능한 여인이라……. 알면 알수록 신기한 여인이구나."

그의 대답에 헌의 눈빛에 잠깐, 안도감이 돌았다. 굳게 맞물렸던 잇새로 짧은 한숨이 뱉어졌다.

"보은군은 지금 어디에 있는가."

그러나 곧, 그는 표정을 굳히며 묵직하게 입을 열었다.

"처소로 돌아오셨을 것이옵니다."

윤현의 대답에 헌은 깊이 숨을 내쉬며 두 눈을 지그시 감았다. 헌의 미간은 짜증으로 이미 구겨진 상태였다.

마음에 들지 않는다는 듯 몇 번 이마를 쓸던 그가 별안간 눈을 떴다. 그러고는 풀어 헤쳤던 옷을 휙, 젖히며 곤룡포로 갈아입었다.

여전히 그 얼굴은 딱딱하게 굳어 있는 채였다.

"보은군에게 가보아야겠다."

헌이 보은군의 처소에 직접 발걸음하는 것은 드문 일이었다. 또한, 보은군이 직접 헌을 찾으러 오는 일도 없었다.

"보은군 대감께…… 직접요?"

윤현의 동공이 어쩐지 불안하게 떨리는 듯했다. 헌은 눈을 아래로 내리깔며 입안에서 혀를 굴렸다.

"그래, 직접. 길을 잡거라."

당장이라도 무슨 일이 일어날 것만 같아 윤현은 헌의 눈치만 살폈다. 그러자 헌은 윤현을 세차게 돌아보며 왜 뜸을 들이냐는 듯 눈짓을 해 보였다.

윤현은 조심스럽게 헌에게 다가와 고개를 조아렸다.

"차라리 보은군 대감을 이쪽으로 부르는 것이……."

"이제 조금 한 규수의 마음을 두드렸나 싶었는데. 생각지도 못한 변수가 생겼다."

헌의 강직한 입매가 일그러지고 있었다. 그는 윤현을 무겁게 돌아보며 아랫입술을 짓씹었다.

"그것만으로도 화가 날 것 같은데. 그 변수가 다른 사람도 아닌 내 아우라고 하니, 내 마음이 어떨 것 같으냐."

"송구하옵니다, 저하. 속히 길을 잡겠나이다."

윤현은 더, 말을 잇지 않았다. 서둘러 헌에게 물러나며 보은군의 처소로 향하기 위해 길을 잡았다.

윤현이 발걸음을 옮기고 헌은 무표정한 얼굴로 그 뒤를 따랐다. 헌이 움직이자 궁녀들과 환관들이 뒤를 이었다.

곧 헌은 보은군의 처소에 당도했고, 환관은 굳은 얼굴로 세자의 방문을 알렸다.

"세자 저하 납시오……!"

닫혀 있던 처소의 문이 열리고 보은군이 조금 놀란 얼굴로 나타났다.

"저하께서 예까지는 어인 일로……!"

헌은 가볍게 웃으며 보은군의 어깨를 토닥였다.

"내 오랜만에 너와 담소라도 나눌까 하여 이리 들렀네."

"연통을 넣어주셨으면 소인이 직접 저하를 뵈러 갔을 텐데요."

"누가 오는 게 무에 중요한가. 안으로 들지."

헌이 앞장서고 보은군이 그 뒤를 따랐다. 어쩐지 보은군을 감싸는 공기가 심상치 않았다.

집으로 향하기 전, 소진은 다른 벗의 집에서 옷을 빌려 말끔하게 차림새를 정리했다. 흙바닥 위를 굴러 엉망이 된 옷을 본다면 분명 어머니와 아버지가 걱정할 것이 뻔하였기에.

소진이 조심스럽게 대문을 열고 들어서자 숙자와 영의정이 그녀를 기다리고 있었다.

"어디를 다녀오는 것이냐?"

영의정은 의심쩍은 얼굴로 소진의 차림새부터 살폈다. 숙자는 대번에 그녀가 외출할 때와 옷차림이 달라졌다는 것을 눈치채고는 무슨 일이 있었구나, 짐작했다.

"봉희네 다녀오는 길입니다."

"간택 기간이라 행동거지에 조심하여야 할 것이다."

"예, 아버지. 봉희를 못 본 지 오래되어…… 제 할 일을 모두 마친 후에 다녀온 것입니다."

그 말에 숙자가 소진을 향해 고개를 끄덕여 보였다.

"아니 그래도 대감마님께서 아씨를 찾으시기에 밤새 아씨께서 쓰신 걸 보여드렸습니다."

영의정은 소진을 물끄러미 바라보며 표정을 굳혔다.

"그래. 열심히 하였더구나. 혹, 재간택에 임하게 되더라도 실수 없이 떨어질 수 있도록 만전을 기하여야 할 것이다."

"여부가 있겠습니까, 아버지? 한데 청을 드릴 것이 있습니다."

소진은 다부진 얼굴로 영의정을 바라보았다. 청이라는 말에 그의 얼굴이 묘하게 굳어졌다. 무슨 부탁을 하려는 것일까, 이상하게 긴장이 되는 것도 같았다.

"그래? 무엇인데."

"앞으로 제게…… 호위 무사를 붙여주세요."

호위 무사라는 말에 영의정과 숙자의 눈이 동시에 커졌다. 호위 무사라면 진즉에 영의정이 소진에게 붙여주려고 했지만, 그녀가 한사코 거부하던 것이었다. 갑작스럽게 마음을 돌린 이유가 무엇인지 영의정은 궁금해졌다.

"호위 무사라니……? 갑자기 왜."

"마을에 흉흉한 소문이 돌고 있어요."

소진은 진지한 얼굴로 영의정을 올려다보았다. 숙자는 봉희의 실종에 관한 이야기를 영의정에게 할 참인가 싶어, 마음이 조마조마했다.

"흉흉한 소문? 그게 무엇인데?"

"마을의 여인들이 밤에 사라진다는…… 흉문(凶聞)이 들려오고 있습니다."

"그건 무슨 이야기냐? 여인들이 왜 사라져?"

"소녀도 자세한 것은 모릅니다. 혹 아버지께서는 이 소문에 대해 들은 적이 있사옵니까?"

모르는 척하며 소문에 대해 물으며 소진은 영의정의 표정을 살폈다. 하지만 그는 정말 모르는 듯한 얼굴이었다.

"그게 무슨……. 나는 처음 듣는 이야기다."

"그렇……습니까?"

"어디서 그런 해괴한 소리를 들은 것이야. 설마 그 소문의 진상을 파헤치겠다고 또 일을 벌이고 다니는 것은 아니겠지?"

영의정이 설마 하며 소진을 향해 다그치듯 물었다. 하지만 소진은 자연스럽게 미소를 지으며 고개를 저었다.

"설마요. 사주단자까지 올려놓고…… 그런 감당하지 못할 일을 저지르겠습니까? 뜬소문이라 생각은 했지만, 그래도 조심하는 게 좋으니까요. 해서 호위 무사를 붙여달라 한 것입니다."

"그래. 그것이 좋겠구나."

"대신 조건이 있습니다."

영의정의 뺨이 다시금 굳어졌다. 소진은 태연하게 그를 올려다보며 말을 이어갔다.

"제가 필요할 때만 동행하는 것으로요."

"필요할…… 때만?"

"사실 봉희를 만나러 가거나 다른 벗을 만나러 갈 때는 딱히 필요가 없을 듯하여서요."

"하지만."

"오히려 늘 혼자 다니다, 갑자기 사주단자를 올리고 초간택에 임하고 나서야 호위 무사를 대동한다면, 다른 규수들이 유난이다, 이미 세자빈이 된 것처럼 행동한다, 잡음이 일 것입니다."

소진의 말에 영의정은 생각에 잠기고 말았다. 그녀의 생각이 전적으로 옳았다. 분명, 늘 없었던 호위 무사가 소진을 뒤따르게 되면 대신들 사이에서는 벌써 세자빈이 된 듯 군다며 비아냥거릴 것이 뻔했다. 영의정은 생각에 잠긴 얼굴로 뒷짐을 지었다.

"필요할 때만 동행하여 다니겠습니다. 허락하여주세요."

숙자는 소진이 무슨 꿍꿍이로 이러는 것인가 궁금하기만 했다. 잠시 고민하던 영의정이 느리게 고개를 끄덕이며 대답했다.

"그래, 그러자꾸나. 내일 마땅한 호위 무사를 너에게 붙여주마."

영의정이 자리를 뜨자 숙자는 서둘러 소진의 곁으로 다가왔다.

"웬 호위 무사요? 감시당하는 것 같다고 한사코 거절했잖아요?"

안채로 향하는 그의 뒷모습을 바라보는 소진의 눈빛이 번뜩였다.

"봉희를 찾으려면 어쩔 수 없어. 내가 아무리 무술에 뛰어나다 해도 여인의 몸으로는 한계가 있는 것 같아."

"해서 어쩌시려고요?"

"그때 그 돈을 빌려준 도적놈들 염탐하러 갈 때는 호위 무사랑 대동해야겠어. 보은군 대감이 언제까지 날 도와줄 수는 없을 테니까."

"그러다가 아씨께서 봉희댁 찾으러 다닌다는 걸 대감마님께 들키면 어쩌시려고요?"

소진은 자신만만한 얼굴로 고개를 저었다.

"안 들키게 잘…… 이용하여야지."

그러다 헌이 자신에게 그려준 용모화를 퍼뜩 떠올리며 황급히 별채로 향했다.

"아씨……!"

별채로 들어온 소진은 서둘러 서안을 뒤적였다. 제일 아끼는 서책 한

가운데 고이 끼워둔 용모화를 꺼냈다. 비록 미완성이었지만 다시 보아도 참으로 훌륭한 솜씨였다.

"이것은 갑자기 왜요?"

소진은 자신을 향해 의아스럽게 묻는 숙자를 돌아보았다. 그러곤 의미심장한 미소를 지으며 입을 열었다.

"숙자야, 내가 왜 진작 이 생각을 못 하였지?"

"저하, 앉으시지요."

처소 안으로 들어선 보은군은 앞에 서 있는 헌을 향해 고개를 조아렸다. 그러나 헌은 자리에 앉지 않은 채, 무지근하게 입술을 뗐다.

"앉을 것은 없고."

그렇게 말하며 헌이 굳은 얼굴로 보은군을 세차게 돌아보았다. 그의 눈빛은 잔뜩 날이 서 있었다. 순간 당황한 보은군은 헌에게서 시선을 떼지 못했다.

"이야기 들었다. 오늘 낮에 한 규수와 있었던 일."

"아……."

"나의 말이 우스웠던 것이냐."

헌은 그 어느 때보다 차가운 모습이었다. 보은군은 얼떨떨한 얼굴로 아무런 대꾸도 하지 못하고 있었다.

"우…… 우스웠다니요, 저하."

되묻는 보은군의 목소리가 떨렸다. 고개를 조아린 탓에 자신의 뒤통수에 떨어지는 헌의 눈빛이 따갑기만 했다.

"나의 사람이라고 분명히 일렀거늘."

"하오나…… 저하. 그때도 분명 말씀드렸지만, 소진 낭자는 저의 오
랜……."

"벗이라는 말을 하려거든 집어치우거라."

싸늘한 헌의 목소리가 처소를 갈랐다. 보은군은 하려던 말을 멈추고
입을 다물었다. 두 사람 사이를 가르는 공기는 냉랭하기만 했다.

"나 역시 그때도 분명 말하였을 텐데. 한 규수는 내 사람이라고."

그러곤 그에게 한 걸음 무겁게 다가가며 반듯한 미간을 홱 구겼다.

"한 규수가 세자빈이 된 후에도 그딴 벗이라는 소리를 지껄이며 나의
빈(嬪)을 사사로이 만날 것인가."

높낮이 없는 헌의 목소리가 보은군의 귓바퀴를 거세게 할퀴는 듯했
다. 보은군을 훑는 헌의 눈빛도 딱딱하기만 했다. 보은군은 아무 대꾸
도 하지 않은 채, 그 눈빛을 받아들였다.

"오늘이 마지막일 것이라 생각하겠다."

경고처럼 그 말을 남기고 헌이 돌아섰다. 하지만 보은군은 이대로 그
를 보내기 싫었다. 무례인 줄 알면서 그는 감히 헌의 앞을 막아섰다.

"무엇하는 짓이지."

예상대로 헌은 차갑게 보은군에 맞섰다. 하지만 보은군은 정중하게
고개를 조아리며 입을 열었다.

"저하께서도 알고 계시다시피…… 소진 낭자의 벗이 실종되었습니
다. 낭자 홀로 애쓰는 모습이 안쓰러워 도움을 주려 하는 것입니다. 그
리고 오늘 낭자와 함께 실종에 대해 알아보았는데 생각보다 사건이 복
잡하게 얽힌 것 같아서, 앞으로도 제가 도울 수 있는 게 있으면 뭐든 돕
고 싶습니다. 하니…… 부디 곡하게 생각하지 마시고 저와 소진 낭자의

우정을……."

그렇게 말을 이어가는 보은군의 말허리를 헌이 싹둑, 잘랐다.

"내가 하겠다."

순간, 보은군이 고개를 들었다.

"한 규수의 벗을 찾는 것도, 마을에서 실종된 여인들의 비밀을 파헤치는 것도 모두 다 내가 할 것이니."

헌은 한 걸음 더, 보은군에게 다가갔다.

"너는, 아무것도 하지 말아라."

좀 전보다 더 거센 경고였다.

그 말을 뱉어내며 헌이 뒤돌아섰는데, 보은군은 싸늘하게 목소리를 굳히며 입술을 뗐다.

"하나, 저하. 아직 소진 낭자가…… 세자빈에 간택이 된 것도 아니지 않습니까?"

도발하듯 보은군이 헌에게 말했다. 그 말이 헌의 가슴 깊숙한 곳의 승부욕을 자극했다.

헌은 냉랭한 얼굴로 보은군의 한쪽 어깨를 턱, 내리눌렀다. 묵직한 통증이 어깨 위로 번져갔다.

"아니. 한 규수는 세자빈이 될 것이다. 반드시."

그리고 헌은 피식 웃으며 쥐고 있던 보은군의 어깨를 거세게 놓았다. 곧, 그는 휘적휘적 공기를 가로지르며 처소를 나섰다.

홀로 남겨진 보은군의 곁으로 그를 모시는 환관이 서둘러 들어왔다.

"보은군 마마……. 괜찮으시옵니까?"

헌이 사라진 쪽을 물끄러미 바라보던 보은군은 허탈한 듯 웃음을 터뜨렸다.

"설마…… 투기십니까."

저를 바라보던 눈빛. 제게 쏘아붙이던 목소리와 말투. 그것은 명백한 투기였다. 은애하는 여인을 빼앗기지 않겠다는 사내의 뜨거운 투기.

보은군은 마주했던 헌의 모습을 다시금 눈앞에 떠올렸다.

"저하답지 않게…… 투기시라니요. 한데 하필 왜, 소진 낭자입니까?"

허공을 헤집는 보은군의 눈동자는 이미 초점을 잃은 지 오래였다. 허탈하고 허무한 감정만이 그의 가슴을 차갑게 식히고 있었다.

"소진 낭자는…… 아니 됩니다. 모든 것을 저하께 드리고 양보할 수 있어도 그 여인만은…… 결코, 안 됩니다."

제 9 장

재간택 명단

다음 날, 소진은 봉희를 만나러 간다며 서둘러 집을 나섰다.

"아씨, 같이 가요……!"

숙자는 서둘러 소진을 따라나서며 굳게 닫힌 대문을 돌아보았다. 그러곤 의외라는 듯이 고개를 갸웃거리며 말했다.

"어쩐 일로 안방마님께서 아씨의 외출을 허락해주십니다? 어디 가냐, 한 가지만 딱 물으시고는?"

소진은 피식 웃으며 숙자의 팔을 툭, 쳤다.

"내가 먼저 호위 무사 이야기를 꺼내었으니 어머니, 아버지께서도 안심을 하신 것이지."

"아……?"

"설마 호위 무사를 붙여달라 청한 내가 뒤에서 애먼 짓을 꾸밀까, 싶으신 것이야."

"역시, 우리 아씨…… 잔머리 하나는. 아니, 참으로 영, 영민하십니다. 하하하."

숙자가 어색하게 웃으며 소진의 옆을 부지런히 따랐다. 그러다 지금 어디로 향하는 것인지, 숙자는 눈을 반짝이며 물었다.

"한데 어디 가십니까? 봉희댁은 어제 다녀오지 않았어요?"

"활인서."

"……활인서요?"

약값이 없는 빈민들을 치료해주는 곳인 활인서에는 무슨 볼일이 있어 가는 것일까. 숙자가 눈만 동그랗게 뜬 채, 소진을 바라보았다. 그러자 소진이 씨익, 웃으며 어깨에 둘러멘 화구통(畵具筒)을 보여주었다.

"저하를 만나러 갈 것이다."

"예?"

"저하께서 오늘 활인서에 납신다고 하셨어."

"그걸 어찌 압니까? 저하께서 활인서에는 늘 암암리에 당도하시어 일을 보시고 돌아가신다 하였는데……."

"저하께서 내게 직접 이야기를 해주셨다. 오늘 활인서에 갈 것이니 볼일이 있으면 그리로 오라고."

그렇게 말하며 소진은 지난날, 헌이 제게 했던 말을 떠올렸다.

―나흘 뒤, 활인서에 잠행을 나갈 예정입니다. 그때 다시 뵙기로 하지요. 물론 낭자께서 내게 활을 배우고 싶다면 말입니다. 신시(申時), 정자나무 언덕에서 기다리고 있겠습니다.

신시가 되려면 멀었지만 소진은 서둘러 걸음을 옮겼다. 오늘은 활이 아닌, 다른 것을 그에게 배워야 했으니.

"한데 그 화구통이랑 저하가 무슨 상관입니까?"

"그런 게 있어. 넌 따라만 오면 돼."

"아니, 이러다 두 분 정분이라도 나는 것 아니어요?"

"뭐?"

'정분'이라는 단어가 소진의 귀에 콕, 박혔다. 그녀는 미간을 구기며 숙자를 홱 돌아보았다.

"그렇잖습니까? 남녀 사이에 가장 치명적인 것이 밤과 술, 그리고 자주 부대끼는 것이랬습니다. 자꾸 그렇게 보다가 아씨도 모르는 사이에 정듭니다?"

"아서라. 그렇게 따지면 보은군 대감과 나는 뭐 벌써 정이 쌓이고 쌓여 혼례라도 치렀겠다?"

"하니 드리는 말씀이 아닙니까? 아씨께서 이런 쪽으로는 영, 둔해서 그렇지. 보은군 대감마님께서는 이미 쌓여도 한-참 전에 쌓였을 수도 있……."

"내가 그런 말 하지 말랬지. 어?"

소진은 숙자의 말을 자르며 언성을 높였다. 그러자 숙자는 입술을 삐죽이며 자신의 입을 손바닥으로 틀어막았다.

"그리고 말이 되니? 그 난봉꾼 세자랑 내가 정분이 나게?"

"또 모르죠? 정분나는 데 그런 게 중요합니까?"

"씁. 날 뭘로 보고. 빨리 가기나 하자."

숙자의 팔을 잡아끌며 소진이 걸음을 재촉했다.

곧 활인서에 도착한 두 사람.

활인서 안은 환자와 의원들로 북적거렸다.

"저하가 보이십니까?"

"죄다 복면을 쓰고 있어…… 누가 누구인지 모르겠구나."

눈만 드러내놓은 채 분주히 오가는 의원들 틈에서 헌을 찾기는 무리였다.

까치발까지 들고서 소진이 열심히 안을 살피던 그때…….

"오늘 아침 동궁 앞마당에서 까치가 울어 반가운 얼굴이라도 보는가 했더니. 이리 어여쁜 얼굴을 보게 될 줄은 몰랐습니다?"

등 뒤에서 들려오는 목소리에 소진의 고개가 절로 돌아갔다. 그러자 복면으로 얼굴을 가린 헌이 그녀를 내려다보며 은은한 미소를 짓고 있었다.

그를 발견한 소진은 반가운 얼굴로 눈을 반짝였다.

"반갑습니다, 낭자?"

"저하!"

"쉿."

저하라는 말에 헌은 조용히 하라는 듯 소진의 입술에 제 검지를 갖다 댔다. 흠칫 놀란 소진이 황급히 주위를 살폈다. 숙자는 그때 궐 앞에서 보았던 종친 선비가 세자라는 것을 알고는 화들짝 놀라 고개를 조아렸다.

"여기서는 그저 이 선비라 불러주시지요, 낭자. 오늘은 잠행 차, 방문한 것이라……."

헌은 느리게 웃으며 이마를 쓸었다. 소진은 서둘러 대답하며 그에게서 한 걸음 슬쩍 물러났다.

"아…… 예."

"한데 예까지는 어인 일입니까?"

헌은 소진이 들고 온 화구통을 살피며 그녀에게 물었다.

"그것이……."

"내가 보고 싶어 온 것은 아닐 테고."

"……."

"활을 배우고 싶어 오신 것입니까? 하면 정자나무 언덕에서 기다리고 계시지 어찌 예까지 오시었습니까? 아니 그래도 볼일이 끝나는 대로 그곳에 들렀다, 환궁할 참이었는데."

그렇게 말하는 순간에도 헌은 분주히 그녀의 얼굴을 살폈다. 절벽에서 떨어질 뻔하였다던데, 정말 괜찮은 것인지 헌은 저도 모르게 그녀를 걱정하고 있었다. 하지만 다행히 소진은 다친 곳 없이 멀쩡해 보였다.

"오늘은 활이 아니라……. 다른 것을 배우고 싶어서요. 정자나무 언덕에서 기다릴까 하다가, 행여 선비님께서 약속을 잊으시고 돌아가실 것 같아 이곳으로 왔습니다. 조금 급한 것이라……."

"다른 것이라면?"

"용모화요."

'용모화'라는 말에 헌의 눈이 커졌다. 그의 시선이 다시금 소진의 어깨에 걸쳐져 있는 화구통으로 향했다. 그제야 그녀가 그것을 가지고 온 연유를 알 것 같았다.

"선비님께 용모화를 배워보고 싶어서요. 제 벗의 얼굴을 그려볼까 합니다. 하면 벗을 찾는 데에 도움이 될까 싶어."

"아. 그것도 좋은 방법인 것 같습니다. 한데…… 그림을 그려본 적 있습니까?"

"부끄럽게도 난(蘭) 하나 제대로 치지 못하는 비루한 솜씨입니다."

소진의 말에 헌이 나지막이 미소를 띠었다. 그러고는 '흠…….' 하고 고민하며 생각에 잠긴 얼굴로 고개를 끄덕였다.

"그 섬섬옥수(纖纖玉手)로 활도 잘 쏘고 검도 잘 휘두르는 것은 반칙이겠지요?"

"예?"

"하면 기다리시지요. 볼일을 끝내고 속히 오겠습니다."

소진은 헌을 물끄러미 올려다보며 속으로 생각했다.

'한데 내가 검을 휘두르는 것은 한 번도 본 적 없을 것인데 왜 저런

소리를 하는 것이지?'

의구심 가득한 얼굴로 헌을 바라보다, 이내 고개를 끄덕이면서 손을
모았다.

"용모화를 선비님께 맨입으로 배우지는 않겠습니다. 배움에 상응하
는 값을 치를 것이니 이른 시간 안에 제가 용모화 그리는 법을 완벽하
게 익힐 수 있도록…… 도와주시어요."

그 말에 헌이 재미있다는 듯 낮게 웃음을 터뜨렸다. 그의 눈빛이 꽤
진지한 소진의 얼굴 위에 살며시 내려앉았다.

"값이라면, 내게 돈이라도 줄 참입니까?"

되묻는 헌을 소진은 조금 당황해하며 올려다보았다. 정말 돈으로 값
을 지불할 생각이었는데 그가 그렇게 물으니 말문이 턱 막히는 것 같았
다.

그것이 뭐 잘못된 것일까, 소진은 속으로 분주히 생각했다. 그녀는
커다란 눈을 깜빡이며 선뜻 대답을 올리지 못하고 있었다.

"대답을 쉬이 하지 못하는 것을 보니 참으로 돈으로 지불하려 했나
봅니다."

"그것이 제일 타당한 지불 방법이라 생각하였는데……."

소진이 말끝을 흐리며 헌의 눈치를 살폈다. 그는 연신 재미있다는 듯
이 웃음기를 머금은 얼굴로 소진을 내려다보고 있었다. 그의 웃음에 이
상하게 소진의 뺨이 간질거리는 것 같았다.

"아무리 왕의 권세에 버금가는 영의정의 여식이라지만 이 나라의 왕
세자인 내게 돈을 준다라……."

나지막이 중얼거리는 헌의 목소리를 들은 소진은 화들짝 놀라며 고
개를 조아렸다.

"아! 결코, 그런 뜻이 아니었사옵니다. 오해를 거두어주시옵소서……! 돈 자랑을 하려던 것은 결코, 아니었사옵니다."

크게 당황해하는 그녀의 모습에 그는 가볍게 미소를 지어 보였다.

하지만 소진은 눈앞이 아찔해지는 것만 같았다. 감히 왕세자 앞에서 권세를 자랑 하려던 것은 아니었다. 오해라며 다시금 말하기 위해 고개를 들었는데.

"흠……. 한데, 우리가 겨우 고작 그런 사이였던가."

헌이 나지막이 말하며 말끝을 흐렸다. 소진은 두 귀를 쫑긋 세웠다.

"예……?"

그러자 헌의 깊고 곧은 눈길이 소진에게 향했다.

"서로 대가 없이 돕고 도움을 줄 정도로 가까운 사이라 생각했는데."

"……!"

"아니었나 봅니다?"

"하지만 다른 것도 아니고 이것은 선……비님의 재능을 제가 배우는 것이니 응당, 그에 걸맞은 값을 지불하여야 한다고 생각하였습니다."

"……."

"저의 생각이…… 짧았습니까?"

소진이 확고하게 제 생각을 헌에게 전달했다.

그 말에 잠시 생각에 잠긴 헌은 이내 고개를 끄덕이며 입술을 뗐다. 가히 그녀다운 발상인 것 같았다.

"하면 돈은 필요 없고. 정 그에 대한 대가를 치르고 싶다면, 지금 내게 꼭 필요한 것으로 해주시지요?"

헌의 대답에 소진은 힘차게 고개를 끄덕였다.

"어떤 것이든 말씀하십시오."

그녀의 씩씩한 대답에 헌은 빙그레 웃었다. 그러곤 소진을 내려다보다 슬그머니 입술을 달싹였다.

"확인서."

"……확인서요?"

소진의 시선이 그의 턱짓을 따라 움직였다.

"일손이 모자라던 참이었는데 좀 도와주시겠습니까?"

"제가요?"

어색하게 미소 지으며 소진이 되묻자 헌은 고개를 끄덕이며 그녀의 손목을 지그시 잡았다.

"낭자께서 나를 도와 확인서에서 일하는 것을 보고 용모화 그리는 법을 가르쳐줄지, 말지 정하도록 하지요."

"예? 소인은 반드시 배워야 하는데……."

"낭자께서 그러지 않았습니까? 나의 재능을 배우는 것이니 그에 따른 값을 지불하여야 한다고. 하니 나 역시, 그것을 낭자에게 가르쳐줄지, 말지는 내 마음 아니겠습니까?"

딱딱한 헌의 말에 소진은 할 말을 잃은 듯 볼에 바람을 가득 채워 부풀렸다. 그러곤 난감하다는 듯이 다시금 확인서 안을 살펴보았다.

저 안에서 자신이 할 수 있는 일이 무엇이 있을까. 정식 의원도 아니니 함부로 환자들을 돌볼 수도 없을 것이고…….

허드렛일이라도 도와야 하나 고민하던 찰나, 헌이 그녀의 손을 잡아 끌었다. 소진의 시선이 그에게 향했다.

"아."

소진은 얼결에 헌을 따라 확인서 안으로 들어섰다. 숙자 역시 소진의 뒤를 서둘러 따랐다.

헌은 그녀에게 가리개 치마와 복면을 건네주며 자신을 따라오라 눈짓해 보였다. 하는 수 없이 복면을 쓰고서 소진은 헌의 뒤를 따랐다.

활인서 안은 환자와 의원들로 가득했고, 모두 바삐 움직이고 있었다. 헌은 환관들에게 무언가 지시하며 의원들과 이야기를 나눴다. 소진은 멀뚱히 헌의 뒤에 서서 활인서 안에 있는 환자들을 둘러보았다.

소문대로 환자들과 난민들이 넘쳐났다. 몇 해 전 돌았던 전염병과 기근 때문에 백성들의 살림살이가 많이 어려워졌다고 했다. 그 때문에 활인서에는 환자가 끊이질 않는다며 아버지께서 대신들과 나누던 이야기를 들은 적이 있었다.

이야기만 들었지, 이렇게 직접 활인서에 와 환자를 돌보는 것은 처음이었다. 직접 눈으로 보고 귀로 들으니 마음이 착잡해졌다.

"의원 나리! 제 여식 좀 살려주세요. 며칠째 죽 한 모금도 못 먹었습니다."

그때, 웬 허름한 차림의 남자 한 명이 헌의 옷자락을 휙 잡아당기며 울먹였다. 놀란 환관들과 의원들이 서둘러 그를 제지했다.

아무래도 활인서 안의 환자들은 헌이 세자인 것을 모르는 눈치였다. 그저 왕이 약재와 함께 보낸 젊은 의원인 줄 아는 듯했다.

하지만 헌은 괜찮다는 듯 주위를 물리며 허리를 구부렸다. 그러곤 그 사내와 눈을 맞추며 희미하게 웃어 보였다.

"지금 막 쌀이 당도하였으니 쌀죽을 끓여 나눠드리도록 하겠습니다. 조금만 기다리시지요."

더러운 손을 뿌리치며 옷자락을 털어낼 줄 알았는데 의외의 모습이었다. 소진은 헌의 모습을 물끄러미 바라보다, 손을 걷어붙이고 나섰다.

"무엇부터 하면 될까요?"

용모화 그리는 법을 배우는 대가를 치르기 위해서라기보다는 백성들의 어려운 모습을 보니 소진의 가슴이 뜨겁게 끓는 것 같았다.

헌은 그런 소진을 돌아보며 구부렸던 허리를 폈다. 그녀는 의욕적인 모습을 보이며 주위를 살피고 있었다. 그 모습을 헌이 뚫어져라 바라보았다.

"쌀죽을 끓일까요? 어머니께서 쑤시는 것을 어깨너머로 본 적이 있습니다."

언제 당황했냐는 듯 머뭇거렸던 모습을 지워낸 채 소진은 자신만만한 얼굴을 했다. 그러자 곁에 있던 숙자가 슬그머니 소진의 옷깃을 잡아당기며 볼멘소리를 했다.

"진짜 어깨너머로 보기만 하시었잖아요……. 죽 다 태워먹을 일 있으셔요, 아씨? 어쩌자고 죽을 쑤시겠다고……. 차라리 저랑 비질이라도 하는 게 나을 것 같은데."

소진은 숙자의 옆구리를 쿡쿡 찌르며 어색하게 웃었다. 헌은 피식, 웃음을 터뜨리며 난감해하는 그녀를 재미있다는 듯이 바라보았다.

그의 낮은 웃음이 소진의 양 뺨에 살며시 내려앉았다.

"하면 낭자께서 죽을 좀 끓여주시겠습니까?"

"예! 할 수 있습니다."

"조금 태우는 것은 괜찮으나 홀라당 태워먹으면 아니 됩니다. 이곳 사람들에게는 아주 귀한 쌀죽이니."

"여부가 있겠습니까?"

헌은 열의를 보이며 두리번거리는 소진의 손목을 지그시 잡았다.

곁에 있던 환관과 호위 무사들은 왕세자가 스스럼없이 대하는 이 여인이 누군가 싶어, 소진의 얼굴을 유심히 살폈다. 하지만 복면으로 얼굴을 가린 터라, 소진이 영의정의 여식인 것을 아무도 알아보지 못했다.

헌은 소진을 데리고 활인서 뒤편으로 향했다. 그곳에선 다른 아낙네들이 솥 앞에 붙어 서서는 죽을 쑤고 있었다.

"이곳에서 끓이시면 됩니다. 쌀과 물은 여기에 있고요."

헌이 소진에게 이것저것을 알려주며 그녀의 모습을 찬찬히 살폈다. 그녀는 진지한 얼굴로 양 주먹을 꼭 움켜쥐고 있었다. 금방이라도 헌이 손목을 놓아주면 솥으로 달려가 죽을 끓일 기세였다.

어쩐지 그런 그녀의 모습이 귀여워 헌은 자꾸만 웃음이 터질 것 같았다.

"하면…… 하실 수 있겠습니까?"

"당연하지요. 소인만 믿으십시오."

딱히 믿음은 가지 않았지만, 열심히 하려는 그 모습이 예뻐 보이기는 하였다.

헌은 헛기침을 하며 슬그머니 그녀의 손목을 놓았다. 그러자 예상대로 소진은 쪼르르 솥을 향해 발걸음을 옮겼다.

귀한 반가의 규수라 죽은커녕 물 한 방울도 손에 묻힌 적 없을 터였다. 그런 그녀가 지금 백성들을 위한 죽을 끓여보겠다고 손수 옷까지 걷어붙이고 나선 것이었다.

영의정의 여식이라 곱게 자라기만 하였으니 이런 궂은일에 소극적인 모습을 보일 줄 알았는데.

자신의 예상을 보기 좋게 깨뜨리는 소진이 신기하기만 했다.

"이곳에 쌀이 있다고……."

그때, 끈을 제대로 여미지 않은 듯 그녀의 앞치마가 곧 흘러내릴 것처럼 아슬아슬하게 허리에 걸쳐져 있었다.

"아, 잠시."

헌은 손을 뻗어 소진의 어깨를 쥐었다. 그러곤 흠칫 놀라며 멈춰 선 소진의 허리춤에 걸쳐진 앞치마를 잡았다.

"……!"

순식간에 훅, 들어온 그의 손에 소진이 눈을 동그랗게 뜨고서는 아래를 내려다보았다.

느슨하게 풀렸던 앞치마가 조여졌다. 이내 헌은 능숙하게 그녀의 앞치마 끈을 매듭지었다. 언뜻언뜻 허리춤에 그의 손끝이 닿자 소진은 저도 모르게 어깨를 떨었다.

"옷 버리니 앞치마를 꼭 하셔야 합니다."

"아…… 예."

소진은 기어들어가는 목소리로 대답했다.

심상찮은 두 사람의 분위기에 숙자는 눈을 게슴츠레 뜨고서는 둘의 모습을 자세히 살폈다. 또한, 죽을 쑤던 다른 아낙네들도 다정한 두 사람의 모습에 흐뭇한 미소를 짓고 있었다. 아무래도 소진을 젊은 의원 나리의 정인쯤으로 생각하는 모양이었다.

소진은 숨까지 죽이고서는 자신의 등 뒤에서 끈을 묶는 그에게 집중했다.

"한데…… 이런 것도 하실 줄 아십니까?"

조선에서 그 누구보다 고귀하게 자랐을 왕세자인데. 헤엄도 칠 줄 알고 앞치마 끈도 묶을 줄 아는 것이 참 의외다 싶었다.

그때, 매듭을 모두 묶은 헌이 피식 웃으며 그녀에게서 한 걸음 물러났다. 소진은 헌의 손이 떨어지자, 자연스럽게 그를 돌아보았다.

"이런 것도 할 줄 알아야 안사람에게 사랑받는다 하였습니다."

"……누가요?"

헌이 어릴 때, 자신의 아버지인 왕은 헌의 생모인 숙원 조씨를 살뜰히 아끼고 은애하였다. 해서 매번 그녀의 옷고름을 손수 묶어주기도 하고 토끼풀을 뜯어 매듭을 지어 꽃 가락지를 만들어 끼워주기도 했다. 그런 자상한 아버지의 모습을 보고 자란 헌에게 이런 매듭짓는 일쯤이야, 거뜬한 일이었다.

소진의 물음에 헌은 선뜻 대답하지 못한 채, 말없이 미소만 짓고 있었다. 그 모습에 소진이 희미하게 웃으며 고개를 끄덕였다.

"누구인지는 몰라도 참으로 여인의 마음을 잘 아는 분이 해주신 말씀 같습니다."

"……."

"하지만 선비님의 안사람이 되실 분은 이런 앞치마를 맬 일이 없을 테니. 선비님의 이런 자상한 모습을 보지 못할 것이라 생각하니 제가 다 아쉽습니다."

소진은 그렇게 말하며 헌에게서 물러났다. 그러곤 죽을 끓이기 위해, 걸음을 막 뗐는데.

"아쉬울 것 없습니다. 안사람에게 보이고 싶던 자상한 모습, 방금 보여준 것 같으니."

그 말을 남긴 채 헌은 의미심장한 미소를 지으며 돌아섰다. 소진이 멍한 얼굴로 헌의 뒷모습을 바라보았다.

그러다 그가 남기고 간 말을 곱씹었다.

"안사람에게 보이고 싶던 자상한 모습을…… 방금 보였다고?"

휘적휘적 사라지는 그의 뒷모습만 멍하니 바라보던 소진의 곁으로 숙자가 쪼르르 달려왔다.

"대체 두 분, 제가 모르는 사이에 뭔 일이라도 있으셨대요?"

"……뭐?"

"세자 저하, 아니, 이 선비님의 눈에서 아주 꿀이 떨어집니다요?"

소진은 또 숙자가 시답잖은 소리를 한다 생각하며 눈만 흘겼다.

"그런 거 아니라고 했다? 조용히 하고 얼른 나를 돕기나 해. 쌀이 어디에 있다고 했더라……."

대수롭지 않게 여기며 소진이 걸음을 옮기자, 숙자는 고개를 갸웃거리며 헌과 소진의 뒷모습을 번갈아 쳐다보았다.

"그런 게 아닌 게…… 아닌데?"

"한 방향으로 저어야 한다니까요? 무슨 솥 바닥 긁습니까, 아씨? 아휴, 비켜보세요. 쇤네가 하겠습니다."

"아니야. 선비님께서 내게 하라고 하신 일이야. 그리고 내가 하고 싶어. 환자들에게 먹일 죽이니 온 정성을 다하여야 해. 이렇게 저으란 말이지? 그치?"

소진은 숙자에게 핀잔을 들으면서도 주걱을 놓지 못했다. 코에 숯검정까지 묻혀가며 그녀는 열심히 손을 움직였다. 연기가 자욱하게 이는 솥 안을 눈까지 반짝여가며 들여다보는 소진이었다.

그 모습을 지켜보던 숙자가 피식, 웃으며 고개를 절레절레 저었다.

"어째 아씨, 신나 보이십니다?"

"그래 보이느냐?"

그녀의 말에 소진이 빙그레 웃으며 이마에 맺힌 땀방울을 닦아냈다.

그러고는 뿌듯하다는 얼굴로 허리를 통통, 두드렸다.

"아니 그래도 내가 의원이라도 된 것 같아 기분이 썩 좋구나. 내가 끓인 죽을 먹고 백성들의 병이 씻은 듯 나았으면 좋겠어."

숙자는 소진의 이마와 콧잔등에 묻은 숯검정을 손수건으로 닦아주며 말했다.

"배탈이라도 안 나면 다행이게요? 어째 끓인 지 반 시진은 지난 것 같은데 생쌀 그대롭니다?"

"다 된 죽에 초 치지 말아라, 어? 나 지금 태어나서 처음으로 쒂보는 죽이라 무지 신났거든?"

"아씨가 신나면 어쩝니까? 이 죽을 먹은 백성들이 맛있다 해서 신이 나야지……."

"너 지금 내 솜씨 못 믿어서 그렇지, 어? 나 한소진이야. 하나를 알면 열을 아는 한소진. 두고 봐. 네가 끓인 죽보다 훨씬 더 맛있을 테니까."

그 모습을 멀리서 지켜보고 있던 헌은 낮은 미소를 지었다. 이상하게 소진의 미소를 바라보고 있으면 저까지 기분이 좋아지는 것 같았다.

헌은 피식, 미소를 터뜨리며 소진에게 다가갔다.

"잘 되어가고 있습니까?"

소진은 죽을 열심히 젓고 있다, 흐뭇한 얼굴로 고개를 끄덕여 보였다.

"예, 선비님. 한번 보시겠습니까?"

보글보글 끓고 있는 죽을 내려다보며 헌이 미소를 지었다.

"제법 죽 같습니다?"

"죽 같은 것이 아니라 죽입니다."

헌의 말에 소진이 입술을 삐죽이며 다시금 주걱질을 시작했다.

그때, 그녀의 왼쪽 뺨에 묻은 숯검정을 발견한 헌은 조심스럽게 손을 뻗어 자연스레 닦아주며 웃음기 가득한 목소리로 말문을 열었다.

"맛을 본 뒤에도 이리 자신만만해야 할 텐데요."

숙자는 그 모습에 다시금 뜨악한 얼굴로 소진을 돌아보았는데, 그녀와 눈이 마주친 소진은 그런 거 아니라는 듯 입술을 질끈 깨물어 보였다. 아무리 생각해도 그런 게 아닌 것이 아닌 것 같아, 숙자는 자꾸만 요상한 분위기를 풍기는 헌과 소진을 게슴츠레한 눈으로 바라보았다.

"다들 기다리고 있지요? 속히 끓여 병자들에게 주어야겠습니다."

소진은 그의 온기가 묻어 있는 듯한 뺨을 쓸며 주걱으로 열심히 죽을 저었다.

"백성을 생각하는 모습이 갸륵합니다."

"늘 활인서에서 이리 백성들에게 도움을 주는 저하도 계신 것을요."

"언젠가 낭자께서 그리 말했지요? 국사나 큰일을 도모하려면 마음이 먼저 통해야 한다고."

"아."

"나는 백성들을 향한 마음이 낭자와 내가 같은 것 같습니다."

그렇게 말하며 헌이 허리를 굽혀 조금 당황한 듯한 소진을 빤히 바라보았다.

"해서 낭자가 참 좋은 것 같습니다."

그 말을 남긴 채 헌은 돌아섰다.

헌이 등을 돌리자마자 숙자가 쪼르르 달려와 조금은 멍한 얼굴로 서 있는 소진의 팔을 잡아당겼다.

"거봐요. 저하께서 아씨가 좋다잖습니까!"

숙자는 속닥대며 호들갑을 떨었고 소진은 못마땅한 얼굴로 숙자를 내려다보았다.

"내가 뭐랬니? 난봉꾼 세자라 그랬잖아."

"에이! 저게 무슨 난봉꾼입니까? 아씨 한정, 다정한 사내 같은걸요?"

"한정……?"

"아씨한테만 저리 다정하게 대하신다고요. 제가 아까부터 저하를 쭉 지켜봤는데, 젊은 여인들이 곁에서 계속 저하께 추파를 던져도 눈 하나 깜빡하지 않으시던데요?"

숙자의 말에 소진은 심각한 얼굴로 멀어지는 헌의 뒷모습을 바라보았다.

한편 웃음을 지워내지 못한 채, 헌이 가벼운 발걸음으로 돌아서고 있는데 윤현이 조심스럽게 다가왔다.

"저하."

그의 나지막한 목소리에 헌은 미소 가득한 얼굴로 입을 열었다.

"어째…… 작고 귀여운 강아지 같지 않느냐?"

"예?"

"한 규수 말이다. 왜 작고 어여쁜 하룻강아지도 범 무서운 줄 모른다지 않더냐. 불의를 보면 참지 못하고 으르렁거리며 달려드는 모습이 꼭…… 하룻강아지 같단 말이지."

재미있다는 듯이 웃으며 이마를 만지작거리는 헌을 향해 윤현이 다시금 고개를 조아렸다.

"영의정 대감의 여식이라 하여 곱게만 자란 줄 알았는데, 의외의 모습이 많이 보이기는 합니다."

"참, 궐에서 보낸 약재들의 개수와 병자들에게 나눠주는 약재의 개수가 같은가."

"예, 저하. 방금 확인하고 오는 길입니다. 역시 상소문에 적힌 대로 비리가 있는 듯합니다. 궐에서 받아 가는 약재 수는 나날이 많아졌는데 병자들에게 쓰는 개수는 하루하루, 한정되어 있었습니다."

윤현의 대답에 헌은 짜증스럽게 얼굴을 구겼다.

"백성들을 구제하라, 전하께서 하사하신 약재들로 감히 장난을 치다니. 이곳 의원들의 명단을 모조리 적어 내게 가지고 오거라. 환궁하는 대로 전하께 고하여야겠다."

헌은 노기를 꾹꾹 삼키며 돌아섰다. 그런데 윤현이 아직 할 말이 더 남은 듯한 얼굴로 그를 불렀다.

"한데, 저하."

어쩐지 그 목소리가 가라앉은 것 같아, 헌은 윤현을 돌아보았다.

"무슨 일이냐."

"……궐에서 사람이 다녀갔습니다."

"궐에서?"

"재간택에 통과한 여인들의 명단이 나왔다 합니다."

순간, 헌의 가슴이 철렁하고 말았다.

"그 명단에…… 한 규수의 이름이 있는가."

그렇게 묻는 헌의 음성 끝에는 진득한 떨림이 묻어났다. 윤현이 어두운 얼굴로 고개를 들며 입술을 열었다.

"그것이……."

이토록 긴장된 적이 있었을까. 윤현의 대답을 기다리는 헌의 눈빛이 매섭게 빛났다. 좀 전에 소진을 바라볼 때와는 사뭇 다른 시선이었다.

윤현이 그의 말에 대답하려 입술을 조금 뗐는데 뒤에서 소진의 목소리가 들렸다.

"선비님!"

저를 부르는 소리에 헌은 굳혔던 표정을 풀고는 다시금 그녀를 돌아보았다. 소진은 주위 사람들의 시선을 살피며 헌에게 오고 있었다. 윤현도 서둘러 입을 다물며 한 걸음 물러났다.

소진을 바라보는 헌의 딱딱한 입가에 느른한 호선이 걸렸다.

"죽이 다 되었습니다. 맛을 좀 봐주시지요."

헌의 앞으로 다가오는 소진의 얼굴은 한껏 굳어 있었다. 그 손에는 작은 종지와 숟가락이 쥐여 있었고, 흡사 큰 시험을 앞둔 사람처럼 그 얼굴에는 긴장감이 역력했다.

헌은 윤현에게 물러가 있으라는 듯 고갯짓을 해 보이며 소진에게로 향했다.

"금세 다 되었습니까?"

"제 입에는 딱 맞는 것 같은데……."

조금 자신 없어 보이는 목소리로 소진이 아랫입술을 꾹꾹 깨물었다. 헌이 종지 안을 들여다보니 하얀 쌀죽이 곱게 담겨 있었다.

"낭자의 입에 딱 맞으면 알맞게 끓은 것이 아니겠습니까?"

"제가 누군가에게…… 음식을 해줘 본 적이 없어서……."

그녀답지 않게 말끝을 흐리며 위축된 모습을 보였다. 헌은 피식 웃으며 그녀가 쥐고 있는 수저를 대신 들었다. 그러곤 죽을 조금 떠 입에 넣어 맛을 보았다.

고소한 향이 입안에 가득 퍼졌다.

"어떻습니까……?"

헌의 얼굴을 뚫어져라 바라보는 소진의 눈꺼풀이 파르르 떨렸다.

긴장한 그녀의 모습이 퍽 귀여워 헌은 그만 웃고 말았다. 그러자 그의 웃음에 소진은 실망한 얼굴을 했다. 이내 그녀는 입술을 질끈 깨물며 어깨를 축 늘어뜨렸다.

"맛이 없습니까?"

그 때문에 웃음을 터뜨린 것이 아니었는데. 의기소침해하는 소진을 보니 순간, 그녀를 좀 더 놀려주고 싶다는 생각이 헌의 머리를 스쳤다.

"흐음."

이어 쐐기를 박듯 그가 작게 한숨까지 쉬자 소진은 덩달아 깊이 숨을 내쉬며 죽이 든 종지를 물끄러미 내려다보았다.

"숙자는 괜찮다고 하였는데……. 영 별로입니까? 어쩌지요? 백성들이 기다리고 있을 텐데요."

"……."

"좀 많이 묽습니까? 하면 좀 더 줄여볼까요?"

확신이 없는 듯, 소진은 고개를 갸웃거리며 중얼거렸다. 소진은 헌의 눈치를 살피며 말끝을 길게 흐렸다.

"선비님……?"

그녀는 그 커다란 눈을 동그랗게 뜨고서는 연신 눈을 깜빡였다. 이내 헌은 피식, 입술을 터뜨리며 재미있다는 듯 웃음을 뱉어냈다.

"자신만만하던 모습은 어디 가고 위축되셨습니까?"

"요리는 영…… 자신이 없는 분야라."

"맛이 아주 좋습니다."

"예?"

장원 급제라도 한 사람처럼 소진은 소스라치게 놀라며 기뻐했다.

"묽기도 적당하고 쌀알도 알맞게 익은 것이 아주 고소하고 맛이 있습니다."

"참입니까? 정말이어요?"

아이같이 방방 뛰며 소진은 환하게 웃어 보였다.

칭찬은 호랑이도 춤추게 한다고 하였던가. 언제나 고고하게 얼굴을 치켜든 채, 어깨만 으쓱거리던 그녀의 색다른 모습이었다.

기뻐하는 소진을 보니 헌도 덩달아 얼굴이 밝아지는 듯했다.

"소질이 있는 듯합니다. 대체 낭자께서는 못하는 게 무엇입니까?"

"하하하. 제가 원래 하나를 알면 열을……. 아, 이럴 게 아니라 얼른 백성들에게 나누어주어야겠습니다! 숙자야, 숙자야……!"

헌에게 통과를 받고서 소진은 서둘러 숙자에게 달려갔다. 치맛자락을 움켜쥔 채 총총총 멀어지는 그녀의 뒷모습을 헌이 물끄러미 바라보았다.

"해서 저 여인이 재간택에 임할 수 있게 되었느냐."

헌은 소진에게서 눈을 떼지 않은 채 윤현을 향해 물었다. 그러자 한 걸음 물러나 있던 윤현이 다시금 그에게 다가왔다.

"예. 한 규수께서 재간택 통과 명단에 올랐습니다."

그 말이 헌의 귓가에 닿자마자 그의 가슴에 뜨거운 무언가가 쿵, 떨어지는 듯했다. 헌의 반듯한 입가에 알 수 없는 미소가 걸렸다.

하지만 윤현은 어쩐지 걱정스러운 얼굴을 했다.

"영의정 대감이 가만히 있을까요? 중궁전 역시 영의정 대감의 편을 들며…… 술수를 꾸며도 꾸밀 것입니다."

윤현의 가라앉은 목소리에 헌은 피식, 냉소를 터뜨렸다. 그러곤 뒷짐을 진 채, 그 어느 때보다 눈부신 하늘을 올려다보았다.

그의 깊은 우물 같은 눈동자에 파란 하늘이 담겼다. 어쩐지 그 속에 뜨거운 욕망이 소용돌이치는 듯했다.

"가만히 있지 않으면 그자가 어찌할 것인데."

"저하……."

"초간택에서 반드시 떨어뜨리겠다, 다짐하며 사주단자를 올렸겠지. 하나, 어찌 되었는가. 한 규수는 보기 좋게 초간택에 통과해 재간택에 임하게 되었지."

젖혀졌던 그의 고개가 정면을 바라보았다. 활인서 안을 훑는 그의 눈길이 다시금 거세졌다.

"그 누구도 내 뜻을 꺾지 못할 것이다."

성대를 긁으며 흘러나온 그 목소리는 싸늘하기만 했다.

이윽고 헌의 눈앞에 보은군과 소진의 다정한 모습이 떠올랐다. 순간, 그의 가슴에 투기심이 뜨겁게 일었다.

"그리고…… 그 누구도 한 규수를 얻을 수 없을 것이고."

자신의 유일한 기억을 알고 있는 여인.

그 여인을 결코, 누구에게도 빼앗겨서는 안 될 일이었다.

"낭자가…… 재간택에 올랐다고?"

소진의 재간택 소식을 환관에게 전해 들은 보은군은 망연자실한 얼굴로 가야금을 손에서 놓았다.

소진이 제일 좋아하는 가야금 곡조를 연습하고 있던 그의 손끝이 떨렸다. 가야금 위로 툭, 떨어지는 보은군의 시선이 처연하기만 했다.

"예. 재간택 날짜가 곧 정해질 것이라 합니다."

분명 초간택에서 떨어지겠다고 하였는데. 어째서 왜, 소진이 재간택에 올랐단 말인가.

하늘이 무너지는 듯 눈앞이 캄캄해지고 말았다. 당장이라도 소진에게 뛰쳐 가 일의 자초지종을 묻고 싶었다. 아니, 영의정에게 달려가 그녀의 간택을 막아달라 청이라도 하고 싶은 심정이었다.

하지만 현실은 궐, 제일 구석에 갇혀 가야금이나 뜯고 있어야 하는 신세라니.

왕위 계승 서열 2위라서 겪어야만 하는 서러움과 서글픔은 언제나 이렇게 느닷없이 보은군을 덮쳤다.

세자의 아우라서.

계승 서열 2위의 서자라서 그간 견뎌야 했던 고통은 아무것도 아니었다.

왕위에 대한 욕심도 또한, 형인 세자를 넘어서겠다는 욕망도 없었기에 그는 때때로 자신을 덮치는 서글픈 현실을 기꺼이 참아낼 수 있었다. 모든 것을 그에게 양보하고 내어준다고 해도 가슴이 찢어질 듯한 아픔을 느끼지는 못했다.

하지만 지금은…… 아니었다.

가슴에 금이 간 듯 형용할 수 없는 아픔이 밀려왔다.

"소진 낭자가 왜 재간택에……."

"자세한 이야기는 소신도 모르옵니다. 다만, 처소 담 밖에서 들려오는 소리가……."

"어머니께서는……?"

소진이 세자빈의 유력 후보로 다가갈수록 보은군을 지지하는 대신들의 입지 또한 흔들릴 것이었다.

하지만 보은군은 그녀를 정치적으로 이용하기 위해 제 곁에 두겠다는 생각은 단 한 번도 한 적이 없었다. 그런 것에 소진을 이용하기에는 제 마음이 그녀에게 너무도 진심이었으니까.

"별다른 연통이 없으십니다. 워낙…… 강건하신 분이니."

보은군은 천천히 자리에서 일어나 빼곡히 늘어선 나무들을 내려다보았다. 망연자실해하는 그를 물끄러미 바라보던 환관은 고개를 조아렸다.

"아직 재간택이니…… 너무 상심해 마옵소서, 마마."

"겨우 재간택이 아니지 않느냐. 그러다 삼간택까지 오른다면, 그러다 결국…… 낭자가 세자빈이 되신다면."

상상하기도 싫은 것을 입 밖으로 내뱉어버렸다. 떠올리는 것만으로도 괴로운 듯, 그의 얼굴이 처참히 구겨졌다.

"홀로 마음에 품는 것도 그때는 죄가 되지 않겠느냐."

그의 말에 환관은 입술을 굳게 다문 채 고개를 조아리고 있었다. 보은군이 어렸을 때부터 줄곧 그의 곁을 지켜온 환관이었다. 그랬기에 넓은 궐에서 마음을 터놓고 이야기를 나눌 사람 하나 없던 보은군에게 그는 유일하게 속마음을 털어놓을 수 있는 말동무였다.

환관은 소진을 향한 보은군의 진심이 얼마나 크고 깊은지 잘 알고 있었다.

"늘 낭자와 같은 곳을 보고 같은 것을 들으며 같은 이야기를 하고 있어도, 언제나 이 마음은 낭자와 같지 않았다."

그래서 소진이 재간택에 올랐다는 이야기를 들었을 때, 그만큼이나 가슴이 아렸다.

"하지만 그 마음이 같지 않다고 하여, 나는 한 번도 내 마음을, 그리고 낭자의 마음을 탓한 적 없었다. 그런데 그런 낭자께서 저하의 사람이 되신다면…… 그렇게 되어버린다면. 그때는 내 마음을, 또한 낭자의 마음을…… 탓할 수밖에 없지 않겠느냐?"

그는 깊이 한숨을 내쉬며 눈을 감았다. 아무리 가라앉는 마음을 다스리려 해도, 잘되지 않았다.

자꾸만 한숨이 터져 나왔고 자꾸만 현실이 야속했다. 그는 괴로움에 얼굴을 감싸며 고개를 떨구고 말았다.

제 10 장

재간택 결과

"많이 드세요. 먹기 싫어도 억지로 씹고 삼켜야 병을 훌훌 털 수 있답니다. 많이 먹고 얼른 나아야 더 맛있는 음식도 많이 먹고 식구들과 오순도순 살죠."

"예, 아씨."

"꼬맹이. 너도 남기지 말고 싹싹 긁어 먹어야 한다? 이 죽 내가 직접 끓인 거야. 알았지?"

소진은 손수 병자들에게 죽을 나누어주며 환하게 웃고 있었다. 복면을 쓴 헌이 그 모습을 멀찌감치서 보고 있다, 그녀를 따라 피식 미소 지었다.

처음에는 그저 오지랖만 넓은 여인인 줄 알았지만, 그 속은 백성 모두를 끌어안고도 남을 만큼 넓고 깊은 여인인 듯했다.

'한 규수가 재간택에 올랐다라……'

윤현이 했던 말을 곱씹던 헌은 어쩐지 기분이 이상해졌다.

세자빈에 한 걸음 더 가까워진 소진. 그는 그녀가 세자빈이 되어 제 곁으로 오는 상상을 해보았다. 흐뭇한 얼굴로 그녀를 바라보며 헌이 고개를 끄덕이고 있던 그때였다.

"한데 의원님하고 저 아씨하고 부부여요?"

웬 여자아이 하나가 쪼르르 달려와 헌의 옷깃을 잡아당겼다. 그 말에 죽을 나눠주던 소진이 흠칫 놀라며 고개를 돌려 이쪽을 바라보았다. 순간 소진과 헌의 시선이 부딪쳤다.

"방울아! 탕약 먹으라니까 왜 약사발을 들고 돌아다녀. 그러다 의원님께 쏟으려면 어쩌려고! 송구하옵니다, 의원님."

여자아이의 엄마인 듯 초라한 차림의 한 여인이 다가와 고개를 조아려 보였다. 그러자 헌이 괜찮다는 듯 다정하게 웃으며 허리를 구부려 방울이라는 여자아이의 어깨를 짚었다.

"방울이? 이름이 참 어여쁘구나."

"저 아씨가 더 어여뻐요."

여자아이는 생긋 웃으며 소진을 가리켜 보였다.

헌은 아이의 손끝을 따라 조금 얼떨떨한 얼굴로 이쪽을 보고 있는 소진의 얼굴을 바라보았다.

그와 다시금 눈이 마주친 소진은 서둘러 시선을 피하며 열심히 죽을 담았다.

"그렇지? 저 아씨 참으로 어여쁘지?"

헌이 빙그레 웃으며 아이의 머리를 쓰다듬었다.

"나도 얼른 커서 저 아씨처럼 예뻐질래요!"

"그러려면 죽도 많이 먹고 약도 많이 많이 먹어야 하는데?"

"약은 너무 쓴걸요……?"

"얼른 커서 저 아씨처럼 어여쁜 여인이 되고 싶으면 쓴 약도 잘 먹어야지."

헌의 말에 아이는 꾸물거리며 약사발을 만지작거렸다. 그러곤 결심한 듯 꿀꺽꿀꺽, 탕약을 삼키며 인상을 썼다. 그 모습을 멀찌감치서 보고 있던 소진이 웃음을 머금고서는 아이에게 다가왔다.

"잘 먹네. 이제 방울이도 이 언니처럼 쑥쑥 자랄 수 있겠다."

그렇게 말하며 아이의 입에 설당 과자를 쏙, 집어넣어주었다. 아이는 헌과 소진이를 번갈아 쳐다보다 헌을 향해 그 작은 입술을 오물거렸다.

"우리 아부지가 그랬어요. 아부지는 세상에서 제일 행복한 사내라고요."

갑작스러운 그 말에 헌과 소진은 얼떨떨한 얼굴로 서로를 바라보았다. 그러자 아이는 씩, 웃으며 말을 이었다.

"조선에서 제일 어여쁜 어머니를 색시로 얻었으니 세상에서 제일 행복하대요. 하니 의원님께서도 세상에서 제일 행복하지요? 우리 어머니보다 더 어여쁜 아씨를 색시로 됐으니까요!"

그 말에 소진의 얼굴이 화르륵 붉어지고 말았다.

"애, 방울아……!"

방울의 엄마는 당황한 듯 아이의 손을 잡아끌며 어쩔 줄을 몰라 했다. 헌은 재미있다는 듯 소리 내어 웃으며 아이의 머리를 몇 번이고 쓰다듬었다.

"그런데 어쩌지? 저 어여쁜 아씨는 나의 색시가 아닌데."

"예? 색시가 아니어요?"

"응. 색시가 아니라……. 흠, 이리 가까이 와보렴."

무슨 말을 하려는 걸까, 소진이 헌을 빤히 내려다보았는데 헌은 아이의 귀에 무언가를 은밀히 속삭였다.

곧 헌이 흠흠, 헛기침하며 아이에게서 떨어졌다. 그리고 아이는 쪼르르 소진에게 다가와 이번에는 그녀의 옷깃을 작게 잡아당겼다.

"어……?"

그러곤 소진에게 무언가를 전해주려는 듯, 까치발을 들고서 낑낑거렸다. 소진은 등을 돌리고 있는 헌을 한 번 바라보고는 무릎을 굽혀 아이의 입술에 제 귀를 갖다 댔다. 그러자 아이가 산들바람처럼 간질거리는 목소리로 입술을 오물거렸다. 그 말을 들은 소진의 뺨이 다시금 잘 익은 능금처럼 붉어지고 말았다.

"아씨가 의원님을 세상에서 제일 행복한 사내로 만들어달래요!"

아이의 작고 은밀한 목소리가 소진의 귓가를 떠나지 않았다. 약초를 평상 위에 곱게 펼치던 그녀의 손이 갑자기 멈추었다.

"행복한 사내로 만들어달라고……? 그 말은 뭐야. 색시가 되어달란 말……이야?"

소진은 홀로 중얼거리며 입술을 만지작만지작했다. 그러자 그 모습을 보고 있던 숙자가 심드렁하게 입을 열었다.

"아까부터 뭘 그렇게 자꾸 중얼거리세요?"

"청혼……인 것일까?"

"예?"

"난봉꾼들이 원래 색시가 되어달란 말을 입에 달고 사니?"

소진이 얼얼한 얼굴로 숙자를 돌아보았다.

숙자는 그 말에 한 건 잡았다는 듯 손뼉을 치며 눈을 반짝였다.

"저하께서 청혼을 하신 겁니까? 일 났네, 일 났어……!"

"그저 농 삼아, 하신 말씀이야. 일 날 거 없어."

"누가 그런 농을 합니까? 내 정인이 되어달라는 말을 헛소리로 지껄

이는 건 봤어도 청혼은……. 게다가 이 나라 왕세자씩이나 되시는 분이 그런 농담을요? 아무리 난봉꾼이니 뭐니 소문이 좋지 않아도 설마 그런 것으로 장난을 치시겠습니까?"

숙자가 흥분할수록 소진의 가슴도 널을 뛰는 듯 울렁거렸다. 설마설마하는 마음이 가슴속에서부터 번져갔다.

소진은 심각한 얼굴로 땅바닥을 응시하며 생각에 잠겼다.

"그렇지……? 아니, 진짜 그럼 나를 은애하시는 것인가."

"아이고. 우리 안방마님, 대감마님 아시면 거품 물고 졸도하시겠네. 근데 세자 저하께서 매우 특이한 취향을 가지고 계신 것 같네요."

숙자의 말에 소진이 그녀를 밉지 않게 흘겨보았다.

"내가 뭐, 어디가 어때서."

"얼굴은 그 정도면 한양에서 내로라하긴 한다지만, 멋있음은……썩."

"……."

"보통 여인네들에게서는 멋있음을 찾을 수 없잖아요? 예를 들어, 수를 잘 놓는다던가, 옷을 잘 짓는다던가…… 꽃꽂이를 잘한다던가, 하다못해 차를 다소곳하게 잘 달이신다던가요. 보통 그런 어여쁜 모습에 반해 추파를 던지지만……. 사내에게서나 찾을 수 있는 멋있는 모습에 반할 사내가 어디 흔한가요?"

오늘따라 왜 이렇게 맞는 말만 골라서 하는 건지. 소진은 숙자의 옆구리를 쿡, 쿡, 찌르며 괜히 심술을 부렸다.

"사람 속 뒤집지 말고 너는 얼른 가서 말릴 약초나 더 받아 와."

"아씨는 꼭 쇤네가 맞는 말만 하면 이러시더라?"

숙자가 입술을 삐죽이며 총총총 사라졌다.

"누굴 닮아 저리 똑 부러지는지. 하긴 뭐…… 늘 곁에서 보고 듣는 사람이 나니까. 날 닮아 똑똑해질 수밖에?"

소진은 어깨를 으쓱하며 다시금 약재를 평상 위에 곱게 펼쳤다. 햇볕이 따뜻하니 반나절만 놔둬도 금방 마를 것 같았다. 바람을 타고 흐르는 약초의 달콤 쌉싸름한 향이 그녀의 코끝에 머물렀다.

소진은 지그시 눈을 감고 고개를 젖혔다. 햇살이 강렬해서 얼굴이 절로 찌푸려졌다.

그때, 커다란 구름이라도 나타나 해님을 살며시 가린 듯 짙은 그늘이 생겼다. 그녀는 구겼던 얼굴을 반듯하게 펴, 고개를 더욱 하늘 위로 젖혔다.

"음…… 좋다. 약초 냄새."

바람도 그리고 햇살도 모든 것이 기분 좋을 만큼 적당했다. 두 눈을 지그시 감은 소진의 얼굴 위로 보드라운 햇살만큼이나 포근한 미소가 번졌다.

"햇볕도 좋고…… 바람도 참 좋구나."

그러다 이리 좋은 날, 봉희가 곁에 없다는 생각이 들자 갑자기 눈물이 핑 돌았다.

"볕이 이리 따스할 때면 같이 들꽃도 뜯고 그네도 타곤 했는데……. 대체 봉희, 넌 어디서 뭘 하는 거야."

중얼거리는 그녀의 음성에 물기가 어렸다. 그녀는 감았던 눈을 살며시 떴다.

그런데, 눈앞에 의외의 얼굴이 서 있었다.

헌이 뒷짐을 진 채, 그녀의 앞에 서서는 소진을 향해 내리쬐는 햇볕을 막아주고 있었다.

"벗이 많이 그리우신가 봅니다."

"아무래도 아직 찾지 못했다는 것이 마음에 걸리지요."

헌은 그녀의 곁에 조심스럽게 앉으며 그녀가 가지고 온 화구통을 꺼내 보였다. 슬픔으로 가라앉았던 그녀의 눈빛에 다시금 생기가 돌았다.

"이것은."

"벗을 찾아야지요. 용모화 그리는 법을 알려드리겠습니다."

헌의 말에 소진이 애써 힘차게 고개를 끄덕였다.

"궐에서 보았다는 것만 확실하면 언제든 찾을 수 있을 것입니다. 궐 안의 궁녀를 함부로 내치거나 어딘가로 보낼 수 없으니 오히려 다른 곳도 아니고 궐에 있는 것이 더 안전할 수도 있으니까요."

조금은 위로가 되는 것 같았다.

영영 찾지 못할 벗이라 생각하였는데 헌이 그렇게 이야기해주니 희망의 빛이 스미는 듯했다.

소진은 다시 씩씩한 모습으로 돌아와 팔을 걷어붙였다. 그러곤 화구통에서 종이와 먹을 꺼내며 깊이 숨을 내쉬었다. 헌도 자신의 앞에 종이를 반듯하게 펼쳐 먹을 갈았다.

"우선은 서로의 얼굴을 그려보는 것으로 합시다."

"서로의 얼굴이요……?"

"사람의 얼굴을 그리는 데도 여러 가지 기술이 있고 갖가지 방법이 있으니까요."

"……아."

"눈앞에 있는 사람의 얼굴을 그리는 것에 익숙해지면 머릿속에만 떠다니는 얼굴도 쉽게 종이에 담아낼 수 있을 것입니다."

헌의 말에 소진은 부지런히 고개를 끄덕였다. 봉희의 얼굴을 다시금 머릿속에 그려보며 소진은 속으로 다짐했다.

'네 얼굴을 이 종이에 꼭 담아내어볼게.'

붓을 바짝 쥔 소진의 눈동자가 불같이 타올랐다.

"사람의 얼굴은 그 형태부터 제각각입니다."

헌은 자연스럽게 벗을 쥐고는 소진의 얼굴을 빤히 바라보았다. 그녀의 눈, 코, 입을 훑는 그의 시선이 눅진하기만 했다. 괜스레 그의 적나라한 시선이 부끄러워 소진은 슬쩍 눈을 내리깔았다.

"낭자의 얼굴은 꼭 달걀처럼 동그랗고 갸름합니다."

"아……."

그렇게 말하며 헌은 하얀 종이 위에 달걀 같은 동그라미를 그렸다. 소진이 그것을 빤히 내려다보며 재미있다는 듯 핏, 웃음을 터뜨렸다.

"제 얼굴이 그리 동그랗습니까?"

그녀의 웃음에 헌도 희미하게 미소를 그리며, 종이 위에 그려 놓은 소진의 달걀 같은 얼굴을 내려다보았다.

"보름달처럼 동그랗지는 않습니다. 낭자의 얼굴형은 갸름하니 예쁘거든요."

"아."

갑작스러운 그의 말에 소진은 황급히 붓을 움직였다.

"저하의 얼굴은 이렇습니다."

그러곤 그의 날카로운 턱선을 그려보겠다며 열심히 그의 얼굴을 살피며 손을 움직였다.

한데 새하얀 종이 위에 실수 없이 한 번에 선을 그려야 한다는 부담감에 그녀의 손끝이 파르르 떨렸다. 글씨를 써 내려갈 때와는 다른 긴장감에 그녀는 선뜻 붓을 종이 위에 내려놓지 못하고 있었다.

머뭇거리는 소진의 모습을 바라보던 헌이 나지막이 미소를 띤 얼굴로 손을 뻗었다.

순간, 헌의 커다란 손이 예고 없이 불쑥 다가섰다.

"잠시 실례하겠습니다."

헌의 손이 그녀의 작은 손등을 폭, 감쌌다.

허공에서 파르르 떨기만 하던 그녀의 손이 헌의 손아래에 감기자 안정을 찾은 듯, 떨림이 멎었다.

"힘을 빼고 그리고 싶은 대로 손을 움직여보시지요. 어차피 이미 종이 위에 붓이 내려앉은 상태입니다."

그의 말대로 이미 그녀의 붓은 종이 위에 떨어진 채였다.

아이가 첫걸음마를 떼듯 소진은 떨리고 설레는 마음으로 심호흡을 하며 손을 움직였다. 힘을 뺀 채, 손을 움직이자 헌이 그녀가 움직이는 대로 따라주었다. 대신 그 붓이 흔들리지 않게 그녀의 손을 꼭 움켜쥔 채로.

"아⋯⋯?"

완벽하게 선과 선 끝을 이었다고 생각하였는데 손을 떼고 보니 엉망진창이었다.

헌의 얼굴이라고 그린 선은 삐죽삐죽 날카롭기만 했다.

"이것이⋯⋯ 제 얼굴입니까?"

헌은 실소를 터뜨리며 그녀의 손을 놓았다.

"하, 하하하. 이리 형편없지 않은데⋯⋯. 송구하옵니다."

자신이 그려놓고도 웃긴지 소진은 풉 웃음을 터뜨리다, 입술을 틀어막았다.

"그렇지요? 나름 내 턱선이⋯⋯ 날카롭기는 하지만 이리⋯⋯ 찌그러지지는 않았을 것인데."

헌은 자신의 턱을 멋쩍게 쓸며 어색하게 웃었다.

"예. 막 그렇게 찌그러지지는…… 않았습니다."

소진은 피식거리며 다시금 새 종이를 꺼냈다.

"이번에는 제가 혼자 해보겠습니다. 선과 선을 잇는 것조차 이리 어려울 줄이야."

그렇게 말하며 그녀가 새 종이를 꺼냈다. 그러곤 반듯하게 펼치며 종이를 고정하기 위해 문진(文鎭)을 꺼내던 그 순간…….

"어어……?"

종이가 바람에 휙, 날아가버렸다. 소진은 자신의 뺨을 스치고 날아가는 종이를 잡기 위해 몸을 돌렸는데.

"앗!"

마침 헌도 종이를 잡기 위해 소진을 향해 몸을 기울였다.

그의 입술이 소진의 뺨을 스치고 말았다.

"어머나."

놀라 굳어버린 소진은 그대로 멈칫했다.

그녀의 손에서 스치듯 날아가버린 종이는 헌이 곧, 잡아챘다.

"여기, 이것."

목석처럼 딱딱하게 굳어 있는 그녀를 향해 헌이 나지막이 말했다.

서둘러 그녀의 뺨에서 입술을 뗐지만, 자신의 입술에 남은 그녀의 온기가 자꾸만 그의 가슴을 간지럽혔다.

"흠, 흠흠……!"

두 사람은 약속이라도 한 것처럼 헛기침하며 순식간에 떨어졌다. 그러곤 마주 보고 있던 시선을 황급히 회피했다.

곧 헌은 아무렇지 않게 표정을 굳히며 종이를 그녀 앞에 반듯하게 놓았다. 날아가지 않게 잘 고정하며 다시, 아무 일도 없었다는 듯이 붓을 쥐었다.

소진도 그의 눈치를 살피며 떨어뜨렸던 붓을 다시 잡았다. 하지만 그의 뜨거운 입술이 스쳤던 왼쪽 뺨이 꼭 불에 닿은 것처럼 홧홧하게 달아올랐다.

의식하지 않으려 했지만, 뺨이 뜨거워지고 있었다.

심장 박동은 왜 이렇게 빨라지고 있는 것인지.

찰나에 스쳤던 헌의 입술은 참으로 부드럽고 말캉했다.

사내와 손 한 번 잡아본 적 없던 그녀였기에 자신의 볼에 사내의 입술이 스친 것 또한 처음 겪는 일이었다.

동요하지 않으려 했지만, 헌과 마찬가지로 아무렇지 않은 척하려 애써 담담하게 굴고 싶었지만. 어쩐지 내 마음이 내 것이 아닌 듯 마음먹은 대로 되지 않았다.

하얀 종이를 내려다보는 소진의 눈빛은 부자연스러웠다. 고개를 들어 헌의 얼굴을 다시금 쳐다보고 용모화를 그려야 하는데 고개가 빳빳하게 굳어 움직여지지 않았다. 용모화가 아니라 상상화를 그려야 할 참이었다.

"저를 보지도 않고 그리려 하십니까?"

그때, 어찌할 줄을 몰라 하는 소진의 이마 위로 헌의 낮은 목소리가 떨어졌다.

빳빳하게 굳어 있던 그녀의 고개가 홱, 올라섰다. 헌은 희미하게 웃음기를 머금고는 종이만 내려다본 채 슥슥 붓질을 하고 있었다.

'아무렇지 않은 모양이구나. 역시 난봉꾼……'

자기 혼자만 당황해하는 것 같아 소진은 씁쓸해졌다. 그녀는 아무 일도 없었던 것처럼 평온하기만 한 그를 뚫어지게 바라보았다.

'사고이긴 했지만……. 진짜 아무렇지 않은 걸까? 나만 지금 이리 당황한 거야? 나만?'

그러다 입술을 삐죽이며 속으로 헌을 잘근잘근 씹었다.

그때, 묵묵히 붓을 움직이던 헌이 손을 멈추고는 고개를 들었다. 어쩐지 원망 섞인 눈으로 자신을 쳐다보는 소진과 헌의 시선이 쿵, 부딪쳤다. 뺨과 입술이 닿았을 때만큼이나 갑작스러웠다.

미처 소진이 그의 시선을 피하기도 전에 헌의 입술이 벌어졌다.

"제가 그리 잘생겼습니까?"

"예?"

무어라 대꾸해야 할지 몰라 순간 할 말을 잃은 소진이 그 큰 눈만 끔뻑이고 있는데.

"제 얼굴을 그 종이 위에 그리셔야지 어째 서운한 얼굴로 저만 바라보십니까. 낭자께서도 그때의 나처럼 그 마음에 내 얼굴을 새기실 요량입니까?"

그의 말에 소진이 질끈 아랫입술을 깨물며 고개를 떨구었다. 그녀의 시선이 툭, 하얀 종이 위로 떨어졌다.

"그럴 리가요. 막상 그리려니 막막하여 그러는 것이지요. 왕세자 저하답게 아주 착각도 조선 제일이십니다."

소진은 그렇게 이야기하며 억지로 입매를 늘어뜨리며 미소를 지어 보였다. 헌은 그녀의 말에 피식 웃음이 터지고 말았다.

그에게 있어 소진은 보면 볼수록 참으로 재미있고 신기한 여인이었다. 아무리 자신이 그녀를 유혹하기 위해 체통도 권위도 내려놓고 편안하게 다가가기로서니, 그래도 이 나라의 왕세자인 제게 이토록 막 대하는 여인은 소진이 처음이니까.

헌은 그래서인지 자꾸만 웃음이 새어 나왔다.

"왜 웃으십니까?"

소진은 뾰로통하게 얼굴을 치켜들었다.

"웃음이 나니까."

"왜 웃음이 납니까?"

"낭자를 보면 웃음이 나니까요."

"제가 웃기게 생겼습니까?"

"유감이지만 나는 웃기게 생겼다 하여 웃는 그리 단순한 사람이 아닙니다."

"하면 저를 보면 왜 웃음이 난다, 하십니까?"

그녀는 지지 않고 대꾸하며 고개를 똑바로 치켜들었다. 정말 모르겠다는 얼굴로 소진이 눈을 반짝였다. 그 순간에도 헌의 입가에는 묘한 미소가 잔뜩 어려 있었다.

"낭자는 내가 무섭지 않습니까?"

"갑자기 그것이 무슨."

"이래 봬도 내가 이 나라의 왕세자인데 말입니다."

"아."

"다들 내 앞에서는 눈도 못 마주치고 낑낑대기만 하는데, 낭자는 날 편히 대하기에 묻는 말입니다. 해서 웃음이 납니다. 특별한 경험을 하는 것도 같고요."

"……아."

"이래서 보은군이 낭자와 친하게 지내는 것인가 싶기도 해. 사실 보은군이 부럽기도 합니다."

소진의 눈이 동그래졌다. 보은군이 부럽다니, 그보다 모든 것이 더 나은 상황에.

순간, 소진의 말문이 턱 막히고 말았다.

'앞으로는 저를 불편하게 대하라, 이 말이야 뭐야. 이제 와 세자의 체통을 지키겠다는 것인가.'

차마 그 말을 뱉지는 못하고 소진은 속으로 생각했다. 그러면서 슬그머니 그에게서 시선을 거두며 입술을 달싹였다.

"궐에 계신 저하로 처음 마주했더라면 아마 달라졌겠지요. 첫 만남이 기방에서의 만남이었으니 제 무의식에 존재하는 저하께서 여간 편하였나 봅니다."

소진은 그렇게 대답하며 말끝을 흐렸다. 이번엔 헌의 시선이 그녀에게로 향했다.

첫 만남을 기방이라 말하는 소진을 의아하다는 듯 바라보았다. 하지만 소진은 그저 무표정한 얼굴로 종이만 내려다보고 있을 뿐이었다.

'어째서 내가 습격을 받고 기억을 잃던 그날의 밤을 처음이라 안 하는 것이지?'

그녀의 머리 위의 햇살이 쨍하게 빛났다.

헌은 의심쩍게 그녀를 바라보던 시선을 거두며 슬그머니 떠보듯 말문을 열었다.

"우리 첫 만남은…… 기방이 아니었을 텐데."

헌은 기억에도 없던 그날의 일을 헤집으며 여유 있게 입술을 달싹였다. 그 말이 소진의 귓가에 닿자, 그녀는 '아.' 짧은 탄식을 내뱉었다. 햇빛을 받은 그의 붉은 입술이 더욱 영롱하게 반짝이고 있었다.

첫 만남은……. 소진은 그의 말을 입안에 굴리며 자신을 직시하는 헌의 눈을 바라보았다.

"그날 밤, 위기에 빠진 나를 구해준 여인이 낭자가 아니었습니까?"

"그랬지요."

기방에서의 만남이 너무도 강렬해, 소진은 정말 헌과 처음 마주했던 날을 잊고 있었다.

헌은 그렇게 이야기하며 소진의 안색을 살폈다. 정녕 그날의 기억을 잠시 잊은 것일까.

건조하게 대답하는 그녀의 눈빛에 잠깐의 빛이 스쳤다.

"처음보다 기방에서의 만남이 더 강렬했으니……."

기방에서 마주했던 때를 떠올리는 듯 소진의 얼굴에는 희미한 웃음이 어렸다.

지금 생각해도 황당하기 그지없었던 만남.

"그때는 저하라고 상상도 못 했는데. 물론 기방에서 그리 마주하고서도 감히 저하라 생각지 못하였습니다. 어쩌면 저하를 구했던 그날보다 온천장 속에서 마주했던 날이 더 강렬하게 머릿속에 박힌 것일 수도 있고요."

소진은 그렇게 말하며 분주히 붓을 쥔 손을 움직였다. 헌도 그녀의 말에 느리게 고개를 끄덕이며 그녀에게 향했던 시선을 거두었다.

"하긴 그렇습니다. 속살을 드러낸 사이니까."

속살……?

소진의 눈이 동그래졌다. 그녀는 흠칫 놀라며 헌을 올려다보았는데 그는 빙그레 웃음만 지은 채, 열심히 그림을 그리고 있었다.

무어라 대꾸하며 부정하고 싶었지만, 그것이 사실이니 딱히 반박할 말이 없었다.

할 말을 잃은 그녀의 입가에 옅은 한숨이 번져나갔다.

중궁전의 거대한 기와 위로 강렬한 햇살이 쏟아졌다.

굳게 닫힌 문이 열리고 발소리를 죽인 궁녀 하나가 종종걸음으로 중궁전 안으로 들어섰다.

"마마……!"

중전에게 닿기까지 하나의 문이 남았고, 그 문을 지키고 섰던 김 상궁이 홱, 얼굴을 구기며 문 앞에 선 궁녀를 노려보았다.

"언성을 낮추지 못하겠느냐? 중전마마 안에서 태교 중이시다."

"……재간택 결과를 가지고 왔사옵니다."

"뭐?"

궁녀의 목소리가 옅게 떨리고 있었다. 재간택 결과라는 말에 상궁이 굳은 얼굴로 고개를 숙이자 궁녀가 은밀하게 말을 전했다. 곧, 상궁의 얼굴에 금이 가기 시작했다. 돌아가보라는 듯 고갯짓을 해 보이자 궁녀는 서둘러 뒷걸음질을 쳤다.

"중전마마. 소인이옵니다."

고요한 적막만이 감도는 중궁전의 공기를 상궁의 거센 목소리가 갈랐다.

"들라."

이내 고고한 중전의 목소리가 들렸다. 문이 열리고 상궁은 발소리를 한껏 죽인 채 중전의 앞으로 다가갔다.

"중전마마."

"무슨 일이냐?"

중전이 부른 배를 살살 어루만지며 지그시 감고 있던 눈을 떴다.

"그것이 오늘 재간택…… 결과 명단이 나왔다고 합니다."

상궁의 음성에는 잔뜩 긴장감이 묻어났다. 반듯하던 중전의 눈썹 사이가 비식, 일그러졌다.

"목소리가 왜 그렇지?"

"……그것이."

"설마. 영의정의 여식이 통과라도 했단 말이냐?"

중전은 저도 모르게 주먹을 바짝 쥐었다.

"송구하옵니다, 마마."

"……어찌 그런 일이!"

중전이 버럭 소리를 내질렀고, 상궁은 화들짝 놀라며 고개를 조아렸다.

"마마, 배 속의 아기씨를 생각하셔요. 고정하시옵소서……!"

"내가 지금 고정을 하게 생겼느냐? 분명 영의정의 여식을 초간택에서 떨어뜨리라 하지 않았더냐? 당시 간택에 참관했던 상궁들의 명단을 알아내 내게 고하여라. 감히 대비의 편에 섰단 말이지."

"……예, 중전마마."

"세자가 직접 간택장에 발걸음 하였다고 했을 때부터 재수가 없었어. 일을 그르치게 될 줄이야. 영의정의 여식이 재간택에 통과되다니……! 이를 어쩌면 좋아!"

그녀의 검은 눈동자가 분노로 휩싸였다.

"재간택에서는 반드시 떨어질 수 있도록…… 소인이 간택에 가담하도록 하겠습니다."

"재간택에서 찍혀 추후에 세자의 후궁으로도 입궐할 수 없도록, 확실히 처리해야 할 것이다."

중전의 목소리는 그 어느 때보다 확고했다. 그녀는 고개를 조아린 상궁을 매섭게 노려보았다.

"영의정의 여식이 세자빈이 되었다간…… 아니, 그 여식이 세자와 관련되어 이곳에 입궐하는 순간. 이 배 속에 있는 내 새끼는 죽은 목숨이나 다름없다. 알겠느냐?"

중전이 그렇게 소리를 지르자 상궁은 고개를 차마 들지 못한 채 서둘러 대답했다.

"여부가 있겠사옵니까, 중전마마."

상궁이 대답하며 물러가기 위해 자리에서 일어났는데 중전이 그런 그녀를 물끄러미 올려다보았다.

"한데 이번 나비들은……."

'나비'라는 말에 상궁의 발이 멈추었다.

"차질 없이 날릴 준비…… 하는 게지?"

"예. 달포 뒤 보낼 것입니다."

"저번에 보낸 것들이 꽤 문제를 일으킨다 하던데. 김 상궁. 내 출산까지 얼마 남지 않았다는 걸…… 유념하고 있겠지."

"예, 마마."

"아무 잡념 없이 출산에만 만전을 가할 수 있도록 자네가 저번보다 신경을 좀 더 썼으면 하네."

"예. 마마께서 순산하실 수 있도록 소인, 온몸을 바치겠나이다."

중전은 그 말을 마치고 느긋하게 눈을 감으며 부른 배를 어루만졌다.

말없이 붓질하는 두 사람 사이로 볕이 흐드러지게 내려앉았다.

곧 그가 침묵을 깨고 나지막한 목소리로 입을 열었다.

"오늘은 첫날이니 둥그런 곡선과 날카로운 직선을 손에 익히는 법부터 연습한다 생각하시지요."

"예에."

"윤곽만 잡아 종이에 그려보는 것입니다. 세세하게 그린다는 부담감을 떨치시고 제 얼굴형, 그리고 눈매, 콧대, 입매. 그 모양만 대충이나마 선을 이어 그려보는 것입니다."

"알겠습니다."

소진은 그의 말을 듣고는 열심히 붓질에 집중했다. 헌의 얼굴을 곁눈질로 힐끔거리며 부들부들, 손을 떨었다. 마음먹은 대로 붓이 나가지 않아 제법 애를 먹었다.

그때, 헌이 붓을 가지런히 내려놓으며 느리게 웃었다.

"어떻습니까?"

소진의 얼굴을 모두 그린 듯, 헌이 그녀를 돌아보며 물었다. 심각한 얼굴로 붓을 쥔 채 부들부들 떨던 소진이 고개를 들어 헌의 종이를 내려다보았다.

"아……!"

저번에 제게 보냈던 미완성의 용모화보다 훨씬 더 예쁜 용모화였다.

그의 솜씨는 참으로 대단한 것 같았다. 물론 대충 그린 듯, 그때보다 선에 힘이 없었지만 소진의 마음을 사로잡기에는 충분했다.

넋을 놓고 용모화를 내려다보던 소진이 헌과 시선이 부딪히자 황급히 슬쩍 벌렸던 입을 다물었다. 그러고는 슬그머니 자신이 그린 헌의 용모화를 내려다보다, 붓을 쥔 반대 손을 뻗어 종이를 숨겼다.

"마음에 드십니까?"

"예. 저하의 솜씨를 따라가려면 한참은 배워야 할 것 같습니다."

헌은 소진이 등 뒤에 감춘 종이를 힐끔거리며 피식 웃었다.

"왜 감추십니까? 봅시다."

"……예? 아. 다, 다시 그리려고요."

소진은 어색하게 웃으며 종이를 구겼다. 그러자 헌이 그녀에게 몸을 기울이며 소진이 등 뒤에 숨긴 종이를 뺏으려 손을 뻗었다.

"아니 됩니다……!"

"내가 보고 낭자께서 무엇이 부족하고 무엇을 잘 그렸는지를 파악해야 하지 않겠습니까?"

"다시 그릴 것입니다. 지금 다시 그릴 것이니……."

"이걸로도 충분히 가르쳐드릴 수 있습니다."

이리 완벽한 용모화를 그려낸 그에게 내어놓기에는 형편없는 그림이었다. 삐뚤삐뚤한 동그라미에는 눈이라고 하기에는 애매한 구멍 두 개가 그려져 있었다. 또한, 그 아래에는 코라고 말하기 민망하리만큼 초라한 작대기 하나가 찍 그어져 있었고.

어쩐지 발로 그렸다고 해도 믿을 만한 그림을 그에게 보여주기가 민망해, 소진은 뺨이 붉어진 채 열심히 그의 손을 피해 몸을 움직였다.

"다시 그려보겠습니다!"

"거창한 그림이 아니어도 괜찮습니다."

"제가 보여드리기가 창피하여서……."

소진이 붓을 쥔 손으로 그것을 감추며 어색하게 웃었다. 그런 그녀의 반응에 헌은 괜스레 궁금증이 치밀었다.

물러나는 척, 고개를 끄덕거리며 그가 소진에게서 살며시 시선을 거두었다. 그러자 그를 힐끔거리던 소진이 마음을 쓸어내리며 잠깐 안도했는데.

"한 번만 봅시다……!"

그 틈을 타 헌이 그녀를 향해 손을 뻗었다.

"어, 어어……?"

놀란 소진이 허둥거리다가 그만, 뒤로 넘어지고 말았다. 그리고 그런 그녀를 위에서 덮치듯, 헌이 소진의 몸을 감싸 안았다.

"아……."

위에서 내려다본 그녀는 참, 예뻤다.

헌은 몸을 일으킬 생각도 하지 못한 채 소진만 멀뚱히 내려다보고 있었다. 그녀 역시 놀라 한껏 굳었다.

그리고 그때, 이쪽으로 오고 있던 숙자는 두 사람을 발견하고는 화들짝 놀랐다.

"에구머니나……!"

그 목소리에 헌과 소진의 고개가 동시에 돌아갔고, 숙자는 황급히 등을 돌렸다. 소진은 이 민망한 자세를 숙자에게 들켰다는 사실에 소스라치게 놀라 그만, 헌의 가슴팍을 퍽 밀쳤다.

그런데 소진이 손에 쥐고 있던 붓이 그의 왼쪽 뺨을 스치고 말았다.

"어머!"

헌의 결점 없는 뺨에 검은 먹이 칠해졌다. 묻히려고 묻힌 것이 아니었기에 소진은 화들짝 놀라 손을 멈추었다.

헌 역시, 제 뺨에 닿는 물컹하고 차가운 촉감에 순간 굳어버렸다.

"뺨…… 저하 뺨에……."

두 사람은 서둘러 떨어졌고, 헌은 손등으로 먹이 묻은 뺨을 쓸었다. 그러자 그의 손등에 검은 먹이 묻어났다.

"이것 참."

그가 곤란하다는 듯 아랫입술을 깨물었다. 소진은 서둘러 제 앞치마를 벗어 그의 뺨을 닦아주려다 멈칫했다.

"아."

세자의 뺨을 앞치마로 닦을 수는 없었다.

"얘, 숙자야."

숙자에게 깨끗한 수건이라도 가져와달라 말하려던 찰나, 헌이 손을 뻗어 그녀의 앞치마를 쥐었다.

"이것도 괜찮습니다."

"아…… 예, 저하."

헌의 말에 소진은 황급히 제 앞치마를 손바닥으로 탈탈 털었다. 그러곤 조심스럽게 그의 뺨으로 가져갔다. 그녀는 한껏 긴장한 채, 부지런히 그의 뺨에 묻은 먹을 닦아냈다.

헌은 진지한 얼굴로 소진을 바라보다, 입을 열었다.

"이게 바로 스승의 얼굴에 먹칠하는 것입니까?"

웃자고 던진 농담인데 소진의 얼굴이 붉어지고 말았다.

"송, 송구하옵니다."

헌은 이제 되었다는 듯, 그녀의 손을 살며시 밀어내며 피식, 웃었다.

"괜찮습니다. 농입니다."

"왜 자꾸 이런 실수를 하는 건지."

소진이 멋쩍게 말끝을 흐리며 손을 내렸다. 하지만 아직 헌의 뺨에 묻은 먹은 채 지워지지 않은 상태였다.

"얼굴에 아직 먹이……."

"세안을 해야겠습니다."

"여기서요……?"

이곳에서 왕세자인 헌이 세안을 할 수 있는 곳이 있을까? 얼굴을 씻겨줄 궁녀 또한 마땅히 없을 터인데.

소진은 자신이 더 걱정스러운 얼굴로 주위를 살폈다.

"하면 이것은 과제로 돌려야겠지요?"

그때, 헌의 목소리가 들려왔고 소진의 고개가 돌아갔다.

"과제……요?"

"예."

그가 빙긋 웃으며 자리에서 일어났다. 소진도 쭈뼛쭈뼛 그를 따라 일어나며 먹이 묻은 그의 얼굴을 바라보았다.

"다음에 만나는 날까지. 내 용모화를 완성해 오는 것으로요. 물론 그렇게 되면 상상화에 가까운 용모화겠지만."

헌이 그렇게 말하고는 빙그르르 돌아섰다.

과제라니, 소진은 난감하다는 얼굴로 그의 뒤로 쪼르르 달려갔다.

"아직 과제로 대체하기에는 실력이 부족한데……."

그녀의 목소리에 헌이 멈춰 서서는 소진을 돌아보았다.

"오늘 내 얼굴을 실컷 보았으니 구태여 떠올리려 애쓰지 않아도, 눈만 감으면 눈앞에 그려지지 않겠습니까?"

"예?"

"하면 그것을 종이 위에 그대로 옮기면 됩니다."

아무렇지 않게 그런 얘기를 하는 헌을 소진이 빤히 올려다보다 슬쩍

296

눈을 피했다.

"물론 잘 그릴 필요는 없습니다. 낭자의 실력을 시험하려 과제를 내는 것이 아니니까. 다만 내 얼굴에서 가장 큰 특징이 무엇인지, 다른 사람의 얼굴과는 무엇이 다른지, 그 차별점을 콕 집어내 표현하는 능력을 기르고자 함이니, 부담 없이 그려보시지요."

그 말을 남긴 채 헌이 돌아섰다.

소진은 그의 뒷모습을 멀뚱히 바라보다 입술을 질끈 깨물었다. 그러자 곁으로 다가온 숙자가 호기심 가득한 눈으로 소진의 팔을 잡았다.

"대체 뭐 하신 거예요, 방금?"

"사고."

"사고요……?"

"왜 앞에 오는 가마를 못 보고 그대로 쿵, 하고 부딪히는 그런 사고 있지? 그런 거랑 비슷한 거였어."

그 말에 숙자가 고개를 갸웃거렸다.

"그럼 누가 가마예요?"

"뭐?"

"방금 가마랑 부딪히는 사고 같은 거라면서요. 아씨가 갖다 박았어요, 아니면 저하께서……."

"말이 그렇다는 거지. 됐어, 궁금해하지 마."

소진은 어깨를 으쓱하며 숙자에게서 시선을 거두었다. 그러곤 헌이 사라진 곳을 뚫어져라 응시하다, 뒤를 돌았다.

어찌 부담 없이 그리란 말일까.

헌이 선물처럼 남기고 간 자신의 용모화를 들여다보며 생각했다.

"아무튼, 보통 실력이 아니란 말이지."

선 하나하나가, 꼭 자신의 얼굴을 빼다 박은 듯 하얀 종이 위에 그려
져 있었다.

"또 그려주시었네요? 방금 그리신 것입니까? 후딱 그리셔도 어쩜 이렇
게……."

"나도 언젠간 용모화를 이렇게 잘 그릴 수 있겠지?"

"누구 얼굴을 그리시려고요?"

숙자의 물음에 소진이 눈을 반짝였다.

"봉희."

"예?"

"봉희의 얼굴을 그릴 것이야."

"아……."

"속히 챙겨서 가자. 아버지께서 찾으시겠다."

"예, 아씨."

"소상히 적었겠지?"

"예. 저하."

"활인서의 비리를 낱낱이 파헤쳐 그 배후에 누가 있었는지, 모두 가
려낼 것이다."

은밀히 목소리를 낮추는 헌의 얼굴이 딱딱했다. 곁에 선 윤현도 덩달
아 고개를 조아리며 더욱이 주위를 경계했다.

"감히 전하께서 병세가 깊어진 틈을 타, 병든 백성들을 위해 저들 곳
간을 열지는 못할망정 국세로 저들의 곳간을 채워……? 백성들에게 나

뉘준 것을 쥐새끼처럼 야금야금 훔쳐 먹다니. 이번 기회에 썩은 가지들을 모조리 잘라내야겠다."

"성심을 다해 돕겠사옵니다."

말을 마친 헌의 곁으로 일을 마무리한 소진이 조심스럽게 다가왔다. 딱딱하게 굳혔던 얼굴을 풀며 헌이 소진을 돌아보았다.

"지금 돌아갈 것이지요?"

"예. 오늘은 고생 많으셨습니다. 낭자가 도와주신 덕에 수월하게 일을 마칠 수 있었습니다."

"앞으로 어머니와 함께 종종 들러 병든 이들을 돌보아야겠습니다. 그간 너무 백성들에게 무심했었던 것 같아요. 직접 와서 보고 일하니 느끼는 바가 큽니다."

그렇게 말하며 소진이 활인서 안을 돌아보았다. 그녀의 눈동자가 촉촉하게 젖어 있는 듯했다.

그런 소진을 말없이 바라보던 헌이 느리게 미소를 지었다.

"여러모로 낭자는 내게 필요한 사람 같습니다."

필요한 사람, 소진은 그 말을 혀끝에 굴리며 서둘러 그에게서 시선을 거두었다.

"저하의 곁에는 충신이 넘치고 또한, 저하의 뜻을 따라줄 궁인들도 많은 것을요. 하나 저하께서 필요하다 하시면 기꺼이 도움이 되겠나이다."

상투적인 대답을 했지만, 어쩐지 마음이 울렁거리는 것 같았다.

저잣거리를 나란히 걷는 두 사람.

소진은 장옷을 꼭 여미며 너울을 길게 늘어뜨린 헌에게서 조금 떨어졌다. 행여 누군가가 자신을 알아볼까, 해서 '웬 사내와 함께 저잣거리를 돌아다니더라.'라는 소문이 나돌까 봐, 소진은 조심, 또 조심했다.

환관과 윤현, 그리고 숙자는 둘에게서 제법 떨어진 거리에서 두 사람을 비호하고 있었다.

"다음은 언제가 좋을까요?"

말없이 걷기만 하던 그녀가 나지막이 헌을 향해 물었다. 그러자 헌의 시선이 스르륵, 소진에게 닿았다.

"다음이라……."

"과제 검사를 하셔야지요?"

소진의 말에 헌이 우두커니 멈춰 섰다.

천천히 앞서가는 소진의 뒷모습을 바라보던 헌이 입술을 뗐다.

"아마 다음 만남은 궐이 될 것입니다."

곧 그녀는 재간택으로 입궐을 하여야 할 것이니.

그 말에 소진이 멈춰 서서는 빙그르르 돌아 헌을 돌아보았다.

"궐이라니요?"

소진이 조금 굳은 얼굴로 되물었다.

"자세한 건 댁으로 가 직접 듣는 것이 나을 듯싶습니다."

"그것이 무슨……."

"나에게는 더할 나위 없는 희소식이나, 낭자에게는 비보일 테니. 아무래도 행복한 얼굴로 이야기를 꺼낼 수밖에 없을 것 같아, 차라리 다른 이에게 듣는 것이 나을 것 같습니다."

"소인에게는 비보……라고 하시면."

헌이 무슨 소리를 하는 것일까, 소진이 멍한 얼굴로 분주히 그의 눈빛을 살폈다.

그때, 소진은 그의 등 뒤에서 이쪽으로 오고 있는 한 사내를 발견했다. 순간 그 사내의 얼굴을 확인한 소진의 심장이 쿵 내려앉고 말았다.

"어⋯⋯?"

그러곤 저도 모르게 헌의 등 뒤의 사내를 가리키며 놀란 얼굴을 했다. 동시에 헌의 고개도 스르륵 돌아갔다.

"저 사람⋯⋯!"

희미한 기억이었지만 두 얼굴은 소진의 기억 속에 또렷하게 남아 있었다. 헌이 사고를 당하던 일 년 전 그날 밤, 그를 습격하고 달아나던 남녀의 얼굴.

소진은 일 년이란 시간이 흘렀지만 똑똑하게 기억하고 있었다. 지금 이쪽으로 다가오는 사내는 그때 헌의 머리를 가격하고 달아나던, 그였다⋯⋯!

소진은 소스라치게 놀라며 몸을 부르르 떨었다.

"⋯⋯아는 사람입니까?"

헌이 무심한 얼굴로 그 사내를 바라보다, 다시금 소진을 향해 고개를 돌렸다. 순간, 소진의 가슴이 다시금 곤두박질쳤다.

"그것이."

소진은 무어라 대답해야 할지 몰라, 헌과 이쪽으로 오는 그 사내를 번갈아 쳐다보았다.

이대로라면 헌과 딱 마주치고 말 터였다.

그를 공격했던 사람.

아무래도 다시금 그가 헌을 마주한다면 헌의 환궁 길이 위험해질 것 같았다.

"잠시만요⋯⋯!"

소진은 서둘러 헌의 손을 잡아당겨 그 사내가 그의 얼굴을 보지 못하도록 헌의 몸을 비스듬하게 돌려세웠다.

헌은 갑자기 소진이 왜 이러나 싶어, 조금 놀란 눈으로 그녀를 내려다보기만 했다.

아슬아슬하게 헌과 스친 사내.

다행히 사내는 헌을 발견하지 못한 듯 일행과 함께 헌을 스쳐 멀어져 가고 있었다.

소진은 자신이 잘못 본 것일까, 헌의 손을 놓으며 다시금 사내를 돌아보았다. 하지만 제 기억이 맞는다면 저이는 그날 밤의 그 사내가 맞았다.

소진은 무표정한 얼굴로 자신만 내려다보는 헌을 올려다보았다.

'어찌, 왜……'

그러자 헌은 대수롭지 않게 여기며 느리게 미소 지었다.

"뒤에 호위 무사가 잔뜩인데 너무 과잉보호해주시는 것 아닙니까?"

그렇게 말하며 헌이 앞서 걸어갔고, 소진은 그런 그에게서 눈을 떼지 못했다.

'자신을 공격했던 이를 보았는데…… 왜 반응이 없는 것이지?'

순간 헌의 뒷모습을 바라보는 소진의 눈빛이 번뜩였다.

헌과 헤어지고 집으로 향하는 길, 소진의 발걸음이 눈에 띄게 더뎌졌다. 숙자는 알 수 없다는 얼굴로 소진을 돌아보며 입을 열었다.

"대체 궐에서 뭘 언제 어떻게 만나자는 말씀이실까요?"

그녀의 말에 소진은 헌이 돌아서기 전에 제게 했던 말을 떠올려보았다.

—궐에서 다시 만날 수 있을 것이니, 그때까지 용모화를 완성해보는 것으로 하지요.

언제, 어디서, 어떻게. 상세한 이야기는 빼놓고 두루뭉술하게 말하고 돌아섰던 헌. 하지만 소진은 그것보다 그 사내를 보고도 아무런 반응이 없던 헌의 모습이 자꾸만 마음에 걸렸다.

모두 지난 일이라 용서하고 묻기로 한 것일까? 그러나 그렇다고 하기에는 지난날, 자신을 기방에서 처음 마주했을 때, 제 멱살을 쥐고 흔들던 헌의 눈빛은 너무도 매섭고 거칠었다. 꼭, 그날의 범인을 찾고 있는 듯한 얼굴이었다.

한데 왜 좀 전에 그 사내를 보고 아무런 반응도 하지 않았던 것일까.

분명 처음 본다는 얼굴이었다. 그것은 자신과 무관한 사람을 응시하던 표정이었다.

고도의 심리전일까? 왕세자인 자신을 해치려 한 사람이니 쉬쉬해야만 한다고 생각해서……?

소진은 다시금 그날의 기억을 떠올려보았다. 눈앞에 떠오르는 어둠 속의 두 얼굴은 선명하기만 했다. 아무리 일 년 전의 일이고 황급히 달아나는 이를 본 것이라고 해도 그녀에게는 잊지 못할 기억이었기에 뇌리에 명확하게 박혀 있었다.

"내가 잘못 본 것이 아닐 텐데……."

양반집 자제인 듯한 젊은 도령과 앳된 얼굴의 아녀자. 어쩌면 두 남녀는 그때 막 혼례를 올린 신혼부부일 수도 있었다.

자신의 머릿속에는 이토록 선명하게 남아 있는데 헌의 기억 속에는 흐릿해졌을까. 차라리 그 얼굴은, 모르는 이를 응시하던 사람의 것이었다. 아무런 감정도 동요도 없던 표정.

설마…….

"기억을 하지…… 못하는 것이야?"

집 안으로 들어서려다 말고 소진은 걸음을 멈추고 뒤를 돌았다.

그녀의 황망한 시선이 닿은 곳은 지금쯤 헌이 들었을, 궐이었다.

제 11 장

그날 밤, 어둠 속에서

"전하, 세자 저하 납시셨나이다."

"들라."

환궁하자마자 헌은 대전으로 향했다. 굳게 닫혔던 대전 문이 열리고 마른기침을 하는 왕이 모습을 드러냈다. 왕의 곁에는 군주의 모습을 모두 담을 수 있는 커다란 경대가 놓여 있었다.

"아바마마."

헌은 성큼성큼 왕의 앞으로 다가가 고개를 조아렸다. 건조한 얼굴로 경대 속에 담긴 자신의 모습을 응시하던 왕이 스르륵 고개를 돌려 헌을 바라보았다.

헌에게 닿은 왕의 시선이 처연하기만 했다.

"활인서를 다녀오는 길이냐."

"예, 아바마마. 옥체는 좀 어떠십니까."

"괜찮다."

곧 헌은 왕에게 활인서에서 비리를 저지른 의원들의 명단이 적힌 종이를 올렸다. 그것을 받아 든 왕은 깊은 한숨을 내쉬며 종이를 펼쳤다.

하얀 종이에 빼곡히 적힌 검은색의 이름들.

"이리…… 활개를 치고 있었단 말이지."

왕의 얼굴에 씁쓸함이 느리게 번져갔다. 헌은 조용히 고개를 들어 용안을 올려다보았다.

수척해진 왕의 얼굴에서는 더는 위엄을 찾아볼 수 없었다. 한 나라의 왕이기 전에 제 아비이기도 한 그가 하루가 다르게 나약해져가는 모습에 헌은 마음이 아파왔다.

"송구하옵니다, 아바마마."

"몸이 아픈 나를 대신해 네가 고생이 많구나."

"아니옵니다. 응당 소자가 해야 할 일인 것을요."

왕은 그리 말하며 자신을 올려다보는 헌을 물끄러미 직시했다.

혼몽하던 때, 또다시 자신이 세자에게 해서는 안 될 말을 했다고 했다. 세자의 존재를 부정하고 경멸하던 중전 신씨의 태중 아이를 원자라 칭했다고도 하였다. 상선을 통해 헌에게 또 몹쓸 말을 했다는 것을 안 왕은 좌절하고 말았다.

왕은 이제 자신에게 원망조차 하지 않는 헌을 묵묵히 내려다보며 입술을 악물었다. 그리고 헌에게 향했던 시선을 접으며 옆에 놓여 있는 커다란 경대를 돌아보았다.

그 속에 담긴 자신의 모습을 들여다보는 왕의 시선은 생경하기만 했다.

"아바마마……."

"어느 것이 진짜 내 모습일까. 지금 내가 보는 이 얼굴이 진짜 나의 것일까. 아니면 이 속에 또 다른 누가 들어 있는 것일까."

"……."

"아니면 지금 내 앞에 있는 이 사람은 내가 아닌 것일까. 하면 내 얼굴을 하고 있는 이자는 대체 누구란 말인가."

낯선 이를 바라보며 문득 왕은 초점이 없는 눈으로 경대를 바라보고 있었다. 그 목소리에는 감히 헤아릴 수 없는 슬픔이 짙게 묻어났다. 순간 왕을 올려다보는 헌의 가슴이 찢어지는 듯했다.

"아바마마, 마음 굳건히 잡수시옵소서. 어의가 아바마마께서 곧 병세를 털고 쾌차하실 수 있을 것이라 했습니다."

"나는 병에 걸린 것이 아니다. 이 속에 악귀가 들어 있는 것이야. 악귀가……."

그러곤 괴로운 듯 얼굴을 감싸 쥐며 몸을 파르르 떨었다. 악한 귀신이 육신에 빌붙어 온전한 정신을 야금야금 갉아먹는 것 같았다. 그 때문에 나날이 정신이 쇠약해져가고 헛소리를 지껄이는 날이 늘어가고 있었다. 할 수만 있다면 국무당을 불러 굿이라도 해 이 몸에 기생충처럼 붙어 있는 악귀를 쫓아내고만 싶었다.

하지만 군주라는 이유로, 체통을 지켜야만 한다는 까닭으로 의서(醫書)에 쓰여 있지도 않은 이 해괴한 병을 탕약으로만 다스리려니 증세가 나아지기는커녕 나날이 악해지기만 했다.

어쩌면 그것은 당연한 일일지도 몰랐다. 더하면 더했지 덜하지는 않으니, 어쩌면 자신의 마지막 모습을 이 궐 안의 모든 이들이 예상하고 있을 수도 있었다.

"헌아."

왕은 넋이 나간 얼굴로 경대에 비친 자신의 모습을 바라보며 느리게 입을 열었다. 언제나 다정한 목소리로, 그리고 건강하고 맑은 안색으로 불러주던 그 이름.

헌의 가슴이 일순, 뜨거워졌다.

"내 이 몸에서 악귀가 온전히 사라지지 않는다면……. 증세가 더 악화하기 전에 너에게 선위(禪位)를 해줄까 한다."

"아바마마……! 아직은 너무 이르옵니다! 선위라니요!"

선위라는 말에 상선 역시 안타까운 얼굴로 왕을 올려다보았다.

"내가 아닌 이 속에 든 또 다른 내가 세자인 너를……."

말을 잇기 괴로운 듯 왕은 머뭇거리며 입술을 떨었다.

"힘드시면 더 말하지 않으셔도 괜찮사옵니다. 소자 물러갈 터이니 편히 쉬……."

"내 손으로 폐위시킬까…… 그것이 무척 두렵구나."

헌이 서둘러 말하며 물러나기 위해 자리에서 일어나는데 왕이 힘겹게 말을 뱉어냈다. 그 음성 끝은 두려움으로 갈라져 있었다.

"아바마마……."

"정신이 나갔다 돌아오면 제일 먼저 상선에게 묻는 것이 무엇인 줄 아느냐? 혹 내가 너를 폐위시켰느냐는 물음이다. 왕의 말은 번복할 수도, 또한 실언이라며 덮을 수도 없어 거스를 수 없는 물과 같다고 하였다."

"예, 아바마마."

"하니 또 언제 어느 때 이 몸에, 악귀가 나를 삼키고 나타나 나의 얼굴을 하고…… 내 목소리를 내며 너를 폐위하라 명할지도 모르니, 차라리 정신이 온전할 때 너에게 선위를 할까, 한다."

참으로 비통하고 안타까운 현실이었다.

왕, 이국은 총명하고 영민하였으며 그 기상이 범과 같이 매섭고 강인하던 왕이었다. 또한, 그 누구보다 조선을 아끼고 백성을 위하던 성군이었기에 그가 이토록 이른 선위를 입에 담는 것은 충신들과 세자를 안타깝게 하기에 충분했다.

헌은 이대로 왕을, 제 아비를 잃고 싶지 않았다.

"아바마마께서 그 병마를 모두 씻어내고 다시 온전한 모습을 되찾으시어, 조선을 호령하고 다시금 백성을 보듬으실 수 있도록 소자가 곁에서 혼신의 힘을 다할 것입니다. 하니, 선위라는 말은 부디 거두어주시옵소서."

익선관의 무게마저 그에게서 벗겨진다면 그는 완전히 와르르 무너져버릴 것만 같았다.

이 조선의 왕이기에, 해서 백성과 세자, 그리고 제 사람들을 지켜야 했기에, 어쩌면 왕은 조금만 더, 하루만 더, 그렇게 애쓰고 용을 쓰며 그가 말하는 악귀와 맞서 싸우고 있는 걸지도 몰랐다.

대체 어디서부터 잘못된 것일까.

헌의 생모인 숙원 조씨의 죽음부터 이미 엉켜버린 실타래였을까.

고개를 조아린 헌의 얼굴이 비통함으로 일그러졌다.

"혼신의 힘이라……."

헌의 대답을 곱씹던 왕이 다시금 입을 열었다.

"영의정의 여식이…… 사주단자를 올렸다지. 영의정을 장인으로 두어라. 하면 내게, 그리고 네게도 큰 힘이 될 것이야."

"아바마마."

"그것보다 더한 힘은…… 없을 것이니."

밤이 깊어지자 빗방울이 추적추적 내리기 시작했다. 소진은 창을 활짝 열고서 비에 젖은 화원을 물끄러미 내려다보았다.

"재간택이라……."

결국, 재간택에 오르고야 말았다. 어머니는 걱정에 몸져누우셨고 아버지인 영의정은 온종일 못마땅한 듯 앓는 소리를 내고 있었다.

　고심에 잠겨 있던 소진은 곧 상념을 떨쳐냈다. 그러곤 헌이 내어준 용모화 과제를 하기 위해 몰래 종이를 펼쳐 들었는데. 막상 그림을 그리려 헌의 얼굴을 떠올리니 마음이 착잡해졌다.

　그녀는 눈을 꼭 감고는 낮에 보았던 헌의 얼굴을 떠올렸다.

　"……잘 빚은 떡같이 이마는 봉긋했어. 그리고 그 아래에 짙은 눈썹은 꼭 붓으로 반듯하게 칠한 것처럼 곧고 까맣고."

　차근차근 헌의 얼굴을 눈앞에 그려보았다.

　눈, 코, 입. 잘난 그의 생김새를 하나하나 뜯어보다 소진은 감았던 눈을 떴다.

　"내 실력으로 그리기에는 너무 잘난 얼굴이잖아."

　그녀는 입술을 삐죽이며 그가 가르쳐준 대로 손에 힘을 주고 얼굴 형태부터 그리기 시작했다. 낮에 활인서에서 그렸을 때보다 훨씬 더 안정적이고 힘 있는 선이 그어졌다. 처음 활을 쥘 때처럼 소진은 신중, 또 신중히 그림을 그려나갔다.

　그때, 빗소리만 분주히 들려오던 창밖에서 바스락거리는 풀 소리가 들렸다.

　"숙자니?"

　잠깐, 문 쪽을 바라보며 소진이 물었다. 그런데 아무런 대답도 들려오지 않고, 이번에는 바로 문 앞에서 부스럭거리는 소리가 들려왔다.

　아무런 그림자도 보이지 않는데 문밖에서 들려오는 심상찮은 소리에 소진은 그제야 붓을 내려놓았다. 마치 누군가가 일부러 기척을 내지 않고서 숨어든 듯 이상한 기운마저 흐르고 있었다.

소진은 본능적으로 누군가가 문 앞에 숨어 있음을 알아챘다. 그녀는 서둘러 발소리를 죽이며 품에 있던 은장도를 꺼냈다.

'……분명 문밖에 누군가가 있어.'

그녀는 숨소리가 새어 나가지 않도록 몸을 낮추고는 문 쪽으로 다가 갔다. 그러곤 먼저 기습 공격을 하기 위해 빠르게 손을 뻗었는데.

"앗……!"

"쉿!"

예상치 못한 인물이 소진의 몸을 감싸 안고서는 손바닥으로 입을 틀 어막았다. 동시에 소진의 손에 쥐어져 있던 은장도가 '쨍그랑' 소리를 내며 바닥 위로 곤두박질쳤다.

동궁에서 헌은 침소의대를 갈아입고서는 생각에 잠긴 얼굴을 했다. 추적추적 내리는 창밖의 빗방울을 물끄러미 바라보며 입술을 뗐다.

"아무래도 중궁전이 무슨 일을 꾸미고 있는 것 같구나."

그 말에 한 걸음 물러나 있던 윤현이 고개를 조아렸다.

"그 한 규수의 사라진 벗 때문에 그러십니까?"

"정말 중궁전의 궁인 중에 한 규수의 벗이 있는 거라면 결코, 쉬이 넘 겨서는 안 될 일이 일어나고 있는 것이다."

헌이 굳은 얼굴로 윤현을 돌아보았다. 그 역시, 어두운 안색으로 고 개를 주억거리고 있었다.

"정식으로 선발한 궁인이 아닌…… 일반 아녀자들을 납치해 궐에 데 려다놓는 것이니 더욱이 쉽게 생각해서는 안 될 일이지."

그렇게 말하며 잠시 생각을 하던 헌이 곧, 결심한 듯 입을 열었다. 그의 입술은 칠흑 같은 어둠 속에서도 붉게 빛났다.

"어쩌면 말이다. 이것이 내게는 절호의 기회일 수도 있겠구나."

"기회라시면."

"중궁전을 칠 기회."

하염없이 땅을 적시고 있던 빗방울을 내려다보던 헌이 빙그르르 돌아섰다. 그러곤 창을 닫으라는 듯 윤현에게 눈짓을 해 보였다.

"중궁전 모르게 궐내의 모든 궁인의 출입을 감시하고, 하루아침에 궁인이 대거 바뀌는 처소가 있으면 곧바로 내게 고하여라."

"예, 저하."

헌의 목소리는 은밀했다.

"또한, 도성을 빠져나가는 이들을 지금보다 더욱 경계하고 면밀히 살펴야 할 것 같으니 도성문의 경비를 지금보다 더 강화하고 수상한 이는 무조건 의금부로 압송하도록 하여라."

"……."

"청국을 오가는 상인과 백성들을 더욱 감시하며, 당분간 청국행 배가 당도하는 시각과 그 배에 오르는 이들의 명단도 빠짐없이 적어 내게 고하고. 이 궐에서는 쥐새끼 한 마리도 내 눈을 피해 한양을 빠져나가지 못할 것이다."

명령을 내리는 그의 눈빛이 어둠을 갈랐다. 차갑고도 냉철한 그의 본모습이 선연하게 드러나는 순간이었다.

"하나, 저하. 그렇게 하면 아마 반발하는 이들도 나올 것입니다. 지금껏 아무 문제 없이 도성을 오가던 이들과 아무런 제지 없이 청국을 오가던 상인들도 번거로운 절차에 불만을 토로할 것이 염려됩니다."

윤현의 말에 무표정한 얼굴로 허공을 응시하던 헌의 입매가 비식, 비틀렸다. 마치 바라던 바라는 듯 그의 얼굴이 묘하게 밝아지고 있었다.

"그럼 그자가 한 규수 벗의 실종과 관련이 있는 인물이겠지. 나는 덫을 놓으려는 것이다. 물론 물 샐 틈을 막으려는 것도 있고."

헌은 이마를 만지작거리며 고개를 뒤로 젖혔다. 그의 날카로운 턱선을 따라 붉은빛이 흘러내리는 듯했다.

"그리고 한 가지 더. 재간택에 한 규수의 이름이 올랐으니 중궁전을 더욱이 감시하라."

"중궁전을요……."

"한 규수의 재간택을 영의정만큼이나 경계하고 질색하는 이는 중궁전이다. 무슨 수를 써서라도 한 규수의 간택을 방해할 것이지. 중궁전이 일을 꾸미면 꾸미는 대로 내게 고하여라."

이미 중전과 영의정의 속마음을 꿰뚫고 있다는 듯 헌은 여유 있게 웃었다. 어쩌면 소진이 재간택에 오르리라는 것 또한 예상하였을지도 모른다.

"한데 한 규수께서…… 정녕 세자빈이 되실 수 있을까요? 저하께서는 한 규수가 세자빈이 되길 바라고 계신 것이지요?"

윤현이 헌의 눈치를 살피며 조심스럽게 물었다. 그러자 헌은 천천히 고개를 끄덕이며 젖혔던 고개를 바로 세웠다.

"세자빈이 되길 바라지. 하지만 그리 호락호락하게 세자빈이 되도록 내버려 둘 가문이 아니다. 하지만 손 놓고 운명을 받아들이기에는."

헌의 굵은 목울대가 거칠게 움직였다.

"그 여인이 너무도 탐이 나는구나. 절대 놓고 싶지 않을 만큼."

여전히 그는 여유가 있었다.

소진은 자신의 입술을 틀어막고 있는 사내를 세차게 올려다보았다. 사내를 엎어치기라도 할 요량으로 그의 팔을 힘껏 잡아당겼는데.

"접니다, 낭자……!"

익숙한 목소리에 소진의 손이 멈추었다.

"대감……?"

보은군이 더욱이 그녀를 감싸 안은 채 조용히 하라 눈짓을 해 보였다. 그때, 문밖에서 검은 그림자 하나가 순식간에 나타났다, 사라졌다. 소진은 자신의 입을 막고 있는 보은군의 손을 조심스럽게 치워내며 고개를 끄덕였다.

갑자기 나타난 보은군도, 그리고 문밖을 서성이는 정체 모를 저 검은 그림자도, 모두 설명이 필요한 상황이었지만 소진은 본능이 이끄는 대로 행동하기로 했다. 소진은 떨어뜨렸던 은장도를 소리 나지 않게 주워 입술을 악물었다.

감히 영의정 사가의 담을 함부로 넘다니, 목숨이 두 개라도 되는 모양이었다. 한동안 영의정이 경호를 소홀히 한 틈을 타, 자객이 든 것 같았다. 가히 영의정의 시대라 해도 과언이 아닐 만큼 그를 위협하려는 세력은 그간 없었다. 그런데 자객이라니. 그것도 영의정의 하나뿐인 여식을 해치려고 하다니.

"쉿."

이번엔 소진이 보은군을 향해 조용히 하라는 시늉을 해 보였다. 보은군은 그녀의 손목을 꼭 움켜쥔 채 불안한 시선으로 문밖을 바라보았다.

그때, 검은 그림자가 점점 문 앞으로 다가왔고, 소진은 먼저 그를 치기 위해 어둠 속에서 분주히 움직였다. 그런데 그 순간 별채 밖에서 아무것도 모르는 숙자의 목소리가 들려왔다.

"에구머니나! 누가 아씨 신발을 이렇게 던져놨대? 또 도둑고양이가 든 모양인가?"

숙자의 목소리가 두런두런 들려왔고, 갑작스러운 그녀의 등장에 당황한 듯 그림자의 움직임이 멎었다. 소진은 기다렸다는 듯, 문을 박차고 나가 어둠 속에 숨어 있던 자객을 향해 은장도를 휘둘렀다.

"윽!"

"여기 있네, 도둑고양이⋯⋯!"

그녀가 휘두른 칼에 팔을 스친 자객은 팔을 감싼 채, 서둘러 달아나기 시작했다.

"으악! 아씨!"

자객은 순식간에 숙자를 밀치고는 별채 밖으로 뛰어갔고 소진은 그 뒤를 놓치지 않고 따랐다. 보은군도 자객을 잡기 위해 돌진했다. 소진은 마당을 가로지르며 집안사람 모두가 깰 수 있도록 소리를 질렀다.

"불이야! 불!"

어두컴컴하던 집 안에 불이 켜지고 놀란 하인들과 듬성듬성 집 안을 지키고 있던 무사들이 몰려들었다. 또한, 보은군의 뒤를 따르고 있던 호위 무사들도 순식간에 자객의 뒤를 쫓았다.

"대감마님! 마님!"

영의정과 최씨 부인도 잠에서 깨, 헐레벌떡 안채에서 뛰어나왔다. 아수라장이 된 마당을 내려다보며 영의정은 소진부터 찾았다.

"소진이! 소진이를 보호하여라⋯⋯!"

하지만 소진은 이미 담을 넘어 사라진 자객의 뒤를 보은군과 그의 무사들과 함께 부지런히 따르고 있었다.

"나 한소진을 뭐로 보고 고작 한 명만 쳐들어온 것이야?"

"낭자! 아무래도 저잣거리로 몸을 숨기려는 모양인데 제가 반대편으로 가겠습니다……! 너희는 낭자와 함께 저자를 쫓아라!"

모두가 잠든 저잣거리. 세 사람의 불같은 추격전이 시작되었고, 소진은 이를 악물고서는 자객의 뒤를 따랐다.

'푸른빛의 수술이 달린 검을 쥔 인물이라……!'

달아나는 자객과의 거리가 꽤 멀어 그의 차림새와 얼굴이 잘 보이지 않았지만, 소진은 부지런히 그 뒤를 쫓으며 자객의 차림새를 살폈다. 역시 보은군의 예상대로 저잣거리에 몸을 숨기려는 듯 자객은 빠른 속도로 어둠 속에 몸을 숨기고 있었다.

"하아…… 하아……!"

하지만 소진이 더 뒤를 따르기엔 무리가 있었다. 소진은 거칠게 숨을 몰아쉬며 자리에 멈추었다.

그녀는 더 쫓지 못한 채 후들거리는 다리를 원망스러운 눈으로 내려다보며 바닥에 주저앉고 말았다. 보은군의 호위 무사들이 그 뒤를 쫓고 있으니 운이 좋으면 자객을 잡을 수도 있을 터였다.

그때, 반대편으로 사라졌던 보은군이 허탈한 얼굴로 이쪽으로 오고 있었다. 그의 얼굴도 심각하게 일그러져 있었다.

"낭자, 다친 곳은 없지요?"

"없습니다만……. 대체 어떻게 된 일입니까?"

소진은 보은군의 손목을 움켜쥐었다. 대체 저 자객은 무엇이고, 하필 그때 궐에 있어야 할 보은군이 어찌 알고 이곳까지 온 것인지.

보은군을 올려다보는 소진의 얼굴에는 의문이 가득했다. 보은군은 거칠게 숨을 몰아쉬며 그녀의 어깨를 조심스레 짚었다.

"우선 집으로 돌아가시지요. 영의정 대감께서 걱정하시겠습니다."

"아. 자객이 담을 뛰어넘는 것을 보고 곧바로 대군마마께서 담을 뛰어넘으셨다고요."

한밤중에 날벼락을 맞은 듯, 영의정의 사가는 여전히 어수선했다. 영의정은 사색이 된 얼굴로 입술을 질끈 물었다.

"예. 아무래도 느낌이 좋지 않아 제 호위 무사들과 함께 담을 넘었습니다. 속히 대문을 두드려 대감과 낭자를 깨워야 하는 것이 우선이라 생각하였지만, 그자가 향하는 곳이 어디인지부터 정확하게 파악해야 할 것 같아서…… 몰래 담을 넘었습니다. 그 자객이 노리는 것이 무엇인지 알아야 할 것 같았기에. 송구합니다."

"아닙니다……. 덕분에 소진이가 이리 무사하지 않습니까?"

영의정은 생각만 해도 아찔하다는 듯 몸을 부르르 떨며 곁에 앉은 소진을 돌아보았다. 원래 혼인을 치르고 나서 출궁하기로 하였던 보은군은 돌연, 왕세자의 국혼이 치러지기 전 궐을 나가 살라는 대비의 명을 받았다고 했다.

그래서 궐 밖에서 지낼 집도 둘러보고 벗들도 만나 한참 담소를 나눈 보은군이 느지막하게 환궁하던 길. 우연히 영의정의 사가 앞을 지나다 수상쩍은 사내 하나가 담벼락 앞을 어슬렁거리는 것을 본 것이었다.

곧장 담을 넘은 자객이 향한 곳은 영의정이 있는 안채도, 곡식이 채워진 곳간도 아닌 소진이 머무르는 별채였다. 영의정 사가의 위치를 잘 아는 보은군은 그보다 빨리 소진의 별채로 향했고, 그녀를 보호하기 위해 안으로 뛰어든 것이었다.

"……한데 왜 소진이를 노린 것일까."

영의정은 지끈거리는 머리를 감싸 쥐었다. 소진 역시 머릿속이 뒤죽박죽이었다. 잠자코 고개만 숙이고 있던 소진이 조심스럽게 고개를 들어, 입술을 달싹였다.

"푸른색의 수술이 달린 검집이었습니다. 키는 보은군 대감과 비슷했고요, 덩치는 아버지와 비슷하였어요. 밤이라 잘 보이지 않았지만, 허리춤에 두르고 있던 띠에도 청색의 문양이 언뜻언뜻 보였습니다. 제가 은장도를 휘둘러 오른팔에 상처를 냈고요. 혹, 이것으로 어디 소속 자객인지 알 수 있을까요?"

소진의 얼굴은 심각했다. 처음 보는 그녀의 진지하고도 심각한 얼굴에 영의정은 눈썹을 구겼다.

"너……. 그걸 어떻게 다 보았느냐?"

"예……?"

"오늘은 안개까지 껴서 가만히 서 있는 사람도 육안으로 파악하기 어려울 것 같은데. 달리는 자객의 차림새를 어떻게 보았지?"

"아, 그것이."

"게다가 네가 어떻게 그 자객의 팔에 상처를 냈고……?"

차마 그 뒤를 바짝 쫓으며 살폈다고 말할 수는 없었다. 영의정은 소진이 웬만한 사내보다 빨리 달린다는 사실도, 또한 검술에 능하다는 것도 까맣게 모르고 있었으니까.

난감해진 소진은 어색하게 웃으며 보은군을 돌아보았다.

"대, 대감께서 알려주셨어요. 그렇지요?"

"아? 예. 제가 그 뒤를 바짝…… 쫓았거든요."

"그리고 은장도는…… 뭐, 어쩌다 보니까. 하하하. 제가 휘두른 칼에 베일 정도면 참으로 멍청한 무사인가 봐요."

싸해진 분위기를 환기시키려 그녀는 소리 내어 웃었다. 그러자 보은 군이 천천히 자리에서 일어나며 영의정을 향해 허리를 굽혀 보였다.

"시각이 많이 지체되어 속히 환궁해보아야겠습니다. 저 또한, 무사들을 시켜 그 자객이 소속된 곳이 어디인지 알아보라 할 테니 염려 마시고요."

"신경 써주셔서 고맙습니다. 한데, 오늘 일은 함구하여주심이……."

영의정은 어렵사리 말문을 꺼내었다.

"예, 그리하도록 하겠습니다. 그럼 쉬십시오."

보은군이 희미하게 웃으며 다시금 고개를 조아렸다. 소진은 그런 그를 향해 반듯하게 허리를 접었다.

"오늘 일은 무척 고맙게 생각합니다."

그는 별일 아니라는 듯 희미하게 웃으며 그녀를 바라보았다.

다음 날, 날이 밝자마자 윤현은 어두운 얼굴로 동궁에 들어섰다.

"저하, 소신이옵니다."

막 환복을 하고 강습을 위해 걸음을 떼려던 헌이 고개를 들었다. 곧장 헌의 앞으로 다가간 윤현은 고개를 조아리며 조심스럽게 말문을 열었다.

"한 규수에 관해 드릴 말씀이 있습니다."

'한 규수'라는 말에 헌의 손이 멈칫했다.

이제 그에게 소진은 예민한 존재가 되어 있었다.

"말하여라."

윤현을 돌아보는 헌의 눈빛이 형형하게 빛났다.

"간밤에 웬 자객이 영의정의 사가에 잠입했습니다."

"……뭐라? 자객?"

"예, 저하."

"감히 간택에 참가하는 여인의 사가에 자객이 잠입했다니. 이것은 나에 대한 도전과도 같은 것이다."

헌은 무언가 심상찮은 낌새가 느껴져 눈살을 찌푸렸다.

한양 최고 실세인 영의정의 여식을 누가 노린 것일까. 그녀를 건드릴 만한 세력을 얼추 생각하니 제일 먼저 떠오르는 것이 벗의 실종과 관련 있다는 인물들이었다. 자신들의 일을 방해하는 것을 안 그들이 소진에게 더는 나서지 말아라, 경고를 주기 위해 벌인 일일까.

하지만 그들이 고작 경고를 주기 위해 넘기에는 영의정의 담벼락은 너무도 높고 위험했다. 그런 위험 부담을 안고 담을 넘었다니, 조금도 이해할 수 없는 일에 헌은 찜찜함을 지울 수 없었다.

"딱히 여러 명은 아니었던 것 같고 한 명이 안으로 들어 한 규수가 있는 별채로 향했다 합니다."

"그래서."

"때마침 보은군이 그 앞을 지나다 자객이 들어서는 걸 발견하고는 한 규수를 구하러 안으로 들어갔습니다."

"보은군이?"

짜증스럽다는 듯 헌의 얼굴에 금이 가기 시작했다. 자꾸만 소진과 보은군 사이에 끊어지지 않는 연 같은 것이 존재하는 것 같았다. 하필 그 시각, 보은군이 영의정 사가 앞을 지나다 그것을 발견할 건 또 무엇일까.

"보은군이 그 늦은 시간에 어찌 궐이 아닌 밖에 있었지?"

"보은군께서 출궁 명을 받으셨사옵니다. 거처지가 정해져 둘러보고 오던 길에 벌어진 일이라고 들었사옵니다."

"잠시 내가 궐에 소홀하던 사이…… 많은 일이 있었군. 대비마마의 명이신가? 아니면 아바마마?"

"대비전에서 명이 떨어진 것으로 아옵니다."

아무래도 헌을 위협할 만한 인물을 애초에 치워버리려는 심산이 듯싶었다.

"해서 그 자객들의 정체는 당연히 밝혔겠지?"

윤현을 돌아보며 묻는 헌의 얼굴이 딱딱하게 굳었다.

"그것이……."

"밝히지 못했다면 이 길로 돌아가 당장 그 자객의 정체를 알아낸 뒤 다시 고하라. 내가 알고 싶은 것은 자객이 들었다는 것이 아니라, 그들의 정체니."

그는 화난 목소리로 그렇게 말하며 휙 등을 돌렸다.

재간택을 앞둔 여인의 집에 잠입한 무사. 게다가 지난 몇 해 동안 그 누구도 감히 건드리지 못했던 영의정의 사가를 침입했다. 이것은 누군가를 향한 경고였을까. 아니면 정말 누군가를 해치려 한 살수였을까.

홀로 깊은 생각에 잠긴 헌의 뒤로 윤현이 다시금 다가왔다.

"그들이 누구인지 알아냈습니다."

헌은 반색하며 뒤를 돌았다. 그런데 윤현의 낯빛이 어두웠다.

"누구인데……?"

"중전마마, 세자 저하 드셨사옵니다."

중궁전에서 좀처럼 듣기 힘든 '세자'라는 말이 퍼졌다. 곧 닫힌 문 너머에서 중전의 목소리가 들려왔다.

"뫼시거라."

헌은 저벅저벅 중궁전 안으로 들어섰다. 중전이 부른 배를 움켜쥐고서는 새초롬하게 그를 바라보고 있었다.

"어인 일이십니까, 세자? 내게 문안 인사를 하러 온 것은 아닐 테고."

중전의 입가에 묘한 미소가 어렸고, 그녀를 물끄러미 내려다보던 헌은 그 앞에 자리를 잡고 앉았다. 그 순간에도 헌의 날카로운 시선은 중전에게서 떨어지지 않았다.

"할 말이 있는 듯한 얼굴입니다?"

"할 말만 있어 보입니까?"

헌은 여유 있게 중전의 말을 받아쳤다. 그러자 그녀가 피식, 웃었다.

"표정 좀 푸시지요, 세자. 세자의 그 험악한 얼굴을 보고 있자니 태교에 안 좋을 것 같습니다만."

"태교를 그리 생각하시는 분이 그딴 비겁한 짓을 벌이셨습니까?"

"뭐라?"

"뱃속에 있는 내 아우가 화들짝 놀랐겠습니다, 제 어미의 추악한 성정을 보고는."

"세자! 말을 좀 가려서……."

"그러기 전에 중전마마께서 먼저 행동을 가려서 하셨어야지요."

그는 중전의 말을 가로채며 품에서 무언가를 꺼내, 당황해하는 그녀 앞에 그것을 내놓았다.

"이건…… 왜."

어젯밤, 영의정 사가를 습격했던 자객의 검에 달렸다던 푸른색의 수술. 헌은 그것을 내려다보며 조금 전보다 더 긴장한 얼굴을 하는 중전을 향해 입을 열었다.

"그 여인, 더는 안 건드렸으면 좋겠는데."

"그게 무슨!"

헌의 얼굴에 짙은 조소가 깔렸다.

"간택이 끝나기 전까지 몸이 근질근질해 가만히 있기가 어려우시겠다면, 아바마마께 고해 어디 요양이라도 보내드릴까요? 아-무것도 할 수 없는 깊은 산속으로?"

수술을 쥐고서 무슨 생각을 하는지, 중전은 한참이나 입을 다물고 있었다. 헌은 그런 중전을 물끄러미 바라보며 독이 오를 대로 오른 입술을 뗐다.

"건드리지 말라고 했습니다. 영의정의 여식이 마마의 명줄을 쥐고 있다는 것, 이 궐에 모르는 사람 없습니다."

"지금 무슨 말을!"

"해서 한 규수가 덜컥, 세자빈이라도 될까 봐 겁이 나 그녀의 몸에 상처라도 내보려, 어젯밤 그런 계략을 꾸민 모양인데. 이번 일은 마마께서 경거망동하셨습니다."

"대체 지금 무슨 망발을 하는 겝니까! 누가 누구의 몸에 상처를 내!"

"내가 먼저 알았으니 망정이지, 이 사실을 영의정이 알았더라면? 지금

마마께서 무슨 고초를 겪고 계시었을까요?"

헌은 중전의 약점을 잘 알고 있었다. 그의 의도대로 그녀는 속내를 보이며 파르르 떨었다.

"한시가 급해 사리 분별이 잘 안 되었던 모양인데. 이해합니다."

"……그 입 다무세요."

"내 입만 다물게 한다면 이번 일이 없던 일이 될 성싶습니까?"

"그만!"

"아니지……. 그전에 내가 입을 다물 것, 같습니까?"

헌은 그렇게 말하며 자리에서 일어났다. 그의 무지근한 시선이 중전의 파리하게 질린 얼굴 위로 떨어졌다. 비스듬히 사선으로 고개를 꺾은 헌이 그녀를 향해 다시금 입술을 열었다.

"한데 중전마마, 지금 마마께서 망각하고 계신 것이 하나 있으신 것 같은데. 나는 그 규수를 무척 원하고 있습니다. 하니 앞으로 한 번만 더 그 여인을 건들면 어찌 될지 심각하게 생각해보셔야 할 겁니다."

헌은 그 말을 남기고서는 등을 돌렸다. 그러고는 조소를 남기고 중궁전을 빠져나갔다.

홀로 남겨진 중전은 헌이 두고 간 푸른 수술을 냅다 던지며 바락, 소리를 내질렀다.

"건방진 놈. 언젠간 내 오늘의 수모를 반드시 갚아줄 것이야! 으아악!"

제 12 장

별안간 삼각관계

"아무래도 재간택이라 시험 내용이 초간택과 달리 많이 어렵군요."

한편 영의정의 사가에서는 간택 수업을 지도하는 상궁과 마주 앉은 소진이 입술을 뾰로통하게 내밀고 있었다.

"이건 실수를 할 수도 그렇다고 안 할 수도 없는 애매한…… 내용이 네요?"

예상 시험 내용을 받아 들고서 소진은 한참 고민하는 얼굴을 했다.

"초간택은 주로 관찰 위주의 시험이었다면 재간택부터는 거기서 한 층 더 심화된 내용으로 이루어져 있지요."

"예……"

"요리, 바느질 솜씨, 질의응답, 그리고 그때그때 즉흥적으로 주어지는 무작위 과제. 이렇게 규수들의 성정과 인품, 그리고 자라온 환경 모두 를 파악할 수 있는 내용으로 구성이 되어 있습니다."

소진은 깊게 한숨을 내쉬며 자신 없는 얼굴을 했다. 그녀는 볼에 잔 뜩 바람을 넣은 채, 상궁이 가져온 예상 시험 내용을 들여다보았다.

"이번 재간택에 선발된 인원은 총 일곱 명입니다. 거기서 보이지 않게 실수를 한다는 것도 어려운 일일 것입니다. 그러니 이번 간택은 전보다 더 신경을 써야 합니다."

상궁도 막중한 책임을 느낀다는 듯 진지한 얼굴로 고개를 주억거렸다. 소진을 바라보는 그녀의 눈빛에도 이번 간택이 쉽지만은 않을 거란 빛이 감돌았다.

"한데 재간택 하루 만에 이 모든 과제를 다 치러야 합니까?"

"모두 따로 보지는 않고 이 모든 것을 한 번에 확인할 수 있는 과제를 대비마마께서 직접 고르실 것입니다."

소진이 풀이 죽어 어깨를 축 늘어뜨렸다. 그때, 문밖에서 숙자의 목소리가 들려왔다.

"저 아씨······. 잠깐 나와보셔야 할 것 같은데. 서찰 하나가 급히 당도했습니다."

서찰이라는 말에 소진의 눈이 번뜩였고, 상궁은 자리에서 일어났다.

"하면 내일 다시 뵙도록 하지요. 오늘은 우선 제가 가져온 예상 질문부터 파악하고 계시면 될 것 같습니다."

"예, 마마님. 수고 많으셨습니다."

상궁이 별채를 나서자 숙자가 쪼르르 달려와 서찰 하나를 건네주었다. 소진은 의아하다는 얼굴로 입을 열었다.

"누가 보낸 것인데."

"······궐에서 왔습니다."

'궐'이라는 말에 소진은 서둘러 서찰을 펼쳐 들었다. 소진은 고심에 빠진 얼굴로 서찰만 물끄러미 내려다보았다.

"보은군 대감마님이 보내신 건 아닌 것 같았어요. 누구예요?"

숙자가 고개를 갸웃거리며 소진을 응시했다.

"저하께서."

간단한 그 말에 숙자는 소스라치게 놀라고 말았다. 서둘러 별채 창을 닫으며 몸을 바르르 떨었다.

"저하께서 뭐라고 하셔요? 이젠 막 연서(戀書)까지 주고받는 사입니까?"

긴히 할 말이 있습니다. 급한 것입니다.
정자나무 언덕에서 곧 뵙도록 하지요.
―난봉꾼―

끝에 적힌 '난봉꾼'이라는 단어에 소진의 입가에 피식, 미소가 터졌다. 아무래도 행여 누가 볼까, 자신을 난봉꾼으로 표현한 듯했다.

"왜 말없이 웃기만 하셔요……?"

"숙자야."

"예?"

"오늘은 아무래도 호위 무사와 함께 외출을 하여야겠지?"

"저하를…… 만나러 가실 것 아닙니까?"

"응, 그래서 네 도움이 필요할 것 같다."

소진은 생긋 웃으며 숙자에게 가까이 와보라 손짓을 하였다. 숙자가 얼떨떨한 얼굴로 그녀에게 허릴 숙였다.

"지금 내가 이걸 써줄 테니 네가 나 대신 정자나무 언덕으로 가 저하를 뵙고 와."

"……쇤네가요?"

"응. 서찰만 전해주고 너는 집으로 다시 돌아오면 돼."

그러면서 소진은 종이를 꺼내 무언가를 써 내려가기 시작했고 숙자는 곁에서 그것을 바라보았다.

"뭐라고 쓰시는 거예요?"

"오늘은 호위 무사와 함께 다녀와야 할 것 같아서. 그래야 아버지의 의심을 피할 수 있을 것 같아. 어제 그런 일도 있었으니 행동도 더 조심하여야 하고."

"……아, 그래서요?"

"내가 움직일 수 없으니 저하를 움직이게 해야지……!"

알 수 없는 말을 하며 소진은 글씨를 빼곡하게 써 내려갔다.

"하면 다녀오겠습니다, 아버지."

"꼭 이런 날……."

"그러게요. 급히 봉희가 보자고 하여서. 바로 앞인 것을요. 염려 마세요."

영의정은 소진의 말에 끙, 앓는 소리를 냈다. 그러다 못마땅한 얼굴로 뒷짐을 지며 다시금 입술을 열었다.

"봉희라는 그 아이. 양반도 아니라면서 어찌 그리 친하게 지내느냐?"

"어릴 때부터 친자매처럼 지내온 아이라서 그렇지요. 꼭 양반이어야만 친하게 지냅니까?"

소진이 슬그머니 영의정을 흘겨보며 입술을 씰룩였다. 영의정은 소진의 뒤에 우두커니 서 있는 호위 무사를 돌아보며 헛기침했다. 최씨 부인이 옅은 미소를 지으며 소진에게 나물이 담긴 바구니를 건넸다.

"냅두세요. 그래도 참 심성이 곱고 착한 아이잖아요. 이거 봉희 갖다주거라. 봉희가 좋아하는 거로 챙겼어."

"아…… 고맙습니다, 어머니."

바구니 안을 내려다보니 정말 봉희가 좋아하는 것들이 가득했다. 괜스레 그녀 생각에 눈물이 핑 돌았다.

"한데 어째 요새 통, 봉희가 보이지 않는구나?"

"집안일이 많은…… 모양이에요. 하면 속히 다녀오겠습니다."

영의정은 최씨 부인과 달리 아무리 제 여식이지만 이럴 때마다 자신과 결이 달라도 너무 다른 것 같아, 그녀가 걱정스러웠다.

"잊지 말아라. 아직 어젯밤, 그 자객이 누군지 찾아내지 못했다는 것."

"잘 알고 있으니 호위 무사까지 데리고 외출하는 것이 아니겠습니까? 걱정하지 마셔요. 서둘러 다녀오겠습니다. 가자, 숙자야."

그녀는 그렇게 말하며 숙자의 손을 잡아끌었다. 소진은 서둘러 호위 무사에게서 몇 걸음 떨어져 걸으며 슬쩍 그의 눈치를 보았다.

"저하께 잘 전해주었지?"

소진이 소곤거리며 묻자, 숙자도 목소리를 한껏 낮추며 대답했다.

"예. 그저 시키는 대로 전해드리고만 왔습니다."

소진은 헌에게 봉희의 집에 먼저 가 있으라 하였다. 지금쯤 헌이 그곳에 있을 것이었다. 호위 무사의 눈을 피해 편히 이야기할 만한 곳으로 봉희의 집만 한 곳이 없을 것 같았기에.

소진이 걸음을 서두르며 막 골목에서 벗어나던 그때.

"낭자……!"

누군가 그녀를 부르는 목소리가 들려왔다. 뜻밖의 음성에 소진의 걸음이 우뚝 멈춰 섰고, 소리가 들려오는 쪽으로 그녀의 시선이 향했다.

"어……? 보은군 대감?"

보은군이 환하게 웃으며 소진에게 다가오고 있었다.

"안 그래도 지금 뵈러 가려던 참이었는데. 외출을 하는 모양입니다."

"예……. 저 급히 어디 갈 데가 있어서요……."

"잘되었습니다. 같이 가시지요. 어젯밤, 그 자객은 어찌 되었나 궁금하기도 하고 영의정 대감께서 뭐 좀 알아낸 게 있으신가 여쭤보아야 할 것도 같아 속히 이리로 향하던 길이었습니다."

소진은 난감하다는 얼굴로 뒤에 서 있는 호위 무사를 힐끔 쳐다보았다. 그러자 보은군의 시선도 자연스럽게 그곳에 닿았다.

"이제 무사와 함께 다니시는 모양입니다. 잘하셨습니다."

"한데 제가 지금은 누구를 만나러 가야 해서……."

"같이 가지요. 앞에서 기다리고 있겠습니다."

"기다린다……고요?"

"예. 낭자를 만나러 나온 것이라 딱히 갈 곳도 없고. 아, 그리고 낭자께 보여주고 싶은 것도 있고요."

보은군은 그렇게 말하며 밝게 웃어 보였다. 어쩐지 그 웃음에는 기분 좋은 기대감도 부풀어 있는 것 같았다. 그 환한 웃음을 소진은 애써 외면할 수가 없었다.

'저하께서 급히 할 말이 있다고 하였으니 잠깐이면 되겠지……?'

소진은 머뭇거리다, 어쩔 수 없이 고개를 끄덕거렸다.

"이젠 얼굴 한 번 보기도 힘이 드네……."

헌은 헛기침하며 못마땅하다는 듯, 소진이 일러준 봉희의 집 앞에 섰다. 윤현은 그런 헌을 바라보다, 나지막이 물음을 던졌다.

"한데 저하……. 간밤의 자객이 중궁전의 소행이었다는 것을 한 규수께 알릴 것입니까?"

그의 은밀한 음성에 헌의 입가에 낮은 미소가 번졌다.

"그 좋은 패를 쥐고 왜 안 써먹어. 그러자고 급히 보자고 한 것인데."

"……좋은 패요?"

"한 규수도 알아야지. 제 아비를 뒷배로 두고 움직이는 중궁전이 어쩌면 날카로운 발톱을 숨긴 채 호시탐탐 기회를 노리고 있을지도 모른다는 사실을. 한 규수에게만 넌지시 알릴 것이다. 영민한 여인이니 중궁전의 실체도 금방 알아차릴 것이다. 자신에게 필요한 사람인지 버려야할 사람인지도 쉽게 분간할 것이고."

헌은 그렇게 말하며 천천히 고개를 주억거렸다.

"영의정에게…… 말하지 않을까요?"

윤현이 고개를 갸웃거리며 묻자 헌은 어깨를 으쓱했다.

"그것은 한 규수의 몫이지. 알릴 것인가, 홀로 알고 있다가 나처럼 좋은 패로 써먹을 것인가는."

이내 헌은 소진이 제게 보낸 서찰을 다시금 펼쳐보았다.

> 오늘부터 호위 무사를 대동해 움직이게 되어
> 편안히 이야기를 나누기가 어려울 것 같습니다. 해서 제 벗의 집에서 뵐까 하는데
> 아래 약도를 따라가면 조봉희의 집이 나올 것입니다.
> 먼저 들어가 계십시오. 제가 서둘러 뒤따라 들어가겠습니다.
> 벗의 남편에게는 봉희를 찾기 위해 저와 함께 움직이는 사람이라 소개하시면 됩니다.

그때, 봉희의 남편이 지친 낯빛으로 방을 나섰다. 헌은 더욱이 갓을 눌러쓰며 너울 뒤로 얼굴을 감추었다. 그러자 봉희의 남편과 헌의 시선

이 부딪혔다.

"뉘신지요……?"

행여 봉희의 실종과 관련된 인물일까 싶어, 봉희 남편은 긴장을 늦추지 않았다.

"여기가 조봉희댁이 맞소."

그의 말에 봉희 남편의 눈이 동그래졌다.

"맞습니다! 제 안사람인데! 어찌……!"

"한 규수…… 아, 그러니까. 한소진 규수의……."

"소진이?"

그녀가 일러준 대로 그쪽 안사람을 찾기 위해 함께 일하는 사람이라 소개를 하려던 찰나, 저 멀리서 소진이 이쪽으로 오고 있는 모습이 보였다. 헌은 행여 그녀의 호위 무사가 자신을 발견할까, 서둘러 마당으로 들어서며 입술을 뗐는데, 그녀의 곁에 서 있는 뜻밖의 얼굴을 발견하고 말았다.

"아……?"

또다시, 보은군이었다.

'왜 또 네가 한 규수의 옆에 있는 것이냐.'

순간 보은군과 도란도란 이야기를 나누며 이쪽으로 오는 소진의 모습에 그의 가슴이 뜨거워졌다.

"소진이랑 아는 사입니까?"

안에서는 봉희 남편이 영문도 모른 채, 제 집 안으로 뛰어든 헌을 경계하며 물었다. 헌은 딱 달라붙어 나란히 걸어오는 소진과 보은군을 뚫어져라 응시하며 입술을 열었다.

"나는 한 규수의…… 정인이오."

332

그것은 쓸데없는 이에게 뱉어버린 투기였다.

소진이 봉희의 방으로 들어와보니 헌이 막 도착해, 앉아 있었다. 그녀는 보은군과 함께 오게 된 자초지종을 그에게 설명했다. 헌은 아무 말없이 고개만 끄덕였다.

"어쩌다 보니 그렇게 되었습니다. 해서…… 대감을 밖에 세워두기가 좀 그런데, 안으로 불러서 함께 들어도 괜찮은 이야기일지요……?"

소진은 곤란한 얼굴로 방에 먼저 들어와 있던 헌을 향해 물었다. 헌은 너울을 걷으며 하는 수 없다는 듯, 고개를 끄덕였다.

"감사합니다. 하면 잠시만요!"

괜찮다는 그의 고갯짓에 소진은 방을 나섰다. 그러곤 봉희 남편과 함께 있던 보은군에게 다가가 낮게 속삭였다.

"안으로 드셔도 좋답니다."

"함께 들어도 될 이야기라 하십니까?"

"예. 그렇다네요."

봉희 남편은 보은군과 소진을 번갈아 쳐다보다, 대문 앞을 지키고 있는 호위 무사의 눈치를 살피며 입을 열었다.

"한데 안에 먼저 든 저분은 누군데?"

"아, 말씀 않으셨니? 봉희를 함께 찾아주고 계신 분이셔."

"……그래?"

처음 듣는 이야기라는 듯 봉희 남편이 굳게 닫힌 방문을 돌아보았다. 보은군은 둘을 남겨두고 서둘러 방 안으로 걸음을 옮겼다. 봉희 남편이 그런 보은군의 뒷모습을 슬쩍 바라보며 입술을 뗐다.

"네 정인이라던데?"

정인이라는 말은 뒤돌아선 보은군의 귓가에도 닿았다. 순간, 그의 걸음이 우뚝 멈춰 서고 말았다.

'정인……?'

꼭 혓바늘이라도 돋은 것처럼 정인이라는 글자를 담는 입안이 껄끄러웠다.

"정인은 무슨 정인이야. 하여튼 간에."

소진은 헌이 들어 있을 방을 노려보며 씩씩댔다.

"아니야?"

"아니지, 그럼!"

"꽤 높으신 분 같던데……. 한데 정말 저분과 봉희를 찾는 거야?"

"쉿."

행여 호위 무사가 들을까, 소진은 서둘러 봉희 남편의 입단속을 시켰다.

"응. 저분이…… 누구라고 말할 순 없지만. 아무튼, 봉희를 찾는 데 큰 도움 주실 분이야. 그러니까 앞으로 내가 호위 무사를 달고 외출할 때면 종종 집 좀 빌리자?"

봉희 남편은 고개를 끄덕이며 대문 앞을 장승처럼 지키고 서 있는 호위 무사를 돌아보았다.

"저 사람의 눈을 피해야 하는 거지? 하면 나는 주방에 숨어 있을게. 이야기 다 끝나면 말해."

"그래. 고마워."

소진도 서둘러 방 안으로 향했다.

"뭐라고요……? 중전마마께서요?"

어젯밤, 자신을 습격한 자객의 배후가 중전이라는 말에 소진은 소스라치게 놀라고 말았다. 물론 곁에서 그 이야기를 듣던 보은군도 흠칫 놀라며 헌을 올려다보았다.

하지만 보은군은 놀라기도 잠시 그 일을 헌이 어찌 알고 있는 것일까, 의문이 들었다.

"어째서…… 왜."

"낭자가 재간택에서 떨어지길 바라는 마음으로 그리하셨겠지요."

"확실……한 것입니까?"

"설마 확실치도 않은 유언비어를 왕세자인 내가 퍼뜨리겠습니까? 푸른 수술이 달린 검집. 중전이 비밀리에 만든 호위대가 쓰는 것입니다."

헌은 희미하게 웃으며 보은군을 돌아보았다. 마치 그 눈빛은 내가 너보다 한 수 위다, 하는 것 같아 보은군은 마음이 편치 않았다.

"한데 그걸 어찌 저하께서……."

보은군은 조금 가라앉은 얼굴로 헌을 향해 물었다. 그러자 헌은 소진을 돌아보았다.

"사실은 낭자께서 재간택 명단에 올랐다는 이야기를 듣자마자 중궁전에 사람을 붙였습니다."

"아."

"아무래도 낭자의 재간택을 달가워하지 않을 사람인 것 같아, 행여…… 일이라도 꾸며 낭자에게 해를 입히지는 않을까, 미리 손을 써두었지요."

중전이 아무런 일도 벌이지 않았더라면 지금 헌의 말을 믿지 못했을 수도 있었다.

하지만 헌의 말대로 정말 중전이 일을 꾸민 것이었고 그 때문에 자신이 다칠 뻔하였으니까. 중전이 어린 나이에도 불구하고 호락호락한 여인이 아니라는 것을 영의정을 통해 얼핏 들은 적이 있었다.

소진은 깊이 생각에 잠긴 얼굴로 고개를 끄덕였다.

"중전마마께서…… 그리하셨다……."

이 일을 곧장 영의정에게 고하여야 할까, 소진은 고심에 빠졌다. 과연 자신의 아버지는 이번 일을 세상에 드러내, 중전에게 다시는 제 가문을 건드리지 말아라 경고를 하실까?

하지만 자신이 생각하는 영의정은 결코, 그렇게 대처할 인물이 아니었다. 아무래도 이 일을 빌미 삼아 중궁전의 발목을 쥐고 있을 터였다. 간택이 무사히 끝날 때까지 쉬쉬하며 이번 일을 우선 숨길 사람이었다.

'아니야, 이렇게 끝내서는 안 돼. 어차피 쥐고 있을 패면 내가 쥐고 있는 게 낫겠어.'

어쩌면 봉희의 실종과 중궁전이 관련이 있다면, 이번 일은 자신만 알고 있는 것이 나을 것 같았다.

"저하, 혹 이번 일을 제 아버지께 고하실 것입니까?"

그 물음에 서로를 뚫어져라 응시하던 두 사내의 시선이 떨어졌다.

"어찌할까요? 우선 그 이야기를 듣자마자 낭자께 온 것입니다. 물론 중궁전은 제가 알고 있다는 사실을 알고 있고요."

잠깐 생각에 잠겼던 소진이 고개를 끄덕이며 입술을 달싹였다.

"예. 더는 중전마마께서 무언가를 하시지는 않을 것 같고……. 하면 말입니다. 이것은 저만 아는 것으로 하면 아니 될까요?"

"좋은 비책이라도 있으십니까?"

소진의 말에 헌이 흥미롭다는 듯 미소를 지으며 물었다.

"아직은요. 하지만 요긴하게 쓰일 때가 있을 것 같습니다. 아버지께 말했다가는 그저 중궁전의 약점을 쥐는 것으로 쓰실 테니까요."

"그렇겠지요……. 참, 그리고 벗과 관련된 소식도 가지고 왔습니다."

벗이라는 말에 소진과 보은군의 눈이 동시에 커졌다.

"찾았습니까?"

"아직 찾지는 못하였으나 중궁전에 있는 것이 확실하다고 하니, 궐 안 궁녀들의 출입과 한양을 빠져나갈 수 있는 도성문, 그리고 청국을 오가는 배편을 더욱이 감시하라 일렀습니다."

"아…… 감사합니다."

"낭자께서 용모화를 그려주면 본격적으로 수소문해볼 생각이니, 벗에 대한 걱정은 조금 덜어도 괜찮을 것입니다."

이토록 헌이 자신의 일을 신경 써주니 그저 고마울 따름이었다. 소진은 조금 먹먹한 눈길로 헌을 올려다보다, 고개를 조아렸다.

"감사합니다. 나라 안팎의 일로 바쁘실 텐데 저까지 이리 신경 써주셔서."

소진은 헌을 향해 예를 갖추어 인사를 올리며 자리에서 일어났다. 보은군도 그녀를 따라 느리게 몸을 움직였다.

"속히 환궁해보셔야 하지요? 번거롭게 직접 나오셔서 전해주실 것까지는 없었는데……."

"그렇다고 아무에게 전하라 할 순 없는 일이라."

"예. 마음 써주셔서 고맙습니다, 저하. 바쁘실 텐데 얼른 돌아가보십시오."

그런데 어쩐지 헌의 움직임이 더디기만 했다. 그는 하는 수 없이 자리에서 일어는 났지만, 보은군과 소진의 눈치를 살피고 있었다.

"저희가 먼저 나갈 테니 저하께서는 뒤에 나오시면 됩니다."

원래 이 이야기만 빨리 전해주고 돌아갈 생각이었다. 모처럼 나온 잠행이긴 했지만, 오늘은 빨리 환궁해 밀린 서책을 볼 요량이었는데.

"한데 보은군은 곧장 환궁하지 않고?"

"아, 저는…… 소진 낭자와 갈 곳이 있어서."

"……갈 곳?"

헌의 눈썹이 적나라하게 일그러졌다.

"선약이 있었던 것인가."

그는 그렇게 되물으며 소진을 돌아보았다. 소진은 고개를 절레절레 저으며 두 손을 모았다.

"선약은 아니고 저하를 뵈러 오는 길에 대감을 만난 것이라……."

보은군은 소진과 봉희 이야기도 하며 모처럼 편안하게 담소를 나눌까 싶어 소진을 찾은 것이었다.

또한, 자신의 출궁 소식도 전하고 자신이 앞으로 지낼 거처지도 그녀에게 소개해주고 싶었는데. 갑작스러운 헌의 방해가 달갑지 않았다.

"저하께서는…… 오후 강습이 있지 않으십니까?"

그 말에 헌이 핏, 웃었다.

"네가 내 일정에 관심이 많을 줄은 몰랐는데. 오늘은 미루고 출궁한 것이다."

그렇게 말하며 헌이 소진을 돌아보았다.

"재간택에 올라 간택 수업 듣느라 하루하루 빠듯할 것인데, 어디 탁 트인 곳에 가서 말이라도 타시겠습니까? 오늘 하루는 낭자를 위해 비워두고 출궁을 하였습니다."

헌이 그 말을 하며 소진의 곁에 서 있는 보은군을 슬쩍 밀쳤다. 하지만 보은군도 이상하게 지고 싶지 않았다.

"호위 무사도 대동하였는데 어찌 저하께서 낭자와 말을 타신다고 하십니까? 오늘은 그냥 돌아가시는 것이 좋을 것 같습니다, 저하."

그러면서 보은군이 다시 소진의 옆자리를 차지했다.

"보은군, 네가 지금 뭘 착각하는 모양인데. 내가 선약이다."

"하오나 오늘은 피치 못할 상황이지 않습니까?"

"나는 안 되고 너는 된다?"

"그런 것이 아니오라."

"하면 네가 낭자와 함께 종일 붙어 다니면 호위 무사가 뭐라 생각하겠는가."

"처음부터 없던 저하께서 갑자기 이 집에서 나타난다면…… 그게 더 해괴할 것 같은데요."

두 사내가 갑자기 왜 이러는 것인가, 소진은 서둘러 두 사람을 떼어놓았다.

"형제끼리 사이좋게 지내셔야지요. 다 큰 사내끼리 왜 다투십니까."

저 때문에 벌어진 싸움인지도 모르고 그녀는 옅은 실소를 터뜨렸다. 보은군이 슬쩍 소진의 손목을 잡아끌며 말했다.

"낭자께서 선택하는 것으로 하지요. 누구와 함께 갈 것입니까?"

그의 말에 이번에는 헌이 그녀의 반대편 손을 쥐며 보은군의 말을 가로챘다.

"내가 선약이라고 했습니다만."

보은군과 헌은 소진을 사이에 두고 다시금 불같은 시선을 주고받았다. 곧, 그 사이에 불편한 얼굴로 서 있던 소진이 입을 열었다.

"저는……!"

순간, 보은군과 헌의 시선이 동시에 소진에게 향했다. 소진은 이내 느리게 입술을 열었다.

"그냥 집으로 돌아가겠습니다. 하니 두 분 손 꼭 잡고 사이좋게 환궁하시지요. 그럼 소인, 먼저 물러가보겠나이다."

그렇게 말하며 소진이 두 사람을 향해 고개를 조아려 보였다.

이게 아닌데……!

헌과 보은군의 머릿속에 번쩍 불이 켜지는 것 같았다. 속히 방을 나서려 등을 돌리자 두 사람이 동시에 그녀의 어깨를 잡았다.

"낭자!"

"한 규수!"

다급한 둘의 목소리에 소진의 고개가 돌아갔다. 헌과 보은군이 각각 그녀의 왼쪽, 오른쪽 어깨를 쥐고 있었다.

두 남자에게 동시에 어깨를 잡힌 소진. 이내, 헌과 보은군은 그 손을 치우라는 듯, 서로를 응시했다.

"놓지."

"소인이 먼저…… 잡은 것인데요."

신경전을 벌이듯 맞닿아 있는 두 남자의 시선이 꽤 사나웠다. 소진은 그런 두 사람을 의아하다는 얼굴로 번갈아 쳐다보며 물었다.

"두 분, 어찌 그러십니까?"

보은군을 슬쩍 밀어내며 헌이 그녀의 팔을 자신 쪽으로 잡아당겼다. 그 때문에 소진의 어깨를 쥐고 있던 보은군의 손이 툭 떨어졌다.

"오후 강습까지 모두 미루어서 이대로 들어가긴 아쉬울 것 같은데."

340

그렇게 말하며 헌이 보은군을 돌아보았다. 보은군은 잠자코 고개만 조아렸다. 그 속이 아무리 뜨겁게 끓었지만, 감히 왕세자에게 불편한 내색을 할 수는 없는 법. 그저 속을 다스리며 머리만 숙이고 있을 뿐이었다.

　"갈 곳이 있다고 하였지."

　그때, 헌이 보은군을 향해 물었다.

　"예? 아, 예. 저하."

　"앞장서거라."

　소진과 보은군이 눈을 동그랗게 뜨고서 헌을 바라보았다.

　"가려던 곳이 어디인가."

　그러자 잠시 뜸을 들이던 보은군이 입을 열었다.

　"저하께서 들으셨는지는 모르겠으나…… 소인, 출궁을 명 받았습니다."

　그 말에 잠자코 서 있던 소진의 동공이 커졌다.

　"예? 대감, 출궁하십니까?"

　그녀의 물음에 보은군이 나지막이 미소를 지었다.

　"그렇게 되었습니다."

　"어머나……! 하면 혼례를……?"

　아무래도 보은군의 출궁은 국혼 뒤에 이루어지는 것으로 알려져 있었기에 소진은 그가 곧 혼례라도 치르는 것으로 생각했다.

　헌이 물끄러미 보은군을 돌아보았다. 혼례라는 말에 보은군의 안색이 어두워졌다.

　"혼례는 아직이고…… 어쩌다 보니 그렇게 되었습니다."

　"아, 국혼을 치르시고 출궁을 하실 거라는 얘기를 들어서. 하면 먼저 출궁부터 하시는 건가 봅니다?"

"예, 그럴 것 같습니다. 해서 제 거처지가 정해졌거든요. 시간만 괜찮으시다면 오늘 그곳에 함께 가보고 싶어서……."

그렇게 말하며 보은군은 말끝을 흐렸다. 어쩐지 곁에 서 있는 헌의 눈초리가 따가운 것만 같았다. 소진은 그의 말을 잠자코 듣고 있다가 고개를 슬며시 끄덕였다. 그러자 이내 헌이 못마땅한 듯 끙, 앓는 소리를 냈다. 소진의 시선이 그에게로 향했다.

"같이 살 집도 아닌데. 어찌 함께 보러 간다는 것인지."

나지막이, 그러나 날카로운 헌의 혼잣말이 소진의 귀에 날아들었다. 그녀는 그를 말없이 올려다보다가 입술을 살며시 뗐다.

"저하께서는 모르시겠지만, 보은군 대감과 제가 어린 시절 함께한 약조가 있거든요."

소진의 말에 헌의 반듯한 미간이 다시금 꽉, 구겨졌다. 불편한 감정이 그의 얼굴에 적나라하게 드러났다. 보은군은 그런 헌을 물끄러미 바라보고 있었다.

"대감께서 출궁하시면 살게 될 집을 함께 보기로 하였습니다."

그 말에 이내, 흥미롭다는 듯 헌의 눈썹이 솟아올랐다.

"보은군의 살 집을 함께 보기로 한 것이 약조다?"

"예."

"참으로 각별한 사이인가 봅니다."

"각별하기는 하지요. 유독 대감과 제가 친하니까요."

대답하며 소진이 조금 곤란하다는 얼굴로 보은군을 돌아보았다.

"한데 보은군 대감. 어린 시절의 약조를 잊은 것은 아니지만 지금은 곤란할 것 같습니다."

"아……. 아무래도 그렇지요? 간택 기간이라서."

"예, 행여 다른 이들의 눈에 띄면 구설에 오를 것도 같아서……."

"예, 이해합니다. 함께 가보았으면 좋겠다, 싶어 이야기를 꺼내본 것입니다."

보은군은 소진이 미안해하지 않도록 환하게 웃으며 말했다. 그때, 밖에 있던 숙자가 작게 문을 두드렸다.

"아씨. 쉰네입니다. 급히 드릴 말씀이 있어서……!"

그 말에 소진이 문을 열었고 숙자가 바깥의 동태를 살피며 안으로 조심스럽게 들어왔다.

"말씀 중에 죄송하지만, 그때 아씨께서 부탁하신 것 방금 쇠돌이를 만나서 받아 오는 길입니다."

"그래? 그것참, 잘되었구나."

소진은 눈을 반짝이며 보은군과 헌을 돌아보았다.

"마침 두 분도 계시니…… 함께 이야기를 해보면 좋을 것 같습니다."

그렇게 말하던 소진은 숙자를 돌아보았다.

"혹, 봉희 남편은 어디에……."

"주방에 숨어 있습니다. 근데 곧, 다른 벗들이 이곳으로 오기로 하였다고 하던데."

소진은 곤란하다는 듯 볼을 잔뜩 부풀리며 어깨를 늘어뜨렸다.

"중요한 일입니까?"

보은군이 그녀의 안색을 살피며 물었다.

"예. 실종된 벗과 관련된 일이라……. 제가 따로 숙자에게 부탁하여서 알아보라 한 것이 있거든요."

"아, 그렇다면 함께 이야기를 나누는 것도 좋을 텐데."

하지만 마땅한 장소가 없었다. 소진과 보은군이 골똘히 생각에 잠겨 있던 그때, 헌이 묵직하게 입을 열었다.

"마땅한 장소가 있긴 한데, 보은군도 함께 들어야만 합니까?"

여전히 셋의 동행이 불편한 듯, 헌이 미간을 구기고 있었다. 소진은 보은군을 슬며시 돌아보며 어색하게 웃었다.

"백지장도 맞들면 낫다고. 함께하는 것이 아무래도 좋겠지요?"

그녀의 대답에 헌이 낮게 한숨을 내쉬며 고개를 끄덕였다.

"그럼, 함께 그곳으로 가도록 하지요."

그러자 소진이 조금 당황한 듯 입술을 말아 물었다.

"한데 곤란한 것이 있습니다."

두 남자의 시선이 그녀에게로 향했다.

"밖에 호위 무사가…… 이상하게 생각할 것 같아요. 이 방에 봉희 남편과 보은군 대감과 저, 이렇게 셋이 있는 줄 알 텐데. 갑자기 저하께서 나타나시면…… 수상하게 생각한 무사가 제 아버지께 그대로 고할 것이어요. 하면 전 아버지한테 혼쭐이 날 것입니다."

소진의 말에 헌은 묘책을 다 생각해두었다는 듯, 그녀를 향해 빙그르르 돌아섰다. 그러곤 슬쩍 허리를 굽혀 그녀와 눈을 맞추었다.

"저에게 좋은 수가 있습니다."

"자, 그럼 가…… 가볼까요?"

소진은 연신 뒤를 힐끔거리며 어색하게 말을 뱉어냈다. 그러자 문 앞에서 기다리고 있던 숙자와 호위 무사가 소진을 돌아보았다. 두 사람의 시선이 저절로 소진의 뒤에 서 있는 두 남자에게 닿았다.

"엥……?"

숙자는 보은군 옆에 서 있는 얼굴을 보고는 고개를 갸웃거렸다.

"어디서 많이 보던 얼굴…… 아?"

이내 그녀가 그 얼굴을 알아본 듯 눈을 동그랗게 뜨자, 소진이 후다 닥 숙자 옆으로 다가갔다.

"보, 보은군 대감께서 앞으로 살게 될 거처지를 마련하셨다는구나. 해서 거기에 가보려고."

"……아씨, 저분은……."

"쉿."

그러곤 무어라 중얼거리려는 숙자의 팔을 콕콕 찔렀다. 호위 무사 역 시 보은군과 그 옆에 선 남자의 얼굴을 번갈아 쳐다보았다. 괜스레 호 위 무사의 시선에 가슴이 뜨끔한 소진이 사내의 팔을 휙 잡아당겼다.

"이쪽이 봉희라는 제 벗의 남, 남편입니다! 저의 벗이기도 하고요."

헌은 그새 봉희 남편의 옷으로 갈아입고 있었다. 그는 이 상황이 재 미있는지 피식, 웃음을 터뜨리며 호위 무사를 향해 까딱 고갯짓을 해 보였다.

"우리 소진이 호위 무사라고 하셨지요. 앞으로도 쭉, 잘 부탁드리오."

헌은 그렇게 말하며 소진의 옆에 딱 달라붙어 섰다. 그러면서 자신을 뚫어지게 바라보고 있는 호위 무사를 향해 생긋 웃었다. 헌과 소진의 어깨가 나란히 맞닿았다.

그의 웃음에 소진도 그를 따라 하하하, 소리 내어 웃어야만 했다. 이 순간만큼은 헌은 친한 친구인 봉희의 남편이니 당연히 친해 보여야 했 기에.

"하, 하하하. 네가 뭐…… 잘 부탁할 것까지야. 하하하."

그녀는 어색하게 웃으며 헌의 등을 퍽, 퍽 내리쳤다. 소진의 손바닥이 헌의 등을 내려칠 때마다 숙자의 가슴이 철렁, 철렁 내려앉고 있었다.

"에구머니나…… 아이구……!"

사실 봉희 남편의 옷으로 바꿔 입은 헌의 모습은 어색하기 그지없었다. 하지만 늘 비단으로 만든 도포 자락에 곤룡포만 입던 그는 이런 평민 복장이 신기하기만 했다.

옷의 팔다리가 꼭, 한 뼘씩 작았지만 헌은 당당하게 고개를 치켜들고 뒷짐을 지고 있었다.

호위 무사가 헌의 위아래를 훑자, 소진이 슬쩍 헌을 자신의 뒤로 잡아당겼다. 그러곤 짤막한 저고리 소매를 꾹, 꾹 잡아 내리며 어색하게 중얼거렸다.

"봉희가 지금 다른 곳에 있다고 하네요. 봉희를 만나러 온 것인데."

"……아, 예. 하면 가시지요, 아씨."

"아니. 저희끼리 다녀오도록 할게요. 아버지껜 잘 말씀해주세요. 늦지 않게 귀가하도록 하겠다고도 전해주시고요."

그 말에 호위 무사가 보은군과 헌을 번갈아 쳐다보았다. 소진은 서둘러 그의 앞을 가로막고 섰다.

"여기 장정이 둘씩이나 있으니 걱정하실 것 없습니다."

보은군 역시 고개를 끄덕이며 호위 무사를 바라보았다.

"제 무사들도 뒤를 따르고 있을 것이오. 다른 걱정은 안 하셔도 될 듯싶소."

이내 호위 무사는 고개를 끄덕이며 소진을 향해 고개를 숙여 보이고는 돌아섰다. 숙자는 멀어지는 호위 무사를 바라보다, 황급히 소진을 바라보았다.

"아씨……! 이게 다 뭐……. 하이고, 참."

헌의 모습을 보니 기가 찬 듯, 숙자는 말끝을 흐리고야 말았다. 왕세자가 다 해진 평민의 옷을 입고 있으니 모르는 사람은 몰라도 아는 사람 눈에는 참으로 기막힌 광경이기는 했다.

소진 역시, 다시금 헌을 돌아보며 한숨을 내쉬었다.

"꼭…… 이렇게까지 해야 합니까?"

"어때서요? 꽤 잘 어울리지 않습니까."

"예, 퍽이나 잘 어울립니다. 서둘러 가시지요."

소진은 그렇게 대꾸하며 숙자와 함께 돌아섰다. 헌이 헛기침을 하며 소진의 곁에 바짝 붙어 섰다. 소진은 그런 그를 말없이 올려다보았는데, 헌이 미소를 지으며 말했다.

"오늘도 꽤 기억에 남겠습니다."

소진은 피식, 웃으며 그의 옷매무시를 살폈다.

"그래도 저하는 저하이신가 봅니다. 아무리 누더기 같은 옷을 입혀놔도 범상치 않은 기운이 느껴집니다. 하니 앞으로는 이런 위험한 장난은 하지 말아야겠습니다."

그녀의 말에 뒷짐을 진 채 걷던 헌이 괜스레 그녀와 걸음걸이를 맞추며 걸었다.

"위험한 장난입니까?"

"그렇잖습니까. 누가 보기라도 하면 어쩌려고."

"위험하긴 한데, 장난은 아닙니다."

헌의 낮은 음성이 앞서 걷던 보은군의 귀에도 닿았다.

"장난이 아니라. 지금 나는 내 마음에 최선을 다하는 중이라는 말입

니다."

그 말에 소진이 고개를 갸웃했다.

"저하의 마음이…… 어떤데요?"

"위험해도 함께 있고 싶은 마음?"

그렇게 말하며 헌이 피식, 입술을 터뜨렸다.

순간 소진은 가슴이 쿵, 떨어지는 것만 같은 느낌이 들었다. 헌을 멍하니 올려다보는 그녀의 뺨이 어쩐지 붉어지는 듯했다. 괜스레 보은군의 등을 떠밀며 서둘러 걸음을 옮겼다.

"서둘러 가요, 대감. 누가 세자 저하 알아볼까, 겁납니다."

"예, 그러지요."

별안간 헌의 고백에 머릿속이 복잡해진 보은군은 어지러운 마음으로 걷고 또 걸어야만 했다.

제 13 장

부부 연습

"여깁니다."

"아, 이곳은……."

소진과 헌이 한 번 온 적 있는 곳, 왕실 사냥터였다.

소진이 이곳이 어디인지 아는 듯한 눈치에 보은군은 의아하다는 듯이 그녀를 바라보았다.

"여기를…… 아십니까, 낭자?"

보은군의 물음에 소진이 천진한 미소를 지으며 고개를 끄덕였다.

"예! 저하께서 한번 데리고 와주신 적이 있습니다."

그렇게 말하며 소진은 화살을 만지작만지작했다. 그 모습을 물끄러미 내려다보던 헌이 그녀의 곁에 섰다.

"다음번에 올 때는 둘만 옵시다. 화살 쏘는 것을 가르쳐주기로 했으니까."

그가 그렇게 말하며 고개를 까딱해 보였다. 소진은 희미한 미소를 입에 머금은 채, 작게 대답했다.

그 모습을 지켜보던 보은군이 슬쩍 소진의 옆으로 다가가 그녀의 손목을 잡아끌었다.

"이곳에도 작은 연못가가 있는데, 혹 아십니까?"

보은군의 목소리에 헌이 휙, 고개를 돌렸다.

'저놈이…… 또 수작을 부리려고.'

헌이 그를 거센 눈빛으로 응시했지만, 보은군은 오직 소진만 내려다보고 있었다. 다정한 눈길로 그녀를 내려다보던 그는 무언가 생각난 듯 입을 열었다.

"혹시 기억하십니까? 우리 왜, 옛날에 이화산 가는 길목의 조그마한 연못 보면서 맨날 서로 어머니, 아버지께 혼났던 것들 푸념하곤 했었잖습니까?"

잠시 생각에 잠겼던 소진이 손뼉을 딱, 치며 환한 얼굴을 했다.

"아! 붕어가 있는 연못! 알다마다요. 울기도 많이 울고 거기서 주먹밥도 많이 먹었는데. 그렇지요?"

"그때 왜 낭자도 그랬고 나도 그랬잖습니까? 우리 훗날 커서 시집, 장가가면 꼭 집에 이런 연못 만들어두고 살고 싶다고."

"맞아. 혹, 그런 붕어가 살고 연꽃도 피어 있는 연못입니까?"

보은군은 고개를 끄덕이며 그녀의 손목을 살며시 쥐었다. 두 사람은 함께했던 어린 시절을 회상하는 듯, 같은 얼굴을 하고 있었다.

헌은 어쩐지 두 사람의 추억이 생각했던 것보다 더 깊은 것 같아, 이상하게 마음이 무거워졌다. 쉽사리 둘 사이에 끼어들지 못하고서 뒤에서 그 모습을 지켜보기만 하고 있었다. 괜스레 헌의 가슴은 점점 더 달아오르고 있었다.

하지만 보은군과 소진은 헌과는 다른 공간에 있는 듯, 서로 도란도란 이야기를 나누고 있었다.

"예쁠 것 같아요. 붕어도 있습니까? 얼른 구경하고 싶어요."

두 사람은 다정히 이야기를 나누며 어딘가로 향했다. 그 모습을 헌이 탐탁지 않은 얼굴로 바라보고 있었다.

"그래, 이제 쇠돌이에게 받아 온 것을 내게 다오."

연못가에 앉아 말없이 못을 내려다보던 소진이 숙자를 돌아보았다. 여전히 서로를 견제하며 그녀의 양옆에 나란히 앉아 있던 헌과 보은군이 소진을 응시했다.

"아, 여기 있습니다. 그리고 아씨 말대로 알음알음, 듣기로는 여전히 그 작자들이 활개를 치고 있다 합니다."

숙자의 말에 헌의 미간이 구겨졌다.

"혹시 그…… 사채업자들?"

소진이 느리게 고개를 끄덕거렸다.

"관아 앞에 여전히 곡소리가 끊이질 않는 걸 보니…… 아예 자취를 감춘 건 아니다 싶어, 숙자에게 알아보라 시켰습니다."

소진의 목소리가 차분하게 가라앉아 있었다. 그러자 헌이 얼굴을 구기며 걱정스럽게 입술을 열었다.

"거처지를 옮겼다고 들었는데……. 나도 윤현에게 시켜 그들이 새로 옮긴 거처지를 찾아보라 시켰는데 감감무소식이긴 합니다만."

"예. 거처지를 옮겨서 몰래 그 짓을 또 벌이고 있는 모양입니다."

그때, 숙자가 소진의 손에 쥐어진 종이 한 장을 고갯짓으로 가리켜 보이며 입을 열었다.

"쇠돌이가 어렵게 구한 것이래요. 아씨 말이 맞았어요. 노름판을 기웃거리면 단서가 될 만한 게 있을 거랬잖아요? 해서 제가 쇠돌이랑 노름판이란 노름판은 죄다 돌아다녔거든요?"

"그런데?"

"근데 아씨가 예상한 대로 노름판에서 돈을 잃은 사람들한테 웬 사내 하나가 이런 종이를 은밀히 나눠주는 걸 보았거든요."

"아……?"

"종이 좀 보자고 해도 죽어도 안 된다고 하길래……. 쇠돌이가 오늘 그 종이를 받은 사람한테 돈 주고 그거 샀대요. 아씨께서 단서가 될 만한 것은 돈 아끼지 말고 죄다 갖고 오라고 하시어서."

소진이 딱딱하게 얼굴을 굳히고는 종이를 펼쳐 보였다.

"그래, 잘하였다. 한데 이건……."

헌과 보은군 역시 호기심 가득한 눈으로 종이를 들여다보았다.

"아무래도 돈을 빌려줄 테니 어디, 어디에서 돈을 빌리라는 말이 아닐까요?"

숙자의 말에 세 사람은 동시에 고개를 저었다. 그러곤 서로를 응시하는 얼굴이 차갑게 식었다.

"돈을 빌려주겠다는 게 아니야."

"……예? 하면."

"노름하러 오라는 종이야."

"어찌 돈도 없는 사람더러 노름판을 오라고……."

"돈이 아닌 다른 것을 걸고."

"예?"

소진의 말에 숙자는 소스라치게 놀라며 입을 틀어막았다.

"이것들이 이제는 대놓고 인신매매를 하겠다?"

어쩌면 이것이 봉희를 찾는데 큰 단서가 될 수도 있겠다는 생각에 소진이 자리에서 벌떡 일어났다. 헌과 보은군도 그녀의 생각을 읽은 듯 그녀를 따라 자리에서 일어났다. 소진은 두 남자를 단단한 눈길로 번갈아 쳐다보았다.

"두 분 중 한 분께서 저를 좀 도와주서야겠습니다. 하루만 저의 서방이 되어주시지요."

뜻밖의 말에 두 사내의 가슴이 철렁했다. 그리고 누가 먼저랄 새도 없이. 마치 약속이라도 한 것처럼 보은군과 헌은 동시에 소진을 향해 걸음을 내디뎠다.

"낭자, 제가……."

보은군이 대답하던 찰나, 헌이 그 말허리를 잘랐다.

"그 서방, 내가 하겠소."

헌은 그렇게 말하며 보은군을 획 돌아보았다. 이번에도 두 사내가 동시에 외쳤다.

헌은 보은군을 향해 거센 눈빛을 보내고 있었다.

그 눈빛은 감히 어딜 나서냐고 말하는 듯했다.

소진은 자신을 뚫어져라 바라보고 있는 두 남자를 올려다보다, 곧 신중히 그 입술을 열었다.

"부부 행색을 하고 이 투전판에 잠입하려 합니다."

부부라는 말에 헌과 보은군 두 사람 다, 놀란 얼굴을 했다. 그러자 숙자가 잘 모르겠다는 얼굴로 고개를 갸웃거렸다.

"꼭 부부여야만 하는 이유가 있나요?"

"여기 종이에 투전판이 열리는 장소가 그려져 있어."

"약도가 그려져 있나요……?"

"응. 산속 깊은 곳에서 열리는 투전판이네. 하면 왜 멀쩡한 저잣거리를 두고 굳이 산속 깊은 곳에서 투전판을 벌이겠어?"

"……아."

"또한, 투전판에서 돈을 잃은 자들만 골라서 이것을 주었다며."

"예. 그랬습니다. 돈을 잃고 낙심한 자들에게만 은밀히 건네는 것을 쇤네가 똑똑히 보았어요."

"투전판을 운영하는 자들이 어째서 돈을 잃은 자들을 불러 모으겠어?"

소진의 말에 숙자와 보은군, 그리고 헌이 서로를 돌아보며 눈을 반짝였다. 그녀의 추리가 빛을 보는 순간이었다.

"돈을 잃고 투전판에서 패배한 자들만 이리 깊은 산속에서 모여…… 다시 투전을 한다라."

"아…… 대충 감이 옵니다, 아씨!"

"처음에 소수의 돈으로 시작하겠지. 그러다 곡식, 세간살이…… 결국 마지막엔 무엇을 투전판에 걸겠느냐?"

"식솔들……이요?"

헌과 보은군의 미간이 순간, 확 구겨졌다.

"그래. 너, 빚 때문에 제 여식들, 마누라까지 팔아넘기는 파렴치한 인간들 본 적 있지?"

"예……."

"결국, 그들이 이런 종이를 나눠준 이유가 무엇이겠니?"

"사람도 돈 대신 받는다는……?"

"그래. 게다가 마을에 사라진 여인들 대부분이 아녀자들이었어."

그렇게 말하는 소진의 눈빛이 뜨겁게 이글거렸다. 헌과 보은군도 숨 죽인 채 그녀의 말에 집중했다.

"돈이 없어 제 마누라를 데리고 투전판에 발걸음한 사내라면, 그들에게 제1의 목표감이 되지 않겠느냐? 이왕 호랑이 굴에 들어간 거 호랑이라도 만나고 나와야지."

소진은 주먹을 불끈 쥐며 보은군과 헌을 차례대로 돌아보았다.

두 사내를 훑는 그녀의 눈길이 심상치 않았다.

"해서…… 저와 함께 호랑이 굴에 들어갈 서방님을 누가 하시겠다고요?"

당장이라도 그곳으로 쳐들어갈 기세로 소진이 다부진 목소리로 말했다. 헌이 입술을 달싹이려던 그때,

"당연히 제가 해야지요."

보은군이 헌이 말을 내뱉기도 전에 서둘러 대답했다. 헌의 미간이 짜증스럽게 구겨졌다.

"당연히?"

잠자코 소진을 바라보던 보은군이 헌을 돌아보았다.

"당연히 소인이 해야지요, 저하."

"이유는."

"그리 위험한 일에 어찌 저하께서 나서신단 말씀입니까. 이건 백번을 물어도 백번 다, 소인이 나서야 하는 일입니다."

보은군의 말에 소진이 고개를 끄덕끄덕했다. 듣고 보니 맞는 말이었다. 하지만 헌은 그 말에 동의할 수 없다는 듯이 고개를 저었다.

"하니 내가 가야지."

그의 묵직한 목소리에 소진의 시선이 그에게 향했다. 헌은 오로지 보은군만 지그시 내려다보고 있었다. 점점 싸늘해지는 헌의 눈빛을 소진이 바라보았다.

"위험한 일에 어찌 나도 없이, 한 규수를 보낸단 말인가."

"……저하."

"한 규수는 지금 재간택에 오른 여인이다. 행여 이번 일로 인해 한 규수가 위험해져 간택에 참여하지 못한다면?"

뜻밖의 대답에 보은군은 말을 잃은 듯, 대꾸도 하지 못한 채 바닥만 내려다보았다.

"내 사람이니 내가 직접 지켜야지."

"하오나 저하께서도……."

"나의 안위는 내 호위대가 지켜줄 것이다. 설마 내가 그곳에 맨몸으로 갈 것이라 생각하였느냐. 나 혼자도 아닌 한 규수와 함께인데."

"예에……."

"너는 출궁 준비로 정신이 없을 테니 이번 일은 내게 넘기거라."

헌이 뱉은 말들이 소진의 귓가를 연신 맴돌았다.

―내 사람이니…….

―……한 규수와 함께인데.

진심이겠지.

소진은 말없이 헌을 바라보았다. 그러자 보은군을 내려다보며 말을 이어가던 헌이 고개를 돌려 소진을 응시했다.

두 사람의 시선이 모처럼 포개지는 순간이었다. 헌이 소진을 향해 입술을 달싹였다.

"그리고 돈이 없어 마누라까지 팔아넘길 정도라면 양반은 아닐 테고. 하면 낭자와 내가 평민 부부의 차림으로 그곳에 가야 할 것이니. 나는 뭐 지금 이 차림 그대로 가도 되지 싶은데."

"그렇지요……?"

"이것도 한 번 입어본 내가 해야 더 자연스럽지 않겠습니까?"

그의 말에 소진은 그만 피식, 웃음을 터뜨리고 말았다.

"제가 감히 두 분 중, 한 분을 선택해도 되겠습니까?"

헌이 느리게 고개를 저었다. 그는 손을 뻗어 소진의 손목을 지그시 쥐었다.

쏟아지는 햇살이 헌의 얼굴 위에 곱게 스며들었다. 그는 고운 미소를 머금은 채, 소진을 향해 얼굴을 기울였다.

"한데 선택할 자격, 없는데. 그리 위험한 곳에 나 없이 낭자만 못 보냅니다. 아니면 오늘처럼 또 셋이서 우르르 몰려가던가."

어쩐지 이미 부부가 된 듯한 두 사람의 잘 어울리는 모습에 보은군은 아무런 말도 할 수 없었다.

'원래…… 소진 낭자의 옆자리는 나의 것이었는데.'

소진을 다정한 눈길로 보는 헌을, 보은군이 물끄러미 바라보았다.

언제나 저 자리는 자신의 것이었다. 그 자리를 헌에게 빼앗긴 것만 같아서 보은군의 마음이 점점 가라앉는 것 같았다.

"부부 연습 정도라 생각하지요."

'부부 연습'이라는 말에 소진의 뺨이 발그레해지는 것 같았다. 그 말을 뱉으며 헌이 보은군을 돌아보았다.

"이제 우리는 돌아가지. 더 지체했다가는 영의정 대감에게 낭자가 혼쭐이 날 수도 있으니."

"아, 예. 저하."

보은군은 소진과 함께 자리에서 일어났다. 그는 소진을 돌아보며 멋쩍게 웃었다.

"하면…… 그곳은 저하와 함께 가셔야 할 것 같습니다."

그러자 소진이 고개를 끄덕이며 대답했다.

"예, 그리하여야겠습니다. 걱정하지 마셔요. 저하께서 위험해지지 않도록 소녀가 곁에서 잘 보필할 테니."

그녀의 말에 보은군이 낮은 목소리로 중얼거렸다.

"내가 누굴 걱정하는지도 모르면서……."

"예?"

"다치지 마세요."

보은군은 따뜻한 눈길로 소진을 내려다보았다.

"위험해지지도 마시고요."

"예, 걱정하지 마십시오."

그는 가만히 소진의 어깨를 감싸 쥐며 걱정스러운 얼굴을 했다.

"내가 없는 곳에서…… 조금도 위험해지면 안 됩니다. 아시겠지요."

소진은 해사하게 웃으며 고개를 주억거렸다.

그때, 그런 두 사람의 옆으로 헌이 나타났다. 그러곤 그녀의 어깨를 따뜻하게 감싸 쥐고 있던 보은군의 손을 툭, 툭 떼어내며 말했다.

"네가 없지만 내가 있다. 그러니 주제넘는 걱정은, 넣어두거라."

싸늘한 말을 뱉어내며 헌은 희미하게 웃어 보였다. 그러면서 보은군의 어깨를 툭, 툭 내려치며 가자는 듯 고갯짓을 해 보였다. 이내 뒤에서 따라오는 소진을 돌아보며 말했다.

"하면 날짜와 장소를 정해 일러주시지요."

"예, 저하."

"이틀 뒤쯤 윤현을 보낼 터이니 시각과 장소가 적힌 밀서를 그자에게 건네주면 됩니다."

"예. 함께해주셔서 감사합니다, 저하."

"중전마마 납시셨사옵니까. 안에 영의정 대감 들어 계시옵니다."

"고하여주시게."

중전은 허리를 움켜쥐며 굳게 닫힌 대전 문을 응시했다.

"전하, 중전마마 드셨사옵니다."

고개를 치켜든 중전의 가슴이 콩닥콩닥 뛰었다. 부디, 오늘은 이 배 속에 있는 아이에게 선위(禪位) 하겠다는 약조를 받아낼 수 있기를. 하지만 어쩐지 안에서는 아무런 말이 들려오지 않았다.

"중전마마 드셨……."

상궁이 다시금 안에 있는 왕에게 중전이 들었다고 고하려는데.

"아무도 들이지 말라 하였거늘! 어찌!"

갑작스럽게 날아든 왕의 호통에 중전의 입술이 구겨지고 말았다. 상궁은 중전을 향해 고개를 조아리며 조심스럽게 입을 열었다.

"하면 예서 더 기다리시겠사옵니까, 마마."

그때, 대전 문이 열리고 영의정이 굳은 얼굴로 대전을 나섰다. 중전과 영의정의 시선이 부딪혔다.

"중전마마, 납시셨나이까."

영의정은 그녀를 향해 고개를 꾸벅 숙여 보였다. 그녀 역시 영의정을 향해 슬쩍 고개를 까딱였다.

"드릴 말씀이……."

"나에게요?"

"예. 전하께서는 몸이 조금 안 좋으시다고 지금 눈을 붙인다고 하시었습니다."

영의정의 말에 중전은 구겨진 얼굴로 닫힌 대전 문을 바라보았다.

"내게만 언제나…… 이리 열기 어려운 문이지요. 이 배 속에 있는 아이가 벌써부터 불쌍해집니다, 대감."

안에 있는 왕이 들으라는 듯 중전은 앓는 소리를 냈다. 그러자 대전 상궁이 어찌할 바를 몰라하며 중전을 올려다보았다.

"마, 마마……."

"중전이 되자마자 회임을 한 것이 복이라고 하더군요. 그리 강녕하시던 전하께서 이리 옥체 미령해지실지 누가 알았겠느냐고."

"마마. 우선 중궁전으로……."

영의정이 다시금 중전의 앞을 가로막으며 고개를 조아렸지만, 그녀는 입술을 우악스럽게 벌렸다.

"이게 복입니까?"

"……마마."

"태어나도 그만, 없어도 그만인 아이. 이것이 정녕 복이 맞는지……이젠 모르겠습니다."

중전은 그렇게 말하며 세차게 돌아섰다. 영의정은 그런 중전의 뒷모습을 물끄러미 바라보며 말없이 입술을 깨물었다.

지금 중전은 어떻게 해서든 배 속에 있는 아이에게 선위하겠다는 왕의 약조를 받아내려, 아등바등하고 있었다. 하지만 왕이 정신이 온전할 때는 얼굴도 쳐다보기 싫어하는 중전의 아이였으니, 아무래도 어려운 일이 될 듯싶었다.

―우리 세자를 위해…… 그대의 여식을 왕실의 일원으로 만들어주시게.

영의정은 왕이 자신을 불러서 했던 말을 곱씹었다. 그는 무미건조한 얼굴로 대전 문을 돌아보았다.

'왕세자 자리는 하나. 하지만 거기에 오르려는 인물은 셋. 한데 내 여식을…… 쉬이 왕의 장자에게 줄 수는 없지.'

이렇게 혼란한 때, 한 명이라도 왕세자로서 자격을 박탈당할 만한 흠이라도 보여준다면, 영의정에게는 더할 나위 없이 기쁜 일이 될 터였다. 그리고 그 흠을 웬만하면 지금의 세자인 헌이 보여주길 원했고.

영의정은 건조하게 헛기침을 뱉으며 중궁전으로 발걸음을 옮겼다.

"어찌 나를 보자시는지."

교태전에서는 중전과 영의정이 마주 보고 앉아 있었다. 중전이 굳은 얼굴로 영의정을 올려다보자 영의정은 떨떠름하게 입을 열었다.

"우리 소진이가 재간택에 올랐다는 소식은 들으셨지요, 마마."

중전이 그 말에 고개를 천천히 끄덕였다.

"일이 꼬였습니다. 세자가 나서 일을 그르쳤다 하던데."

"……예. 생각지도 못한 전개라 소진이도, 그리고 안사람도 많이 당황해하고 있습니다."

"한데 걱정하실 것 없습니다. 한 규수가 간택에 오를수록 초조해지는 것은 대감뿐만이 아니니."

의미심장한 말을 흘리며 중전이 슬쩍 옆으로 돌아앉았다.

"나 역시 누구보다 한 규수의 탈락을 바라고 있지 않습니까?"

"마마."

"해서 재간택 과제에 저 또한, 동참할 것입니다."

영의정이 말없이 중전을 바라보았다. 자신만큼이나 소진의 재간택 소식에 가슴을 졸였을 그녀.

영의정은 이어 말하는 그녀의 표정을 살폈다.

"대비가 홀로 과제를 만든다 하기에 나도 참여하겠다, 했습니다."

"그리하여주시면 저야 감사하지요."

"삼간택까지는 절대, 아니 됩니다."

중전의 목소리가 파르르 떨렸다. 영의정을 바라보는 눈빛 또한, 벼랑 끝까지 몰린 사람처럼 번뜩이고 있었다. 그는 고개를 주억거리다, 중전을 향해 고개를 조아렸다.

"소인은 중전마마만 믿고 있겠사옵니다."

"과제가 결정되는 대로 김 상궁에게 일러 알려드릴 테니 기다리고 계시지요."

얼마나 급했으면 대비전까지 찾아가 그런 승부를 보았을까. 자리에서 일어나는 영의정의 눈길이 사나웠다. 말없이 허리를 굽히며 그가 교태전을 나섰다.

교태전의 웅장한 자태를 돌아보며 그는 생각에 잠겼다.

'자객의 실체는 아직인데……. 왜 하필 소진이었을까. 왜 하필 단 한 명만 잠입해…… 별채를 노린 것일까.'

교태전의 기와를 올려다보는 영의정의 시선에는 의문이 가득했다.

깊이 한숨을 내쉬며 출궁하기 위해 발걸음을 옮기는데, 교태전 깊숙이 돌아 들어가는 한 무리의 궁녀 중에서 낯익은 얼굴을 발견했다. 그의 얼굴이 절로 구겨졌다.

"누구지?"

자신의 눈에 익을 만한 궁녀는 없었다. 따로 눈여겨본 궁녀도 없을뿐더러, 상궁도 아닌 일개 궁녀를 그가 알고 있을 리 만무했다.

대수롭지 않게 생각하고 돌아서려는데 문득, 그의 머릿속에 얼굴 하나가 떠올랐다.

"봉희……댁?"

소진의 오랜 벗인 봉희의 얼굴이 그 순간 영의정의 눈앞에 그려졌다. 그는 서둘러 궁녀가 사라진 쪽을 돌아보았다.

결코, 이곳에 있어서는 안 될 인물이었다.

집으로 돌아온 영의정은 곧바로 소진을 찾았다.

"부르셨습니까, 아버지?"

"그래, 재간택 준비는 잘 되어가느냐."

소진은 영의정 앞에 다소곳하게 앉아 손을 모았다.

"예. 상궁 마마님께서 성심을 다해 지도해주시고 계시옵니다."

"그래. 오늘 중궁전에 다녀오는 길이다."

"중전마마를 뵈었사옵니까?"

"너의 재간택 일로 마마께서도 근심이 많으신 모양이야."

"……예, 아버지."

자세한 내막은 몰랐지만, 소진도 얼추 중전과 자신의 아버지가 같은 뜻을 품고 있다는 것은 알고 있었다. 중전 역시, 세자를 탐탁지 않게 생각하고 있으며 그의 세력이 커지는 것을 두려워하고 있다고.

소진은 고개를 조아리며 헌의 얼굴을 떠올려보았다.

정녕 그 넓은 궐 안에서 그를 진심으로 생각하고 돕는 신하는 없는 것일까. 홀로 외로운 사투를 벌이고 있다는 이야기를 언젠가 들은 적이 있었다.

기울어져가는 자신의 입지를 지키기 위해, 호시탐탐 자신의 자리를

노리는 세력들로부터 제 자리를 지키기 위해, 헌은 고군분투 중이라고
했다.

그리고 헌을 마뜩잖게 생각하는 사람 중에 자신의 아버지인 영의정
도 포함되어 있다는 것을 소진은 잘 알았다.

"재간택 과제를 대비전과 중궁전이 함께 고심하여 결정하기로 하였
다는구나."

"예."

"해서 중전마마께서 과제가 정해지는 대로 내게 알려주기로 하였으
니 이번에는 결코, 실수 없이 재간택에서 떨어져야 할 것이다."

"예, 아버지."

소진은 고개를 끄덕이며 영의정을 바라보았다.

더 할 말이 남아 있는 것일까, 그저 이런 말을 하려 자신을 부른 것
은 아닐 텐데.

그녀는 조금 예민한 눈빛으로 영의정의 안색을 살폈다. 그때, 무표정
한 얼굴로 그녀를 내려다보던 그가 조심스럽게 입을 열었다.

"한데 오늘은 어딜 다녀온 것이냐."

그 목소리도 가라앉아 있었다. 괜히 소진의 가슴이 철렁 내려앉는 것
같았다.

호위 무사가 아버지에게 무슨 이야기를 한 걸까, 소진은 분주히 영의
정의 눈치를 살폈다.

"봉희네…… 집을 다녀오는 길인데, 어찌."

"봉희댁을 만나러 갔다 왔다……?"

"예. 아버지."

그렇게 되묻는 영의정의 눈빛이 날이 서 있었다.

"봉희댁은…… 잘 지내고 있는가."

갑자기 왜 이런 질문을 하는 것일까. 아버지가 봉희에게 관심을 가진 적은 단 한 번도 없었다. 되레 그녀를 만나러 간다고 할 때마다 언제까지 평민인 봉희와 어울릴 거냐며 핀잔을 주기 일쑤였는데.

소진은 영의정의 뜻밖의 물음에 촉각을 곤두세웠다.

"예……. 뭐 그럭저럭 잘 지내고 있습니다만……."

그녀는 말끝을 흐리며 영의정의 눈치를 살폈다.

"한데 어찌 봉희를 물으시는지요?"

의아하다는 듯이 그에게 물었다. 그러자 영의정은 소진의 시선을 외면하며 말했다.

"그냥. 네 벗이니."

그럴 리가 없었다. 단지 소진의 벗이라 하여 그가 봉희의 안부를 물을 이유가 없었다. 소진의 촉각이 곤두섰다.

"예에……. 잘 지내고 있습니다."

"한데 어찌 집에 들르지를 않는 듯하구나? 예전에는 간혹 들러 너와 담소도 나누고 네 어머니와도 이런저런 이야기를 주고받더니, 도통 보이지 않는 것 같아서."

그렇게 묻는 영의정의 얼굴이 점점 굳어갔다. 봉희가 잘 지낼 리 없다는 듯 되묻고 있는 것만 같았다. 순간 소진의 머릿속이 번뜩였다.

―오늘 중궁전에 다녀오는 길이다.

영의정이 좀 전에 했던 말이 소진의 귓가를 울렸다.

'설마……?'

그녀의 눈이 커졌다.

"아, 봉희가 요즘 몸이 안 좋아 집에만 머무르고 있습니다. 해서 제가 봉희를 만나러 가는 것이고요."

"그렇구나. 그래, 알겠다. 물러가보아라."

"예⋯⋯."

소진이 조심스럽게 자리에서 일어나며 영의정을 향해 고개를 조아렸
는데.

"아, 한데 그때 네가 했던 말. 마을의 여인들이 사라진다는 것."

영의정이 그 말을 하는 순간 소진은 확신했다. 그가 중궁전에서 봉희
를 본 것이라는 걸.

소진은 숙였던 얼굴을 들어 영의정을 지그시 응시했다. 그 역시 조금
은 단단한 눈빛으로 소진을 바라보고 있었다.

"예⋯⋯. 자세한 건 모릅니다. 그저 소문이 그리 돌아서."

"소문?"

"봉희에게 들은 이야기여요. 마을의 여인들이 밤에 사라진다는."

"⋯⋯해서 실종된 여인들이 모두 돌아왔다고 하더냐."

"아니요⋯⋯. 그것까지는 저도 잘."

"봉희댁이 해준 이야기라고?"

소진은 고개를 끄덕이며 연신 영의정의 표정을 살폈다. 무언가 찜찜
한 듯 그가 떨떠름한 얼굴로 고개를 끄덕이고 있었다. 자신과 관련 없
는 이들의, 더군다나 같은 양반도 아닌 평민들의 일에 조금도 신경을
쓸 사람이 아니었다.

"어찌 물으십니까?"

"그냥. 네가 했던 이야기가 오늘 갑자기 생각이 나서."

"소상히 알아볼까요?"

"아니다. 되었다. 나가보거라."

안채를 나서는 소진의 눈동자가 반짝였다.

내심 그날 중궁전에서 봉희를 닮은 궁녀를 본 후, 찝찝한 마음을 가라앉힐 수 없었다. 자신이 행여 잘못 본 것은 아닐까 줄곧 의심을 지울 수 없었다. 하지만 닮아도 너무 닮은 얼굴에 마을의 소문까지 가세하니 소진은 마음을 굳힐 수밖에 없었다.

그 어디에서도 봉희의 흔적을 찾을 수 없었지만 단 한 곳, 중궁전.

그곳에서 그녀를 닮은 궁녀를 보았으니 소진은 기필코 중궁전을 확인해야만 했다. 그런데 영의정의 반응을 보니 자신이 잘못 본 것이 아니었다.

"아버지께서도…… 중궁전에서 봉희를 본 거야. 확실해."

소진은 굳은 얼굴로 안채를 돌아보았다.

제 14 장

부부 행색

"어때, 숙자야? 나 좀 제법 유부녀 같으니?"

오늘은 헌과 함께 부부 행색을 하고 투전판에 잠입하기로 한 날.

소진은 봉희의 옷 중에 제일 허름한 옷을 빌려 입고 그녀의 비녀까지 꽂고는 완벽하게 변장을 했다. 아버지와 어머니 모두 출타를 한 틈을 타, 숙자와 함께 또다시 봉희의 집을 찾은 것이었다.

소진은 머리를 단단히 틀어 올린 채 비녀를 꽂았다. 숙자는 그녀의 머리칼을 곱게 매만지며 한숨을 푹 내쉬었다.

"기녀에 궁녀에 그것도 모자라 이젠 마누라 팔아넘기는 망나니의 부인이라니. 대체 이게 누굴 위한 변장인지 모르겠네요."

소진은 숙자가 구시렁거리든 말든 경대를 들여다보며 열심히 옷고름을 묶었다. 그 모습을 바라보던 숙자가 작게 물었다.

"저하는 어디서 만나기로 하셨는데요?"

"정자나무 언덕."

그때, 봉희의 남편이 문을 열고 안으로 들어섰다. 그는 봉희의 옷으로 완벽하게 변장을 한 소진을 바라보고는 또다시 눈시울을 붉혔다.

"우리 봉희한테 제대로 된 옷 한 벌 해준 적도 없는데……"

그러자 소진이 그런 봉희 남편을 흘겨보며 자리에서 일어났다.

"그러니 있을 때 잘하라는 말도 모르니? 있을 때는 기방에, 투전판에 속만 썩여놓고는⋯⋯!"

"그러게 너무⋯⋯ 후회만 되는구나."

"내가 봉회 꼭 찾을 것이니 너는 봉회가 다시 돌아오면 지금까지 못 해줬던 거 곱절로 잘해주어야 할 것이야. 알았니?"

"알았어⋯⋯. 고마워, 정말 고맙다. 소진아."

소진은 마지막으로 옷매무시를 점검하며 깊게 한숨을 내쉬었다. 그러곤 복면으로 얼굴을 가리고 숙자와 함께 몰래 방을 나서, 호위 무사가 눈치채지 못하도록 살금살금 집 뒤편으로 향했다.

"담 넘으실 수 있으시겠어요?"

"하루 이틀이야?"

소진은 숙자의 어깨를 짚으며 담을 훌쩍 뛰어넘었다. 무사히 땅바닥 위에 착지하고는 숙자를 향해 손을 흔들었다.

"조심하세요, 아씨⋯⋯!"

숙자의 걱정을 뒤로한 채 소진은 씩씩하게 저잣거리를 가로질렀다. 그러다 헌이 기다리고 있을까 싶어, 복면이 휘날리도록 정자나무 언덕을 향해 달음박질쳤다.

"하아⋯⋯ 하아⋯⋯."

이윽고 단숨에 정자나무 언덕까지 달려온 소진은 턱 끝까지 차오른 숨을 몰아쉬었다. 주위를 돌아보니 헌은 아직인 듯싶었다.

소진은 분주히 숨을 내뱉으며 주위를 휘휘 둘러보았다. 비녀가 꽂힌 머리가 약간 헐거워진 느낌이 들어 손으로 뒷머리를 더듬거렸는데.

"어⋯⋯!"

너무 급하게 달려오느라 쪽 찐 머리가 풀어져 있었다. 반쯤 걸려 있던 비녀가 툭, 떨어지고 동시에 그녀의 길고 풍성한 머리칼이 쏟아지듯 풀렸다.

"어, 어……?"

소진이 풀어지는 머리를 황급히 손으로 감싸며 떨어진 비녀를 찾기 위해 뒤를 돌았는데, 헌이 소진의 떨어진 비녀를 주워 허리를 펴다가 그녀와 딱 마주치고 말았다.

놀란 소진이 손으로 감싸고 있던 머리카락을 놓고 손을 내렸다. 그녀의 영롱하게 빛나는 머리카락이 찰랑거리며 가슴 위로 흘러내렸다.

"어라? 오시었습니까, 저하? 비녀가 헐거웠던 모양이에요, 하하."

헌의 눈동자에 머리를 곱게 풀어헤치고 생긋 웃는 소진의 모습이 담뿍 담겼다. 순간, 그의 심장이 발아래로 쿵 떨어지고 말았다.

"아."

헌의 잇새에서 작은 탄성이 흘렀다. 이상하게 명치 끝이 간질간질한 것도 같고 가슴 깊숙이가 뜨끈뜨끈한 것도 같았다. 하지만 타는 헌의 마음도 모른 채, 소진은 생긋 웃어 보였다.

"처음 올린 머리라 영, 서툴렀던 모양입니다."

그녀는 그의 손에 쥐어진 비녀를 물끄러미 바라보며 멋쩍게 입술을 달싹였다.

"홀로…… 올리기가 어려울 것 같은데. 저 머리 좀 올려주시겠어요?"

갑작스러운 그녀의 말에 헌은 여전히 굳은 채 아무 말도 하지 못하고 있었다.

'머리를……'

어렵지 않은 그 말이 헌의 귀에 턱 걸리고 말았다. 그러자 소진이 조금 의아하다는 얼굴로 고개를 갸웃거렸다.

"저하……?"

그녀의 부름에도 헌은 움직일 수 없었다.

'내 몸이…… 어찌 이러는 것이지.'

소진이 움직일 때마다 가슴 위로 부서지는 머리카락이 자꾸만 헌의 시선을 사로잡았다. 그의 뺨이 빨갛게 달아오르는 것도 같았다.

소진은 점점 얼굴이 상기되는 헌을 물끄러미 올려다보다 그의 이마에 제 손바닥을 조심스럽게 갖다 댔다. 동시에 헌의 심장이 또 한 번 바닥 아래로 추락하는 듯했다.

"어디 아프십니까? 열이 나는 것도 같은데……."

"아, 아닙니다. 뒤, 뒤를 도시지요. 머리 올려드리겠습니다."

헌은 서둘러 말꼬리를 돌리며 가슴을 쓸어내렸다. 이내 소진이 빙그르르 돌아 머리카락을 등 뒤로 차분하게 모았다.

"제가 돌돌 말겠습니다. 하면 저하께서 비녀를 깊이 꽂아주시면 됩니다. 다시는 안 풀리게 확실히 꽂아주셔야 해요."

소진은 쫑알거리며 손수 머리카락을 돌돌 말아 틀어 올렸다. 그러자 이번엔 그녀의 하얀 목선 위에 헌의 시선이 떨어졌다.

"하."

왜 자꾸만 소진에게 평소에는 보이지도 않던 것들이 보이는 것인지.

헌은 당황한 듯 뜨거운 한숨을 내쉬었다. 그의 한껏 달아오른 숨결이 소진의 하얀 목에 닿았다. 자신의 살갗에 닿는 뜨거운 입김에 그녀가 흠칫 어깨를 떨었다.

'열병이 나신 건가……. 어찌 이리 뜨겁지.'

헌은 휘휘 고개를 저으며 소진이 동그랗게 만 머리카락에 비녀를 꽂았다.

"되었습니다."

"단단히 꽂으셨습니까?"

"풀리면…… 또 꽂으면 되니까."

평소와 달리 그는 조금 가라앉아 보였다. 소진은 그런 헌을 의아하다는 듯이 올려다보았다.

평소 같았으면 시답잖은 농담도 툭, 툭 던지며 눈도 서슴지 않고 맞추었을 텐데, 오늘따라 그는 평소와 달랐다. 소진과 눈도 제대로 맞추지 않고 그저 땅만 바라보며 말수도 아끼는 것 같았다.

'어찌 이리 예뻐 보이는 것이야.'

분명 거적때기 같은 옷을 입었는데 이상하게 오늘따라 예뻐 보이는 소진이었다. 괜스레 멋쩍어진 헌은 앞서 걸었다. 그러자 당황한 소진이 서둘러 그의 뒤를 따랐다.

"같이 가요! 저하……! 아이참. 같이 가자니까, 어!"

소진은 황급히 걸음을 옮기다가 그만 멈칫하고 말았다. 저보다 발이 조금 더 큰 봉희의 짚신을 신고 온 탓에 자꾸만 짚신이 벗겨지려 해서. 그녀는 헌을 따라잡기 위해 서두르다, 그만 발목을 삐끗하고 말았다.

휘청이는 그녀를 헌이 황급히 붙잡았다.

"조심하여야지."

그가 그녀의 팔을 단단히 붙잡으며 말했다. 그러자 소진이 그의 옷깃을 꾹 쥐었다. 헌의 시선이 자신의 옷깃을 꼭 잡은 소진의 작은 손 위에 머물렀다.

"먼저 가지 마세요. 같이 가요. 오늘만큼은 우리, 부부잖습니까."

소진의 말에 헌의 머릿속이 새하얘지는 것만 같았다.

'어째서, 왜.'

자꾸만 오늘따라 그녀의 말 한마디, 행동 하나에 심장이 요동치고 있었다.

평소와 다를 것 없는데. 또한, 오늘만큼은 부부라는 그녀의 말이 틀린 것도 아닌데. 그녀의 서방이 되겠다, 먼저 나선 것은 자신인데.

헌은 멍한 얼굴로 소진을 물끄러미 내려다보았다.

그녀는 눈빛을 반짝이며 헌을 뚫어져라 바라보고 있었다. 동시에 헌의 손을 꼭 잡으며 가볍게 흔들어 보였다.

"잘할 수 있겠지요? 부부 행색은 처음이라…… 실수할까, 가슴이 조마조마합니다."

말없이 그녀를 바라보던 헌이 천천히 입술을 뗐다.

"열심히 해보아야지요."

이내 그는 소진이 잡은 손을 고쳐 잡으며 그녀와 손깍지를 꼈다.

"한번 해봅시다. 투전판에 들어가기 전까진 금실 좋은 부부."

헌은 피식, 웃으며 그녀의 손을 잡아끌었다. 그러곤 자신의 곁에서 분주히 발을 움직이는 그녀를 넌지시 내려다보았다.

"말씀하신 대로 호위대의 수를 넉넉히 채비해 뒤따르라 일러놓았습니다. 해서 계획이 무엇입니까?"

두 사람은 손을 꼭 잡은 채 어깨를 나란히 맞추었다. 누가 보면 정말 꼭, 금실 좋은 부부 같아 보였다.

"우선 투전판의 분위기를 살피고 그들의 우두머리가 누구인지 확인할 것입니다."

"우두머리라……."

"예. 그리고 여인들을 따로 가둬놓은 곳도 눈여겨보아야겠죠?"

"투전판을 샅샅이 뒤질 계획이신가 봅니다?"

"당연하죠. 해서 그들이 그 여인들을 어디로 빼돌리는지도 꼭 알아내고 말 겁니다. 그러니 저하께서 꼭 투전에서 져서 저를 팔아버리셔야 합니다."

"그러다 낭자께서 다치기라도 하면."

"설마 그 안에서 저를 패기라도 할 것이라 생각하시어요?"

사내보다 더 큰 배포를 지닌 여인인 것 같았다. 헌은 그녀의 호방함에 피식, 웃음을 터뜨리고 말았다.

"그들은 사람을 사고파는 물건이라 생각하는 파렴치한들입니다. 하니 물건을 팔기도 전에 흠집을 낼 리가 있겠습니까? 제가 가둬져서 어딘가로 끌려가는 것만 잠자코 지켜보다, 제가 안에서 난동을 피우거든 호위 무사들과 함께 투전판을 엎으시면 됩니다."

"엎는 거야 문제는 안 되겠지만. 다치시면 안 됩니다."

소진은 힘차게 고개를 끄덕이며 정면을 바라보았다. 그녀의 눈빛이 정의감으로 활활 불타오르고 있었다.

'알면 알수록 성정도 올곧고 정의롭고 영민한 여인이다.'

이 여인의 정의감을 단순한 오지랖으로 치부할 수 없었다.

'그렇다면 그날⋯⋯. 자객들에게 습격을 당하고 쓰러진 나를 이 여인이 정말 구해주었을 수도 있다.'

자꾸만 믿게 되었다. 소진과 함께하는 날이 잦을수록 헌은 저도 모르게 그녀를 믿고 있었다. 생각보다 꽤 괜찮은 여인이라서. 아무래도 마음이 자꾸만 소진을 향해 기우는 것 같았다.

"저하."

그때 혼자 이런저런 생각에 잠겨 있던 소진이 헌을 불렀다.

"저하께서는 소녀가 왜 세자빈이 되었으면 하세요?"

"그거야 당연히……."

갑자기 왜 이런 질문을 하는 것일까. 헌이 조금 의아하다는 듯이 소진을 내려다보았다.

"소녀가 좋아서라는 그런 입에 발린 소리 말고, 솔직히 말씀해보십시오."

그러자 헌이 피식, 웃음을 터뜨리며 걸음을 멈추었다. 그는 소진과 맞잡은 손을 지그시 응시하며, 입술을 뗐다.

"하면 낭자는 왜 세자빈이 되기 싫으신 겁니까?"

"음……. 난봉꾼에 호색한이라 소문난 저하시니까요?"

그녀는 숨김없이 말했다. 솔직한 소진의 대답에 헌은 다시 한번 더 웃음을 터뜨렸다.

"해서 지금도 그 소문에 대한 확신은 여전한 것입니까?"

"영 뜬소문은 아니구나 싶다가도."

"싶다가도?"

소진이 헌을 곁눈질로 슬쩍 바라보며, 생긋 웃는다.

"소문이 좀 과장됐구나 싶기도 하고 그럽니다."

"반반이다……?"

"예."

"하면 세자빈이 되기 싫었던 그 마음도 반으로 줄어들었습니까?"

헌도 희미한 웃음기를 입가에 매단 채 그녀를 향해 물었다.

"글쎄요? 한데 저하께서는 왜 제 질문에 답을 않으셔요?"

소진이 입술을 삐죽이며 그를 밉지 않게 흘겨보았다. 이내 헌이 그녀에게 향했던 시선을 접으며 알 듯 말 듯, 미묘한 웃음을 지었다.

"낭자가…… 필요하니까, 내게."

진심을 담아 그렇게 대답하며 헌이 비스듬히 고개를 꺾어 그녀를 다시, 내려다보았다. 두 사람의 시선이 보드랍게 젖어 들었다.

"그리고 낭자가 좋으니까. 좋아……졌으니까."

그 순간, 소진의 가슴이 철렁했다.

'내가 필요해서. 내가 좋아져서……'

그녀는 헌의 대답을 입안에 머금었다. 그러다 그의 손을 잡아당기며 걸음을 옮겼다.

"뭐……. 소녀도 반반입니다."

아무렇지 않게 그 대답을 툭, 뱉으면서.

어쩐지 소진과 헌의 뺨이 동시에 붉어지는 듯했다.

"여깁니다."

헌은 그녀와 꼭 맞잡았던 손을 스르륵 놓으며 말했다. 두 사람은 복면을 쓴 얼굴을 치켜들었다.

깊은 산속에 이런 어마어마한 투전판이 열리고 있을 줄이야. 이미 투전판 앞은 사람들로 북새통을 이루고 있었다. 고요한 산 중턱과는 어울리지 않는 풍경이었다.

"다…… 노름꾼들이라 이거지요?"

소진이 입을 떡 벌린 채 으리으리한 규모의 집을 올려다보았다.

"이곳에서 그렇고 그런 일들이 벌어진다는 것이지. 감히 전하의 눈을 피해 산중에서 이딴 짓을 벌였다니……."

"들어가시지요."

소진과 헌은 서로 마주 보며 고개를 끄덕였다. 그러곤 누가 봐도 서먹한 부부 사이인 것처럼 조금 떨어져서 걸었다. 헌이 먼저 안으로 들어서고 그 뒤를 이어 소진이 들어섰다.

그 안에서는 밖에서 보던 것보다 훨씬 더 어마어마한 광경이 펼쳐지고 있었다. 사람들이 개미 떼처럼 바글바글 모여 서로 돈을 따겠다고, 옥신각신 다투는 중이었다. 한 곳에서는 돈을 잃고 바닥에 주저앉아 우는 이들도 있었고 다른 곳에서는 환희에 잠겨 환호성을 지르는 이들도 있었다.

소진의 안색이 절로 굳었다. 대체 투전이 뭐기에 집문서도 날리고 식솔까지 팔아넘기는 것일까.

그때, 소진과 헌의 앞을 장정 하나가 가로막고 섰고 헌은 본능적으로 소진을 자신의 뒤로 잡아당겼다.

"흠."

의심쩍은 눈으로 소진과 헌의 차림새를 살피던 장정이 무언가 내놓으라는 듯이 손바닥을 펼쳐 보였다. 헌은 여유 있게 고개를 까딱이며 품에서 종이 한 장을 꺼내 그에게 건넸다.

그것은 숙자에게 건네받았던 이곳 지도가 그려진 종이였다. 아무래도 이곳에서는 이 종이의 유무로 출입이 가려지는 것 같았다. 헌이 내민 종이를 들여다보던 장정이 헌을 바라보다 그의 뒤에 쭈뼛쭈뼛 서 있는 소진을 응시했다.

"부부?"

"그러하오."

그 장정은 소진의 위아래를 빤-히 훑으며 입술을 달싹였다. 마치 원하던 먹잇감을 찾았다는 눈빛으로 그녀를 훑어내리고 있었다.

"무엇을 걸고 하시려고."

그 눈빛이 너무도 기분이 나빠 헌은 당장이라도 그 장정의 얼굴에 주먹을 가격하고 싶었다.

울컥하는 분노를 꾹, 꾹 누르며 헌이 입술을 뗐다.

"일단은 돈."

"후에는?"

마치 헌이 돈을 잃을 것이라는 걸 뻔히 알고 있다는 듯이 물었다. 순간, 헌의 미간이 짜증스럽게 구겨졌다.

"알면서 뭘 물어."

"……뭐?"

"투전판에 마누라는 왜 데리고 왔겠는가."

"허허. 알겠소. 거참, 마누라 팔러 왔으면서 되게 당당하네?"

"무조건 이길 것이니 마누라 팔 일은 없소."

그렇게 말하며 헌은 정말 소진을 잃을 것만 같은 기분에 입술을 꽉 악물었다. 장정은 피식, 조소를 터뜨리며 소진에게서 눈을 떼지 못했다.

"그리 애틋하면 처음부터 데리고 오지를 말던가……. 흠, 안으로 들어가시오."

소진 역시, 괜스레 기분이 이상해졌다. 밖에서 호위대들이 두 사람을 지켜보고 있었지만, 그래도 불안함은 가시질 않았다. 소진은 저도 모르게 헌의 옷자락을 꼭 쥐었다. 자신을 여전히 빤히 응시하는 장정의 눈치를 보며 입을 열었다.

"가, 같이 가요, 서방님……."

겁에 질린 소진의 얼굴을 빤히 내려다보던 헌이 말없이 그녀를 잡아당겼다.

"내 뒤를 바짝 따르시오."

그때, 갑자기 투전판 안의 분위기가 어수선해지기 시작했다. 투전을 하는 사람들을 뒤에서 감시하고 있던 장정 여럿이 우르르 입구 쪽으로 몰려오고 있었다.

"어, 어어……."

소진은 휘청이며 헌의 팔을 꼭 잡았다. 헌 역시, 굳은 얼굴로 장정들이 몰려가는 입구를 돌아보았다. 머리부터 발끝까지 비싼 장신구들로 휘어감은 사내 하나가 안으로 들어서고 있었다.

"오셨습니까, 행수 어르신……!"

아무래도 판을 벌인 이 투전판의 주인인 것 같았다. 소진이 고개를 들어 물끄러미 그 행수라는 사내를 바라보았는데.

"아니…… 저자는……?"

그 사내의 얼굴을 확인한 소진은 소스라치게 놀랄 수밖에 없었다. 그의 얼굴이 너무도 낯이 익었기에.

'설마 그때 그, 저하를 습격했던 사내……?'

하지만 너무 빨리 스쳐 지나가듯 보아서 확신할 수는 없었다. 혹시나 하는 마음에 다시금 그 사내의 얼굴을 보려고 했지만, 장정들에게 둘러싸여 잘 보이지 않았다.

"그래, 특이 사항은?"

"없습니다."

목소리만 들려올 뿐, 사내의 얼굴은 잘 보이지 않았다. 이 투전판의 주인인 것 같은 사내는 장정들과 함께 어느 방으로 들어섰다. 그의 뒷모습을 훑는 소진의 눈초리가 예사롭지 않았다.

"저 사람이 우두머리인가 봅니다."

헌이 나지막하게 말하며 소진을 자신 쪽으로 좀 더 잡아당겼다.

'아……. 그때 그 사내인 것도 같은데. 아닌가.'

소진은 그의 얼굴을 확인하기 위해 까치발을 들었다.

"혹, 저 사내의 얼굴을 보셨습니까?"

혹시나 하는 마음으로 소진이 헌을 돌아보았는데, 헌은 고개를 절레절레 젓고 있었다.

"무리하지 마십시오. 곧 확인할 기회가 있을 것이니."

그렇게 말하며 헌이 소진의 어깨를 톡, 톡 다독였다.

"예."

아쉽지만, 그의 말대로 무리할 필요는 없었다. 소진은 헌을 따라 투전판 앞에 자리를 잡고 앉았다. 투전판 하나마다 지키는 이들이 따라붙었다. 소진과 헌은 그들의 눈치를 살피며 작게 속삭였다.

"투전판에 대해 익히셨지요?"

"일부러 져주기도 어려울 만큼 쉬운 논리였습니다."

"그래도 져야만 합니다. 아시지요? 저를 팔아넘기셔야 합니다."

"팔아넘긴다는 소리 좀 그만하십시오. 가짜라도 기분이 영 언짢으니."

헌이 입술을 꽉 깨물며 소진을 흘깃 내려다보았다. 그때, 우락부락하게 생긴 장정 하나가 소진과 헌의 앞에 마주 보고 앉았다.

"한 사람만 참여하실 수 있소."

그의 말에 헌과 소진의 시선이 동시에 부딪혔다. 소진은 따로 나와 있어야 한단 말이었다. 헌과 떨어져 있어야 한다고 생각하니 심장이 쿵쾅거리는 것 같았다.

그녀가 슬그머니 자리에서 일어나자 헌이 그녀의 손목을 잡아챘다.

그러더니 장정을 향해 우악스럽게 입술을 뗐다.

"굳이 따로 있어야 하는 이유는."

그런 두 사람의 모습을 물끄러미 바라보던 사내는 비아냥거리듯 피식거렸다.

"마누라 팔러 온 자식이…… 애처가인 척하기는."

"뭐라?"

"여기 철칙이 그렇소. 판 하나에 한 사람씩. 처음이오?"

"그렇소만."

"궐에 가면 궐의 법도를 따라야 하듯 여기서는 이곳만의 법을 따라야 하오. 그러니 그쪽 부인은 나가 있으시오."

그 말에 헌은 어처구니없다는 듯 볼멘소리를 했다.

"감히 어디서 신성한 궐과 비교를……. 쯧."

하지만 더는 맞설 수 없었다. 여기서 더 고집을 부렸다가는 오히려 둘의 사이를 이상하게 볼 수도 있었다.

소진은 괜찮다는 듯 헌을 향해 고개를 끄덕여 보이며 자리를 떴다. 그녀는 연신 뒤를 돌아보며 투전을 시작한 헌의 뒷모습을 바라보았다. 정말 꼭 누군가에게 팔려 가는 기분이 들었다. 이내 소진은 노름꾼들이 가지고 온 세간살이며 곡식들이 놓인 곳간 앞에 섰다.

"휴……."

그 안에는 자신과 같이 서방을 따라온 여인들이 꽤 보였다. 아무래도 부인들을 담보로 잡고 투전을 벌이고 있는 모양이었다. 여인들은 하나같이 꾀죄죄한 몰골로 얼굴을 한껏 가린 채 벌벌 떨고 있었다.

모두 주정뱅이 노름꾼들의 아내일 것이다. 소진은 그런 여인네들을 물끄러미 바라보다, 그늘진 곳에 자리를 잡고 앉았다. 그러고는 양 무릎을 끌어안고 잔뜩 우울해진 얼굴로 자신의 발끝을 응시했다.

봉희의 낡은 짚신이 눈에 들어왔다.

'봉희야 너도 꼭, 이런 기분이었겠지? 어딘지도 모를 곳에 끌려와 다른 여인들과 함께 벌벌 떨고 있었겠지?'

소진은 이를 악물었다. 호랑이 굴에 제 발로 들어온 이상, 절대 맨몸으로 나가지는 않을 것이었다. 그녀는 이 곳간과 멀리 떨어져 있지 않은 행수라는 사내가 들어선 방을 응시했다.

"호랑이든 호랑이인 척하는 여우든, 오늘, 네 낯짝을 꼭 보고 말 것이야."

헌은 도통 투전에 집중할 수 없었다. 물론 져야만 하는 것이니 큰 부담은 없었지만, 자꾸만 신경이 다른 곳으로 쏠렸다.

"쯧쯧, 잘 좀 해보시오. 젊은 양반이 뭐 이렇게 재주가 없어. 벌써 갖고 온 돈을 모두 잃었지? 그러다 금이야 옥이야 아끼던 부인까지 잃겠소만. 한데 그쪽 부인 정도면 꽤 값을 쳐줄 것이니. 뭐 넉넉하게 잃어도 괜찮을 걸세. 미모가 아주 끝내주는 것 같던데."

장정은 그렇게 말하며 뭐가 재미있는지 껄껄껄 웃었다. 가만히 그의 말을 듣기만 하던 헌이 쯧, 혀를 찼다. 짜증스럽게 얼굴을 구기며 손바닥으로 탁상을 탁 내리쳤다. 그는 한계에 다다른 듯, 턱을 치켜든 채 무지근하게 입술을 뗐다.

"입 좀 다물지."

"뭐, 뭐?"

"이러다 그쪽 목숨이 여기서 끝날 것 같은데."

갑작스러운 헌의 말에 장정이 당황한 듯 말을 더듬었다. 헌은 좀 전보다 더 사나운 눈빛으로 그를 노려보았다.

"그쪽이 자꾸 비아냥거리면서 내 성질을 살살 긁으니까. 내가 여기에 집중을 할 수가 없잖아."

"……그, 그게 내 탓이라고?"

"입 좀 다물어라. 성가시게 하면 그 입을 찢어놓을 수도 있으니."

그저 그런 노름꾼의 허세가 아니었다. 이상하게 헌에게서는 가히 범접할 수 없는 기운이 흐르는 것도 같았다.

장정은 무어라 대꾸하려다 사나운 헌의 눈빛에 슬그머니 입술을 닫았다. 정말 그의 말대로 한마디라도 더 거들었다가는 입을 다 찢어놓을 기세였으니까.

헌은 다시 투전판에 집중했다. 자꾸만 홀로 떨어져 있는 소진이 걱정되어 한숨이 터져 나왔지만, 그는 정신을 가다듬었다. 그때, 앞에 앉은 장정이 손장난을 치는 것이 헌의 눈에 보였다.

'그래…… 이딴 장난질이 있을 줄 알았지.'

소진의 걱정에 조금 전까지는 보이지 않던 사내의 꼼수가 보였다. 정말 투전에 미친 노름꾼이었다면 어떻게든 이번 판에서 역전하기 위해 흥분을 한 상태니 당연히 사내의 손장난은 보이지 않을 터였다. 헌은 피식, 조소를 터뜨리며 그의 농간에 놀아나 주기로 했다.

"하. 또 잃었네."

"쯧쯧, 잘 좀 하시지."

헌이 곤란하다는 듯이 구부렸던 허리를 펴며 이마를 매만졌다. 그러곤 보란 듯이 빈 주머니를 털어 보이며 한숨을 내쉬었다. 헌의 모습을 가만히 지켜보던 사내가 핏, 조소를 터뜨리며 자리에서 일어났다.

"가지고 온 돈을 모두 잃은 게지?"

"……한 판만 더. 딱 한 판만 더 하면 이길 수 있을 것인데."

"하면 뭐라도 걸지?"

"하지만 마누라만큼은……."

헌은 일부러 괴로운 듯 얼굴을 감싸 쥐며 연기를 했다. 사내는 허리를 구부려 달콤한 목소리로 헌에게 속삭였다.

"담보로 걸고. 어떻소?"

"담보……?"

"그쪽 마누라를 담보로 잡고 돈을 빌려줄 테니 한 판 더."

그 말에 헌이 눈을 반짝였다. 그들은 소진과 자신의 계획대로 움직이고 있었다. 헌은 슬그머니 소진이 기다리고 있는 쪽을 돌아보았다. 아무것도 모른 채, 속만 바짝바짝 태우고 있을 그녀였다.

'조금만 참으십시오, 낭자.'

헌은 느리게 고개를 끄덕이며 다시금 사내를 돌아보았다.

"그러지."

그 말이 떨어지자마자 사내는 원하는 먹잇감을 손아귀에 넣은 듯, 비열한 웃음을 띠었다. 그는 손을 들어 누군가를 향해 손짓을 해 보였다. 그러자 또 다른 장정 둘이 서둘러 이쪽으로 뛰어왔다.

"이쪽 부인, 방으로."

미리 입구에 서서 출입하는 이들의 얼굴을 익힌 장정들이 사내의 말에 고개를 끄덕이며 서로 눈짓을 주고받았다. 이내 사내는 투전을 벌이던 탁상 바로 밑에서 돈 꾸러미를 꺼냈다. 헌은 제법 많은 양의 돈이 들어 있는 듯, 묵직해 보이는 주머니를 느리게 훑어보았다.

"다른 이들보다 세 곱절은 더 많이. 아까도 말했다시피 그쪽 부인이 여기에서는 값어치가 좀 나가거든. 마누라 잘 둔 줄 아시오. 허허허."

다시금 사내가 목젖이 보여라, 껄껄 웃었고 헌은 주먹을 꽉 쥐었다.

"자, 그럼 다시 시작해볼까? 이제부터는 그쪽 마누라를 담보로 한 판이니 정신 똑바로 차리고 해야 할 것이오."

조소 섞인 사내의 목소리는 헌의 귀에 더 들리지 않았다. 헌은 굳은 얼굴로 장정 둘이 사라진 곳을 바라보았다.

잠시 후, 소진이 그들의 손에 끌려 밖으로 나오고 있었다. 조금 겁에 질린 듯한 얼굴이었다. 하지만 애써 담담하게 고개를 숙인 채, 사내들의 손에 이끌려 어딘가로 향하고 있었다.

"아."

헌은 저도 모르게 자리에서 벌떡 일어나 소진을 바라보았다.

'낭자……!'

거짓이었지만, 모두 계획된 연기였지만 이상하게 헌은 심장이 터져나갈 듯이 분노가 치밀어 오르고 있었다.

"아……."

그녀와 시선이 부딪치자 헌의 일그러진 잇새에서 뜨거운 한숨이 흘렀다. 그것은 소진 역시 마찬가지였다. 괜스레 헌과 눈이 마주치니 눈물이 터져 나올 것만 같았다. 소진은 울지 않기 위해 입술을 악물었다.

그러곤 자신을 걱정스러운 얼굴로 응시하고 있는 그를 향해 괜찮다는 듯 고개를 끄덕여 보였다. 하지만 괜찮지 않다는 걸, 애써 그러는 척하고 있다는 것을 헌은 잘 알았다. 서로를 바라보는 두 사람의 시선이 참으로 애틋한 순간이었다.

곧 소진은 사내들과 함께 어떤 방으로 들어섰고 헌은 먹먹한 눈으로 닫히는 문을 바라보았다.

"거참. 누가 보면 마누라 뺏어가는 줄 알겠네!"

헌은 천천히 자리에 앉았다. 정말 사내의 말대로 소진을 빼앗긴 것만 같은 기분에 그는 입술을 꽉 악물었다.

"그러게. 왜 이렇게 뺏기는 기분이 들지."

"뭐?"

"기분이 참으로 더럽군."

"……뭐라는 거야."

"시작하지."

이것이 진짜 현실이 아님에 감사하며 헌은 다시 투전판을 응시했다.

"담보라고…… 하지 않았소? 한데 어딜…… 간다는 겁니까?"

소진은 황당하다는 듯 사내들을 돌아보았다. 그들의 손에 이끌려온 또 다른 방 안에도 꾀죄죄한 모습의 여인들이 대여섯 명 있었다. 그들역시 하나같이 벌벌 떨며 두려움이 가득한 얼굴로 사내들을 바라보고있었다.

"말이 담보지. 네 서방이 투전으로 그 돈을 모두 갚을 수 있다고 생각하느냐?"

'그래, 이런 식이지. 늘 이런 식이었겠지.'

소진은 그 말을 꾹꾹 속으로 억누르며 주먹을 움켜쥐었다.

"해서 어디로 데려간다는 것이오?"

"거참, 말이 많네. 이제부터는 어떤 질문도 금지다. 알겠느냐?"

사내는 소진을 향해 윽박질렀다. 분명 담보 개념이라 이 방에 잠시있으면 된다고 했는데. 소진이 들어서자마자 사내들은 이미 방에 먼저와 있던 여인들과 함께 또 어딘가로 데려가려 하고 있었다.

'이건 계획에 없던 것인데…….'

소진이 조금 겁에 질린 얼굴로 조그마한 창밖을 내다보았다. 풀숲이 우거진 산속이었다.

하지만 그 어딘가에서 헌의 호위 무사들이 이곳을 바라보고 있을 터였다. 소진이 조금이라도 위험해지면 곧바로 달려들어 자신을 구해줄 것이라 하였다. 그것을 잘 알고 있었지만, 긴장이 되는 건 어쩔 수 없었다.

"뭐해. 빨리 움직이지 않고."

사내의 호통에 안에서 여인네들을 감시하고 있던 다른 사내 둘이 일사불란하게 움직이기 시작했다. 갑자기 여인네들이 쓰고 있던 복면을 벗기더니 입에 재갈을 물리고 헝겊으로 눈을 가렸다.

"뭐, 뭐 하는 짓이오……! 대체 이게 뭐 하는……! 읍!"

소진 역시 예외는 아니었다. 그녀의 입과 눈이 틀어막혔다.

"네 서방들은 절대 너희를 되찾지 못한다. 왜냐면 이 투전에서는 돈을 딸 수가 없거든. 하지만 걱정할 것 없다. 네 서방들은 무사히 이 투전판을 벗어날 수 있을 것이다. 너희와는 달리. 하니, 너희 집의 남은 식솔들은 네 서방들이 잘 보살필 것이니, 편안한 마음으로 따르거라."

사내는 그렇게 말하며 재미있다는 듯이 껄껄댔다.

늘, 매번 이런 식으로 노름꾼들의 심리를 이용해 제 부인을 직접 팔도록 종용한 것이겠지.

소진도 잘 알고 있었다. 이 투전판에서는 결코, 돈을 얻을 수 없다는 것을. 잃기만 하는 투전판이라는 것을.

그때, 문이 삐걱 열리는 소리가 들렸다.

헝겊으로 눈을 가렸지만 환한 빛이 새어 들어오는 것 같았다. 소진은 본능적으로 자신을 포함한 여인들이 이 투전판에서 벗어나 숲속으로 향할 것이라 생각했다.

"이것이 다인가?"

이내, 또 다른 사내의 묵직한 목소리가 들려왔다.

'이건 아까 그 행수라는 작자의 음성……?'

소진의 온 촉각이 그에게 쏠렸다.

"예. 1차로 먼저 보내놓으려고요, 행수 어르신."

역시 그녀의 예상대로 행수가 직접 이곳으로 온 것이었다. 그의 얼굴을 확인해야만 하는데, 소진의 속이 바짝바짝 타들어 갔다. 조금은 앳된 목소리가 다시금 소진의 귓바퀴를 움켜쥐었다.

"오늘은 어제보다 물건들이 더 상태가 안 좋구나. 얼른 데려가서 씻기고 교육시키거라."

"예, 행수 어르신."

소진은 행수라는 사내의 말에 귀를 기울였다. 그때, 소진과 앞선 여인들이 밧줄로 한데 칭칭 묶이고 있었다.

'대체 어디로 데려가려고 하는 거지. 이 꼴로 저잣거리를 지나칠 리는 없을 테고. 아마 이 산속에 이들의 비밀 집결지가 있을 것인데.'

소진은 마른침을 꼴깍 삼키며 그들과 한데 뭉쳐 더듬더듬 발을 떼기 시작했다.

"잠깐."

그때, 행수라는 사내가 여인들을 멈춰 세웠다. 이내 무어라 저들끼리 속닥이는 소리가 들리더니, 갑자기 소진의 눈을 감싸고 있던 헝겊이 풀렸다. 놀란 소진이 얼굴을 구기며 눈을 떴는데 누군가가 제 턱 끝을 추어올렸다.

"아."

소진과 행수라는 사내와 눈이 딱 마주쳤고.

"제법 쓸 만한 물건이 들어왔네?"

그 사내가 그녀를 내려다보며 말하는 것과 동시에 소진이 그의 얼굴을 똑바로 응시했다.

행수의 얼굴을 확인한 소진은 얼굴을 구길 수밖에 없었다. 그는 흥미로운 얼굴로 그녀의 얼굴을 빤히 훑다, 흡족한 미소를 지었다. 입에 재갈이 물려 있는 상태라 소진은 아무런 말도 할 수 없었다.

"이 물건은 따로."

사내는 싸늘한 눈으로 자신의 곁으로 온 장정들에게 말했다. 그를 응시하는 소진의 눈동자가 옅게 떨렸다.

"꽤 쓸 만한 것이 들어왔구나. 미모도 반반하니……."

그녀는 행수라는 사내에게서 눈을 뗄 수 없었다. 투전판에 들어설 때 얼핏 보았던 그 얼굴이, 맞았다.

'그때 그 도령이잖아. 대체 어찌 이 사내가 여기를……!'

헌이 괴한들에게 습격당한 날, 젊은 여인과 도망치던 사내. 그리고 일전에 저잣거리에서 헌과 함께 마주친 적도 있었던 그 사람. 소진의 가슴이 뜨겁게 뛰기 시작했다.

이곳에서 이렇게 마주할 거라고는 상상도 못 했던 인물이었다. 소진이 사내의 얼굴을 분주히 살피며 홀로 고심에 잠겼는데, 그가 그녀의 눈을 가렸다. 칠흑 같은 어둠이 다시 그녀를 집어삼켰다.

'봉희의 실종과 관련된 인물이 세자 저하께서 미행하던 이라니……. 대체 세자 저하께서는 저 도령을 왜 쫓고 있었던 것일까? 그리고 봉희는 왜 중궁전 궁녀로 있는 것이고?'

치맛자락을 움켜쥐는 그녀의 주먹이 파르르 떨렸다. 자세한 일의 전말은 모르지만 아무래도 봉희의 실종과 헌의 그날 밤 일이 연관되어 있는 듯했다.

얼른 헌이 이 행수의 얼굴을 보았으면 싶었다. 그렇다면 분명 그에게서 자신이 듣고 싶은 이야기를 들을 수 있을 것 같았다.

"참, 저잣거리 투전판은 어찌 되었어."

어딘가로 끌려가는 소진의 귓가에 두런두런 이야기 소리가 들렸다. 소진은 온몸의 감각을 곤두세워 그 말소리에 집중했다.

"모두 정리했습니다."

"이유는."

"소인도 딱히 이유를 전달받은 것은 없고 그저 안방마님께서 그리 명을 내리셔서 어쩔 수 없었다고 들었습니다."

"부인이 그리 명령을 내렸다."

"예, 행수 어르신."

"하면 어쩔 수 없지."

부인이라 하면 아무래도 그때, 함께 달아나던 앳된 여인일 것이었다. 아무래도 이 일의 모든 주도권을 저 행수라는 사내의 부인이 쥐고 있는 것 같았다.

소진은 그날의 기억을 더듬었다. 살을 부대끼며 살아가면 서로 닮는다는 말처럼 두 부부는 남매라고 해도 믿을 만큼 닮은 얼굴이었다.

다시금 분주히 머릿속에 그 얼굴을 새기며 소진은 더듬더듬 걸음을 옮겼다.

한참을 걸었을까. 발바닥에 닿는 흙길이 좀 전보다 더 울퉁불퉁했다. 아무래도 더 깊은 산속으로 들어선 모양인 듯했다. 그때, 앞서 걷던 여인이 멈춰 섰고 소진도 그녀를 따라 발길을 멈추었다.

"자, 데리고 가거라."

그 말이 떨어짐과 동시에 소진은 앞선 여인들과 다른 곳으로 옮겨졌다. 순간 당황했지만, 소진은 마음을 다잡고는 정신을 똑바로 차리기 위해 애썼다.

함께 끌려온 여인들이 제게서 멀어지는 소리가 들려왔다. 하지만 발소리가 그리 멀지 않은 곳에서 들리는 것을 보니 그들과 멀리 떨어진 곳으로 가는 것 같지는 않았다.

삐거덕, 오래된 나무문이 열리는 소리가 들리고 소진은 한 사내의 부축을 받아 안으로 들어섰다. 사람들이 오가는 발소리도 들리고 밥을 짓는 듯 고소한 쌀 냄새도 났다.

잠시 뒤, 소진을 끌고 온 사내가 그녀의 눈가리개를 풀었다. 결박된 손도 풀어졌다. 소진은 서둘러 주위를 살폈는데, 세간살이가 모두 갖추어진 기와집 한가운데 자신이 서 있었다.

"……여기가 대체 어디지."

그렇게 중얼거리는데 웬 여인 둘이 제 양팔을 결박했다.

"왜 이러시오……!"

소진이 버럭 소리를 지르며 그들에게서 벗어나려 발버둥을 치는데, 뒤에서 저벅저벅 행수가 걸어왔다.

"오셨습니까, 행수 어르신."

그러자 자신의 팔을 우악스럽게 잡아채던 두 여인이 그 팔을 놓으며 고개를 조아렸다. 이곳에서 그의 일을 돕는 여종들인 것 같았다. 소진은 이내 거칠게 그를 돌아보았다. 그녀의 눈빛이 이글이글 타오르고 있었다.

"다치지 않게 잘 다루어야 할 것이다."

"예, 어르신."

"간만에 값이 나갈 만한 물건이 들어왔으니."

그렇게 말하는 그의 목소리는 건조했고 얼굴 또한, 무감각했다. 소진은 자신을 결박하는 여종들을 거칠게 밀어냈다.

"감히 아녀자들을 납치, 감금하다니⋯⋯!"

소진은 우악스럽게 사내를 올려다보며 소리쳤다. 사내는 무표정한 얼굴로 소진에게 한 걸음, 한 걸음 다가왔다. 소진 역시, 그의 눈을 피하지 않고 똑바로 직시하고 있었다.

"주제 파악을 좀 하지."

"⋯⋯뭐라?"

"감히 아녀자들을 납치, 감금한 것이 아니라. 네 서방이 직접 자기 손으로 널, 우리에게 판 것이다."

그렇게 말하며 사내는 소진을 뚫어져라 응시했다. 소진은 그 말에 조소를 터뜨리며 지지 않고 그에게 한 걸음 바짝, 다가갔다.

"너희에게 팔 수밖에 없도록 종용한 것이겠지."

"종용⋯⋯?"

"사람을 물건 취급하는 것은 어디서 배워먹은 논리요. 돈으로 그 겉은 번지르르하게 치장할 수 있다고 하여도 그 내면까지는 돈으로 채우지 못하는 것."

"⋯⋯!"

"보아하니 꽤 권세 있는 양반의 자제인 것 같은데. 금수저 물고 태어났으면 좋은 일에 그 수저를 써야지. 어찌 고작 한다는 일이 금수저로 백성들의 살림살이나 퍼먹고 앉았을까."

그녀가 행수라는 사내에게 일침을 가하자, 어쩐지 그 딱딱한 얼굴이 묘하게 변하고 있었다. 하지만 소진을 내려다보는 그 삼엄한 눈빛은 변함이 없었다.

되레 사내의 곁에 서 있던 여종들이 소진의 놀라운 기세에 모두 입만 떡 벌리고 있을 뿐이었다. 소진은 자신의 팔을 쥐고 있는 여종들을 뿌리치며 다시금 무지근하게 입을 열었다.

"호랑이 없는 굴에 여우 새끼가 호랑이 노릇을 한다더니, 나라님이 보이지 않는 이런 깊은 산속에서 감히, 이런 추잡한 짓을 벌이며 우두머리 노릇을 하고 있다니. 이러고도 무사할 줄 아시오?"

그제야 행수는 어처구니없다는 듯 조소를 터뜨리며 고개를 절레절레 저었다. 그는 독이 바짝 오른 눈으로 자신을 올려다보는 소진을 가만히 내려다보았다.

"몰락한 양반가의 여식인가."

"뭐?"

"꼴을 보니 쌀 한 톨 구경 못 한 지가 꽤 된 것 같은데. 서책을 좀 읽은 티가 나는구나."

"……."

"한데 현실을 받아들이거라. 네 꼴을 좀 보란 말이다. 네가 철석같이 믿고 있는 네 서방은 이미 너를 팔아넘겼고. 너는 이미 거지꼴로 여기에 팔려 온 것이다."

사내의 목소리에는 높낮이가 없었다. 그 말을 고스란히 들은 소진은 가슴이 부글부글 끓는 것만 같았다.

"그러니 닥치고 현실을 받아들이란 말이다. 지금 누가 누구에게 금수저를 운운하며 가르치려 드는 것인지…… 참으로 우습구나."

더는 참지 못하겠다는 듯 소진이 멱살을 쥔 사내의 손을 쳐내며 소리쳤다.

"그래. 어디 내 콧대라도 꺾어보겠느냐? 한데 지금 내 콧대를 꺾지 못한다면 곧 너의 콧대가 꺾일 것이다. 마음 단단히 먹어야 할 것이야."

하지만 사내는 그 말에도 동요하지 않았다. 그저 색깔 없는 얼굴로 그녀의 얼굴만 빤히 내려다보다, 등을 돌렸다.

"준비하라."

그러곤 간단한 그 말을 남긴 채 사내는 사라졌다. 여종들은 서둘러 소진을 에워쌌고 소진은 황당하다는 얼굴로 멀어지는 사내의 뒷모습을 바라보았다. 죽일 듯이 그를 노려보다, 어쩔 수 없이 그들 손에 끌려갔다.

"이리 깊은 산속에서 투전판이 열린다고……."

보은군은 더욱 말고삐를 바투 잡아당겼다. 소진이 걱정이 되어 가만히 있을 수가 없었다. 그는 자신의 무사들과 함께 산속 더 깊숙이로 향했다. 고삐를 쥔 그의 손에는 땀이 흥건했다.

서산 너머로 해가 지고 있었고, 조금만 더 지체한다면 깜깜한 어둠이 숲속을 잠식할 것이었다.

"서두르자! 해가 지기 전에 닿아야 한다……!"

보은군의 목소리가 빈 숲속을 울렸다. 얼마를 더 달렸을까, 보은군은 무언가를 발견하고는 급히 말을 멈춰 세웠다.

"조용."

그는 자세를 낮추며 말에서 내렸다. 정면에 커다란 기와집 같은 것이 흐리게 보였다. 품에서 지도를 다시 꺼내, 들여다보니 그가 찾는 투전판이 맞았다.

"저기다……."

보은군은 무사의 검을 빌려 손에 들고는 그들을 돌아보았다.

"여기서 기다리고 있거라. 소진 낭자가 있는지 살피고 와야겠구나."

그때, 투전판을 향해 느리게 다가가고 있던 보은군의 눈에 익숙한 얼굴이 보였다.

"……저하?"

세자, 헌이 그 기와집 안에서 휘적휘적 걸어 나오고 있었다. 보은군은 그에게서 눈을 떼지 못했다. 헌을 발견하니, 자신이 제대로 찾아온 것이 맞구나 싶었다. 이제는…… 소진만 찾으면 되었다.

"잠시 측간을 다녀오겠소."

헌은 찌뿌둥한 허리를 펴며 슬그머니 자리에서 일어났다. 그를 감시하고 있던 장정도 조금 지친 기색으로 상체를 일으켰다.

"그러시오."

벌써 몇 판째, 헌은 일부러 지고 있었다. 그 덕에 소진을 담보로 잡아 빌린 돈도 어느새 바닥을 드러냈다. 헌이 투전판을 지키는 장정들의 눈치를 살피며 밖으로 나섰다. 소진의 안위가 궁금해, 가슴이 바짝바짝 타들어갔지만 그는 의연하게 투전판을 지켰다.

이내 측간으로 향하는 척 발걸음을 옮기며 풀숲에 숨어 있는 윤현을 발견했다. 두 사람은 무언의 눈짓을 주고받았고 헌은 헛기침을 하며 태연하게 측간으로 향했다. 윤현 역시, 장정들의 동태를 살피다 황급히 그의 뒤를 따랐다.

"저하."

"한 규수는. 한 규수는 무사한 것이냐."

헌은 윤현을 보자마자 소진의 안위부터 물었다. 그 얼굴은 사색이 되어갔다. 윤현은 은밀하게 목소리를 낮추며 헌을 향해 허리를 굽혔다.

"한 규수께서는 무사하십니다만, 문제가 생겼습니다."

'문제'라는 말에 헌의 동공이 커졌다.

"뭐? 문제라니……! 속히 고하라."

"한 규수만 다른 곳으로 옮겨졌습니다."

"……뭐라?"

그 말을 들은 헌의 눈빛이 뜨겁게 타오르기 시작했다. 혹, 계획에 없던 일이 발생하지는 않을까 싶었던 헌은 순간 당황하고 말았다.

"무사들이 한 규수의 동태를 살피고 있으니 염려하시는 일은 없을 것입니다."

"한데 왜 두 곳으로 나뉘어 있는 것이지?"

"함께 끌려가던 여인들이 향한 곳도 일부 무사들을 보내 감시하라 하였습니다."

"별다른 이야기는 듣지 못하였느냐?"

당장이라도 그곳으로 뛰어갈 기세로 헌이 주먹을 바짝 쥐었다. 그러곤 숲속 어딘가를 분주히 헤집어 보며 이를 악물었다.

"자세한 것은 모르지만, 한 규수의 얼굴을 유심히 살피던 행수가 이 물건은 따로, 라고 말했습니다."

"뭐, 뭐? 물건……?"

헌의 눈빛이 맹렬히 번뜩였다. 그는 더 두고 볼 것도 없다는 듯이 입술을 뗐다.

"한 규수의 털끝 하나라도 상하지 않게 하여야 할 것이다."

"여부가 있겠사옵니까."

이내 그는 오늘 반드시, 이 악의 무리를 소탕하고 말겠다는 듯 주먹을 바짝 쥐었다.

"무사들 수가 모자라지는 않겠느냐."

"조금 빠듯한 인원이기는 하지만 해볼 만합니다."

"이곳의 일이 정리되는 대로 합류할 것이니. 조금이라도 수상한 낌새가 보인다거나, 낭자만 따로 어딘가로 끌려간다면, 내가 없더라도 지체하지 말고 낭자를 보호해야 할 것이다."

"예, 저하."

제 15 장

암행어사 출두다

"대체 여기가…… 무엇 하는 곳입니까?"

자신보다 하루 이틀은 먼저 와, 이곳에서 생활하고 있던 여인들인
듯, 그들은 모두 같은 옷을 입고 경계 가득한 얼굴로 방 안에 앉아 있
었다.

소진은 바깥이 잠잠한 틈을 타, 그들에게 말을 걸었다. 그러나 여인
들은 모두 자포자기한 얼굴로 바닥만 응시하고 있을 뿐, 그 누구도 소
진의 말에 대답해주지 않았다.

그녀는 초조한 마음으로 여인들의 차림새를 다시금 살피는데 다 같
은 옷을 입고 있었지만, 옷고름의 색이 달랐다. 누구는 붉은색 옷고름
이고 누구는 푸른색 옷고름이었다.

'옷고름 색깔이 다른 것으로 보아…… 무슨 의미가 있는 것 같은데.'

소진은 입술을 꾹 깨물며 여인들의 행색을 하나, 하나 유심히 살폈
다. 표정도 혈색도 없는 건조한 얼굴이었지만, 모두 깨끗한 차림새였다.

그때, 방문이 덜컥 열리고 자신을 이쪽으로 끌고 온 여종들이 안으로
우르르 들어섰다. 그러더니 붉은색 옷고름의 저고리를 입은 웬 앳된 여
인을 억지로 일으켜 세워 어딘가로 끌고 가기 시작했다. 하지만 끌려가
는 그 여인은 아무런 반항도 하지 않았다.

그때, 그 여인을 끌고 가던 여종 하나가 소진을 향해 옷을 툭 던졌다.

"그것으로 갈아입거라."

서둘러 소진이 그 옷을 헤집어 보니 붉은색 옷고름이었다. 순간 그녀는 방 안 여인들의 옷고름 색을 다시 훑었다.

'푸른색 옷고름이 제일 많고, 그다음이 이 붉은색이다……'

대개 어린 여인들에게 붉은색 옷고름이 정해지는 것일까. 그때, 소진이 붉은색 옷고름의 저고리를 받아 들자 방 안의 여인 몇몇이 동요하기 시작했다.

"쯧쯧……"

"붉은색이구려."

그 말에 소진이 기다렸다는 듯이 입술을 열었다.

"붉은색이…… 무슨 의미입니까?"

그러자 푸른색 옷고름의 여인 하나가 건조하게 대꾸했다.

"뭐긴 뭐야. 제일 값이 많이 나가는 물건이지."

"……하면 어찌 됩니까?"

"뭐, 돈이 더 많은 사내를 상대하겠지?"

상대. 소진의 미간이 그 두 글자를 듣는 순간 무자비하게 일그러졌다. 대체 누가 누구를 상대하여야 한단 말인가.

"상대라 하시면……"

"이 푸른색 옷고름을 가진 우리는 돈 많은 집, 노리개로 팔려 가는 것이고, 새댁처럼 붉은색 옷고름을 지닌 여인들은 돈이 더 많은 사내의 첩실로 팔려 가는 것이지."

어처구니가 없다는 듯 소진은 저도 모르게 실소를 뱉어내고 말았다.

"노리개, 첩실이요?"

"젊고 반반한 새댁들은 죄다 첩실로 팔려 간다오."

"하면 가만히 나 잡아 가시오, 팔려 갑니까? 어떻게든 이 부당함을 밖에 나가서 알려야지요."

안타깝다는 얼굴로 소진이 소리쳤다.

"여기서 이리 꼼짝없이 갇혀 있는데 어찌 알리나. 쯧쯧. 그리고 우리가 강제로 끌려온 것도 아니고…… 죄다 망할 서방 놈들이 제 손으로 팔아넘겨 이곳에 있는 것인데."

소진과 대화를 나누던 여인은 아직 희망을 버리지 못한 소진을 향해 고개를 절레절레 흔들었다. 그러자 소진은 이해할 수 없다는 듯이 다시금 입술을 뗐다.

"아니, 팔려 가서라도 말이에요. 조선 팔도 천지에 여기 사람들 구해 줄 이 하나 없겠습니까? 다 같은 조선 말 쓰고, 하다못해 이 두 발로 도망이라도 치면 되는 것이지요."

그렇게 말하는 소진의 눈길은 다시금 불같이 타올랐다. 조선 어디에 떨어뜨려놓아도, 반드시 되돌아오겠다는 의지가 강하게 스며 있었다. 묵묵히 그녀를 바라보던 다른 여인이 힘없이 입을 열었다.

"거참. 희망에 찬 소리만 하네, 새댁. 조선 땅덩어리에서는 한참 떨어진 이름 모를 섬에 팔려 가는데."

"예?"

"돈 한 푼 없는 우리가 어찌 돌아올 수가 있겠소. 우리를 돈 주고 산 주인들이 우리 말을 들어줄 리도 없고."

"……아."

"게다가 섬사람들은 뭍에서 온 사람들을 이방인 취급해."

이방인이라는 말에 슬쩍 벌어졌던 소진의 입술이 맞물렸다. 점점 그들과 같이 무력감에 빠지고 있는 것 같았다. 감히 나라님의 눈길이 닿지 않는 이 깊은 산속에서 반인륜적인 일이 벌어지고 있다니. 믿을 수가 없었다.

"여기 사람들처럼 정이니, 이웃이니 그런 것이 없다고. 저들끼리 똘똘 뭉쳐 뭍사람들은 괄시하고 무시한다는데, 괜히 이방인이라 부르겠어? 또 더러는 바다 건너로도 팔려 간다고 하니……."

"바다 건너라니요?"

소진이 화들짝 놀라며 되물었다. 그녀가 놀라자 오히려, 소진이 왜 놀라는지 모르겠다는 듯 방 안의 여인들은 덤덤했다.

"우리 같은 것들이 어딘들 못 가겠나. 바다 건너도…… 갈 수 있지."

그 말을 잇던 여인이 씁쓸한 듯 말끝을 흐렸다. 소진은 더 할 말을 잃고 말았다. 그녀는 자신의 무릎 위에 얹어진 붉은색 옷고름의 저고리를 물끄러미 내려다보았다.

"우리야 그저 돈 많은 집에 팔려 가 하룻밤의 노리개가 되다, 결국 허드렛일을 하는 여종이 되겠지만. 새댁은 두 번 시집가는 꼴이니……. 여인으로서는 참, 기구한 삶이지. 차라리 하룻밤의 노리개가 낫지 않겠소?"

"……."

"듣도 보도 못한 곳에 끌려가 갑부 사내들이 주욱— 앉아 있는 곳에 서서는 나 사가시오, 사내들이 첩실로 맞을 여인들을 직접 고른다는데. 무슨 시장 바닥에서 물건 내놓고 파는 것처럼……. 그건 너무 비참하지."

"세상에, 어떻게 그런 일이."

"쯧쯧, 그러니 차라리 도긴개긴한 신세라도 새댁보다는 우리가 낫다

는 거지. 이름도 성도 모르는 사내한테 평생 겁탈당하는 것이랑 무엇
달라……!"

언제부터 이런 추악한 일이 조선에서 벌어지고 있었단 말일까? 그렇
다면 궁녀로 있던 봉희는 어떻게 그곳으로 갔단 말인지. 소진은 좀 전
에 자신과 다른 방향으로 사라진 여인들의 행방이 궁금했다.

"한데 혹시 이곳 말고 다른 곳에도 여인들을 이리 가둬놓고 파는 곳
이…… 있습니까?"

"다른 곳……?"

"아까 투전판에서 끌려오기 전에 함께 있었던 여인들은 저랑 다른
곳으로 간 것 같아서요."

"글쎄……. 그건 우리도 잘……."

"혹, 그러면 이곳 여인 중 궁으로 가는 여인들은 없습니까?"

궁이라는 말에 방 안 여인들의 눈이 동그랗게 커졌다. 그들은 숙덕거
리며 소진이 해괴한 소리를 한다는 듯이 그녀를 힐끔거렸다.

"……궁? 임금님이 사시는 궐을 말하는 거요?"

"예……. 그런 여인들은 없습니까……?"

소스라치게 놀라는 여인들의 반응에 소진의 목소리가 잦아들었다.
정말 처음 듣는 소리라는 듯 여인들은 절레절레 고개를 저으며 서로를
쳐다보았다.

"우리같이 천한 것들이 어찌 궐에……."

"차라리 궐이 낫겠네. 사내들 손에 팔려 가는 것보다."

그 말에 소진은 분주히 머리를 굴렸다.

'그렇다면 아까 함께 있던 여인들이 따로 향한 곳이…… 궁녀로 들
어갈 사람들을 모아놓은 곳인가?'

저고리를 움켜쥐는 소진의 손끝이 파르르 떨렸다. 아니면 봉희는 이
곳 사람들과는 다른 경로로 납치를 당한 것일 수도 있었다. 이곳에만
쳐들어오면 모든 것의 실마리를 찾을 수 있을 것이라 생각했는데, 다시
원점으로 돌아온 것만 같았다.

"이곳에 대부분 며칠 머무릅니까?"

"내가 제일 오래됐소만. 닷새도 안 되어 거의 팔려 간다 보면 되오.
붉은 옷고름이 제일 먼저 팔려 가고 그다음이 푸른색 순이니."

소진은 그들의 말 하나하나를 가슴에 새겼다. 헌을 만나면 남김없이
이야기를 해줘야지, 다짐했다.

그때 굳게 닫혔던 방문이 열리고, 좀 전에 여인을 끌고 갔던 여종들
이 다시 들어와 이번에는 소진의 양팔을 결박했다.

"……이거 왜 이러시오!"

자신은 이제 막 이곳에 당도했는데 어찌 다짜고짜 자신을 끌고 가려
는 것인지, 소진은 당황해하며 발버둥을 쳤다.

"놓으라니까?"

하지만 소진을 결박한 여종들은 입을 꾹 다문 채, 그녀를 어딘가로
끌고 가기 시작했다. 그녀의 손에 들려 있던 붉은색 옷고름의 저고리가
바닥 위로 툭, 떨어졌다.

"아, 어디로 가는 것이냐니까요!"

소진은 발버둥을 치며 자신을 결박하고 있는 여종들을 밀어냈다. 하
지만 우악스러운 여인 둘을 감당하기는 힘든 법, 결국 힘없이 그들 손
에 끌려가고 말았다.

"말이나 해주시오, 거참! 야박하네!"

소진이 시간을 벌어보려 일부러 언성을 높이며 발을 동동 굴렀다. 그

러자 여종 하나가, 성가시다는 듯 소진을 돌아보며 소리쳤다.

"씻으러 가는 것이다, 씻으러!"

그 말에 소진은 일단 마음을 놓았다. 당장 어딘가로 끌려가지는 않는다는 것이니…….

소진은 그들에게 끌려가며 좀 전에 함께 이야기를 나눴던 여인들이 있는 방을 돌아보았다. 그 누구도 문을 열 수도, 또한 도망칠 수도 없게 자물쇠로 굳게 잠긴 문.

'내 반드시 그대들을 구해주리다.'

소진이 그렇게 속으로 다짐하며 여종들의 손에 이끌려 걸음을 옮겼다. 그녀는 이내 목욕탕 앞에 멈춰 섰다.

"자, 더 하시겠소?"

헌은 소진을 담보로 잡은 돈마저 모두 잃었다. 장정은 그에게서 볼일이 다 끝났다는 듯, 먼저 자리에서 일어나며 헌을 물끄러미 내려다보았다. 그는 부러 아쉬움이 가득한 표정을 지으며 장정의 바짓가랑이를 잡았다.

"내 마누라는!"

"이거 놓으시지?"

"내 마누라는 어디에 있소……!"

헌이 장정을 잡고 늘어지며 우는 소리를 냈다. 그러자 투전판 안에 있던 장정들이 으레 있는 일이라는 듯, 아무렇지 않게 헌의 곁으로 다가왔다. 그러곤 무표정한 얼굴로 그의 팔을 잡아 일으켰다. 못 이기는 척, 헌이 자리에서 일어나며 다시 한번 고래고래 소리를 질렀다.

"내 마누라 내놓으라고……!"

그러자 쯧쯧 혀를 차던 장정 하나가 헌의 어깨를 지그시 누르며 말문을 열었다.

"그러게, 있을 때 잘해야지. 이미 네 마누라는 저 멀리, 팔려 가고 여기에 없다."

그 말을 피식거리며 뱉어낸 장정이 고갯짓을 해 보이자 다른 장정들이 헌을 투전판 밖으로 끌어냈다.

"놓아라, 놓아라…… 이것들아……!"

헌은 무사들이 자신을 발견할 수 있도록 끌려 나오면서 고래고래 소리를 질렀다. 결국, 헌이 투전판 밖으로 끌려 나와 바닥 위에 내동댕이쳐졌고.

"썩 꺼지거라! 목숨을 부지하고 싶거든!"

장정들은 헌을 그렇게 내버려두고는 다시 안으로 들어섰다. 헌은 곧장 자리에서 일어나 흙이 묻은 옷을 털어냈다.

"목숨을…… 부지하고 싶거든……?"

그들이 남긴 말을 곱씹으며 헌이 비식, 조소를 터뜨렸다. 해가 저물려 하자 투전판 밖을 지키던 사내들도 자리를 비우고 없었다. 헌은 무사들이 움직일 수 있도록 팔을 들고는 손짓을 해 보였다.

"그래. 오늘 누구의 목숨이 떨어져 나갈지 한번 지켜보자고."

그 말을 남긴 채 헌은 숲속으로 걸음을 옮겼고 그 속에서 대기하고 있던 무사들이 헌에게 칼과 무사복을 건넸다.

"너희는 지금 이곳을 당장 소탕하라. 난 곧장 한 규수에게 갈 것이니."

"예, 저하……!"

그리고 그 모습을 뒤에서 지켜보고 있던 보은군이 헌의 뒤를 따르기 시작했다.

삐거덕, 문이 열리고 뜨거운 물이 담긴 커다란 목욕통이 보였다. 아무래도 이곳에서 목욕하고 나오라는 말 같았다. 여종들은 문을 굳게 닫고는 강제로 소진의 옷을 벗기기 시작했다. 소진은 화들짝 놀라며 뒷걸음질 쳤다.

"어, 어……? 내가, 내가 하겠소!"

"우리가 씻겨줘야 한다."

"옷은 내가 벗겠소! 잠시만."

소진이 어색하게 웃으며 분주히 문틈 사이를 살폈다.

'곧 해가 질 것 같던데…… 저하께서는 왜 이리 움직이지 않으시는 것이지? 이 와중에 투전에 재미를 붙여 눌러앉아 있는 것은 아닐 테고.'

그녀는 뭉그적거리며 목욕을 해야 하나, 말아야 하나 옷고름만 움켜쥐고 있었다. 여종들은 그 모습을 뒤에서 유심히 지켜보았다.

'일단 목욕까지는 해……?'

혼자 고민하며 옷고름을 느리게 풀던 소진의 등 뒤로 여종들의 짜증 섞인 목소리가 들려왔다.

"거 뭐 하는 건가! 얼른 벗지 못하느냐!"

"지금 벗소이다! 벗어!"

거참, 성질 한번 급하네. 소진도 덩달아 언성을 높이며 그들을 힐끔거렸다. 그러곤 깊은 한숨을 내쉬며 미적미적 옷고름을 풀었다.

이내 그녀가 조심스럽게 저고리를 벗자 희고 고운 살결이 드러났다. 같은 여인이 보아도 만져보고 싶을 만큼 매끄러운 피부였다. 꼭 달빛이 그 위로 부서지듯, 그녀의 맨살에 빛이 나는 것처럼 보이기도 했다. 그녀의 몸을 감싸고 있던 치마도 미끄러지듯 발아래로 떨어졌다.

"후."

맨살에 닿는 공기가 너무도 차가워, 몸이 절로 떨렸지만 소진은 이를 악물었다.

'대체 저하께서는 어디에 계신 것이야……'

그녀는 마지막으로 문틈 사이를 서둘러 살피다, 두 팔로 가슴을 감싸고는 목욕통 안으로 몸을 담갔다. 미지근한 물이 맨다리에 닿았다.

"……씻으면 되오?"

그녀가 쭈뼛쭈뼛 여종들을 돌아보며 물었고 두 사람은 손수 그녀의 몸을 씻겨주기 시작했다. 목욕만 전문적으로 맡는 듯, 어쩐지 그 손길이 능숙하기만 했다. 소진은 슬쩍 둘의 눈치를 살피다, 아무렇지 않게 질문을 던졌다.

"여기 오는 여인들의 수가…… 꽤 되는 것 같은데, 매번 이리 손수 씻겨주시오?"

"……"

"일이…… 참, 많겠소."

혼잣말처럼 그 말을 중얼거리자 소진의 어깨에 물을 끼얹던 여종 하나가 퉁명스레 대꾸했다.

"뭐 잘난 것들이라고 일일이 씻겨. 값이 나가는 것들만 씻기지."

그들은 소진에게 눈길조차 주지 않은 채 씻기기에만 열중했다.

"한데 아까…… 함께 온 여인들은 어디로 갔소? 내 잠깐이지만 친해진 벗이 있는데. 생사라도…….”

소진이 여종들의 대꾸 없이도 주절주절 말을 이어가자, 그녀를 씻기던 손이 멈추었다. 순식간에 싸늘해진 공기에 소진은 서둘러 고개를 들었다.

“거참, 말 되게 많네. 조용히 입 다물고 있거라. 성가시게 굴지 말고.”

하지만 그대로 굴할 소진이 아니었다. 그녀는 입을 다무는 시늉만 하다, 다시금 혼잣말처럼 중얼거렸다.

“내가 이뻐서 이쪽으로 왔다고 하던데……. 하면 저쪽은 못생긴 이들만 가는 것인가.”

눈치 없는 새댁인 척, 굴었다. 그러자 소진의 팔을 닦던 여종이 귀찮다는 듯 한숨을 내쉬며 그녀의 팔을 놓았다.

“자꾸 시끄럽게 굴면 재갈을 물릴 것이다. 알겠느냐……?”

더는 입을 뻥끗할 수 없을 것 같았다. 소진은 황급히 입술을 깨물며 목욕탕 이곳저곳을 살폈다. 언제부터 산속에 이런 곳이 지어졌던 것일까. 여기서 밥도 해 먹고 씻기도 하고 잠도 자고……. 이곳에서 여인들을 며칠씩 데리고 있다가 마땅한 자리가 나면 팔아넘기는 것 같았다.

그녀는 묵묵히 그들의 손길을 받으며 단서가 될 만한 것이 있을까, 목욕탕 안을 분주히 돌아보았다.

“이년은 따로 빼놓으라 하였다.”

“안방마님께 바로 보일 것이라서?”

“그렇다네.”

안방마님……? 순간 소진의 눈이 동그래졌다. 아까 행수라는 사내와 장정들의 대화에서도 이곳에 관해 막강한 힘을 쥐고 있는 것만 같았던 여인. 소진이 입술을 앙다물며 두 사람의 대화에 집중했다.

"모레 다 같이 묶어서 보여드리기로 한 것 아닌가?"

"그랬는데 행수 어르신의 명이니 어쩌겠나."

어마어마한 권세를 지닌 여인이 이런 누추한 산속에 있을 리는 없을 테고. 자신을 바로 안방마님께 보인다고 하니, 아무래도 자신이 값이 제일 나가는 것 같아 서둘러 팔아치워 버릴 심산인 것 같았다.

안방마님이란 그 부인의 명에 따라 여인들의 거처지가 정해지는 것인가. 아무래도 헌을 만나 이곳 우두머리들이 그때 그날 밤의 사내와 여인이었다고 말해주면 단번에 그들의 거처지를 알아낼 수 있을 터였다. 이제 모든 것이 제자리를 찾을 수 있겠다는 생각에 소진의 가슴이 두근거렸다.

"내일 새벽에, 아니면 지금 곧바로?"

"해가 지면 움직일 것 같다."

한데 이 와중에 대체 봉희는 왜, 궐에 있는 것일까? 아무리 머리를 굴려보아도 봉희가 궐에 가 있을 이유가 없었다. 자신과 다른 쪽으로 보내진 이들은 몸을 쓰는 자들이라니……

혹, 그들이 궁녀로 선발이 되어 가는 것일까. 하지만 그것도 말이 되지 않았다. 궁녀는 자발적으로 궁인이 되겠다는 여인들을 선발하면 될 일.

굳이 궐 사람들이 이리 위험하고 비인간적인 곳에서 여인들을 뽑을 필요는 없었다. 그들은 한참 소진을 목욕시켰고 소진은 깊은 생각에 잠겨 그들 손에 씻겨 가고 있었다.

"한데…… 너."

그때, 두런두런 저들끼리 이야기를 주고받던 여종이 문득 말을 멈추고는 소진을 돌아보았다.

"왜 그러시오……?"

싸늘한 그 목소리에 소진이 조금 긴장한 채 그녀를 응시했다. 그녀의 몸을 한참 씻기던 여종 하나가 의심쩍은 눈으로 소진을 훑어보고 있었다.

"양반인 것이냐?"

갑작스러운 그 말에 소진은 사색이 됐다.

"양반……이라니? 양반이 돈이 없어, 여기에 팔려 왔겠소? 나 원 참, 누구 놀리오?"

이내 당혹스러움을 감추고 태연하게 말을 회피했다. 하지만 그녀의 대답에도 미심쩍은 눈을 한 여종은 소진의 등허리를 살폈다.

"하면 어찌 살결이 이리 곱지……."

값비싼 목욕제로 관리를 받은 것처럼 소진의 살결은 이곳 다른 여인들과 달리 반짝반짝 빛이 나고 있었다. 하루에도 몇 번씩 여인들의 몸을 씻기는 그들의 눈에 소진의 피부가 달라 보일 수밖에.

"타, 타고난 것이오!"

"아무리 새댁이라고 해도 꼭, 사내 손 한번 안 타본 것처럼……. 몸도 너무 깨끗하고?"

"그런 것을 어찌 눈으로 볼 수 있단 말이오? 참 웃기는 여편네들이네."

소진은 서둘러 대답하며 자리에서 벌떡 일어났다. 그러곤 황급히 목욕탕에서 나오려는데, 무언가 수상한 낌새를 느낀 여종 하나가 소진의 손목을 턱 잡아챘다.

"잠깐."

그러더니 그녀의 긴 머리를 돌돌 감싸고 있던 비녀를 확, 빼냈다.

"아……!"

그러자 소진의 길고 풍성한 머리가 등 뒤로 쏟아졌고. 그녀의 머리칼에서는 향긋한 꽃 내음이 풍겼다. 향만 맡아도 그들은 이것이 얼마나 값이 비싼 목욕제인지 단번에 알아챌 수 있었다. 돈이 없어 마누라까지 팔아넘기는 사내와 함께 사는 여인에게서는 당연히, 맡을 수 없는 향이었으니까.

"너?"

무언가 일이 잘못되었음을 직감하며 소진이 자신을 향해 달려드는 두 여인을 거칠게 밀친 그때, 우당탕탕 하는 거친 소리와 함께 목욕탕 문이 활짝 열리고, 어디선가 나타난 무사들이 갑자기 들이닥쳤다.

"어머나!"

소진은 화들짝 놀라며 목욕탕 안으로 몸을 숨겼다. 헌의 무사들인지, 이곳 사람들인지는 모르겠지만, 발가벗고 있는 채라 그녀는 소스라치게 놀랄 수밖에 없었다.

"이게 무슨……!"

놀란 소진이 목욕탕 안으로 황급히 몸을 숨겼고, 그때, 누군가가 무사들 사이에서 걸어 나와 곤란하다는 듯이 목욕탕 안을 살폈다.

"이런…… 하필 이런 때. 목욕이 끝나면 구할 것을……."

곤란하다는 듯이 그렇게 읊조리는 목소리가 귀에 익었다. 목욕탕 안에 웅크리고 있던 소진의 몸 위로, 얇은 천 하나가 감싸졌다.

덕분에 소진은 맨살을 겨우 가릴 수 있었다. 그녀가 서둘러 고개를 들어 사내의 얼굴을 확인하려는데.

"누구냐! 감히 누가 남의 사업장을……!"

우당탕하는 소리가 다시 들려오더니, 이번에는 이쪽 사람들이 나타난 듯 무사들을 향해 소리치고 있었다. 그러자 사내는 소진을 단단히 막아선 채 비스듬히 고개를 꺾으며 그들 한 명, 한 명을 응시하고 있었다. 소진은 고개를 빼꼼 내밀어 사내의 뒷모습을 바라보았는데.

"나?"

그 뒷모습은 다름 아닌, 헌이었다……!

"암행어사다, 이 벌레 같은 자식들아!"

헌이 그 말을 내뱉자마자 이곳 안팎을 지키고 있던 헌의 무사들이 기다렸다는 듯 안으로 쳐들어왔다.

"암, 암행어사?"

헌의 입에서 그 말이 떨어지자마자 아수라장이 되고 말았다. 호위대와 맞서고 있던 투전판을 지키는 무사들은 암행어사라는 말에 반으로 나뉘었다. 반은 이곳에 남아 헌의 호위대와 맞섰고 반은 어딘가로 급히 뛰어가기 시작했다.

"무엇 하느냐! 쥐새끼 한 마리도 남기지 말고 모두 생포하라!"

헌은 거칠게 그 말을 뱉어내며 소리쳤다. 호위대는 가차 없이 투전판 사람들을 잡아들이기 시작했고 그들 역시 격한 반항으로 호위대를 공격했다. 두 무리는 순식간에 한데 섞여 몸싸움하고 있었다.

그 틈을 타 헌이 잽싸게 목욕탕 안에 있던 소진을 돌아보았다. 그녀를 씻겨주던 여종 둘은 금세 몸을 숨긴 뒤였다.

"괜찮습니까!"

"괜, 괜찮은데…… 옷, 옷을…….'

소진이 더듬더듬 손가락만 겨우 드러내 옷가지를 가리켰다. 하지만 이곳에서 갈아입을 수는 없는 법. 이미 목욕탕 바로 앞에서부터는 무사들 간의 치열한 싸움이 시작되고 있었다.

소진은 난감하다는 듯, 목욕탕에서 얼굴만 빼꼼 내민 채 눈만 깜빡였다. 헌 역시, 곤란하다는 얼굴로 주위를 살피다가 입을 열었다.

"여기서는 그렇고. 그…… 내 옷으로 대충 가리셨습니까?"

"가리긴 가렸는데."

"그럼 실례 좀 하겠습니다, 낭자."

헌은 그렇게 말하며 목욕탕에 숨어 있던 소진을 번쩍 안아 올렸다.

"어머……!"

그러곤 그녀의 살이 보이지 않게 자신의 몸으로 감싸며 그녀의 옷가지들을 주웠다. 소진이 조금 빨개진 얼굴로 헌을 올려다보았는데, 그는 소진에게 눈길도 주지 않고 있었다. 소진은 가만히 그의 옷자락을 쥐었다.

그는 서둘러 그녀와 함께 목욕탕을 빠져 나와 흙바람을 일으키며 싸움을 하는 무사들을 지나쳤다. 도망가기에 급급한 사람들과 그들 모두를 놓치지 않기 위해 부지런히 몸을 움직이는 헌의 호위대.

헌은 숲속 바위 위에 소진을 가만히 내려주었다. 그러곤 등을 돌리며 그녀에게 옷가지를 건넸다. 말없이 그에게 옷을 받아 든 소진은 불안한 듯 연신 주변을 살폈다. 곧 헌은 자신이 입고 있던 다른 옷마저 벗어 그녀의 앞을 가려주었다.

"저하……."

"속히 갈아입으시지요. 내가 이리 가리고 있을 테니, 보이지는 않을 겁니다."

고개를 돌리며 헌이 그렇게 말했고 소진은 서둘러 자신의 옷으로 갈아입었다. 옷고름을 꼭 여미고 나서야 소진은 조심스럽게 헌의 팔을 잡았다.

"다, 되었습니다."

그 순간에도 소진이 있던 기와집 안에서는 비명과 괴성이 오갔다. 그때, 풀숲에서 누군가가 소진과 헌을 향해 황급히 뛰어오고 있었다.

"앗……!"

헌은 한껏 경계하며 소진을 자신의 뒤로 감추었는데 돌아보니 보은군이었다.

"보은군…… 네가 여길 어찌……!"

"대감!"

보은군이 거칠게 숨을 몰아쉬며 이미 아수라장이 된 집 안을 돌아보았다. 그러곤 자신이 이끌고 온 호위대를 속히 안으로 투입시켰다.

"뭣들 하느냐! 모조리 추포하라!"

그렇게 명을 내리고서야 보은군은 헌을 향해 고개를 조아려 보였다.

"용서하여주시옵소서, 저하. 소인, 피치 못한 사정으로 저하를 미행하였나이다."

"오늘 대신들과 사냥을 간다 하지 않았던가. 한데 네가 여기에 어찌."

"낭자가 아무래도 걱정이 되어서……."

보은군은 소진이 무사하다는 것을 확인하고서야 안도할 수 있었다. 헌은 감싸 쥔 소진의 팔을 스르륵 놓았다.

"내가 있는데 걱정은 무슨."

불편한 기색을 드러내며 헌이 보은군을 내려다보았다. 그때, 보은군은 믿을 수 없다는 얼굴로 으리으리하게 지어진 기와를 돌아보았다.

"한데 저것들이 다 무엇입니까? 이 산속에 이런…… 기와집이라."

"여기 말고도 또 있습니다, 대감."

"또 있다니요?"

"저하, 여기 말고 이런 곳이 또……."

소진은 자신이 들은 것을 헌에게 전하기 위해 말문을 열었는데 헌은 이미 알고 있었다.

"예, 또 있지요. 아니 그래도 그쪽으로도 무사를 보내놓은 상태입니다."

"아……."

"모조리 생포해 이 일의 배후를 반드시 잡을 것입니다."

하지만 그때.

"……어? 어! 부, 불!"

갑작스러운 헌의 호위대 공격에 속수무책으로 당하던 투전판 사람들은 기와집에 불을 지르기 시작했다.

"안 돼! 아니 된다!"

저 안에 모든 증좌들이 들어 있을 터였다. 소진과 헌, 그리고 보은군은 서둘러 안으로 달려갔다. 어마어마한 불길이 기와집을 우악스럽게 잡아먹고 있었다. 물을 끼얹어 불을 꺼볼 새도 없이 기와는 활활 타들어 갔다.

"저, 저쪽에도 불길이 보입니다!"

"하……. 어쩨 이런 일이……!"

반대편에서도 불길이 치솟는 것을 보니 또 다른 곳도 이미 불을 질러 증좌를 모두 없애려는 것 같았다.

"사람…… 사람들!"

소진은 서둘러 아까 자신과 함께 있던 여인들이 있는 방으로 달려갔다. 헌과 보은군도 속히 그녀를 따라 움직였다.

"이보시오! 불이오, 불……!"

소진이 여인들과 함께 머물렀던 방에서도 이미 화마가 치솟고 있었다. 그런데 소진은 그만 털썩 주저앉고 말았다.

"이…… 이럴 수가……!"

불길이 잡아먹은 방 안에는 이미 그 여인들이 모두 피를 흘리며 죽어 있었다. 소진은 입을 틀어막은 채 도리질을 했다. 두 눈으로 보고도 믿을 수 없는 광경에 그녀는 경악할 수밖에 없었다.

"낭자."

헌이 서둘러 바닥에 주저앉은 소진을 안아 일으켰다. 그녀의 눈동자에 뿌연 눈물이 차올랐다.

"어찌 사람이…… 이토록 잔인할 수가 있단 말입니까, 어찌……!"

소진은 그렇게 울부짖으며 얼굴을 감싸고야 말았다. 좀 전까지 함께 있던 여인들이었다. 같은 방에서 함께 이야기를 나눴던 이들이었다. 그런데 불과 반 시진도 채 되지 않아 모두 죽고 만 것이었으니.

소진은 허탈함과 분노에 할 말을 잃고 눈물만 뚝, 뚝 흘렸다. 헌은 그런 그녀를 가만히 안아 그녀가 그 처참한 광경을 보지 못하게 가려주었다. 그의 커다란 손이 슬픔으로 들썩이는 그녀의 등을 따스하게 다독였다.

"그들은 이미 사람이길 포기한 자들입니다."

"……흐읍."

"이곳에 있던 사람들은 이미 그들 눈에는 물건일 뿐일 테니까요."

보은군도 참담한 마음으로 헌의 품에 안긴 소진을 바라보았다.

소진은 헌의 옷자락을 꾹 움켜쥐며 이를 악물었다. 그때, 윤현이 이쪽으로 헐레벌떡 달려와 밖의 상황을 전했다.

"투전판 안의 모든 이들을 생포했지만, 행수라는 자는 없었습니다."

"없다……?"

"예. 주요 간부들은 모두 자리를 비운 것 같았습니다. 또한, 저희가 잡은 이들은 그저 오늘 하루 삯을 받고 투전판을 지켰던 이들이라 합니다. 행수와 주요 인물들의 행적도 거처지도 이름도 모릅니다."

"하아……."

윤현의 말에 헌이 짜증스럽게 얼굴을 구기며 뺨을 쓸었다. 소진이 서둘러 윤현의 앞에 서며 입을 열었다.

"행수는 여기에 있습니다! 저와 함께 이곳으로 왔어요!"

그 말에 세 사람의 시선이 소진에게 닿았다.

"이곳을 뒤져보면……."

하지만 이내 윤현은 소진을 바라보며 고개를 절레절레 저었다.

"없습니다."

"……예?"

"모두 뒤져보았으나 이곳을 관리하는 여종 몇 명과 무사들뿐, 간부들은 그 어디에서도 찾을 수 없었습니다."

소진과 헌, 그리고 보은군은 절망하고 말았다. 이럴 줄 알고 서둘러 자리를 피한 모양이었다. 그리고 무사들에게 혹, 이런 일이 생기거든 집부터 태우라고 미리 지시도 내린 것 같았다.

허탈함에 모두 할 말을 잃은 채, 활활 타는 집만 바라보고 있었다. 그때, 불현듯 무언가 떠오른 듯 소진이 헌의 옷깃을 쥐었다.

"제가 행수의 얼굴을 보았습니다."

"……낭자께서 보았다고요?"

"예……. 한데 저하."

소진의 목소리가 낮게 가라앉고 있었다. 헌은 그녀가 자신에게 무언가 긴히 할 말이 있다는 걸 눈치챘다.

"우선 불길을 최대한 잡아 증좌가 될 만한 것은 드러내고 생포한 인원들은 모두 비밀 집결지에 가둬놓고 배후를 추궁하도록 하라."

"예, 저하."

"이것은 너와 한 규수, 그리고 보은군. 우리만 알고 있어야 한다."

"예. 명심하겠습니다."

헌은 그렇게 말하며 보은군을 돌아보았다.

"나는 한 규수와 할 말이 남았으니 너도 속히 환궁하도록 하라. 그리고 네 무사에게도 오늘의 일은 발설치 말라, 명을 내리고."

"저하께서는 바로 환궁하시지 않으실 것입니까."

"나는 낭자가 들어가는 것을 보고 돌아가도록 할 것이다."

그 말에 보은군이 느리게 고개를 주억거렸다. 그는 헌의 곁에서 여전히 멍한 얼굴로 바닥을 내려다보고 있는 소진의 앞으로 조심스럽게 다가갔다.

"낭자."

그는 낮은 목소리로 소진을 불렀다. 곧, 그녀의 고개가 천천히 들렸다. 힘이 빠진 듯, 소진은 대답조차 못 하며 보은군을 바라보았다. 헌은 그런 두 사람을 곁에서 물끄러미 내려다보고 있었다.

"내가 낭자의 여종에게도 일러는 두었지만, 낭자에게 직접 전해야 할 것 같아서."

"무엇을 말입니까?"

"영의정 대감께서 뭔가를 눈치챈 것인지는 모르겠지만, 봉희댁과 관련해 제게 몇 가지를 물었습니다."

"봉희를요……?"

자신에게도 봉희의 이야기를 꺼내더니 보은군에게까지 그랬다고 하니 소진의 가슴이 철렁했다.

"해서 봉희댁의 남편에게 이 사실을 알리고 혹시나 영의정 대감께서 그 집을 감시하라 할 수도 있을 것 같아, 비책을 세우라 했습니다."

"하……. 봉희가 없다는 것을 알면 저를 가만히 두지 않으실 텐데. 지금까지 속이고 대체 어딜 다녔던 것인지 꼬치꼬치 캐물을 것인데."

난감하다는 듯 소진이 입술을 구기자 보은군이 그녀의 어깨를 다독였다. 그 순간에도 헌의 시선은 소진의 어깨에 닿은 보은군의 손 위에 머물렀다.

"봉희댁 남편이 제 누이를 봉희댁으로 변장시켜 당분간 집에서 지내기로 했으니, 크게 걱정할 건 없을 겁니다."

"그렇군요……. 알겠습니다."

"하면 저하와 함께 조심히 내려가십시오. 난 이곳 상황을 함께 정리하고 돌아가도록 할 테니."

그렇게 말하며 보은군이 소진을 향해 고개를 꾸벅 숙였고 소진도 그를 따라 인사를 했다.

"부탁하네."

헌도 짧게 인사를 건네며 소진과 함께 집을 나섰다. 나무 타는 냄새가 숲속을 진동하고 있었다. 그녀는 애써 그것을 밀어내며 걸음을 옮겼다.

제 16 장

왕세자의 사정

"할 말이 무엇입니까?"

두 사람은 말없이 숲길을 내려갔다. 그러다 헌은 넌지시 소진을 돌아보며 물었다. 그의 물음에 소진이 조심스럽게 입술을 달싹였다.

"행수 말입니다."

그렇게 말을 하는 순간에도 이상하게 소진의 가슴이 두근거리고 있었다. 이유 모를 긴장감도 그녀를 잠식해 나갔다.

"아, 행수의 얼굴을 보았다고 하였지요."

"혹 저하께서는 행수의 얼굴을 보지 못했습니까?"

소진이 그리 물으며 헌의 얼굴을 유심히 살폈다.

지난날, 저잣거리에서 부딪혔을 때는 분명 알아보지 못하는 눈치였다. 그때는 언뜻 스치듯 본 것이라 제대로 얼굴을 확인하지 못한 것이었다면, 오늘은 분명 가까이에서 보았을 테니 모를 수 없을 것이다.

"아, 보았습니다. 보긴 보았는데."

"언제……요?"

순간 헌의 대답에 소진의 동공이 잘게 떨렸다. 소진은 저도 모르게 숨을 참으며 헌의 다음 말을 기다렸다.

"아까 낮에 투전판에서. 낭자가 그렇게 끌려가고 한 시진인가 후에 다시 투전판에 모습을 드러냈었습니다. 그리고 다시 사라지기에 저 기와집으로 간 줄 알았는데."

"정확하게 보시었습니까……?"

"예. 뭐, 얼굴은 나름 정확하게 본 것 같습니다. 생각보다 어려 보이던데. 행수라면 분명 그 투전판의 주인일 테고 그럼 낭자의 벗을 궐로 보낸 장본인이자 그 세력의 배후일 텐데, 그런 것치고는 많이 어려 보였습니다. 혹 낭자가 본 그 행수라는 사내도 어렸습니까? 내가 본 자와 낭자가 본 자가 같은 인물일는지요."

모르는 눈치다, 이건.

아니면 알고도 굳이, 모르는 척해야만 하는 이유라도 있는 것일까.

소진은 분주히 그의 표정을 살피며 느리게 고개를 끄덕거렸다.

"예, 어렸습니다. 청색 도포를 입고 있었고요……."

그 말에 헌이 자신이 본 사람과 동일한 인물이라는 듯, 환한 얼굴로 고개를 끄덕였다.

"예, 맞습니다. 청색 도포. 한데 어찌 그러십니까. 혹, 아는 사내입니까?"

그 순간, 소진은 벌렸던 입술을 꾹 다물며 심각한 얼굴을 할 수밖에 없었다.

'내가 아니라 저하께서…… 아셔야 하는 인물이 아닙니까?'

차마 그녀는 그 말을 뱉어내지 못한 채, 헌의 얼굴만 빤히 바라볼 수밖에 없었다.

"아뇨, 제가 어찌 알겠습니까. 혹 저하께서 아는 얼굴일까 싶어……."

그러자 그녀의 말에 헌이 낮게 실소를 터뜨렸다.

"내가 어찌 알겠습니까. 궐에서만 나고 자란 내게 바깥 동무가 있을

리도 없고."

소진의 시선이 헌의 얼굴 위에 한참이나 머물렀다. 그녀의 가슴이 세차게 뛰기 시작했다.

'그때 그 사내가 맞는데……. 저하가 미행하고 있던 사내가 확실한데 어찌, 왜, 기억을 못 하십니까?'

소진은 굳은 채 말을 이을 수가 없었다.

그런 그녀를 의아하다는 듯, 헌이 내려다보며 살며시 그녀의 팔을 쥐었다.

"어찌 그러십니까. 안색이 안 좋습니다. 혹 아까 물에 젖었던 것 때문에 고뿔이라도……."

걱정스럽게 자신을 바라보는 헌의 시선을 회피하고 말았다. 자신의 팔을 다정하게 그러쥐는 그의 손도 어쩐지 피하게 됐다.

"낭자."

조심스럽게, 하지만 경계의 얼굴로 자신을 외면하는 소진을 헌이 바라보았다.

"참으로 모르십니까?"

그저 묻고 넘어가기엔 소진에게는 너무 큰일이라 모르는 척할 수가 없었다. 소진은 그를 똑바로 직시하며 되물었다.

왜 그 사내를 알아보지 못하는 걸까, 그날 소진이 의문을 가지기도 했었다. 하지만 언뜻 스치듯 본 것이라 자신이 잘못 본 것일 수도 있겠다, 생각하며 잊고 지냈었다.

그러나 이것은 정말…… 못 알아보는 것이었다.

가까운 거리에서 무슨 색의 옷을 입었는지도 알 정도로 봤는데도 모른다는 것은, 정말 사내를 못 알아보는 것이다.

"모른다…… 하지 않았습니까."

소진의 물음에 헌의 얼굴도 순식간에 굳어지고 말았다.

'어찌 그러는 거지……. 꼭 내가 알아야 하는 사람인 것처럼 되묻고 있다.'

헌은 속으로 생각하며 다시금 행수라는 사내의 얼굴을 떠올렸다. 하지만 아무리 생각해도 모르는 얼굴이었다. 처음 보는 이가 맞는데 어찌 이리 되묻고 있는 것일까, 헌도 입술을 굳게 말아 물었다.

"제게 거짓을 고하는 것은 아니지요?"

"……어찌 거짓이라 하십니까, 낭자."

"하면 무언가를 숨기는 것은요?"

"내가 여기까지 낭자와 함께 와놓고 이제 와 숨길 것이 무엇 있겠습니까."

헌은 결백하다는 얼굴을 해 보였다. 소진은 그런 그를 물끄러미 올려다보며 고개를 숙였다. 그러곤 그를 처음 마주했던 때를 떠올려보았다. 기방 온천장에서 자신의 멱살을 쥐고 흔들며 쥐새끼라고 소리치던 헌.

그 순간 소진의 머리에 번쩍, 하고 불이 켜지는 것 같았다.

'너무 갑자기 습격을 당한 것이라 얼굴을 확인하지 못한 것일까? 하지만 그럴 리가 없어……. 저하께서는 분명 저 사내와 저 사내의 부인인 듯한 여인의 뒤를 미행하다, 습격당했어.'

저 사내가 머리를 직접 내려치지는 않았던 것 같았다. 분명 사내 부부를 호위하는 자객들이 헌을 공격한 것 같았는데.

생각해보니 이상한 점이 한둘이 아니었다. 소진은 다시 행수라는 사내를 응시하며 그날의 기억을 헤집었다.

헌이 피를 흘리고 쓰러짐과 동시에 소진이 발견했고, 달아나는 사람들을 바라보았을 땐, 저 사내 부부가 앞서 도망치고 그 뒤를 검은 옷을 입은 자객들이 급히 뒤따라가고 있었다. 그리고 일 년 뒤, 기방에서 그는 자신의 손수건을 보자마자 배후가 누구냐며 소리를 질렀다.

순간, 기억을 헤집어보던 소진의 얼굴이 구겨졌다.

'그건 애초에 배후가 누구인지 모른다는 소리인데……?'

배후를 묻는 것은 자신이 처음부터 누구를 미행하고 있었는지조차 모른다는 말이었다. 그땐 이상하다고 생각 못 했는데 지금 와서 다시 생각해보니, 그건 참 이상한 소리였다.

소진은 가만히 숙였던 고개를 들어 헌을 올려다보았다. 헌은 여전히 알 수 없다는 얼굴로 그녀를 내려다보고 있었다.

"모르는 사람을 그렇게 급히 미행했을 리도 없고. 그럼 이 이해되지 않는 상황을 어찌 받아들여야 할까요?"

다짜고짜 고심에 빠졌던 소진이 그렇게 말을 내뱉자 헌은 당황하고 말았다.

"낭자, 그것이 무슨."

"일 년 전 그날 밤. 저하께서는 누군가를 급히 미행하고 있었습니다."

"그것이라면."

"그런데 어찌 그 행수라는 자를 알아보지 못하십니까?"

"……!"

"그날 저하께서 쫓던 이가 바로 저…… 행수라는 사내였습니다."

소진의 말에 헌의 머리가 크게 울리고 말았다.

"아."

그의 슬쩍 벌어진 잇새에서 탄식이 뱉어졌다.

그를 올려다보는 소진의 눈빛에 원망과 실망감이 뒤섞였다.

"낭자, 그것은……."

"그리고 일 년 후, 기방에서 저를 처음 만난 저하는 제 멱살을 쥐고서 배후를 토설하라 하셨지요. 배후를 모른다는 것은 저하께서 미행했던 이도 모른다는 말이지 않습니까?"

헌은 아무런 말도 하지 못하고 말았다.

결국, 그녀가 모두 알아버린 것이다.

자신이 설명하기도 전에, 진실을 고백하기도 전에 모든 것을 들키고 만 것이었다.

"그날을…… 기억하지 못하시는 것입니까?"

그렇다면 모든 것이 설명되었다. 행수라는 사내를 보고도 알아보지 못하는 헌. 그리고 그가 제게 세자빈이 되어야만 한다고 했던 말들.

자신에게 첫눈에 반해 자신의 마음을 사려던 난봉꾼의 유혹이 아니라 기억 소실증에 걸린 것을 숨기기 위한, 혹은 자신을 이용해 그날의 기억을 되찾으려 한 왕세자의 치밀한 계획이었던 것이다.

"모두 다…… 이야기하려 했습니다."

헌의 말에 소진은 그만 실소를 뱉어내고 말았다. 하지만 정말이라는 듯, 헌이 얼굴을 구기며 소진의 손을 잡았다.

그러나 그녀는 그 손을 뿌리쳤다.

"낭자의 말대로 난 기억 소실증에 걸렸습니다. 지금까지 말 못 했던 것은…… 사정이 있어……."

소진은 그런 헌의 말허리를 싸늘하게 잘랐다.

"혹 아직도 내가…… 은인이 아닌 그들과 연관이 있는 사람이라 생각하고 날 지켜보았던 것입니까?"

그녀의 목소리는 그 어느 때보다 차가웠다. 헌은 느리게 고개를 가로 저었다.

"그럴 리가 있겠습니까."

"아니면 내게 기억 소실증이라는 것을 숨기기 위해서였습니까? 내가 영의정의 여식이니까. 행여 내가 그 사실을 알게 되어 아버지께 말한다면 자신의 반대 세력에게 흠 하나를 잡히는 꼴이 되는 것이니까. 아, 그게 아니라 나를 이용해 그날의 기억을 되찾으려 하신 것입니까? 아예 세자빈으로 앉혀 그날의 일은 발설치도 못하게 해놓고?"

이해가 되면서도 섭섭했다. 그 많은 시간 동안 함께했으면서 왜 단한 번도 내색하지 않았던 것일까.

소진은 이제 어느 정도 헌에게 마음의 문을 열었다고 생각했다. 끊임없이 제 마음을 두드리는 헌에게 곁을 내어주지 않을 수가 없었으니까.

하지만 헌은 그 순간에도 진심이 아닌, 다른 흑심을 품고 자신에게 다가왔으리라 생각하니 마음이 갑갑해져왔다.

그런데 헌은 아무런 대답도 하지 않고 있었다. 그렇다는, 혹은 아니라는 말도 없이 그저 씁쓸함이 가득한 얼굴로 소진을 내려다보았다.

"그랬군요. 그럼 저하께서 제가 필요하다는 말을 했던 것도, 미완성이던 용모화를 준 것도, 활을 가르쳐주겠다고 한 것도, 여기까지…… 호위대를 이끌고 온 것도. 그리 많은 우연과, 함께 보낸 시간이 모두…… 저하의 손에 만들어진 계획이란 거지요?"

섭섭한 마음은 이내 그를 향한 분노로 뒤바뀌고 있었다. 믿었던 이에게 크게 뒤통수를 맞은 것도 같았다. 원망스러웠고, 쉽게 그에게 마음의 문을 연 자신이 밉기도 했다. 그녀는 아랫입술을 꽉 깨문 채 다시금 헌을 올려다보았다.

"좋아졌다고 했던 것도."

"……."

"그것도 거짓입니까?"

그렇게 되묻는 소진의 목소리가 잘게 떨리고 있었다.

그때, 아무런 말도 없이 그녀만 묵묵히 내려다보고 있던 헌이 소진의 앞으로 성큼 다가갔다.

"아니. 그건 인정 못 해."

갑작스러운 그 말에 소진이 굳어버렸다.

"다른 건 다, 인정하겠습니다. 애초에 낭자에게 용모화를 주었던 것도 활을 가르쳐주겠다고 한 것도, 여기까지 오려고 한 것도 모두 낭자의 말이 맞습니다. 하지만."

헌은 그 말을 이어가면서도 소진에게서 조금도 시선을 떼지 않았다. 오히려 그녀를 지금까지보다 더 절절하게, 그리고 진실하게 바라보고 있었다.

"좋아졌다는 말, 내게 낭자가 필요하다는 말은 진심입니다."

그 말에 소진이 입술을 꾹 깨물며 원망스러운 눈빛으로 헌을 노려보았다.

"뻔뻔해."

"……."

"참으로 뻔뻔하십니다, 저하."

그렇게 말하며 소진이 홱 돌아섰는데 헌이 그녀의 앞을 속히 가로막았다.

"후회했습니다. 그런데 언제부턴가 대체 내가 무엇을 후회하는지 헷갈리기 시작했습니다."

그의 말에 소진이 물끄러미 헌의 눈빛을 응시했다.

"낭자에게 처음부터 말하지 못한 것을 후회하는 건지. 아니면……."

나지막한 목소리로 말을 이어가던 헌이 순간, 말을 멈추었다. 그러곤 물끄러미 소진을 바라보다, 제 품에서 무언가를 꺼냈다.

그때, 활인서에서 소진에게 용모화를 가르쳐주며 헌이 그렸던 소진의 얼굴이었다. 소진은 헌이 이걸 왜 들고 다니는지 모르겠다는 얼굴로 그를 다시금 올려다보았다.

"이 용모화를 그린 순간을 후회하는 건지."

"그게…… 무슨."

"이것을 그리던 순간…… 깨달았으니까. 내가 생각했던 것보다 훨씬 더, 한소진이라는 여인이 내 속에 깊이 박혀 있구나."

헌의 말에 소진의 눈빛은 떨리고 말았다.

하지만 이 말조차 믿을 수 없다는 얼굴로 그녀는 도리질했다.

"한 번이면 족합니다. 이 용모화로 내 환심을 사보려 하는 것은 한 번이면……."

"내 처음은 그때가 아니라 이것입니다. 그때는 정말 낭자의 환심을 사려 그린 것이었지만 이건…… 아니니까."

"저하."

"이건 낭자를 향한 내 마음이 처음 담긴 그림이니까."

그 말을 하며 헌은 그 용모화를 소진의 손에 쥐여주었다. 그러곤 그녀의 작은 손 위에 자신의 커다란 손을 감쌌다.

"버리든…… 찢든, 태우든 마음대로 하십시오. 내 진심은 이제 낭자 손에 달린 것입니다."

"저하."

"미리 말하지 못해 미안합니다. 이해해달라는 말은 하지 않을 테니 애써 이해하려 낭자도 낭자의 마음을 괴롭히지는 마십시오. 하지만 낭자가 앞으로 나를 보고 싶지 않다고 해도 낭자의 벗과 관련된 일은 제선에서 최선을 다해 갈무리하겠습니다."

"……."

"이건 이제 나의 일이기도 하니까."

그렇게 말하며 헌이 앞서 걸었다.

소진은 그런 그를 원망스러운 눈으로 한참 바라보았다.

한 걸음, 두 걸음…….

헌이 앞서 걷다 문득 걸음을 멈추고는 하늘을 올려다보며 말문을 열었다.

"내가 미워 죽겠지만 우선 집에는 가야 하니, 멀리 떨어져 걷겠습니다. 뒤따라만 오시지요. 낭자를 혼자 두고 가기에는 숲이 너무 험하니까."

그렇게 말하며 헌은 다시금 걸음을 뗐고 소진은 그런 그의 뒷모습을 바라보다 발걸음을 옮겼다.

적막감이 어색한 두 사람을 감쌌다. 사그락, 사그락 낙엽 밟히는 소리만 숲속을 울렸다. 소진은 헌이 쥐여준 용모화를 물끄러미 내려다보며 입술을 질끈 말아 물었다.

말없이 한참 걷기만 하던 둘은 이윽고 저잣거리 근처에 다다랐고 헌은 걸음을 멈춰 서서는 소진을 돌아보았다.

"여기서부터는 혼자 가는 것이 편하겠지요."

"……예."

소진은 여전히 뾰로통한 얼굴로 헌을 쳐다도 보지 않았다.

"그럼 살펴 가십시오. 그리고 재간택은 방해하지 않겠습니다. 이제부터는 우리 둘의 운에 맡겨보도록 하지요."

그 말을 남긴 채 헌이 씁쓸하게 뒤돌아서자, 소진이 그의 옷깃을 잡았다. 헌이 물끄러미 소진을 내려다보았고 소진은 여전히 땅바닥만 응시한 채, 그에게 용모화를 다시 건넸다.

"어찌 저하의 진심을 제게 주고 가십니까. 저하의 마음이니 저하가 알아서 하세요. 나와는 관련 없는 일입니다."

그렇게 말하며 소진이 휙 돌아섰는데 무언가 할 말이 더 남았는지, 그녀가 다시 슬쩍 몸을 돌렸다.

"어찌 된 건지. 정말 왜 내게 처음부터 말하지 못했던 것인지, 아니, 않았던 것인지는…… 아직 저하께 듣지 못했습니다. 그러니 혹, 다음에 제가 오늘의 일을 묻거든 그때는 숨김없이 처음부터 끝까지 소상히 제게 말해줄 수 있습니까? 물론 저하를 이해하겠다는 것도 저하의 진심을 헤아려보겠다는 것도 아닙니다."

그러면서 소진이 슬쩍 헌을 올려다보았는데 헌이 자신을 향해 다가왔다. 소진이 조금 긴장한 얼굴로 헌을 올려다보자, 헌이 손을 뻗어 소진의 머리카락에 묻은 낙엽을 떼어주었다.

"얼마든지요."

그렇게 이야기하며 헌은 소진의 눈을 바라보다, 슬쩍 시선을 그 아래로 떨어뜨렸다.

그녀의 맑고 고운 눈동자를 바라보려니 괜히 가슴에 찬 바람이 부는 듯, 시려왔다.

소진에게 미안한 마음이 파도처럼 밀려왔다.

그는 물끄러미 자신의 손에 있는 그녀의 용모화를 내려다보았다.

"변명할 기회를 준다면…… 최선을 다해 변명해보겠습니다. 그러니 낭자가 하고 싶은 대로 하세요. 난 그저 기다리고 있을 테니."

그렇게 말하며 헌은 소진을 향해 고개를 꾸벅 숙여 보이고는 먼저 등을 보였다.

소진은 그런 헌을 물끄러미 바라보았다. 그가 미웠지만, 자신을 속였다는 것이 괘씸하고 용서하고 싶지 않았지만.

─내가 생각했던 것보다 훨씬 더, 한소진이라는 여인이 내 속에 깊이 박혀 있구나.

소진 역시, 헌의 말처럼 자신의 가슴속에 헌이라는 사내가 깊이 박혀 있는 것만 같았다.

애써 그녀는 발길을 돌렸다. 뒤를 돌아보지 않으려 괜스레 하늘을 올려다보며 딴청을 피웠다.

그때, 등 뒤에서 헌의 목소리가 들렸다.

"그래도 말입니다. 낭자와 함께했던 시간 모두, 따뜻했습니다. 내가 기억 소실증에 걸렸다는 것도 그리고 목적이 있어 낭자를 마주하고 있다는 것도 모두 잊어버릴 만큼, 내게는 따뜻하고 소중했던 시간이었습니다."

어쩌면 마지막이 될지도 모른다는 생각이 앞서서 그랬을까. 헌은 진심 어린 눈빛으로 그녀의 뒷모습을 바라보며 그렇게 말했다.

소진은 치맛자락을 꾹 움켜쥐었다.

'마음 약해지지 마, 한소진. 그래도 날 속인 사람이야. 나를 떠보려고, 날 이용하려고 했던 사람이라고.'

그녀는 그렇게 속으로 되뇌며 그에게서 멀어졌다.

헌은 그런 소진의 뒷모습을 한참, 바라보며 서 있었다.

그의 마음이, 그리고 머릿속이 한꺼번에 무너져 내리는 것만 같았다.

"아씨! 아씨……! 내 말 듣고 있어요?"

숙자가 곁에서 쫑알거렸지만 소진의 귀에는 아무것도 들리지 않았다. 잔뜩 골이 난 채 얼굴을 구기고 방바닥만 바라보고 있을 뿐이었다.

"아니, 투전판에서 무슨 일이 있었길래 이리 화가 나셨대……? 아니, 넋이 나간 건가."

숙자는 그 자세 그대로 굳어 있는 소진을 물끄러미 바라보며 고개를 갸웃거렸다.

"아씨……."

숙자가 슬쩍 소진의 팔을 툭툭 건드렸다. 그제야 그녀가 얼이 나간 얼굴로 숙자를 돌아보았다.

"어? 뭐라고?"

하지만 그렇게 묻는 소진의 미간은 여전히 구겨져 있었다.

"무슨 일 있으셨어요?"

"아니야. 아무것도……."

소진은 심드렁하게 대꾸하며 자리에서 일어났다. 그러곤 침소 복으로 갈아입기 위해 옷고름을 풀어내렸다.

"아까 투전판에 다녀오신 이후로 내내 이러시잖아요. 물어도 대답도 하지 않으시고 말을 걸어도 듣지도 않으시고."

그럴 수밖에 없었다. 소진은 여전히 머릿속이 뒤죽박죽된 것만 같았다. 헌이 숲속에서 제게 했던 말들과 지금껏 자신을 속였다는 것이 치열하게 머릿속에서 대립하고 있었다.

그럴 수도 있을 거라며 이해가 되기도 했다가 그래도 괘씸한 것은 어쩔 수 없다며 그를 향한 서운함과 원망이 치솟았다. 마음속에서 두 생각이 부딪히고 싸울수록 소진의 기분은 가라앉고 있었다.

"하……."

소진은 깊이 한숨을 내쉬며 서안 앞에 앉았다. 그러곤 재간택 예상 과제들이 적힌 서책을 펼쳐 들었다. 잡생각을 떨치기에는 서책이 최고였으니, 밤새 이 예상 과제들을 달달 외울 예정이었다.

"그래. 한소진. 이제라도 정신 차려서 다행이야."

"……예?"

"재간택에서 떨어져야지. 내가 잠시 잊고 있었어. 그딴 형편없는 사람의 부인이 될 순 없어."

그렇게 중얼거리며 소진이 글자를 읽어 내려갔고 숙자가 의아하다는 듯, 소진을 바라보았다.

"싸웠……습니까?"

숙자가 조심스럽게 소진을 향해 물었다. 그 말에 소진의 손이 별안간 멈췄다.

"싸운 것은…… 아니다. 일방적으로 내가 당했으니까."

"예? 하면 저하께서 아씨께 뭐라고 했습니까?"

"……뭐라고 한 건 아니고."

그 순간 진심 어린 눈빛으로 자신을 보던 헌의 얼굴이 떠올랐다.

―후회했습니다.

어쩐지 조금 잠겨 있는 듯한 그의 목소리도 연신 귓가에 번졌다.

"모르겠어. 뭐가 어떻게 된 건지. 앞으로 뭘 어찌해야 하는지."

그렇게 말하며 소진이 다시 서책에 집중하려던 그때, 숙자가 마침 생각이 났다는 듯 손뼉을 쳤다.

"아, 맞다. 아씨, 재간택 날짜가 나왔다고 아까 대감마님께서 아씨께 일러주라고 했는데 깜빡했네요."

"언제인데⋯⋯?"

소진의 동공이 자잘하게 떨렸다.

"저하, 소인이옵니다."

동궁에도 밤이 찾아오고 침소 의대로 갈아입은 헌은 보은군의 목소리에 고개를 들었다.

"들라."

동궁 문이 열리고 보은군과 윤현이 나란히 들어섰다. 두 사람은 헌에게 고개를 조아려 보였다.

"그래. 어찌 수습하였느냐."

"시신들은 모두 식솔들에게 넘겨주었습니다. 생포한 인원들은 우선 따로 가둬두긴 했지만 모두 같은 반응입니다."

"모른다고⋯⋯ 잡아떼고 있는가."

"예. 정말 모르는 이들도 있고 입을 다무는 이들도 있어 아무래도 간부들을 찾기에 시간이 걸릴 것 같습니다."

그 말에 헌은 깊은 한숨을 내쉬며 이마를 감쌌다. 그들은 언제 어느 때고 빠져나갈 구멍을 미리 만들어놓은 뒤, 그 일을 감행한 것이다. 조금 더 지켜본 후 치밀하게 계획을 짜 덮쳤어야 했나, 헌은 좌절감에 고개를 들지 못했다.

보은군은 그런 헌을 올려다보며 조심스럽게 말문을 열었다.

"하나…… 행수라는 자의 거처지만 알아내면 일은 일사천리로 될 것이니, 소진 낭자와 저하께서 그 행수의 얼굴을 기억해내 한양을 뒤지면 나올 것도 같습니다."

순간, 헌은 행수라는 사내의 얼굴을 떠올려보았다. 그러다 그는 사색에 잠기고 말았다.

'내가…… 그날 밤 그자를 쫓았다고? 대체…… 무슨 연유로. 생판 처음 보는 이였는데.'

그날 밤의 기억만 사라진 것이라고 했다. 누가 그 순간의 기억만 도려낸 듯, 그 부분만 기억나지 않았다.

그 외의 것들은 모두 생생하게 기억이 나는데 어째서 그 사내의 정체만 모를 수가 있단 말일까. 정말 소진의 말대로 자신이 모르는 이의 뒤를 쫓았을 리는 없었다.

헌은 고심에 빠진 채 연신 거칠게 한숨만 내쉬었다. 그러자 보은군이 다시금 입술을 달싹였다.

"그리고 한 가지 더 알아낸 것은. 간부 중에 하인들이 안방마님이라 부르는 여인이 있는 것 같은데. 아무래도 행수라는 사내의 부인인 것 같습니다."

"부인이라."

"예. 여종들이 달아나면서 안방마님께 이 사실을 고해야 한다고 했는데, 이상하게 다들 행수와 그 부인이 사는 거처지를 모른다고 합니다."

행수라는 사내의 차림새를 본다면 보통 부잣집은 아닐 것이었다. 한양에서 권세를 좀 누린다는 집들을 샅샅이 뒤지면 분명, 그자를 찾을 수 있을 것이었다.

헌은 서둘러 종이를 꺼내 낮에 마주쳤던 행수의 얼굴을 그려나갔다.

조금이라도 더 선명할 때, 용모화를 그려놓아야만 했다. 그리고 이것은 헌의 기억을 찾는 데도 중요하게 쓰일 것이었다.

"참, 김 도령이라고 불리는 것 같았습니다."

그때, 물끄러미 붓을 쥔 헌을 바라보던 윤현이 말했다.

"김 도령이라……"

"하지만 정확하게 김 가(家)의 사람인지는 모르지요. 그저 그리 부르는 호칭에 불과할 수 있으니. 저는 우선 내일 날이 밝는 대로 저잣거리를 돌아다니며 김 도령이라 불리는 사내의 거처지가 어디인지 알아보도록 하겠습니다."

"한양에서…… 김 서방 찾기겠군."

헌은 씁쓸하게 실소를 터뜨리며 그렇게 대꾸했다. 그러곤 윤현을 돌아보며 나지막한 목소리로 물었다.

"타버린 집에서는 쓸 만한 증좌가 나오지는 않았고?"

"예. 애초에 증좌 따위는 그곳에 놔둔 것 같지도 않았습니다."

"치밀하군. 알겠다. 보은군 너는 나가보아라."

"예, 저하."

보은군이 인사를 올린 후, 동궁을 나섰고 헌은 한숨을 내쉬며 붓을 멈추었다. 헌이 갑자기 그림을 그리다 말자, 윤현이 그의 눈치를 살폈다.

"오늘 많이 피곤하셨지요, 저하. 차라도 올리라 명을 내릴까요."

"아니. 되었다."

헌은 지끈거리는 머리를 부여잡으며 붓질을 이어나가기 시작했다.

슥슥, 종이를 가로지르는 붓 소리만이 동궁을 울렸다. 그 어느 때보다 그림을 그리는 헌의 손길이 거칠기만 했다.

"저하……"

그의 어지러운 심중을 파악한 듯 윤현이 다시금 그를 불렀다. 그러자 강직하게 닫혀 있던 헌의 입술이 벌어졌다.

"이 사내를 내가 미행했다고 한다."

"……예?"

"일 년 전 기억을 잃었던 그날 밤. 내가 미행했던 자."

"그것이 무슨."

"……한 규수가 말해주더구나."

윤현도 처음 듣는 소리라는 듯 소스라치게 놀라며 헌이 그려낸 행수라는 사내의 얼굴을 들여다보았다. 하지만 윤현 역시, 초면인 낯선 얼굴이었다.

"이자를 어찌 저하께서……. 왕족도 아니고 그렇다고 해서 저하와 연이 닿은 사내도 아닌데?"

"하니…… 더욱 그날 밤의 일이 미궁 속으로 빠질 수밖에."

"……한데 저하. 한 규수께서 저하께 말을 한 것이라면."

그렇게 되묻는 윤현의 뺨이 딱딱하게 굳어갔다. 아무래도 헌이 내내 그늘진 얼굴로 한숨만 내쉬던 연유를 알 것 같았다.

"들키고 말았구나. 내 입으로 토설치 못하고…… 들키고 말았어."

"저하."

"한데 말이지. 참 이상하게도…… 아니라는 변명을 할 수가 없었다."

헌은 그렇게 말하며 쥐고 있던 붓을 놓았다. 그의 손끝이 자잘하게 떨렸다. 다시 낮에 소진을 마주했던 때로 돌아간 듯, 그의 가슴이 울렁거리기 시작했다.

"아니라고…… 낭자께서 잘못 본 거라고, 평소처럼 능글맞게 웃음이나 터뜨리며 쉬이 넘길 수 있는 일이었는데, 그러지 못했다."

"저하."

"아니…… 그러기 싫었다."

괴로운 듯 눈을 지그시 감는 헌의 반듯한 미간에 주름이 잡혔다.

"그날의 일을 이야기하며 나를 원망하던 한 규수의 눈빛을 보는 순간. 나는 모든 것을 알아버렸다."

"그것이 무슨 말씀입니까, 저하."

헌은 감았던 눈을 천천히 떠, 제 곤룡포 밑에 가지런히 놓아둔 소진의 용모화를 바라보았다.

그것을 돌아보는 헌의 눈동자에 비구름이 잔뜩 낀 것 같았다.

"내내 한 규수를 떠올리며 나도 모르게 미소를 짓던 연유를. 한 규수와의 만남을 기다리며 그 여인을 만나러 갈 때마다 발걸음이 가볍기만 하던 연유를."

"……."

"목적이 있어 그 여인을 유혹하려던 내가 어느 순간, 그 여인에게 되레 홀린 것만 같이 느껴졌던 연유를 알아버린 것이야."

"저하. 어째서……."

"나를 원망하고 미워하는 듯한 그 얼굴이 내 폐부를 찌르더구나. 그 순간에 난, 참으로 바보같이 엉뚱한 바람을 품었다. 아, 이 여인이…… 나를 미워하지 않았으면 좋겠다. 내게 등을 보이지 않았으면 좋겠구나. 그런 바람. 그래서 변명도, 아니라는 거짓도 말하지 못한 채 천치처럼…… 입술만 꾹 닫고 있었다."

갑작스러운 헌의 고백에 윤현이 당황스럽다는 듯 어찌할 바를 몰라했다.

"그날의 일을 유일하게 알고 있는 여인인데…… 저하께서 자신을 속였다고 생각해 다시는 저하를 보지 않겠다고 한다면, 아니 행여 한 규수가 영의정에게 저하의 기억 소실증을 발설하기라도 한다면……!"

윤현은 자신이 더 걱정스러운 얼굴로 헌을 바라보았다. 하지만 어쩐 일인지 오히려 헌은 덤덤한 표정으로 용모화만 바라보고 있었다.

"함부로 그 여인을 가슴에 새긴…… 나의 책임이겠지."

"저하……!"

"얼음장 같던 여인을 내 것으로 만들기 위해…… 고군분투했던 시간 동안 결국, 내 무덤을 파고 있었구나."

"당장이라도 내일 한 규수를 찾아가서."

"아니. 아니다. 이제는 그 여인의 마음을 강요하고 싶지 않구나."

헌은 느리게 고개를 저으며 달빛에 눅눅히 스며든 입술을 뗐다.

"거짓된 마음이 진심이 되고 보니 그러고 싶지 않다."

윤현은 그런 헌의 말을 잠자코 듣고 있다, 깊은 한숨을 내쉬며 힘겹게 말문을 열었다.

"하오나 저하…… 재간택은 그럼."

"그 여인이 하고 싶은 대로 하여야지."

"말씀드리기 송구하오나 재간택 날짜가 정해졌다 하옵니다."

그의 말에 창밖을 응시하던 헌이 윤현을 돌아보았다.

"언제인가."

"삼일 뒤. 이번에는 중전마마와 대비마마 모두, 참석할 예정이라고 합니다."

중전이라는 말에 헌의 눈이 형형해졌다.

"중전이…… 참석한다고?"

그 말은…… 교태전의 주인이 자리를 비운다는 말이었다.

제 17 장

조선 직진남, 이헌

다음 날, 소진은 상념에 잠겼다.

벌써 봉희가 사라진 지도 꽤 시간이 흘렀다. 어제 숲속 상황을 눈앞에서 보고 난 뒤라 마음이 더 뒤숭숭했다.

함께 있던 여인들이 순식간에 불에 타 죽은 것이 꽤 충격이었는지, 소진은 어젯밤 한숨도 제대로 자지 못했다. 검게 그을린 시체들이 머릿속에 잔상으로 남아 그녀를 괴롭게 만들었다.

단순한 실종이라 생각했던 것과 달리 파헤칠수록 사건은 꼬리에 꼬리를 물고 있었다.

소진이 스르륵 주저앉으며 바구니를 꼭 끌어안았다.

"행수라는 사내만 찾으면 일의 실마리가 조금 풀릴 것 같은데."

헌이 당연히 그의 뒤를 쫓았으니 그의 얼굴을 알고 있으리라 생각했는데, 정말 생각지도 못한 반전이었다.

"이제 이 일을 어찌한담……."

그래도 소진에게는 '재간택'이라는 기회가 아직 남아 있었다. 이번에는 허망하게 그 기회를 날릴 수 없었다.

소진은 자신이 재간택에 올랐다는 말을 듣고 마냥 실망하지 않았다. 어쩌면 제계는 재간택이 봉희를 찾을 수 있는 마지막 기회일지도 모른다는 생각이 들었으니까.

영의정에게 듣기로 재간택은 초간택과 달리 까다로운 과제로 진행이 된다고 했다. 궁녀들과 함께 과제를 해결하거나, 궐 안팎을 오가며 자유로이 과제를 진행한다고 하였으니 그것을 빌미 삼아 궐에서 봉희를 만날 수 있길 기대했다.

여차하면 중전마마께 인사를 올린다는 명분으로 중궁전의 담도 넘어 볼 수 있을 것 같아, 마음을 단단히 했다.

고민에 잠긴 소진이 입술을 삐죽 내밀며 어깨를 축 늘어뜨리고 있는데 삐거덕 대문이 열렸다.

"아…… 상궁 마마님."

간택 수업 때문에 궐에서 상궁이 발걸음한 것이었다.

소진은 자리에서 일어나 터덜터덜 그녀에게로 향했다.

"뭐라. 김 도령이 흔적도 없이 사라졌다……?"

"예, 저하. 김 도령이라는 자의 거처지를 밤새 수소문 끝에 찾긴 하였는데. 그것이, 밤새 집을 비우고 몸을 숨겼다고 하옵니다."

그 말에 헌은 읽고 있던 서책을 소리 나게 덮었다. 윤현을 응시하는 그의 눈빛이 거칠어졌다.

"거처지는 어디인가. 내가 직접 가보아야겠다."

"가셔도…… 아마 김 도령은 만나지 못할 것입니다."

윤현의 말에도 헌은 자리에서 일어났다. 그러곤 입고 있던 곤룡포를 풀어헤치며 익선관도 벗었다. 윤현이 서둘러 그의 옷과 익선관을 받아

들며 그를 보필했다.

"만나지 못해도 흔적은 뒤져야지. 내가 대체 왜 그자의 뒤를 따랐는지. 나만 모르는 그날의 이야기가…… 밤새 나를 조롱하고 비웃는 것 같아 미쳐버릴 것 같았으니."

그렇게 말하는 헌의 뺨이 딱딱하게 굳었다. 윤현은 그런 그의 뒷모습을 물끄러미 바라보며 고개를 조아렸다.

"속히 채비하겠나이다, 저하."

이내 헌은 잠행복으로 갈아입은 채, 서둘러 궐을 빠져나갔다. 길게 너울을 늘어뜨린 채, 그가 저벅저벅 저잣거리를 가로질렀다.

"어느 대신의 자제라도 된다더냐."

뒷짐을 지고 묵묵히 걷기만 하던 헌이 별안간 윤현을 돌아보며 물었다.

"그 어떤 정보도 들을 수 없었습니다. 그저 김 도령이라고만 불릴 뿐. 그자의 나이도 이름도 또한, 가문도 알 수 없었습니다. 다만 거처지를 수시로 옮긴다고 하는 것으로 보아 한양 사람이 아닌 것도 같고요."

그 말에 헌의 동공이 커졌다. 그러다 재미있다는 듯 피식 웃음을 터뜨리며 자신의 입술을 진득하게 쓸었다.

"정체도 숨긴 채, 한양 곳곳을 신출귀몰한다……. 하면 이번에는 어디에 숨었을까."

곧 윤현의 안내를 받아 도착한 으리으리한 기와집은 궐과 그리 멀리 떨어지지 않은 곳에 있었다.

헌은 미간을 구기며 기와집을 찬찬히 올려다보았다. 하늘과 맞닿을 만큼 높이 솟은 지붕이 그의 심기를 불편하게 했다.

"이리 좋은 집을 버리고 도망을 갔다……? 급하긴 급했던 모양이군."

"이곳에서 산 지도 얼마 안 되었다고 합니다."

윤현의 말에 헌이 대문을 거칠게 열고 들어섰다. 그러자 정말 도둑이라도 든 것처럼 집 안 꼴은 쑥대밭이 되어 있었다. 간밤에 서둘러 이곳을 떠난 흔적이 곳곳에 남아 있었다.

헌은 마당에 널브러진 서책 중 하나를 주워 느리게 책장을 넘겼다. 아무래도 청국 말로 쓰인 야담(野談)인 것 같았다. 그는 그것을 품에 넣으며 자리에서 일어났다.

"어언 일 년 전, 이곳에 자리를 잡았다고 하였습니다."

"일 년 전이면…… 내가 이자를 미행했다던 시기와 비슷하구나."

순간, 그의 머리가 지끈거리는 것 같았다.

그때, 대문 밖에서 요란스럽게 몰려오는 발소리가 들리고 헌과 윤현은 서둘러 몸을 숨겼다.

이내 조심스럽게 대문이 열리고 여종인 것 같은 하인 하나가 먼저 마당으로 들어섰다.

"없는 것 같습니다, 마님."

여종이 밖을 향해 들어오라는 듯, 손짓을 해 보이자 이내 너울로 얼굴을 가린 웬 여인이 황급히 마당으로 들어섰다. 그 뒤로 그녀의 호위 무사인 듯한 무사들이 모습을 보였다.

"쇤네가 직접 찾아와도 되는데……."

비단옷으로 치장한 여인은 홀로 어딘가 저벅저벅 걸어갔다.

"중요한 것이니 내가 직접 찾아야 한다 하지 않았더냐. 너희는 대문을 단단히 지키고 있거라. 서방님께서 언제 어느 때, 그놈들이 이곳으로 쳐들어올지 모른다고 하였으니."

그 말을 남긴 채 여인이 서둘러 사라졌고 그것을 지켜보던 헌과 윤현은 그 여인이 김 도령의 부인이라는 것을 알아챘다. 호리호리한 체격에 앳된 목소리가 꼭 헌의 또래 같았다.

윤현과 헌은 무언의 눈짓을 주고받으며 뒤쪽으로 걸음을 옮겼다. 그 여인이 향한 곳과 이어진 길이 있을 터였다.

두 사람은 말없이 걸음을 옮기다, 화원 앞에 멈춰 선 여인을 발견하고는 발걸음을 멈추었다. 여인은 주위를 휘휘, 살피더니 이내 너울을 벗었다.

순간, 헌의 날카로운 시선이 그녀에게 날아가 꽂혔다.

너울을 벗고 얼굴을 드러낸 여인은 쭈그리고 앉아 미친 듯이 흙을 파헤치기 시작했다.

"저하…… 누구인지 알아보시겠습니까?"

윤현이 나지막이 목소리를 낮춘 채, 헌에게 물었다. 하지만 헌은 말없이 고개만 저을 뿐이었다.

"처음 보는…… 여인이다."

아무래도 저 여인이 김 도령의 부인일 것이다. 자신이 그날 밤, 저 여인과 김 도령 뒤를 황급히 뒤따랐다고 했다.

'대체…… 나는 왜 얼굴도 모르는 자들을 미행했단 말인가.'

의문만 남긴 채, 여인은 흙 속에 묻어두었던 서찰 하나를 꺼내 품에 넣고는 서둘러 걸음을 옮겼다. 헌은 윤현에게 저 여인의 뒤를 따르라는 듯 고갯짓을 해 보였고 윤현은 서둘러 발걸음을 옮겼다.

"이 근처를 호위대에 지키라 하였으니, 제가 저자들의 뒤를 따르고 나머지 몇 명은 저하의 뒤를 호위하라 하겠습니다."

"그래. 나는 서책 방에 가서 이 책에 대해 알아볼 것이니 궐에서 보자꾸나."

윤현이 그들의 뒤를 미행하기 시작하고 헌은 그 모습을 말없이 지켜보았다. 그는 사람들이 모두 사라진 것을 확인하고는 김 도령의 집을 샅샅이 뒤졌다. 하지만 뭐 하나 단서가 될 만한 것은 찾지 못한 헌은 너울을 늘어뜨렸다.

곧, 그의 발걸음은 서책 방으로 향하기 시작했다.

"내가 네놈의 정체를 반드시 알아야겠구나."

"과제가 세 가지나 된단 말씀입니까?"

"예. 심도 있는 평가를 위해 그리 정했다 들었습니다."

소진이 서찰 세 장을 물끄러미 내려다보았다. 중전이 몰래 빼돌린 재간택 과제가 적힌 서찰이었다. 소진은 그중 하나를 들어 펼쳐보았다.

"백성을 위한 음식 만들기……?"

"예. 백성에게 주고 싶은 음식을 만들란 과제를 대비마마께서 출제하셨다, 하옵니다."

"이건 따로 연습 안 해도 될 것 같아요. 제가 워낙 음식 솜씨가 없어서요."

"결과물보다는 과정을 주로 볼 것입니다. 이번에는 중전마마께서도 직접 참관하실 예정이니까요."

그 말에 소진이 멈칫하며 다시금 상궁을 올려다보았다.

"저…… 그럼 이 과제를 저 혼자 합니까?"

"아닙니다. 소주방 나인 중 하나를 선택해 함께 하시면 됩니다."

"아, 꼭 소주방 나인이어야 합니까? 혹, 교태전…… 나인 중에서는."

"교태전은 이 과제와 관련이 없으니 배제됩니다."

그렇다면 소주방 나인들에게 봉희의 인상착의를 설명하며 그녀의 행방에 관해 물어도 좋을 것 같았다. 소진은 고개를 끄덕이며 다른 종이를 들었다.

"두 번째 과제는 궐 안에서 가장 어여쁜 꽃을 가지고 오는 것입니다."

이 과제를 핑계로 중궁전의 담을 한번 넘어볼까, 소진의 머릿속에 그 생각이 퍼뜩 스쳤다.

"저 혹 이 꽃을 꺾어야 하는 장소가 정해져 있습니까?"

"장소라시면."

"뭐 간혹 대전⋯⋯이라던가, 아니면 중궁전이라던지?"

"안 됩니다. 대전, 중궁전, 대비전, 그리고 동궁전은 출입 금지입니다."

지금까지의 과제들로는 봉희를 찾는 데 큰 도움이 되지 못할 것 같아 그녀는 속이 상했다.

마침내 그녀는 마지막 종이 한 장을 들어 펼쳤다.

"백성에게⋯⋯ 유익한 서책을 가지고 오라? 아니, 백성들이 글자를 못 읽는데 어찌 서책을⋯⋯?"

소진이 의아하다는 듯 고개를 갸웃거리며 상궁을 바라보았다. 그러자 상궁이 희미하게 웃으며 고개를 끄덕였다.

"예. 백성들이 읽으면 유익할 것 같은 책을 골라 오시면 됩니다."

"참 까다로운 과제들이네요."

"이건 직접 아가씨께서 저잣거리로 나가 서책 방을 다녀오셔야 합니다."

소진은 잔뜩 풀이 죽어 어깨를 축 늘어뜨렸다. 재간택에 오르면 중궁전에 들어갈 수 있을 거라, 생각했는데.

그녀는 야속하다는 얼굴로 종이들을 내려다보았다. 이런 과제들이라면 군이 자신이 간택에 참여하지 않고 보은군에게 부탁해, 궁녀 행색을 하고 궐을 돌아다녀도 충분히 얻어낼 수 있는 것들이라는 생각이 들었다. 마지막 과제 같은 경우에는 아예 궐과는 상관없는 과제이니, 소진의 기분은 더욱 가라앉았다.

"아가씨, 왜 그러십니까?"

어두운 그녀의 안색을 살피며 상궁이 묻자, 소진이 희미하게 웃으며 고개를 들었다.

"아닙니다. 과제들이 너무 어렵네요."

"하지만 마지막 과제는 어렵게 생각할 것 없습니다. 그것은 전적으로 중전마마께서 심사를 내리실 것이라."

"……예?"

"먼저 서책을 찾은 이는 중궁전으로 가, 중전마마를 뵙고 책을 선택한 이유를 설명하면 끝입니다."

그 말에 소진의 눈이 동그랗게 커졌다.

"그렇다면…… 제가 중궁전으로 직접 가야 한다는……."

"예, 아가씨. 한데 어차피 중전마마께서 아가씨 간택의 뒤를 봐주기로 하였으니 그리 어렵게 생각할 것 없습니다."

순간 소진이 재간택에 임할 이유가 생긴 것이었다.

그녀의 얼굴에 화색이 돌기 시작했고 상궁은 소진의 꿍꿍이도 모른 채, 입술을 달싹였다.

"하면 오늘은 쉬운 것부터 해보지요."

"예?"

"지금 서책 방으로 가서 백성에게 유익할 만한 책 하나를 가지고 오시지요, 아가씨."

서책 방으로 향하던 소진은 깊은 생각에 잠겼다.

'세 가지의 과제로 그날, 반드시 궐에서 봉희와 관련된 단서를 찾아야
만 해.'

자신에게는 어쩌면 마지막 기회가 될지 모르는 일이었기에 그녀는 머
릿속이 복잡해졌다.

첫 번째 과제로 궁인들을 상대로 봉희의 행적을 좇고, 두 번째 과제
로 봉희 외의 다른 실종된 여인들이 궐에 있는지 확인하고, 세 번째 과
제로…….

"중궁전에 직접 들어가보는 거야."

야무지게 머릿속에 설계해보는 소진의 가슴이 두근거리기 시작했다.

소진은 봉희와 열심히 서책 방으로 향했다. 금방이라도 소나기가 내
릴 듯, 하늘이 뿌옇게 흐려지고 있었다.

"한데 과제가 뭔데 서책 방으로 가시는 거예요?"

"백성에게 유익할 만한 책을 골라 오는 거."

"……뭐, 글자라도 좀 알려주고 그런 과제를 내시던가. 하여튼, 본인
들밖에 몰라."

숙자가 뾰로통하게 입술을 내밀고서 중얼거렸다. 그 모습에 소진이
피식 웃으며 고개를 주억거렸다.

"그러게나 말이야. 글자도 모르는 백성들에게 책이라니……."

"해서 무엇을 골라 가시려고요?"

"어…… 간택에서 떨어져야 하니까. 음, 말도 안 되는 책을 골라 가야 겠지?"

그때, 소진이 서책 방 앞에 도착하자 숙자가 무언가 생각난 듯 손뼉을 쳤다. 안으로 들어서려던 소진은 걸음을 멈추고 그녀를 돌아보았다.

"아씨, 여기서 볼일 보고 계셔요. 저 안방마님 심부름 생각나서 후딱 다녀올게요."

"알겠어. 여기에 있을게."

홀로 남겨진 소진은 서책 방 안으로 들어섰다. 특유의 종이 냄새가 코끝을 스치자 그녀의 얼굴에 희미한 미소가 사르르 번졌다. 소진은 열심히 서책 방 안을 둘러보았다.

아무래도 민화(民話)집부터 둘러보아야 할 것 같아 그녀는 연신 주위를 두리번거렸다.

"음……."

앉았다, 일어났다 반복하며 그녀가 책방 이곳저곳을 분주히 둘러보던 그때, 바로 옆, 의자에 앉아 골똘히 서책에 집중하고 있는 헌을 발견하고 말았다. 그는 아직 소진을 발견하지 못한 듯, 열심히 서책만 내려다보고 있었다.

그대로 멈춰 선 소진은 그를 물끄러미 바라보다가 아랫입술을 질끈 깨물었다.

'멀쩡하네. 안색이 어제보다 더 훤한 걸 보니…… 잠도 푹 잔 것 같구나.'

그저 서책에만 시선을 고정한 채, 느리게 눈을 깜빡이고 있는 헌. 아주 책에 푹 빠진 듯 조금의 움직임도 없었다.

소진은 어젯밤 그 때문에 잠을 설친 것이 못내 억울했다.

'나만 못 잤지? 그치? 나만…… 또 나만.'

그녀는 그렇게 속으로 웅얼거리다, 휙 시선을 돌렸다. 그리곤 싸늘하게 그의 앞을 지나치며 자리를 옮기려는데, 헌이 아무렇지 않게 툭, 소진의 손목을 꼭 움켜쥐었다.

갑작스럽게 닿는 온기에 소진이 놀란 얼굴로 헌을 내려다보았는데 그는 여전히 서책에 시선을 고정한 채였다.

"어찌……."

소진이 얼굴을 구기며 헌을 빤히 내려다보았다. 헌은 탁, 소리 나게 서책을 접으며 자리에서 일어났다. 여전히 그의 손은 소진의 손목을 쥐고 있었다.

"왜 피해."

그렇게 말하며 헌이 그제야 소진의 얼굴을 바라보았다. 그의 무감한 시선이 그녀의 콧잔등 위에 내려앉았다.

"잘못은 내가 했는데, 왜 낭자께서 피하는 것입니까."

그의 얼굴에서는 조금의 미소도 찾을 수 없었다. 무표정한 얼굴로 그렇게 말하던 헌이 소진의 손목을 슬그머니 놓았다.

"앞으론 내가 피할 것입니다. 하니, 신경 쓰지 마시고 볼일 보시지요."

정중하게, 한편으로는 거리감이 느껴지는 말투로 그 말을 남기고서는 헌이 등을 보였다.

"아……."

소진이 서둘러 그를 잡으려 했지만, 헌은 이미 멀어지고 있었다. 그녀는 물끄러미 멀어지는 헌의 뒷모습을 바라보다, 자신도 등을 돌렸다.

"그래. 잘못은 저하께서 해놓고…… 쌀쌀맞긴 왜, 쌀쌀맞은 것입니까?"

그렇게 중얼거리며 소진이 입술을 삐죽였다. 기억 소실중에 관해 그에게 묻고 싶은 것이 많았는데. 소진은 그의 말대로 그에게 신경을 끄고 볼일이나 볼 참이었다. 고개를 휘휘 저으며 책장을 둘러보던 그녀는 이내 서책 방 주인에게 걸어갔다.

"민화집을 찾소만. 어디에 있소?"

"아, 그건 저-기. 저쪽 끝으로 가서 오른쪽으로 꺾어 두 번째 책장에 있소."

"……오른쪽으로 꺾어 두 번째. 알겠소."

그녀는 주인이 일러준 대로 걸음을 옮겼다. 그리고 막 오른쪽으로 꺾어, 두 번째 책장을 살피는데, 아무리 보아도 자신이 찾는 민화집은 없었다.

"어디에 있다는 거야, 대체……. 오른쪽으로 꺾어서 여기가 두 번째 책장이잖아."

소진은 중얼거리며 심각한 얼굴로 책장을 살피고 있었다.

그런데 그때, 가만히 책을 둘러보고 있던 헌이 이쪽으로 휘적휘적 다가왔다.

"아."

자신에게 다가오는 헌을 발견한 소진은 괜스레 긴장해 뒷걸음질 치고 말았다.

소진의 앞에 다다른 헌은 바짝 그녀에게 붙어섰다. 그러자 그녀는 슬금슬금 뒷걸음질 쳤다.

"어찌……."

아무 말 없이 직진하는 헌과 그에게 밀려나 뒷걸음질 치는 소진.

이내 헌이 그 묵직한 발걸음을 멈추자, 소진도 멈춰 서게 됐다. 그리고 이내 헌이 몸을 돌려 책장을 정면으로 바라보았다. 소진도 덩달아 그에게 밀려 책장에 등을 딱 붙이고 섰다.

그런 그녀를 무지근한 시선으로 내려다보는 헌.

두 사람의 거리는 겨우 한 뼘이었다.

소진은 한껏 긴장한 얼굴로 고개를 빳빳하게 젖혀 헌을 올려다보았고 그는 여전히 무심한 얼굴로 소진을 내려다보고 있었다.

"신경을 끄라더니, 왜……!"

"여기."

어찌 그러냐고 물으려던 찰나, 헌이 손가락을 뻗어 소진이 찾는 민화집을 무심하게 뽑아 그녀에게 건넸다.

"아."

"여기가 오른쪽에서 두 번째. 저기는 오른쪽에서 첫 번째고."

그렇게 말하며 헌이 고개를 까딱해 보이고는 다시금 등을 돌렸다.

"아, 예. 감사합니다."

소진은 그의 손에 들린 민화집을 서둘러 받아 들고 헛기침을 했다. 괜스레 긴장했던 것이 창피해 그녀의 얼굴이 붉어졌다. 서둘러 손부채질을 하며 민화집을 살폈다. 그러다 힐끔, 곁눈질로 헌을 돌아보니 그는 다시 서책에 집중한 채 멀어져 있었다.

이내 그녀의 시야에서 사라진 헌.

'어디로 갔지……?'

소진은 민화집을 품에 안은 채, 까치발을 하고서 이곳저곳을 기웃거렸다. 아까 가까이에서 보았던 그의 얼굴이 연신 눈앞에 왔다 갔다, 했다. 가까이에서 보니 확실히 간밤에 푹, 잔 얼굴이었다.

그가 얄미웠다가 또 궁금하기도 했다가……. 소진은 널을 뛰는 자신의 마음이 야속하기만 했다.

그녀는 아랫입술을 슬쩍 말아 물며 허리를 굽혀 반대편 책장 아래를 살폈다. 그런데 헌의 신발이 자신의 바로 건너편에 멈춰 서 있는 것을 발견했다.

화들짝 놀란 소진이 서둘러 굽혔던 허리를 펴, 고개를 정면으로 들었는데.

"엄마야!"

헌이 서책 하나를 뽑아 들며 서책과 서책 사이에 생긴 틈으로 소진을 바라보고 있었다. 순간 그와 눈이 마주친 소진은 입을 떡 벌린 채, 굳어 버렸다.

"이러면 제가 잘 보이지요."

이내 헌이 서책 하나를 더 뽑아 들자 그 얼굴이 더 잘 보였다.

"아까는 피하더니. 이제는 어찌 찾는 것입니까."

"그러니까 그게."

"낭자가 정해주시지요."

"……무엇을요."

책장 하나를 두고 헌과 소진의 나지막한 음성이 오갔다. 소진은 치맛자락을 꼭 움켜쥐며 슬쩍 그의 시선을 피했다.

"내가 피해야 하는 건지. 아니면 얼굴을 보여야 하는 건지."

"저하."

"낭자를 피해야 하는 것도, 낭자를 마주해야 하는 것도, 내게는 둘 다 벌을 받는 것처럼 아픈 일이니까."

그 말에 소진이 아래로 내리깔았던 시선을 그를 향해 들었다.

"어찌 벌이라 하십니까?"

그렇게 되묻는 소진의 목소리도 깊게 가라앉아 있었다.

"피하라고 하면 낭자의 얼굴을 못 보아서 괴롭고, 또 마주하라고 하면 이 마음이 더 깊어지니 괴롭고."

"놀리지 마십시오. 이제는 그 꿀 발린 말에 속지 않을 것이니까."

소진이 뾰로통한 얼굴로 그렇게 대꾸하자 헌이 피식, 실소를 터뜨렸다. 그러면서 이번에는 자신이 소진이 그랬던 것처럼 되물었다.

"어찌 꿀 발린 말이라 하십니까."

"하나도 괴롭지 않았던 얼굴이니까요. 소인은 밤새 잠을 설쳤습니다. 그런 큰 비밀을 알아버려서…… 앞으로 내가 어찌해야 할지 너무도 고민이 되어서. 저하께 너무한 것은 아닐까, 내 기분에 치우쳐 그렇게 냉정하게 돌아섰던 건 아닐까. 그렇게 잠 한숨도 못 잤는데."

그 말에 헌은 서책을 제자리에 꽂아두고는 성큼 소진에게로 걸어왔다. 소진은 자신에게 다가오는 헌을 물끄러미 바라보기만 했다.

그때, 소진의 앞에 멈춰선 그는 조심스럽게 입술을 달싹였다.

"나 역시 한숨도 못 잤습니다."

"한데 잘 잔 얼굴입니다."

"눈에 보이는 것이 다가 아닙니다. 원체 타고난 얼굴이라 잘 잔 것처럼 보일 뿐이니까."

그 말에 소진이 그의 얼굴을 살피다 시선을 거두었다. 바닥 위로 떨어지는 그녀의 시선을 물끄러미 내려다보던 헌이 뒷짐을 지고선 입술을 달싹였다.

"밤새 괴롭히던 얼굴이 있었습니다. 김 도령이라는, 내 기억 속에 없는 그자의 얼굴이 밤새 어른거려 그런 줄 알았는데, 인제 보니 밤새 내

꿈에 나와 잠 한숨도 못 자게 나를 괴롭히던 얼굴이, 여기에 있었네."

소진은 천천히 고개를 들어 헌을 올려다보았다. 그가 희미한 미소를 매단 채, 소진을 바라보고 있었다.

"오늘 밤부터는 나만 괴롭겠습니다."

"저하."

"하니, 낭자는 더 마음을 앓지 말고 편히 주무십시오. 나 때문에 낭자께서 잠까지 설친다면 내 마음이 더 괴로울 것 같으니."

헌은 그렇게 말하며 그 특유의 눈부신 미소를 지어 보였다. 그 미소를 마주하자 어쩐지 소진의 가슴이 두근거리는 것 같았다.

헌은 이내 그 말을 남겨두고 돌아섰다.

소진은 그의 뒷모습을 바라보다, 용기 내 한 걸음을 뗐다.

"정해달라고 하셨지요?"

그러면서 그의 옷깃을 슬쩍 쥐었다. 헌의 두 발이 바닥 위에 가만히 멈춰 섰다.

"잘못은 저하께서 하셨으니까. 저하는 그대로 계십시오."

그 말에 돌아섰던 헌이 빙그르르 몸을 돌려, 소진을 내려다보았다.

헌과 소진의 시선이 찰나에 부딪혔다.

"피하는 것도 마주하는 것도…… 모두 소인이 하겠습니다."

그렇게 말하며 소진은 민화집을 원래 있던 자리에 꽂아두고는 헌에게 따라오라는 듯, 눈짓을 해 보였다.

"따라오시지요. 할 말이 있으니까."

당돌하게 그 말을 남긴 채 쪼르르 사라지는 소진을 바라보며 헌은 그만 픗, 웃음을 터뜨리고 말았다.

"큰일이구나……. 널 보면 자꾸 웃음이 나서."

헌과 소진은 말없이 걷기만 했다. 두 사람은 서먹서먹한 얼굴로 정면만 응시했다. 그러다, 두 사람의 손끝이 스치자 둘은 서둘러 떨어졌다.

"한데…… 서책 방엔 어찌 납시신 것입니까?"

어색한 분위기를 가라앉히고자 소진이 그에게 질문을 건넸다.

"행수라는 사내의 집에 갔었습니다."

"아. 거처지를 알아냈습니까?"

"예. 한데 이미 자취를 감추고 없었습니다. 그 집에서 행여 단서가 될 만한 것은 없을까, 뒤지다가 서책 하나를 발견해서 어떤 책인지 알아보려고 갔었습니다."

"그렇군요."

"청국에서 떠도는 야담집인 것 같았습니다."

"청국이요?"

소진이 눈을 동그랗게 뜨고서 헌을 올려다보았다. 곧 그가 품에서 서책 하나를 꺼내 소진에게 건넸다. 그녀는 서둘러 서책을 펼쳐 한 장, 한 장 들여다보았다.

"아무래도 내 생각에는 겉으로는 청국을 오가는 무역 상인인 척 행색을 하고 다니는 듯싶습니다."

"아……?"

"그래야 그 많은 재산이 타인의 시선에 이상하게 보이지 않을 테니. 양반의 자제도 아니고 한양에서 유명한 권세가도 아니라면, 무역 상인이 제격이지 않을까요. 해서 오늘부터 한양에서 유명한 상인들을 상대로 탐문을 해볼까 합니다."

그 말에 소진이 씁쓸한 미소를 입에 머금으며 하늘을 올려다보았다. 꼭 자신의 어지러운 마음만큼이나 먹구름으로 잔뜩 흐려져 있었다. 헌도 그녀를 따라 하늘을 올려다보며 입술을 말아 물었다.

"참으로 우습지 않습니까?"

그때, 소진의 가라앉은 목소리가 헌의 귓바퀴를 쓸었다. 그의 시선이 저절로 그녀에게 닿았다. 먹먹한 눈으로 하늘을 올려다보는 소진의 얼굴에도 먹구름이 잔뜩 끼었다.

"벗이…… 손 닿으면 있을 곳에 있는데. 데리러 가지도 못하고 그 곁만 며칠을 맴돌고 있습니다."

"낭자."

"허무하다가도 그래도 눈앞에 있는 것이 어딘가 싶어, 다행이다가도."

헌이 조심스럽게 그녀의 어깨를 쥐었다. 그러자 소진이 고개를 돌려 헌을 바라보았다.

"재간택 때, 중궁전이 빌 것입니다."

"……예?"

"중궁전이 비면 내가 직접 들어가 낭자의 벗을 찾아보겠습니다."

"저하. 위험한 일입니다. 굳이 그러지 않으셔도 됩니다."

"아닙니다. 낭자는 재간택에 임하시지요. 내가 직접 중궁전에 들어가볼 것이니. 해서 낭자께 부탁할 것이 있습니다."

"무엇인데요?"

"벗의 용모화를 그려 재간택 날 내게 줄 수 있겠습니까?"

소진은 살며시 고개를 끄덕이며 머뭇거리다, 입을 열었다.

"그것은 어려운 일이 아니지만…… 소인도 어쩌면 그날 중궁전을 들어갈 수도 있을 것 같아서요."

"어찌."

그녀의 말에 헌이 조금 놀란 얼굴로 소진을 내려다보았다.

"재간택에 임하면…… 종종 중궁전에서 중전마마를 뵙기도 한다더라고요. 아버지께서 말씀해주셨습니다."

"그렇습니까. 하지만 낭자는 간택 때문에 간 것이니 중전마마만 뵙고 속히 나와야 할 것입니다."

"……그건 그렇습니다만."

소진이 걱정스러운 얼굴로 헌을 돌아보며 미간을 구겼다.

"저하께서 괜한 오해를 살까 싶어서 그러지요."

헌은 그런 그녀를 물끄러미 내려다보며 빙긋 미소를 지었다. 그러다가 손을 뻗어 그녀의 슬쩍 구겨진 미간을 펴주었다. 갑작스러운 그 행동에 소진이 흠칫 놀라며 입술을 꾹 깨물었다.

"조선 천지에 왕세자를 걱정하는 백성은 낭자가 유일할 것입니다."

"아……. 그렇지만."

"왕세자가 누릴 수 있는 모든 권한은 다 누려가며 요령껏 잘해보겠습니다."

그의 말에 소진이 낮게 웃음을 터뜨렸다.

헌과 소진이 발걸음을 나란히 하며 묵묵히 걸어가는데, 이내 굵은 빗방울이 하나둘씩 떨어지기 시작했다. 아무래도 한차례 소나기가 퍼부을 모양인 듯, 빗줄기가 심상치 않았다.

우르르 쾅, 쾅 하는 천둥소리도 사방에서 들렸다. 소진은 한껏 어깨를 웅크린 채로 비를 피할 만한 곳을 찾기 위해 주변을 두리번거렸다.

"이쪽으로요."

헌이 그녀의 손목을 가만히 쥐고는 처마 밑으로 이끌었다. 소진은 서둘러 그를 따라가 비를 피했다.

"금세 그칠 소낙비는 아닌 것 같습니다."

하늘을 올려다보며 헌이 이야기하자 소진도 고개를 주억거렸다.

"그러게요. 집에 속히 돌아가보아야 하는데……."

"참, 할 말이라는 것은 무엇입니까?"

그제야 생각이 난 듯 헌이 소진을 향해 물었다. 이곳에서 이렇게 할 말이 아니었는데 싶어, 소진은 우악스럽게 쏟아지는 빗줄기를 바라보았다. 그러다 비에 젖은 입술을 손등으로 슬쩍 닦으며 입을 열었다.

"그날 일. 그래도 말씀은 드려야 할 것 같아서요."

그렇게 말하는 소진의 얼굴이 잔뜩 가라앉아 있었다. 덩달아 헌의 안색도 어두워졌다.

"그날 일이라 하시면……."

"기분이 태도가 되어서는 아니 된다고 배웠습니다. 아무리 제 기분이 언짢고 저하께 화가 났다고 해도…… 비겁한 짓은 하지 않을 것이니 마음 놓으셔요."

아무래도 아버지인 영의정에게 헌이 기억 소실증에 걸렸다는 말을 하지 않겠다는 뜻인 것 같았다. 헌은 입술을 꾹 말아 문 채 가만히 소진을 응시했다. 그를 똑바로 올려다보던 그녀가 슬쩍 그의 시선을 피하며 말했다.

"그리고 제가 알고 있는 것을…… 알려드려야 저하께서 기억을 되찾는 데 도움이 될 것도 같아서요. 화난다고 입 꾹 다물고 있는 건 내 손해니까."

"낭자."

"뭐, 저하가 걱정되어 알려드리는 것이 아니라, 저하께서 속히 기억을 찾아야 그 행수라는 사내의 정체를 알아낼 테니 알려드리는 것입니다."

그녀는 부러 뾰로통하게 입술을 삐죽이며 말했다. 그러다 행여 기억 소실증이라는 병을 헤집는 것이 세자에게 아픔이 될까, 그녀는 헌을 제대로 쳐다보지도 못한 채 말을 이었다.

"어디서부터 어디까지 기억이 나시는 겁니까? 배후를 물으셨으니……아무래도 미행하던 순간부터 잃으신 것이지요?"

헌은 말없이 고개를 끄덕였다. 아무리 생각해도 잠행을 나간 순간과 머리를 다쳐 의원에 누워 있던 것 말고는 생각나는 것이 없었다.

그가 가라앉은 얼굴로 고개만 주억거리자 소진이 슬그머니 그를 돌아보았다.

"하면…… 저와 저잣거리에서 마주친 것은요?"

"내가 낭자와 마주쳤었습니까?"

"예. 그때 저하가 손수건을 떨어뜨려서 제가 그걸 돌려드리기 위해 저하의 뒤를 따랐던 것입니다."

"아."

"그러다 우연히 저하께서 습격당하시는 것을 보았고요. 저하께서 쓰러지던 순간에 그 행수라는 사내와 그의 부인이 달아나는 것도 봤고요."

소진의 말에 조금씩 궁금증이 해소되고 있었다. 헌은 그녀의 말을 토대로 그날의 풍경을 머릿속에 분주히 그려보았다.

풍등제가 열리던 밤. 잠행 중이던 자신과 마주쳤던 소진. 그리고 습격을 당했고 쓰러진 자신을 소진이 부축했다.

거기까지 그려보았지만, 여전히 헌의 머릿속은 흐릿하기만 했다.

"한데 그 배후가 왜 기녀라고 생각하시었습니까?"

소진 역시, 궁금했던 것을 그에게 물었다.

"사건 직후 애월루로 뛰어들어갔다는 것을 내 무사가 보았다고 하더 군요. 해서 애월루와 연관이 있을 것 같아 1년을 기방에 오갔습니다."

"그 때문에요……?"

"애월루가 워낙 소문도 빨리 돌고 양반들 사이의 비밀도 많이 오가 니, 충분히 단서가 될 만한 것을 찾을 수 있겠다 싶어서."

그럼 그것 때문에 헌에게 난봉꾼 세자라는 추문이 뒤따랐던 것일까. 순간 헌을 바라보는 소진의 눈빛이 조금 흔들렸다.

"그래서 저하께 그런 추문이 따랐던 것입니까?"

추문이라는 말에 헌은 익숙하다는 듯이 미소를 그려보았다. 그러곤 묵묵히 고개를 끄덕이며 세차게 내리는 빗줄기를 바라보았다.

"그것 역시 기억 하나 제대로 간수 못 한 내 책임이겠지요. 하면 이젠 낭자의 오해가 조금 풀렸습니까?"

"예?"

"난봉꾼에 호색한에 망나니 세자."

"……아."

먹먹한 눈으로 정면을 응시하는 헌을 바라보며 소진이 조심스럽게 입을 열었다.

"함께 있던 여인은 제 또래의 여인이었습니다."

"그 김 도령이라는 사내의 부인은 오늘 보았습니다."

"아, 보셨습니까?"

"예. 한데 역시나 초면이었습니다."

"……아주 깨끗하게 기억이 지워진 모양입니다."

그녀의 말에 헌도 허탈한지 실소를 머금고서 고개를 끄덕였다.

"이상하리만큼 깨끗합니다. 나와 연관된 자들을 뒤따랐을 것인데. 지금 마주한 자들은 전혀 일면식이 없는 자들이니. 대체 그날 밤, 난 무엇에 홀려 그들을 뒤따른 것인지……. 도깨비라도 본 것인지, 알 수 없습니다."

소진은 어쩐지 가라앉은 듯한 그의 팔을 슬며시 쥐었다. 그러자 헌이 고개를 돌려 소진을 내려다보았다.

"반드시 되찾을 수 있을 것입니다. 저하는 강한 분이시니까요."

"내가…… 강한 사람입니까?"

소진의 위로에 헌이 재미있다는 듯 낮게 웃었다.

"그럼요. 저희 아버지께서 그러셨습니다. 세자 저하는 참으로 강하신 분이라고요."

"영의정 대감께서 나를 그리 생각하고 계실 줄은 몰랐습니다."

"하니 꼭, 기억해내세요. 그날 대체 저하께 무슨 일이 벌어졌던 것인지."

헌은 고개를 끄덕이며 깊이 한숨을 내쉬었다. 그러다, 문득 그녀를 돌아보며 나지막이 미소를 띠었다. 소진은 세차게 내리는 빗줄기를 멍하니 바라보며 느리게 눈을 깜빡이고 있었다.

"낭자."

헌의 낮은 목소리에 소진의 고개가 돌아갔다.

"예?"

"이젠 내가 낭자에게 할 말이 있는데."

"……."

"음. 나의 마음에 대해서 확실하게 이야기를 해야 할 것 같아서."

갑작스러운 그의 말에 소진의 눈이 커졌다. 마음이라는 글자가 그녀의 귓가에 콕 박혔다. 헌은 진지한 얼굴로 소진을 돌아보며 그녀의 양팔을 살며시 그러쥐었다.

"낭자에게 내 마음을 이해해달라, 헤아려달라, 혹은 나의 마음과 같아달라, 강요하지 않을 것입니다. 그러니 편안하게 들어주십시오."

"저하."

"내 마음은 나의 것이라 하였지요?"

"……."

"예. 낭자의 말에 밤새 생각해보았습니다. 덜컥 나의 마음은 이렇다고 낭자에게 쥐어주는 것은 참 별로인 것 같더이다."

찬찬히 말을 이어가는 헌의 눈빛은 그 어느 때보다 진지하고 고요했다. 그런 그를 올려다보는 소진의 얼굴에는 긴장감이 역력했다.

"이제부터 나는 낭자를 향해 직진하는 이 마음을 멈추게 할 생각도, 또한, 깊어지지 말라 제지할 생각도 없습니다."

"예?"

"낭자를 좋아할 것입니다. 이 마음이 어디까지 깊어지려나, 고민하지 않고 그저 좋아할 생각입니다."

단도직입적인 그 말에 소진의 가슴은 걷잡을 수 없을 만큼 뛰기 시작했다. 묘한 미소를 입가에 매단 채 그는 잔잔한 목소리로 말을 이었다.

"하지만 이 마음에 대한 부담을 낭자에게 지게 할 생각은 추호도 없습니다."

"……그럼."

"홀로 좋아해보겠습니다."

"지, 지금…… 저를 연모라도…… 하시겠다는 말씀입니까?"

믿을 수 없다는 듯 소진이 입술을 슬쩍 벌린 채 물었다.

그때, 그녀의 뺨 위로 물방울이 툭 떨어졌고, 이내 물방울은 그녀의 뺨을 타고 흘러 입술 아래에 아슬아슬하게 매달렸다. 헌은 그런 그녀의 입술을 물끄러미 내려다보다 손을 뻗었다. 그녀의 아랫입술 끝에 묻은 빗방울을 헌이 손가락 끝으로 닦아냈다. 그의 온기가 소진의 입술을 예민하게 스쳤다.

"예. 해보려 합니다."

"저하……!"

"멀지도 가깝지 않은 이곳에서 낭자를 열심히 연모해볼 생각이니, 혹시나 그런 내가 가엾어서 나의 마음을 받아주고 싶다면 그때 받아주시지요."

그대로 뻣뻣하게 굳어버린 소진의 머릿속은 하얘져갔다.

"지금 이거…… 고백, 입니까?"

하지만 헌은 진심이라는 듯, 그녀의 눈동자를 똑바로 직시하며 말을 이어갔다.

"예. 이젠 이 관계에서 갑(甲)이 되어버린 낭자를 홀로 연모해보겠다는. 을(乙)의 서글픈 고백."

소진은 그렇게 말하는 헌에게서 눈을 떼지 못했다. 그의 고백이 소진의 가슴에 닿자, 그녀의 가슴은 주체할 수 없을 정도로 뛰었다.

"저, 저하……."

그 순간에도 헌의 진지한 눈빛은 소진의 눈을 직시하고 있었다. 그러다 심각한 얼굴의 소진을 보고는 피식, 입꼬리가 느른하게 올라섰다.

"내 고백이 그리도 큰일입니까."

그 말에 가벼운 웃음기가 묻어났다. 하지만 소진은 더욱 미간을 구기며 초조하게 입술만 깨물고 있었다.

"표정 좀 푸시지요. 하늘이라도 무너진 듯한 얼굴입니다."

헌의 말에 소진이 그의 시선을 외면하며 고개를 조금 숙였다. 그러곤 혼잣말처럼 나지막이 중얼거렸다.

"큰일은…… 맞지요. 세자 저하의 고백인 것을요."

소진의 중얼거림에 헌이 웃음을 참기 힘들다는 듯, 피식거리며 손등으로 슬쩍 입을 가렸다. 그의 눈동자에 곤란해하는 소진의 모습이 여실히 담겨 있었다.

"내 고백이 왜 큰일입니까? 행여 왕세자라는 위엄으로 낭자의 혼삿길이라도 막을까, 염려됩니까?"

웃음을 꾹꾹 밀어내며 헌이 근엄한 음성으로 물었다. 그러자 정말 그런 걱정이라도 하는 양 소진의 안색이 점점 어두워졌다.

소진의 낯빛이 적나라하게 창백해져가자, 헌은 소진의 그런 모습마저 귀여운 듯 터지려는 웃음을 참았다.

"솔직히 혼삿길은 걱정 없습니다. 제 아버지가…… 절 처녀 귀신으로 죽게 내버려두지는 않을 테니까요."

소진은 볼멘소리를 하며 근심 어린 얼굴을 해 보였다.

"하면 무엇이 걱정입니까?"

이내 그녀의 명료한 시선이 헌에게 향했다.

"저하의 마음에 대한…… 저의 대답을 지금 하여야 합니까?"

대답을 듣고자 한 고백이 아니었는데, 갑작스러운 그녀의 말이 헌의 가슴을 두근거리게 했다.

그 말에 헌이 흥미롭다는 듯 입술을 달싹였다.

"아, 지금 하시겠습니까?"

"아뇨. 지금 하겠다는 것이 아니라……."

소진이 헌의 눈치를 살피며 말끝을 얼버무리자 헌이 뒷짐을 지며 잔뜩 흐린 하늘을 올려다보았다.

"지금 대답하면 나만 손해 아닌가. 당연히 낭자는 단칼에 날 거절할 것인데."

"뭐, 나중이라고…… 아. 아아, 아닙니다."

저도 모르게 그렇게 대답하다, 소진은 황급히 입을 틀어막았다. 소진이 힐끔거리며 헌의 눈치를 살피자 헌은 재미있다는 듯이 소리 내어 웃어버렸다.

"내가 낭자의 대답을 듣자고 한 고백은 아니지만, 낭자가 그렇게 말하니 이거 왠지 오기가 생기는 것을요."

"사람 마음을 두고 오기를 부리는 것만큼 바보 같은 짓은 없다고 하였습니다."

"원래 연모하면 바보가 되는 것입니다."

아직 지금껏 누군가를 진심으로 은애해본 적 없는 소진에게는 그 말이 잘 와닿지 않았다. 모든 방면에서 똑똑하고 영민한 소진이 유일하게 헤아릴 수 없는 연모의 감정. 소진은 그저 고개만 주억거리며 하염없이 땅을 적시는 빗줄기만 바라보았다.

비는 멎을 기미가 보이지 않았다. 그때, 헌이 그녀 옆으로 다가가 서며 빗줄기 사이로 손바닥을 내밀었다.

"영의정 여식의 혼삿길이 막힐 일은 없을 테고. 하면 무엇을 걱정하시는 겁니까."

그러곤 슬며시 그녀를 향해 되물었다. 이내 소진도 치맛자락을 살며시 쥔 채, 그와 어깨를 나란히 했다.

"그냥…… 제가 감당하기에는 너무 벅찬 고백인지라."

"감당해달라고 한 적 없습니다."

헌의 목소리 위로 빗소리가 젖어 들었다.

"낭자의 대답을 듣고자 함도, 내 마음이 이렇다 응석을 부리는 것도 아니니."

먹먹한 눈으로 내리는 비만 바라보던 헌이, 고개를 돌렸다. 말없이 헌을 올려다보던 소진과 순간, 시선이 얽혔다.

"나는 지금 이 나라의 왕세자로 낭자의 앞에 선 것이 아니니 이 고백으로 달라질 것은 아무것도 없습니다."

"……."

"세자의 권한으로 낭자를 삼간택에 올릴 것도 아니고, 빈으로 맞게 해달라 대비마마께 떼를 쓸 것도 아니고, 다른 이에겐 세자일지 몰라도 낭자에게만큼은 그저 부족함 많은 사내일 뿐입니다."

그저 부족함 많은 사내일 뿐.

그 마지막 말이 소진의 귓가를 따뜻하게 어루만지고 있는 것 같았다.

마음을 촉촉하게 적시는 것만 같은 그의 진심 어린 고백에 소진은 더 대꾸할 수조차 없었다. 그저 입술을 굳게 맞다문 채, 헌을 따라 내리는 빗줄기만 바라보았다.

둘 사이에 잠깐의 침묵이 흘렀다.

빗줄기 소리만 무성했다.

이내, 소진은 고심에 빠진 듯한 헌의 얼굴이 조금 신경 쓰였지만 차마 돌아보지 못했다.

그때, 헌의 호위 무사 중 한 명이 서둘러 이쪽으로 달려왔다. 그러곤 소진과 헌을 향해 고개를 조아리려 보이고는 헌을 향해 무어라 속닥였다. 헌은 가볍게 고개를 끄덕이고는 소진을 돌아보았다.

"아무래도 환궁을 해야 할 것 같습니다."

"예……. 저하."

그는 여전히 세차게 내리는 빗줄기를 돌아보다, 자신의 머리 위에 우산을 씌워주는 호위 무사의 손을 바라보았다. 이내 헌이 그 우산을 받아 들어 소진에게 건넸다.

"아, 괜찮습니다. 저하 쓰고 가세요. 저는 여기서 비가 그치기를 좀 더 기다렸다가……."

하지만 소진의 말에도 헌은 그녀의 손에 우산을 쥐여주었다. 그녀는 자신의 손에 우산이 닿자 말을 멈추었다.

"둘 중 하나 비를 맞아야 한다면 그대보다는 내가 맞는 게 낫지."

소진은 난감하다는 듯이 자신의 손에 쥐어진 우산을 바라보다, 헌의 곁에 서 있는 호위 무사를 응시했다. 아무래도 헌을 비에 젖게 할 수는 없었다.

"속히 환궁하셔야 하는 것입니까?"

"서두를 필요는 없습니다."

소진의 물음에 헌이 의아하다는 듯 눈을 조금 크게 떴다. 그러자 망설이던 소진이 헌의 호위 무사를 향해 고개를 슬쩍 숙여 보였다.

"하면 저하 좀 잠시만 빌리겠습니다."

"……예?"

소진의 말에 이번에는 호위 무사의 동공이 커졌다. 그녀는 헌이 준 우산을 활짝 펴 들었다. 헌은 그저 물끄러미 소진을 내려다보고 있을 뿐, 아무런 말도 하지 않았다.

"데려다주시지요, 저하."

곧 우산을 펼쳐 든 소진이 헌을 돌아보며 말했다.

"우산은 소인이 들겠습니다. 저하께서 이 세찬 비를 맞고 환궁하시는데 소인이 어찌 편한 마음으로 귀가할 수 있겠나이까?"

"불편하다?"

"사내의 마음으로 제 앞에 선 것이라 하시었지요?"

소진의 눈망울이 반짝거렸다. 헌의 입꼬리가 부드럽게 휘어졌다.

"하면 데려다주시지요. 그래야 제 마음이 편할 것 같습니다. 연모하는 여인의 마음이 불편하면 사내의 마음도 덩달아 불편할 것이 아니겠습니까?"

당돌한 그 말에 헌은 웃음을 터뜨릴 수밖에 없었다.

그는 몇 번이고 고개를 끄덕이다, 그녀의 작은 손에 쥐어진 우산을 대신 받아 들었다.

"이것은 제가……."

"다른 이들이 이상하게 생각할까, 그럽니다. 여종도 아닌데 사내에게 우산을 씌워주는 여인이라."

"아……."

"사내구실 못한다, 타박 듣기 딱 좋은 모습이 아니겠습니까?"

그렇게 말하며 헌이 소진의 어깨에 슬며시 손을 둘렀다. 아차, 할 틈도 없이 소진은 헌과 가까워졌다.

"이 여인을 데려다주고 환궁할 것이다."

호위 무사가 몇 걸음 물러났고 헌은 소진과 함께 빗속으로 나아갔다.

세찬 빗줄기에 소진은 본능적으로 그의 곁에 바투 붙었다.

"아……."

헌은 그녀를 향해 슬쩍 우산을 기울여주었다. 그 때문에 그의 왼쪽 어깨는 점점 젖어갔다.

"용모화는…… 잘 그릴 수 있겠습니까?"

침묵이 길어지자, 괜스레 맞닿은 팔이 신경 쓰여 헌이 슬쩍 입술을 열었다.

그러자 소진도 기다렸다는 듯이 서둘러 대답했다.

"예. 서툴지만 최선을 다해보겠습니다."

"잘 그릴 필요는 없고 그저 눈, 코, 입만 알아보게 그리면 됩니다. 그때 보니…… 눈인지 점인지 알 길이 없어 난감하긴 했습니다만."

그 말에 소진이 휙, 헌을 올려다보았다.

"그때는 처음이지 않았습니까……! 이제는 아닙니다."

버럭대는 그녀가 귀여운지 헌의 얼굴에는 장난 가득한 웃음이 끊이질 않았다.

"이목구비가 분간되게만 그려주시면 됩니다. 아시겠지요?"

"아…… 놀리지 마십시오. 아주 깜짝 놀랄 만한 실력을 보여드릴 것이니까요."

사실 그날 이후로 용모화를 몇 번 그려보았지만, 여전히 구멍 두 개면 눈, 기다란 구멍 하나면 코라는 숙자의 놀림에서 벗어날 수 없었다. 당장 집으로 가, 밤새 봉희의 얼굴을 그려볼 참이었다.

"기대하고 있겠습니다. 낭자의 입으로 깜짝 놀랄 만한 실력이라 하였으니. 한데, 이번 재간택에서도 떨어지기 위해 고군분투하실 요량입니까?"

헌은 그렇게 슬쩍 물었다. 소진은 침묵으로 대답을 대신했다. 그녀의 묵묵부답에 헌이 작게 실소를 터뜨렸다.

두 사람은 어느새 영의정의 사가 앞에 당도했다.

세찬 빗줄기를 우산 하나로 피해야 했기에 둘은 제법 가까이 붙어 왔다. 그 때문인지 처마 밑에서 비를 피할 때보다, 헌의 고백에 서먹해졌을 때보다 마음의 거리가 조금 가까워진 것 같았다.

"들어가보시지요."

헌의 말에 소진이 계단 위로 올라서기 위해 몸을 돌렸는데.

"아……. 저하, 어깨가 젖었습니다."

비에 흠뻑 젖은 그의 어깨를 발견하고는 걸음을 멈추었다.

"어찌합니까? 우산이 너무 작았던 것이지요."

하지만 그에 비해 소진은 머리카락 끝에 물이 조금 묻은 것이 다였다. 소진이 미안하다는 듯 미간을 좁혔다.

"송구하옵니다, 저하. 소인이 괜히……."

그러자 헌은 다시금 그녀를 향해 우산을 기울이며 따스한 미소를 입매에 걸었다.

"괜찮습니다. 이런 것이 연모가 아니겠습니까. 이제 비가 내릴 때마다 난 낭자를 떠올릴 것 같습니다."

소진의 고개가 헌을 향해 서서히 젖혀졌다. 헌은 물끄러미 자신의 젖은 어깨를 내려다보며 환한 얼굴을 했다.

"태어나 누군가를 위해 젖어본 것이 처음이니."

가만히 손을 모으고 헌을 따라 그의 젖은 어깨를 바라보던 소진은 이내 그를 향해 고개를 꾸벅 조아렸다.

"바래다주셔서 고맙습니다. 하면 살펴 가시옵소서, 저하."

"그날 재간택 때, 어디서 용모화를 받는 것이 낫겠습니까?"

"아마 오늘 그 서책 방, 거기서 만날 수 있을 것 같습니다. 거기서 기다려주시지요."

"알겠습니다. 간택장의 사정을 보고 있다, 낭자가 움직이면 따라 움직이도록 하지요."

헌이 얼른 들어가보라는 듯 고갯짓을 해 보이며 돌아섰다.

치맛자락을 살며시 쥔 소진이 대문 안으로 들어가려다, 다시금 그를 돌아보았다.

여전히 그의 젖은 어깨가 신경이 쓰였다.

"저기…… 저하."

소진이 나지막한 목소리로 그를 불렀다. 헌이 돌아서다 말고 소진을 향해 고개를 돌렸다.

"소인 역시, 비가 올 때마다 저하를 떠올릴 것 같습니다."

사정없이 흙바닥 위로 떨어지는 빗줄기를 바라보며 소진이 그렇게 말했다. 조금 부끄러운 듯 아랫입술을 꾹꾹 깨물며 그녀는 땅바닥만 바라봤다.

"누군가가 나를 위해…… 젖은 것이 처음이니까요."

"……!"

"하면 살펴 가십시오!"

그 말을 냅다 던지듯 뱉어내고 소진은 서둘러 대문 안으로 뛰어들어갔다.

그러곤 쿵, 대문을 닫으며 떨리는 가슴을 손바닥으로 쓸어내렸다.

"……미쳤어. 쓸데없는 소리를 한 거야."

소진은 분주히 숨을 고르며 슬쩍 뒤를 돌아 문틈 사이를 바라보았다. 헌이 여전히 대문을 바라보며 서 있었다. 그리고 그는 환하게 웃고 있었다.

그 미소에 어쩐지 소진의 가슴이 수줍게 콩, 콩, 콩 뛰는 것 같았다.

어쩐지 영의정은 찜찜함이 가시지 않았다. 그저 흘러가듯 소진이 했던 말이었지만, 마을의 여인들이 사라졌다는 이야기를 한 귀로 듣고 흘리기는 쉽지 않았다.

"참, 한 가지 알아 올 것이 있는데."

영의정은 안채를 나서기 전, 무사를 은밀히 불렀다.

"예. 하명하시옵소서, 대감마님."

"마을의 여인들이 사라졌다는 소문이 돈다던데, 혹 들어본 적 있느냐?"

그의 물음에 무사가 잠깐 턱 끝을 내리더니 작게 대답했다.

"들어본 적은 있사옵니다."

"그래? 심각한 것이냐?"

무사의 대답에 영의정이 그에게 잠깐 눈길을 주었다.

"심각한 것은 아니옵고. 그런 소문이 돌기는 하오나 관아에서는 그저 아녀자들이 옆 동네 사내들과 눈이 맞아…… 집을 나간 것이라고 합니다."

그 말에 영의정은 가만히 고개를 끄덕거렸다.

"그 소문에 관하여 조금 더 소상히 알아 오도록 하여라."

"예, 대감마님."

무사가 안채를 나섰고 영의정도 서둘러 출타를 하기 위해 자리에서 일어났다.

갑작스러운 영의정의 포도청 방문에 태평하게 낮잠을 자고 있던 포도부장은 허겁지겁 일어났다.

"대, 대감마님께서 여, 여기까지 어쩐 일로……!"

그러곤 황급히 영의정 앞에 서며 고개를 조아렸다.

영의정은 굳은 얼굴로 포도부장을 내려다보다, 포도청 앞에서 곡소리를 내고 있는 백성들을 돌아보았다. 심기가 불편한 듯 영의정의 미간이 세차게 구겨져 있었다.

슬금슬금 그의 눈치를 살피던 포도부장이 곤란하다는 표정을 지으며 슬그머니 영의정을 올려다보았다.

"어찌 포도청 앞에서 곡소리가 끊이질 않는 것인가."

마을의 여인들이 실종된다는 소문이 사실이라는 무사의 말에 영의정은 곧장 포도청으로 출두했다. 포도청 앞에서는 정말 백성들이 진을 치고 앉아 마누라를 찾아달라, 내 여식을 찾아달라며 울부짖고 있었다.

"저…… 그, 그것이. 우, 우선 안으로 드시지요."

한껏 겁에 질린 포도부장은 속히 영의정을 포도청 안으로 뫼시었다.

하필 지금 이럴 때, 포도대장이 자리를 비운 것이 야속했다. 포졸들역시 영의정의 갑작스러운 방문에 암행어사라도 등장한 듯, 모두 파랗게 질린 얼굴로 숨만 죽이고 있었다.

"숨김없이 고해야 하네."

"……예?"

"조금의 거짓이라도 보탰다간 내가 보고 들은 모든 것을 전하께 고할 것이니."

"대, 대감마님……!"

살려달라는 듯 포도부장이 손바닥을 비비며 울상을 지었다. 영의정은 의자에 앉으며 싸늘한 시선으로 포도부장을 응시했다.

"마을 여인들이 실종되었다는 소문의 진상은."

"……그것이 말입니다."

말하기 곤란하다는 듯 포도부장은 연신 머뭇거리며 입술만 달싹거리고 있었다. 영의정은 더 재촉하지도 않고 묵묵히 포도부장을 바라보다가 자리에서 휙 일어났다.

당장 입궐할 기세로 영의정이 등을 보이자, 포도부장은 서둘러 그의 앞에 무릎을 꿇고 앉았다.

"실, 실종이 아니라 가출입니다……! 요즈음…… 부녀자들이 다른 동네 사내들과 눈이 맞아…… 가, 가출을…….."

포도부장이 고개를 조아린 상태로 더듬더듬 말을 이어가자 영의정이 허리를 굽혀, 그의 고개를 치켜세웠다.

"앗……!"

포도부장의 눈동자에는 두려움이 가득했다. 영의정은 낯빛 하나 바꾸지 않은 채 우악스럽게 입술을 벌렸다.

"자네는 나를 물로 보는 것인가. 아니면 내가 우스운 것인가."

다른 말 없이 그 말만 내뱉었는데 포도부장은 몸을 파르르 떨고야 말았다.

금방이라도 칼을 뽑아 자신의 목을 베어낼 것만 같은 영의정의 기세에 포도부장은 더 말을 잇지 못했다.

"바른대로 고하여라. 지금 나더러 그 말을 믿으라는 것인가."

"대감마님……."

그러다 이내, 깊이 한숨을 내쉰 포도부장이 힘겹게 말문을 열었다.

"참으로…… 소인은 모르는 일이옵니다."

"모르는 일이다?"

"하나…… 가출이 아닌 실종은 맞습니다. 하오나 정말 저희는 아무 것도 모릅니다. 수색을 해보았지만 여인들은 간밤에 흔적도 없이 사라 졌고. 증좌도, 또한 목격자도 없으니 저희가 무슨 수로 그 여인들을 찾 습니까……."

그 입술이 무자비하게 떨리기 시작했다. 포도부장은 결백하다는 듯 연신 손바닥을 비비며 말을 이어갔다.

"하늘로 솟은 건지 땅으로 꺼진 건지……. 저희도 속수무책입니다. 참말입니다."

포도부장을 내려다보는 영의정의 얼굴이 점점 굳어갔다.

다음 날 늦은 오후. 소진은 내일 헌에게 줄 봉희의 용모화를 물끄러 미 내려다보며 무릎을 끌어안았다. 그녀의 얼굴이 어쩐지 어두웠다.

"아씨."

어깨를 축 늘어뜨린 소진을 향해 숙자가 조심스레 말을 건넸다.

"마음에 들지 않으시어요?"

"응……. 그런데 그것보다."

문득 소진은 어젯밤 우연히 제 어머니와 아버지가 나누던 이야기를 떠올렸다.

─간택이 모두 갈무리가 되면 소진이는 그럼, 원래 계획했던 대로 보 은군과 혼인하는 것이지요?

―그래야지. 이미 약조된 것이니.

보은군과 자신이 결국, 혼인해야 하는 것일까.

그 생각에 내내 마음이 무겁다 못해, 저 심연으로 가라앉는 것만 같았다.

"잠시 밖에…… 나가보셔요. 누가 오셨어요."

누가 왔다는 말에 소진이 고개를 들었다.

"누구?"

"나가보시면 알아요. 아무튼, 나가보셔요."

'아, 혹시……? 세자 저하?'

소진은 혹시나 하는 마음에 서둘러 자리에서 일어나 별채를 나섰다.

이상하게 대문으로 향하는 그녀의 가슴이 두근두근 뛰기 시작했다. 소진의 뺨이 불그스름하게 달아올랐다.

"흠. 흠흠."

대문 앞에 선 소진은 목소리를 가다듬으며 괜스레 옷매무시를 살폈다. 그러곤 한껏 기대에 부푼 얼굴로 대문을 살며시 밀었는데.

"낭자, 내일이 재간택이지요?"

"아."

보은군이 환한 얼굴로 소진을 바라보고 있었다.

평소 같았으면 반갑게 맞았을 그인데 어쩐지 소진의 부풀었던 가슴에 실망감이 무겁게 내려앉는 것 같았다.

그녀의 속도 모른 채 보은군은 그저 소진을 바라보며 밝은 미소를 짓고 있었다.

"잠깐 나왔다가 낭자 생각이 나서요."

그렇게 말하며 보은군이 소진을 향해 들꽃 한 아름을 내밀었다.

"화원에 들렀다가 꽃이 너무 예뻐서 낭자에게 주면 좋겠다 싶어, 얻어 왔습니다."

소진을 향해 꽃다발을 내미는 보은군의 얼굴에서는 미소가 끊이질 않았다.

"아…… 고맙습니다."

소진은 애써 그를 따라 미소를 그리고 있었지만, 마음은 무거웠다.

"어디, 아픕니까. 낭자?"

"아닙니다."

"이럴 줄 알고 내가 이것도 가지고 왔지요."

걱정스러운 얼굴로 소진을 바라보던 보은군이 품에서 작은 주머니를 꺼내 소진의 손에 쥐여주었다. 그녀는 색깔 없는 얼굴로 자신의 손바닥을 물끄러미 내려다보았다.

"설당 과자입니다. 아무래도 간택 준비로 외출도 못 하고 집에서 혼자 따분하게 있을 것 같아서. 낭자가 설당 과자 참, 좋아하지 않습니까? 이거 먹으면 기분이 좀 나아질 것입니다."

보은군은 여전히 다정한 눈길로 소진을 바라보고 있었다. 하지만 자신이 그렇게 좋아하는 설당 과자를 받고도, 그리고 품에 어여쁜 꽃을 한 아름 안고서도 소진은 기쁘지가 않았다.

어쩌면 지금 자신의 앞에 헌이 서 있었더라면.

그랬더라면…….

"낭자……?"

아무래도 자신은 보은군이 아닌 헌이 찾아왔길 내심 바라고 있었던 것 같았다.

"표정이 너무 안 좋습니다. 안 좋은 일이라도 있었습니까?"

별채 화원에 보은군과 소진이 나란히 섰다. 그녀는 말없이 그가 안겨 준 꽃다발만 내려다보고 있었다.

보은군은 연신 소진의 눈치를 살피며 걱정스럽게 얼굴을 구겼다.

"낭자……."

보은군이 소진의 팔을 살며시 잡았다. 그러자 멍한 얼굴로 한 곳만 응시하던 그녀가 조심스럽게 보은군을 돌아보았다. 여전히 그녀의 안색은 어둡기만 했다.

"간택 준비가 많이 힘듭니까?"

"대감."

"예. 말해보세요."

"우리가 혼인을 하게 된다면 어떨 것 같아요?"

그 말에 보은군의 슬쩍 벌어졌던 입술이 맞물렸다. 다정한 눈길로 소진을 바라보던 보은군이 이내 그녀에게서 시선을 거두었다.

"그것 때문에 내내 어두운 얼굴이었습니까?"

그렇게 묻는 보은군의 목소리에 어쩐지 음울함이 잔뜩 묻어나 있었다. 소진이 가라앉은 그의 음성에 고개를 갸웃했다.

"예?"

"영의정 대감께서 우리 둘이 혼인을 할지도 모른다는 이야기를 했나 봅니다."

아무래도 보은군은 알고 있는 눈치인 것 같았다.

"알고 있었습니까?"

하지만 보은군은 여전히 정면만 바라보고 서 있었다.

"우리 둘 사이에 혼담이 오가는 것을…… 대감은 언제부터 알고 계 시었습니까?"

"아주…… 어렸을 때부터?"

"예?"

그 말에 소진의 커다란 눈이 동그래졌다. 그저 절친한 벗이라 생각했던 그였는데, 혼인이라니. 그런데 그 역시 이미 그 사실을 알고 있었으면서 자신에게 내색 한 번 하지 않았다는 것이 서운했다.

"하면 왜 제게는 말하지 않았습니까? 한 번도 내색하지 않으셨잖아요."

속상하다는 듯이 그녀가 되물었지만, 보은군은 아무런 대답도 하지 않았다. 소진이 다시 한번 그의 팔을 잡아당기며 입술을 달싹였다.

"대감……."

"이럴까 봐. 이리 어두운 얼굴로 근심에 빠져 있다, 나를 멀리할까 봐."

"아"

"그래서 말하지 못했습니다. 어차피 알게 될 일, 미리 알아 좋을 건 하나도 없을 테니까요."

그 말에 소진은 하려던 말을 멈추고 말았다. 보은군은 쓴 미소를 삼키며 느릿느릿 말을 이어갔다.

"무엇보다도 낭자와의 관계가 지금과 달라질까 봐. 그게 두려웠습니다. 지금도 나를 이리 서먹한 얼굴로 바라보고 있는데."

"……."

"과연 낭자가 그 이야기를 미리 들었더라면. 아니, 처음부터 우리 둘 사이가 정혼자로 묶였더라면. 우리가 이렇게 편안한 사이로 지낼 수 있었을까요?"

"하지만…… 대감께서는 우리 둘 사이에 혼담이 오간다는 것을 알면서도 편안한 얼굴로 날 보지 않았습니까?"

소진은 정면만 바라보고 서 있는 그를 향해 나지막이 말했다. 그녀의 얼굴에 스며 있던 서운한 감정이 조금은 날아간 뒤였다.

한참 그렇게 소진을 바라보지 않던 보은군이 고개를 돌려 그녀를 바라보았다.

"편안한 얼굴로 낭자를 보아야만 우리의 관계가 유지가 될 수 있으니까. 나는 낭자와 보내는 시간이 좋고, 나의 시간을 행복하게 해주는 낭자가 좋았습니다."

"……대감."

"그랬기에 그 소중한 시간을 겨우 혼담 때문에 깨트리고 싶지 않아 편안한 얼굴을 해 보였던 것이지요."

그 말이 소진의 가슴 깊숙이에 닿았다.

"낭자, 혹 이런 말을 들어본 적 있습니까?"

"어떤 말이요?"

"남녀 사이에 좋은 벗이 되려면, 둘 중 하나는 연모의 감정을 꼭꼭 숨기고 있어야 한다는 것."

보은군의 말에 소진의 눈동자가 무자비하게 흔들렸다.

"연모합니다."

"……!"

"은애합니다."

갑작스럽게 흘러내린 그 말에 소진의 심장이 덜컹거렸다. 보은군은 따뜻한 눈길로 소진을 물끄러미 내려다보고 있었다.

"이런 말을 하는 순간 벗으로도 그 사람을 볼 수 없으니까요."

"아……."

"마찬가지지요. 혼담이 오간다는 사실도 나만 삼키고 있으면 언제까지일지는 모르겠지만, 이 편안하고 좋은 관계를 유지할 수 있으니까."

둘 중 하나는 연모의 감정을 꼭꼭, 숨기고 있어야 하는 것. 그래야 남녀 사이에 좋은 벗이 될 수 있다는 보은군의 말이 이상하게 귓가를 맴맴 맴돌고 있었다.

"하지만 달라질 것 없습니다. 아니, 실은…… 달라질 것이 없었으면 좋겠습니다."

보은군은 살며시 소진의 손을 잡았다.

"우리 둘 사이에 혼담이 오가다가 설령…… 우리가 혼인을 한다고 해도, 혹은 혼담이 깨진다고 하여도, 낭자는 내게 여전히 좋은 사람이고 앞으로도 좋은 사람일 것입니다. 하니 서운해하지도 말고 걱정도 마세요."

그럴 수 있겠냐는 듯이 그가 슬쩍 소진을 향해 고개를 까딱해 보였다. 소진은 자신의 손을 꼭 움켜쥐고 있는 보은군의 커다란 손을 물끄러미 내려다보았다.

"남녀 사이에 진정한 벗이라는 것은 없는 것입니까? 진정, 벗이라는 것이 어려울까요? 대감의 말대로라면 우리도 둘 중 하나는 지독한 연모의 감정을 숨기고 있어야 하는데."

"……."

"우리는 그런 것도 없이 이리 좋은 벗이 될 수 있었지 않았습니까. 지금까지도 둘도 없는 벗으로 지내왔고. 앞으로도 그리 지낼 수 있을 것이어요. 하니…… 우리 사이에 오가는 그 혼담을…… 대감께서 좀 물러 달라, 아버지께 청을 드리면 아니 되겠습니까?"

보은군을 잃고 싶지 않았다. 그의 말대로 혼인이라는 것 때문에 세상에서 소중한 벗을 잃고 싶지 않았다. 보은군이 나서서 혼담을 없던 것으로 해달라고 한다면 영의정이 그의 청을 들어줄 것도 같았다.

하지만 어쩐 일인지 보은군은 아무런 대답이 없었다. 그러다 이내 그가 천천히 입술을 뗐다.

"내가 너무 잘, 숨겼나 봅니다."

그 말이 그의 입술 사이로 흐르는 순간, 소진은 굳어버리고 말았다.

'하지만 이젠 숨기지 않을 것입니다.'

차마 그 말까지 뱉어내지 못한 보은군은 먹먹한 눈으로 소진을 바라보기만 했다.

"그것이……."

"혼담은 제가 어찌해 볼 수 있는 일이 아니라 미안합니다, 낭자. 제 어머니와 영의정 대감께서 일찌감치 정하신 일인지라."

"아……."

"하나 너무 걱정은 마세요. 말 그대로 혼담이니. 언제든 깨질 수 있는 것이 혼담 아니겠습니까? 바람이 차갑습니다. 얼른 들어가보세요. 내일이 간택인데 고뿔에 걸리면 안 되지 않습니까?"

여전히 그는 따스하고 자상했다. 소진은 멍한 얼굴로 보은군을 바라보다가, 그가 주었던 꽃다발을 들어 보였다.

"꽃…… 감사합니다. 화병에 잘 꽂아두겠습니다."

이내 그는 얼른 들어가보라는 듯 손짓을 해 보이고는 등을 돌렸다. 멈춰 선 소진은 그의 뒷모습을 하염없이 바라보다, 그가 사라지고 나서도 그 자리에서 움직이지 못했다.

그때, 별채 안에서 숙자가 쪼르르 달려와 소진의 품에 안긴 꽃다발을 내려다보며 눈을 휘둥그레 떴다.

"어머나…… 이 추운 날, 이리 어여쁜 꽃은 어디에서 났대요? 보은군 대감마님께서 주셨어요?"

"응. 화원에서 얻어 왔다는구나."

"에휴……. 혼인은 보은군 대감마님처럼 다정하고 따뜻한 사내와 해야 한다고 했어요."

숙자의 말에 소진은 가만히 그가 주고 간 꽃을 내려다보았다.

─내가 너무 잘, 숨겼나봅니다.

옅은 미소가 어렸지만 어쩐지 슬프게 들리던 음성.

소진은 설마 하는 얼굴로 그가 있다 사라진 자리를 돌아보았다.

제 18 장

재간택 과제

백성들을 위한 요리 한 가지를 하시오.

상궁이 미리 언질을 준 대로 재간택 첫 번째 과제는 요리였다. 미리 연습한 대로 소진은 평범하게 고깃국 밥을 선택했다. 딱히 튀지도 않고 그렇다고 뒤처지지도 않는 무난한 요리라고 생각했다. 저 멀리서 숙자가 소진을 바라보며 힘내라는 듯 손을 흔들어 보였다.

그때, 규수들에게 궁녀가 한 명씩 배치되고 소진은 자신의 앞에 선 어려 보이는 궁녀에게 슬쩍 고개를 숙여 보였다.

"잘 부탁하오. 한소진이라 합니다."

"중전마마께 이야기 들었습니다."

궁녀는 그렇게 속닥이며 주위 눈치를 살폈다. 벌써 중전이 손을 쓰고 있는 모양이었다.

소진의 시선이 발 뒤에 대비와 함께 나란히 앉은 중전에게 향했다. 발로 가려진 터라, 중전의 얼굴은 보이지 않았다. 아마 저 뒤에서 소진을 뚫어져라 응시하고 있을 터였다.

만삭이라고 했던 것 같은데, 직접 이곳까지 발걸음해 간택을 지켜볼 정도면 중전에게도 이번 재간택이 중요한 것 같았다.

소진이 궁녀를 따라 소주방(燒廚房) 쪽으로 걸음을 옮겼다. 그리고 마침, 그 모습을 중전과 대비가 지켜보고 있었다.

"저기 저 규수가…… 영의정의 여식인가 봅니다."

대비가 묘한 미소를 띤 얼굴로 입을 열었다. 그러자 그 옆에 무표정한 얼굴로 앉아 있던 중전이 대비를 향해 고개를 돌렸다.

"눈독이라도 들이고 계십니까?"

조금은 날이 선 듯한 중전의 목소리에 이번에는 대비가 그녀를 바라보았다.

"보면 볼수록 우리 세자와 참으로 잘 어울릴 것 같아서요."

"어찌 겉만 보고 판단하시는지요. 손주 며느릿감으로 어떤지 오늘 한 번, 판단해보시지요. 대비마마."

"판단해서 내 마음에 쏙 들면, 이 늙은이가 주책 한 번 부려봐도 되겠습니까?"

주책이라는 것은 권력으로 소진을 세자빈의 자리에 앉히겠다는 말이었다. 하지만 중전도 이번에는 자신이 있었다.

"그러시던지요. 마음대로 하시지요. 제 며느리도 되지만 대비마마의 며느리도 되는 것이 아니겠습니까?"

여유가 넘치는 중전의 대답에 대비의 심기가 불편해졌다.

"저하, 소신이옵니다."

윤현이 다급한 목소리로 동궁을 찾았다. 헌이 검은 무사복으로 갈아입다 손을 멈추고 윤현을 돌아보았다.

"들라."

윤현 역시 헌과 똑같은 복색을 하고 있었다.

"지금 막 재간택이 시작되었습니다. 대비마마와 중전마마, 그리고 간택에 참가한 규수들 모두 간택장에 있습니다. 무슨 요리를 하는 과제인지라 모두 간택장에 붙어 있을 것 같습니다."

"그래? 하면 지금 중궁전이 완벽하게 비었겠구나."

헌이 윤현을 향해 손을 내밀어 보이자, 그가 검은 복면을 건넸다. 복면까지 쓰자 완벽하게 세자의 모습을 지워낼 수 있었다. 언뜻 보면 윤현과 구별이 되지 않았다. 감히, 왕세자라고 상상도 못 할 것이었다.

"가자."

짧은 그 두 글자를 끝으로 윤현과 헌은 동시에 동궁 뒷문으로 달려갔다. 그리고 궁인들의 눈을 피해, 전각 아래 통로를 이용해 중궁전 쪽으로 쉼 없이 달렸다.

중궁전에 다다른 두 사람은 황급히 몸을 숨기며 중궁전 안의 동태를 살폈다. 다행히 궁인들 대부분이 간택장에 가 있는 상태라, 중궁전 앞은 한산했다. 윤현과 헌은 서로를 바라보며 고개를 끄덕이다가 순식간에 중궁전 안으로 쳐들어갔다.

궁녀 몇이 중궁전 안을 오가고 있을 뿐, 다른 움직임은 보이지 않았다. 중궁전 담벼락에 기댄 헌은 유심히 중궁전 안을 살폈다.

'설마 봉희댁을 중궁전 안에다가 숨겨놓지는 않았을 테고…….'

잠시 뒤, 소진에게 용모화를 받고 난 뒤 중궁전 나인들이 쓰는 처소를 뒤져 봉희댁과 닮은 궁녀를 찾을 요량이었다. 그러려면 지금, 중궁전이 비었을 때 중궁전에 수상한 것은 없는지 모조리 찾아내야 했다.

헌은 고심에 잠긴 얼굴로 으리으리한 중궁전을 물끄러미 올려다보다, 그 앞을 오가는 궁녀들의 움직임을 유심히 살폈다. 마치 무언가를 감시라도 하는 것처럼 그들은 둘씩 짝을 지어 중궁전을 차례로 돌았다.

"이상한데……."

그의 말에 윤현 역시, 무언가 수상쩍다는 얼굴로 고개를 끄덕였다.

"꼭 순찰을 돌고 있는 것 같습니다, 저하."

잠자코 궁녀의 움직임만 살피던 헌이 느리게 자리에서 일어났다.

"나는 저쪽으로 가볼 테니 너는 내 반대편으로 가 살펴보도록 하라."

헌이 중궁전 바로 아래에 있는 통로를 가리켜 보였다. 그러자 윤현이 먼저 동태를 살피다가, 후다닥 헌이 가리킨 반대쪽으로 달려갔다. 이내 헌도 무사히 중궁전 처소 바로 아래 틈에 자리를 잡았다.

그때, 뒤편에서 이쪽으로 오고 있는 궁녀들의 발이 보였다.

헌은 허리를 굽혀 궁녀들의 움직임을 자세히 살폈다. 그런데 모두 일정한 방향으로 돌고 있었다. 헌의 시선이 궁녀들이 나온 쪽을 향했다. 그가 엉금엉금 기어 궁녀들이 나오고 있는 곳으로 다가갔는데.

"어……?"

웬 지하 통로 하나가 보였다.

반대쪽으로 갔던 윤현 역시, 궁녀들의 발을 따라 움직이다가 헌과 마주쳤다. 두 사람은 서로 같은 곳을 바라보고 있었다.

단단한 돌로 담이 쌓여 있었지만, 그 사이로 좁은 문이 하나 보였다. 도무지 문이 있으리라고는 상상이 안 되는 공간이었다.

궁녀들은 익숙한 듯 그 돌담 앞을 기웃거리다가 별다른 움직임이 없나 확인 후, 곧장 지나치고 있었다.

꼭 무언가를 감시하는 듯한 눈빛과 행동.

헌은 복면을 더욱 끌어 올리며 돌담 쪽으로 몸을 기울였다.

"주 나인, 이쪽으로."

그때, 상궁의 목소리가 들려왔다. 헌과 윤현은 서둘러 자세를 낮추며 몸을 감추었다.

중궁전 김 상궁이 웬 궁녀 하나를 데리고 돌담 앞으로 다가왔다. 두 사람의 발밖에 보이지 않았지만, 헌은 온 감각을 곧추세웠다.

"준비되었겠지."

"예. 지금 간택장으로 가려던 참이었습니다, 마마님."

"한 규수의 동태를 살피다가 궐 밖으로 나서는 순간 네가 무사들에게 한 규수의 존재를 알려야 할 것이다."

"무사들은…… 어디에 있습니까?"

"궐문을 지키고 있을 것이다."

순간, 한 규수라는 말에 헌의 눈이 커지고 말았다.

"저잣거리로 가면 보는 눈이 많아 곤란할 것이니. 네가 한 규수를 한적한 곳으로 끌어들이거라."

"예. 마마님."

"그때 무사들이 한 규수를 납치할 것이니 너는 그때까지 그 여인의 시선을 잘 잡아둬야 할 것이다."

그 말에 윤현도 화들짝 놀라며 헌을 돌아보았다.

"저하……"

그가 나지막한 목소리로 헌을 불렀다. 그러자 헌이 거칠게 복면을 벗으며 입술을 악물었다.

"누구 마음대로 감히, 내 여인을 건드려."

상궁의 명을 받은 궁녀가 서둘러 걸음을 옮기면서 사라졌다. 헌은 멀어지는 궁녀의 발을 바라보며 입술을 악물었다. 어찌나 세게 깨물었던지 그의 아랫입술은 피가 날 것만 같이 질려 있었다.

그 모습을 바라보던 윤현이 걱정스러운 얼굴로 그의 곁에 섰다. 그러곤 복면이 찢어지라 움켜쥐고 있는 헌의 팔을 슬며시 잡았다.

"저하."

상궁도 주위를 휘휘 둘러보더니, 곧 궁녀를 따라 중궁전을 나서고 있었다.

"납치를 할 것이다……? 감히, 한 규수를?"

그녀의 간택을 방해하여야만 하는 중전의 간절한 속마음은 헌도 잘 알고 있었다. 소진 역시, 중전과 같은 마음으로 이번 재간택에 임한다는 것도 알고 있었다. 그래서 소진이 부러 간택 과제에서 실수를 범하고, 중전이 그녀의 탈락을 위해 힘을 쓴다 해도 침묵하고 넘길 참이었다.

하지만 이런 식은 결코, 좌시하고만 있을 수 없는 일이었다. 비단 영의정도 제 여식의 간택을 방해하기 위해 중전이 납치까지 감행한다는 것은 모르고 있을 터. 그가 이 사실을 안다면 저처럼 가만히 있지 않을 것이었다.

헌은 다시금 복면을 쓰며 허리를 굽혔다. 그러곤 궁녀들이 수상쩍게 머뭇거렸던 돌담 틈 사이 문을 물끄러미 바라보았다.

"나는 여기를 좀 더 살피다 갈 것이니, 너는 서둘러 한 규수에게 가보아라."

"예, 저하."

"그러다 아까 저 상궁이 지시한 대로 한 규수가 궐 밖으로 움직이려거든 서둘러 내게 고하여라."

윤현이 고개를 주억거리며 황급히 중궁전을 빠져나갔다. 헌은 굳은 얼굴로 기회를 엿보았다.

그때, 막 돌담을 스쳐 지나는 궁녀들의 발소리가 점점 멀어지자 헌이 재빨리 전각 아래 틈 사이에서 빠져나왔다. 그러곤 서둘러 돌담 틈에 부자연스럽게 만들어진 쇠문 앞으로 다가갔다.

"아……."

꼭 옥문(獄門)과 같은 형태의 쇠창살로 된 문이었다. 행여, 궁녀들이 이쪽으로 다가올까 한껏 경계하며 자세를 낮추었다.

서서히 문 앞으로 다가가니 까마득한 어둠이 펼쳐졌다. 쇠창살 틈으로 헌이 가만히 손을 뻗었다.

차갑고 음산한 기운이 손바닥 끝에 닿았다.

"지하…… 통로가 있구나."

자물쇠로 굳게 잠겨 있는 터라, 더 안으로 들어갈 수는 없었다. 조그마한 불빛이라도 발견할 수 있을까 싶어 헌은 최대한 문 앞으로 다가가 안을 살폈다. 하지만 계단만 눈앞에 보이고, 칠흑 같은 어둠만 헌의 눈동자에 담길 뿐이었다.

더 들어갈 수 없다는 허탈함이 밀려왔다. 동시에, 이 안에 무언가 거대한 비밀이 숨겨져 있을 거란 확신이 들었다.

중궁전에. 그것도 이렇게 돌담을 부수고 지하를 만들어 쇠창살을 달아놓았다는 것은 쉬이 넘길 일이 아니었다. 당장 의금부에 명령을 내려 이 안을 샅샅이 뒤져보라 해도 중전은 막아설 수 없을 테였다.

"대체 이 안에 무엇이 들어 있단 말인가."

하지만 헌은 섣불리 움직일 수 없었다. 어쩌면 이 비밀스럽고 음산한 지하 통로도 저의 잃어버린 기억과 연관되어 있을 수도 있으니. 자신이 모든 것을 기억해 내고 누가 적이고 누가 아군인지 가려낸 후, 움직여야 했다. 그래야 자신도, 그리고 소진도 위험해지지 않을 것이었다.

헌은 숨죽인 채 쇠창살 틈으로 얼굴을 가까이했다. 안에서 무슨 소리라도 들리지는 않을까, 조금 기대하는 마음으로.

하지만 어떤 소리도 들리지 않았다.

궁녀들이 이 주위를 빙빙 맴돌며 무언가를 감시하고 있는 거라면, 분명히 이 안이 비어 있지는 않을 터였다. 그렇다고 움직이지 않는 것을 감시하기 위해 궁녀들을 움직이게 하지도 않을 것이었다.

"그러니까. 어제 난희가 그랬다니까? 제법 큰 놈이었대!"

"에구머니나! 이놈의 쥐새끼들이……?"

그때, 두런두런 이야기를 나누며 이쪽으로 오는 궁녀들의 말소리에 헌이 다시 몸을 숨겼던 곳으로 숨어들었다.

'저 안에 사람이 있을까……? 하지만 빛도 보이지 않고 아무런 소리도 들리지 않았다. 아, 안에 사람이 있다는 것만 확인하면 좋을 텐데. 방법이 없을까.'

헌이 고심에 잠겨 있던 그때.

"으악!"

헌의 앞을 지나가던 궁녀 둘이 비명을 지르며 호들갑을 떨었다.

"아, 놀래라! 고양이잖아."

"그러게. 난 또 쥐인 줄 알았네. 얼른 가자."

고양이 한 마리가 휙, 담을 넘어 궁녀들 앞을 지나쳤다. 고양이는 돌담 앞을 어슬렁거리며 냄새를 맡고 있었다. 그러다 쇠창살 안으로 쏙,

들어섰다.

그 모습을 지켜보던 헌은 힘없이 실소를 뱉어냈다.

"고양이, 네가 나보다 낫구나."

고양이는 어둠 속으로 사라지고 궁녀들도 제 갈 길로 가버렸다.

홀로 남겨진 헌은 지하 통로를 뚫어지라 바라보다, 혹 다른 곳에 이런 문이 있지 않을까 하는 생각에 주위를 휘휘 둘러보았다.

일각(一刻)이 흘렀을까.

다른 단서를 더 찾지도 못하고 헌이 반쯤 포기한 얼굴로 쇠문을 물끄러미 바라보고 있는데, 야옹, 하는 고양이 소리가 작게 들렸다.

좀 전에 그 안으로 들어간 고양이가 총총총 계단을 딛고 밖으로 나오고 있었다.

그런데 막 모습을 드러낸 고양이를 무심코 바라보던 헌의 눈이 커지고 말았다.

"안에…… 사람이 있었구나."

고양이가 안에서 보리밥 같은 것을 물고 와 그의 앞에서 보란 듯이 먹어치우고 있었다.

아무래도 저 안에 있던 누군가가 고양이에게 밥을 준 모양이었다.

한편 소진은 궁녀와 함께 고기를 고르고 있었다.

갖가지의 고기가 준비되어 있었다.

"난 이 돼지 뼈로 육수를 우려 된장을 풀고 시래기를 넣어 백성들에게 그리 낯설지 않은 국밥을 만들려고 하오."

"제가 돕겠습니다, 아가씨."

상궁들이 그 모습을 하나하나 살펴보며 점수를 매기고 있었다.

"핏물을 좀 제거하여야 할 것 같은데."

소진의 말에 궁녀가 따라오라는 눈짓을 해 보였다.

"상궁 마마님. 돼지 뼈 핏물 좀 제거하고 오겠습니다."

"그리도록 하여라."

궁녀가 상궁에게 허락을 맡고 소주방 안으로 들어섰다. 안에서는 몇몇 규수들과 궁녀들이 분주히 오가고 있었다.

"이건 제가 하겠습니다. 아가씨. 아가씨께서는 다른 걸 먼저 준비하시지요."

"알겠소."

궁녀의 말에 소진이 그녀에게 재료를 맡겨두고 시래기를 가지러 가기 위해 다시 밖으로 나왔다. 그러곤 구석에 놓여 있는 채소들을 가지러 가기 위해 걸음을 옮겼다.

그러다 슬쩍 궁녀들과 상궁들의 눈치를 살피며 소주방 근처를 서둘러 오가는 궁녀들 중 하나를 잡았다.

"저……."

소진이 조심스럽게 궁녀를 향해 허리를 숙였다.

"여기서 중궁전이 멉니까?"

갑작스러운 그녀의 질문에 궁녀가 황급히 소진의 차림새를 살폈다. 자신을 의아하다는 얼굴로 바라보는 궁녀의 눈초리에 소진이 멋쩍게 웃어 보였다.

"간택에 참가 중입니다. 혹 나중에 있을 과제 때문에 궐 안 구조를 좀 익혀둬야 할 것 같아서……. 짬을 내어 다음 과제를 대비하고 있거든요."

능청스럽게 웃으며 소진이 눈 한쪽을 깜빡여 보이자, 궁녀가 작게 목소리를 낮추며 고개를 조아렸다.

"여기서 멀지 않습니다. 바로 돌아서 보이는 큰 전각이, 중궁전이어요."

"아······ 그렇구나. 저기 그럼. 중궁전······ 궁인들의 처소는 여기서 멀까요?"

"처소는 어찌······."

"아, 내 여종 아이 벗이 중궁전 궁녀로 들어왔다고 하여서요. 혹시나······ 여종 아이에게 벗의 소식이나 전해줄 수 있을까 싶어서."

당황한 기색 없이 소진이 말을 이어가자 궁녀도 별다른 의심 없이 입을 열었다.

"멀지 않습니다. 중궁전 바로 옆에 기다란 전각이 궁녀들의 처소이기는 한데, 거기는 함부로 들어갈 수 없습니다. 아무리 벗이 있다고 해도 허락된 자만 출입이 가능합니다."

"그렇소? 아쉽네요. 그럼 어쩔 수 없지요. 고맙소."

소진이 생긋 웃으며 등을 돌렸고 궁녀도 제 갈 길을 따라 사라졌다.

'바로 옆이 중궁전이라 이거지······.'

소진은 품에 꼭꼭 숨기고 있던 봉희의 얼굴이 담긴 용모화를 가만히 쓸어 보았다. 마지막 과제 때 헌에게 넘겨줄 봉희의 용모화였다.

'나중에 기회가 되면 중궁전을 꼭 둘러보아야겠어.'

고개를 끄덕인 소진은 다시 채소를 가지러 가기 위해 발을 움직였다.

때마침 어디선가 바스락거리는 소리가 들렸다. 소진이 조금 굳은 얼굴로 주위를 살폈다. 바로 앞 화단에서 들려오는 소리인 것 같아 소진이 그곳을 물끄러미 바라보다, 다시 허리를 굽혔다.

그런데 그때, 갑자기 누군가가 소진의 입을 틀어막아버렸다.

커다란 손이 그녀의 입을 막아버리자, 소진은 그에게서 벗어나기 위해 발버둥을 쳤지만 속수무책이었다. 바로 앞 화단으로 끌려와 수풀 뒤에 몸을 숨기고 나서야 소진의 몸은 자유로울 수 있었다.

"대체 누구……!"

"납니다."

"저하……?"

소진은 뜻밖의 목소리에 흠칫 놀랄 수밖에 없었다. 고개를 돌려보니 헌이 눈만 내놓은 채, 무사로 변장한 상태였다.

"아니, 어찌 이곳에 계시어요?"

중궁전에 있어야 할 그가, 더군다나 대비와 중전이 바로 코앞에 있는데 어찌 위험을 감수하고 여기에 나타났는지, 소진은 어안이 벙벙하기만 했다. 멍한 얼굴로 소진이 그를 바라보다, 황급히 헌의 팔을 쥐었다. 그러곤 자신이 더 걱정스러운 얼굴로 주위를 경계하며 은밀히 목소리를 낮추었다.

"무언가 단서를 발견하였습니까?"

그 말에 헌이 복면을 슬쩍 내리며 자신의 팔을 쥐고 있는 그녀의 손을 물끄러미 내려다보았다. 그러다 그녀의 손목을 지그시 잡아, 자신 쪽으로 당겼다.

"우선 그 이야기를 하기에는 지금 너무 촌각을 다투니. 윤현이 낭자를 지키고는 있지만 내가 마음이 놓이지 않아 직접 왔습니다."

그렇게 이야기하는 헌의 얼굴이 무척 어두웠다. 소진은 고개를 젖혀 헌을 물끄러미 바라보았다. 연신 주위를 살피는 그의 얼굴에는 근심이 가득했다.

"중전마마께서 손을 썼습니다. 낭자를 납치하려 합니다."

'납치'라는 말에 소진의 미간이 구겨졌다.

"그 이야기를 듣고 곧바로 오는 길입니다. 궐 밖으로 나가거든 중궁전 궁녀 하나가 따라붙을 겁니다. 그리고 궐문 바로 앞에서 지키고 있다가 낭자의 뒤를 밟을 것입니다. 중전마마께서 이미 그렇게 지시를 내린 상태이고요."

"……그것이 참입니까?"

소상히 읊는 중전의 계획에 소진은 그대로 굳고 말았다. 대체 왜 자신을 위협하면서까지 재간택을 막으려는지 알 수 없었다.

소진이 딱딱한 얼굴로 그 말을 듣고 있다, 고개를 푹 숙였다. 헌이 그런 그녀의 어깨를 조심스럽게 쥐었다.

"낭자. 염려하지 마십시오."

어쩐지 귀에 닿는 그의 목소리가 따뜻하기만 했다.

"내가 지킬 것이니."

이내, 들려온 헌의 말이 소진의 귀가 아닌 가슴에 깊이 박혔다.

세상 그 어떤 것보다 따뜻하고 다정한 말이었다.

소진은 자신을 물끄러미 내려다보며 그렇게 말하고 있는 헌에게서 눈을 떼지 못했다. 정확히는 그 고운 말이 흘러나온 붉은 입술을.

소진의 심장이 두근거리기 시작했다. 자신의 어깨를 감싼 그의 커다란 손을 향해 소진이 시선을 돌렸다.

"그래도 낭자가 알고 있어야 할 것 같아 왔습니다."

"예……. 저하."

그때, 이쪽으로 누군가가 오고 있는 듯 두런두런 말소리가 들렸다.

소진이 흠칫 놀라며 황급히 고개를 돌리자, 헌이 그녀를 가만히 자신의 품에 안아 보이지 않게 등을 돌렸다.

헌과 밀착한 채, 그의 품에 얼결에 안긴 소진은 저도 모르게 헌의 허리를 끌어안고 있었다.

행여 콩닥거리는 자신의 심장 소리가 헌에게 들릴까 소진이 슬그머니 상체를 뒤로 뺐다. 하지만 헌이 다시금 소진을 자신 쪽으로 끌어왔다.

"낙엽 소리가 날 것 같아서. 붙어 있지요."

헌이 소진만 들릴 수 있도록 낮게 읊조렸다. 소진은 고개를 끄덕이며 입술을 말아 물었다.

곧, 뒤에서 여인 둘의 목소리가 들려왔다.

"옆에 있는 규수는 갈비찜을 만든다는데. 우리도 고기 요리를 해야 하지 않겠소?"

"그럼 급히 요리를 바꿀까요?"

간택에 참가한 다른 규수와 궁녀였다. 헌은 슬쩍 그 둘을 바라보다, 다시금 자신의 품에 안겨 있는 소진을 내려다보았다. 물끄러미 그녀의 이마와 눈과 뺨을 내려다보던 헌의 입가에 미소가 그려졌다.

이내 두 여인이 멀어져가는 소리가 들리고 그제야 두 사람은 떨어질 수 있었다.

"나는 다시 중궁전과 그 주위를 살펴보고 있을 테니 낭자는 아무 걱정하지 말고 간택에 임하세요."

소진이 고개를 몇 번 주억거렸다.

"나중에는 정신이 없을 것 같아, 제대로 용모화를 건네받고 궐을 살피지 못할 듯싶습니다. 지금 벗의 용모화를 받아두어야겠습니다."

"예. 그러는 게 좋겠습니다."

소진은 서둘러 품에 숨겨두었던 용모화를 꺼내 그에게 내밀었다. 그러곤 조금 전보다 더 경계의 눈초리로 주위를 살폈다.

"그림에 다 담을 수 없을 듯해 밑에 특징을 따로 적어두었습니다."

"참고하겠습니다."

"그럼……."

소진이 그를 향해 고개를 꾸벅 숙여 보이고는 황급히 화원에서 나왔다. 이내 시래기 단을 품에 안고 서둘러 소주방으로 돌아갔다.

"아가씨. 왜 이렇게 늦게 오셨어요."

"아……. 뭐를 가지고 와야 할지 몰라서."

"시래기가 뭔지 모르셨구나. 소인이 가서 가지고 올 걸 그랬습니다."

궁녀가 피식 웃으며 소진이 가지고 온 시래기를 건네받았다.

"아가씨, 이제부터 상궁 마마님께서 채점을 시작하실 것이니 저를 따라오시면 될 것 같습니다."

그때, 궁녀가 소진을 향해 작게 속삭였다. 소진은 눈앞에 선명하게 그려졌던 헌의 얼굴을 애써 지워내며 다시금 재간택에 몰두했다.

둘은 요리할 재료를 가지고 다른 규수들이 이미 요리를 시작한 간택 장으로 들어섰다. 소진도 그들과 어깨를 나란히 한 채, 긴장한 얼굴을 해 보였다. 그 모습을 발 뒤에서 대비와 중전이 지켜보고 있었다.

곧 상궁이 매의 눈초리로 소진의 움직임을 살피기 시작했다. 소진은 조심스럽게 칼을 들었다.

무사히 첫 번째 과제가 끝나고 두 번째 과제가 시작되었다.

궐에서 가장 아름다운 꽃을 가지고 오시오.

소진에게 이 간택은 큰 의미가 없었기에 그저 아무 잡초만 뽑아가도 될 일이었다.

첫 번째 과제를 하며 자신을 도와주던 궁녀가 인사를 하고 자리를 떠났다. 홀로 남겨진 소진은 꽃을 담아 올 비단 주머니를 손에 쥔 채, 조심스럽게 간택장을 빠져나갔다.

한편 규수들이 과제를 받든 채, 간택장을 빠져나가는 모습을 중전과 대비가 바라보고 있었다. 그들 앞에 첫 번째 간택에 대한 채점 결과가 적힌 종이가 놓였다.

중전과 대비가 동시에 손을 뻗었다. 그리고 두 사람은 같은 종이를 집게 되었는데, 대비가 불편한 듯 헛기침을 뱉어냈다.

"……흠."

한 가(家) 소진

종이에는 소진의 이름이 적혀 있었다. 중전이 피식, 조소를 터뜨리며 종이에서 손을 뗐다.

"어지간히 급하셨나 봅니다, 대비마마."

"중전만 하겠습니까?"

둘은 대놓고 신경전을 벌였다. 뒤에 선 상궁들만 조마조마한 얼굴로 그들을 바라볼 뿐이었다.

"하긴. 그 어린 나이에 자처해, 제 조부뻘 되는 늙은 주상에게 시집오고 거리낌 없이 제 또래의 아들에게 스스로 어미라 칭하는 중전을 보면서 느끼긴 하였지."

갑자기 왜 그런 말을 꺼내는 건지, 중전의 심기가 불편해졌다. 중전은 적나라하게 얼굴을 구기며 대비를 홱, 돌아보았다.

"갑자기 여기서 그런 말은 왜."

"가진 야망이 보통이 아니구나. 속에 품은 야욕이 범상치가 않구나. 대체 어린 소녀가 무슨 사연이 있었기에 그리 속이 검게 탔을까."

그 말을 하며 대비가 중전을 바라보았는데 그 얼굴에 어쩐지 측은지심이 묻어 있었다.

"한때는 아등바등 궐에서 살아남기 위해 발버둥 치는 중전을 보며 꼭 소싯적의 나를 보는 것 같아 안타까움도 들었지. 한데 갈수록 더하는구려. 중전의 욕심이, 그리고 그것이 불러일으킨 오만방자함이 내 눈살을 찌푸리게 해."

어쩐지 중전의 얼굴이 파리하게 질려가는 것 같았다. 무언가 지난날을 회상하는 듯한, 하지만 헤집고 싶지 않은 악몽을 떠올린 듯 그 얼굴이 어둡게 변해갔다.

만삭으로 불러온 배를 움켜쥔 중전의 눈시울이 별안간 붉어졌다. 중전은 서둘러 대비에게서 시선을 접으며 다시금 독기를 품었다.

"하오나 야욕이라면 대비마마께서도 못 놓고 계신 것 아니옵니까? 걱정하지 마십시오. 소첩 아무리 욕심이 넘쳐나고 욕망에 사로잡혀 있다 하여도 그만큼은 아니니, 대비마마처럼 늙진 않을 것입니다."

뒤에 선 상궁들은 행여, 두 사람이 이러다 언성을 높이며 설전(舌戰)이라도 벌일까 조마조마했다. 하지만 둘은 거기서 그쳤다.

대비는 손에 쥐고 있던 소진의 점수가 적힌 종이를 말없이 펼쳤다. 점수를 내려다보는 대비의 얼굴이 묘하게 변해갔다.

"무슨 꽃을 꺾지……."

곁에는 간택에 참가한 규수들이 서로 눈치를 살피며 오가고 있었다.

소진은 고심하는 척 뒷짐을 진 채, 화원을 누볐다. 하지만 그녀의 발걸음은 점점 중궁전 쪽으로 향하고 있었다. 열심히 자신의 주변을 지나치는 궁녀들의 얼굴을 살피면서.

'저기가 중궁전이지……?'

매번 문턱 앞에서 고사해야만 했던 중궁전이 보였다. 소진의 가슴이 쿵쿵 뛰기 시작했다. 그녀는 슬그머니 잡초를 뽑았다, 버렸다 하는 의미 없는 행동을 반복하며 중궁전 쪽으로 나아갔다.

소진의 걸음걸이가 부자연스럽게 빨라졌다. 그녀는 어느덧 중궁전 근처까지 다다랐다. 하지만 중궁전 바로 앞은 궁녀들이 지키고 있었다.

─대전, 동궁전, 중궁전, 대비전. 이곳은 출입할 수 없습니다.

미리 상궁이 규수들에게 일러주었던 주의사항을 곱씹으며 소진은 속으로 아쉬워했다.

"아…… 궁녀 옷을 가지고 왔어야 했나. 그래도 못 들어갔겠지? 눈에 불을 켜고 지키고 있네."

소진은 그렇게 중얼거리며 발걸음의 방향을 바꾸었다.

'호랑이 굴에 못 들어가면 호랑이 시중드는 토끼 굴이라도 들어가 봐야지?'

소진은 아까 궁녀가 말해준 중궁전 나인들의 처소를 향해 걸음을 옮겼다. 이쯤일까, 아니면 조금 더 가야 할까. 홀로 고심에 잠겨 나아가고 있던 그때.

"어."

눈앞에 처음 보는, 너무도 예쁜 들꽃이 보였다. 지천에서 본 적 없는, 궐 안에서만 자라는 이름 모를 풀꽃인 것 같았다. 아무래도 궐 안에는 진귀하고 희귀한 꽃들이 많으니 그 꽃씨들이 뒤엉키며 자란 돌연변이 풀꽃인 듯했다.

소진은 저도 모르게 걸음을 멈춰 서서 쭈그리고 앉았다.

"이름도 모르는 풀꽃이니…… 이걸 가지고 가면 되겠지? 이 꽃의 이름과 이것을 선택한 연유를 물으실 때 나는 당연히 이것의 이름을 모르니 감점을 당할 테고."

이 꽃이면 적당한 대답이 될 것 같았다. 소진이 품에서 주머니를 꺼내며 그 꽃을 꺾기 위해 손을 뻗었는데. 갑자기 옆에서 다른 손 하나가 불쑥, 튀어나와 그 꽃을 쥐었다.

"쉿."

웬 궁녀 하나가 소진의 손목을 지그시 잡았다.

"뉘신지요?"

"이쪽으로요."

놀란 소진이 굽혔던 허리를 펴며 그녀를 바라보았는데, 궁녀가 따라오라는 눈짓을 해 보이며 총총총 사라졌다. 소진은 좀 전에 헌이 말한 중궁전에서 붙인 궁녀일까 싶어 경계의 눈초리로 바라보았다.

하지만 설마, 이 궐 한가운데에서 그런 일을 벌이지는 않을 것 같다는 생각에 소진이 가만히 궁녀가 향하는 쪽을 응시했는데, 멀지 않은 전각 사이에서 보은군이 소진을 가만히 기다리고 있는 것이 보였다.

"대감……?"

어제도 보았는데 혹시 무슨 일이라도 생긴 것일까, 소진은 서둘러 그 꽃을 꺾어 주머니에 넣고는 주위를 돌아보았다.

다들 꽃을 따느라 정신이 없었다. 간택을 치르고 있는 것이 아니라 꼭, 들판에 꽃구경이라도 하러 온 듯했다. 누구 하나 지키는 상궁 하나 없이 자유로운 분위기 속에서 규수들이 오갔다.

소진은 들키지 않게 꽃을 찾으러 다니는 듯, 허리를 굽혀 이리저리 땅을 살피며 보은군이 있는 쪽으로 다가갔다. 그러자 보은군은 소진이 이쪽으로 오는 것을 확인하고는 더 자신을 따라오라는 듯 어딘가로 향하고 있었다.

　

다시 중궁전의 전각 밑, 틈 사이에 숨어든 헌은 소진이 그려준 봉희의 용모화를 펼쳐보았다. 그러곤 자세를 낮추어 중궁전을 배회하고 있는 궁녀들의 얼굴과 대조했다. 비록, 뛰어난 실력의 용모화는 아니었지만 대충 알아볼 만은 했다.

그러나 아무리 봐도 여기에는 없는 것 같았다. 벌써 보았던 얼굴을 보고, 또 보아도 조금도 닮은 이가 없었다.

헌은 조금 전, 보은군을 찾아가 자신이 했던 말을 떠올렸다.

―나를 좀 도와줘야겠다. 정확히는 한 규수를.

그에게 부탁하고 싶지는 않았지만 어쩔 수 없었다. 만삭인 중전은 평소 중궁전에서 꼼짝달싹도 하지 않았다. 오늘처럼 감시가 느슨한 날은 드물 것이었다. 그럼 저 지하 통로를 지켜볼 기회도 오늘 말고는 없을 테니, 헌의 마음은 급해졌다.

─그것이 무슨 말씀입니까, 저하.

─나는 오늘 한 규수의 벗과 관련된 일로 중궁전을 지키고 있어야 할 것 같아서. 지금 한 규수가 간택 중에 있을 것이다. 때를 보았다가 한 규수에게 가, 내 말을 좀 전해주어라.

─어떤 말씀을 말입니까.

─중궁전 나인들의 처소는 내가 가보기 힘드니 그대가 나를 대신해 그곳에 들어가보아야 할 것 같다고. 처소 나인들은 내가 살펴보고 있을 것이라고.

─그리 전하면 되옵니까?

─그래. 그리고 낭자가 곤란해지지 않고 처소를 살필 수 있도록 네가 낭자와 함께 꾀를 내어 방법을 찾아보도록 하여라.

윤현에게 물었을 때, 중궁전 궁인들은 중궁전과 각자의 처소, 그리고 간택장에 나누어져 있을 것이라고 했다. 그렇다면 소진의 벗이 이곳 중궁전 안에 없다면 처소에 머물 것이었다.

그리고 그곳마저 없다면…….

헌의 시선이 지하 통로에 꽂혔다.

"저곳에 있겠지."

그곳을 응시하는 그의 눈길이 살벌하기만 했다.

"예? 저하께서 그리 말씀하셨습니까?"

그 말에 소진의 얼굴이 어두워졌다.

보은군은 헌에게 들은 대로 고하며 행여 누가 따라붙었을까, 소진의 뒤를 살폈다.

"누가 따라오지는 않았을 겁니다. 자유롭게 움직이며 하는 간택 과제였거든요."

보은군이 가만히 소진을 내려다보며 고개를 끄덕거렸다. 둘은 인적 드문 곳의 바위 위에 나란히 앉아 있었다.

소진은 곧, 깊은 한숨을 내쉬며 머리 위에 솟아 있는 해를 올려다보았다.

"한데 말입니다. 봉희가 아무래도 중궁전 안에 없나 봐요. 저하께서 급히 보은군 대감께 일러 저더러 나인들의 처소를 확인하라 하는 것을 보니…… 안에는 없는 것 같습니다."

"간택 과제에 대한 답 제출까지 얼마가 남은 것이지요?"

"한…… 반 시진 정도는 남은 것 같아요."

"하면 어쩌지요? 어떻게 해야…… 나인들의 처소를 둘러볼 수 있을까요?"

보은군은 걱정스럽게 얼굴을 구기며 고심에 잠겼다. 소진도 덩달아 고민에 빠졌다.

"……별다른 의심 없이 나인들의 처소에 들어갈 방법이."

그 말을 되뇌던 소진의 머릿속에 퍼뜩 좋은 묘책이 하나 떠올랐다.

"옳거니! 그렇게 하면 되겠어요!"

"어떻게요?"

"대감께서는 바람잡이가 되어주셔야겠습니다!"

소진이 환하게 웃으며 자리에서 일어났고 보은군도 그녀를 따라 자리에서 일어났다. 알 수 없는 말을 늘어놓던 소진은 마음이 급한 듯 허둥대며 걸어갔다.

궐 깊숙이로 들어오느라 바닥은 온통 울퉁불퉁한 돌투성이의 흙길이었다. 소진은 치맛자락을 꾹 움켜쥐고서는 서둘러 걸었다.

그 모습이 위태로워 보였던지 보은군이 달려가 그녀의 손을 슬그머니 잡았다.

"저기, 밖으로 나갈 때까지만요. 여기 길이 좀 울퉁불퉁해서."

"아, 예⋯⋯."

소진은 작게 고개를 끄덕거리며 입술을 감쳐물었다. 보은군은 그런 소진을 지그시 내려다보며 생긋 미소 띤 얼굴로 대답했다.

"무슨 바람을 잡으면 됩니까, 이번에는?"

그가 웃음기 섞인 목소리로 물었다. 그러자 소진도 옅은 미소를 그리며 보은군을 바라보았다.

"따라와보시면 안 됩니다. 제가 소리를 치면 때를 보고 있다가 튀어나오시면 됩니다."

"그래서요?"

"그래서 제 말에 맞장구만 쳐주시면 됩니다."

소진이 자신만만한 얼굴로 고개를 끄덕였고 보은군은 그런 그녀에게서 눈을 떼지 않은 채, 함께 걸어갔다.

중궁전 나인들의 처소 앞에 다다른 소진은 깊이 숨을 내쉬며 뒤에서 지켜보고 있는 보은군을 한 번 바라보았다. 자신만 믿으라는 듯, 보은군이 소진을 향해 고개를 끄덕여 보였다. 정말 무슨 일이라도 생기면 그가 나서서 도와줄 것 같아 든든했다.

소진은 이내, 굳게 문이 닫힌 나인들의 처소를 바라보다가 결심한 듯 얼굴을 굳히고는 그대로 자리에서 쓰러졌다.

"아야!"

그러면서 그녀는 소리를 질렀다. 갑작스러운 소진의 행동에 보은군이 흠칫 놀랐지만, 아무래도 작전인 것 같아 가만히 그녀를 지켜보았다.

"에구머니나! 다리를 접질렸네! 거기 누구 없습니까?"

소진이 크게 소리치자 처소 안에 있던 나인들이 하나둘 나오기 시작했다. 그들의 이목이 자신에게 집중되자, 소진은 더욱이 아픈 얼굴을 하고서 왼쪽 발목을 움켜쥐었다.

"거기…… 나 좀 도와주시겠소?"

궁녀들은 소진이 재간택에 참여한 규수라는 걸 한눈에 알아차릴 수 있었다.

"왜 그러십니까?"

기웃거리며 소진을 바라보던 궁녀 중 한 명이 쭈뼛쭈뼛 소진에게로 다가왔다. 소진은 처소에서 웅성거리며 서 있는 궁녀들의 얼굴을 재빨리 훑었다.

'봉희야…… 제발 나와라…… 제발 나와.'

소진이 속으로 그렇게 생각하며 자신에게 다가오는 궁녀의 팔을 덥석 쥐었다.

"넘어지면서 발목을 조금 다친 것 같소. 나를 좀 부축해주시겠소?"

그 모습을 보은군이 뚫어져라 바라보고 있었다.

"간택에 참여한 규수십니까? 여기에 있으면 안 되는데……."

소진을 부축하며 궁녀가 중얼거렸다. 그 말에 소진은 더욱이 아프다는 듯이 곡소리를 내며 다시금 털썩 주저앉아버렸다.

"내가 과제를 치르다, 길을 잘못 들어 여기까지 왔는데……. 여기가 어딥니까?"

"여긴 중궁전 나인들 처소입니다만. 아씨, 여기에 계시면 안 됩니다."

궁녀는 행여 상궁에게 혼이라도 날까 봐 걱정스러운 얼굴로 주위를 휘휘 둘러보았다. 다른 궁녀들도 소진을 바라보며 수군거리고 있었다.

"발목을 접질려서 한 발자국도 못 움직이겠는데 어쩌오?"

소진이 얼굴을 구기며 궁녀를 향해 초롱초롱한 눈을 반짝여 보였다.

"얼른 돌아가, 과제를 제출해야 하는데 말이오. 한 걸음도 못 움직이겠으니 이를 어쩌오?"

"하면 의원이라도 불러오겠습니다. 제가 간택장으로 가서 상궁 마마님들께 알려……."

"그건 아니 되오!"

궁녀의 말에 소진이 속히 대꾸하며 손사래를 쳤다. 그러곤 한번 봐달라는 듯 얼굴을 구기며 궁녀의 옷자락을 잡아당겼다.

"상궁 마마님들께는 알리면 안 되오. 의원은 더더욱 아니 되고……."

소진은 푸념하듯, 한숨을 내뱉으며 발목을 움켜쥐었다.

"정해진 장소만 다녀야 하는 것을 내 잘 알지만, 간택에 통과하고 싶은 욕심에…… 이곳까지 들어왔다가 이리 경망스럽게 발목까지 접질린 것을 상궁 마마님들이 알게 되면 나는 감점 처리가 되거나 실격 처리가 될 것이오."

입술까지 삐죽이며 소진은 곧, 울음을 터뜨릴 듯한 얼굴로 궁녀를 올려다보았다. 그러자 궁녀가 여전히 난감하다는 얼굴로 안절부절못하고 있었다.

"하면…… 어떻게……."

"저기 처소 안에서 잠깐 찜질 같은 거라도 할 수 있겠소?"

어떻게든 저 안으로 들어가서 궁녀들의 얼굴을 확인해야 했다. 소진은 조마조마한 마음으로 궁녀의 대답이 떨어지기를 기다렸다.

멀리서 그런 소진을 지켜보고 있던 보은군은 풉, 웃음을 뱉고 말았다. 그 짧은 순간에 어찌 저런 묘책을 생각해냈는지, 그저 감탄만 나올 뿐이었다.

그때, 한참 생각하던 궁녀는 그래도 그 부탁을 들어주기 어렵다는 듯이 고개를 저었다.

"함부로 외부인이 들어가면 아니 되는 곳이라서요……."

"거참, 궐도 사람 사는 곳인데 어찌 이리 야박하게 군단 말이오? 잠시면 될 터인데. 아주 잠시면. 내가 조금도 움직이기 힘들어서 그러오. 이 꼴로 기어갈 수도 없지 않소?"

소진의 애원에 궁녀의 마음이 조금 흔들리던 찰나, 보은군이 어디선가 갑자기 등장한 척 헛기침을 하며 다가왔다.

"앗, 보은군 대감마님……!"

궁녀들도 그를 알아보고는 서둘러 고개를 조아렸다. 보은군이 궁녀와 소진을 번갈아 쳐다보곤 느긋하게 입술을 달싹였다.

"내 웬만하면 그냥 지나치려 하였는데 사정이 참 딱한 것 같은데 좀 도와주지 그러느냐."

보은군의 말에 처소 앞에 모여 있던 궁녀들도 동요하기 시작했다.

"규수께서 어찌나 급하면 궁녀에게 그런 부탁을 하겠는가. 체면도 있는데…… 과제 제출 시간은 급하고 발목까지 접질렸으니 얼마나 난감

하시겠는가. 오래도 아니고 잠시면 될 것 같은데 안으로 모시고 들어가,
찜질만 좀 하고 갈 수 있게 해주어라."

보은군의 말에 궁녀가 하는 수 없이 소진을 처소 안으로 데리고 들어
갔다.

"잠시면 되겠지요?"

"고맙소. 고맙습니다, 보은군 대감."

소진이 보은군을 향해 고개를 꾸벅 숙여 보이며 환하게 웃었다.

그 역시 고개를 끄덕이며 서둘러 걸음을 옮겼다.

"좀 괜찮으십니까?"

궁녀가 소진의 발목 위에 뜨거운 수건을 올려놓으며 물었다. 어쨌든
이곳에 합당하게 들어온 것이니, 후에 윗전들의 귀에 들어가도 문제 될
것이 없을 거란 생각이 들었다.

"예, 괜찮소. 조금만 더 찜질하면 될 것 같소만."

소진은 나인들의 처소를 날카로운 눈빛으로 훑어보았다.

"한데 여기는……. 그대들의 처소요?"

생경한 얼굴로 소진이 그렇게 물었다. 그러자 그녀의 발목에 찜질을
해주던 궁녀가 느리게 고개를 끄덕이며 자리에서 일어났다.

"예. 중궁전 나인들 처소입니다."

"아…… 하면 중궁전 나인들은 모두 이곳에 있는 것이오?"

"휴가라 밖에 나가 있는 이도 몇 있고, 중궁전에서 할 일을 하는 이
들 몇, 그리고 여기서 쉬는 이들 몇이 다입니다."

"그렇군요."

"하면 저는 이거 물 좀 갈아서 오겠습니다. 잠시만요."

그러면서 궁녀가 식은 물이 든 양동이를 들고 처소를 빠져나갔다.

그 모습을 물끄러미 쳐다보던 소진이 주위 눈치를 살피며 슬쩍 자리에서 일어났다. 그녀는 다리를 절뚝이며 능청스러운 얼굴을 하고서 처소를 훑어보기 시작했다.

"여기가 나인들의 처소구나……. 신기하네."

그렇게 중얼거리며 소진은 궁녀들의 의문스러운 시선들을 피했다. 괜히 처소 구경이라도 하는 것처럼 그녀는 뒷짐을 진 채, 기웃거렸다.

궁녀들은 별다른 의심 없이 소진을 지나쳤다. 소진은 처소 안에 있는 궁녀들의 얼굴을 빠르게 확인하기 시작했다.

문을 활짝 연 채 안에서 담소를 나누고 있는 궁녀들, 혹은 수를 놓고 있는 궁녀 등, 각자 휴식 시간을 즐기고 있었다.

하지만 그 어느 곳에도 봉희는 보이지 않았다. 마을의 사라진 여인들도 이곳에 있는 것 같지 않았다. 모두 오랜 시간 함께 해온 식솔 같은 느낌이었다. 누구 하나 이방인이 끼어 있다는 느낌은 들지 않았다.

'중궁전도 아니고 처소에도 없다면…… 대체 그날 보았던 봉희는 어디에 있단 말인가.'

한껏 부풀었던 기대감은 곧 실망감이 되어 소진을 덮쳤다. 연신 뒤를 돌아보는 소진의 얼굴이 잔뜩 가라앉아 있었다.

"그래, 이 꽃을 꺾은 연유가 무엇인가."

주어진 시간이 모두 지나 꽃을 제출하고 이제 대비와 중전에게 답을 올릴 시간. 커다란 발을 사이에 두고 대비와 중전, 그리고 규수들이 자리를 나누어 앉았다.

당연히 규수들은 대비와 중전의 얼굴을 볼 수 없었다. 하지만 두 사람이 있는 안에서는 발 너머에 앉은 규수들의 얼굴이 어렴풋이 보였다.

"예, 꽃 중에서도 으뜸이라는 모란입니다. 단연 꽃 중의 왕인 모란이 가장 아름다운 꽃이 아닐는지요."

이내, 규수들은 청산유수 같은 답을 올리며 점수를 쌓고 있었다. 하지만 소진은 도통 간택에 집중할 수가 없었다.

'대체 어디에 있단 말이지…….'

연신 봉희 생각에 머릿속이 뒤죽박죽되어 있었다. 꼭꼭 숨겨야 할 존재라면 당연히 그런 공개적인 처소에 봉희를 머물게 하지 않을 것이다.

그렇다면 왜, 봉희를 포함한 마을 여인들을 이곳에 감춰두고 있단 말일까? 홀로 고개를 푹 숙인 채, 이런저런 생각에 쌓여 있는 소진을 대비가 물끄러미 바라보았다.

"그래, 다음은 한 규수."

소진의 차례가 되었지만 그녀는 자신을 부르는 소리도 듣지 못한 채, 생각에 잠겨 있었다. 상궁 하나가 다시금 소진을 불렀다.

"한소진 규수."

그제야 소진이 흠칫 놀라며 고개를 치켜들었다.

"아, 예?"

"답을 올릴 차례입니다."

그 말에 소진은 품속에 있던 꽃이 든 주머니를 꺼내 대비와 중전 쪽으로 다가갔다. 그러곤 살며시 자리를 잡고 앉아 꽃을 꺼내 보였다. 처음 보는 들꽃에 대비와 중전의 시선이 집중되었다.

"이 꽃의 이름이 무엇인고?"

대비가 소진을 향해 그렇게 묻자, 소진의 반듯한 입술이 벌어졌다.

"모르옵니다."

모른다는, 하지만 당당한 그녀의 대답에 방 안에 있던 규수들도 모두 소진을 바라보았다. 대비와 중전 역시, 흠칫 놀란 얼굴이었다.

"모르는데…… 어찌 답이라고 가지고 온 것이냐?"

중전이 피식, 조소를 터뜨리며 되물었다. 대비는 조금 굳은 얼굴로 소진을 바라보고 있을 뿐이었다.

소진이 아무런 대답도 올리지 않자, 중전의 입술이 다시 벌어졌다.

"꽃에도 다 품계가 있고 이름이 있거늘. 그리고 그 이름에 따른 의미 또한 다 다른 법이고 품계가 주는 고귀함도 있는 것인데 어찌 이름도 모르는 한낱 꽃을 가지고 와, 답이라고 제출하는 것인지."

"……."

"이것이 꽃인지, 꽃인 척하는 잡초인지 알게 무엇이냐? 쯧쯧."

중전이 낮게 혀를 찼다. 하지만 소진은 조금도 동요하지 않았다. 오히려 그녀의 가슴속 뜨거운 무언가가 울컥울컥, 샘솟고 있는 것 같았다.

'어찌 품계로 급을 따지려는 것일까? 이리 아름다운 꽃이 품계도 이름도 없다 하여, 꽃 취급조차 하지 않는 것은 옳은 것이 아니야.'

가만히 고개를 조아리고 있던 소진이 고개를 들었다.

"과제가…… 궐에서 가장 아름다운 꽃을 가지고 오라는 것이라 문제 될 것이 없다고 생각하였습니다."

소진의 목소리에는 자신감이 넘쳤다.

"……문제 될 것이 없다?"

"예. 이름을 아는 아름다운 꽃을 가지고 오란 것이 아니었으니까요."

소진의 말에 대비와 중전의 눈이 동시에 커졌다. 채점하던 상궁들도 서로를 돌아보며 대비와 중전의 눈치를 살피고 있었다.

"이 꽃이 가장 아름다웠습니다."

"……"

"이것을 보는 순간, 이 궐에서만큼은 그 어떤 꽃보다 아름답다고 생각하였습니다. 비록 제가 이 꽃의 이름은 모르지만 아마 이 꽃에도 이름이 있을 것입니다. 세상에 이름 없는 사람 없듯, 이름 없는 꽃도 없을 테니까요."

"……"

"이름이 알려지지 않은 들꽃도 아름다울 수 있고, 꼭 품계가 없더라도 제 색을 뽐낼 수 있다, 생각합니다."

소진의 대답에 중전의 얼굴이 묘하게 굳어졌고 대비는 반색했다.

"품계가 없더라도…… 제 색을 뽐낼 수 있다?"

이내 대비가 그렇게 되물으며 소진의 표정을 살폈다. 소진은 전혀, 당황한 기색 없이 담담한 얼굴을 하고 있었다.

"예, 대비마마. 꼭 품계가 있어야만 제빛과 색을 뽐낼 수 있는 것은 아니라고 생각합니다. 사람도 그러하지 않습니까? 사람이 가진 품계만이 그 사람의 모든 것을 대변할 수 없듯 꽃들도 마찬가지라, 생각합니다."

소진의 말에 중전이 탐탁지 않은 얼굴로 그녀를 지그시 내려다보았다. 그에 반해 대비의 얼굴은 밝아지고 있었다. 가히 영의정의 여식다웠다. 그가 꽁꽁 싸매고 대비 앞에 내보이지 않으려 했던 속셈을 알 것 같았다.

어쩐지 소진의 대답이 대비의 마음에 쏙 드는 눈치였다. 상궁들의 손이 빨라졌다.

반면, 중전은 그녀의 말꼬리를 잡아 어떻게든 감점을 끌어낼 심산이었다. 중전의 언성이 조금 전보다 더 높아졌다.

"하면 지금 중전인 내 생각을 부정한다는 뜻이냐?"

"그것은 결코 아니옵니다, 중전마마."

"한데 어찌 그런 대답을 올리는 것이지? 이름도 모르는 이 꽃을 가지고 왔으면 그것을 모면할 답을 올려도 시원찮을 판국에 내 말에 토를 달다니? 한 규수, 나에게 잘 보여야 한다는 것을 잊었느냐?"

그 말을 듣고 있던 대비의 미간이 구겨졌고 중전에게 무어라 한마디를 하려 입을 떼는데 소진의 목소리가 들려왔다.

"송구하오나 중전마마, 소인은 모면하고 싶지 않습니다."

갑작스러운 그 말에 방 안이 조용해졌다. 중전의 입술이 우악스럽게 구겨지고 말았다.

"뭐라? 모면하고 싶지 않다? 이것이 정녕 무슨……!"

중전이 어처구니없다는 듯 실소를 터트렸다. 이내 호통이라도 치려 자세를 고쳐 앉는데 대비가 흥미진진한 얼굴로 말을 가로챘다.

"들어봅시다. 이것도 과제 답변의 일부가 될 테니 말입니다."

그 말에 중전이 입술을 꾹, 감쳐물었다. 과제 답변의 일부라 하면 소진의 이런 경망스러운 태도, 무례한 언사가 고스란히 감점으로 남을 테니까.

중전의 한쪽 눈썹이 흥미롭다는 듯, 위로 솟구쳤다.

"그래, 들어나 보지요. 왜 모면하고 싶지 않다는 것이지?"

소진은 중전의 물음이 떨어지자, 가볍게 고개를 조아렸다.

"소녀는 이 꽃을 가져온 것을 실수라 생각하지 않기 때문입니다. 하니 모면하기 위해 애쓸 필요가 없을 것 같습니다, 중전마마."

"실수가 아니다……."

"저는 지금도 이 꽃이 궐에서 가장 아름다운 꽃이라 생각하고 있고 과제에 올릴 답으로 전혀 문제 될 것이 없다고 생각합니다. 그러니 이 꽃을 올린 것에 대해 모면을 할 필요가 없지 않을까요?"

그것은 소진의 말이 옳았다. 대비가 생각해도 소진이 그 꽃을 답으로 올린 것은 전혀 문제 될 것이 없어 보였다. 그러니 애써 수습할 필요가 없는 것이었다. 대비는 흡족한 얼굴로 입술을 떼었다.

"그래, 네 말이 옳다. 더 나눌 의견이 있으면 허심탄회하게 이야기해 보아라. 이 간택장에서만큼은 눈치 볼 것 없이 그대들의 생각을 모두 뱉어내도 좋으니."

그 말에 소진이 쭈뼛거리며 고개를 들었다. 내내 중전의 말이 마음에 걸렸던 것이었다.

─한 규수, 나에게 잘 보여야 한다는 것을 잊었느냐?

중전은 겁박이라도 할 요량으로 날카롭게 쏘아붙였다. 소진은 입술에 힘을 주어 말을 뱉어냈다.

"대비마마께서 허심탄회하게 이야기해보라 하시어 이어 말하자면, 중전마마께 잘 보여야 할 연유 또한, 없다고 생각하옵니다만……."

"뭐라?"

중전의 눈이 동그래졌다. 대비 역시, 흥미진진한 얼굴로 소진에게 시선을 고정했다.

"이것은 누구에게도 잘 보일 필요가 없는 간택이지 않사옵니까? 세자빈을 간택하는 것이 어찌 한 사람에 의해 결정이 되는 것이겠습니까.

소녀는 그렇게 생각하지 않습니다."

"……."

"세자빈 간택이란 이 자리에 있는 규수들의 인성과 품격, 그리고 내면의 가치 등을 대비마마와 중전마마, 그리고 상궁 마마님들이 모두 함께 점수를 따져 그 자리에 어울릴 만한 인물을 선택하는 것이라 들었습니다."

"아."

"한데 어찌 단 한 분께 잘 보이려 애를 쓰겠사옵니까?"

일침을 맞은 듯한 느낌에 중전의 뺨이 얼얼해졌다. 대비는 터지려는 웃음을 꾹 참으며 느리게 시선을 아래로 내리깔았다.

'영의정의 여식…… 보면 볼수록 탐이 나는구나.'

멀어지는 소진을 바라보며 대비는 그렇게 생각했다.

벌써 한 시진 넘게 이곳을 지키고 있었지만, 저 지하 통로에서는 인기척이 느껴지지 않았다. 또한, 자물쇠가 단단히 잠겨 있는 것을 확인했으니 다음번에 확실히 날을 잡아 처리하면 될 것 같았다.

헌은 잠시 뒤, 세 번째 과제가 시작되면 위기에 처하게 될 소진을 구하러 가기 위해 발걸음을 옮겼다. 그런데 상궁과 궁녀 하나가 이쪽으로 급히 오는 것을 발견하고는 그대로 멈추었다.

"내일로 정해졌다."

내일이라는 말에 헌의 귀 끝이 날카롭게 섰다.

"재간택이 오늘 잘 마무리만 되면 내일 모두 내보내라는 중전마마의 명이 떨어졌거든."

앞뒤 상황을 알 수 없는 말이었지만 헌은 직감했다. 모두 내보내라 함은 아무래도, 저 지하 통로 안에 있는 이들을 내일 출궁시키라는 말 같았다.

숨죽인 채 그들의 말에 귀를 기울이는 헌의 **뺨**이 잘게 떨렸다.

"곧 중전마마께서 출산하실 것이니 그전에 방을 비우라는 말씀을 하셨다. 출산 직후에 다시 방을 채울 것이라고."

궁녀와 상궁이 말하는 방은 저 지하 통로를 말하는 듯싶었다. 헌의 눈빛이 거세게 번뜩였다.

"예, 알겠습니다."

"아무래도 오늘 간택은 순조롭게 마무리가 될 성싶으니 너는 서둘러 방을 비울 준비를 하여라."

"예, 마마님."

그리고 두 사람이 속히 사라졌고 헌은 입술을 질끈 깨물었다.

소진이 중궁전 나인의 처소에서 봉희댁과 관련된 흔적을 찾지 못했다면 분명 봉희댁은 저 지하 통로 안에 있을 것이었다. 한데, 내일 내보낸 다 하면 기회는 오늘밖에 없었다. 그러나 당장 저 자물쇠를 부수고 안에 들어가기는 무리였다. 혹여 일이 잘못되기라도 한다면 괜히 자신의 입지만 곤란해질 수도 있을 터이니.

헌은 우선 주변을 살피다가 서둘러 중궁전을 **빠져나왔다.**

"내일이라…… 내일."

속수무책으로 그들을 그렇게 보낼 수는 없었다. 헌은 거칠게 이마를 쓸어내리다, 문득 걸음을 멈추고는 한창 간택이 진행되고 있을 간택장을 바라보았다.

—재간택이 오늘 잘 마무리만 되면 내일 모두 내보내라는 중전마마의 명이 떨어졌거든.

불현듯 조금 전 상궁의 목소리가 헌의 귓가를 윙윙 때렸다. 그가 반듯하게 맞물렸던 입술을 비식, 일그러뜨렸다.

"하면 재간택을…… 망쳐야겠구나."

제 19 장

그날 밤의 기억 한 조각

'이번 과제에서 분명 날 방해하는 무리가 나타날 것이라 하였지?'

소진은 세 번째 과제 '백성들에게 추천해주고 싶은 책 골라 오기'가 적힌 종이를 품에 넣으며 주위를 두리번거렸다.

상궁들은 규수들에게 궁녀 하나씩을 배정해주었다.

"지금부터 그 궁녀와 함께 저잣거리로 나가 과제에 올릴 서책을 가지고 오시면 됩니다. 서책 방에서 구매해도 좋고 집에서 가지고 와도 좋습니다. 지금부터 한 시진 뒤, 모두 중궁전 앞에서 모이십시오."

드디어 중궁전에 들어가볼 기회가 생긴 것이었다. 소진의 얼굴에 묘한 긴장감이 흘렀다.

"저와 함께하시면 되옵니다, 아씨."

그때, 궁녀 하나가 소진의 곁에 와 섰다. 소진은 조금 경계하며 그녀를 내려다보았다.

"예, 잘 부탁드리오."

소진은 궁녀와 함께 궐 밖으로 나가기 위해 걸음을 옮겼다. 그러면서 제 곁을 따르는 궁녀를 묵묵한 시선으로 내려다보았다.

'너는 모든 것을 알고 나를 따르는 것이냐, 아니면 너도 앞으로 일어날 일을 모르는 것이냐.'

절대 뜻대로 되게 해주지 않을 것이라 마음먹으며 소진이 그녀에게서 시선을 거두었다. 또한, 그 모습을 윤현 역시 뚫어져라 응시하며 속히 헌에게 알리기 위해 등을 돌렸다.

"아씨, 궐 밖 어디로 가실 것입니까?"

소진의 옆에서 잠자코 따르던 궁녀가 조심스레 그녀에게 물었다. 그러자 소진이 희미한 웃음을 띤 채, 부지런히 걸음을 옮겼다.

"저잣거리의 서책 방으로 향할 것이오."

서책 방으로 향하는 길. 소진은 조마조마한 마음으로 걸음을 옮기고 있었다. 그때, 제 곁을 묵묵히 따르던 궁녀가 소진의 앞을 불쑥 가로막고 섰다.

"다른 길로 가시지요, 아씨."

"……어째서?"

갑작스러운 말에 소진이 미간을 구기며 고개를 세웠다.

"조금 전부터 누군가의 감시를 받는 것 같사옵니다."

그 말에 소진이 눈빛을 삼엄하게 뜨고 주위를 살피려고 했다.

"아니요. 쳐다보지 마세요, 아씨. 얼른 길을 달리 잡아요. 제가 앞장설 테니 달리시는 겁니다."

궁녀가 황급히 소진의 팔을 잡았다.

'이 겁에 질린 듯한 눈빛…… 사실일까?'

순간 소진의 머릿속이 뒤죽박죽되었다. 자신을 따라오라는 듯 눈짓을 해 보이며 궁녀가 등을 돌리자 소진이 황급히 그녀의 어깨를 잡았다.

"어디 소속…… 궁녀요?"

"예?"

중전이 사람을 붙였다고 했으니, 감시를 받는 것은 당연했다. 그러나 이것을 눈치채고 먼저 말을 하는 이 여인 또한, 중전과 한패는 아닐까.

그렇게 묻는 소진의 목소리가 차분하게 가라앉았고 궁녀는 고개를 조아리며 대답했다.

"대비마마께서 보내셨습니다. 아씨를 지키라고요……"

그 말에 소진의 눈빛이 흔들렸다.

반 시진 전.

마지막 간택 과제를 규수들에게 공개한 직후 중궁전으로 돌아온 중전은 뜨거운 차를 들이켜며 입술을 달싹였다.

"아주 교활하고 영특한 아이다. 작전을 바꾸어야겠다."

그 말에 잠자코 고개를 조아리고 있던 상궁이 번뜩이는 눈으로 고개를 세웠다.

"어떻게 하올까요?"

"각 규수에게 붙일 궁녀를 중궁전 아이로 바꿔치기할 수 있겠지?"

"그 정도는 간단하지요."

중전이 고개를 끄덕이며 생각에 잠긴 얼굴을 했다.

―중전마마께 잘 보여야 할 연유 또한, 없다고 생각하옵니다만.

고고하게 고개를 치켜세운 채, 소진은 한 치의 망설임도 없이 그 말을 뱉어내었다.

"하!"

그녀를 다시금 떠올리던 중전은 찻잔을 소리 나게 내려놓으며 부들부들 떨었다.

"감히…… 나를 무시한 게지? 영의정의 여식이라 눈에 뵈는 게 없는 모양이구나."

자신에게 거침없이 쏘아 뱉던 소진의 말을 곱씹던 중전의 눈동자에 어쩐지 물기가 스미는 것 같았다.

―꼭, 대비마마께 잘 보여야 합니까? 어째서요?

어린 시절, 자신이 제 아버지께 했던 말이 묘하게 떠올랐다.

―저는 왕의 부인으로 들어가려는 것입니다. 대비마마의 며느리가 아니라요.

―김진희, 너! 지금 그게 무슨 말버릇인 게야!

―대비마마의 며느리도, 세자의 어미도 되지 않겠다는 말입니다.

―너, 너……!

―오로지 왕의 부인만 될 것입니다. 그러니 아버지께서도 국구(國舅)가 되실 생각은 마세요. 꿈도 꾸지 말란 말입니다. 국구라는 권한 또한 오롯이 제 몫이고 제가 희생해서 얻을 대가니까요.

―몰락한 양반의 여식이지만 감복할 만큼 똑똑하고 영민해, 내 그때 너를 수양딸로 삼은 것이 화근이었구나……! 감히 은혜를 이딴 식으로 갚아?

―은혜요? 친부는 돈 때문에 날 이곳에 팔았고 결국, 내 발로 궐에 들어가지 않으면 내 종착지가 기방이라는 것을 내가 모를 줄 압니까?

애써 가슴에 묻고 살았던 어린 시절, 자신의 모습이 떠오르고 말았다. 중전은 괴로운 듯 얼굴을 감싸 쥐며 입술을 악물었다. 망한 양반의 여식이라며 자신을 내내 멸시하던 수양가족(收養家族)들의 목소리가 쟁쟁히 귓가를 울렸다.

"중전마마, 괜찮으시옵니까?"

"기분이 더러워진다. 그 아이를 보면……."

"예?"

"영의정의 여식, 한소진. 그년이 내 지옥 같았던 어린 시절을 떠올리게 하는구나. 하니, 더 내칠 것이야."

"마마……!"

"절대…… 절대 그 아이와 내가 이 궐에 같이 살 수는 없어!"

"분부만 내려주시옵소서. 마마의 뜻대로 될 것이옵니다."

상궁의 말에 중전은 일그러진 얼굴로 눈을 감았다. 곧, 그녀의 달아오른 입술 사이로 거센 숨이 흘렀다.

"한 규수에게 새로 붙일 궁녀에게 자신을 대비전에서 보낸 궁녀 소개하고, 감시의 눈길을 받는 것 같으니 다른 길로 잡자, 그리 한 규수에게 전하라고 하라."

"예, 마마."

"해서 한 규수를 안심시킨 뒤 바로 습격하도록 하라."

"분부 받잡겠사옵니다."

상궁이 중궁전을 빠르게 빠져나가고 중전은 자리에 누웠다.

부른 배를 움켜쥐는 그녀의 손이 걷잡을 수 없이 떨리고 있었다.

"하아, 하아……."

소진은 거칠게 숨을 몰아쉬며 무릎을 짚었다.

궁녀를 따라 뛰어온 곳은 너 으슥한 곳이었다. 인적이 끊긴 골목 한 귀퉁이, 소진이 주위를 살피며 궁녀를 바라보았다.

"이보시오. 여기를 어찌……."

그때, 소진이 숨을 돌릴 새도 없이 그녀의 입에 재갈이 물리고 얼굴 위로 헝겊 같은 것이 씌워졌다.

"읍……! 읍!"

황급히 몸부림을 쳐보았지만, 무리였다.

'속았어! 속은 것이야!'

소진은 이미 그들의 손아귀에 잡혀버렸다.

"끌고 가!"

장정 하나가 얼굴이 모두 가려진 소진을 번쩍 안아 올렸다. 그녀는 온 감각을 귀 끝에 곤두세웠다. 흙길이 지나고 숲으로 가는 듯, 사그락거리는 낙엽 밟는 소리가 들려왔다.

"간택이 끝나는 시간까지 지키고 있으면 된다."

아무래도 마지막 간택 과제를 기권 처리할 모양이었다. 소진은 점점 두려움에 휩싸이기 시작했다. 더 깊은 산속으로 향하는 것 같은데 좀처럼 헌의 기척은 들려오지 않았다.

'저하, 반드시 소인을 구하러 와주실 것이지요? 지켜주겠다던 그 약조, 잊으신 거 아니시겠지요?'

자신을 명료한 눈으로 바라보며 반드시 지키겠다던 헌의 목소리가 떠올랐다.

소진은 헌을 믿었다.

아니, 믿을 수밖에 없었다.

지금 이 순간 자신을 구해줄 사람은 그밖에 없으니까.

***

"낭자는……! 어디에 있는 것이냐!"

잠행복으로 갈아입고 뒤늦게 궐을 빠져나온 헌은 저잣거리를 헤매고 있는 윤현을 발견했다. 하지만 소진의 모습은 보이지 않았다.

"놓쳤습니다! 갑자기 아씨께서 뛰는 바람에……!"

"안 된다, 절대 아니 된다!"

소진이 갑작스럽게 뛰어 윤현의 시야에서 벗어나고 만 것이었다. 헌은 절망하며 머리를 감싸 쥐었다.

"중전이 심어놓은 무사들은……!"

"미처 보지 못했습니다. 제가 궐문을 지나쳤을 때는 이미 아씨께서 한참 전에 궐 밖을 빠져나온 뒤였습니다."

"지금 그것을 말이라고!"

헌이 크게 호통치며 등을 돌렸다.

"무슨 일이 있어도 지켜내야 한다……. 털끝 하나라도 상하면 아니 된단 말이다……!"

헌의 동공이 무자비하게 흔들리고 있었다.

"나는 이쪽을 살필 테니, 너는 그쪽을 샅샅이 뒤지거라."

그렇게 명을 내린 헌은 서책 방 반대편 쪽으로 달리기 시작했다. 이쪽으로 오는 사람들을 거세게 밀어내며 미친 듯이 정면을 응시한 채 발을 움직이는 헌.

그때, 그의 눈앞에 희미한 장면 하나가 세차게 스쳤다.

─반드시 네가 감추고 있는 비밀을 찾아내고 말 것이다.

"아."

헌은 그대로 멈춰 서고 말았다. 처음 보는 듯한 장면 속에서 헌은 자신의 목소리로 생경한 말을 뱉어내고 있었다.

밤하늘을 수놓는 연등과 불빛, 깔깔거리는 아이들의 웃음소리. 누군가를 뒤쫓는 듯, 거칠게 숨을 몰아쉬는 자신의 모습.

"이것은……!"

순간, 헌의 머리에 찢어지는 듯한 통증이 밀려왔다.

이것은 그날의 기억이었다.

헌의 머릿속에 조금도 남아 있지 않던, 그날 밤의 기억 한 조각.

삐걱 문이 닫히는 소리가 들리고 소진은 그대로 차가운 바닥에 내동댕이쳐졌다.

'대체 여기가 어디야…….'

헌은 구하러 오지 않는 것인지, 오지 못하고 있는 것인지 감감무소식이었다.

소진은 눈이 가려진 채로 바들바들 떨었다. 두 손은 묶여 있었기에 아무것도 할 수 없었다. 점점 더 시각은 지체되었지만, 그녀를 구해주러 오는 이는 아무도 없었다.

그때, 문밖에서 들려오는 대화 소리에 소진이 집중했다.

"본때를 보여주라는 명이 있었소. 간택이 끝날 때까지 여기서 지키고 서 있다, 간택이 모두 끝나면 이곳에 홀로 내버려두고 해산하시오."

그 말에 소진은 경악할 수밖에 없었다. 이곳에서 몇 시진이고 홀로 있으라는 소리였다.

"우웁! 웁!"

소진은 발버둥 치며 어떻게든 목소리를 내려 안간힘을 썼다. 그러나 입에 재갈이 물려 있는 채라 음성을 내기가 버거웠다.

이내, 문밖에서 들려오던 대화 소리마저 뚝 끊겼다. 이곳에 철저하게 갇혀버린 것이었다.

'저하……. 저하, 대체 어디에 계십니까…….'

오늘만큼은 그가 제 바람대로 나타나주길 바랐다. 홀로 어두컴컴한 곳에 갇히니 더욱 그가 절실해졌다.

돌아가면 가만두지 않겠다, 자신을 이곳까지 끌고 온 이들에게 호기롭게 경고까지 했지만 사실, 소진은 지금 무척 겁이 났다.

이대로 영영, 돌아가지 못하는 것은 아닐까. 온몸이 사시나무처럼 떨려왔다. 하도 버둥거려 뒤로 묶인 두 손은 아릿해졌다.

동시에 소진은 가슴이 아파왔다.

'나타나지…… 않을 것입니까? 정녕, 오지 못하는 것입니까?'

그렇게 절망에 빠진 소진의 눈시울이 저도 모르게 붉어지고 있던 그때.

"윽!"

둔탁한 마찰음과 함께 장정들의 짧은 비명이 들려왔다.

순간, 소진의 머리끝이 쭈뼛 서는 듯했다.

이윽고 닫혔던 문이 다시금 삐걱, 기분 나쁜 소리를 내며 열렸고 누군가가 황급히 안으로 들어서는 발소리가 들려왔다.

곧 그토록 기다렸던 목소리가 두려움에 잠겼던 소진의 귓가에 들려왔다.

"모두 추포하라!"

'저하……?'

잔뜩 날이 선 헌의 목소리가 공기를 세차게 갈랐다.

"낭자!"

동시에 헌은 소진의 얼굴에 씐 천을 벗겨주었다. 그제야 환한 빛이 한꺼번에 밀려들었고 눈물로 엉겨 붙은 소진의 눈꺼풀이 느리게 떠졌다.

"미안합니다……. 미안하오, 낭자."

그는 소진의 결박된 손과 입에 물린 재갈도 풀어주었다.

"저하!"

긴장이 풀린 소진은 눈물을 뚝뚝 흘리며 와락, 헌을 끌어안고 말았다.

"오지 않는 줄 알았습니다……. 흐윽, 저를 잃어버려서…… 못 오시는 줄 알았습니다."

그녀의 말에 헌이 따뜻하게 소진의 머리를 쓰다듬어주었다.

"그럴 리가 있겠습니까."

"흐윽……. 흑."

"약조하지 않았습니까. 내가 꼭…… 지킨다고."

윤현은 두 사람의 모습을 발견하고는 말없이 문을 닫아주었다. 밖에서는 헌이 데리고 온 무사들이 소진을 여기까지 끌고 온 장정들을 생포하고 있었다.

"왜 이리 늦으셨습니까?"

소진이 눈물범벅이 된 얼굴로 고개를 들어 헌을 바라보았다.

헌은 그녀의 머리카락에 붙은 지푸라기를 떼어주며 나지막이 미소를
터뜨렸다.

"어찌나 꼭꼭 숨어 있던지 찾느라 애를 먹었습니다."

"이대로 죽는 줄 알았습니다."

"낭자가 죽도록 내가 내버려둘 것 같습니까?"

"방금까지는 내버려두었잖습니까."

소진이 훌쩍이며 헌을 밉지 않게 흘겨보았다. 헌은 그런 소진이 귀엽
기도 하고 미안하기도 해, 다시금 그녀를 꼭 안아주었다.

"나도 이곳까지 오는 내내 함께 묶여 있는 기분이었습니다."

"……예?"

"달리고 있는데도 두 다리가 꽁꽁 묶인 듯, 더디 움직여 죽는 줄 알
았거든요. 그뿐입니까? 누가 내 눈을 가린 듯, 자꾸만 눈앞이 캄캄해지
기도 했습니다."

소진은 어깨를 들썩이며 가만히 그의 말을 듣고만 있었다.

"눈앞이 캄캄해질 만큼 낭자가 걱정되었거든."

"저하……."

이내, 헌이 속상하다는 얼굴로 소진의 빨갛게 부어오른 손목을 내려
다보았다.

"한데 이건…… 예상 못 했네, 내가."

"……."

"많이 아팠겠다."

그 말에 소진은 슬쩍 손목을 등 뒤로 감추었다.

"괜찮습니다. 이까짓 것……."

이제야 마음이 놓인 듯, 소진은 원래의 저답게 센 척도 해 보였다. 헌

은 등 뒤로 감춘 소진의 손목을 다시금 살며시 쥐었다.

"미안합니다. 늦어서."

"지금이라도 와주어…… 고맙습니다. 저하께서 오시리라는 걸 알면서도…… 알고 있으면서도 실은 무서웠습니다."

"나도 조금이라도 낭자가 다칠까, 무서웠습니다."

그렇게 말하며 헌이 소진을 조심스럽게 일으켜 세웠다. 소진은 휘청이며 그와 함께 자리에서 일어났다.

"이제…… 어찌할 생각입니까?"

그녀는 씩씩하게 눈물을 닦아내며 밖을 향해 고갯짓을 해 보였다.

"소인은 저하께서 몰래 오시는 줄 알았습니다. 해서 저만 데리고 가실 줄 알았는데."

이것은 소진도 예상치 못한 전개였다. 저들을 생포했다는 것은 지금 당장 궐로 데리고 가, 배후를 추궁하고 죗값을 치르게 하겠다는 의미였다. 당장 이 일을 세상에 알리겠다는 뜻이기도 했다.

하지만 배후는 중궁전이었고 저들을 데리고 간다 한들, 중전이 내가 한 짓이라 나설 일은 없을 터였다. 그들 역시, 절대 중전이 배후라 입을 열지 않을 것이고.

소진이 조금 걱정스러운 얼굴로 헌을 바라보았는데, 그는 소진의 손목을 지그시 내려다보며 입술을 달싹였다.

"지금 당장 궐로 데려가 이 일을 모두 알릴 것입니다."

"……예?"

"해서 간택을 멈추게 할 것입니다."

간택을 멈추게 한다는 헌의 말에 소진이 멈칫하고 말았다.

"내일 봉희댁이 궐을 떠나 다른 곳으로 갈지도 모릅니다."

"예? 봉희를 만난 것입니까?"

그러자 조용히 하라는 듯, 헌이 자신의 검지를 제 입술에 갖다 대 보였다.

"만나지는 못했지만, 내일 궐 밖으로 모두 보내버리겠다는 이야기를 들었습니다. 그리고 그들이 갇혀 있는 듯한 지하 통로도 중궁전에서 발견했고요."

헌의 목소리가 낮고도 은밀했다. 그의 입에서 흘러나온 말에 소진은 경악할 수밖에 없었다.

창백하게 질려가는 그녀를 바라보며 그는 다시금 입술을 뗐다.

"한데 낭자, 내 그날 밤과 관련해서 급히 물을 것이 있는데."

'그날 밤'이라는 말에 소진의 눈이 커졌다.

"그날 밤이라 하시면…… 그때 그, 습격을 당하신……?"

"예. 혹, 나를 공격하고 사라진 이들 중, 궐 사람은…… 없었습니까?"

"궐 사람은……."

헌의 물음에 소진이 잠시 생각에 잠겼다. 그날의 일을 더듬는 그녀의 낯빛이 어두웠다. 하지만 자신의 기억 속에는 궐 사람은 없었기에 소진이 난감하다는 듯 미간을 구겼다.

"없었사온데, 어찌 그리 물으십니까?"

"아, 그렇군요."

들려온 소진의 대답에 헌은 애써 미소를 그리고 있었지만, 어쩐지 그의 낯빛에 실망감이 역력했다. 소진은 어둑해지는 그의 얼굴을 유심히 살피며 입술을 조심스레 뗐다.

"어찌 그러세요?"

이내 갑작스럽게 그날의 일을 묻는 헌을 유심히 바라보던 그녀의 눈이 동그래졌다. 그러다 밖의 사람들이 들을까, 목소리를 더욱 낮추며 그에게 바짝 다가갔다.

그녀의 빛나는 갈색 눈동자에 그의 얼굴이 담뿍 담겼다. 조금 놀란 듯하지만 뭔가 알 것도 같다는 표정을 짓는 그녀였다.

"혹시……?"

초롱초롱 반짝이는 소진의 눈을 내려다보고 있자, 헌은 피식 웃음이 터지고 말았다.

"나중에요. 나중에 말씀드리지요."

"설마……! 혹 기억이 나신 겁니까?"

"그것이……."

"어떡해! 참입니까? 어쩜 좋아, 너무 잘되었어요!"

헌이 채 말을 잇지도 않았는데 소진은 제 일처럼 기뻐하며 놀랐다. 그 모습이 너무도 예뻐 보여 헌의 입가에 미소가 마르지 않았다.

"아니요. 기억이 난 것이 아닙니다."

그의 말에 환히 웃던 소진이 멈칫했다.

"예? 기억난 것이…… 아닙니까?"

"잃어버렸던 기억을 어찌 단번에 찾겠습니까. 한데 조금 전, 이곳으로 오다가 그날의 장면이 떠올랐습니다."

"장면이라 하시면."

"풍등제가 열리던 그날 밤, 누군가를 황급히 뒤쫓던 나의 모습이 보였습니다. 풍등제를 구경하는 사람들 사이를 급히 헤집으며 저잣거리를 가로지르던 모습이요."

맞았다. 그것은 소진의 기억과 일치하는 것이었다.

"그 얼굴을 알아보시겠습니까? 누군지 기억하시겠어요?"

소진의 가슴이 쿵쾅거리며 뛰기 시작했다. 제발, 김 도령이라는 작자의 정체를 헌이 알아내기를 소진은 간절히 바랐다.

그런데 헌이 대답 대신 씁쓸한 미소만 그리자, 그녀는 고개를 주억거렸다. 그의 대답을 듣지 못했지만 이미 들은 것 같았기에.

"괜찮습니다. 그럴 수 있지요."

그녀는 헌의 등을 토닥거리며 위로했다. 헌은 아래로 접었던 시선을 다시 그녀에게 고정했다.

"너무 힘들어하지 마세요, 저하. 어쨌든 오늘 한 장면이 떠올랐으니 다음번에는 여러 장면도 오늘처럼 떠오를 것입니다."

그 모습에 어쩐지 헌의 가슴이 따뜻해지는 것만 같았다.

"그럴 수 있을까요?"

"그럼요! 그럴 수 있지요. 조만간 모든 기억이 떠올라서 그들의 정체도 밝혀낼 수 있을 것이어요."

자신도 실망했지만, 저보다 헌이 더 실망했을 테니 소진은 씩씩하게 대꾸해주었다.

그런 소진이 참, 예뻐 보였다.

"낭자를 좋아하기 참, 잘했다는 생각이 듭니다."

"예, 예?"

"같이 살면 더 좋을 것 같다는 생각도요."

갑작스러운 그 말에 그녀의 뺨에 노을빛이 물들었다.

"어찌 그런 말을…… 막…… 하시는지요. 부끄럽게."

손부채질하는 소진을 바라보던 헌이 그녀의 손목을 지그시 쥐었다.

"우선 나가시지요."

헌이 그녀를 붙들고 밖으로 나가려 하자, 소진이 그의 손을 다시금 제지했다.

"한데 재간택을 멈춘다고 하시면…… 무슨 좋은 방법이 있는 것이지요?"

자신만 믿으라는 듯 헌이 고개를 까딱해 보였다.

"당연하지. 나는 대책 없이 움직이는 사람이 아닙니다."

그리고 동시에 헌이 굳게 닫혔던 문을 열었다. 밖에서는 그가 데리고 온 호위대들이 소진을 납치해 온 자들을 모조리 잡아 결박해놓은 상태였다. 소진은 그들을 사나운 눈빛으로 돌아보며 울분을 삼켰다.

"감히…… 간택에 참가한 규수를 납치한 것으로도 모자라 감금을 해?"

"……."

"그대들의 죄목을 소상히 따져 엄벌을 내려달라, 내 직접 중전마마와 대비마마께 청할 것이니 각오들 해야 할 겁니다."

소진의 목소리는 싸늘하기 그지없었다. 옆에서 함께 그들을 내려보던 헌 또한, 묵직한 목소리로 입술을 뗐다.

"지금 당장 이들을 궐로 끌고 가라!"

배후가 중전이라는 것은 저명한 일이었다. 하지만 이들이 실토할 것인지, 혹은 중전이 자백할 것인지는 의문이었다.

소진을 위협한 자들의 배후가 중전이라는 것을 밝히는 것 역시 헌에게는 중요한 일이었지만, 그보다 간택을 중단시키는 것이 더 급했다.

그렇게 명을 내린 후, 헌이 그들에게서 시선을 거두었다. 그러곤 윤현을 향해 비스듬히 몸을 돌려 차분한 목소리로 말했다.

"한 규수를 가마에 태우고 궐로 모시고 오거라."

언제 준비해온 것인지 이내 가마가 소진의 앞에 나타났다. 아무래도 영의정의 여식이고 간택에 참가한 규수였으니 그냥 막 데리고 갈 수는 없는 노릇이었다.

"오르시지요. 한 규수."

보는 눈이 많아 그런지, 소진을 쳐다도 보지 않고 헌은 그렇게 말했다. 소진 역시 반듯하게 헌을 향해 고개를 조아려 보이며 가마에 올라탔다.

"감사하옵니다, 저하."

가마꾼들이 소진을 태운 가마를 번쩍 들어 산길을 앞서 걸었다. 헌도 너울을 길게 늘어뜨리며 가마 옆을 따랐다. 그의 뒤로는 줄에 묶인 무사들이 줄줄이 늘어서서 걸었다.

곧 숲속을 지나 저잣거리에 다다르자, 사람들은 힐끗거리며 그들을 바라보았다.

가마 안에서 잠자코 있던 소진은 문득 밖의 동태가 궁금해 슬쩍 가마 창을 열었다. 괜히 아까 전, 납치당한 일이 떠올라 불안한 마음이 일었다. 헌이 직접 내어준 가마라는 걸 알면서도 소진은 괜히 밖을 확인하게 됐다.

"아."

그러자 헌이 가마 바로 옆에 서서 걸어가고 있었다. 스르륵 창이 열리는 소리에 너울을 늘어뜨린 헌이 그녀를 물끄러미 바라보았다.

둘의 시선이 보드랍게 교차했다.

"불편한 것이라도 있습니까?"

그렇게 묻는 헌의 목소리가 너무 포근해, 순간 소진의 동공이 옅게 흔들리고 말았다.

"아닙니다……."

괜스레 기분이 이상했다. 헌은 소진을 말없이 내려다보다 그녀가 슬쩍 열었던 창을 조금 더 열어주었다.

"한데 간택이 어그러지면…… 남은 간택은 어찌 될는지요."

혼잣말처럼 그녀가 낮은 목소리로 중얼거렸다. 그러자 헌이 그녀의 말에 작게 대꾸했다.

"재간택이 다시 치러지든, 아니면 재간택 결과와는 상관없이 삼간택이 미루어지겠지요?"

"……저하께서 중궁전에서 무엇을 본 것인지, 봉희와 관련된 자세한 이야기를 꼭 제게도 알려주세요."

헌이 고개를 주억거리며 뒷짐을 지었다. 아무래도 간택이 중단된다면 제일 실망할 사람은 중전일 것이었다. 자신을 떨어뜨리기 위해 이런 발칙한 일까지 벌였는데 그 노력이 물거품이 될 터니.

가만히 정면을 응시하고 있던 소진의 손에 힘이 들어갔다.

"한 규수만 빼고 모두 답을 제출하였습니다."

상궁의 말에 중전이 흠칫 놀라는 시늉을 하며 고개를 치켜들었다.

"시각이 얼마나 남았지?"

"일각 조금, 남았사옵니다만, 어찌 하올까요?"

"제시간에 제출하지 못하면 실격 처리를 해야지. 뭘 어찌해."

그렇게 말하며 중전이 부른 배를 감싸 쥐며 자세를 고쳐 앉았다. 그러곤 굳게 닫힌 채, 열릴 생각을 않는 중궁전 문을 바라보며 의미심장한 미소를 지었다.

'그래……. 오지 못하고 있는 것이겠지. 한데 나를 너무 원망하지는 말아라. 너와 네 아비의 바람을 들어주기 위해 내 손수 도움을 준 것이니.'

그때, 문밖에서 상궁의 목소리가 들려왔다.

"대비마마 납시셨사옵니다."

굳이 대비가 지금 중궁전을 찾을 이유는 없었다. 마지막 과제는 중전과 상궁들이 채점하기로 하였는데 어찌 발걸음을 한 것인지. 중궁전 안에서 고개를 조아리고 있던 규수들도 숙덕거리며 눈치를 살폈다.

"뫼시어라……."

찝찝한 얼굴로 중전이 자리에서 일어났다. 중궁전 문이 열리고 대비가 고고한 자세로 휘적휘적 들어섰다. 그러곤 자리에서 일어나 자신을 향해 고개를 조아리고 있는 모든 규수들을 매서운 눈으로 살피더니, 무지근하게 입술을 뗐다.

"한 규수가 안 보입니다만?"

그 말에 중전이 피식, 웃으며 대비를 물끄러미 바라보았다.

"그러게 말입니다. 간택 과제를 하는 내내 불성실한 태도를 보이더니 결국, 포기를 한 것인지."

대비의 고개가 획, 돌아갔다.

"어째 한 규수의 불참이 반갑다는 듯이 들립니다?"

그러자 중전이 호호호, 소리 내어 웃으며 그럴 리가 있겠느냐, 대꾸하기 위해 붉은 입술을 떼었는데.

"세자 저하 납시오……!"

갑작스러운 그 목소리가 중전의 목구멍을 턱, 막고 말았다. 세자라는 말에 중궁전 안의 모든 사람의 시선이 문을 향했다. 들어오라는 소리도 없었는데 헌은 직접 문을 열고 안으로 들어섰다.

"어허! 이게 무슨 무례하기 짝이 없는 태도입니까, 세자! 지금은 간택 중입니다!"

중전이 발 뒤에서 쩌렁쩌렁 소리쳤다. 그러자 헌이 그 앞에 멈춰 서며 비스듬히 고개를 꺾었다.

"세자! 규수들이 보고 있습니다. 체통을 지키셔야지요! 어찌 이리 불쑥 나타나, 간택을 망치십니까!"

물러나지 않는 헌에게 다시금 중전이 소리치자 이번에는 헌이 그것 참, 반가운 소리라는 듯이 씩, 웃었다. 그러곤 놀란 눈으로 저를 바라보고 있는 규수들을 돌아보며 무지근하게 입술을 열었다.

"그렇습니까?"

"뭐요?"

"소자가 이 간택을 망친 것입니까?"

이내 헌은 다시 발 너머의 중전을 바라보며 그 차가운 미소를 거두며 말했다.

"하면 이 간택, 멈추시지요."

"세자! 이 무슨 망발입니까!"

갑작스러운 헌의 말에 교태전 안의 규수들은 모두 불안한 얼굴로 눈치만 살피고 있었다.

"제 말, 못 들으셨습니까?"

"세자."

"이 간택, 중단하라고 했습니다."

잠자코 서 있던 대비가 그제야 헌의 곁에 한 걸음 다가서며 느리게 말문을 열었다.

"다짜고짜 멈추라 하시면 어찌합니까, 세자. 연유를 말해보시지요."

그러자 중전이 못마땅하다는 얼굴로 세차게 소리쳤다.

"연유는 무슨 연유입니까! 이걸 지금 말이라고 들어주시겠다는 겁니까? 떼를 써도 유분수지. 한 나라의 국본(國本)이라는 세자께서 간택장에 함부로 들어와 다짜고짜 한다는 소리가 간택을 멈추어라?"

이내 그녀는 콧방귀를 끼며 어처구니없다는 듯이 실소를 터뜨렸다.

하지만 헌은 눈빛 하나 변하지 않고 물끄러미 중전을 바라보고 있었다. 할 말이 있으면 모두 해보라는 듯, 중전의 말을 고스란히 듣고만 서 있었다.

"대체 왜 이리 안하무인(眼下無人)으로 행동하시는 겝니까!"

"누가 안하무인으로 행동하는 것인지는 이제 따져보지요."

"뭐……요?"

미사여구 없이 단조롭게 그 말을 뱉어낸 헌이 반쯤 열린 중궁전 문을 돌아보았다.

"들라."

명료한 두 글자에 누군가가 중궁전 안으로 들어섰다.

그 얼굴을 확인한 중전과 대비는 딱딱하게 굳을 수밖에 없었다.

"대감마님……! 대감마님!"

안에서 종일 간택 소식만 기다리고 있던 영의정은 문밖에서 들려오는 숙자의 목소리에 자리에서 벌떡 일어났다. 그러곤 서둘러 안채를 나서며 마당을 가로질렀다. 화원에서 꽃을 가꾸고 있던 최씨 부인도 덩달아 경직된 얼굴로 걸음을 옮겼다.

"그래. 소진이는?"

"하아…… 하아……. 대감마님."

"소진이는 어쩌고 너만 온 것이야?"

거칠게 숨을 몰아쉬는 숙자를 돌아보며 영의정이 물었다.

"누가 아씨를 납치했었어요……! 속히 궐로 가보셔야 할 것 같습니다, 대감마님."

그 말에 영의정과 부인이 화들짝 놀라며 서로를 바라보았다.

"그래서 소진이는! 소진이는 지금 어디에 있는 것인데."

최씨 부인은 몸을 벌벌 떨며 숙자를 바라보았다. 행여 소진이 변이라도 당하였을까, 가슴이 터질 듯이 뛰고 있었다.

"아씨는 무사하세요. 그런데 누군가가 아씨의 간택을 방해하려고 납치를 했다가……."

"했다가. 어찌 되었는데!"

영의정의 호통에 숙자가 어깨를 잘게 떨며 말을 이어갔다.

"세자 저하께서…… 구해 오셨습니다."

뜻밖의 말에 영의정의 얼굴이 미묘하게 굳어갔다.

"아무래도 대감마님께서 가보셔야 할 것 같아서요."

"한데 배후는……."

소진이 무사하다는 말에 그제야 영의정의 머릿속에 번쩍, 불이 켜지는 것 같았다.

"감히 이 영의정의 여식을 납치하고 감금한 이가 누구냐는 말이다!"

불같은 호통에 숙자는 입술을 질끈 물었다.

"그것까지는 쇤네도 아직……. 지금 궐에서 그 배후를 밝힌다고 하니 서둘러 가보시는 것이 좋을 것 같습니다."

"알겠다."

영의정의 얼굴은 분노로 일그러져 있었다. 꾹 말아 쥔 주먹도 그 분기를 참아내지 못하는 듯 부들부들 떨렸다. 가만히 그 모습을 지켜보던 최씨 부인이 영의정의 팔을 쥐었다.

"괜찮습니까, 대감?"

"소진이가 얼마나 놀랐을지⋯⋯. 대체 누가 그런 장난을⋯⋯."

"하필 재간택이 열리고 있을 때 이런 일이⋯⋯. 재간택을 방해하려는 자일까요? 하면 세자빈 후보에 함께 거론되고 있는 가문 중의 하나가⋯⋯."

최씨 부인의 말에 영의정이 느리게 고개를 저었다.

"아니, 그것은 아닐 것이오. 세자빈 후보로 거론되고 있는 가문들은 이미 내가 소진이를 세자빈에 앉힐 마음이 없다는 것을 잘, 알고 있는 자들이지. 하니 이리 위험을 감수하면서까지 설쳐댈 필요가 없소."

그는 부들부들 떨며 눈을 세차게 흡떴다. 분기로 꽉 찬 그 눈동자에서는 금방이라도 번쩍, 벼락이 떨어져 내릴 것 같았다.

"그 누구보다 소진이의 세자빈 간택을 막고 싶어하는 사람."

영의정은 그렇게 말하며 얼굴 하나를 떠올렸다.

"그자의 소행이겠지."

"너는."

중전의 목소리에 옅은 떨림이 묻어나 있었다.

소진이 자박자박 중궁전 안으로 들며 고개를 조아렸다. 발 너머의 중전이 어떤 얼굴을 하고 있는지, 소진에게는 보이지 않았지만 조금은 짐작이 갔다.

'왜 내가 저하와 함께 이곳에 있느냐는 듯한 표정을 짓고 있겠지요.'

소진은 가만히 고개를 숙인 채 조심스럽게 입술을 뗐다.

"송구하옵니다. 소인이 늦었사옵니다."

소진의 등장에 대비의 눈이 반짝였다. 중전은 흐트러지는 숨결을 가다듬으며 무표정을 유지했다. 그때, 가만히 소진을 내려다보던 헌이 입술을 뗐다.

"겪은 일을 모두 말하라. 토씨 하나 빠뜨리지 말고."

헌의 명령에 소진은 차분한 목소리로 말했다.

"소인, 서책을 구하기 위해 저잣거리로 갔으나 채 구하지 못하고 환궁하게 되었사옵니다."

소진의 말에 중전이 피식, 옅은 조소를 뱉으며 대답했다.

"해서 세자에게 이 간택을 물려달라 조르기라도 한 것이냐?"

그러자 소진이 천천히 고개를 들었다. 하지만 좀처럼 중전의 얼굴은 보이지 않았다. 까랑까랑한 목소리만 발 너머에서 들려왔다.

"설마요. 저는 제 가문을 등에 지고 간택에 참여한 것입니다. 한데 그런 제가 감히, 그런 어리석은 짓으로 제 아버지와 가문의 이름에 먹칠을 하겠습니까?"

"무어라?"

"마지막 간택 과제를 수행하던 중. 소인, 누군가의 습격을 받아 납치를 당했고 지금까지 숲에 감금당해 있었습니다."

소진의 말이 끝나자마자 간택장 안이 술렁거리기 시작했다. 대비 역시, 화들짝 놀라며 소진에게서 눈을 떼지 못했다. 헌은 그저 덤덤한 얼굴로 중전의 안색을 살폈다.

조금 놀라는 듯하던 중전은 이내 슬쩍 미간만 구긴 채로 소진을 바라보고 있었다. 그 속이 어떨지는 모르겠지만 겉으로는 애써 무감하게 굴려고 노력하고 있는 듯했다.

"한데 다행히 저하께서 구해주시어 무사히 풀려날 수 있었습니다."

"어찌 그런 일이!"

즉각 반응을 보이며 혀를 차는 대비와 달리 중전은 말이 없었다. 다만 세자가 구해주었다는 말에 중전의 고개가 천천히 헌을 향해 돌아갔다. 이미 그녀를 바라보고 있던 헌은 아무런 감정 없는 얼굴로 중전의 얼굴을 지그시 훑고 있었다.

"세자께서요……?"

높낮이 없는, 그래서 더 싸늘한 듯한 중전의 목소리였다. 말없이 그녀를 바라보던 헌이 슬쩍 고개를 주억거리며 입을 열었다.

"예. 다행히도 소자가 한 규수를 구해 왔습니다."

"큰일을 하시었네요. 한데 한 규수와 원래 면이 있는 사이였습니까? 어찌, 적시 적격에 세자께서 딱 나타나 한 규수를 구하였는지가 의문이라서요."

그 말에 대비가 무어라 말을 하려 입술을 달싹였는데, 소진이 불쑥 발 앞으로 한 걸음 다가가며 대신 대답했다.

"우선 규수들을 물려주시겠습니까? 하면 소인이 소상히 말씀을 드리겠습니다."

"아직 간택이 끝난 것이 아니다. 어디 방자하게 내 명 없이 규수들을 물리어라 말라, 하는 것이냐."

그러자 헌은 난감하다는 듯 자신의 이마를 슬며시 쓸어 보이며 중전에게 대꾸했다.

"하면 이 규수들이 다 듣는 데서 왕실의 체면이 구겨지는 것도 간과한 채, 한 규수와의 연을 이야기해야겠습니까?"

헌의 말도 옳았기에 중전은 더 반박할 수 없었다. 이 모든 상황을 말없이 지켜보기만 하던 대비가 자신이 나설 차례라는 걸 깨달은 듯, 입을 열었다.

"오늘 간택은 여기서 끝을 내는 것으로 하겠소. 재간택 재진행 여부는 차후 알리도록 할 것이며 오늘의 간택은 아무래도 여기서 갈무리해야겠습니다."

대비의 말에 중전이 소리쳤다.

"아니 됩니다, 그것은!"

"간택에 참가했던 규수가 과제를 수행하던 중 납치를 당하는 변을 겪었는데, 간택을 강행하시겠다고요?"

"그건 어디까지나 한 규수의 주장일 뿐입니다!"

그러자 헌이 나섰다.

"물증과 증좌도 없이 감히 소자가 간택을 중단시키려 하겠습니까?"

"간택에 자신이 없었던 한 규수의 자작극일 수도요."

그 말에 대비가 언성을 높였다.

"그런 억지가 어디 있습니까, 중전?"

"억지인지 아닌지는 따져보아야 할 일이지요."

"그럼 이 규수들이 다 보는 앞에서 이것을 따져, 왕실의 체통을 깎아먹을 셈입니까? 그대와 내가 빽빽 소리나 지르며 설전을 펼치는 것을 이들에게 보이자는 것이냔 말입니다."

그러자 상궁들도 모두 중전 곁으로 모여 일단 규수들을 내보내는 것이 좋을 것 같다는 의견을 올렸다. 이대로 뜻을 굽히고 싶지 않았지만, 중전은 하는 수 없이 한 수를 접을 수밖에 없었다.

상궁들은 규수들을 모두 중궁전에서 내보냈다. 중전은 깊이 한숨을 내쉬며 발 뒤에 앉았다.

'중전의 얼굴을 한번 보았으면 싶은데…… 도통 볼 수가 없구나.'

소진은 자신을 그렇게까지 간택에서 떨어뜨리려 한, 그녀의 괘씸한 얼굴을 보고 싶었다.

조선의 국모 자리에 오른 저 여인은 제 또래의 앳된 여인이라고 했다. 어떻게 생겼을지, 소문처럼 표독스럽게 생겼을지 궁금했지만 도통 볼 수가 없었다. 국모의 얼굴을 함부로 볼 수 없는 것도 있지만, 아무래도 출산을 앞둔 만삭이라 행여 부정(不淨)이라도 탈까 조심하는 모양이었다.

그때, 중전이 피곤한지 지친 얼굴로 대비를 바라보았다.

"소첩은 이만 쉬어야겠습니다."

"한 규수를 납치한 배후를 함께 가려보지 않고요?"

대비가 의아하다는 듯이 중전을 돌아보며 물었다. 그러자 중전은 느리게 고개를 저으며 심드렁하게 대꾸했다.

"뭐 나까지 나설 필요가 무엇 있겠습니까? 대비마마께서 어련히 알아서 가려내시겠지요. 무려 한 규수가 당한 일이니."

"……중전."

"너무 신경을 써서 그런지 배가 당깁니다. 저는 좀 쉬어야 할 것 같으니 대비마마와 세자께서 한 규수가 당한 일을 들어보고 시시비비(是是非非)를 가리시지요."

그 목소리에는 잔뜩 날이 서 있었다. '시시비비'라는 말에 헌이 발 뒤의 중전에게 성큼 다가갔다. 그러자 중전이 이 무슨 무례한 짓이냐는 듯한 얼굴로 그를 쏘아보았다. 헌이 딱딱한 얼굴로 그녀를 내려다보며 말문을 열었다.

"시시비비는 아니지요. 지금 이 일에 옳고 그름을 따지자는 것이 아니잖습니까, 중전마마. 한 규수께서 납치를 당한 것은 저명한 일, 하니 이 일의 배후를 가려야 하지 않겠습니까?"

"그러니까 배후를 가려보시라고요, 어디. 납치범들을 생포라도 해서 궐로 데려온 모양인데 하면 그들의 입을 열게 해, 오늘 안으로 배후를 밝히시지요?"

그 말을 듣고 있던 소진의 고개가 정면을 향해 세워졌다.

"범인들도 잡았겠다, 배후를 밝히는 것은 어려운 일이 아니겠지요?"

"중전마마."

"오늘 안으로 밝히지 못한다면."

중전의 입가에 묘한 미소가 번졌다.

"한 규수가 자작으로 벌인 일이라 결론짓고 한 규수를 탈락시킨 후 오늘의 재간택은 별 탈 없이 진행된 것으로 하며, 마지막 삼간택도 차질 없이 이루어질 수 있도록 해야 할 것입니다."

중전이 이렇게 강하게 나올 때는 아마 믿는 구석이 있어, 그럴 것이었다. 중전의 수족이라면 절대, 배후가 그녀라는 것을 토설하지 않을 터였다.

일이 점점 더 꼬여가고 있었다. 헌과 소진이 딱딱하게 굳은 얼굴로 묘안을 생각해내기 위해 머리를 굴리고 있던 그때.

중궁전 문이 열리고 중궁전 상궁이 쪼르르 달려와 중전의 곁에 섰다.

그러곤 나지막한 목소리로 그녀를 향해 밖의 상황을 전했다.

"지금 영의정 대감께서…… 중궁전 앞에 와 계시다, 하옵니다."

그 말에 소진의 눈빛이 반짝였다.

"오늘은 그냥 돌아가시라 하여라. 아무래도 제 여식이 납치를 당했다 하니 놀라 버선발로 뛰어온 모양인데, 내 지금은 심신이 지쳐 아무도 만나고 싶지 않으니. 한 규수, 그대는 지금 당장 나가 부친에게 무사한 모습을 보이도록 하고."

그것을 끝으로 중전은 모두 나가보라는 듯, 지그시 눈을 감았다. 뻔 뻔하고도 태연한 중전의 태도에 헌이 분노를 참지 못하고 터뜨리려던 그 순간.

"제 아버지를…… 들어오게 해주십시오, 중전마마."

묵묵히 발만 응시하던 소진이 나지막한 목소리로 입을 열었다.

'마마의 믿는 구석이 무엇인지 모르겠지만, 저의 믿는 구석은 미우나 고우나 제 부친이신 영의정 대감입니다.'

소진은 속으로 그렇게 생각하며 눈빛을 굳혔다.

"영의정을……?"

"제 아버지께서도 이번 일을 당연히 알아야 하지 않겠습니까?"

소진의 차분한 목소리에 묘한 힘이 실려 있었다. 헌과 대비는 그런 소진을 물끄러미 바라보았다.

"오늘 안으로 배후를 찾아내지 못하면 제가 이 간택에서 실격 처리가 되고. 저는 감히 자작극을 꾸며 간택을 망친 방자하고도 무례한 규수가 되는 것인데, 제 아버지께서도 중전마마께서 내리신 명을 아셔야 하지 않겠습니까?"

"해서 영의정 대감을 안으로 들여 이번 일의 처리에 대해 내린 명을 나의 입으로 말하라?"

"예. 제 아버지께서도 직접 듣고 이번 일의 배후를 찾으셔야 하지 않을까요?"

"함께 찾겠다……?"

중전이 물끄러미 소진을 향해 고개를 치켜들며 물었다.

"응당 그리하여야 한다고 생각하옵니다. 앞서 말했듯, 세자빈 간택은 저 혼자만의 선택으로 참가한 것이 아닌, 저의 가문을 대신해 온 것이니."

소진은 눈 하나 깜빡하지 않은 채 말을 이어가고 있었다. 중전 앞이라 위축되는 모습은 전혀 보이지 않았다. 그래서 중전은 소진이 더욱 싫었다.

"가문의 누명을 벗기 위해서는 제 아버지의 도움을 받아야 할 것 같습니다."

가문의 누명이라는 말에 중전이 피식, 조소를 터뜨렸다. 발 너머에서 들려오는 웃음소리에 소진의 고개가 천천히 들렸다.

소진은 중전이 제 아버지인 영의정을 의지하고 있는 만큼, 그를 두려워한다는 것을 잘 알았다. 그랬기에 지금 이 일은 세자인 헌과 그리고 궐의 제일 윗전인 대비보다는 영의정이 해결하는 것이 더 빠를 수도 있을 것 같았다.

'보통내기가 아니었군……. 영의정을 끌어들이겠다?'

중전의 속이 타들어가는 듯했지만, 내색할 수는 없었다. 그러자 대비가 소진의 말에 힘을 실어주려는 듯 말을 보탰다.

"맞는 말이지요. 한 규수의 가문이 걸린 일인데, 오늘까지라고 중전께서 못을 박아두었으니 영의정 대감도 나서서 해결해야 할 수밖에요."

소진 하나만으로도 벅찬데 대비까지 나서니 중전은 더, 고집을 부릴 수가 없었다.

"그럼, 모두 나가주시겠습니까?"

모두가 보는 앞에서 영의정에게 쩔쩔매는 모습을 보일 수 없었기에.

"영의정 대감과 단둘이 이야기를 나누고 싶으니."

그 말에 소진이 한 걸음 물러났다.

"청을 들어주셔서 감사합니다, 중전마마."

헌도 고개를 끄덕이며 중전에게서 물러났다.

"하면 소자도 물러나보지요. 그리고 소자는 따로 추국청을 열어 한 규수를 납치한 이들을 문초(問招)하도록 하겠습니다."

대비가 먼저 중궁전을 빠져나가고 그다음 헌이, 그리고 소진도 물러났다.

중궁전을 나서던 대비가 먼저 그 앞에서 기다리고 있던 영의정을 발견하고는 가만히 걸음을 멈추어 섰다.

"대비마마를 뵙니다."

"많이 놀랐겠소."

"제 여식이 대비마마께 심려를 끼쳐 드려 송구할 뿐입니다."

"음…… 아니오. 무사히 돌아왔으니 그것으로 되었지요."

간단하게 대꾸하며 대비가 영의정을 비켜 가려 하는데 문득, 대비의 걸음이 멈추었다.

"한데 영의정 대감."

영의정도 그녀를 다시 느리게 바라보았다.

"참 영특하고 지혜로운 여식을 두셨습니다."

그 말에 영의정의 눈이 커졌다.

"보면 볼수록 탐이 나서 말이지요."

"……아."

"왜 영의정께서 그리 꽁꽁 싸매고 감추려 했는지, 알 것 같습니다."

"감추려…… 한 적은 없었사옵니다만, 부족한 제 여식을 그리 봐주시니 감읍할 따름이옵니다."

영의정의 목소리는 떨리고 있었다. 그러다 그는 앞에서 걸어오는 헌과 눈이 마주쳤다.

―세자 저하께서 구해 오셨습니다.

소진을 납치한 자들의 배후도 궁금했지만, 그 순간 어찌 헌이 알고 나타나 소진을 구한 것인지도 의문이었다. 혹, 소진과 원래 면이 있던 사이일까. 영의정의 머릿속이 뒤죽박죽되었다.

대비가 물러나고 헌이 그의 앞으로 다가와 조금 고개를 까딱였다.

"안으로 들어가보시지요. 중전마마께서 기다리고 계십니다."

"제 여식을…… 저하께서 구해주셨다고요."

"아, 별거 아닙니다. 잠행 중, 간택 복장을 한 여인이 장정들에게 끌려가는 것을 보고 뒤따라가 구해 왔을 뿐이니."

아무렇지 않은 얼굴로 헌은 덤덤하게 대꾸했다. 그러자 그 뒤에 서 있던 소진이 물끄러미 고개를 들어 영의정을 바라보았다. 탐탁지 않은 얼굴로 헌을 바라보고 있는 영의정.

두 사람 사이에 어떤 앙금이 있는지, 소진은 알 수 없었지만 서로를 바라보는 눈빛에 날이 서 있는 것을 확인할 수 있었다.

"그랬습니까? 소인이 저하께 큰 은혜를 입었습니다."

"은혜랄 것 없습니다. 영의정 대감의 여식이라 구한 것이 아닌, 간택에 참여한 규수였기에 내가 나선 것이니까. 대감의 여식이 아니라 다른 규수였어도 똑같이 구했을 거니, 마음 쓰지 않으셔도 됩니다."

자신과 있을 때와는 확연히 다른 헌의 태도였다. 소진은 싸늘하기 그지없는 헌의 모습을 지그시 바라보며 슬쩍 고개를 숙였다. 이내 헌이 영의정을 지나쳐 멀어지고 소진도 서둘러 그의 뒤를 따랐다.

그러다 영의정이 소진의 손목을 지그시 움켜쥐었다.

"괜찮은 것이냐?"

"예. 한데 아무래도 함정에 빠진 것 같습니다."

"함정······?"

"중전마마께서 오늘 내로 배후를 찾지 못하면······ 제가 벌인 자작극으로 치부하시겠다 하시었습니다."

그 말에 영의정의 입매가 비식, 일그러졌다.

"감히······ 내 등에 칼을 꽂겠다는 말이지?"

궐로 오는 내내 머릿속에 흐릿하게 그려지던 중전의 얼굴이 명확해지는 순간이었다.

"어찌하오릿까요, 대감마님."

"하······. 지금 당장 배를 타야 하는데! 대체 놈의 정체가 무엇이기에 감히······ 관아까지 나서서 나를 잡아들이려고 하는 것인가."

이미 헌의 명령으로 항(港)에는 헌이 그린 김 도령의 용모화를 보고 그를 잡기 위한 포졸들이 지키고 있는 상태였다. 서둘러 배를 타고 한양을 떠나려던 김 도령은 발목이 잡혀버리고 말았다. 그는 짜증스럽게 이맛살을 찌푸리며 돌아섰다.

"부인은 어디에 있는가."

"대감마님께서 한양을 떠나시면 이어 배를 타시기로 했습니다만."

"내가 연통을 넣기 전까지 잘 숨어 있으라 하여라. 오늘은 때가 아닌 것 같다."

그렇게 말하며 김 도령은 다시금 항을 지키고 서 있는 포졸들을 물끄러미 응시했다.

"대체…… 놈은 무엇을 하는 작자일까."

김 도령은 어렴풋이 헌의 얼굴을 떠올려보았다. 그러다 그날, 산속에서 자신에게 쏘아붙이던 소진의 모습도 눈앞에 그려보았다.

"같은 패거리겠지. 그러니 나를 그런 눈으로 보며 감히…… 그런 상황에서 고개를 빳빳이 치켜들고 언성을 높였던 것이겠지."

이내 김 도령은 일이 곤란하게 되었다는 듯 이마를 쓸며 입술을 짓이겨 물었다.

"그날 처리를 했어야 했나."

무감한 목소리로 말을 잇던 그가 다시 걸음을 옮겼다. 그러면서 자신의 곁을 따르는 무사를 돌아보며 말했다.

"남은 여인들은 어찌 처리했는가."

"평소대로 처리하였습니다."

'평소대로'라는 말에 김 도령의 미간이 슬쩍 구겨졌다.

"이 와중에 부인께 여인을 골라 보냈단 말이냐?"

"예. 안방마님께서 여느 때와 다름없이 일을 진행하겠다, 직접 명령을 내리셔서요."

"그랬느냐? 이런 때일수록 조심해야 할 것인데."

"하온데 바로 직전에 안방마님께서 선택한 여인들을 아직 처리하지 못했습니다."

"아직? 벌써 약조한 기간이 지나지 않았느냐?"

"그것이…… 문제가 생겼다고 하여서요."

"어허, 거래에는 시간이 금이거늘."

못마땅하다는 듯 김 도령이 혀를 차며 걸음을 서둘렀다. 그러곤 갓을 더 깊이 눌러쓰며 자신의 얼굴이 곳곳에 벽보로 붙어 있는 것을 확인하고는 고개를 숙였다.

"내 지금 직접 부인에게 갈 것이다."

"예, 대감마님."

"놈이 나를 잡기 전에 내가 먼저 놈을 잡아야겠다."

제 20 장

배필 욕심

소진은 영의정을 뒤로한 채, 헌과 함께 중궁전을 빠져나왔다. 그러곤 헌에게 추국청에서 자신이 납치당하던 순간과 함께 궐을 나섰던, 대비전에서 보냈다는 궁녀에 관한 이야기를 모두 전했다.

"집에서 걱정하시겠습니다. 이만하면 되었으니 퇴궐해보시지요."

뒷일은 자신이 영의정과 상의해서 할 테니, 헌은 소진을 먼저 집으로 돌려보내려 했다. 헌과 함께 추국청을 나서던 소진은 다시금 뒤를 돌아보았다.

"오늘 안으로 저자들이 실토할까요? 죽어도…… 배후가 중궁전이라는 소리는 하지 못할 것인데."

"……"

"그렇다고 저하께서 보고 들은 것을 고할 수도 없는 노릇이 아니랍니까?"

헌이 중궁전에 잠입해 있다, 소진의 납치 계획을 들었다고는 말할 수 없는 일이었다. 뒷짐을 진 채 소진과 함께 걷던 헌은 느리게 고개를 주억거렸다.

"그러게나 말입니다. 하지만 방법이 꼭 있을 것입니다. 낭자의 부친께서도 힘을 써 주시지 않겠습니까? 나는 새도 떨어뜨린다는 영의정 대감이 아닙니까."

그 말에 왠지 소진의 낯이 뜨거워지는 것 같았다. 그녀가 섣불리 대답하지 못한 채 하염없이 걷기만 하자 헌이 나지막이 소진을 불렀다.

"낭자."

"예?"

소진의 눈이 동그래졌다.

"사흘 후, 보는 것으로 할까요?"

"아…… 예. 알겠습니다."

"정자나무 언덕에서 기다리고 있겠습니다."

"예. 그러면 그날 뵙도록 하지요. 속히 들어가보세요. 여기서부터는 소인, 혼자 가겠습니다."

그렇게 말하며 소진이 그를 향해 고개를 꾸벅 숙여 보이고는 장옷을 뒤집어쓴 채 등을 보였는데, 헌의 시선에 저 멀리서 소진을 기다리고 있는 보은군의 모습이 보였다.

순간 헌은 슬쩍 미간을 구기며 소진의 어깨를 쥐었다.

"데려다주도록 하지요."

"그러실 필요 없습니다. 바쁘실 텐데 돌아가보셔요."

"데려다주고 싶어서 그럽니다."

"……예? 궐 밖에서 여종 아이가 기다리고 있을 것인데."

"궐문 앞까지만. 그래야 할 연유가 방금, 생겼거든."

그렇게 말하는 헌을 소진이 물끄러미 바라보았다. 그때 멀리서 두 사람을 지켜보던 보은군이 저벅저벅 그들을 향해 다가왔다.

"연유……요?"

아직 헌의 말에 담긴 뜻이 무엇인지 알지 못한 소진이 그저 눈만 느리게 깜빡이고 있는데.

"기다리고 있었습니다."

"아, 보은군 대감……!"

보은군은 헌을 향해 정중히 고개를 조아려 보이고는 다시 소진을 향해 시선을 돌렸다. 그는 소진의 납치 소식을 듣자마자 곧장 이리로 달려와 그녀를 기다리고 있었다.

"가시지요, 소진 낭자."

소진을 내려다보는 보은군의 얼굴이 걱정으로 일그러져 있었다. 그러자 헌이 그의 손목을 묵직하게 잡아챘다.

"낄 때 끼고 빠질 때 빠져야 한다는 것. 그것을 모를 만큼 네가 아둔하지는 않을 것인데. 어찌 이리 행동을 가벼이 하는 것인가."

잔뜩 가라앉은 헌의 목소리에 소진이 놀라 헌을 올려다보았다. 그러자 보은군이 헌이 아닌, 소진을 바라보며 입을 열었다.

"여태 빠질 때라 빠져드린 채 에서 기다린 것입니다. 여기까지가 저하께서 낄 곳이었다면, 여기서부터는 저하께서 빠져주셔야 할 때인 것 같은데요."

"뭐라?"

보은군의 말을 들은 헌의 표정에 금이 갔다. 소진 역시 놀란 얼굴로 보은군을 응시했다.

"내가 빠져줘야 할 때라?"

"송구하옵지만, 소진 낭자를 만나기 위해 내내 기다렸습니다."

"네가 기다렸으니 이젠 내게 꺼지라는 것이냐?"

"어찌 소인이 감히 저하께 꺼져달라는 불손한 언사(言辭)를 행할 수 있겠나이까. 다만 낭자에게 볼일이 있어 기다리고 있었으니, 잠시 자리를 비켜달라는 말이었습니다."

차분하게 대답하는 보은군을 바라보는 헌의 입술에는 어처구니없다는 듯한 조소가 번져갔다. 보은군 또한, 헌의 싸늘한 시선을 피할 생각 없다는 듯 덤덤하게 받아들이고 있었다.

그사이에 낀 소진만 안절부절못하며 둘의 눈치를 살폈다.

"무슨 볼일?"

"소진 낭자가 간택 중 불미스러운 일을 당했다고 하여……."

"그 일이라면 보은군 네가 마음 쓸 일 없다."

"……저하."

"잠시 그런 일이 있었지만 보다시피 다친 곳 없이 무사하니."

그 말에 보은군이 느리게 소진을 바라보았다. 보은군과 시선이 부딪힌 소진은 정말 괜찮다는 듯이 설핏 미소를 지어 보였다.

"예. 그것이라면 괜찮습니다."

"낭자. 대체 누가 그런 일을……."

걱정이 뚝뚝 묻어나는 눈길로 보은군이 소진에게 다가가자 헌이 슬그머니 보은군의 앞을 가로막고 섰다.

"누가 그런 일을 벌였는지는 저 안에서 밝히고 있으니. 궁금하면 추국청 안으로 들어가 소상히 살펴도 좋다."

그러면서 헌은 얼른 가자는 듯, 소진의 손을 잡아끌었다.

소진은 헌이 이렇게 보은군을 경계하는 이유를 알 것도 같았지만, 자신을 지금까지 기다린 그를 이렇게 내버려두고 헌과 돌아서는 것이 못내 미안했다.

이내 소진이 걸음을 떼다, 헌을 보며 표정을 굳히고 입을 열었다.

"하면 혼자 가겠습니다."

혼자 가겠다는 소진의 말에 그녀의 등에 닿았던 헌의 손이 흠칫, 떨어졌다.

"혼자 가겠다니요?"

보은군 역시, 눈을 동그랗게 뜨고 소진을 바라보았다.

"실은 원래 혼자 가려 했습니다."

"낭자."

"웬 규수가 사내와 함께 궐을 빠져나가면 구설에 오를 수도 있지 않겠습니까?"

그렇게 말하는 소진의 음성에는 옅은 웃음기가 묻어 있었다. 곧 그녀는 보은군을 돌아보며 그의 깊은 눈빛을 천천히 바라보았다.

"제 소식에 많이 놀라셨지요?"

그러곤 다정한 목소리로 보은군을 향해 생긋 웃어 보였다. 눈부신 소진의 미소에 두 사내의 시선이 그녀에게 고정됐다.

"조금요. 한데 낭자가 놀란 것에 비교하겠습니까?"

"의도치 않게 심려를 끼쳐드린 것 같아 송구하옵니다. 소녀는 괜찮으니, 괘념치 마시어요."

"예······. 낭자께서 괜찮다고 하니 마음이 한결 놓입니다. 또 이리 괜찮은 모습도 보았으니까요."

보은군이 한시름 놓았다는 얼굴로 그렇게 말하며 고개를 주억거렸다. 이내 소진이 헌의 눈치를 슬쩍 살피며 보은군의 앞으로 한 걸음 다가갔다.

"한데 출궁 준비는 잘되어 가십니까?"

그 말에 헌 역시, 보은군을 물끄러미 바라보았다. 보은군은 편안한 얼굴로 소진을 응시하며 대답했다.

"예. 곧 출궁할 것 같습니다."

"출궁 날짜는 정해졌습니까?"

"아무래도 간택이 마무리되면 출궁을 할 것 같습니다."

소진은 느리게 고개를 끄덕이며 다시금 헌을 돌아보며 입술을 뗐다.

"그래도 어린 시절부터 궐에서 함께 자란 보은군 대감께서 이리 떠나시고 나면 저하께서 매우 적적하시겠습니다."

그러자 헌이 알 듯 말 듯, 묘한 미소를 얼굴에 띠며 고개를 비스듬히 꺾었다.

"그러게나 말입니다."

헌의 대답에 소진에게 꽂혀 있던 보은군의 시선이 천천히 헌에게로 향했다.

"아우가 궐을 떠난다고 생각하니 벌써 쓸쓸해지는 것을요?"

보은군과 헌이 서로를 바라보고 있었다. 서로에게 닿은 시선에 어쩐지 냉기가 서려 있는 것 같았다.

소진은 두 사람의 눈치를 살피며 조심스럽게 입을 열었다.

"두 분의 우애가 보기 좋습니다."

그 말에 헌이 피식, 소리 내어 웃었다.

"남다른 우애이긴 하지요."

보은군도 헌에게서 시선을 떼지 않고 있었다.

"보은군, 궐을 떠나더라도 종종 나를 만나러 입궐하도록 하여라."

"여부가…… 있겠나이까."

그제야 헌은 그에게서 싸늘한 눈빛을 거두며 소진을 바라보았다.

"하면 속히 퇴궐해보도록 하시지요. 마음 같아선 궐 밖까지 배웅해주고 싶지만, 낭자의 말도 일리가 있으니. 나는 여기서 이만 돌아서겠습

니다."

그러곤 보은군도 물러나라는 듯 그에게 눈짓을 해 보였다. 보은군도 소진의 의견을 따라야 할 것 같아 그녀를 향해 정중하게 고개를 조아려 보였다.

"살펴 가세요, 낭자."

"예. 보은군 대감."

보은군의 말에 소진이 대답하며 등을 돌렸다. 그러다 자신을 빤히 내려다보고 있는 헌을 슬쩍 바라보며 고개를 끄덕였다. 추국청의 뒷일을 잘 부탁한다는 의미였다. 헌 역시, 그녀의 고갯짓을 알아들은 듯 가볍게 고갯짓을 해 보였다.

이내 소진이 멀어지고 헌과 보은군만이 남겨졌다. 헌은 보은군을 물끄러미 바라보며 무표정을 유지했다.

"예정보다 일찍 출궁할 수도 있을 것이다."

가만히 멀어지는 소진의 뒷모습을 바라보던 보은군이 헌을 돌아보는데, 그 표정이 의아하다는 듯 굳어 있었다.

"일찍……이라 하시면."

"간택이 중단될 것이거든."

중단이라는 말에 순간 보은군의 머릿속이 뒤죽박죽됐다.

"오늘 일 때문에 그런 것입니까?"

"간택에 참여한 규수가 그런 큰일을 당했는데 간택을 강행할 수는 없지. 게다가 한 규수는 아예 마지막 간택 과제 답안을 제출하지도 못하였는데 간택을 이대로 진행하는 것은 아니 되는 것이고."

헌의 말에도 보은군은 아무런 대꾸가 없었다. 그저 묵묵한 시선으로 헌의 발끝만 바라보는 보은군.

헌이 뒷짐을 지며 깊은 한숨을 내쉬었다.

"한데 묻고 싶은 것이 있다."

전보다 더 가라앉은 목소리로 헌이 입을 열었다. 그제야 보은군이 고개를 세웠다.

"무엇이옵니까?"

"전부터 너에게 물어보고 싶었다."

"편히 하문하소서."

"한 규수를 마음에 담아두고 있는 것이냐."

갑작스러운 그 질문에 보은군은 당황한 듯 아무런 대답도 하지 못했다. 그러자 헌이 다시금 그를 바라보며 입술을 달싹였다.

"아니. 이미 네 마음에 한 규수가 들어 있는 것 같으니 질문을 바꾸어서, 낭자를 단순히 마음에 품은 것인지, 아니면……."

입술을 느리게 벌리는 헌의 얼굴에 옅은 금이 가고 있었다.

"너의 배필로 욕심을 내는 것인지, 궁금하구나."

중궁전 문이 열리고 무표정한 얼굴의 영의정이 성큼성큼 들어왔다.

"오시었습니까."

비스듬하게 돌아앉아 있던 중전이 영의정을 힐끔거리며 새초롬하게 시선을 돌렸다. 그런 그녀를 물끄러미 내려다보는 영의정의 얼굴이 점점 굳어졌다.

"김 상궁은 자리를 좀 비켜주지."

그는 중전 옆에 바짝 붙어 서 있는 상궁을 돌아보며 싸늘하게 말했다. 그러자 상궁은 중전의 눈치를 살피며 머뭇거렸다.

"나가라는 말이 들리지 않는 것이냐!"

영의정이 호통치자, 그제야 중전이 느긋하게 고개를 들었다.

"나가보아라."

중전의 명이 떨어지자 상궁은 고개를 조아리며 뒷걸음질로 물러났다.

"대감께서 많이 놀라신 모양입니다."

영의정은 중전 앞에 차분하게 앉아 무릎 위에 손을 얹었다. 그는 그녀의 물음에 아무런 대꾸도 하지 않고 가만히 중전을 바라보기만 했다. 중전이 그의 냉기 서린 눈빛을 직시하다, 슬그머니 고개를 돌렸다.

"오늘 내로 배후를 찾지 못하면 내 여식이 자작극을 꾸민 것으로 결론 짓겠다고 하시었다던데. 사실입니까?"

표정 하나 변함없이 영의정이 딱딱하게 물었다. 그의 시선은 흐트러짐 없었으며 고개는 빳빳하게 치켜세워져 있었다. 눈빛만으로도 중전을 내리누르고도 남을 만했다. 중전의 목울대가 부자연스럽게 꿈틀거렸다.

"아무래도 그렇게 결론을 짓고 간택을 재개하는 것이 옳다고 생각하여서."

"누가 그것이 옳은 처사라 했습니까."

싸늘하다 못해 칼의 심이라도 박은 듯한 목소리에 중전의 귓가가 욱신거리는 것 같았다. 그녀는 동공을 떨며 입술을 감쳐물었다.

"누구 마음대로 그렇게 결론을 짓고 간택을 재개하느냐고 물었습니다만."

"영의정 대감……."

"오늘 내로 배후를 찾는 것? 한 시진만으로도 충분할 것 같은데. 그렇다면 그 후의 일을 중전마마께서 감당하실 수 있겠습니까?"

그렇게 말하며 영의정은 자신 있다는 모양새로 피식, 웃어 보였다. 마치 중전을 비웃는 듯한 그 웃음에 중전은 온몸이 결박당한 듯 뻣뻣하게 굳었다.

"무슨 감당을 말하는 건지. 나는 잘 모르겠습니다만."

중전이 눈에 힘을 주며 영의정에게 대꾸했다. 그러자 그가 다시 피식, 입술을 터뜨렸다.

"중전마마께서 모르시면 누가 알겠습니까? 아마 일이 이렇게까지 커질 줄은 예상 못 했던 모양인데. 이렇게 된 이상 중전마마께서도 감당하셔야지요."

"자꾸 이번 일에 나를 왜 끌어들이는 것입니까, 대감?"

"왜 끌어들이다니요. 먼저 나와 내 여식의 머리채를 잡아 그 일에 처넣은 것은, 중전마마시지 않습니까?"

영의정은 입가에 웃음기를 지워내고는 건조하게 말을 이어나갔다.

"나 한성준까지 속일 수 있을 거라 생각하셨습니까?"

"……."

"그러고 보니 지난날, 간택을 앞둔 내 여식의 별채에 자객이 하나 잠입한 적도 있었지요. 굳이 별채로. 그것도 둘도 아닌 꼭, 한 명이 말입니다."

"그런 일이…… 있었습니까?"

중전은 애써 낯빛을 덤덤하게 유지하며 입술을 달싹였다. 그녀의 얼굴을 빤히 관찰하던 영의정이 묵직하게 고개를 끄덕였다.

"영의정인 나를 노린 것도 아니고 곳간을 노린 것도 아니고 별채라.

거기에 오늘 일까지. 그때는 긴가민가했었지요. 내 여식을 노렸던 이유 말입니다. 오늘도 내 여식이 간택 중 납치를 당했다는 소식을 듣고도 확신할 수 없었습니다."

느리게 그러나 명확한 어조로 영의정은 말을 이어갔다. 중전은 점점 제 목을 옥죄는 듯한 느낌에 마른침만 꼴깍, 삼키고 있을 뿐이었다.

"한데 중궁전 앞에 다다르니 그 연유가, 또한 배후가 선명해지더이다. 내 여식이 절대, 간택되어서는 안 된다고 생각하는 사람. 내 여식이 세자빈이 되면 죽은 목숨과 다를 바가 없게 되는 사람. 하니, 필사적으로 이번 간택을 방해해야만 하는 사람!"

"그것이 혹, 나란 말입니까?"

중전의 눈시울이 붉어졌다. 그녀는 부들부들 떨며 핏, 조소를 터뜨렸다. 영의정은 아무런 대답도 하지 않은 채 오직, 중전만 뚫어져라 직시하고 있었다.

"감히…… 국모인 내가 그런 추잡한 짓을 저질렀다고요?"

그녀의 말이 끝나자마자 영의정이 거칠게 입술을 벌렸다.

"감히! 영의정인 내 등에 칼을 꽂으신 건 중전마마입니다!"

그의 호통이 중궁전 안을 쩌렁쩌렁하게 메웠다. 중전의 어깨가 파르르 떨려왔다. 덤덤한 척, 애써 무감각한 척 굴려고 했지만, 몸이 말을 듣지 않았다.

"그, 그것이 무슨……! 무슨 근거로 그리 말씀하시는 겁니까!"

그녀가 힘겹게 입술을 벌려 그렇게 소리쳤는데.

"오늘 안에 배후를 찾지 못하면 내 여식의 자작극으로 결론짓겠다는, 해서 나의 가문을 욕보이고 내 여식을 재간택에서 실격 처리하고야 말겠다는."

566

영의정의 눈빛은 당장이라도 중전을 집어삼킬 기세로 번뜩이고 있었다.

"중전마마의 그 생각 자체가 근거이지요."

중전은 옴짝달싹도 할 수 없었다. 그런 중전을 물끄러미 바라보던 영의정이 쐐기를 박듯 다시 입을 열었다.

"어찌, 한번 해보시겠습니까?"

"영의정 대감."

"나는 지금 이 길로 세자 저하께 가, 당장 배후를 밝혀 그것이 누구든 목숨 줄을 끊어놓으라 그리 청을 넣을 생각입니다."

"……!"

"그 배후가 혹, 이 궐 안에 있는 사람이라 할지라도 엄벌을 피할 수 없게 해달라고도 말할 것입니다."

영의정은 높낮이 없는 음성으로 한숨에 그 말을 뱉어냈다. 당연히 맞은편에 앉은 중전의 얼굴은 굳어갈 수밖에 없었다.

이내 영의정이 자리를 박차고 일어났다.

"단, 이번 일의 배후를 찾는 것은 다른 이도 아닌, 꼭 내가 하겠다는 말도 함께 전할 것이고요."

중전의 입가에 잔 경련이 일었다. 그녀는 애써 목소리를 가다듬으며 입술을 뗐다.

"영의정 대감께서 직접 찾는다고 하여 달라질 것이라도 있습니까?"

그러자 영의정은 지그시 중전을 눈빛으로 내리누르며 대답했다.

"달라지고 말고요. 배후를 알고 움직이는 것과 배후를 모른 채 허둥대며 사건을 파헤치는 것은 다르지요."

"뭐라고요……?"

"나는 배후를 알고 있습니다. 그러니 그 배후를 꼭, 반드시, 추국청에 세울 것입니다. 오늘 안에요. 중전마마께서도 기대하고 계십시오. 내가 어떻게, 어떤 방식으로 배후를 잡아내 추국청으로 끌고 와 무릎을 꿇리는지."

마지막 경고라도 하듯 영의정이 중전을 빤히 내려다보며 말을 씹어 뱉었다. 치맛자락을 꾹 움켜쥐고 있는 중전의 손끝이 미세하게 떨리기 시작했다.

자신만만한 얼굴로 중전을 내려다보던 영의정이 등을 돌렸다. 그러자 중전이 다급하게 영의정을 불러 세웠다.

"대감."

곧 영의정의 두 다리가 꼿꼿하게 멈춰 섰다.

"일을 크게…… 만들고 싶지는 않은데."

중전의 말에 영의정은 흥미롭다는 듯 눈썹을 꿈틀거리며 그녀를 돌아보았다.

"내 산달도 얼마 남지 않았고…… 전하의 병세도 나을 기미가 보이지 않으니. 이번 일로 궐을 어지럽게 만들고 싶지는 않습니다."

영의정의 날카로운 눈빛이 중전의 얼굴을 세차게 훑어 내렸다.

"명을 거두지요."

그러자 영의정이 피식, 조소를 터뜨렸다.

"명을 거두신다니요?"

"오늘 안에 배후를 찾지 못하면 대감의 여식이 모두 꾸민 일로 치부하겠다고 한 것, 그 명을 거두겠다는 말입니다. 내 아까는 간택의 중단을 요청하는 세자의 말에 반박하기 위해 감정이 앞서, 대감의 여식과 대감의 가문을 벼랑으로 모는 줄도 모르고 그리 명을 내렸습니다."

중전의 양 뺨이 붉게 상기되고 있었다. 영의정은 느긋한 시선으로 그런 그녀를 내려다보기만 할 뿐 아무런 말도 하지 않았다.

"그건 내 실수라고 하지요."

하지만 끝까지 고고함은 잃고 싶지 않은 듯 중전이 비스듬히 고개를 돌리며 말했다. 그러자 영의정이 꾹 다물고 있던 입술을 벌렸다.

"……그것만이 실수가 아니지요."

"뭐라고요?"

중전은 당황한 듯 다시 그를 올려다보았다.

"하지만 방법이 거칠긴 했으나 한 규수의 탈락이 확실시된 것은 사실이지 않습니까?"

영의정을 올려다보던 중전이 앙칼지게 쏘았다.

"누구인지는 모르지만…… 배후를 파헤쳐 죽음으로 내몰 것이 아니라 오히려 대감께서는 그자를 찾아 칭찬을 해주어야 할 것이 아닙니까? 나는 오늘 한 규수가 납치당했다는 소식을 듣고 그것을 기회로 삼으려 했을 뿐입니다."

"기회?"

"오늘 재간택은 없었던 것으로 하고 간택은 이 일의 배후를 찾고 수습할 때까지 중단되어야 한다는 세자의 의견에 결코, 따를 수 없었으니까요. 어찌 되었든 한 규수는 마지막 과제의 답안을 제출하지 못했습니다. 자동 탈락이지요."

"……."

"한데 이것을 없던 일로 하자? 게다가 간택까지 중단을 시킨다면 대감이나 한 규수가 이번 간택전(揀擇戰)에서 떨어지기 위해 애쓴 것이 모두 수포가 되는 것이 아니겠습니까?"

조금 흥분한 듯한 중전이 영의정을 향해 그렇게 말했다. 반대로 영의정은 덤덤한 얼굴로 그녀를 내려다보고 있을 뿐, 아무런 호응도 하지 않았다.

"그런데 내가 만약 한 수를 물린다면 세자의 뜻에 힘을 실어주는 것과 뭐가 다르겠습니까?"

"그러니 오늘 중전마마께서 하나의 실수만 저지른 것이 아니란 것입니다. 나와 상의 없이 일을 벌인 것, 감히 나를 상대로 일을 저지른 것. 그것이 실수라는 거지요!"

"……!"

"중전마마께서 아무것도 하지 않았더라면 내 여식은 알아서 간택에 떨어졌을 것입니다. 간택 중단이니, 오늘의 재간택은 무효니 어쩌니, 이런 잡음 없이 깔끔하게 일이 마무리되었을 거란 말입니다!"

영의정의 뺨이 딱딱하게 굳어져갔다. 그러자 중전이 핏발 선 눈을 치켜뜨며 악을 썼다.

"아니요? 대감께서 대비의 표정을 보았어야 했습니다! 오늘 그런 일이 없었더라면 한 규수는 꼼짝없이 삼간택까지 올랐을 겁니다!"

"결과는 두고 보아야 알 일! 한데 중전마마 때문에 그 결과조차 두고 보지 못하고 일을 그르친 것이 아닙니까! 재간택도 무효, 계획대로 잘 진행되어가던 간택조차 중단되었으니!"

영의정은 그렇게 소리치며 한 걸음, 한 걸음 중전을 향해 묵직하게 다가갔다.

"어쩔 수 없지…… 않습니까? 세자의 뜻대로…… 따라주는 수밖에."

그가 부들부들 떨며 분기를 애써 삼키고 있었다. 차오르는 분노를 참아대는 모습이 적나라하게 드러났다.

"대감!"

"세자를 만만히 보시었습니다, 중전마마께서. 이번 일은 마마께서 경거망동하신 것이며 명백한 실수를 저지른 것이오, 또한! 영의정인 나, 한성준의 신뢰까지 잃게 된 것입니다."

곧 그는 한쪽 무릎을 굽히고 앉아 중전과 눈높이를 맞추었다. 중전의 몸은 사정없이 파르르 떨리고 있었다.

"오늘 내로 배후를 찾지 못하면 내 여식이 꾸민 일로 결론짓겠다, 그리 내리신 명. 거두어주신다니 감읍(感泣)한 마음으로 물러나겠나이다."

"하……."

"하지만 간택은 여기서 멈추게 될 것입니다."

그것만큼은 안 된다는 얼굴로 중전이 입술을 감쳐물었다. 영의정은 느리게 고개를 저으며 험악한 표정으로 말문을 열었다.

"그리 허망한 얼굴로 나를 부르지 마십시오. 마마의 뜻대로 이 간택을 휘저으려다 결국 세자의 손에 간택의 주도권을 쥐여주고 말았으니, 오늘 간택을 멈추게 한 것은 세자가 아니라 바로 중전마마시라는 걸, 똑똑히 기억하셔야 할 겝니다."

그리고 그는 자리를 박차고 일어나 중궁전을 빠져나왔다.

보은군은 헌의 물음에 가만히 고개만 조아리고 있었다.

"너의 배필로 욕심을 내느냐고 물었다."

그러자 보은군은 떨어지지 않은 입술을 애써 벌려 대답했다.

"감히 어찌…… 욕심을 내겠습니까. 하오나 소인의 오랜 바람이었습

니다."

바람이라는 말에 이번에는 헌이 아무런 말도 할 수 없었다.

헌의 잔잔한 가슴에 커다란 돌덩이가 쿵, 떨어진 듯 커다란 파동이 일고 있었다.

"함께 있는 것이 좋아 곁에 더 머무르기를 바랐고, 그 여인이 웃는 모습이 좋아 더 웃어주기를 바랐고. 그러다 한 번쯤은 내 마음과 같기를 바라기도 하였습니다."

헌을 바라보는 보은군의 눈빛이 촉촉하게 젖어갔다.

"배필로 욕심을 내본 적은 없지만 바란 적은 있습니다."

"그것이 욕심이다."

"아니요. 소인은 결코, 소진 낭자를 욕심내지 않습니다. 그저 바라고 있을 뿐입니다."

헌의 눈가에 잔 경련이 일었다. 굳건하게 맞물려 있던 그의 입술도 슬쩍, 벌어지고 말았다. 자신과 같은 마음이라, 짐작해볼 수 있을 만큼 깊고 차분한 눈빛에 헌은 맥이 탁 풀리는 것만 같았다.

"낭자가 싫다면 마음은 아프지만 어쩔 수 없고, 좋다면…… 기쁘고 감사할, 그저 바람입니다."

그 말이 꼭 소진을 욕심내는 헌을 나무라는 것 같아 헌의 뺨이 딱딱하게 굳었다. 보은군은 조금 전보다 더 나지막한 음성으로 헌을 똑바로 응시했다.

"한데 이제는 소인이 묻고 싶사옵니다. 소인에게 이런 질문을 하시는 연유가 무엇이옵니까?"

진심은 아니길, 차마 자신과 같은 마음으로 소진을 보고 있는 것이 아니길. 보은군은 속으로 바라고 또 바라며 헌에게 물었다.

하지만 헌은 쉽사리 입술을 떼지 않았다. 그저 그 질문을 몇 번이고 곱씹는 듯 생각에 잠긴 낯만 하고 있었다. 그러다 헌은 묵묵히 아래로 내리깔고 있던 시선을 세워 보은군을 바라보았다.

"욕심이다."

헌의 낮고도 근엄한 목소리에 보은군의 눈빛이 떨렸다.

"한 규수를 향한 너의 그 마음이 진심이 아니길 바라는 내 욕심."

듣고 싶지 않던 대답이 헌의 입술 사이에서 흐르자, 보은군의 얼굴에 씁쓸한 미소가 번져갔다.

"하지만 네가 한 규수를 마음에 담지 않았으면, 진심으로 그 여인을 마음에 품지 않았으면 하는 이 마음은 욕심이 맞지만, 나 역시 한 규수를 향한 진심은 소망이다."

그래서 더, 억장이 무너질 것만 같은 보은군이었다.

차라리 왕세자 자리를 지키기 위해 품었던 그 마음과 같이 욕심이고 야욕이었다면. 한때, 휩쓸고 지나는 폭풍우처럼 그저 불같이 타올랐다 꺼질 야망일 터였다.

하지만 아니었다.

헌 역시, 자신과 마찬가지로 소진을 향한 그 마음은 애절하고 아련한 진심일 뿐이었다.

가슴 깊숙이에 자리 잡은 연모의 마음인 것이었다.

"해서 한 규수가 내가 아닌 너를 선택한다고 해도 나는 그 여인을 내 곁에 세워두기 위해 애쓸 수 있는 것은 아무것도 없다. 그러니 너에게 이런 유치한 질문을 한 것이겠지."

헌이 피식, 실소를 터뜨리며 뒷짐을 지었다. 하늘을 향해 고개를 젖히는 그의 입가에 희미한 웃음이 흩어지고 있었다.

"눈에 뻔히 보이는데. 한 규수를 향한 네 마음이 뻔히 느껴지는데도 믿기 싫어서."

"아."

"인정……하고 싶지가 않아서."

그러다 그는 자신을 빤히 응시하고 있는 보은군을 슬쩍 내려다보며 말을 이어갔다.

"한데 네 대답을 듣고 보니 씁쓸하면서도 한편으로는 다행이라는 생각이 드는구나."

어째서 그런 마음이 든 것일까, 보은군은 조금 굳은 얼굴로 그에게서 시선을 접지 못했다.

"적어도 그 연모의 마음으로 한 규수를 아프게 하지는 않을 테니까."

헌의 말에 보은군도 옅은 실소를 터뜨리며 고개를 푹, 숙이고 말았다.

"네 그 감정을 해칠 생각은 없다. 나는 혹, 한 규수가 너와 같은 마음이 되어간다고 할지라도 원망하지 않을 것이다. 한 규수의 감정을 존중해줄 것이니. 그러니 너 또한, 그래야 할 것이다."

오직 소진의 행복을 위해서였다.

누구를 선택하든 그녀가 행복하기만 하다면 그걸로 족하다는.

행여라도 연모의 감정으로 소진을 다치게 하지 않겠다는, 오로지 소진을 위한 마음이었다.

보운군은 왕세자인 저의 자리를 언제나 위협하는 경계 1호 대상이었지만, 소진을 두고서는 같은 마음이니, 보은군의 감정까지 부정하고 싶지는 않았다.

보은군 역시, 자신을 왕세자로 앉히려는 세력 때문에 헌과 사이가 틀어지고 그가 자신을 평생 경계하며 살아가야 한다는 것을 잘 알았다. 그런데 그런 그와 자신이 한 여인을 동시에 마음을 품게 되었는데, 헌이 세자라는 지위를 이용해 자신을 위협하지 않는 것에 마음이 먹먹해졌다.

당연히 그만두라고, 그 마음을 멈추라고, 그 여인은 세자빈이 될 여인이니 함부로 가슴에 품지 말라 윽박이라도 지를 줄 알았는데, 보은군은 쉬이 대답하지 못하고 고개만 조아리고 있었다. 그러자 헌이 다시금, 차분하게 보은군을 돌아보며 물었다.

"알겠느냐."

그제야 보은군이 힘겹게 고개를 세우며 입술을 달싹였다.

"어찌…… 그 명을 거역하겠나이까."

두 사람의 시선이 오래도록 포개졌다.

〈2권에 계속〉

간택주의보 1

초판 1쇄 인쇄 2022년 12월 05일
초판 1쇄 발행 2022년 12월 15일

지은이 진숙 ∣ 펴낸이 강성욱 ∣ 책임 기획 전주예 ∣ 일러스트 김스타
디자인 김한솔 ∣ 기획 편집 김민지 이진영 고현나 김지수 방은지 김선주 ∣ 교정 서진영
펴낸곳 테라스북 ∣ 등록 제 2022-000073호
주소 (04799) 서울특별시 성동구 아차산로 17길 26, 301호 (성수동2가, 규장각빌딩)
전화 070-4794-5826 ∣ 팩스 0505-911-5826
블로그 https://blog.naver.com/terracebook ∣ 전자우편 terracebook@naver.com
ISBN 979-11-6728-188-3 (04810)
ISBN 979-11-6728-187-6 (SET)

테라스북은 주식회사 스토리펀치의 임프린트 브랜드입니다.